Halo Summer

Die Sumpfloch-Saga

Band 8

Teil 2

Blätter der Unsterblichkeit

ISBN-13:
978-1975806170

ISBN-10:
1975806174

Verlag: CreateSpace

Coverfotos: © photosvac, Alekss, Paul Rommer, Maya_Kruchancova, sunny07, aleshin, Atelier Sommerland, Quickshooting – Fotolia.com;
Covergestaltung: Halo Summer

Halo Summer

Die Sumpfloch-Saga

Band 8

Teil 2

Blätter der Unsterblichkeit

INHALT

Vorbemerkung

Liebe Leser,
der hier vorliegende Band ist der **zweite** Teil des achten Bandes der Sumpfloch-Saga. Er erzählt die Geschehnisse, die ihren Anfang in „Der tiefste Grund“ genommen haben, zu Ende. Band 8.3, der voraussichtlich 2018 erscheint, wird dann die gesamte Sumpfloch-Saga abschließen.

Kapitel 1: Das Mädchen und der General

Lumili saß in ihrem Zimmer im Staatspalast und tat so, als wäre sie nicht da. Zu groß war ihre Furcht, dass Ondolt vom Krummen Hahn an ihre Tür klopfen könnte, um sie zu einem nächtlichen Jagdausflug, einem Frittierte-Igel-Wettessen oder einem Hutfeder-Einkauf einzuladen. Er hatte ihr diese zweifelhaften Vergnügungen am Nachmittag begeistert in Aussicht gestellt und nach zwei Tagen in seiner Gesellschaft wusste Lumili, er würde seine Pläne schnellstmöglich in die Tat umsetzen.

Daher zog es Lumili vor, im Dunkeln zu sitzen und kein Licht anzuzünden. Zudem hatte sie die Wachen vor ihrer Tür darauf eingeschworen, sie zu verleugnen, da sie sich dringend ausruhen müsse. Das war nicht mal gelogen, denn Ondolts Gegenwart hatte sie erschöpft. Selten war es ihr so schwergefallen zu lächeln und noch nie war ihr Gleichmut auf eine so harte Probe gestellt worden.

Die Lehre verlangte, dass sie ertrug, was ihr widerfuhr, was auch immer es war. Aber sie würde eine Ehe mit Ondolt niemals ertragen können. Sich dieser groben Frohnatur hinzugeben, ihn täglich auszuhalten und dabei lieben zu lernen – unmöglich. Sie war zu stolz dafür, doch der Stolz stand der *Sonne ohne Tat* im Weg. Er warf Schatten, wo keine sein sollten.

Niemand atmete und lebte die Lehre so hingebungsvoll wie Lumili. Ondolt jedoch brachte sie an ihre persönlichen Grenzen. Umso begehrenswerter erschien ihr nun ihr gegenwärtiger Verlobter, ganz gleich, wie kühl er sich in letzter Zeit gezeigt hatte. Lieber ein ganzes Leben mit einem abweisenden Hanns verbringen, als auch nur eine Nacht mit Ondolt, dem Plumpen, durchleiden zu müssen.

Lumili schielte schuldbewusst zum Fenster. So dachte keine vorbildliche Schülerin des Tempels. Eine Schülerin, wie Lumili bisher eine gewesen war, nahm Ondolt, wie er war, und liebte ihn wie jeden anderen Menschen auch. Für seine … Vorzüge. Auch wenn Lumili noch nicht hatte herausfinden können, worin sie bestanden.

Gem hatte ihr sehr geholfen in diesen schwierigen Tagen. Während sie vor Angst fast vergangen war, weil Hanns im Verfluchten Tal sein Leben aufs Spiel setzte, und unterdessen Ondolts laute Reden hatte ertragen müssen, seine handgreiflichen Gesten der Ehrerbietung und den penetranten Geruch seiner körperlichen Ausdünstungen, hatte Gem keine Gelegenheit versäumt, um sie aufzuheitern.

Mal stahl er sich in ihr Zimmer, wenn sie allein war, mal tauchte er getarnt an ihrer Seite auf, während Ondolt seine Schießkünste vorführte. Als Hornfalls junge Hoffnung versehentlich einen Hahn aus Porzellan köpfte sowie einen dreihundert Jahre alten Vorhang in Flammen aufgehen ließ, hörte Lumili Gems Gelächter und seine Kommentare, wodurch sich die Schießvorführung am Ende doch noch zu einer unterhaltsamen Ablenkung mauserte.

Das Bankett am gestrigen Abend, das Lumili mit Ondolt zu ihrer Linken und dem stolzen Vater Piklos zu ihrer Rechten ertragen musste, war ihr durch das Erscheinen verschiedener Tiere versüßt worden, die allesamt goldene Augen gehabt hatten. Niemand entdeckte die Maus unter der Terrinenhaube, den Salamander zwischen den glasierten Früchten oder die Dohle im Kronleuchter außer Lumili. Und in diesen Momenten fiel es ihr so leicht, gewinnend zu lächeln, wie zu keiner anderen Stunde des gestrigen Tages.

Was nichts daran änderte, dass sie litt. Bisher war keine erfreuliche Nachricht von Hanns zu ihr vorgedrungen und sie wusste, es gab eine Frist, die bald ablief. Wie lange diese Frist war, hatte ihr Hanns nicht verraten wollen, aber er hatte ihr angekündigt, dass ein Super-Gespenst auf sie zukommen werde, wenn es so weit sei. Und dass sie dann eine Entscheidung treffen müsse: für oder gegen ihre Mutter.

Polternde Schritte und eine laute Stimme im Gang ließen Lumili zusammenzucken. Die Wachen vor der Tür nahmen eine stramme Haltung an, Lumili hörte es daran, wie ihre Rüstungen klirrten.

„Ich möchte meine Schöne sprechen!“, rief Ondolt mit einem unkontrollierten Zungenschlag. Also im Grunde klang es eher wie: „Ichmöchemeieschöeheche!“ War er betrunken? Oder lief er mal wieder mit einer gegrillten Schweinskeule im Mund herum?

„Sie ist nicht anwesend“, erklärte einer der Wächter. „Ihr gegenwärtiger Aufenthaltsort ist uns unbekannt.“
„Wasch?“
Eher eine Schweinskeule.
„SIE ist NICHT hier!“, erklärte ein anderer Wächter und übersetzte damit die Aussage seines Kollegen in eine denkbar einfache Botschaft, damit sie diesmal verstanden wurde.
„Warum?“ Nun hatte Ondolt offenbar den riesigen Bissen, auf dem er herumgekaut hatte, hinuntergeschluckt. „Sie hat mir gesagt, sie ruht sich aus! Warum ruht sie sich dann nicht aus?“
„Selbst wenn sie sich ausruhen würde“, erwiderte der erste Wächter, „würde sie sicherlich nicht gestört werden wollen. Doch ich nehme an, ein wichtiger, unvorhergesehener Zwischenfall hielt sie davon ab, ihr Zimmer aufzusuchen.“
„Ah …“, äußerte sich Ondolt enttäuscht. „Und wann kommt sie zurück?“
„Da wir nicht wissen, wo sie ist, können wir das nicht voraussagen.“
„Okay, ich warte“, erklärte Ondolt und ein lauter Schlag gegen die Tür verriet Lumili, dass ihr Verehrer schwungvoll auf dem Boden vor der Tür Platz genommen hatte. „Hunger? Wollt ihr auch was?“
„Nein, danke.“
„Drei Tage eingelegt!“, pries Ondolt sein essbares Mitbringsel an. „In Tintenfischsud und Essig. Spezialrezept von mir. Wollt ihr echt nicht probieren? Hier, guckt mal – den Knochen habe ich glatt durchgebissen. Mein Kiefer knackt alles!“
Lumili schloss die Augen. Nun musste sie ihn also doch ertragen. Aber wenigstens spuckte er ihr keinen Tintenfischsud ins Gesicht und es bestand auch keine Notwendigkeit zu lächeln. Es wäre ihr schwergefallen. Denn mit jeder weiteren nächtlich dunklen Stunde, die in Tolois verstrich, wurde Lumilis Angst um Hanns und das Schicksal dieser Welt größer.
Ein Knallen von Stiefelabsätzen auf Marmor näherte sich zügig.
„Hey, Forti!“, rief Ondolt dem Stiefelträger zu. „Heute schon Kinder über dem Feuer gegrillt? Oder hast du’s verlernt nach tausend Jahren Schönheitsschlaf? Da erschlafft bestimmt alles, auch ’ne zünftige sadistische Ader.“

„Ondolt, mein guter Junge", erwiderte Kreutz-Fortmann. „Wie praktisch, dass ich dich hier treffe. Dein Kampf-Eber muss sich etwas eingefangen haben. Er liegt röchelnd im Stall und prustet alles mit einer weißen Soße voll!"
„Im Ernst?"
Ondolt sprang auf und donnerte dabei kraftvoll gegen Lumilis Tür.
„Ja, leider", antwortete Rémi. „Wenn er so weitermacht, ist er morgen hinüber."
Diese Aussage genügte, um Ondolt Beine zu machen. Lumili hörte, wie seine mit Adamast beschlagenen Schuhsohlen im Stakkato über den Marmorboden klackerten – er rannte hastig davon. Kaum war er weg, sprach Kreutz-Fortmann die Wachen an.
„Tretet zur Seite, ich muss Lumili sprechen."
„Sie ist nicht anwesend."
„Aber ja, natürlich, und jetzt lasst mich vorbei, es ist dringend!"
Lumili rannte zur Tür und zog sie auf.
„Komm rein, Rémi", sagte sie und zeigte ins dunkle Zimmer.
Er trat ein, drehte das Hauptlicht an und schloss die Tür hinter sich.
„Ist es das, was ich denke?", fragte Lumili. „Ist die Frist abgelaufen?"
„Ja, in der Tat", erwiderte Kreutz-Fortmann in dem sachlichen, unaufgeregten Ton, der für ihn typisch war. Nur ein geringfügiges Beben in der tieferen Tonlage seiner Stimme verriet Lumili, dass die Lage katastrophal sein musste.
„Das heißt, du hast nichts von Hanns gehört?"
„Wir haben gehört, dass er in unmittelbarer Nähe der Quelle eine Sprengung durchführen musste. Daraufhin ist ein Teil der Mine eingestürzt und eine große Menge von Antimagikalie ausgetreten. Er hat sich zu dem Zeitpunkt auf der tiefsten Ebene befunden. Du weißt, was das bedeutet."
Lumili starrte Rémi an. Sie wollte es nicht glauben. Aber es musste stimmen. Warum sollte er sie anlügen?
„Die Antimagikalie ...", begann sie, doch brach ab. Sie wusste genug. Wegen Bubi hatte sie alles darüber gelesen, was sie finden konnte.

„Um die Lecks eindämmen zu können, brauchen wir die Antimagikalie im Urzustand“, erklärte Rémi. „Konzentriert und gebunden an etwas, das wir transportieren können. Wie auch immer die Quelle ausgesehen haben mag, sie ist jetzt erst recht unzugänglich und kann uns nicht mehr helfen. Das, was ausgetreten ist, ist hochgefährlich und schadet uns nur.“
Lumili nickte, um Fassung bemüht.
„Die Zeit ist knapp“, sagte Rémi. „Wenn du willst, bringe ich dich auf der Stelle nach Lettimur. Wenn du das nicht möchtest und deiner Mutter in ihrem Kampf beistehen möchtest, bitte ich dich um Stillschweigen.“
„Ich habe für den Notfall gepackt“, erwiderte Lumili und lief in ihr Schlafzimmer, um den kleinen, runden Koffer zu holen, den sie vorbereitet hatte. Es steckte nicht viel darin: etwas Kleidung, Kamm und Bürste, drei oder vier Erinnerungsstücke. Mehr brauchte sie nicht.
„Wie vorausschauend“, sagte Kreutz-Fortmann, als sie mit dem Koffer zurückkam, der nicht größer war als eine Hutschachtel. „Bist du dir sicher?“
„Natürlich“, sagte Lumili.
Ihre Lippen fühlten sich blutleer an, ihr Gesicht war sicherlich noch blasser als sonst. Sie hatte gepackt, aber eigentlich nie erwartet, dass es so kommen würde. Dass Hanns scheitern könnte. Sie hatte fest an seinen Erfolg geglaubt. Erst jetzt wurde ihr klar, dass sie immer davon ausgegangen war, er werde diese Welt retten.
Sie verließen den Raum und Rémi erzählte den Wachen eine Geschichte, die für Weißer Stern bestimmt war: nämlich dass Hanns den Wunsch geäußert habe, Lumili bei seiner Rückkehr an den Häfen zu treffen, weswegen er, Rémi, sie dort hinbringe.
Lumili lächelte auf eine Weise, die ihre Vorfreude auf den Verlobten zum Ausdruck bringen sollte, und es schien ihr, als ob die Wachen ihnen glaubten. Natürlich würden sie Weißer Stern sofort Bericht erstatten. Die Frage war nur, ob Weißer Stern es schlucken würde. Ihre Spione saßen überall und hatten womöglich schon von der Katastrophe gehört.

Sie eilten auf geheimen Wegen Richtung Ausgang. Bevor sie den Staatspalast verließen, belegte Rémi sie beide mit einem Tarnzauber, der sie vor neugierigen Blicken schützen sollte. Lumili bestaunte die Feinheit seiner Technik. Die Genialität und Intelligenz, mit der Kreutz-Fortmann seine magikalischen Instrumente ersann, baute und einsetzte, faszinierte sie stets aufs Neue. Wann immer sie im Zoo die Gelegenheit gehabt hatte, ihn bei seiner Arbeit zu beobachten, hatte sie es gerne getan. Obwohl sie wusste, wie wenig er das mochte.
Ja, die Zuneigung und Bewunderung, die sie für den ehemaligen General empfand, stieß leider nicht auf Gegenliebe. Sie wusste, er nannte sie anderen gegenüber nur „das Mädchen aus Taitulpan". Diese Bezeichnung hatte ihren Weg über viele Ohren und Zungen zu Lumili gefunden und ihr war klar, dass sie nicht schmeichelhaft gemeint war. Trotzdem hegte sie eine große Sympathie für diesen Mann. Sie mochte seine Manieren, seine Sachlichkeit und seinen kurzen Bart, der Wangen und Kinn bedeckte. Ihr Vater hatte einen ähnlichen Bart gehabt, als sie noch klein gewesen war.
Dicht an Kreutz-Fortmanns Seite trat Lumili aus dem Staatspalast. Man ging ihnen aus dem Weg, auch in den engen Gassen voller Menschen, doch niemand erkannte sie. So kamen sie schnell voran und Lumili hatte kaum Zeit, die Tragweite dessen zu erfassen, was gerade passierte. Ihr Leben veränderte sich plötzlich gewaltig. Sie sollte ihre eigene Welt verlassen. Taitulpan, Hanns, ihre Mutter, ihren Vater. Für immer … Es war zu unglaublich, um sich das vorstellen zu können.
„Wo ist Gem?", fragte sie.
„Er hat viel zu tun. Wie wir alle."
„Ich werde ihn also nie wiedersehen, wenn …"
Sie brach ab. Es war taktlos, was sie gerade hatte ansprechen wollen.
„Wenn die Welt untergeht und wir Super-Gespenster sterben, weil wir die andere Welt nicht betreten können? Ja, so ist es."
„Ich habe mich nicht von ihm verabschiedet."
„Vielleicht kommt er ja mal in die Spiegelwelt und winkt dir von der Tür aus zu, aber ich bezweifle, dass wir ihn entbehren können. Wir werden in den nächsten Tagen rund um die Uhr damit

beschäftigt sein, deine werte Mutter und ihre Freunde in Schach zu halten, während wir versuchen, einen möglichst großen Teil der Bevölkerung zu evakuieren."
„Ich verstehe."
„Schön."
Vermutlich mochte sie ihn, weil er so ehrlich und unverstellt desinteressiert an ihrer Person war. Er sprach es nicht laut aus, war aber eindeutig der Meinung, dass ihre Probleme die unwichtigsten überhaupt waren. Damit hatte er sicherlich recht und niemand konnte von ihm verlangen, dass er das ihr zuliebe anders beurteilte.
Persönliche Zuneigung und Wertschätzung waren Geschenke. Viele Menschen unterlagen dem Irrtum, man müsse sich die Liebe, die man bekam, verdienen. So war es nicht. Man bekam sie vollkommen umsonst, für gar nichts. Dafür war sie unberechenbar und ließ sich durch keine Macht der Welt erzwingen. Genauso wie die *Sonne ohne Tat*. Lumili wurde von vielen Menschen geliebt, ohne wirklich etwas dafür geleistet zu haben. Aber von Kreutz-Fortmann wurde sie nun mal nicht geliebt. Sie konnte damit umgehen. Er war ein freier Mensch, er durfte lieben und nicht lieben, wen er wollte.
„Hanns ist nicht tot, oder?"
Ihre Frage überraschte ihn. Er verlangsamte sein Tempo und sah sie an. Nur kurz, dann blickte er wieder auf die Straße und fand in seine vorherige Geschwindigkeit zurück. Schweigend.
„Ihr Super-Gespenster spürt es, wenn euer Herr stirbt. Du wärst angegriffener, wenn er tot wäre."
„Wir können besser arbeiten, solange er lebt. Insofern ist es gut, dass er den Einsturz überlebt hat. Aber er leidet, das kann ich spüren. Seine Situation ist aussichtslos, der Tod wird ihn dort unten finden."
Dieses Wissen lastete schwer auf Rémi, das sah sie ihm an. Die Tränen, die Lumili die ganze Zeit hatte zurückhalten können, traten ihr in die Augen. Sie atmete tief durch, damit sie schnell wieder trockneten. Nichts würde Rémi weniger helfen und sie in seiner Achtung tiefer sinken lassen als ein weinendes Mädchen aus

Taitulpan. Sie musste sich unbedingt ablenken, um Haltung bewahren zu können und pragmatischen Gleichmut zu beweisen.
„Ich weiß, es könnte kaum unwichtiger sein“, sagte sie, „aber steht es wirklich so schlimm um Ondolts Kampf-Eber? Ich war mit Ondolt im Stall und habe dem Eber Eicheln auf der flachen Hand gegeben. Dieser Eber frisst sanfter und manierlicher als sein Herr. Er duftet auch angenehmer. Ich mochte ihn.“
„Keine Sorge, er erfreut sich bester Gesundheit. Ich musste mir nur etwas ausdenken, um Ondolt für eine Weile zu entfernen.“
„Das freut mich zu hören“, erwiderte Lumili. „*Forti*.“
Kreutz-Fortmann blickte abermals zur Seite. Ärgerlich, wie sie dachte, doch als sie seinen Blick ergründete, schien er eher verwundert zu sein.
„Entschuldigung“, sagte Lumili schnell „Ondolt zu zitieren, war geschmacklos.“
„Ach, warum auch nicht“, brummte er. „Es schadet niemandem. Genauso, wie es auch niemandem nützt.“
Bald erreichten sie einen Zugang zum Keller, den Lumili noch nicht gekannt hatte. Er befand sich in einer Stofffärberei. Nachdem sie eine getarnte Tür durchquert und eine mehrfach gesicherte Sperre passiert hatten, stiegen sie eine lange Treppe hinab und Kreutz-Fortmann hob währenddessen die Illusionen auf, die ihn und Lumili verborgen hatten. Sie merkte ihm seine Erleichterung darüber an, dass sie den Keller erreicht hatten und er den Lumili-Auftrag demnächst auf seine Erledigt-Liste verschieben konnte. Leider fühlte sie sich auch so. Erledigt.
„Hat meine Mutter noch einen Zugangs-Code?“
„Dummerweise ja“, antwortete er. „Haul wollte, dass wir ihn ändern, doch Hanns fand, es wäre zu verdächtig, wenn wir sie ausschließen. Wir können es gerade nicht riskieren, dass sie versucht, den Keller zu betreten, und bei der Gelegenheit bemerkt, dass ihre Codes nicht mehr funktionieren. Das käme einer Kriegserklärung gleich. Sie muss so lange wie möglich glauben, dass Hanns zurückkehrt und das Bündnis steht.“
„Aber wenn die Evakuierung beginnt …“
„… ändern wir die Codes. Im besten Fall werden wir bis morgen früh alle strategisch wichtigen Punkte der Stadt abgesichert und

ein paar schwierige Personen beseitigt haben. Danach räumen wir Tolois."
„Und ich Glückliche darf mich vorher aus dem Staub machen?"
„So hat es Hanns verfügt."
„Er hat es also gut mit mir gemeint."
„Sieht so aus."
Als sie das Ende der Treppe erreichten, trafen sie auf eine weitere Sperre und ein Kontrollpult. Rémis Finger tanzten über die Glasscheibe, die Sperre öffnete sich, doch Rémi blieb stirnrunzelnd vor dem Kontrollpult stehen.
„Was ist los?", fragte Lumili.
„Sie ist hier unten."
„Meine Mutter?"
„Ja, aber in einem ganz anderen Teil des Kellers. Wenn wir Glück haben, begegnen wir ihr nicht."
„Und wenn wir *kein* Glück haben?"
Er zog einen Überwachungsspiegel aus der Tasche und legte ihn mit der Vorderseite auf die Glasscheibe des Kontrollpults. Dann drückte er zwei Knöpfe gleichzeitig. Ein heller Lichtschein drang zwischen Scheibe und Spiegel hervor. Als er abebbte, hob Rémi den Überwachungsspiegel wieder hoch.
„Dieser Spiegel wird uns rechtzeitig warnen. Ich habe unsere Signaturen verborgen, damit man uns auf keinem anderen Kontrollpult erkennen kann. Nun geh!"
Lumili hätte gerne gefragt, wie er das gemacht hatte. War es ihm gelungen, die Informationen aus dem einen Spiegel auf einen anderen zu übertragen? Nur durch Licht? Das wäre ja erstaunlich! Doch es blieb keine Zeit für eine Unterhaltung. Sie mussten schnell die Tür erreichen, die in Marias Spiegelwelt führte, und durften dabei keinesfalls von Weißer Stern ertappt werden.
Kreutz-Fortmann ließ seinen Überwachungsspiegel nicht aus den Augen. Nach fünf Minuten blieb er abrupt stehen. Unmittelbar darauf schob er Lumili hinter ein Regal, in dem Reissäcke gestapelt waren, und verteilte drei Instrumente, die wie Manschettenknöpfe aussahen, in den Regalen rundum.

„Bleib genau hier stehen!“, befahl er ihr eindringlich. „Diese Stelle nicht verlassen! Die Instrumente tarnen dich zuverlässig. Sie kann dich weder riechen, hören, sehen noch erahnen. Verstanden?“
Sie nickte schnell, aber er sah es nicht mehr, denn er verließ schon die Regalreihe und lief zu einem Kontrollpult, das Lumili durch eine Lücke zwischen den Reissäcken beobachten konnte. Obwohl er schneller war als jeder lebendige Mensch, kam er nicht an das Pult heran. Weißer Stern trat ihm kurz zuvor in den Weg.
„Mein geschätzter General!“, rief sie in einem Tonfall, der nichts Gutes verhieß. „Du kommst mir wie gerufen.“
„Ich bin kein General mehr“, erwiderte er. „Und du verletzt schon wieder die von Hanns aufgestellten Regeln, indem du unangekündigt und ohne Begleitung hier unten herumschnüffelst.“
„Und wer überwacht die *von Hanns aufgestellten Regeln*? Du etwa? Er selbst kann es ja nicht mehr tun. Bedauerlicherweise.“
„Er kann es in diesem Moment nicht tun, aber dafür wird seine Wut umso größer sein, wenn er in ein paar Stunden zurückkehrt und sieht, was vorgefallen ist.“
Weißer Stern lachte gekünstelt.
„Du bist ein schlechter Lügner, Rémi. Wir beide wissen, dass es im Verfluchten Tal einen Zwischenfall gab und er nie wieder zu uns zurückkehren wird.“
„Glaub, was du willst. Mich musst du jetzt entschuldigen, denn ich habe von Hanns die Anweisung bekommen, alles für die Eindämmung der Lecks vorzubereiten, damit wir morgen früh gleich starten können.“
„Wie wollt ihr starten, wenn er morgen früh tot ist?“
„Dass er morgen früh tot sein wird, hat er vorhin nicht erwähnt“, sagte Rémi. „Das muss ihm vor lauter Aufregung entfallen sein.“
„Vermutlich ist ihm auch *entfallen*“, äffte Weißer Stern ihn nach, „dass es in einem von Antimagikalie verseuchten Tal nicht mehr möglich ist, Nachrichten zu übertragen. Hören wir doch einfach mit diesem Theater auf und verteilen die Aufgaben neu. Nun, da mein Bündnispartner … unpässlich … ist, übernehme ich für die Dauer seiner Abwesenheit – also für immer – das Kommando. Als

Erstes möchte ich, dass du mir den Supercode für die Kontrolleinheiten aushändigst!"
„Wovon sprichst du?", fragte er.
„Du weißt genau, was ich meine", sagte Weißer Stern. „Es ist von größter Wichtigkeit, dass ich Zugangsberechtigungen ausstellen und zurücknehmen kann, wann immer ich das will. Vor allem muss ich in den höheren Kommandobereich vordringen können, aus dem mich Hanns bisher ausgeschlossen hat."
„Was auch der Grund dafür ist, warum ich dir den Supercode, wenn es ihn denn gäbe, niemals aushändigen würde."
„Ich bin freundlich zu dir, Rémi, obwohl ich dich töten könnte. Ich möchte, dass wir uns einigen. Deine Tricks sind hilfreich, aber nur dann, wenn du mich nicht bekämpfst. Also such es dir aus: Arbeite mit mir zusammen oder stirb."
„Wir sind Bündnispartner, natürlich arbeite ich mit dir zusammen", sagte Rémi versöhnlich. „Aber solange Hanns lebt, bin ich ihm untergeordnet. Er würde nicht wollen, dass ich Kenntnisse weitergebe, die er dir vorenthalten würde."
Weißer Stern nickte mit einem Gesichtsausdruck, der Interesse, aber auch großes Befremden ausdrückte. Mit einer flinken Handbewegung fuhr sie durch die Luft und hielt plötzlich eine Waffe in der Hand, die zuvor unter einem Tarnzauber verborgen gewesen war. Die kleine Schusswaffe besaß zwei Glaskolben, in denen etwas Graublaues unheilvoll herumwirbelte. Rémi betrachtete sie kritisch.
„Wo hast du *das* her?"
„Toll, was? Das muss doch einen Tüftler wie dich begeistern, dass ich eine Waffe besitze, die es eigentlich gar nicht mehr geben kann, da Hanns nach Corvinas Inhaftierung jedes Exemplar und jeden Konstruktionsplan hat zerstören lassen. Vor lauter Angst, dass diese Pistole mit der Zerstörungskraft eines magikalischen Sturms seine Lieblinge zerfetzen könnte."
„Ich bin fasziniert", sagte Kreutz-Fortmann. „Lass mich raten – du hast Corvina im Gefängnis besucht?"
„Wozu hat man Freunde?", antwortete Weißer Stern. „Oder sagen wir lieber: Wozu haben gewisse Leute überhaupt keine Freunde? Die arme Corvina war so dankbar, als ich bei ihr vorbeigeschaut

habe, dass sie mir doch glatt verraten hat, wie man so ein Ding baut. Sie hatte jede Einzelheit hübsch säuberlich in ihrem Gedächtnis notiert und die Aussicht auf Rache hat sie dazu verführt, mir all diese Einzelheiten zu enthüllen. So konnte ich dieses Prachtstück hier bauen – einen kleinen, unfehlbaren Super-Gespenster-Zerstörer. Ich habe ihn technisch noch ein bisschen verbessert. Willst du wissen, wie?"
„Spielt keine Rolle", antwortete Rémi. „Du kannst mich töten oder es lassen. Das liegt ganz in deinem Ermessen. Ich muss dich nur bitten, diesbezüglich eine schnelle Entscheidung zu treffen, denn ich bin sehr in Eile!"
Weißer Stern hob die Augenbrauen und dabei schien ihre Stirn zu zerbrechen, denn die Schminke, die ihr entstelltes Gesicht bedeckte, begann angesichts dieser ungewohnten Mimik zu bröckeln.
„Wie hochmütig du doch bist. So kurz vor deinem Tod."
„Im Übrigen muss man so eine Waffe", sagte Rémi und trat einen großen Schritt vor, „auch gut festhalten können."
Noch während er dies sagte, knallte es unmittelbar vor Weißer Sterns Nase und ihr Arm schien für Sekunden wie eingefroren zu sein. Rémi schlug Weißer Stern die Waffe aus der Hand und bevor Weißer Stern den ihr völlig unbekannten Verschränkungszauber lösen konnte, der sie bannte, gab Rémi der zu Boden gefallenen Waffe einen Tritt und ließ sie über den Kellerboden schlittern.
Die Waffe blieb exakt jenseits einer grünen Lichtschranke liegen, die zu überschreiten für jedes Wesen absolut tödlich war. Mit dem Supercode konnte man die Schranke ausschalten, doch diesen Code besaß Weißer Stern nicht. Und so, wie es aussah, würde sie ihn auch nicht bekommen.
„Du wagst es?", schrie sie wütend. „Du forderst mich heraus?"
„Wie könnte ich?", erwiderte er. „Du bist Hylda ebenbürtig. Selbst Hanns könnte dich nicht einfach so töten. Dagegen bin ich wehrlos wie eine Maus."
„So ist es!"
„Wobei das eben nur ein kleiner Taschenspieler-Trick war, nicht mehr. Es erstaunt mich, wie leicht es war, dich reinzulegen. Wer

ein wenig Instrumente-Zauber beherrscht und mehrere Verschränkungszauber miteinander kombinieren kann …“

Sie hatte keine Lust mehr, ihm zuzuhören, und unterbrach seine Rede, indem sie einen magikalischen Blitz auf ihn abfeuerte, der eine massive Mauer hätte spalten können. Doch Rémi wandte einen weiteren Taschenspieler-Trick an und lenkte den Blitz von sich weg auf einen Berg aus Getreidesäcken, die sofort explosionsartig in Flammen aufgingen. Dadurch wurde ein Alarm ausgelöst, der Lumili in den Ohren kreischte.

Weißer Sterns Geduld war aufgrund des Lärms und Rémis Unverfrorenheit restlos aufgebraucht. Sie malträtierte den ehemaligen General nun mit so vielen Blitzen, dass die Luft grell flimmerte und so gleißend brannte, dass Lumili die Augen zukneifen musste. Als Lumili endlich wieder etwas sehen konnte, leuchtete die aufgeladene Luft in einem gefährlich blauvioletten Ton. Kreutz-Fortmann lag am Boden und krümmte sich.

„Hast du genug?“, schrie Weißer Stern ihn an. „Hast du jetzt endlich genug? Nenn mir den Supercode und du kommst noch einmal lebend davon!“

Sie beugte sich über ihn, da sie glaubte, er wolle ihr etwas zuflüstern. Doch als sie eine Armeslänge von seinem Gesicht entfernt war, gab er ihr mit einem Bein einen solchen Tritt, dass sie strauchelte und rückwärts kippte – oder gekippt wäre, wenn sie sich nicht in einen Vogel verwandelt hätte. Sie flatterte kurz in der Luft, gewann ihr Gleichgewicht zurück und kam als Mensch wieder auf die Beine.

Kreutz-Fortmann zögerte nicht, ihr mit einem magikalischen Hieb aus seiner fast kraftlosen Hand einen letzten Kinnhaken zu versetzen, doch dieser erschütterte nur ihren Stolz, nicht ihre Macht. Mit einer Salve von magikalischen Blitzen schickte sie das Ärgernis namens Kreutz-Fortmann nun endgültig zur Hölle: Sein ganzer Körper zog sich unter dem Einfluss der tödlichen Energie wie in einem Krampf zusammen.

Lumili zitterte. Sie wollte unbedingt aufspringen und sich dazwischenwerfen, doch das durfte sie keinesfalls tun! Wenn sie sich einmischte, würde ihre Mutter nur noch wütender zuschlagen. Es wäre nicht das erste Mal, dass Weißer Stern eine unfassbare

Grausamkeit entwickelte, nur um ihre Tochter für ihren Widerspruch zu bestrafen. Darum war Lumili zum Stillhalten verdammt und musste schreckensstarr mit ansehen, wie Kreutz-Fortmann in einem letzten gewaltigen Krampf erstarrte und schließlich erschlaffte. Er blieb regungslos am Boden liegen und sah aus wie tot!
Weißer Stern hatte keine Zeit zu verlieren. Sie lief zum Kontrollpult und fuhr dort fieberhaft mit den Fingern über die Glasscheibe, bis der markerschütternde Feueralarm verstummte. Ein automatischer Löschzauber hatte den Flammenherd größtenteils gelöscht, ein weiterer Zauber neutralisierte den giftigen Rauch. Weißer Stern warf einen prüfenden Blick in Richtung des sterbenden Feuers, nickte zufrieden und wandte sich wieder dem Kontrollpult zu.
„Du Satansbraten von einem Schwiegersohn", erklärte sie der Glasscheibe, über die ihre Fingerspitzen tanzten, „ich finde den entscheidenden Faden in diesem Gewirr von Befehlszaubern. Worauf du Gift nehmen kannst!"
Sie hielt inne und musterte die Scheibe noch einmal gründlich. Scharfsichtig durchdrang ihr Geist die darauf abgebildeten Zeichen, gerade so, als könnte sie die zugrunde liegende Formel durch ein drittes Auge erkennen und begreifen. Womöglich konnte sie es sogar, schoss es Lumili durch den Kopf. Ihre Mutter konnte so einige unerklärliche Dinge.
Weißer Sterns Fingerspitzen tasteten die Luft ab. Auf einmal klatschte sie in die Hände.
„Hab ich dich!", rief sie.
Euphorisch vollführte sie eine zickzackförmige Bewegung mit drei Fingern auf der Glasscheibe. Anschließend blickte sie gebannt auf das Pult. Das Licht unter dem Glas veränderte sich und warf einen hellgelben Schein auf Weißer Sterns Maskengesicht.
„Na, wer sagt's denn?", sagte sie triumphierend. „Ich bin – "
Sie brach ab, denn irgendetwas geschah da vor ihren Augen, das ihr nicht gefiel und sie zunehmend entsetzte. Sie trat konsterniert zurück und schon ertönte ein lauter, schriller Ton, dem eine

Ansage folgte, gesprochen von einer blechernen Stimme, die aus allen Richtungen des unterirdischen Kellers zu kommen schien: „Achtung, feindliche Einmischung! Alle Codes verlieren ihre Gültigkeit. Die Zugänge werden gesperrt in ZEHN, NEUN, ACHT, SIEBEN …“
Bei SIEBEN flog Weißer Stern los. Lumili wusste, ihrer Mutter blieb keine andere Wahl. Denn wären die Zugänge erst einmal verschlossen, konnten sie nur noch von einer Person geöffnet werden, die den Supercode besaß. Aber wer hatte ihn? Hanns war nicht hier und Kreutz-Fortmann war …
Lumilis Gedanken setzten aus. Sie rannte aus ihrem Versteck und warf sich neben Rémi auf die Knie. War er wirklich tot? Sie beugte sich über ihn und legte beide Hände an seine Schläfen.
„SECHS, FÜNF, VIER“, dröhnte es in Lumilis Ohren.
Rémi fühlte sich an, als wäre er immer noch lebendig. Er roch, wie echte Menschen riechen, doch seine goldenen Augen, die offen waren und durch Lumili hindurchstarrten, verloren gerade ihre Farbe. Viel zu schnell bildeten sich blaue Flecken auf seiner linken Wange, die rasch größer wurden und zu einem beängstigenden Grau verblassten.
„DREI, ZWEI, EINS … Sperrung der Zugänge ist erfolgt“, verkündete die blecherne Stimme aus allen Richtungen. „Alle bisher gültigen Codes sind erloschen.“
Lumili kümmerte es nicht, ihr Blick ruhte erschüttert auf Rémi. Sie wollte nicht wahrhaben, was sie deutlich spürte und sah: Rémis magikalische Integrität brach zusammen, rasend schnell. Verlor ein Gespenst seinen inneren magischen Zusammenhalt, starb es endgültig und für immer. Niemand könnte seine Seele jemals zurückholen.
Lumili wusste darüber Bescheid, Hanns hatte ihr viel darüber erzählt. Vor drei Jahren, als Grindgürtel auf seinen Sohn Haul losgegangen war, war Hauls Zustand ähnlich beschädigt gewesen. Hanns und Grindgürtel hatten ihn daraufhin rund um die Uhr mit persönlicher Magikalie versorgt. Tagelang war Hauls Schicksal ungewiss geblieben und in jenen Tagen des Bangens hatte sich seine Haut verfärbt. Sie war erst blau geworden und schließlich grau, was normalerweise das letzte Stadium vor dem Tod anzeigte.

Doch dann, fast wie durch ein Wunder, war doch noch eine Besserung eingetreten. Nach und nach hatte er seine magikalische Stabilität und damit seine normale Hautfarbe zurückerlangt.
Doch wer sollte dieses Wunder bei Rémi bewirken? Kreutz-Fortmanns Haut veränderte sich schrecklich schnell und es war niemand hier, der persönliche Magikalie auf dieses Super-Gespenst hätte übertragen können. Wenn Lumili nichts unternahm, würde er sterben, noch während sie seinen Kopf in ihren Händen hielt.
Dabei liebte sie seine goldenen Augen so sehr, ebenso wie die Raubvogel-Pupillen darin. Diese Vögel waren nie so flink wie die schwarzen Fische, die in Gems Goldaugen herumschwammen. Ihre Stärke lag in der Ruhe und der Wachsamkeit, die sie ausstrahlten. Doch davon war nichts mehr zu sehen. Rémis Raubvogel-Pupillen waren zu grauen Silhouetten verblasst, die starr ins Leere blickten.
Lumili hielt Rémis Kopf noch fester und ging mit ihrem Gesicht so nah an seines heran, dass ihre Wange seine Stirn berührte. Von der *Sonne ohne Tat* hieß es, dass sie heilen könne. Dass sie Zerbrochenes mit Leben durchdringen und wieder ganz machen könne, vorausgesetzt, dass es die Wege der Fügung gestatteten und eine namenlose Macht dem Verwundeten gnädig war. Dies traf allerdings nur auf die Heilung von lebendigen Wesen zu und nicht auf tote Gespenster, deren Leben auf einer magikalischen Illusion beruhte.
Aber war das wirklich so? Hatte Lumili nicht erst vor zwei Tagen behauptet, die *Sonne ohne Tat* scheine auch für Gespenster? Sie hatte von Gem verlangt, er solle gefälligst daran glauben, dass ihn diese Kraft immer noch durchdringen könne. Im Fall von Gem war Lumili auch fest davon überzeugt. Aber wenn es so war – könnte diese Kraft dann nicht auch ein sterbendes Gespenst heilen?
Lumili hob ihren Kopf, betrachtete noch einmal Rémis Gesicht, dessen Haut fast vollkommen grau geworden war, und rief das innere Licht zu sich, mit dem sie eins zu werden verstand wie kein anderer Schüler des Tempels. Innerhalb von Sekunden durchflutete es sie mit reinem Leben und als sie ihren Mund öffnete, entwich die *Sonne ohne Tat* wie ein heiliger Lebenswind.

Lumili achtete darauf, dem Wind genügend Raum zu lassen. Es war von großer Bedeutung, dass die Kraft ihren Weg von alleine fand. Niemand konnte einen Funken von Lebenskraft kontrollieren, indem er ihm vorschrieb, wohin er sprang. Ob er Kreutz-Fortmann wählen oder sich in der Luft verflüchtigen würde, war eine Frage des Schicksals.

Die Priester des Tempels, das wusste Lumili, hätten ausnahmslos darauf gewettet, dass die *Sonne ohne Tat* über den Körper des Gespenstes hinwegstreichen würde, ohne eine Verbindung mit ihm einzugehen. Sie alle glaubten, was Gem glaubte: nämlich dass in einer Illusion, so lebensecht sie auch sein mochte, keine heilige Wahrheit mehr steckte.

Doch sie irrten sich. Leben war, was Leben lebte, und heilig war sowieso alles, was des Fühlens mächtig war, selbst eine personifizierte Täuschung. Und so wunderte es Lumili kaum, dass die Kraft, die ihren Mund verließ, nicht verflog, sondern von dem Körper, der wie tot unter ihr lag, angezogen wurde und in ihm verschwand.

Lumilis Herz klopfte freudig. Sie fuhr fort, die *Sonne ohne Tat* auf Rémis Haut zu hauchen, und die Lebenskraft drang in ihn ein, wo immer ihre Lippen ihn fast berührten. Nach und nach schwanden die blauen und die grauen Schatten von seinem Körper und schon bald ging eine Hitze von ihm aus, die Lumili dazu veranlasste, Abstand zu nehmen und ihn zu begutachten. Zu ihrer großen Erleichterung sah er gut aus. Gerade so, als sei er nur in einen erschöpften, tiefen Schlaf gefallen.

Prüfend hob sie seine linke Hand an, betrachtete sie eingehend und drückte ihre Lippen darauf. Es war ein zurückhaltender, von Lebenskraft getränkter Kuss, mit dem sie seine Genesung besiegelte. Dabei fiel ihr auf, dass er einen Ring am Mittelfinger trug. Dieser Ring musste normalerweise unter einem Tarnzauber verborgen sein, denn sie hatte ihn noch nie zuvor an ihm gesehen.

Lumili ließ seinen Arm sinken und legte ihre Hände auf seine Brust, um nachzuprüfen, ob die Illusion seines Herzens wieder schlug. Sie tat es. Sein Herz pochte, das Leben pulsierte kräftig in ihm. Minutenlang ließ sie ihre Hände dort ruhen, während das Licht in ihrem Inneren schwand und erlosch.

Erst jetzt merkte sie, wie sehr sie dieser Vorgang geschwächt hatte. Ihr stand der Schweiß auf der Stirn und sie bebte am ganzen Körper, doch sie war glücklich darüber, erfolgreich gewesen zu sein. Sie konnte kaum aufhören, den immer noch lebenden und wieder viel gesünder aussehenden Rémi Kreutz-Fortmann zu betrachten. Seine Augen waren zugefallen, er schlief nun. Die Vögel darin schliefen sicherlich auch.
Lumili lächelte, obwohl sie vor Erschöpfung fror und zitterte. Erst als sie ein Geräusch hörte und Stimmen, kehrte sie endgültig in diese Welt zurück und empfand plötzlich wieder Scheu und Schrecken, zwei Empfindungen, die ihr im vorherigen Zustand nichts hatten anhaben können.
„Hier muss etwas passiert sein!“, hörte sie Haul rufen. „Es riecht verbrannt.“
„Wo ist Rémi?“, fragte Fertis. „Er wollte doch das Mädchen holen!“
„Warte, ich sehe nach. Verdammt! Alle Codes wurden gesperrt. Und die letzte Person, die diesen Keller verlassen hat, war … Weißer Stern!“
Lumilis Gedanken waren von der Anstrengung und der überwältigenden Erfahrung, die das Licht immer wieder in ihr auslöste, noch furchtbar langsam. Haul und Fertis würden gleich hierherkommen, angezogen von den Überresten des Feuers. Wenn sie Lumili entdeckten, würden sie sie nach Lettimur bringen. Fort von allem, was ihr lieb war.
Das wollte sie nicht.
Rémi hatte ihre und seine Signaturen von den Kontrollpulten verschwinden lassen. Niemand könnte auf einem der Überwachungsspiegel erkennen, wo Lumili war. Und niemand könnte sie sehen, hören oder riechen, wenn sie sich zwischen den Regalen mit den Reissäcken verbarg, dort, wo Rémi die kleinen Instrumente ausgelegt hatte.
Lumili musste nicht lange überlegen. Sie sprang auf und rannte lautlos in ihr Versteck zurück. Sie war bereit, die letzten Tage dieser Welt hier unten zu verbringen, wenn es sein musste. Sie wollte in ihrer eigenen Welt bleiben, solange es noch möglich war. Und sie wollte frei sein. Einmal frei sein von den Geboten und

Verboten der Menschen, die sich angeblich um ihr Wohl sorgten und doch nur ihr eigenes im Sinn hatten.
Kaum hatte Lumili ihren Platz hinter den Regalen eingenommen, kamen Haul und Fertis auch schon angerannt. Bestürzt gingen sie neben Kreutz-Fortmann in die Hocke.
„Er lebt, oder?“, fragte Fertis. „Er sieht doch noch gut aus!“
„Er ist hart im Nehmen“, erwiderte Haul. „Rémi? Kannst du mich hören?“
Rémis Augen blieben geschlossen, doch er bewegte sich leicht. Wie jemand, der antworten möchte, aber es nicht schafft.
„Wir lassen ihn hier liegen, bis er von allein aufwacht“, sagte Haul. „Im Moment kann sowieso niemand vorbeikommen, der uns stört. Niemand aus Tolois. Die Spiegelwelt-Tür ist gerade der einzige Zugang zum Keller.“
„Hast du den Supercode?“, fragte Fertis besorgt. „Hanns hat dir alles anvertraut, bestimmt auch den Supercode. Oder?“
Haul schwieg und so, wie er Fertis gerade anstarrte, wurde Lumili klar, dass Haul nicht sprechen konnte. Die Erwähnung von Hanns hatte Haul so getroffen, dass er keinen Ton herausbrachte.
„Haul!“, rief Fertis, von Panik ergriffen. „Wenn du den Code nicht hast, verlieren wir Tolois!“
Haul schüttelte den Kopf.
„Keine Sorge, ich habe ihn“, brachte er endlich hervor. „Ich habe den Supercode. Ich hatte nur gehofft, dass ich ihn niemals benutzen muss.“
Fertis legte seine große, schwere Hand auf Hauls Schulter.
„Ich weiß, Haul. Für dich ist’s am schlimmsten.“
„Dafür ist auch niemand entschlossener als ich“, sagte Haul. „Wir werden tun, was Hanns wollte. Aber wir müssen die Pläne ändern. Unser Vorsprung ist dahin, Weißer Stern weiß Bescheid, sonst hätte sie Rémi nicht angegriffen.“
„Dann befinden wir uns im Kampf?“
„Ja. Der Keller ist momentan sicher. Kümmern wir uns um den Rest.“
Haul stand auf und ging hinüber zum Kontrollpult. Schweigend fuhren seine Finger über das Glas. Es dauerte mehrere Minuten,

bis alle Zeichen eingegeben waren. Anschließend ertönte die blecherne Stimme erneut.
„Ausnahmezustand aufgehoben. Bitte verteilen Sie neue Zugangsberechtigungen, Herr Präsident."
Haul drehte sich nach Fertis um und trotz seiner Traurigkeit lächelte er.
„Typisch Hanns", sagte er. „Er hat es nie geändert. Er liebt die Republik."
„Na, dann mach mal, Herr Präsident!", forderte ihn Fertis auf. „Wir haben nicht viel Zeit."
Haul nickte und wandte sich wieder dem Kontrollpult zu.
Lumili sank müde zu Boden. Sie musste akzeptieren, was gerade passierte. Sie wollte daran glauben, dass in allem, was geschah, die *Sonne ohne Tat* wirkte. Sie war bereit, ihr Schicksal anzunehmen. Oder auch nicht. Denn im Grunde erging es ihr mit diesem Schicksal genauso wie mit Ondolt: Sie fand es einfach zu unerfreulich, um sich ihm zu überlassen. Da stieß selbst die eifrigste Schülerin des Tempels an ihre Grenzen.

Kapitel 2: Tropfen für Tropfen

Lisandra stand als kleiner Vogel im undurchdringlichen Dunkel und erwog ihre Möglichkeiten. Eigentlich waren es nur zwei. Die eine war hoffnungslos und die andere vergeblich. Die erste bestand darin, als Vogel in die Zauberzeit zu gelangen und dort den Ort zu wechseln in der Art und Weise, wie Dandelia das so meisterhaft beherrschte. Doch herauszufinden, wie das ging, würde Wochen, Monate oder gar Jahre kosten. Unterdessen würde die Welt untergehen und wenn Lisandra es dann endlich geschafft hätte, außerhalb der Mine wieder aufzutauchen, wäre da nichts mehr. Kein Leben, keine Freunde und vor allem: kein Haul.

Die zweite Möglichkeit war auch nicht berauschend. Sie lautete nämlich, gar nichts zu tun außer abzuwarten und hier unten eingesperrt zu bleiben. Noch dazu als kleiner Vogel, der sich nicht von alleine verwandeln konnte und auch sonst keine der Fähigkeiten besaß, über die Lisandra normalerweise verfügte. Doch lieber tat sie das und wusste, dass Haul und alles andere, das sie liebte, noch existierte, als in der Zauberzeit das Ende der Welt zu verpassen.

Anfangs konnte sie keine Ruhe finden und lief auf ihren Vogelbeinen in dem ehemaligen Aufzug im Kreis herum, was nur deswegen möglich war, weil die Erschütterungen Erde und Sand in die Kabine geschleudert und damit die Pfützen trockengelegt hatten. Doch nach schätzungsweise dreihundert Runden merkte sie, wie erschöpft sie war. Sie setzte sich in eine Ecke, schloss die Augen und schlief sofort ein.

Als sie die Augen wieder öffnete – nach einer oder mehreren Stunden, wer wusste das schon? – hörte sie in unmittelbarer Nähe etwas atmen. Die Umgebung war unverändert pechschwarz, daher konnte sie nicht sehen, was es war. Sie tippte auf ein Tier. Und so laut, wie es atmete, war es auf jeden Fall viel größer als sie.

Während sie den Atemzügen lauschte, hoffte sie inständig, dass das Tier sie nicht bemerkte. Doch diese Hoffnung löste sich schneller auf, als sie davonflattern konnte, denn das Tier sprang plötzlich auf sie zu, packte sie mit beiden bekrallten Pfoten und schnappte mit dem Maul nach ihr. Da konnte sie strampeln und

quietschen, so viel sie wollte, zwei Zahnreihen klemmten sie ein und waren im Begriff, sie einmal mittendurch zu beißen.
Ob es der Schrecken war oder ihre innere Überzeugung, dass sie es nicht verdient hatte, in dieser schrecklichen Mine als Häppchen für zwischendurch zu enden, war schwer zu sagen, jedenfalls regten sich auf einmal Bärenkräfte in ihr und sie wuchs mit einer immensen Geschwindigkeit von einem Vogel zu einem Menschen heran.
Sehr bald war sie zu groß für die beiden Zahnreihen, weswegen das Monster sein Maul unfreiwillig aufsperren und sie entlassen musste, sonst hätte Lisandra seinen Kiefer gesprengt. Kaum hatte Lisandra ihre wahre Gestalt und ihren Gürtel mit Waffen zurückgewonnen, zog sie ein Messer und lauschte. Mit dem anderen Arm wischte sie sich die Spucke ihres Feindes aus dem Gesicht.
Es blieb verdächtig still im dunklen Gefängnis und da ahnte Lisandra auf einmal, wer das gefräßige Monster war.
„*Dandelia*?“, fragte sie drohend und unverkennbar wütend. „Hast du gerade versucht, mich zu fressen?“
„Nein“, widersprach Dandelia Pimbel. „Ich habe dir nur geholfen. Ohne mich wärst du immer noch ein Vogel.“
„Du beklopptes Mistvieh hast nicht kapiert, dass *ich* es bin, oder?“, rief Lisandra. „Erzähl mir doch nichts! Du hirnlose Wasserspeier-Katze bist hier herumgestreunt und dachtest: Oh, wie nett, da sitzt ja was Fressbares herum! Ich habe zwar keine Ahnung, wie das Vögelchen hierhergekommen ist, aber ich schlinge es jetzt einfach mal herunter. Richtig? So war es doch, oder?“
„Na ja, immerhin habe ich nach dir gesucht statt einfach heimzulaufen“, erwiderte Dandelia Pimbel. „Und ich bin sehr hungrig. Ich habe seit zwei Tagen nichts mehr in den Magen bekommen.“
„Und warum? Wo warst du die ganze Zeit?“
Schweigen.
Lisandra kannte diese Katze. Sie würde keine Antwort erhalten, jedenfalls nicht auf die direkte Art und Weise. Die Katze musste abgelenkt werden und vielleicht würde sie dann irgendwann mit der Wahrheit herausrücken. Daher setzte Lisandra ihren Rucksack

ab und holte die Öllampe heraus, die sie von Hanns für die Herausgabe ihrer Steinfeuer-Nuss bekommen hatte. Als Lisandra daran dachte, wurde sie von einer Traurigkeit überwältigt, die sie allen Zorn vergessen ließ.

„Weißt du was über die anderen?“, fragte sie, während sie die Lampe aufstellte.

„Nein.“

Das Licht flammte auf. Die Fahrstuhlkabine war Lisandra schon eng und beklemmend vorgekommen, als sie sie das erste Mal gesehen hatte. Nun, da der Ausgang von Geröll verschüttet worden war und über ihr, unter ihr und um die Kabine herum nur Steine und Erde waren, wirkte sie noch trostloser. Geradezu verzweifelt betrachtete Lisandra den Hebel und die Kette. Hätte sie doch gestern gewusst, was sie jetzt wusste. Sie hätte Hanns und Gerald angefleht, diesen Aufzug nie zu betreten.

„Lief nicht so gut bei euch, oder?“, fragte die Katze und trat näher an die Lampe heran. Sie schnupperte kurz, dann beschloss sie, dicht daneben Platz zu nehmen und ihre Barthaare in die warme Luft zu halten, die aus der Lampe aufstieg.

„Wir waren nah dran“, erzählte Lisandra. „Aber die Antimagikalie-Quelle konnten wir nicht erreichen. Der Boden hat geglüht und weiter unten kam ein Fluss, der …“

„Weiß ich“, unterbrach sie Dandelia Pimbel. „Ich war auch da.“

„Du warst da?“

„Ja.“

„Wann warst du da? Und warum?“

Die Katze starrte mit schmalen Pupillen ins Licht, dann gähnte sie und sah sich gelangweilt um. Lisandras Aufmerksamkeit kehrte zum Inhalt ihres Rucksacks zurück. Den zu durchsuchen, war sicherlich lohnender, als auf eine Antwort der Katze zu warten. Nach einigem Graben stießen ihre Finger auf einen Beutel, von dem sie wusste, dass er getrocknete Feigen enthielt. Sie zog ihn hervor und öffnete ihn.

„Aua!“, jammerte die Katze leise vor sich hin. Als Lisandra daraufhin überrascht aufschaute, erklärte Dandelia Pimbel: „Ich bin verletzt.“

„So. Bist du das.“

„Die blöden Füchse haben mich erwischt. In der Nacht, in der ihr eure lächerlichen Fäden mit Glöckchen gespannt habt, haben sie sich angeschlichen. Sie krochen unter den Fäden und den Glöckchen durch. Ich sah sie kommen und habe mich auf sie gestürzt. Anfangs sind sie geflohen, aber später haben sie mich in einen Hinterhalt gelockt. Zu fünft sind sie auf mich losgegangen, als ich in der Falle saß."
„Wirklich?", fragte Lisandra und wusste nicht, ob sie es glauben sollte. Dandelia erzählte gerne Lügengeschichten.
„Hier!", sagte die Katze und senkte ihren Kopf. Tatsächlich: Eine Kruste aus getrocknetem Blut zog sich quer darüber hinweg.
„Armes Kätzchen", meinte Lisandra. „Aber immerhin lebst du noch. Mich haben sie einmal getötet."
„Ich lebe noch, weil ich zäh bin", erwiderte Dandelia grimmig. „Ich habe gekämpft und sie hatten es nicht leicht mit mir, aber irgendwann habe ich einen Schlag abbekommen und danach war ich weg. Weiß nicht, wie lange, bestimmt einen Tag lang."
„Deswegen bist du also nicht mehr aufgetaucht."
„Als ich wieder zu mir gekommen bin, habe ich die Quelle gesucht. Ich wollte sie sehen. Aber da kommt man nicht hin. Ihr habt den ganzen Weg umsonst gemacht."
„Ja, ich weiß."
„Ich wäre fast draufgegangen", erzählte die Katze selbstmitleidig. „Auf den glühenden Steinen habe ich mir die Pfoten verbrannt, am Ufer des Flusses bin ich ausgerutscht und ins Wasser gefallen. Ich konnte mich in die Zauberzeit retten und wollte sie auf der anderen Seite des Flusses verlassen, aber da habe ich gemerkt, dass man auf der Stelle tot umfällt, wenn man diesen Ort betritt. Also bin ich in der Zauberzeit geblieben und habe nach einer Stelle in der Mine gesucht, an der ich bleiben und mich ausruhen konnte. Kaum hatte ich eine gefunden, ist alles über mir eingestürzt und ich musste *wieder* verschwinden."
„Du musst das nicht so vorwurfsvoll aufzählen. Niemand hat dich gebeten, mitzukommen. All die Missgeschicke hast du nur deiner Neugier zu verdanken."
„Und dann finde ich endlich einen Vogel, den ich fressen kann – und das bist ausgerechnet *du.*"

„So ein Zufall aber auch. Dabei gab es auf der tiefsten Ebene außer dir nur drei lebendige Wesen. Und wenn dich dein Gedächtnis nicht im Stich gelassen hätte, hättest du dir denken können, dass keins davon ein echter Vogel war."
Lisandra aß die Feigen auf, eine nach der anderen. Es waren zu wenige. Als sie alle aufgegessen hatte, war sie längst noch nicht satt.
„Mein Kopf ist verletzt", sagte Dandelia Pimbel. „Ich kann gerade nicht denken."
„Klar."
„Er brummt und dröhnt."
Lisandra suchte in ihrem Rucksack nach weiterem Proviant. Wenn sie sich richtig erinnerte, gab es irgendwo noch so eine braune Paste für den allergrößten Notfall.
‚Wieso ist die für den allergrößten Notfall?', hatte Lisandra gefragt, als Hanns ihr von der Paste erzählt hatte. Und er hatte geantwortet: ‚Das merkst du, wenn du sie isst. Ohne den allergrößten Notfall nimmst du die nicht in den Mund.'
Doch Hanns war wehleidig, was Essen anging. Die versalzene Pastete, die ihnen der Krötenkoch unmittelbar nach der Schlacht serviert hatte, hatte er nicht hinunterbekommen, während Lisandra anderthalb davon verputzen konnte. Und in einem ähnlich hungrigen Zustand befand sie sich gerade.
„Wenn du dich schon nicht für meine Verletzung interessierst", sagte Dandelia Pimbel, „dann möchtest du vielleicht wissen, dass du hier nicht mehr rauskommst?"
Lisandra hörte auf, ihren Rucksack zu durchwühlen.
„Ich bin kein Vogel mehr", erwiderte sie. „Das heißt, ich kann jetzt durch Wände gehen. Es gibt doch bestimmt noch mehr Hohlräume als diesen hier. Ich muss mich zwar jedes Mal ausruhen und wieder Kraft tanken, wenn ich durch zwei, drei Wände gegangen bin, aber so könnte ich mich langsam nach oben arbeiten!"
„Gibt nicht viele Hohlräume. Außerdem ist der Wasserspeicher angeknackst. Gerade läuft die achte Ebene voll und von da sickert alles nach unten."
„Aber die Pumpen …"
„Die sind kaputt."

„Das heißt jetzt was?“
„Du musst dich beeilen. Irgendwann kommt das Wasser hier an.“
Lisandra fixierte die Katze. Log sie? Oder sagte sie die Wahrheit?
„Wesentlich einfacher wäre es für mich“, sagte Lisandra, „wenn du mir endlich verraten würdest, wie ich durch die Zauberzeit hüpfen und dabei den Ort wechseln kann.“
„Das kann man oder man kann es nicht.“
„Zeig es mir doch einfach!“, rief Lisandra ungeduldig. „Oder noch besser: Nimm mich mit!“
„Geht nicht.“
„Du willst bloß nicht!“
„Du wärst der einzige Mensch, den ich mitnehmen könnte“, erklärte die Katze. „Weil du die Zauberzeit betreten kannst. Aber mit dir zusammen wäre ich langsam. Von hier bis an die Erdoberfläche würden wir zu zweit drei Wochen brauchen.“
„Das ist zu lang.“
„Außerdem wäre es mühsam.“
„Geht es nicht auch kürzer?“
„Schrei nicht so, mein Schädel tut weh.“
Lisandra verdrehte die Augen.
„Denk nach!“, bat sie. „Es ist wichtig! Könntest du mich innerhalb eines Tages nach draußen bringen?“
„Unmöglich.“
„In zwei Tagen?“
„Niemals.“
„Von hier bis zur siebten Ebene, damit ich nicht ertrinke, wenn das Wasser kommt?“
„In zwei Wochen vielleicht.“
„Wirklich?“
Die Katze stand auf und streckte sich. Sie machte einen Buckel, gab einen leisen Katzenseufzer von sich und fragte dann:
„Wie viel Zeit verlierst du normalerweise auf der anderen Seite? Wenn du *nicht* den Ort wechselst?“
„Stunden, manchmal Tage. Aber du kennst dich ja aus, du bist schneller.“
„Das hilft dir nichts. Du musst den Weg selbst zurücklegen. Die Zeit, die ich dir genannt habe, brauchst du. Das ist nun mal so.

Wenn du es oft genug übst, wirst du schneller. Eines Tages bist du so schnell wie ich. Aber es zu üben, kostet dich Jahre! Jahre, die du in der echten Welt verlierst.“
„Du versprichst mir hoch und heilig, dass es so ist?“
„Ja doch.“
„Und wie komme ich dann hier raus?“
„Wird schwierig. Zwei Ebenen über uns gibt es eine umgekippte Wanne, unter der könntest du eine Weile bleiben. Wenn du durch Wände gehen kannst, schaffst du es vielleicht bis dahin.“
„Wie weit ist das? Und woher weiß ich, wo die Stelle ist?“
„Du überfragst mich.“
„Dandi!“
„Du findest die Wanne ungefähr in dieser Richtung.“ Die Katze zeigte auf die Decke der Fahrstuhlkabine. „Erst zwei Ebenen senkrecht nach oben und dann leicht schräg nach rechts.“
„Ich bin ohne Licht unterwegs, wie kann ich dann überhaupt erkennen, wo die Wanne ist? Außerdem schaffe ich normalerweise nur drei Wände nacheinander. Aber das entspricht ja – was weiß ich – ungefähr hundert Wänden hintereinander, die ich durchqueren müsste.“
„Lose Erde und lockeres Geröll. Das ist nicht so massiv wie eine Wand. Und ich kenne nicht jede Lücke. Wenn du Glück hast, findest du zwischendrin einen Ort, an den du dich quetschen kannst.“
„Sehr vielversprechend.“
„Besser als nichts. Vergiss nicht, das Wasser ist gerade auf dem Weg zu dir. Tropfen für Tropfen. Du solltest dich beeilen.“
„Verdammt, ja! Ich habe es nicht vergessen.“
„Ist doch nicht meine Schuld.“
„Okay“, sagte Lisandra. „Ich probiere es.“
Sie stopfte alles, was sie aus dem Rucksack geholt hatte, wieder hinein. Zuletzt löschte sie die Lampe und verstaute sie. Im Dunkeln starrte sie in die Richtung, in die Dandelia Pimbel gezeigt hatte. Sie würde jetzt einfach losgehen und wenn ihre Kraft nicht reichte, müsste sie sich eine Lücke suchen und ein winziger Vogel werden. Etwas Besseres fiel ihr gerade nicht ein.
„Ich bin unter der Wanne und rufe dich“, erklärte die Katze.

Weg war sie, Lisandra spürte ihre Gegenwart nicht mehr. In diesem Moment überfiel Lisandra die Erinnerung: Die Erinnerung daran, wie sie vergeblich versucht hatte, die Kristallwand in der Höhle voller Stimmen zu durchqueren. Was, wenn sie hier unten nicht durch Wände gehen konnte? Wenn die Wand hart blieb?
Halt, nein, es waren die Stimmen und die Geräusche gewesen, die ihren Körper blockiert hatten. Oder die Nähe der Quelle. Oder die Macht einer verbotenen Grenze. Egal was, eins war jedenfalls klar: Lisandra durfte keine Angst haben. Vor allem musste sie aufhören, nachzudenken. Sie musste es einfach tun!
Sie verbannte alle Sorgen und Gedanken aus ihrem Kopf und marschierte auf die Kabinenwand zu. Kein Widerstand stellte sich ihr in den Weg, sie durchquerte sie mühelos, ebenso wie die Mauer des Schachts dahinter. Anschließend kletterte sie innerhalb des Erdreichs nach oben. Es stimmte, was Dandelia Pimbel versprochen hatte: Lose Steine und Erde waren leichter zu durchqueren als massive Wände. Und kleinere Lücken gab es fast überall, wenn auch keine so großen, dass Lisandra darin hätte sitzen und atmen können.
Blind bewegte sich Lisandra voran. Lange würde sie nicht mehr durchhalten und mittlerweile hatte sie keine Ahnung mehr, wie weit sie schon nach oben und nach rechts gegangen war. Doch da spürte sie eine minimale Vibration der Steine rundum. Wahrscheinlich war es die Stimme der Katze, die Schallwellen durch das Erdreich schickte. Die Vibration setzte aus und kurz darauf ging es wieder los. Lisandra konzentrierte sich darauf, sie folgte diesen kaum spürbaren Erschütterungen und schließlich hörte sie den Hall einer Stimme. Dandelia schrie so laut und so schön wie eine Hupe.
Lisandra erhöhte ihr Tempo. Mit einem Hechtsprung erreichte sie den Ort, an dem Dandelia saß und rempelte sie dabei kräftig um. Die Katze überschlug sich und flog mit einem übertrieben schrillen Jaulen in den hintersten leeren Winkel unter der umgekippten Wanne. Was gut war, denn jetzt konnte sich Lisandra ausstrecken. Der Raum war so niedrig, dass sie sich nur liegend darin aufhalten konnte. Sie war außer Atem und schnappte nach Luft.

„Wo …“, brachte sie schließlich hervor, „… ist … der nächste … Hohlraum?“
„Weiß nicht, da müsste ich mich erst mal umgucken“, antwortete Dandelia. „Sag mir lieber, wie lange du brauchst, um dich zu erholen.“
„Eine knappe Stunde vielleicht.“
„Wie öde.“
Lisandra holte noch einmal tief Luft, dann ging es besser.
„Such die anderen“, sagte sie. „Ich muss wissen, wo sie sind.“
„Ich soll deine zerquetschten, toten Freunde suchen?“, fragte Dandelia Pimbel. „Wirklich?“
„Ja, wirklich. Bitte!“
„Du musst hoffen, dass sie tot sind. Lebendig begraben zu sein und langsam zu sterben ist schlimmer, als gleich tot zu sein. Sie können ja nicht durch Wände laufen, so wie du.“
„Gerald schon. Aber der läuft danach nirgendwo mehr hin, weil er auf ewig unangreifbar bleiben muss.“
„Dann soll ich also nur Hanns suchen?“
„Beide. Wenn du nur Hanns findest und er tot ist, weiß ich wenigstens Bescheid.“
„Hm.“
„Und noch was …“
„Ja?“
„Wie viel Zeit ist vergangen seit dem Beben?“
„Mehrere Stunden. Es ist mitten in der Nacht. “
„Okay, das wollte ich wissen. Ich ruhe mich jetzt aus und du suchst nach ihnen. Ach – und Dandelia? “
„Was denn?“
„Danke.“
Die Katze gab ein Geräusch von sich, das so viel besagte wie Grumpf-ich-weiß-auch-nicht-warum-ich-mir-das-antue, und verschwand. Lisandra schloss die Augen und atmete langsam. Nicht denken, ermahnte sie sich. Einfach nur weitermachen. Am besten schlafen. Augen zu und ausruhen. Mehr nicht. Mehr gab es gerade nicht zu tun.

Kapitel 3: Schatzsuche

„Gerald?“, fragte Hanns noch einmal in die Stille hinein. „Mir ist so, als wärst du hier. Aber das könnte auch eine Einbildung von mir sein. Vor allem, weil ich mir wünsche, dass jemand hier wäre.“
Nein, es war keine Einbildung. Er *war* hier, so nah bei Hanns, wie er es normalerweise niemals gewesen wäre, aber die blanke Verzweiflung hatte ihn dazu getrieben, sich am Blick in zwei menschliche Augen festzuhalten. Er hatte sehr tief in diese Augen gesehen und darin etwas Wichtiges entdeckt. Etwas, das er kaum in Worte zu fassen vermochte. Und im gleichen Moment hatte Hanns gespürt, dass er da war.
Gerald rückte von Hanns und seiner Feuernuss ab. Er hielt den Abstand ein, der für sie beide angemessen war, und beobachtete besorgt, wie Hanns in dem spärlichen Raum, der ihm geblieben war, umherblickte. Einmal verweilte seine Aufmerksamkeit an dem Punkt, an dem Gerald ausharrte, doch kurz darauf wanderte sie weiter, sehr zu Geralds Bedauern.
„Es bringt nichts, dich auf diese Weise zu suchen“, stellte Hanns nach ein paar Minuten fest. „Ich sehe und höre sowieso nichts. Ich versuche etwas anderes. Es könnte mich zwar umbringen, aber hier unten sterbe ich ja sowieso, insofern haben wir nichts zu verlieren.“
Diese Ankündigung erschreckte Gerald. Obwohl er wusste, dass es für Hanns eigentlich keine Hoffnung mehr gab, wollte er nicht, dass dieser sein Leben riskierte. Das war zwar widersinnig, aber die Vorstellung, dass Hanns bei dem Versuch sterben könnte, ihn zu finden, erfüllte ihn mit Panik.
„Magikalie einfach nur fließen zu lassen“, erklärte Hanns der dunklen Stille, „ist im Grunde keine Manipulation. Man verwandelt nichts, es findet keine Täuschung oder Einflussnahme statt. Sie fließt einfach nur. Insofern könnte es sein, dass ich das machen kann, ohne dass die Antimagikalie darauf reagiert.“
Hanns machte eine Pause und hielt den Kopf auf eine Weise, als ob er intensiv lauschte. Dabei schloss er halb die Augen.

„Ich bin mir eigentlich sicher, dass du hier bist", meinte er. „Obwohl ich keinen Anhaltspunkt dafür finden kann. Aber ich rede nicht ins Leere, ganz bestimmt nicht."
Es war unheimlich, wie viel Gerald diese Worte bedeuteten. Alles hing davon ab, seine ganze grenzenlose Zukunft. Wenn er sich bemerkbar machen könnte, weil es Menschen gab, die seine Gegenwart wenigstens erahnten, wäre er nicht vollkommen allein und ausgeschlossen. Entsprechend gebannt starrte er Hanns an, der nun wieder die Augen öffnete und zu sprechen fortfuhr.
„Es ist nur eine Theorie", sagte Hanns, „aber nach allem, was ich hier unten erlebt habe, denke ich, dass der Fluss von Magikalie passiv genug ist, um der Antimagikalie keine Angriffsfläche zu bieten."
Hanns nahm eine andere Haltung ein: Halb kniete er, halb saß er und dabei streckte er beide Hände aus. Er hielt sie so vor sich, als wollte er eine andere Hand fassen.
„Ich lasse nun Magikalie zwischen meinen Händen hin und her fließen", fuhr er fort. „Wie gesagt, wenn das ein Fehler ist, dann war es das mit mir. Aber nehmen wir mal an, es klappt, dann kommst du her und legst das, was du vom Gefühl her für deine unangreifbare Hand hältst, zwischen meine beiden Hände. Hast du das verstanden?"
Er machte eine kurze Pause, aber Gerald konnte nichts erwidern. Verstanden hatte er es natürlich, sein Gehirn funktionierte unangreifbar genauso gut wie früher.
„Ich werde den Fluss nach und nach verstärken", sagte Hanns, „und versuchen, Magikalie zu übertragen. Es könnte doch sein, dass eine Kleinigkeit von dir sichtbar wird. Etwas Winziges. Irgendwas. Und dann könnten wir versuchen, noch mehr zurückzuholen. Falls du das willst. Es bringt dir ja nicht viel, an diesem Ort greifbar zu sein, aber …"
Hanns brach mitten im Satz ab, denn Gerald war immer näher an Hanns herangekommen, während dieser sprach, und hatte das, war normalerweise seine rechte Hand gewesen wäre, zwischen die beiden Handflächen von Hanns geschoben. Offenbar hatte Hanns etwas davon mitbekommen, denn er starrte verwundert seine beiden Hände an.

„Kennst du das?“, fragte Hanns. „Wie ein paar innere Alarmglocken läuten, wenn jemand, der normalerweise mehr Abstand hält, sehr dicht an dich herankommt? So ein Gefühl hatte ich vorhin schon mal und jetzt habe ich es wieder.“
Gerald konnte nicht reagieren. Oder vielleicht doch: Er entzog Hanns seine unangreifbare Hand und schob sie gleich darauf wieder zwischen seine Handflächen.
Hanns schüttelte den Kopf.
„Entweder sorgt der Schwindel in meinem Kopf für Halluzinationen“, meinte er, „oder du hast geantwortet.“
Ihm war also immer noch schwindelig von der Antimagikalie. Nun, immerhin diese Sorge hatte Gerald nicht mehr. Er hatte keine körperlichen Schmerzen und erlebte auch sonst keine Einschränkungen, da er keinen Körper mehr hatte. Aber er wünschte sich sehnlichst, in die Welt der Widerstände zurückzukehren, und wenn es auch nur zu dem Zweck wäre, hier unten zu sterben. Denn das war es, was er wollte. Nun, da er spürte, wie unerträglich es war, zur Unangreifbarkeit verdammt zu sein, hätte er alles getan, um diesem Schicksal zu entfliehen. Könnte er die Wahl zwischen Unangreifbarkeit und Tod noch einmal treffen – er würde den Tod wählen.
„Also gut“, sagte Hanns und nahm eine wachsamere Haltung ein. „Ich lasse nun die Magikalie fließen und versuche sie zu übertragen. Tut mir leid, wenn es schiefgeht. Das ist bestimmt schockierend, wenn es mich erwischt, aber ich hoffe jetzt mal, dass ich mit meiner Annahme richtigliege und dass die Übertragung keine Zauberei ist, die antimagikalische Effekte auslöst.“
Hanns blickte auf seine Hände und im selben Moment begann die Magikalie aus beiden Handflächen an den Ort zu fließen, an den Gerald seine unangreifbare Hand hielt. Gerald spürte es, er merkte, wie ihn die Kraft erreichte, aber es interessierte ihn kaum, denn er hatte nur Augen für die Person, von der diese Kraft stammte. Die quälende Angst, dass Hanns gleich etwas Grauenvolles zustoßen könnte, ließ ihm keine Ruhe.
Doch Hanns veränderte sich nicht und so ließ Geralds Anspannung langsam nach. Die Magikalie floss beständig. Sie verschwand

dort, wo Geralds unangreifbare Hand war, allerdings ohne sichtbares oder greifbares Resultat.
Hanns kümmerte das nicht, er war vertieft in sein Tun und schaute konzentriert auf den leeren Raum zwischen seinen Händen. Seine grauen Augen wirkten dabei so selbstvergessen und hingebungsvoll, dass sich Gerald an damals erinnerte, als er Hanns aufgelöst hatte, um ihn zu retten. Es hatte ihn überrascht, wie harmlos diese Person in Wirklichkeit war. Hanns war im tiefsten Inneren so arglos, dass man sich unwillkürlich große Sorgen um sein Wohlergehen machen musste.
Doch wer Hanns in der äußeren Welt erlebte, lernte ihn ganz anders kennen. Nichts, was ihn verletzen könnte, erreichte ihn, wenn er es nicht wollte. Er hatte gelernt, jeden Feind, der ihn herausforderte, abzuschmettern, und jeden Menschen, der ihn durchschauen wollte, auflaufen zu lassen. Nur wenn er sein Herz für jemanden oder etwas öffnete, wurde er verletzbar. Das tat er allerdings häufig und geradezu leichtsinnig, auch wenn er diese Schwäche zu verschleiern wusste.
Alle Verletzungen, die er sich einhandelte, hatte er seinem offenen Herzen zu verdanken. Die Wunden entstanden aus lauter Mitgefühl und setzten ihm sehr zu. Doch aufgrund einer rätselhaften Kraft heilten die Wunden, noch während sie entstanden, sodass dieses unschuldige Wesen, das Hanns erfolgreich vor der Welt verbarg, so arglos blieb wie eh und je.
All das wurde Gerald wieder sehr gegenwärtig, während Hanns seine persönliche Magikalie auf ihn zu übertragen versuchte. Er erkannte außerdem, dass er seit der unfreiwilligen Verschmelzung stets innere Mauern aufgebaut hatte, sobald ihn Hanns mit seiner persönlichen Energie versorgt hatte. Aber hier und jetzt, tief unter der Erde und in dem verzweifelten Zustand, in dem Gerald sich befand, gab es keine Veranlassung für innere Mauern. Gerald nahm alles wahr, was ihm geschickt wurde, und sog es dankbar auf. Es war der beste Weg, um die Einsamkeit, die er seit seiner Rückkehr verspürt hatte, zu verkraften.
„Es klappt“, sagte Hanns zurückhaltender, als es der Entdeckung angemessen gewesen wäre. Anscheinend fürchtete er, zu viel

Aufruhr könnte die fragile Erscheinung, auf die sich seine Worte bezogen, wieder zerstören.
Geralds Aufmerksamkeit folgte Hanns' Blick und hätte er noch ein Herz gehabt, wäre seine gesamte Existenz von einem erdbebengleichen Puls erfasst worden. Denn zwischen Hanns' Händen waren die durchscheinenden Umrisse seiner Hand zu sehen!
Hanns sprach nicht mehr, er ging ganz in seinem Tun auf. Seine Hände umschlossen vorsichtig die Umrisse der Geisterhand und er lenkte seine persönlichste Magikalie in sie hinein. Gerald war klar, dass diese Verbindung so rückhaltlos war wie sonst kaum eine Verbindung, die zwischen zwei Menschen zustande kam. Es war ähnlich wie bei der Verschmelzung im unangreifbaren Zustand. Er konnte Maria in dieser Nähe ertragen und offenbar konnte er eine Person wie Hanns in dieser Nähe ertragen, weil dieser Mensch nun mal so war, wie er war. Aber bei jedem anderen hätte ihn eine solche Verbindung gequält.
Fassungslos und zutiefst dankbar beobachtete Gerald, wie nach und nach ein Teil seines Arms sichtbar wurde und die durchscheinende Hand an einigen Stellen mehr Festigkeit gewann. Doch plötzlich ließ Hanns die kostbare Hand los.
„Warte kurz", sagte er, „ich muss die Nuss ausmachen, sonst ist das Licht bald verbraucht."
Gerald geriet in Panik. Hätte er einen Mund gehabt, hätte er protestiert. Was würde mit seiner Hand passieren, wenn sie nicht ununterbrochen mit persönlicher Magikalie gefüttert wurde? Doch die Hand blieb unverändert, auch als Hanns sich entfernte, die Steinfeuer-Nuss ergriff und sie einsteckte. Gerald konnte seine Hand im Dunkeln nicht mehr sehen, aber er spürte deutlich, wo sie war.
Hanns spürte es offenbar auch, denn kurz darauf trafen seine Finger auf Geralds Arm und das wärmende, trostreiche Gefühl der persönlichen Magikalie drang erneut in Geralds Geisterkörper ein. Gerald kam innerlich zur Ruhe, während er diese Verbindung spürte. Eine tiefe Zuversicht wuchs in ihm, obwohl seine Situation im Grunde aussichtslos war – mit oder ohne Körper. Doch so

fühlte es sich nicht an. In diesem Moment glaubte er an etwas, für das es keinen Namen gab.
Wie viel Zeit auf diese Weise verging, wusste Gerald nicht zu sagen. Die Gegenwart nahm sein ganzes Denken und Fühlen ein, so etwas wie Minuten oder Stunden existierte nicht mehr. Nach und nach erreichten einzelne Empfindungen sein Bewusstsein, so flackerhaft, als nähmen die Nerven, die einen Körper normalerweise zum Leben erweckten, für kürzeste Augenblicke Gestalt an. Einmal sog er Atemluft ein, ohne greifbare Lungen zu besitzen, und merkte dabei, dass der Raum, der ihnen beiden zum Überleben blieb, sehr warm und stickig war. Ein anderes Mal brannte die Dunkelheit auf der Oberfläche seiner Augen, ohne dass der Rest seines Kopfes existierte. All das war wundersam, beängstigend und faszinierend zugleich.
Der Durchbruch kam leise und plötzlich. Es war ein schwaches Pochen, kaum spürbar, doch dieses Pochen holte die Zeit zurück. Wahrnehmungen, wie man sie nur in menschlicher Gestalt haben konnte, überforderten Gerald sekundenlang, bis er sich wieder zurechtfand: Noch nie hatte er seine Umgebung so deutlich wahrgenommen, noch nie war ihm so klar gewesen, was in seinem Körper passierte, während das Blut floss, die Organe arbeiteten, die Lungen sich aufpumpten, die Nerven Signale übersandten.
Das Pochen seines Herzens wurde mächtiger und stärker. Sein Mund war ausgetrocknet, seine Lippen brannten, sein Kopf erlebte den mittlerweile vertrauten, doch ungeliebten Schwindel, der durch die hohe Antimagikalie-Konzentration in der Luft hervorgerufen wurde. Er spürte die Riemen des Rucksacks, den er mitgenommen hatte, in dem wahnwitzigen Glauben, er könnte sich vielleicht in der Nähe der Quelle wie durch ein Wunder materialisieren und die begehrte Antimagikalie darin unterbringen. Er konnte einen Arm bewegen, er konnte die Hand drücken, die ihn anfasste, und Hanns reagierte sofort.
„Bist du da?“, fragte er. „Kannst du sprechen?“
Das Innere von Geralds Mund schmerzte, als habe er drei Tage lang auf Wüstensand herumgekaut, vermutlich eine Folge der Antimagikalie. Aber auch ohne diese Einschränkung hätte er daran gezweifelt, ob er einen Ton herausbringen könnte. Zu

lebhaft war das Gefühl in ihm, dass er seine Stimme verloren hatte. Für immer verloren, so war es doch gewesen, oder?
„Ja", sagte er heiser. „Ich bin da."
Hanns ließ Geralds Hand los und holte die Steinfeuer-Nuss hervor. Ihr Licht flammte auf und das Erste, was Gerald erblickte, war sein kaum vorhandener linker Arm! Er bewegte ihn hin und her und stellte erleichtert fest, dass er im hellen Licht normal aussah, während er im Schatten verschwand.
Gerald hob den Blick, um Hanns zu diesem Phänomen zu befragen, doch da sah er, dass dieser die Hände vor das Gesicht geschlagen hatte und offensichtlich von einem Schmerz ergriffen worden war, der ihn daran hinderte, sich auch nur einen Zentimeter zu bewegen.
„Was ist los?", rief Gerald schockiert. „Hanns?"
Immerhin, jetzt atmete er hörbar, vorher hatte Gerald daran gezweifelt, ob er es überhaupt noch tat. Hanns atmete tief ein und gepresst wieder aus, dann ließ er endlich die Hände sinken. Er sah furchtbar aus.
„Ist es die Antimagikalie?", fragte Gerald. „Was kann ich tun?"
„Die Konzentration ist gestiegen", antwortete Hanns mühsam. „Seit du wieder ganz da bist …"
„*Was* kann ich tun?", fragte Gerald noch einmal.
Hanns schüttelte den Kopf, so als sei er nicht in der Lage, darüber nachzudenken oder gar eine Antwort zu geben, doch schließlich entspannte sich sein schmerzverzerrtes Gesicht gerade so weit, dass er einzelne Worte hervorbringen konnte:
„Mein Rucksack … Medizin … Flasche mit Tau-Zeolith-Lösung … und die …"
Weiter kam er nicht, da ihn wieder ein krampfartiger Schmerz ergriff und dazu zwang, sich zu krümmen und dabei seinen Kopf zu halten. Gerald durchsuchte fieberhaft Hanns' Rucksack, förderte das medizinische Notfall-Set zutage und griff nach der größten Flasche. Dabei sah er, wie seine Finger mal deutlich und mal gar nicht zu sehen waren, je nachdem, ob er sie durch das Licht oder den Schatten bewegte. Leider stand auf der Flasche nicht „Tau-Zeolith-Lösung". Es war eine braune Flasche ohne Etikett.

„Ist es die?“, fragte Gerald und hielt Hanns die Flasche hin.
Der riskierte einen Blick, was ihm sehr schwerzufallen schien, und schnappte sich die Flasche. Er öffnete sie mit Händen, die ihm kaum gehorchen wollten, hielt sie über sein Gesicht und den Kopf und ließ ungefähr die Hälfte der Flüssigkeit darüber laufen. Dann setzte er die Flasche an seinen Mund und schüttete den Inhalt in sich hinein. Anschließend ließ er die Flasche fallen und hielt sich wieder die Hände vor das Gesicht.
„Brauchst du noch mehr?“, fragte Gerald. „Soll ich in meinem Rucksack …“
„Bloß nicht!“, rief Hanns erstaunlich heftig. „Rühr deinen Rucksack nicht an! Bleib einfach, wo du bist.“
Gerald gehorchte. Und während er Hanns voller Sorge beobachtete, versuchte er sich zusammenzureimen, was los war. Die Antimagikalie-Konzentration im Hohlraum hatte sich offenbar stark erhöht, seit er zurückgekommen war. Kreutz-Fortmann hatte mal erwähnt, dass jeder, der mit Bubi in Berührung kam, seine Hände danach mit Tau-Zeolith-Lösung waschen musste. Und dass vermutlich eine hochkonzentrierte Tau-Zeolith-Lösung dazu geeignet wäre, antimagikalisch verseuchte Gegenstände zu reinigen. Die gelösten Kristalle vermochten die Antimagikalie zu binden und entschärften damit ihre gefährliche Wirkung, wenn auch nur in begrenztem Maße.
Endlich ließ Hanns die Hände sinken und atmete tief durch. Seine Augen sahen schlimm aus, die Pupillen waren zusammengezogen zu winzigen Punkten und das, was normalerweise weiß war, wirkte im Licht der Steinfeuer-Nuss fast blutig.
„Besser?“, fragte Gerald zweifelnd, denn Hanns sah aus, als könne er jeden Moment tot umfallen.
Statt zu antworten, nahm Hanns die Medizintasche, die Gerald auf den Boden hatte fallen lassen, und durchsuchte sie, bis er ein Fläschchen fand, das dieselbe Farbe und Form hatte wie die Flasche mit der Tau-Zeolith-Lösung, nur dass sie viel kleiner war. Hanns öffnete sie, schüttete etliche Kügelchen daraus auf seine Handfläche, schraubte seine Wasserflasche auf und ließ sie hineinfallen.

„Für den nächsten Anfall“, erklärte er. „Die Dinger müssen sich eine Viertelstunde lang auflösen, bevor sie wirken.“
Seine Stimme klang nicht mehr so gepresst und schmerzverzerrt wie zuvor. Gerald schöpfte Hoffnung. Fünf Minuten lang widmete sich Hanns der Wasserflasche, indem er sie immer wieder schüttelte und schwer atmend betrachtete. Dann beruhigten sich seine Atemzüge und er sah zu Gerald auf.
„Okay“, stellte er fest. „*Jetzt* ist es besser.“
„Wirklich?“
„Viel besser, ja“, versicherte ihm Hanns. „Mir ist nicht mal mehr schwindelig. Dafür fühle ich mich, als wäre eine Herde von Drachen über mich hinweggetrampelt.“
„Tut mir leid.“
„Ach, besser als gar kein Fortschritt“, sagte Hanns und rang sich zu einem Lächeln durch. „Und du?“
„Ich bin glücklich!“
Diese widersinnigen Worte sprudelten aus Gerald heraus, doch er wusste, er meinte sie absolut ernst.
„Ach ja?“, fragte Hanns. „Du freust dich darüber, dass du jetzt fest genug bist, um demnächst draufzugehen?“
„Ja, stell dir vor“, antwortete Gerald. „Ich bin wieder sichtbar und damit der ewigen Verdammnis entkommen. Das macht euphorisch, glaub mir!“
„Na ja, so richtig sichtbar bist du nicht. Man kann dich nur im Licht sehen, im Schatten verschwindest du.“
Gerald zuckte mit den Achseln.
„Egal.“
„Es war übrigens dein verdammter Ring“, erklärte Hanns und zeigte auf Geralds Hand. „Kannst du den für alle Fälle ausziehen und ganz weit weg von mir aufbewahren? Am besten vergräbst du ihn.“
„Der Ring? Was ist falsch mit dem Ring?“
„Der ist so eine Art Antimagikalie-Bombe. Er bedeutet dir was, oder?“
„Ja“, antwortete Gerald. „Er war einer der beiden Ringe, die mein Vater für sich und meine Mutter gekauft hat, nachdem sie ihm erzählt hat, dass sie schwanger ist. Sie hatten vor zu heiraten, doch

die Heirat fand nie statt. Dieser Ring ist eins der wenigen Stücke, die mein Vater aus unserer Welt mit in diese Welt genommen hat. Und nachdem er erfahren hat, dass er sterben wird, hat er ihn mir geschenkt. Es ist ein Ehering einer nichtvorhandenen Ehe. Aber alles, was mich von klein auf zerrissen hat, ist darin vereint: meine Eltern und zwei Welten."

„Das erklärt es."

„Was?"

„Dieser Ring bindet Antimagikalie. Unmengen davon. Trägst du noch mehr persönlich bedeutsame Dinge bei dir?"

„Ein paar."

„Wie gefühlsduselig."

Gerald musste lachen. Es war wirklich beruhigend, Hanns in seiner alten Form zu erleben. Und während er darüber lachte, spürte er, wie die einschnürende Beklemmung und der lähmende Schrecken der letzten Stunden von ihm abfielen. Seine Situation war strenggenommen verzweifelt. Aber er war so erleichtert über seine zurückgewonnene Gestalt, dass er es kaum spürte.

„Du trägst also nichts Persönliches bei dir?", fragte er.

„Nichts, was sich nicht austauschen ließe", antwortete Hanns. „Das einzig Unaustauschbare bin ich selbst."

Gerald folgte der Bitte von Hanns und vergrub den Ring in einem Berg aus Kies und Erde am äußersten Rand ihrer Zuflucht.

„Soll ich die anderen persönlichen Sachen auch vergraben?", fragte er.

„Nein", antwortete Hanns. „Zeig sie mir!"

„Du willst also noch mal von einer Drachenherde zertrampelt werden?"

„Ich werde sehr vorsichtig sein, das kannst du mir glauben!"

Gerald setzte sich und zog eine Uhr hervor. Es war eine Antiquität, sehr schlicht und einfach, doch sie lief exakt. Obwohl er die Uhr liebte, trug er sie kaum, denn in der Regel waren seine Uhren magikalische Instrumente, auf deren Wirkung er nicht verzichten wollte, vor allem seit dem Verlust seines Talents.

Diese Uhr lag normalerweise auf seinem Nachtschrank und da ihr Ziffernblatt leuchtete, wenn man sie anfasste, hatte er sie nachts schon unzählige Male berührt. Deswegen hatte er sie

mitgenommen. Tastete er nach dieser Uhr in seiner Hosentasche, war es ihm, als könnte er nach dem Glück greifen, das er zu Hause zurückgelassen hatte. Mal davon abgesehen, dass sie ihm hier unten auch die Zeit anzeigte.
Hanns begutachtete die Uhr skeptisch. Er kam ein Stück näher, schreckte zurück und nickte.
„Wie ich dachte!“, sagte er. „Die kannst du auch vergraben.“
„Sie bedeutet mir aber wirklich viel.“
„Das merkt man. Sie strotzt vor Antimagikalie. Ich kriege Sehstörungen, wenn ich in ihrer Nähe atme.“
„Na gut“, meinte Gerald. „Wenn es sein muss.“
„Was ist damit?“
Hanns zeigte auf einen von Geralds Hemdenknöpfen.
„Wieso, was soll damit sein?“
„Weißtinter-Perlmutt“, sagte Hanns kritisch. „Dem Herrn ist wohl nichts zu teuer.“
„Ach – aber du als Herrscher der ganzen verdammten Welt trägst mit Sicherheit billige Holzknöpfe.“
„Meine Knöpfe sind aus Schneebüffelhorn. Das Zeug gibt es in Fortinbrack in Massen, man muss nur tief genug danach graben.“
„Und seit wann bist du so patriotisch, dass du dich unbedingt mit dem Kopfschmuck einheimischer toter Tiere zuknöpfen musst?“
„Seit ich weiß, dass die Leute in dem Dorf, aus dem Haul stammt, von der Herstellung dieser Knöpfe leben.“
„Wie rührend!“
Hanns fixierte die von Gerald sehr geschätzten Weißtinter-Perlmutt-Knöpfe und schüttelte den Kopf.
„Tut mir leid, aber die sind auch verpestet“, sagte er. „Was die Frage aufwirft, warum du eine so starke persönliche Bindung zu Luxusgütern aufbaust.“
Gerald seufzte.
„Maria hat mir die Knöpfe geschenkt. Sie hat sie auch angenäht.“
„Du weißt, was das heißt! Weg mit den Knöpfen.“
„Warum denn unbedingt?“, setzte sich Gerald zur Wehr. „Es geht dir doch wieder gut, oder?“

„Jetzt, ja. Aber falls ich dich irgendwann noch mal mit Magikalie versorgen muss, weil du deine Stabilität verlierst, wäre ich dir dankbar, wenn du mich nicht gleichzeitig vergiften würdest."
Schweren Herzens riss Gerald einen Knopf nach dem anderen von seinem Hemd ab. Auch die Manschettenknöpfe mussten dran glauben. Doch kaum hatte er sich damit abgefunden, drohten die nächsten Verluste, denn jetzt warf Hanns einen prüfenden Blick auf Geralds Rucksack.
„Sind da noch mehr Geschenke von Maria drin?", fragte Hanns. „Oder sonst etwas von der persönlichen Sorte?"
Gerald verdrehte die Augen. Wortlos durchsuchte er seinen Rucksack und holte eine Pillendose, eine silberne Pfeife, eine winzige Schere und ein Taschenmesser hervor.
„Das Taschenmesser habe ich von meinem ersten Amuylett-Taschengeld bei Tiger, Sarg & Gabel gekauft. Die Schere war ein Geschenk von meinem Ersatzvater und mit der Pfeife habe ich früher den Schneeweißen Lindwurm meines Vaters gerufen. Mittlerweile habe ich Legionär darauf abgerichtet. "
„Und die Dose?", fragte Hanns und betrachtete sie argwöhnisch aus sicherer Entfernung. „Sie selbst erscheint mir harmlos, aber irgendwas ist da drin ..."
„Sicherheitsnadeln."
Hanns machte ein fragendes Gesicht.
„Meine Stiefmutter", erklärte Gerald, „also die Sirene, mit der mein Vater zum Schein verheiratet war, hat mir die Sicherheitsnadeln gegeben, als ich acht war. Weil ich ständig meine Sachen zerrissen habe und sie keine Lust hatte, sie zu nähen oder zu stopfen, wenn sie mich in Sumpfloch besucht hat. Ich habe diese Sicherheitsnadeln danach für alles Mögliche verwendet. Du würdest es nicht glauben, was ich alles mit verbogenen Sicherheitsnadeln anstellen kann, ganz ohne Magikalie. Diese Nadeln hüte ich wie meinen Schatz, die haben mir schon viel geholfen!"
„Jetzt helfen sie dir nicht mehr. Du musst dich davon trennen."
„Das ist hart, was du da von mir verlangst", sagte Gerald, als er die Dose mit den Sicherheitsnadeln auf den Haufen mit den

anderen Sachen legte. „Ich soll praktisch mein ganzes Leben vergraben."
„Nicht vergraben", sagte Hanns und zog aus seinem eigenen Rucksack zwei der Behälter hervor, in denen sie ursprünglich die Antimagikalie hatten transportieren wollen. „Stopf dein Leben hier hinein. Die Büchsen sind extra dafür gemacht!"
Gerald nahm die Behälter von Hanns entgegen.
„Natürlich", sagte er erstaunt. „Daran habe ich noch gar nicht gedacht."
„Du kannst auch den Ring wieder ausgraben", meinte Hanns. „Verteil deine Antimagikalie-Bomben auf alle Behälter, die wir haben, und dann erklär mir, wie wir die an die Erdoberfläche bekommen."
Gerald stutzte.
„Die Behälter? Du meinst …"
„Es ist das, was wir ursprünglich wollten. Du warst an der Quelle?"
„Ja, wenn man den Ort so nennen möchte."
„Das hat offenbar gereicht. Alles, was du bei dir getragen hast und was von einer hohen persönlichen Bedeutung für dich ist, hat sich mit Antimagikalie aufgeladen. Mit einer extrem hohen Konzentration davon. Obwohl du unangreifbar gewesen bist."
„Was wahrscheinlich daran liegt, dass das, was ich gesehen habe, auch nicht greifbar war. Ich glaube, es nahm nur Gestalt für mich an, weil ich es nicht anders verstehen konnte."
„Egal wie, du hast mitgebracht, wonach wir so verzweifelt gesucht haben", sagte Hanns. „Aber wir können es denen, die es brauchen, nicht geben. Der Antimagikalie-Schatz ist hier unten genauso begraben wie wir."
„Und wenn ich noch mal unangreifbar werde? Zusammen mit den Behältern?"
„Es gäbe niemanden, der dich dort oben wieder greifbar machen könnte", widersprach Hanns. „Erstens finden sie dich nicht. Zweitens wissen sie nicht, wie es geht. Drittens bräuchte die Person, die das versucht, vergleichbare magikalische Kräfte wie ich. Scarlett ist die Einzige, die mir da einfällt, aber sie kann nicht leben, ohne zu zaubern. Das hat sie nicht unter Kontrolle. Du bist

aber von Kopf bis Fuß antimagikalisch verseucht. Jemand wie Scarlett würde schneller von deiner Antimagikalie getötet werden, als sie bis drei zählen kann. Selbst im Schlaf zaubert sie."
Gerald hörte zu und packte unterdessen seine mit Antimagikalie aufgeladenen Schätze in die Behälter. Zuletzt grub er den Ring wieder aus. Wehmütig steckte er ihn in den letzten offenen Behälter und schraubte ihn zu.
„Nicht zu fassen", sagte er. „Hier halte ich das Mittel in den Händen, mit dem wir den Untergang unserer Welt verhindern könnten. Aber wir werden sterben, ohne dass es zum Einsatz kommt."
„Willst du wirklich sterben? Hast du dir das gut überlegt?"
„Ja", sagte Gerald ernst. „Ich bin nicht dafür gemacht, einsam zu sein, ohne jeden Kontakt. Hättest du mich vorhin nicht bemerkt, weiß ich nicht, was aus mir geworden wäre. In einem Zustand, in dem einem nichts mehr wehtun kann, kann man doch erstaunlich leiden. Ich jedenfalls."
„Das glaube ich dir sofort", sagte Hanns. „Ich verstehe dich."
Gerald wusste, dass Hanns das tat. Er kannte sein Inneres.
„Ich müsste jetzt wieder das Licht löschen", sagte Hanns.
„Ja, mach das."
Die undurchdringliche Schwärze kehrte zurück, aber sie fühlte sich kaum noch schlimm oder beängstigend an. Gerald war nicht allein. Er hatte seinen Körper zurückbekommen. Er konnte sich vorstellen, hier zu sterben. Denn er wusste ja, wie es auf der anderen Seite sein würde. Nicht, dass er dorthin wollte. Er wollte nicht, dass dieser unvergleichliche Traum, wie Hanns das Leben genannt hatte, endete. Aber diese Welt zusammen mit Hanns zu verlassen, war besser, als auf ewig verdammt und ohne menschliche Nähe durch eine trostlose Einsamkeit zu irren. Geralds Entscheidung stand fest. Nie zuvor war er sich dessen so sicher gewesen.

Kapitel 4: Am besten nie

Die Jäger, mit denen Scarlett in Gorginster gewesen war, hatten den Wachtposten Sumpflochs gemeldet, wann sie zurückkommen würde, und so waren bei Scarletts Ankunft alle Detektoren und magikalischen Netze kurzzeitig außer Kraft gesetzt worden. Ein geheimes Zeichen – eine blau brennende Fackel an der Grenze zum Schulgelände – verriet ihr, dass die drei Minuten angebrochen waren, in denen sie den Garten passieren konnte. Sie flog direkt zum Fenster des kleinen Dachzimmers, in dem Hanns wohnte, wenn er in Sumpfloch war. Und wie abgesprochen konnte sie das Fenster von außen öffnen, um ins Innere zu klettern.

Sie erwartete eine Nachricht auf ihrem Kopfkissen. Haul hatte die Aufgabe, dort einen Zettel zu hinterlassen, wann immer etwas Entscheidendes im Verfluchten Tal passierte und er davon hörte. Doch noch während Scarlett ins Zimmer sprang, sah sie, dass das Kopfkissen leer war. Das warme Licht der Nachttischlampe fiel auf ein unberührtes Bett. Dafür stand Haul am Ende des Bettes und sein Gesichtsausdruck verriet ihr, dass etwas Schlimmes passiert war.

„Es ist vorbei", sagte er, bevor sie fragen konnte. „Die Mine ist verschüttet. Ich würde es spüren, wenn Hanns tot wäre, aber ich spüre nichts dergleichen. Trotzdem ist er verloren, da er sich zum Zeitpunkt des Einsturzes am tiefsten Grund befunden hat. Was ich von seinem Gemütszustand erfassen kann, ist vage, aber deutlich genug. Er rechnet mit seinem Tod. Wir haben mit der Evakuierung Amuyletts begonnen."

„Aber …"

„Stell mir keine Fragen!", befahl Haul. „Ich habe zu tun und du kannst dir vorstellen, wie es mir geht. Das Tal ist verseucht, wir können dort keine Magikalie einsetzen. Die Mine ist instabil, jedes Eingreifen würde zu weiteren Einstürzen führen. Wir können den Dreien nicht mehr helfen und die Antimagikalie ist verloren. Tatsache ist: Wir müssen funktionieren, du und ich. Das ist es, was Hanns wollte. Und wenn du auch nur halb so viel wert bist, wie Hanns immer behauptet hat, dann wirst du jetzt keinen Anfall

bekommen und auch nicht zusammenbrechen, sondern tun, was getan werden muss!“
Scarlett starrte Haul an. Ja, es ging ihm dreckig. Mindestens so dreckig wir ihr. Haul wusste nicht, wo Lisandra war und wie es ihr ging, und von Hanns hing nicht nur sein Leben und seine Zukunft ab, er war auch sein bester Freund. Schmerzhafter ging es sicherlich kaum.
„Okay“, sagte sie so beherrscht wie möglich, obwohl ihre Welt, ihre Träume und ihr Glück soeben in sich zusammenstürzten, unwirklich langsam und still. „Was muss getan werden?“
„Erkläre ich dir unterwegs. Kannst du sofort mitkommen?“
Sie nickte. Zu mehr war sie nicht in der Lage. Sie folgte Haul aus dem Zimmer hinaus und die vertrauten Stufen hinab. Stufe um Stufe schossen ihr schmerzhafte Gedanken durch den Kopf, die von noch schrecklicheren Momenten der Stille durchbrochen waren, in denen sie vergaß, wie Atmen geht.
Sie stand unter Schock.
Sie konnte es nicht fassen.
Es konnte nicht vorbei sein.
Sie wollte es nicht glauben.
Aber es war so.
Es war so.
„Wir gehen durch die Spiegelwelt nach Tolois“, sagte Haul. „Du wirst feststellen, dass die Spiegelwelt instabil ist. Das ist neben der Verteidigung von Tolois und dem Keller gerade unsere größte Sorge. Maria will tapfer sein, aber natürlich hat sie die Nachricht vollkommen aus dem Gleichgewicht gebracht. Es stand zur Debatte, ihr die Wahrheit zu verheimlichen, aber sie hat sofort gemerkt, dass etwas nicht stimmt, also hat ihr Grohann reinen Wein eingeschenkt.“
„Sie wird sich fangen“, erwiderte Scarlett. „Sie weiß, was davon abhängt.“
„Sie gibt sich alle Mühe. Thuna ist die ganze Zeit bei ihr, selbst Grohann schaut regelmäßig bei ihr vorbei. Aber auf das, was gerade mit der Spiegelwelt passiert, hat sie keinen direkten Einfluss. Außerhalb wäre sie besser aufgehoben, aber wir brauchen sie innendrin.“

Als sie den Gang betraten, der in Richtung Trophäensaal führte, mussten sie an etlichen Schülern vorbei, die in Begleitung ihrer Lehrer darauf warteten, nach Lettimur gebracht zu werden. Die Schüler Sumpflochs waren wahrhaft erprobt, was Evakuierungen anging, doch diesmal, das ahnten sie, stand ihre letzte Evakuierung bevor. Sie würde endgültig sein. Manche Schüler weinten, andere schwiegen mit zusammengepressten Lippen, die übrigen flüsterten. Obwohl es in den Gängen so voll war, war es gleichzeitig unheimlich leise.
„Ihr müsst euch keine Sorgen machen!“, hörte Scarlett Frau Eckzahn in der Nähe des Trophäensaals schreien. Ihre Stimme hallte durch die Gänge. „Auch wenn es dort Menschenfresser und böse Engel geben soll, werden wir euch beschützen! Vielleicht trifft es mal einen Einzelnen, aber die meisten von uns haben eine gute Chance, in dieser grausamen Welt zu überleben!“
Es klang so, als wolle sich Frau Eckzahn selbst Mut zusprechen und womöglich gelang ihr das auch, aber auf die Schüler hatte ihre Auskunft eher den gegenteiligen Effekt. Unmittelbar in Scarletts Nähe kämpfte ein Mädchen mit unkontrollierbaren Schluchzern.
„Ich würde lieber hierbleiben“, sagte ein Junge zu Frau Eckzahn.
„Ich auch!“, vermeldeten die Stimmen mehrerer Schüler.
„Ausgeschlossen!“, erwiderte Frau Eckzahn. „Hier sterben alle. Seid froh, dass ihr fliehen könnt, bevor die Welt untergeht.“
Jetzt heulten fast alle. Die einen laut, die anderen still und verzweifelt.
„Man sollte die Eckzahn knebeln!“, schimpfte Scarlett.
„Dafür, dass sie die Wahrheit sagt?“, gab Haul zurück. „In Tolois gibt es ganz andere Leute, die ich gerne knebeln würde, allen voran Weißer Stern. Sie hetzt gerade die halbe Stadt gegen uns auf.“
Sie erreichten den Spiegel, der von sechs Makülen bewacht wurde, und gingen an der langen Schlange von Menschen und merkwürdigen Waldwesen vorbei, die sich davor aufgereiht hatten. Nicht nur Schüler, auch Menschen aus Gürkel, Quarzburg und der weiteren Umgebung warteten hier zwischen ihren Koffern und Kisten. Scarlett und Haul wurde sofort Platz gemacht, sodass sie durch den Spiegel steigen konnten.

Auf der anderen Seite saß Maria, die Hand im Spiegel, und sah aus wie ein Mädchen aus weißem Stein. Ihre Lippen wirkten wächsern, ihre Augen schienen fast farblos zu sein. Thuna saß an ihrer Seite und redete, wie es aussah, vergeblich auf sie ein. Und weil es so vergeblich war, war Thuna Scarletts Ankunft mehr als willkommen. Sie sprang sofort auf.

„Scarlett!“, rief sie und fiel ihr um den Hals. „Was für ein Glück, du bist wieder da!“

Scarlett war allerdings nicht in der Laune, die Umarmung zu erwidern. Sie hatte ihr Herz zum Schweigen gebracht, damit sie die Gegenwart aushalten und ertragen konnte, daher blieb sie stocksteif stehen und sagte nur:

„Ja, bin ich.“

„Es ist so schrecklich!“, gab Thuna ihren Gefühlen unnötigerweise Ausdruck. „Ich kann es nicht glauben. Und am Ende ist Gerald sogar hier, aber wir sehen oder hören ihn nicht!“

Als Thuna das sagte, ging ein Ruck durch Maria und die Hand, die sie in den Spiegel hielt, zitterte kurz.

„Du jammerst doch immer herum, dass dich die Gedanken anderer Leute heimsuchen?“, fragte Scarlett. „Du müsstest doch mitkriegen, wenn er dich erreichen will.“

Scarlett wusste, ihr Tonfall war gerade mehr als unfreundlich. Doch sie schaffte es nicht, ihrer Stimme eine mildere Note zu verleihen, denn nichts in ihr fühlte sich gerade mild an. Ihr Inneres war eine offene Wunde und nur, indem sie barsch und biestig reagierte, konnte sie das aushalten.

„Ich konnte Gerald noch nie hören, wenn er unangreifbar ist“, erklärte Thuna. „Grohann auch nicht. Das liegt wahrscheinlich daran, dass wir nur Bilder und Gefühle wahrnehmen, die an einen Körper gebunden sind. Im Grunde werten wir die Reaktionen des Körpers aus. Wie bei einem Saiteninstrument, das keine Musik erzeugen würde, wenn es keinen Resonanzkörper besäße. Verstehst du?“

„Ich verstehe kein Wort außer: Er ist total aufgeschmissen, wenn er hier ist.“

„Armer Gerald.“

Hier atmete Maria tief durch und schloss die Augen, als bereite ihr jedes einzelne Wort, das gesprochen wurde, unerträgliche Pein.
„Du solltest ihn nicht erwähnen“, sagte Scarlett zu Thuna. „Lenk sie lieber ab.“
„Was meinst du wohl, was ich die ganze Zeit versuche?“, gab Thuna gereizt zurück. Ihre Geduld mit Scarlett war nun offenbar aufgebraucht.
„Wir müssen weiter“, sagte Haul. „Dringend!“
Ohne ein Wort des Abschieds marschierte Scarlett mit Haul davon. Das war unfreundlich, aber es ging gerade nicht anders. Thuna und Maria würden es verstehen. Eines Tages. Falls Scarlett es schaffte, so lange zu überleben. Aber jetzt musste sie funktionieren. Das war es, was Hanns wollte und von ihr erwartete. Von ihr und Haul.
„Was soll ich in Tolois tun?“, fragte Scarlett.
„Erst mal versuchen, Ajach zu helfen“, antwortete Haul. „Sie wurde schwer verletzt.“
„Ihr habt sie aus dem Tal geholt? Berry auch?“
„Nein, Berry nicht.“
„Wieso?“, rief Scarlett. „Berry ist doch nichts passiert, oder?“
„Keine Ahnung. Hauptmann Stein hat es geschafft, sie zu verlieren. Berry wollte in die Mine, wegen der Pumpen. Aber das ist Irrsinn, die Pumpen sind bestimmt zerstört worden.“
„Sie ist *ganz allein* in die Mine gegangen? Die einsturzgefährdet ist? Und verseucht von Antimagikalie?“
„So ist es. Ich kann es nicht ändern.“
Scarlett wurde kurz schwarz vor Augen. Bloß das nicht – nicht auch noch Berry!
„Ajach ist zusammengebrochen“, erklärte Haul. „Ein Antimagikalie-Zwischenfall hat ihre Integrität zerstört. Unser Arzt hat sie bereits mit Tau-Zeolith-Lösung bearbeitet, um Antimagikalie-Rückstände zu entfernen, aber das hat keine Besserung gebracht. Wenn du ihr nicht helfen kannst, stirbt sie. Was vor dem Hintergrund, dass wir in ein paar Tagen sowieso alle sterben müssen, verkraftbar wäre, aber wir brauchen sie gerade dringend. Falls es dir also gelingen könnte, persönliche Magikalie auf sie zu übertragen …“

„Hanns hat gesagt, dass meine Cruda-Magikalie unverträglich für euch ist."
„Ja, das wird sicherlich so sein."
„Und wenn ich ihr damit den Rest gebe?"
„Dann ist das eben so. Uns bleibt kein anderer Weg übrig. Sie ist so gut wie tot, aber der Prozess bis zum endgültigen Zusammenbruch zieht sich hin. Mit persönlicher Magikalie und dem nötigen Fingerspitzengefühl kann man ihn unter Umständen umkehren und aufheben. Es ist schwierig, vor allem in einem so fortgeschrittenen Stadium wie dem von Ajach, aber wir haben ja nichts zu verlieren."
„Ich kann persönliche Magikalie übertragen und ich konnte Maria heilen", erklärte Scarlett. „Falls du an meinem Fingerspitzengefühl zweifelst."
„Ja, das tue ich allerdings. Aber wie ich schon sagte …"
„Wir haben nichts zu verlieren", wiederholte Scarlett seine Worte.
„Schon verstanden."
Im Grunde hätten sie nur ein Zimmer passieren müssen, um vom alten Badezimmer ins Treppenhaus der Spiegelwelt zu gelangen, doch Marias Zustand hatte die Wege verkompliziert. Sie mussten etliche Säle durchqueren, in denen sich Möbel, Fenster und Türen nicht entscheiden konnten, welche Form oder Farbe sie haben wollten. Die Tages- und Nachtzeiten wechselten einander auf abenteuerlichste Weise ab und leider machten auch die Lampen, was sie wollten. So standen Scarlett und Haul immer wieder unvermittelt im Dunkeln.
Bisweilen fiel etwas von der Decke – Käfer, Nähnadeln, Kekse oder Radiergummis. In einem Saal kämpfte sich eine Pflanze durch den Parkettboden, eine Rose allem Anschein nach. Womöglich ein Gemeinschaftswerk von Thuna und Maria.
Als sie das Treppenhaus endlich erreichten, musste Scarlett feststellen, dass dieses eigentümlich schwankte, so als befänden sie sich auf einem Schiff. Auf halbem Weg zur Treppe kam ihnen Grohann entgegen.
„Scarlett!", rief er. „Wie gut, dass du wieder da bist. Wir brauchen dich hier, wenn du in Tolois fertig bist."

„Sie wird wohl kaum fertig werden“, wandte Haul ein. „Ich brauche sie zu Verteidigungszwecken. Bis zum Schluss.“
Grohann hob die Augenbrauen, doch widersprach nicht. Er warf einen letzten Blick auf Scarlett, der schwer zu deuten war, und eilte weiter.
„Was hat er?“, fragte Scarlett, als sie hinter Haul die Treppenstufen hinaufstürmte. Wobei Stürmen das falsche Wort war, weil sie alle drei Stufen von Menschen und ihren Gepäckstücken ausgebremst wurden.
„Wir hatten heute Nacht schon ein paar Auseinandersetzungen“, erklärte Haul. „Jeder behauptet, er hätte zu wenige Leute und zu viel zu tun.“
„Aber er hat speziell *mich* so komisch angesehen.“
Wider Erwarten blieb Haul abrupt stehen und blickte Scarlett direkt in die Augen.
„Ich muss nur noch sieben Tage lang durchhalten“, sagte er. „Du ein ganzes Leben. Schaffst du das?“
„Wie meinst du das?“
„So, wie ich es gesagt habe. Es gibt ein paar Menschen, die machen sich Sorgen um dich. Ich gehöre übrigens nicht dazu. Wer denkt, dass du jetzt leichtsinnig deinen Tod provozierst, nur weil du Hanns und wahrscheinlich auch Gerald verloren hast, ist hoffentlich schief gewickelt.“
Er lief weiter und sie versuchte zu verstehen, was er gemeint hatte. Ihren Tod provozieren – wozu denn das? Doch da spürte sie es auf einmal: Hinter dem geschäftigen Hier und Jetzt, in dem sie gerade vollkommen aufging, lauerte etwas Schreckliches auf sie. Ein grauenvoller Schmerz, der sie an ihre Grenzen bringen würde. Sie hatte keine Ahnung, wozu sie dieser Schmerz treiben könnte, doch jetzt, genau hier, hatte er keine Macht über sie. Das ließ sie nicht zu. Solange Haul nicht schlappmachte, würde sie es auch nicht tun!
Sie trat mit Haul in den Keller von Tolois und lief mit ihm in das unterirdische Lazarett, in dem Ajach auf einer Liege lag und so tot aussah, dass Scarlett glaubte, sie seien zu spät gekommen. Ajachs Haut war größtenteils blau, ihr Gesicht grau, ihre Lippen waren kaum noch zu sehen. Ihre Augen mit den schwarzen Wirbeln darin

waren trüb geworden. Silbrige Scheiben, in denen sich nichts mehr bewegte.
„Ist sie überhaupt noch zu retten?“, fragte Scarlett. „Seid ihr euch sicher?“
„Sicher ist nichts“, antwortete Haul. „Versuch dein Glück.“
Neben Ajachs Lager standen zwei Männer, die Scarlett nicht kannte. Der eine war ein Soldat, der andere ein Gespenst aus Fortinbrack. Ein normales Gespenst, kein Super-Gespenst. Er sah aus wie ein Arzt, einer für Gespenster vermutlich.
„Ich muss weg“, sagte Haul. „Ich komme wieder, sobald ich kann!“
Er ließ Scarlett mit der tot aussehenden Ajach und den beiden Fremden allein.
„Sollen wir uns zurückziehen?“, fragte das Arzt-Gespenst respektvoll.
Scarlett nickte. Sie konnte kein Publikum gebrauchen, wenn sie Ajach womöglich den letzten Rest gab. Dass Ajachs Überleben nun ausgerechnet von Scarlett abhängen sollte, war nicht fair. Wie konnte man nur ihr, einer bösen Cruda, die Verantwortung für dieses wichtige Leben übertragen?
Die Antwort lag auf der Hand: Es gab niemanden sonst. Sie war die Einzige, die noch etwas tun konnte. Hanns hatte daran geglaubt, dass ihr die Übertragung von persönlicher Magikalie glücken könnte, auch in verzweifelten Situationen. Also gut, dann tat sie mal so, als würde sie das auch glauben.
Sie ergriff Ajachs Handgelenk und drückte mit den Fingerspitzen auf die Stellen, an denen man normalerweise den Puls ertastete. Es passierte erst mal überhaupt nichts, weil sich Scarlett nicht beruhigen konnte. Doch irgendwann wurde ihr klar, dass sie hier stehen bleiben müsste, bis ihre Aufgabe vollbracht wäre, auch wenn es Stunden dauerte, und das versetzte sie in einen weniger gehetzten Zustand. Sie musste nur hier stehen. Sie musste überhaupt nichts tun. Nur ihre Magikalie loslassen. Die persönlichsten Komponenten davon.
Irgendwann, als Scarlett dazu übergegangen war, ergeben zu warten, floss sie endlich, die geheimnisvolle Kraft, die aus Scarlett eine mächtige Hexe machte. Was Scarlett verblüffte, war, dass

Ajach diese Kraft anzog, ja regelrecht aufsog, wie ein trockener Schwamm eine Flüssigkeit. Sie brauchte die Magikalie, es war ein Naturgesetz, dass dieser Körper, solange er noch eine feste Illusion darstellte, die Magikalie fraß, die ihm geboten wurde. Insofern fühlte sich die Übertragung ganz anders an als bei Hanns. Er hatte ihre Kraft nicht gebraucht, aber Ajach ernährte sich davon.
Sie konnte noch nicht tot sein, wenn sie Scarletts Magikalie so stark anzog. Damit beruhigte sich Scarlett angesichts des Umstands, dass keine Besserung zu erkennen war. Ajachs Haut blieb grau und blau, während Scarlett das Gefühl hatte, dass ihr dieser Vorgang langsam, aber sicher ihre wertvollsten Kräfte raubte. Sie überlegte, ob sie den Gespenster-Arzt rufen sollte. Er könnte sicherlich einschätzen, ob es sich lohnte, die Übertragung fortzuführen oder …
„Berry!"
Kaum hörbar stieß Ajach das Wort zwischen ihren grauen Lippen hervor. Ganz leise. Aber Scarlett hatte es genau verstanden.
„Ja?", fragte sie zurück. „Was ist mit Berry?"
„Sie … braucht … Hilfe … Unto …to …"
„Ich kann dich nicht verstehen! Entweder sprichst du deutlicher oder hörst gefälligst auf, deine und meine Kräfte zu vergeuden!"
Das war die für Scarlett typische Cruda-Höflichkeit. Ajach nahm es bestimmt nicht persönlich, doch der Soldat und der Gespenster-Arzt, die gehört hatten, wie sie Ajach angefahren hatte, kamen besorgt angelaufen.
„Untote!", flüsterte Ajach erregt.
„Was für Untote?", fragte Scarlett. „Wovon redest du?"
Der Soldat trat an Ajachs Liege.
„Sie spricht vom Verfluchten Tal", erklärte er. „Sie sind dort auf Untote getroffen."
„Auch das noch?"
„Ja, aber die Untoten wurden unschädlich gemacht. Berry ist nichts passiert."
Ajach vernahm es und sofort fiel ihr Kopf zur Seite. Nach einem schläfrigen Seufzer schloss sie die Augen. Der Gespenster-Arzt beobachtete seine Patientin sehr gründlich, nickte mehrere Male, sah dabei aber schrecklich besorgt aus.

Scarlett fuhr unterdessen fort, ihre Magikalie fließen zu lassen, obwohl sie allmählich den Wunsch verspürte, geiziger damit zu sein. Sie brauchte ihre Kräfte noch. Das war kein Vergnügen, ein anderes Wesen mit der eigenen Magikalie zu ernähren. Und Hanns musste gleich fünf von der Sorte durchfüttern!

Der Arzt schob Ajachs Ärmel hoch, um ihre Haut zu untersuchen. „Sie erholt sich“, stellte er endlich fest. „Ich denke, wir können die Übertragung unterbrechen.“

„Sicher?“, fragte Scarlett.

„Ja“, erklärte der Arzt entschieden. „Wir dürfen nicht vergessen, dass es sich um Cruda-Magikalie handelt.“

Diese Aussage veranlasste Scarlett zu einem sofortigen Stopp. Nicht, dass sie beleidigt gewesen wäre … oder etwa doch? Schließlich schwang in der Äußerung des Arztes mit, dass ihre Magikalie minderwertig war. Oder giftig. Oder unerfreulich. Oder alles zusammen.

Wie unerfreulich ihre Magikalie tatsächlich war, wurde offenkundig, als sich Ajach nach fünf Minuten ganz plötzlich aufrichtete, geschüttelt von einem heftigen Würgereiz, den sie kaum kontrollieren konnte, und dann fast von der Bahre fiel, da ihr Körper machte, was er wollte. Sie hatte Krämpfe und war zudem in einer Stimmung, die selbst Scarlett Furcht einflößte.

Der Soldat, der versuchte, Ajach aufzufangen, damit sie nicht zu Boden stürzte, bekam sofort sein Fett weg: Ajach verpasste ihm einen Schlag, der ihn rückwärts taumeln und gegen eine Regalwand voller Glasflaschen knallen ließ, woraufhin etliche Flaschen herunterflogen und zersprangen. Das Regal wackelte gefährlich, doch es beruhigte sich wieder, ganz im Gegensatz zu Ajach.

„Wer war das?“, schrie sie und sah sich wütend um. Kaum entdeckte sie Scarlett, nahm sie sie mit einem mordlustigen Blick ins Visier. „Du etwa?“

„*Was* soll ich gewesen sein?“, fragte Scarlett unterkühlt zurück.

Ajach hatte es geschafft, aufzustehen und dabei nicht von der Liege zu fallen. Doch kaum stand sie auf beiden Beinen, zeigte sich, wie anfällig ihr Gleichgewicht war. Sie musste sich an der Liege festhalten und schwankte heftig. Ihr Gesicht war immer

noch graublau. Ja, sie hatte schon mal besser ausgesehen, fand Scarlett.
„Das hier!“, rief Ajach und zeigte auf sich selbst. „Ich fühle mich … grässlich! Ekelhaft, abscheulich, widerwärtig!“
„Du bist ja auch fast tot. Also noch toter als sonst. Könntest du dich jetzt *bitte* wieder hinlegen? Haul braucht dich, aber in dem Zustand wirst du ihm wohl kaum von Nutzen sein.“
Diese Botschaft drang nur allmählich zu Ajach durch. Nach und nach schien sie zu begreifen, was Scarlett ihr mitgeteilt hatte, und reagierte, indem sie wie in Zeitlupe Platz nahm. Dabei starrte sie Scarlett die ganze Zeit an, als wäre sie ihr größter Feind. Scarlett fühlte sich bemüßigt, eine Erklärung zu liefern.
„Amuylett muss evakuiert werden. Ich bin nur hier, um dich wieder fit zu kriegen.“
Ajachs Augen wurden groß. Die Wirbel in ihren Augen waren milchig grau, doch immerhin drehten sie sich wieder. Langsam, wie verzögert.
„Hanns?“, fragte sie. „Wie geht es Hanns?“
„Er lebt.“
Ajach wusste es selbst. In dem Moment, in dem sie gefragt hatte, hatte sie auch schon begonnen, ihre Gefühle zu erforschen. Wie die anderen Super-Gespenster konnte sie seinen Zustand erahnen. Sie erkannte, dass es ihm schlecht ging und er keine Hoffnung mehr hatte, und das veränderte ihre Stimmung. Alle Kraft, mit der sie sich zuvor aufgelehnt hatte, schien sie zu verlassen. Sie legte sich freiwillig auf die Liege zurück und starrte an die Decke.
„Und jetzt?“, fragte Scarlett den Gespenster-Arzt.
„Abwarten“, antwortete er. „Dieses Aufbäumen ist normal, wenn es auch normalerweise weniger aggressiv passiert. Ich weiß nicht, wie lange sie braucht, um sich zu regenerieren. Aber da sie aufstehen konnte und den Ausbruch überlebt hat, denke ich, dass sie in vierundzwanzig Stunden besser dran ist. Nicht gut. Aber gut genug, um aufzustehen und herumzulaufen.“
„Also ist sie gerettet?“, fragte Scarlett. „Ich habe es geschafft? Das wäre die erste gute Nachricht heute.“
Der Arzt legte zögernd den Kopf schräg.
„Oder etwa nicht?“, bohrte Scarlett nach.

„Ihre Hautfarbe gefällt mir nicht. Solange sich da keine Besserung einstellt, kann sie jederzeit kollabieren. Ganz plötzlich. Jetzt kommt es auf ihre psychische Stärke an."
„Das ist kein Problem", sagte Scarlett. „Sie ist nervenstark. Hanns hat das immer behauptet. Und der kann es ja wohl beurteilen."
„Ja. Wenn er da ist und es ihm gut geht, geht es Ajach auch gut."
„Und wenn er nicht da ist?"
„Wir müssen sehen, wie sie damit klarkommt."
Scarlett erlaubte sich einen langgezogenen Laut des Unmuts. Dieser Arzt redete so schrecklich vage daher!
„Im Vertrauen", raunte der Arzt Scarlett zu, dabei musste ihm doch klar sein, dass Ajach mit ihren Super-Gespenster-Ohren jedes einzelne Wort verstand. „Wir sollten in den nächsten vierundzwanzig Stunden keine schlechte Nachricht erhalten. Stirbt Hanns in dieser Phase, stirbt sie auch. "
Da war es wieder. Dieses kurze Gefühl, dass da ein Schmerz war, der Scarlett handlungsunfähig machen würde, wenn sie ihn erst einmal zuließ. Aber das durfte sie nicht.
„Ich verstehe", sagte sie. „Bin ich dann fertig hier? Haul sagte, er braucht mich."
„Ja", meinte der Arzt und holte Verbandszeug aus einer Schublade, um den Soldaten, der eine Platzwunde am Kopf hatte, zu versorgen. „Geh zur Tür zurück, da steht jemand, der alles koordiniert."
Traurig machte sich Scarlett auf den Weg. Es durfte nicht sein. Gerald. Hanns. Berry. Lissi. Es durfte nicht sein. Und sie durfte nicht darüber nachdenken. Nicht jetzt. Auch nicht später.
Am besten nie.

Kapitel 5: Katzenverständnis

Gerald saß mit Hanns in der Schwärze. Mittlerweile machte ihm die vollkommene Dunkelheit nichts mehr aus. Außerdem war es besser, in der Finsternis zu sitzen und zur Not noch ein Licht anmachen zu können, als vom Licht der Steinfeuer-Nuss endgültig im Stich gelassen worden zu sein. Noch dazu in der Gewissheit, dass man so etwas wie Licht erst auf der anderen Seite wiedersehen würde. Wenn überhaupt.

Hanns fragte Gerald, was er auf dieser anderen Seite gesehen hatte, und er erzählte es bereitwillig und ausführlich. Wobei er immer wieder sagte, dass er nicht wusste, ob es wirklich so gewesen war.

„Es kam mir eher so vor, als hätte ich die Situation ohne verständliche Bilder nicht ausgehalten", erklärte er. „Durch die Bilder, die ich gesehen habe, konnte ich die andere Realität halbwegs begreifen. Ich nehme an, dass jeder Mensch an diesem Ort etwas anderes sieht."

„Ich glaube, es spielt keine Rolle, in welche Bilder man es kleidet", antwortete Hanns. „Das, was eigentlich dort geschieht, ist bei jedem gleich. Ich musste meine Nase in diesen Bereich stecken, als ich gelernt habe, Seelen zurückzurufen. Ich kann nicht auf die andere Seite gehen, so wie du das getan hast, aber ich kann einen Blick an diesen anderen Ort werfen und da sieht man so einiges. Es ist gruselig, das als Lebender zu tun, weswegen ich es nicht gerne getan habe. Es steht uns nicht zu. Und das gleiche Gefühl hatte ich auch, als wir an den Abgrund gekommen sind."

„Ich kam mir irgendwann nicht mehr wie ein Störenfried vor", erzählte Gerald. „Als ich diesen besonderen Ort mit den Lichtern gefunden habe, war es mir, als würde er mich willkommen heißen."

„Das kann sein. Das ist jenseits des Flusses. Ich konnte nur einen Blick in den Bereich diesseits des Flusses werfen. Dort habe ich die Seelen angelockt, die ich zurückrufen wollte. Es funktioniert normalerweise nur, wenn sie noch dort herumlungern, vielleicht nur zu einem Bruchteil, aber sie müssen noch da sein."

„Zu einem Bruchteil?"

„Ich weiß nicht, wie ich es sonst ausdrücken soll. Etwas von ihnen bleibt zurück, selbst wenn sie weiterziehen. Und darüber kriege ich sie. Eleiza Plumm hat es nie verwunden, dass sie ihre Schützlinge verlassen musste, ohne zu wissen, ob sie erwachsen und glücklich geworden sind. Für sie war jedes Waisenkind wie ein eigenes Kind. Ich konnte ihr in Aussicht stellen, dieses Wissen zu erlangen, wenn sie meinem Ruf folgt."
„Hat sie diese Entscheidung jemals bereut?"
„Sie wird nicht müde, mir zu erklären, dass sie es bereut, aber ich kenne sie. Sie genießt ihr Gespenster-Leben genauso wie ihre Litaneien darüber, wie unmöglich ich mich verhalte. Sie liebt mich. Rémis Seele war genauso leicht zu bekommen wie ihre. Er trägt eine große Last mit sich herum. Es hat ihn danach verlangt, sie abzuwerfen. Er kam sofort, obwohl er schon so lange tot war."
„Und Gem?"
„Gem hätte ich lieber in Ruhe lassen sollen", antwortete Hanns. „Aber ich war damals noch jung, sein Tod hatte mich schockiert. Ich habe mir die Schuld dafür gegeben, was unsinnig ist, denn es war Grindgürtel, der ihn ermordet hat. Damals dachte ich, ich muss ihn retten, indem ich ihn wieder leben lasse. Der allergrößte Teil von ihm war schon weit weg, obwohl er erst drei Tage lang tot war. Er hatte losgelassen, er war auf dem richtigen Weg. Aber ich wusste viel über ihn, wir hatten lange Gespräche geführt und vieles von dem, was er mir erzählt hat, hat mich fasziniert. Vor allem dieses *Sonne-ohne-Tat*-Ding."
„*Sonne ohne Tat* … das ist doch diese taitulpanesische Vorstellung, dass die gesamte Wirklichkeit aus so einer Art Licht besteht, in dem sich der Einzelne auflösen kann?"
„Ja, aber es ist mehr als nur ein Licht. Es ist auch eine Kraft. Und wie man an Weißer Stern sieht, kann man diese Kraft auch missbrauchen. Zumindest ansatzweise. Jedenfalls war Gem damals ein vorbildlicher Schüler. Er ließ seine irdische Existenz bereitwillig zurück, um sich dem zu überantworten, was das Universum für ihn vorgesehen hatte. Aber das Universum hatte ihm vorher dummerweise meine Bekanntschaft geschickt. Und weil ich ihn unbedingt zurückholen wollte, habe ich so getan, als wäre es die *Sonne ohne Tat* persönlich, die ihn zurückruft. So nach

dem Motto: ‚Du hast noch etwas zu erledigen, Gem, du darfst noch nicht gehen.‘ Darauf hat er gehört. Er kam zurück und ich konnte ihn wieder lebendig machen.“

„Wieso dummerweise?“

„Er wollte das nicht. Er kam zurück, weil er dachte, die *Sonne ohne Tat* hätte eine Aufgabe für ihn. Aber die *Sonne ohne Tat* war weg. Er konnte sie nicht mehr spüren. Sein neues Leben hat sich für ihn komplett sinnlos angefühlt. Der einzige Sinn, den ich ihm bieten konnte, war mein Ziel, diese Welt zu retten.“

„Die Welt retten – ist das *nichts*?“, fragte Gerald. „Wenn das kein Ziel ist, was dann?“

„Für einen musterhaften Schüler der *Sonne ohne Tat* ist es zweitrangig, die Welt zu retten. Entweder soll sie gerettet werden oder eben nicht. Ein Musterschüler dieses Glaubens akzeptiert den Untergang, wenn er kommt. Er respektiert die vergänglichen Gestalten, die die *Sonne ohne Tat* hervorbringt, mit all ihren Schwächen und in ihrer Endlichkeit. Ein solcher Schüler weiß, dass das Leben weitergeht, überall, an jedem Ort. Man darf sich nicht mit all seinem Sehnen in den Wunsch verbeißen, den Lauf der Dinge ändern zu wollen. So die Lehre.“

„Und? Was hältst du davon?“

„Ich verbeiße mich. Ich halte die Lehre für weise und habe mich gerne damit beschäftigt. Es ist auch eines der wenigen Themen, über die ich mit Lumili reden kann, ohne mich zu langweilen. Aber ich stehe dazu, dass ich die vergänglichen Wesen und Dinge zu sehr liebe, um sie einfach so aufzugeben, ohne Kampf. Mag sein, dass es von einem jenseitigen Standpunkt aus lächerlich ist, was ich tue. Aber ich bleibe dabei. Das Wasser fließt bergab, so ist es vorgesehen, aber in diesem Fall trage ich es den Berg hinauf, obwohl es manchmal furchtbar anstrengend ist. Weil ich glaube – oder geglaubt habe – dass ich den Lauf des Flusses ändern kann. Auf eine Weise, die für alle Beteiligten besser ist.“

„Du konntest es nicht.“

„Nein. Aber ich bereue es nicht. Ich würde es wieder so machen.“

„Wirklich?“

„Was sonst?“, sagte Hanns. „Es hätte auch klappen können. Wäre das Missgeschick mit der Drachenbombe nicht passiert, hättest du

dein Talent noch unter Kontrolle gehabt. Du wärst unangreifbar zur Quelle durchgedrungen, ohne Sprengung, ohne Risiko. Und bei deiner Rückkehr hätten wir deine persönlichen Schätze genommen und dazu benutzt, die Lecks einzudämmen."
„Also ist es Mungos Schuld."
Hanns lachte.
„Ja, genau. Mungo Bartok ist schuld daran, dass die Welt untergeht."
„Hat Gem mal zu dir gesagt, dass du ihn nicht hättest zurückholen sollen?"
„Nicht so direkt. Aber über seine Probleme hat er schon mit mir gesprochen, vor allem am Anfang. Ich gebe mir die Schuld für seinen Kummer. Fast ist es so, als hätte ich ihn verflucht, denn er war auf dem richtigen Weg und ich habe ihn davon abgebracht. Aber ich habe es gut gemeint, wie das eben so ist im Leben. Man will das Beste und täuscht sich. Und weil ich mir deswegen Vorwürfe mache, habe ich ihn immer in Schutz genommen. Auch wenn er uns mit seinem Lebenswandel immer wieder in Schwierigkeiten gebracht hat und Haul und Ajach verlangt haben, ich solle ihn gefälligst mal erziehen, indem ich ihm Strafen androhe. Was ich aber nie tun würde. Bei Pyrg musste ich manchmal eingreifen, er war zu gefährlich für andere. Aber bei Gem ist das Problem, dass er zu nett zu anderen ist. Da kann ich ihm doch nicht ernsthaft drohen oder ihn bestrafen. Das entspricht auch gar nicht meinem Charakter."
„Haul und Ajach wollten im Ernst, dass du Gem bestrafst?"
„Ich glaube, sie haben nicht darüber nachgedacht, was es bedeuten würde, wenn ich Gem Druck mache. Sie waren es von Grindgürtel so gewohnt, dass ein Herr seine Gespenster praktisch zu allem zwingen kann. Aber ich kenne Haul. Er hätte nie gewollt, dass ich Gem auf diese Weise zwinge, keine Missetaten mehr zu begehen."
„Und was für schreckliche Missetaten waren das?"
„Seine ausschweifenden Liebesabenteuer jeder Art."
„Aber hattest du nicht selbst so eine Phase?"
„Nur eine kurze. Außerdem habe ich mich dabei an die Regeln von Fortinbrack gehalten, denn es ging ja hauptsächlich darum, Grindgürtel zu besänftigen. Gem hat sich dagegen an gar keine

Regel gehalten. Es ist zum Beispiel ein ungeschriebenes Gesetz, dass man sich nicht an die Töchter von Freunden oder Verbündeten heranmacht. Gem hat die Töchter von Grindgürtels Freunden regelrecht gesammelt."
„Hat ihm sicher Spaß gemacht."
„Und wie! Aber noch mehr Spaß hat es ihm gemacht, die Söhne von Grindgürtels Freunden zu sammeln. Er hatte ein untrügliches Gespür dafür, welche Jungs in Fortinbrack mit ihren Vorlieben hadern. Die hat er alle abgegrast."
„Gem?"
„In Taitulpan ist man sehr offen, was das angeht. Beide Geschlechter zu lieben ist ein fester Bestandteil der Kultur. Nicht jeder macht es, aber es ist hoffähig. In Fortinbrack gilt das Gegenteil. Werden da zwei Männer miteinander erwischt, werden sie gelyncht."
„Jetzt wirklich?"
„Ich habe dir schon mal erklärt, dass die Welt außerhalb der Republik …"
„… böse und schlecht ist, ich weiß. Hatte Gem keine Angst, gelyncht zu werden?"
„Er spielt gerne. Das hat ihm alles einen besonderen Nervenkitzel verpasst und ihn von seinen Problemen abgelenkt. Dass er damit die Leben seiner Liebhaber riskiert, daran hat er keinen Gedanken verschwendet. Aber man muss ihm lassen, dass er sehr geschickt vorgegangen ist. Selbst wenn Gerüchte aufkamen, konnten wir sie jedes Mal zerstreuen."
„Im Gegensatz zu manch anderen Gerüchten. Wollte euch nie jemand lynchen, dich und Haul?"
„Es war ja nur ein Gerücht. Wegen eines Gerüchts lyncht man keinen Thronfolger. Vor allem nicht, wenn er erfolgreich ist."
„Da wir sowieso bald sterben", sagte Gerald, „und ich niemandem mehr erzählen kann, was ich weiß, könntest du ja endlich mal mit der Wahrheit herausrücken."
„Worüber?"
„Na, worüber wohl? Dein Talent, dich aus direkten Fragen herauszureden, ist wirklich beeindruckend, aber mir ist nicht

entgangen, dass du das jedes Mal mit besonderem Eifer praktizierst, wenn die Rede auf dich und Haul kommt."
„Haul wurde vor über hundert Jahren in Fortinbrack geboren. Er lyncht keinen Hausdiener, der sich mit einem Stallburschen auf dem Heuboden vergnügt, aber prickelnd findet er so ein Verhältnis bestimmt nicht. So ist er nun mal erzogen worden."
„Und wieder hast du dich herausgeredet."
„Die Wahrheit", sagte Hanns, „lässt sich oft nur schwer fassen. In der Liebe ganz besonders. Manche Dinge weiß man ganz sicher und kann sie eindeutig benennen. Andere nicht. Zu den Dingen, die ich eindeutig benennen kann, gehört, dass ich für Scarlett geboren worden bin. Das wusste ich, seit ich sie das erste Mal gesehen habe. Sie ist das Ausnahmewesen für mich, meine Entsprechung, meine größte Liebe. Und dass sie glücklich ist, ist für mich leider genauso wichtig wie das Schicksal dieser Welt. Ich kann mir selbst wehtun, wenn es zum Besten der anderen ist. Aber ihr tiefen Schmerz zufügen, das kann ich nicht. Deswegen hätte ich es niemals fertiggebracht, Lumili zu heiraten. Auch wenn alles daran gescheitert wäre."
„Und das fällt dir *jetzt* ein? Warum hast du ihr das nie gesagt? Die Vorstellung hat sie gequält!"
„Weil ich mit mir gekämpft habe", erklärte Hanns. „Mir war im Grunde klar, dass ich es nicht schaffe, aber ich dachte, wenn alles darauf ankommt, schaffe ich es vielleicht doch. Was ein Irrglaube war. Wie du sagst, hier an diesem Ort können wir ruhig ehrlich sein. Und die ehrliche Antwort ist: Ich lasse lieber eine ganze Welt untergehen, als sie zu enttäuschen."
„Das beruhigt mich."
„Ich finde das überhaupt nicht beruhigend."
„Du bist übrigens vom Thema abgekommen", sagte Gerald. „Wir hatten über Haul gesprochen."
„Nein, das gehört alles dazu. Sie ist meine größte Liebe, meine allergrößte Liebe, aber ich liebe viele Menschen, die einen mehr, die anderen weniger. Haul eher mehr. Wie diese Liebe zu nennen und einzuordnen ist, weiß ich nicht. Ich könnte jetzt keinen heiligen Schwur ablegen, dass diese Beziehung keine Liebesbeziehung ist. Das will ich auch gar nicht. Aber wenn man

so etwas sagt, haben die Leute meistens eine falsche Vorstellung. Deswegen sage ich lieber gar nichts."
„Und welche Vorstellung wäre nun richtig?"
„Es gibt so viele Arten und Weisen, wie man einen Menschen lieben kann. Es muss ja nicht immer alles gleich – "
Er brach ab, weil er ein Geräusch gehört hatte. Gerald hatte es auch vernommen, obwohl es ganz leise gewesen war. Ein Scharren, ein Luftzug, ein kaum hörbares Schnauben. Hanns ließ das Licht der Steinfeuer-Nuss aufleuchten und Dandelia Pimbel kam zum Vorschein. Sie saß genau zwischen Gerald und Hanns.
„Ihr lebt ja noch", sagte sie. „Das hätte ich jetzt nicht gedacht."
„Wie geht es Lissi?", fragte Hanns. „Hat sie es nach draußen geschafft?"
„Sie arbeitet noch daran."
„Sie arbeitet daran?", wiederholte Hanns. „Wie denn das?"
Die Katze gab keine Antwort, sondern drehte ihren Kopf in Richtung Gerald und musterte ihn erstaunt.
„Du siehst komisch aus."
Gerald hatte ganz vergessen, dass seine Sichtbarkeit neuerdings vom Lichteinfall abhing, aber nun fiel es ihm wieder ein. Doch bevor er der Katze etwas erklären konnte, hatte Dandelia ihre Augen schon wieder woanders. Sie starrte an die Decke und sagte: „Das Wasser kommt. Und zwar von oben, weil die Pumpen futsch sind und das Speicherbecken einen Knacks abbekommen hat. Es läuft in die achte Ebene und sickert von da nach unten."
„Ist Lisandra unterhalb oder oberhalb der achten Ebene?", fragte Hanns. „Kannst du mir das *bitte* beantworten?"
„Ich kann dir das auf jeden Fall beantworten. Aber will ich es auch?"
Hanns starrte die Katze an, in einer Mischung aus Mordlust und Resignation, doch da sie keine Anstalten machte, die ersehnte Antwort geben zu wollen, gab er fürs Erste auf.
„Okay, dann etwas anderes", sagte er. „Möchtest du die Welt retten?"
„Meinst du das jetzt ernst?", fragte sie zurück.
„Sehr ernst", sagte er. „Ich wäre dir außerordentlich verbunden, wenn du es tätest. Und der Rest der Welt natürlich auch."

Dandelia Pimbel wirkte nicht gänzlich desinteressiert. Die Rettung der Welt – das wäre schon ein Karrieresprung für eine in die Jahre gekommene Wasserspeier-Katze.

„Kommt darauf an, wie", meinte sie gnädig. „Mein Leben riskiere ich nicht dafür."

„Keine Sorge", erklärte Hanns. „Alles, was du tun musst, ist: Du bringst die Behälter, die da drüben liegen, zu Rémi Kreutz-Fortmann in den Keller unter Tolois."

„Wie denn? Mit meinen Tatzen? Oder soll ich sie etwa ins Maul nehmen? Selbst von der kleinsten Büchse bekäme ich eine Maulsperre."

„Wir bauen dir einen kleinen Rucksack und packen sie hinein."

Dandelia blickte Hanns an, als hätte er ihr gerade heftig auf den Schwanz getreten.

„Du kannst doch Gegenstände mitnehmen, oder?", fragte Hanns nach. „Ich weiß, dass es mit Lebewesen schwierig ist, aber ein Rucksack mit ..."

„Was ist drin? In den Behältern?"

„Antimagikalie. Gerald war unangreifbar an der Quelle und dort haben sich einige persönliche Dinge von ihm antimagikalisch aufgeladen. Die Super-Gespenster könnten sie benutzen, um die Lecks einzudämmen. Wenn ihnen das gelingt, wäre der Untergang erst mal aufgehalten. Es liegt an dir, Dandelia: Ob die Welt in ein paar Tagen untergeht oder nicht, beruht einzig und allein auf deiner Entscheidung."

„Ein Rucksack!", rief sie ungehalten aus. „Hunde tragen so was. Katzen nicht!"

„Aber", erwiderte Hanns und hier fügte er eine bedeutungsvolle Pause ein, „hat ein *Hund* jemals die Welt gerettet? Wohl kaum, oder?"

Das war ein Argument, das Dandelia Pimbel einleuchtete. Sie richtete ihre Ohren auf und nahm eine aufrechte Haltung ein.

„Ich könnte es mir überlegen."

„Tu das, wir kümmern uns schon mal um den Rucksack."

Sie beobachtete Gerald und Hanns überaus kritisch dabei, wie sie einen Rucksack auseinandernahmen und Teile davon wieder zusammenflickten. Sie verkleinerten die Gurte und passten sie an,

steckten die Behälter in die Außentaschen und befestigten sie mehrfach.
„Willst du ihn mal anprobieren?“, fragte Gerald, als sie fertig waren.
Dandelia machte ein Gesicht, als hätte sie etwas extrem Unverträgliches gegessen.
„Das ist erniedrigend.“
„Was den Glanz deiner Leistung nur erhöht“, erwiderte Hanns.
Er hatte mittlerweile den richtigen Ton für die Katze gefunden. Auf zu viel Schmeichelei reagierte sie skeptisch, aber wenn man die Schmeichelei in einem eher kühlen, sachlichen Ton vortrug, so als sei es mehr eine Feststellung als ein Kompliment, verbesserte das ihre Grundstimmung.
„Der Rucksack wird mich langsam machen“, erklärte sie, als sie ihr den Rucksack überstreiften. „Der Inhalt noch mehr.“
„Wie langsam?“, fragte Hanns. „Schaffst du es, vor Morgengrauen in Tolois anzukommen?“
„Problemlos.“
„Dann bist du schnell genug.“
„Aber es wird anstrengend.“
„Sicher“, meinte Hanns. „Es ist eine Zumutung für dich, das ist mir schon klar. Könntest du, bevor du die Mine verlässt, noch mal bei Lisandra vorbeischauen?“
„Das mache ich sowieso. Ich hatte ja den Auftrag, euch zu suchen.“
„Ah.“
„Außerdem muss ich ihr sagen, wo sie den nächsten Hohlraum findet.“
„Du zeigst ihr den Weg nach oben?“
„Ja.“
Hanns warf Gerald einen Blick zu. Sie beide wollten unbedingt wissen, ob sich Lisandra oberhalb oder unterhalb des Wassers befand, aber diese Frage noch einmal anzusprechen, führte womöglich zum sofortigen Informationsstopp, weil diese Katze so ein verdammter Dickschädel war. Doch bevor die Katze ohne ein Wort verschwand, wollte Gerald wenigstens einen Versuch wagen.

„Was bringt ihr das schon?“, fragte er aufs Geratewohl. „Sie kommt doch sowieso nicht am Wasser vorbei.“
„Das stimmt“, erwiderte die Katze zu Geralds Bestürzung. „Bald steht die ganze achte Ebene unter Wasser. Im Moment stürzt das Wasser noch in einen Riss im Aufzugsschacht, der bis zur vierzehnten Ebene reicht. Wenn sie die achten Ebene erreicht, bevor der Riss und die ganze achte Ebene vollgelaufen sind, kann sie oben den Kopf aus dem Wasser stecken und sich erholen, bevor sie durch die Decke in die siebte Ebene klettert. Ab der siebten Ebene wird es einfacher, da kann man wieder herumlaufen, weil nicht alles eingestürzt ist.“
„Klingt nach einem guten Plan“, sagte Hanns. „Sie wäre verloren ohne dich.“
„Ja, dann säße sie immer noch im Fahrstuhl rum“, plapperte die Katze weiter. „Aber ich habe ihr gezeigt, wie sie zu der umgekippten Wanne kommt, unter der sie jetzt liegt. Von da muss sie zwei Ebenen höher klettern, da steht ein alter Tresor, in den sie sich setzen kann. Drei Ebenen weiter kommt ein Schrank, aber der ist sehr schwer zu finden. Dann habe ich noch zwei Höhlen entdeckt, aber die sind winzig. Weiß nicht, ob sie da reinpasst. Und danach muss sie in den überfluteten Spalt und wohl oder übel tauchen. Wenn das Wasser dann schon bis an die Decke der achten Ebene reicht, war alles umsonst.“
„Oh“, sagte Gerald betroffen. „Dann sag ihr bitte, dass wir an sie denken und ihr wünschen, dass sie es rechtzeitig schafft.“
„Das bringt doch nichts.“
„Ja“, sagte Gerald, „aber so weiß sie, dass wir mit ihr fiebern.“
„Das bringt auch nichts.“
„Mach es einfach!“
Dandelias Gesicht nahm auf diese ungeduldige Äußerung hin einen sehr verärgerten Ausdruck an, weswegen Hanns schnell in dem bewährten Tonfall der sachlichen Lobpreisung erklärte:
„Hauptsache, du rettest die Welt, Dandi! Der Rest ist sowieso unwichtig. Wir werden auf ewig in deiner Schuld stehen, wenn du das schaffst.“

Dandelia nickte gnädig und nörgelte auch nur geringfügig, als Hanns die Riemen des Rucksacks festzurrte und noch einmal alles überprüfte.
„Fertig?“, fragte sie, kaum dass Hanns den letzten Behälter einem Wackeltest unterzogen hatte.
„Ja, fertig“, sagte er.
Und im selben Moment war die Katze verschwunden.
Gerald und Hanns starrten auf den leeren Fleck, an dem sie eben noch gestanden hatte.
„Wird sie ihr Wort halten?“, fragte Gerald. „Wird sie den Rucksack abliefern?“
„Ich glaube schon“, antwortete Hanns.
„Und das glaubst du wirklich oder willst du mir nur auf deine barmherzige Art den unausweichlichen Tod versüßen?“
„Ich glaube fest daran“, sagte Hanns. „Hast du gemerkt, wie viel ihr Lissi bedeutet? Sie will nicht, dass Lissi hier unten stecken bleibt. Genauso wenig wird sie wollen, dass die Welt untergeht.“
„Dann wird es funktionieren? Du denkst, Rémi und die anderen können die Lecks eindämmen? Ohne deine Hilfe?“
„Sie brauchen einen Zauberer, der mich vertritt, aber der dürfte aufzutreiben sein. Repuls zum Beispiel. Scarletts Magikalie ist zu unberechenbar, aber Repuls müsste das hinkriegen.“
„Und angenommen, es klappt – was ist dann mit Torck? Glaubst du, er kann besiegt werden, wenn du nicht mehr da bist?“
„Ich bin nicht die wichtigste Person in dieser Angelegenheit. Bei Torck kommt es vor allem auf Maria an. Sie hat eine direkte Verbindung zu Mandelia. Und nur über Mandelia ist Torck angreifbar.“
„Und wer sagt Maria, was sie tun soll?“
„Es gibt genug kluge Köpfe da oben und Maria ist einer davon. Sie und die anderen werden einen Weg finden, wenn es einen gibt.“
„Schön. Also können wir jetzt beruhigt sterben.“
Hanns lachte.
„Ja, total beruhigt“, sagte er.
„Du weißt, wie ich das meine“, erwiderte Gerald. „Immerhin war nicht alles umsonst.“

Genau in diesem Moment wurde das Licht der Steinfeuer-Nuss schwach. Die ganze Zeit hatte sie unvermindert ihr helles, schönes Licht gespendet, doch jetzt auf einmal war ihre Kraft fast aufgebraucht. Hanns steckte sie weg und die Dunkelheit kehrte zurück.

Kapitel 6: Fünf

Lumili verbarg sich hinter dem Regal mit den Reissäcken und beobachtete Kreutz-Fortmann. Zwei Stunden war es nun her, dass er zusammengebrochen war. Alle fünf Minuten kam jemand vorbei, um nachzusehen, wie es ihm ging. Weniger aus Mitgefühl – wobei das auch eine Rolle spielte – als aus Sorge um die Lage in Tolois. Überall traten technische Schwierigkeiten auf, für deren Bewältigung er dringend benötigt wurde.

Doch Rémi war nicht ansprechbar. Er lag immer noch auf dem Boden, manchmal bewegte er sich im Schlaf. Erik, der auch vorbeikam, fragte, ob man ihn nicht aufwecken könne. Haul antwortete, das werde er tun, sobald ein Notfall eintrete. Aber vorher werde er Kreutz-Fortmanns Genesung nicht gefährden.

„Ein Notfall?", rief Erik. „Tolois brennt!"

„Du übertreibst. Wir haben drei große und fünf kleinere Kriegsschauplätze und immer noch alles unter Kontrolle."

„Ich sehe schwarz", sagte Erik. „Hanns ist weg und von fünf Super-Gespenstern sind nur drei im Einsatz. Die Streitkräfte der Republik sind angeschlagen, Fortinbrack ist ohne seinen Anführer verunsichert. Wie sollen wir Sumpfloch und Tolois die nächsten sieben Tage halten? Falls wir überhaupt noch so viel Zeit haben? Wenn wir keine Menschen aus der Stadt durch diesen Keller schleusen müssten, wäre es einfacher, aber …"

„Wir werden morgen früh damit beginnen", erklärte Haul. „Bis dahin ist Rémi wieder fit und kann die Pläne ausführen, die er und Hanns für diesen Fall gemacht haben. Kein Feind wird diesen Keller betreten, wir sortieren sie alle vorher aus."

„Na, wenn du es sagst. Mir wird flau bei der Vorstellung, dass wir die Sperren für so viele Menschen öffnen müssen."

Sie gingen fort, während sie sprachen, deswegen hörte Lumili Hauls Antwort nicht mehr. Es war mitten in der Nacht, die Müdigkeit drohte Lumili zu übermannen. Sie lehnte ihre Wange gegen einen Reissack und schlief wohl kurz ein, denn als sie aufgrund eines Geräuschs den Kopf hob, war Kreutz-Fortmann dabei, sich aufzusetzen. Er war wach!

Am liebsten wäre Lumili zu ihm gelaufen und hätte ihn gefragt, wie es ihm ging. Doch das war keine gute Idee, das war ihr vollkommen klar. Er wäre weder erfreut, sie zu sehen, noch würde er damit einverstanden sein, dass sie im Keller blieb. Er würde sie ganz schnell nach Lettimur verfrachten.

Noch war er benommen, aber dieser Zustand würde nicht lange anhalten. Wenn Lumili also im Keller bleiben wollte, musste sie jetzt weglaufen und sich verstecken. Nach einem letzten Blick auf Kreutz-Fortmann lief sie los. Sie rannte lautlos, diese Kunst beherrschte sie. Sie war leiser als jedes Super-Gespenst, diese eitle Feststellung gestattete sie sich, als sie unzählige Regalreihen durchquerte. Schließlich landete sie in einer unbeleuchteten Gegend, in der alle Menschen so weit weg waren, dass Lumili sie nicht mehr hören konnte.

Sie blieb stehen und stellte fest, dass sie nicht nur müde, sondern auch hungrig war. Auf der Flucht vor Ondolt hatte sie das Abendessen verpasst und mittags hatte sie kaum einen Bissen hinunterbekommen vor lauter Anspannung. Überhaupt lief sie hier herum wie ein dummes Huhn, dachte sie. Das war keiner Schülerin des Tempels würdig.

Viel klüger wäre es, sich zu versenken und den Keller aus der Perspektive des *wunschlosen Werdens* zu betrachten, um Essensvorräte zu finden. Gut, das war nun nicht das eigentliche Ziel der Priester gewesen, als sie vor Jahrtausenden die Methode des *wunschlosen Werdens* ersonnen hatten, doch Lumili brachte es nicht über sich, noch länger hungrig herumzuirren. Daher beschloss sie, eine kleine Übung in dieser Disziplin abzuhalten, um herauszufinden, wie sie unbeobachtet zum Speisesaal und der dazugehörigen Küche gelangen könnte.

Etwas schuldbewusst nahm sie die richtige Sitzposition ein und vergaß, wer sie war und was sie wollte – eine unerlässliche Voraussetzung für die Perspektive des *wunschlosen Werdens*. Je tiefer Lumili in diesen Zustand eintauchte, desto deutlicher und umfassender erkannte sie sämtliche Regale, Räume und Gänge des Kellers von oben, von unten und aus jeder Richtung. Ihre Aufmerksamkeit konnte in jeden noch so verborgenen Winkel dringen und das an allen Orten gleichzeitig.

Sie sah Haul, wie er in einem unbeobachteten Moment die Stirn gegen ein Regal lehnte und schwer atmete. Er tat es aber nur ein paar Sekunden lang, dann wandte er sich seiner nächsten Aufgabe zu. Sie sah Menschen, die die Tür zur Spiegelwelt benutzten, manche kamen, manche gingen. Sie sah Ajach, die auf einer Liege in der Abteilung für Verletzte lag, und Rémi, der Ajach betroffen die Hand drückte und dann zum nächsten Kontrollpult marschierte.

Alle Menschen, die Lumili sah, hielten sich in der Nähe der Tür oder der Sperren Richtung Tolois auf. Nur ein Mensch ging seine eigenen Wege, fern von den anderen. Es war der Fühler, der sich zusammen mit Weißer Stern hier eingeschlichen hatte und seither nicht mehr aufzufinden war. Es war derselbe Mann, der vor wenigen Tagen als Schneider beim Abendessen aufgetaucht war und den Hanns seltsamerweise nicht sofort als Fühler und Spion entlarvt hatte.

Lumili sah all das, doch aus der Perspektive des *wunschlosen Werdens* war jede Wahrnehmung gleichwertig. Es gab keinen Ort und kein Bild, das Lumili bevorzugte. Hätte sie es getan, wäre sie nicht wunschlos gewesen und die Fähigkeit, all das zu erkennen, wäre verschwunden.

Es war immer ein seltsames Gefühl, aus diesem Zustand wieder aufzutauchen. Wie eng war doch die persönliche Perspektive, mit der man alltäglich durch diese Welt streifte! In den ersten fünf Minuten nach der Aufgabe des *wunschlosen Werdens* kam sich Lumili vor, als sei sie mit Blindheit geschlagen. Doch irgendwann kam sie wieder zurecht, vor allem, weil ihr die Erinnerung an das, was sie gesehen hatte, einen dreidimensionalen Plan lieferte, dem sie nun folgen konnte. So fand sie schließlich mühelos zur Großküche und betrat diese durch eine kleine Nebentür.

Die Großküche, die zu dem Zweck gebaut worden war, Tausende von Menschen zu versorgen, sah auf gruselige Weise leer und unbenutzt aus. Die blaue Notbeleuchtung wurde von schimmernden Riesentöpfen und -pfannen reflektiert, die noch nie auf einem Herd gestanden hatten, und auf den Arbeitstischen warteten Schüsseln in der Größe von Wannen darauf, befüllt zu werden.

Lumili lief an einer langen Reihe von Backöfen entlang und entdeckte an deren Ende einen Vorratsraum, in dem sie Gläser mit eingemachten Kirschen fand. Sie nahm eins davon an sich, ebenso wie eine Dose mit Waffeln und eine Flasche mit „Grundstoff-Saft“, was auch immer das war. Sicherlich konnte man es trinken, ohne daran zu sterben, und nur darauf kam es an.
Ein paar unausgepackte Kisten standen mitten im Raum, auf die setzte sich Lumili, und nahm ihr bescheidenes Mahl ein. Die Kirschen schmeckten hauptsächlich süß, die Waffeln trocken und staubig und der Grundstoff-Saft löste ein pelziges Gefühl auf der Zunge aus, aber Lumili trank die Flasche trotzdem in einem Zug leer. Sie brauchte Nahrung und das hier war Nahrung. In solchen Dingen war sie noch nie empfindlich gewesen.
Sie hatte die Flasche kaum von den Lippen abgesetzt, da wurde sie gepackt und eine Männerhand, halb so groß wie ihr Gesicht, hielt ihr den Mund zu.
„Wehe, du gibst auch nur einen Ton von dir, wenn ich dich wieder loslasse!“, drohte der Mann, zu dem die Hand gehörte. „Dein kleines Hälschen habe ich schneller herumgedreht, als du schlucken kannst.“
Sie versuchte zu nicken, trotz des festen Griffs. Kein Zweifel, dieser Mann war der Fühler, der im Keller untergetaucht war, und obwohl man diesen Leuten nachsagte, dass sie schrecklich sensibel seien, fühlte sich sein Griff überhaupt nicht feinfühlig an.
„Gut“, erklärte er und ließ sie los. „Dachte ich mir doch, dass du ein vernünftiges Mädchen bist.“
Sie atmete tief durch, stellte die leere Saftflasche ab und suchte nach ihrem Gegenüber. Es war dunkel, doch sie hörte deutlich, wie der Fühler mit dem Fuß eine Kiste in ihre Richtung schob und sich setzte. Kurz darauf brachte er einen Kerzenstummel in einem sehr alten, verbogenen Kerzenhalter zum Brennen. Nun sah sie ihn direkt vor sich sitzen.
„Willst du was Richtiges essen?“, fragte er. „Die haben hier auch frische Sachen. Der Hefezopf ist ein Gedicht, willst du ein Stück?“
Er zog aus seiner Umhängetasche den besagten Hefezopf, brach ein Drittel davon ab und hielt ihr das weiche Gebäck unter die Nase.

„Na?“
Es duftete verführerisch. Sie nahm es und biss hinein. Die Aromen spielten sofort mit ihren Sinnen: Sie wollte mehr, noch viel, viel mehr davon! Doch die Priester warnten vor starken Reizen wie diesem hier. Sie nahmen die Seele gefangen. Aber egal – für eine Weile wenigstens wollte sich Lumili gefangen nehmen lassen und aß das ganze Stück Zopf auf.
„Gut, was?“
„Ja, wirklich gut.“
„Das ist nett, mal Gesellschaft zu haben“, stellte er fest. „Noch dazu von so einer Schönheit!“
„Darf ich fragen, wer du bist? Es heißt, du seist ein Fühler und ein feindlicher Eindringling. Gelegenheit, dich selbst zu fragen, bestand bisher leider nicht.“
„Stimmt schon, was es heißt“, meinte er. „Aber das ist nur ein Ausschnitt der Wahrheit.“
„Was willst du?“, fragte sie. „Warum bist du hier?“
„Ich erzähl’s dir, kleine Madame. Aber vorher brauche ich einen Schluck hiervon.“
Er zog eine Weinflasche aus seiner Tasche, auch ein Glas hatte er parat. Beides sah wertvoll und teuer aus. Er bemerkte ihren überraschten Blick und erklärte:
„Man muss nur die richtigen Ecken in diesem Keller finden. Für einen Fühler ist das natürlich kein Problem. Dieser Tropfen hier würde mir, wenn ich ihn verkaufen würde, so viel einbringen, dass ich ein Jahr lang davon leben könnte! Aber was spielt Geld in diesen Zeiten schon für eine Rolle? Trinken wir das Zeug lieber, als uns die Nasen damit zu vergolden.“
Er entkorkte die Flasche und schüttete etwas von dem dunkelroten, stark duftenden Wein in das Glas.
„Hier, Madame!“
„Ich? Oh nein – ich …“
Sie wollte sagen, dass sie nur in Ausnahmefällen Wein trank. Doch wenn das hier kein Ausnahmefall war, was war dann einer?
„Danke“, sagte sie und nahm das Glas, das er ihr reichte. Sie nippte daran. Dieser dunkelrote Wein schmeckte, wie er duftete. Verführerisch weich und tief! Noch so ein Reiz, vor dem sie die

Priester gewarnt hatten. Nun ja. Lumili nahm einen großen Schluck. Und dann noch einen.
„Hier!“ Er schenkte ihr nach. „Ich muss nämlich aus der Flasche trinken, ich habe kein zweites Glas dabei.“
Er nahm einen kräftigen Schluck aus der wertvollen Flasche und wischte sich danach den Mund mit dem Ärmel ab. Er war ein stämmiger, fast pummeliger Mann mit strähnigem Haar. Sein Alter war schwer zu schätzen. Als er vorgegeben hatte, ein Schneider zu sein, hatte ihn Lumili auf vierzig oder fünfzig Jahre geschätzt. Jetzt kam er ihr jünger vor.
„Warum ich hier bin, wolltest du wissen.“
Er nahm noch einen Schluck, sie nickte bekräftigend.
„Es ist Pelohels Schuld“, begann er. „Er kam auf die glorreiche Idee, er könnte sich Menschen mit außergewöhnlichen Talenten heranziehen und sie in seinen Kriegen einsetzen. Eines der Kinder, die infolge seiner Experimente das Licht dieser Welt erblickten, war ich. Das ist jetzt achtundzwanzig Jahre her. Kurz nach meiner Geburt brachte man mich an einen eiskalten Ort und dort lebte ich fortan.“
„An einen eiskalten Ort?“, fragte Lumili. „Aber in Fischlapp ist es doch immer warm, selbst im Winter.“
„Nicht da, wo man mich hinbrachte. Ich lebte auf einem sehr hohen Berg inmitten der sumpfigen Urwälder der Samawas-Ebene. Auf diesem Berg liegt das ganze Jahr über Schnee, ob du es nun glaubst oder nicht. Ich lebte dort nicht allein. Es gab noch andere Kinder von meiner Sorte. Man gab uns keine Namen, sondern nummerierte uns. Kein Name, der mir später gegeben wurde, fühlte sich jemals passend für mich an. Der einzige Name, den ich akzeptieren kann, weil ich es so gelernt habe, lautet Fünf.“
„Fünf?“
„Ich war das fünfte Kind, das an diesen trostlosen Ort auf den Berg gebracht worden ist. Ich und meine Leidensgenossen lebten in einem streng bewachten Gebäude. Ärzte und Aufseher ersetzten uns die Eltern. Später kamen die Trainer hinzu.“
„Pelohel hat also gezielt Fühler herangezogen? Ich wusste gar nicht, dass diese Eigenschaft vererbt wird. Ich dachte, es wäre eine Gabe oder eine Veränderung, die zufällig vorkommt.“

„Nun, auf den Zufall hat es Pelohel sicher nicht ankommen lassen. Er muss ein paar Anhaltspunkte gehabt haben, wie man Fühler, Zauberer, Gedankenleser und viele andere Ausnahmewesen gezielt hervorbringen und diese Talente miteinander kombinieren kann. Sein Wissen darüber hat er nicht an uns weitergegeben. Nur seine Wünsche. Wurden sie missachtet, hatte das grausame Konsequenzen."

„Eine schreckliche Geschichte."

Fünf nahm einen weiteren Schluck aus seiner Flasche.

„Eins und Zwei habe ich nie kennengelernt", erzählte er. „Sie überlebten nicht lange genug. Drei war gesund und stark, doch nicht so talentiert, wie es Pelohel gerne gehabt hätte. Die Kreuzung oder was auch immer es war, schlug fehl. Es war abzusehen, dass er ein guter Zauberer werden würde, doch darüber hinaus besaß er keinen besonderen Nutzen für Pelohel. Wäre das Experiment geglückt, hätte dieser Zauberer die Sinneswahrnehmungen anderer Menschen manipulieren und sie dadurch steuern können. Er hatte einen verblüffend guten Geruchssinn, aber das war es dann auch. Zumindest ließ er das die maßgeblichen Leute glauben."

„Lebt Drei heute noch? Und wenn ja, wo?"

„Oh, du bist ihm vielleicht schon begegnet. Aber wir wollen nicht unnötig von meiner Geschichte abschweifen."

„Hm."

„Dass Drei überlebte und von seinen Schöpfern nicht aussortiert wurde, verdankte er seinem Einfluss, den er auf uns jüngere Kinder hatte. Drei war schon immer sehr schlau. Er spielte unseren Aufsehern vor, dass er die aufmüpfigen Kinder auf Kurs bringt. Uns wiederum versprach er heimlich, er werde uns alle da rausholen. Er wollte, dass wir fliehen, um eines Tages in einem anderen Land in Freiheit leben zu können."

„Das scheint geklappt zu haben."

„Ja und nein. Als wir unter seiner Führung ausbrachen und flohen, waren wir zu zehnt. Doch Vier war schon immer anfällig und schwach gewesen. Er verkraftete die Strapazen nicht und starb nach drei Tagen Flucht. Sieben trat auf eine Mine, mit der das Gelände am Fuß des Berges gesichert war. Neun und Elf wurden von unseren Verfolgern aus der Luft erfasst und getötet. Zu sechst kämpften wir uns durch das Sumpfland an der Grenze zur Republik, das so gefährlich war, dass es Pelohel nicht für nötig hielt, dort Wachtposten aufzustellen oder Zäune zu ziehen. Zehn fiel einem tödlichen Mückengift zum Opfer, Acht wurde von einer monströsen Sumpfschlange unter Wasser gezogen und bis wir sie befreien konnten, war sie ertrunken."

„Ich dachte, ihr hättet alle besondere Begabungen gehabt? Talente, die sich im Krieg bewähren? Das war doch der Sinn und Zweck von Pelohels Experiment."

„Glaub mir, behütete Madame, kein gewöhnlicher Mensch hätte diese Flucht überlebt! Wir haben gekämpft. Wir haben unsere besonderen Kräfte eingesetzt. Aber unsere Kräfte machen uns nicht unsterblich. Vor allem diejenigen unter uns, bei denen das Fühler-Talent stark ausgeprägt war, litten Höllenqualen. Wir waren es nicht gewohnt, einer Flut von Sinneseindrücken ausgesetzt zu sein. Zwölf erging es am dreckigsten. Irgendwann konnte er nicht mehr. Drei hat ihn tagelang getragen, durch diese ganzen verdammten tödlichen Sümpfe."

„Wie alt wart ihr damals?"

„Drei war mit elf Jahren der Älteste. Zwölf war erst fünf und damit der Jüngste."

„Wenn ich richtig gezählt habe, haben nur vier von euch überlebt."

„So ist es. Vier von zehn geflohenen menschlichen Experimenten erreichten lebend die Republik. Doch wir waren keine gern gesehenen Gäste. Der erste Bauer, bei dem wir Unterschlupf suchten und dem wir naiv unsere Geschichte erzählten, verpfiff uns an die Behörden. Sie kamen, um uns einzusperren. Drei, Zwölf und ich rannten weg, Sechs haben sie gekriegt. Nach eingehenden Untersuchungen wurde sie als überaus gefährlich eingestuft. Fünf Jahre lang lebte sie unter strenger Beobachtung in einem Heim, bis sie beschloss, ihre Beobachter auszutricksen und zu verschwinden. Heute weiß niemand, wo sie ist. Selbst ich nicht."

„Was ist mit dir? Hätte man dich auch als überaus gefährlich eingestuft?"

„Oh ja, das hätte man."

„Bist du eigentlich verletzt?", fragte Lumili. „Haul dachte, er hätte dich tödlich verwundet."
„Alles längst verheilt", sagte Fünf. „Eine der guten Gaben, mit denen mich Pelohel bedacht hat. Ein sehr praktisches Talent, denn auf meiner Flucht wurde ich des Öfteren tödlich getroffen. Aber mein Körper regeneriert sich, wenn ich nicht sofort tot bin."
„Interessant."
„Ja, das ist es."
„Und was wurde nun aus dir, Drei und Zwölf?"
„Drei ist schlau, wie ich schon sagte. Er konnte seine Mitmenschen weit besser manipulieren, als er es Pelohel hatte wissen lassen. Eine wohlhabende, adelige Familie adoptierte ihn, zog ihn gemeinsam mit den eigenen Söhnen auf, schickte ihn auf die allerbesten Schulen, förderte seine Extravaganz und beklatschte seinen Aufstieg zu einem angesehenen Regierungszauberer."
„Sprichst du etwa von … Repuls?", fragte Lumili. „Dorian Repuls?"
„Ja, man kennt ihn nur noch unter diesem Namen. Die drei Personen, die seinen echten Namen kennen, schweigen sich über die Wahrheit aus."
„Diese drei Personen sind Fünf, Sechs und Zwölf."
„So ist es. Drei hat sich stets um uns gekümmert, auch nach unserer Flucht. Er sorgte dafür, dass ich und Zwölf ebenfalls adoptiert wurden. Zwölf war schon immer ein ausgesprochen hübscher Junge. Niemand ahnte, wie gefährlich dieses Kind mit den großen, dunklen Augen und den langen Wimpern in Wirklichkeit sein konnte. Außer uns, seinen ehemaligen Gefährten. Zwölf wollte auch gar nicht gefährlich sein, er war ein gutes Kind. Seine Eltern liebten ihn, bis er eines Tages – aus Versehen – eine entfernte Verwandte tötete, die zu Besuch kam."
„Er hat sie getötet? Wie?"
„Durch seine Gedanken. Es passierte ihm einfach. Ich meine, wer von uns hatte noch nie einen bösen Gedanken? Seine Eltern waren schockiert. Sie übergaben ihn der Regierung und baten sie, den Fall zu übernehmen. Sie wollten ihn nie wiedersehen."
„Das tut mir leid."

„Er hat es verwunden. Doch die Regierung stellte ihn unter Beobachtung, genauso wie sie es mit Sechs getan hatte, bevor sie untertauchte. Als Zwölf zwanzig Jahre alt wurde, übernahm Drei ironischerweise und ohne dass die Regierung begriff, was sie da tat, die Oberaufsicht über Zwölfs Überwachung. Es heißt, die beiden Männer standen sich im Laufe der Zeit näher als nah. Doch die Drachenbombe, die auf Tolois-Park fiel, setzte dieser Liebe ein Ende. Zwölf verlor das Bewusstsein und wachte nicht mehr auf. Bis vor Kurzem."

„Zwölf ist wieder wach? Hanns erzählte mir im Vertrauen, dass er den Direktor darum bat, den bewusstlosen Fühler zu betreuen."

„Oh ja, Zwölf ist wach. Hat dir dein Verlobter auch erzählt, was er mit Zwölf gemacht hat, nachdem er endlich wieder aufgewacht war?"

Lumili schüttelte den Kopf.

„Nun, er übergab ihn an Pelohel von Fischlapp, der den Jungen als sein Eigentum betrachtet und daher zurückgefordert hat."

Lumili ließ ihr Glas sinken.

„Das soll er getan haben?", fragte sie ungläubig. „So etwas würde Hanns niemals tun!"

„Ich bin ein Fühler. Ich kann die Wahrheit sehen und riechen und ertasten. Frost wurde mit dem Auftrag betraut, Zwölf nach Fischlapp zu bringen. Haul und Gem haben Zwölf dem kalten Fürsten übergeben. Schlafend, damit er sich nicht wehren kann. Unterdessen nisten sich Frosts Verwandte in Lettimur ein."

„Aber …"

„So viel zu den Fakten. Und nun zu meiner bescheidenen und wie ich zugebe etwas heruntergekommenen Person: Ich habe meine Adoptivfamilie sehr schnell verlassen und mich alleine durchgeschlagen. Im Gegensatz zu Zwölf bin ich kein braves Kind gewesen. Ich habe keine Hemmungen, Unheil anzurichten. Was ich haben will, nehme ich mir. Das hat mich zu einem landesweit gesuchten Verbrecher gemacht. Nun ja, zu *zahlreichen* landesweit gesuchten Verbrechern, denn ich lege mir immer wieder neue Identitäten zu und täusche die Leute mit entsprechenden Illusionen. Ich wurde nie geschnappt."

Die plötzliche Wendung in Fünfs Erzählung irritierte Lumili. Außerdem merkte sie, dass sie zu schnell zu viel Wein getrunken hatte. Fünf hatte ihr Glas mehrfach aufgefüllt und wie ferngesteuert hatte sie es jedes Mal geleert. Der Wein hatte köstlich geschmeckt, doch erst jetzt merkte sie, dass sie überhaupt nicht darüber nachgedacht hatte, ob sie den Wein trinken wollte oder nicht. Das war untypisch für sie.
„Eine Frage steht noch aus, werte Madame“, sagte Fünf. „Warum bin ich hier? Die Antwort ist: Ich bin hier, um mich gut zu amüsieren und mir eine Passage in die neue Welt zu sichern. Wo ich ebenfalls ein gutes Leben haben möchte. Deswegen suche ich mir in diesem Keller zusammen, was ich dort drüben brauche. Und sobald die Flüchtlinge aus Tolois hier antanzen, werde ich mich mit meinen Schätzen unters Volk mischen und hinüberspazieren. Unbehelligt, reich und ohne dass jemandem auffällt, dass mein Name auf keiner offiziellen Liste verzeichnet ist.“
„Und warum erzählst du mir das alles?“
„Weil es mir Spaß macht, es jemandem zu erzählen. Du bist doch eine kluge Madame, nicht wahr?“
„Dass ich dumm wäre, hat mir noch keiner zu sagen gewagt“, erwiderte Lumili. „Aber das soll nichts heißen.“
„Und was schließt meine kluge Madame aus dem, was ich ihr bisher erzählt habe? Wie lautet mein Plan bezüglich der Verlobten unseres allseits geschätzten Hanns von Fortinbrack?“
Lumili zog es vor zu schweigen. Ja, natürlich war sie klug genug, um zu erkennen, dass der Mann namens Fünf nicht vorhatte, sie gehen zu lassen. Dass er ihr all das nur erzählt hatte, weil er sich hundertprozentig sicher war, dass sie es niemals weitererzählen könnte.
Ihr wurde außerdem klar, dass sie für ihn etwas Ähnliches darstellte wie der teure, seltene und überaus schmackhafte Wein, den er ihr die ganze Zeit kredenzt hatte. Es fehlte ihm hier unten an nichts – außer an weiblicher Gesellschaft. Und dafür war nun gesorgt.
Er grinste, da er ihre Gedanken erriet.
„Wir werden viel Spaß zusammen haben, meine hübsche, zarte Madame. Und nun musst du mich entschuldigen, ich will noch ein

kleines, gemütliches Gefängnis für dich bauen. Bis dahin bist du an diesem verlassenen Ort gut aufgehoben. Hier kommt nie einer her, das kann ich dir aus Erfahrung sagen, und wenn doch, wird er dich nicht finden. Meine Tarnzauber sind unfehlbar."

Lumili versuchte aufzustehen, doch sie kam nur ein paar Zentimeter weit. Er hielt sie fest, ohne sie zu berühren. Offenbar lähmte er sie mit der Kraft seiner Gedanken. Während sie auf der Kiste saß und sich über diese seltsame Wendung ihres Schicksals wunderte, kramte er in seiner Umhängetasche und holte zwei Seile heraus. Anschließend packte er sie wenig galant, hob die Lähmung auf und zerrte sie zum nächsten stabilen Regal.

Während er ihre Arme und Beine festband und ihr dann auch noch ein riesiges Taschentuch in den Mund stopfte, grinste er sie feixend an.

„Die Unannehmlichkeiten tun mir natürlich überhaupt nicht leid", sagte er. „Skrupel sind etwas für Leute, die sich schnappen lassen. Ich werde nie geschnappt, also ..."

Es war mehr ein Zähnefletschen als ein Lächeln, das er ihr zum Abschied schenkte. Im selben Moment erlosch der Kerzenstummel auf der Kiste. Er warf noch einen Tarnzauber über Lumili, der sich so angenehm anfühlte wie eine mit Nadeln gespickte, kratzende Wolldecke und marschierte davon.

Lumili war erstaunt. Das vor allem. Sie konzentrierte sich mit aller Macht auf diese Empfindung des Staunens, da das angenehmer und würdevoller war, als von blanker Panik ergriffen zu werden. Ja, Lumili mochte heimlich die beste Schülerin des Tempels gewesen sein, doch über das Laster des Stolzes war sie noch nie so richtig erhaben gewesen. Und deswegen würde sie jetzt *nicht* wie von Sinnen an ihren Fesseln herumzerren und um Hilfe schreien. Das wäre sowieso sinnlos.

Andererseits hatte sie nicht die geringste Lust, das zu tun, was ihr die Lehre vorschrieb – nämlich duldsam zu warten, bis der Verbrecher zurückkam und sie verschleppte.

Verdammte Lehre. Verdammter Gehorsam. Lumili erlaubte sich normalerweise keine Flüche, aber gerade tat es ihr unheimlich gut, in Gedanken zu schimpfen. Leise, sodass es niemals jemand hören

würde und ihr vorwerfen könnte, sie hätte sich nicht unter Kontrolle. Jawohl, verdammte Lehre!
Lumili liebte die *Sonne ohne Tat* aus tiefstem Herzen, aber das hier war eine Zumutung. Mit Ondolt konnte sie noch umgehen, aber wie sollte sie gegen einen Fühler mit übermenschlichen Fähigkeiten bestehen, der offenbar alles und jeden manipulieren und ausnutzen konnte?
Die Lehre verlangte, dass Lumili nachgab. Sie müsste der *Sonne ohne Tat* vertrauen und auf einen Sinn hinter alldem hoffen, was ihr widerfuhr. Und selbst wenn ihr etwas Furchtbares zustieß – bei Gem hatte es die *Sonne ohne Tat* schließlich auch zugelassen, dass er getötet wurde – dürfte sie nicht aufhören, an ihrem Glauben festzuhalten.
Lumili verkniff sich einen weiteren stummen Fluch. Sie wollte nicht so enden wie ihre Mutter. Und doch … es wäre so einfach, die Methode anzuwenden, die Weißer Stern im Tempel kultiviert hatte. Sie müsste die *Sonne ohne Tat* nur auf eine geschickte Weise benutzen, um sich zu befreien. Aber das durfte sie nicht. Sie durfte sich selbst und der Lehre nicht untreu werden!
Der Tarnzauber war ekelhaft. Er kratzte nicht nur, er juckte auch. Außerdem roch er nach dem Mann namens Fünf und gab Lumili damit einen Vorgeschmack auf das, was sie in seiner Gewalt erwartete. Liebend gerne hätte sie den Tarnzauber zerrissen und von sich abgestreift. Gem hätte ihr geraten, es zu tun, das wusste sie ganz sicher.
Lumili kämpfte mit sich. Was wollte die *Sonne ohne Tat*? Wollte sie wirklich, dass Lumili sich ergab? Oder wollte sie, dass Lumili ihre Fähigkeiten dazu missbrauchte, aus der Gewalt des Fremden auszubrechen?
Keine Frage – so hatte es angefangen, als Lumilis Mutter als junges Mädchen den wahren Weg verlassen hatte. Man konnte sich sehr viel einbilden. Tagein, tagaus hörte Lumili solche Sätze aus dem Mund ihrer Mutter: Die *Sonne ohne Tat* will, dass ich mich durchsetze, die *Sonne ohne Tat* verlangt von mir, dass ich regiere, die *Sonne ohne Tat* hat keine Geduld mehr mit diesem Schwächling!

Nein, die alten Priester hatten recht. Wer der *Sonne ohne Tat* wirklich dienen wollte, musste gehorchen und sich leiten lassen. Jawohl.
Aber dieser Tarnzauber trieb sie noch in den Wahnsinn!
Schlagartig rief Lumili die *Sonne ohne Tat* herbei und zerlegte den grässlichen Tarnzauber innerhalb von Sekunden in seine Bestandteile. Unsichtbar segelten die Fetzen im Dunkel zu Boden, ganz sanft und still und harmlos. Lumili atmete tief durch. Es war so eine Wohltat! Und eine Genugtuung.
Aber jetzt musste es reichen. Diese kleine Verfehlung würde ihr die *Sonne ohne Tat* vielleicht verzeihen, aber ...
Nun ja, das Taschentuch in ihrem Mund könnte sie bei der Gelegenheit auch noch in Energie auflösen. Mit einem gezielten Atemstoß blies sie das immateriell gewordene Taschentuch ins Freie, wo es sogleich wieder fest wurde und der Schwerkraft folgend seinen Sinkflug antrat.
Es war so einfach! Kein Wunder, dass Weißer Stern größenwahnsinnig geworden war. Wenn Lumili, die um einiges begabter im Umgang mit der *Sonne ohne Tat* war als ihre Mutter, den wahren Weg aufgeben würde, um die Kraft ganz und gar in den Dienst ihrer eigenen Wünsche und Visionen zu stellen – was könnte sie dann nicht alles erreichen? Es war unvorstellbar. Unvorstellbar grausam. Nein, keinem Menschen konnte eine solche Macht guttun. Jeden, auch den besten von ihnen, musste sie verderben.
Aber was hieß das für die Fesseln, die Lumili an das Regal banden? Sie durfte sie nicht lösen, wenn sie der *Sonne ohne Tat* auch weiterhin dienen wollte. Oder etwa doch? Sie schloss die Augen. Ihr Herz klopfte. Sie hatte Angst, eindeutig. Welche Angst war größer? Die Angst vor dem, was Fünf mit ihr anstellen würde, oder die Angst davor, die *Sonne ohne Tat* zu verraten und damit in die Fußstapfen ihrer Mutter zu treten? Lumili sah sich gerade nicht in der Lage, eine Entscheidung zwischen diesen beiden Möglichkeiten zu treffen.
Ein Geräusch von Stiefelsohlen, die auf den Steinboden schlugen, riss Lumili aus ihrem inneren Kampf. Solche Stiefelsohlen hatte Fünf nicht gehabt! Ihr Klang war viel zu laut und zu verräterisch.

Ein Licht flammte auf und es näherte sich schnell. Gehalten wurde es von General Kreutz-Fortmann. Lumili konnte es kaum fassen, als sie sein Gesicht sah, und dankte der *Sonne ohne Tat* in stiller Begeisterung.
„Rémi!“, rief sie. „Was für ein Glück!“
„Das ist kein Glück“, erwiderte er, „sondern eine Notwendigkeit, die mich wertvolle Zeit kostet. Warum rennst du einfach weg, anstatt zu bleiben, wo ich dich hingestellt hatte?“
„Ich bin keine Stehlampe, sondern ein Mensch – darum vielleicht?“
„Ein bedauerlicher Umstand.“
„Wie hast du mich gefunden?“
„Ich habe die Signaturen, die ich hatte verschwinden lassen, wieder aktiviert. Und welcher nette Zeitgenosse hat dich an diesem Regal fixiert? Ich nehme an, es war unser Freund, der geheimnisvolle Fühler?“
„Er heißt Fünf.“
„Fünf?“
„Eine Zahl, weil …“
„Es gibt nur einen Mann, der Fünf genannt wird“, unterbrach sie Rémi. „Wenn es der ist, dann haben wir ein Problem.“
„Warum?“
„Weil er hypnotische und manipulative Kräfte besitzt und seine immensen Zauberkräfte hauptsächlich dazu einsetzt zu rauben, zu betrügen und seine blutigen Spuren zu verwischen. Und weil er zu alledem auch noch das Talent besitzen soll, sich unsichtbar zu machen.“
„Und ein Fühler ist, der über unnatürlich starke Selbstheilungskräfte verfügt.“
„Diese Kleinigkeit war bisher nicht bekannt. Wie kommt das Taschentuch dahin?“
Er zeigte an die Stelle auf dem Boden, an der das Taschentuch gelandet war.
„Wieso?“
„Damit hat er dich doch sicher geknebelt.“
„Ach so. Ich konnte es ausspucken.“

Rémi runzelte die Stirn, doch er sagte nichts weiter dazu. Stattdessen machte er sich daran, Lumilis Fesseln mit einem Messer durchzuschneiden.
„Geht es dir besser?“, fragte sie besorgt.
„Ich fühle mich schlecht, aber nicht zu schlecht, um zu arbeiten.“
„Gut. Oder auch nicht gut.“
„Komm jetzt, du hast mich schon genug Zeit gekostet.“
Die Fesseln waren gelöst und Rémi marschierte bereits aus dem Vorratsraum. Lumili rieb sich ihre Handgelenke, die unter den Fesseln gelitten hatten, und lief hinter ihm her.
„Ich möchte im Keller bleiben!“, rief sie. „Bitte! So lange wie möglich.“
„Du meinst, du möchtest noch mal gefesselt und geknebelt werden?“
„Ich könnte ja in der Nähe der Tür bleiben. Da kommt er nicht hin. Er will sich erst später unter die Flüchtlinge mischen.“
„Das hat er dir erzählt?“
„Ja, hat er.“
„Ich habe eine Liste mit Dingen, die erledigt werden müssen“, erklärte Kreutz-Fortmann. „Die ist sehr lang und ich bin um jeden Posten froh, den ich abhaken kann. Deinen Namen abzuhaken, wäre die leichteste Übung von allen, also werde ich es tun.“
„Nein.“
„Nein?“, wiederholte er, lief aber währenddessen so schnell, dass Lumili kaum hinterherkam.
„Ich will hierbleiben!“, rief sie abermals.
„Vergiss es“, gab er zurück, „ich habe keine Lust, das auszudiskutieren.“
Sie blieb stehen, bis er – weit vor ihr – auch stehen blieb.
„Ich bin immer noch ein freier Mensch!“, verkündete sie.
„Und dieser Keller ist immer noch ein militärischer Stützpunkt“, entgegnete er. „Als Zivilistin hast du hier nichts verloren. Deine Freiheit beschränkt sich darauf, dir auszusuchen, wo ich dich rauswerfe. An einer der Sperren Richtung Tolois oder an der Tür nach Lettimur. Wo ist überhaupt dein Koffer?“
„Der steht noch zwischen den Regalen mit den Reissäcken.“
„Ich sorge dafür, dass er dir geschickt wird.“

„R-é-m-i Kreutz-Fortmann!“
„Nun komm schon.“
Sie kam nicht, sondern blieb stehen, wo sie war.
„Wusstest du, dass Zwölf und Fünf aus einem Experiment von Pelohel von Fischlapp stammen?“
„Ja, natürlich.“
„Stimmt es, dass Frost den wieder aufgewachten Zwölf nach Fischlapp bringt, um ihn an Pelohel auszuliefern?“
Kreutz-Fortmann drehte sich um und kam langsam auf Lumili zu. „Dir ist schon klar, dass diese Welt in ihren letzten Zügen liegt?“, fragte er. „Und dass wir gerade versuchen, so viele Lebewesen zu retten wie möglich? Weil es das ist, was Hanns wollte?“
Er sah sie streng an und sie nickte.
„Dann ist dir vielleicht auch bewusst, dass jede Sekunde zählt“, fuhr er fort. „Setz dich meinetwegen mit deinem Köfferchen neben die Tür, die in die Spiegelwelt führt, aber dort bleibst du gefälligst sitzen und rührst dich keinen Zentimeter von dort weg. Du redest mit niemandem, schon gar nicht über Zwölf. Sind wir uns einig?“
„Ja.“
Nun, da sie ihm dieses Zugeständnis abgerungen hatte, an der Tür sitzen bleiben zu dürfen, setzte sie ihren Weg an seiner Seite fort.
„Weißt du auch das mit Repuls“, fragte sie.
„Was genau?“
„Dass er auch zu ihnen gehört? Dass er mit Fünf, Sechs und Zwölf aus Fischlapp geflohen ist?“
Rémi drehte sich überrascht nach ihr um.
„Dorian Repuls?“
„Ja. Oder auch: Drei.“
„Das ist unmöglich. Er stammt aus einem der ältesten Adelsgeschlechter Estells.“
„Davon hat er bestimmt jeden überzeugt.“
„Fünf hat das behauptet?“
„Ich glaube, es ist wahr“, sagte Lumili. „Was nichts daran ändert, dass Dorian Repuls der ist, für den man ihn hält. Nur wenn er erfährt, dass Zwölf …“
Sie hielt inne, da ihr Kreutz-Fortmann einen drohenden Blick zuwarf.

„Gut, ich schweige."
Sie schwieg für den Rest des Marsches.
Haul und Erik waren überhaupt nicht begeistert, als ihnen Rémi eröffnete, dass Lumili unweit der Tür, die in die Spiegelwelt führte, Platz nehmen werde und er ihr erlaubt hatte, dort zu bleiben. Der gute Fertis sah immerhin keinen Nachteil darin und schob höflich einen Lehnstuhl heran. Er fragte sogar, ob er ihr etwas zu essen oder zu trinken besorgen sollte. Bevor sie ablehnen konnte, scheuchte Rémi den zuvorkommenden Fertis fort.
„Sie wird schon nicht tot umfallen. Los, los! Gem braucht schlagkräftige Unterstützung im Staatspalast."
Fertis eilte mit einer Gruppe von Soldaten von dannen, während Haul, Erik und Rémi über einen Plan gebeugt miteinander beratschlagten, wie sie dieses oder jenes Problem lösen könnten.
Lumili sah und hörte ihnen zu. Rémi vor allem. Außerdem merkte sie, dass sie viel Wein getrunken hatte, mehr als sie gewohnt war. Vielleicht war das der Grund, warum sie sich vorzustellen versuchte, wie das wohl wäre, wenn Rémi sie mögen würde. Wenn er sie wertschätzen und in seinen Augen eine Andeutung der Verlegenheit, Rührung oder Begeisterung aufflammen würde, die Lumilis Anblick normalerweise bei Männern auslöste. Wobei … Wenn so etwas in seinen Augen aufflammen würde, wäre er nicht mehr er selbst. Und das wäre wiederum ein Verlust.
Ihr fielen fast die Augen zu und sie war kurz davor, ihre Arme auf die Rückenlehne zu legen und ihren Kopf darauf zu betten, da passierte es plötzlich: Eine Katze tauchte auf! Aus dem Nichts.
Alle Anwesenden hielten inne in dem, was sie gerade besprochen oder getan hatten, und starrten die Katze an, die jemand mit einem seltsamen Rucksack beladen hatte, dessen Taschen prall gefüllt waren.
„Nehmt mir das Zeug ab!", forderte sie. „Es kommt von Hanns."
Haul wollte sofort zu der Katze rennen, doch Rémi hielt ihn fest.
„Warte – sie ist bestimmt verseucht! Wir müssen ein Tau-Zeolith-Bad vorbereiten."
Die Katze reagierte mit offenkundigem Entsetzen. Das Wort „Bad" gefiel ihr überhaupt nicht.

„Komm her, meine Liebe“, lockte Lumili die Katze an. „Ich tue dir nichts und werde dich auch ganz bestimmt in keine Badewanne stecken. Ich kann dich anfassen, ich bin kein Super-Gespenst. Ich werde auch keine Magikalie benutzen, die dich gefährden könnte. Versprochen.“
Die Katze kam sofort angelaufen, so wie es Lumili von allen Katzen kannte, mit denen sie sprach. Vorsichtig löste Lumili die Schnallen des Rucksacks und streifte ihn der Katze ab. Kaum war die Katze befreit, verschwand sie wieder. Ohne ein weiteres Wort. Lumili öffnete den Rucksack. Ungläubig zog sie die Behälter hervor, in denen Hanns, Gerald und Lisandra die Antimagikalie hatten transportieren wollen. Einen davon hielt sie in die Höhe, damit ihn jeder sehen konnte, und zum ersten Mal – zum allerersten Mal, seit sie ihn kannte – strahlte Rémi sie an.

Kapitel 7: Überladung

„Verstehe ich das richtig?“, fragte Gerald in die Dunkelheit hinein. „Im Laufe der nächsten Stunden füllt sich dieser Hohlraum mit Wasser. Und da ich mich nicht unangreifbar machen will und du dich in keinen Fisch verwandeln kannst, ohne dabei draufzugehen, werden wir ertrinken?“
„Ja, vermutlich schon.“
„Warum nur vermutlich?“
„Falls es länger als ein paar Stunden dauert, bis hier alles voller Wasser ist, könnte uns vorher auch die Atemluft ausgehen.“
„Aha“, sagte Gerald. „Aber worum es mir eigentlich ging, war das: Bevor wir endgültig ertrinken und es richtig unangenehm wird, könntest du da vielleicht zaubern? Sodass eine antimagikalische Wechselwirkung eintritt, die uns schneller umbringt? Ich meine, Ertrinken ist jetzt nicht meine favorisierte Todesart.“
„Ja, in Ordnung. Wobei wir auch Pech haben könnten und uns der antimagikalische Zwischenfall womöglich nur teilweise oder langsam umbringt. Was noch unangenehmer wäre als das Ertrinken.“
„Okay, das Risiko gehen wir ein.“
„Bist du dir auch ganz sicher?“, fragte Hanns. „Es könnte doch sein, dass du doch lieber unangreifbar sein willst, sobald es dir an den Kragen geht.“
„Ich war mir niemals so sicher wie jetzt. Ich habe so viel darüber nachgedacht in den letzten Wochen. Und auch schon davor, als ich gemerkt habe, dass ich mein Talent nicht mehr unter Kontrolle habe. Ich habe immer versucht, mir vorzustellen, wie das ist: endgültig unangreifbar zu sein. Aber keine dieser Vorstellungen war so schrecklich wie die Realität. Ich bin dir sagenhaft dankbar dafür, dass ich mich jetzt noch einmal entscheiden kann. Und ich zweifle keine Sekunde daran, dass ich lieber tot sein will als unerkannt herumzugeistern. Ich weiß nicht, wie Geraldine das siebzehn Jahre lang ausgehalten hat. Noch dazu in einer toten Welt.“
„Die Wunde wusste, dass sie da ist. Sie hat Geraldine mit Geschichten unterhalten. Das hast du mir selbst erzählt.“

„Na, toll. Siebzehn Jahre lang als Geist in einer toten Welt – und die einzige Gesellschaft ist ein Monster.“
„Immerhin hatte sie Gesellschaft.“
„Jetzt hat sie Viego. Er kann sie spüren, aber ich beneide sie nicht um diese Existenz. Ich habe mich bisher nicht getraut, Viego danach zu fragen, ob Geraldine das überhaupt will. Ob sie nicht lieber tot wäre. Wenn sie lieber tot wäre, würde es ihm das Herz brechen, fürchte ich. Deswegen nehme ich an, dass er es gar nicht weiß.“
„Können sie denn wirklich miteinander sprechen?“
„Ein bisschen. Er behauptet es jedenfalls. Aber lange Gespräche sind das nicht. Eher ein Austausch von Empfindungen.“
„Nicht genug, meinst du?“
„Nein, nicht genug. Nicht für ein Geschöpf wie sie.“
„Du unterstellst ihr, dass sie die gleichen Gefühle hat wie du“, sagte Hanns. „Aber womöglich fühlt sie etwas ganz anderes.“
„Wir sind uns sehr ähnlich, meine Tante und ich. Gangwolf und Viego erzählen mir das, seit ich denken kann.“
„Und wenn dich Maria so wahrnehmen könnte, wie Viego seine Geraldine wahrnimmt – würdest du dann trotzdem lieber sterben wollen?“
„Findest du es schlimm, wenn ich das bejahe?“
„Nein, gar nicht.“
„Wenn du bei Scarlett bleiben könntest – ebenso wie bei Haul – und sie könnten etwas von dir hören oder fühlen? Würdest du es tun?“
„Es kommt darauf an“, sagte Hanns, „wie *sie* das finden würden.“
„Und wie würden sie es finden?“
„Du kennst Scarlett. Sie könnte nichts mit einem Geist anfangen, sie braucht jemanden aus Fleisch und Blut. Na ja, und Haul … ich glaube, es würde ihn in den Wahnsinn treiben, wenn ich da wäre und gleichzeitig nicht da wäre.“
„Das würde es Maria auch. Du weißt, wie anfällig sie ist. Es würde ihr nicht gut bekommen.“
„Wenn du stirbst, wird es ihr auch nicht gut bekommen.“
„Es ist ja auch nicht so, dass ich gerne sterben will.“

Schweigen. Es war die Sorte Schweigen, die Gerald von Hanns kannte. Er musste nicht mal das Gesicht von Hanns sehen, um es deuten zu können. Es war ein Ich-denke-da-etwas-das-ich-dir-nicht-sage-Schweigen.
„Jetzt schieß schon los!“, rief Gerald. „Du verfolgst einen ganz bestimmten Gedanken, der dich ungemein fesselt, das merke ich.“
„Ach wirklich?“
„Ja, also sag es endlich!“
„Geht nicht.“
„Warum um Himmels willen? Warum musst du mir kurz vor deinem und meinem Tod noch etwas verschweigen?“
„Weil ich eine Idee habe, wie wir diese Tode verhindern könnten. Die Idee hat praktisch keine Aussicht auf Erfolg und sie würde viel zu viel kosten, wenn sie misslingt.“
„Nämlich? Was hätten wir zu verlieren?“
„Deine Greifbarkeit.“
„Ah.“
„Verstehst du?“, fragte Hanns. „Ich will dir keine dumme Idee einimpfen, die zum Scheitern verurteilt ist. Wenn wir nämlich tatsächlich scheitern, bin ich tot und du für immer unangreifbar. Etwas, das du absolut nicht willst.“
„Zum Scheitern verurteilt – was genau bedeutet das?“
„Dass es hundertmal aussichtsloser ist, als in ein verfluchtes Bergwerk hinunterzusteigen und Antimagikalie fördern zu wollen.“
„Und doch ist es uns gelungen, Antimagikalie zu fördern.“
„Ich sagte *hundertmal*!“, wiederholte Hanns.
„Jetzt erklär es mir schon. Ob ich mich davon anstecken lasse oder nicht, ist doch immer noch meine Entscheidung.“
„Ich kann sehr überzeugend sein.“
„Ja – wenn du willst und keine Zweifel hast.“
„Sagen wir es mal so: Wenn es dir gleich wäre, ob du unangreifbar bist oder tot, hätte ich dich längst überredet.“
„Ich müsste mich also noch mal unangreifbar machen, richtig?“
„Mehrere Male. Und mich auch. Wir müssten es bis zum Hohlraum im Fahrstuhl schaffen, von dem Dandelia berichtet hat. Der Dunkeltaster hat den Hohlraum nicht angezeigt, weil er

außerhalb seiner Reichweite liegt. Ich schätze, es ist eine Entfernung von 25 Minuten Fußweg. Dort würde ich dich zurückholen, du ruhst dich aus, wir legen wieder los. Die Hohlräume, die die Katze genannt hat, können wir nicht finden. Sie wären auch zu klein für uns und abgesehen davon läuft uns die Zeit davon. Aber der Riss im Aufzugsschacht muss sich direkt über uns befinden. Wenn wir uns also senkrecht nach oben bewegen und den Spalt erreichen, bevor die achte Ebene komplett vollgelaufen ist, könnte ich zur Not das letzte Stück schwimmen und fände noch genug Luft zum Atmen, um dich noch einmal zurückzuholen. Schließlich – wenn die Zeit reicht – könnten wir die letzte Decke überwinden und auf die siebte Ebene kommen."

„Wie haarsträubend! Du hast es gerade mal so geschafft, mich einmal zurückzuholen. Du meinst, das gelingt dir mehrere Male?"

„Ja, das glaube ich. Ich sehe da eher zwei andere Probleme. Erstens: Kannst du die Strecke von hier bis zum Fahrstuhl schaffen, wenn du mich mitnimmst? Es ist kein massiver Fels, der die Gänge verstopft, das heißt, du könntest dich durch die lose Erde leichter bewegen als durch festen Stein. Aber selbst wenn die Gänge frei wären, bräuchte ein Mensch, der zügig geht, knapp 30 Minuten bis zum Fahrstuhl. Wenn er rennt, vielleicht die Hälfte. Zweitens: Bis wir den Riss im ehemaligen Fahrstuhlschacht erreichen, der bis zur achten Ebene reicht, steht womöglich schon alles unter Wasser. Im schlimmsten Fall ertrinke ich und du bleibst unangreifbar."

Gerald musste nachdenken. Vor allem musste er sein Herz davon abhalten, zu schnell zu schlagen und Hoffnung zu schöpfen. Hoffnung war in diesem Fall gefährlich. Sie war zu verführerisch, um klar denken zu können.

„Kann sein, dass ich den Fahrstuhl erreiche", sagte er. „Vor allem, wenn du eine klare Vorstellung von der Richtung hättest."

„Habe ich. Ich erinnere mich an den Weg."

„Also, es *kann* sein", sagte Gerald. „Aber es könnte genauso gut sein, dass ich es nicht schaffe. Die andere Entfernung ist kürzer, da müsste ich es hinbekommen, aber ich weiß nicht, wie lange ich brauche, um mich zu erholen. Falls ich überhaupt wieder fest werde."

„Über die zweite Etappe müssen wir noch nicht nachdenken", erwiderte Hanns. „Die Frage ist: Willst du es mit der Strecke bis zum Fahrstuhl versuchen oder nicht? Wenn wir dort ankommen, bin ich zuversichtlich. Aber wenn dir vorher die Kraft ausgeht, was dann?"
„Dann müsste ich dich aus der Verschmelzung entlassen. Ich könnte es gar nicht verhindern und das hieße, dass du dich an einem Ort materialisierst, an dem es keinen Platz für dich gibt. Wie auch immer das abläuft, tot wärst du danach auf jeden Fall."
„Und du würdest unangreifbar bleiben."
„Da ich mich ohne deine Hilfe nicht stabilisieren kann, wäre das so."
„Okay, dann denk drüber nach."
„Kann ich nicht. Ich muss es ausprobieren."
„Siehst du. Ich hätte es nicht erzählen sollen."
„Aber wenn es doch eine Möglichkeit ist?", fragte Gerald. „Eine Möglichkeit zu entkommen?"
„Die dich sehr viel kosten könnte. Viel zu viel. Denk daran – du hast gesagt, du könnest eine unangreifbare Existenz nicht ertragen. Du wolltest lieber sterben, das ist schon sehr aussagekräftig, finde ich."
„Ich probiere es. Ich hoffe, ich schaffe es bis zum Fahrstuhl. Wenn du davon überzeugt bist, dass du mich zurückholen kannst – und normalerweise liegst du ja mit deinen Überzeugungen richtig – dann würde ich es wagen."
„Also gut", sagte Hanns. „Kann ich meinen Rucksack mitnehmen? Wegen des Dunkeltasters, dem Wasser und den Tau-Zeolith-Tabletten hätte ich ihn gerne dabei. Oder wäre es einfacher ohne den Rucksack?"
„Nein, darauf kommt es nicht an. Eine lebende Person aufzulösen und den Ort zu wechseln, ist das wirklich Schwierige daran."
„Gut. Ich mache noch mal Licht."
Die Steinfeuer-Nuss flimmerte beängstigend. Ihr Licht erstarb anders als das der anderen. Schneller und flackernder. Vielleicht lag es an der Antimagikalie. Gerald beobachtete, wie Hanns den Rucksack umpackte. Schließlich hob Hanns den Kopf.
„Ich wäre so weit. Du auch?"

Gerald nickte und das Licht erlosch. Leider nicht, weil Hanns die Nuss weggesteckt hatte, sondern weil sie endgültig zu leuchten aufgehört hatte.
„Das war unser letztes Licht“, sagte Hanns.
„Wie passend“, erwiderte Gerald. „Wie auch immer es ausgeht, ich bin froh, irgendwas unternehmen zu können. Im Dunkeln sitzen und auf das Wasser warten, wäre keine schöne Beschäftigung gewesen.“
Er tastete sich in Richtung Hanns vor und begegnete diesem auf halber Strecke. Komischerweise stieß er nicht mit ihm zusammen, sondern wusste ganz genau, wo er war, ohne ihn zu sehen. Die vielen Magikalie-Übertragungen hatten Spuren hinterlassen. Er konnte die Nähe von Hanns fühlen und dadurch seinen Aufenthaltsort genau bestimmen, selbst im Stockdunkeln.
„Ich brauche deinen Unterarm“, sagte Gerald. „Das müsste am besten funktionieren.“
„Hier.“
Gerald ergriff den Unterarm von Hanns und wollte ihn, ohne viel zu überlegen, auflösen. Doch es ging nicht. Der Arm von Hanns blieb fest, ebenso wie seine Hand.
„Ähm …“
„Es klappt nicht?“, fragte Hanns.
„Nein.“
„Es könnte an der Magikalie liegen, mit der ich dich vollgepumpt habe“, meinte Hanns. „Und daran, dass du jetzt anders beschaffen bist. Offenbar bist du stabiler geworden. Ich habe den Eindruck, die Magikalie, die ich auf dich übertragen habe, entweicht nicht. Du bräuchtest keine Klammer und nichts, um sie zu speichern. Die Magikalie ist ein Teil deiner neuen Struktur.“
„Was bedeutet, dass unser Plan gescheitert ist, bevor wir überhaupt damit begonnen haben?“
„Ich kann versuchen, dir die Magikalie zu entziehen. Das Problem ist nur …“
„Ja?“
„Es ist nicht angenehm. Grindgürtel hat den Gespenstern früher Magikalie entzogen, wenn er sie bestrafen wollte. Ich habe so was nie gemacht.“

„Ich brauche die Magikalie ja nicht zum Überleben, vielleicht ist es dann weniger unangenehm."
„Sie ist gerade ein Teil deines Körpers, natürlich ist das unangenehm. Aber sonst kannst du dich nicht auflösen."
Gerald gab einen kurzen, leisen Seufzer von sich.
„Also los – entzieh mir deine Magikalie. Ich bekomme sie ja zurück, wenn wir den Fahrstuhl erreichen. Richtig?"
„Richtig", sagte Hanns in einem zögerlichen Tonfall, der für ihn ganz untypisch war. „Es tut mir wirklich leid. Gib sofort Bescheid, wenn du das nicht aushalten kannst, ja?"
Gerald nickte und offenbar wusste Hanns, dass er das getan hatte, denn er legte nun seine Hand auf Geralds Handgelenk, so wie er das normalerweise machte, wenn er ihn mit Magikalie versorgte. Doch diesmal floss keine prickelnde, persönliche Energie in Geralds Richtung, sondern sie wurde aus ihm herausgezogen. Es war, als würde ihm jemand alle Liebe, alles Wohlwollen, alle Fürsorge entziehen, die er jemals genossen hatte. Nicht der geringste körperliche Schmerz ging damit einher, sondern es war eine seelische Verlassenheit, die Gerald währenddessen empfand, wie er sie noch nie erlebt hatte.
„Geht es?", fragte Hanns zwischendurch. „Ist es erträglich?"
„Es fühlt sich ungefähr so an, als ob du mich abgrundtief hasst."
„Was dir viel oder wenig ausmacht?"
„Momentan sehr viel. Abgesehen davon spüre ich, wie ich instabil werde. Was mich mit leichter Panik erfüllt, weil ich mich in letzter Zeit zu oft vor diesem Zustand gefürchtet habe."
„Glaubst du, du kannst den richtigen Punkt abpassen?"
„Keine Sorge", sagte Gerald und legte seine andere Hand auf den Arm von Hanns. „Sobald mich dein niederträchtiger Magikalie-Entzug in den Abgrund der Unangreifbarkeit stößt, werde ich dich mitreißen."
„Tu das. Ich hoffe, es gelingt."
Es gelang. Von einem Moment auf den anderen kippte Geralds Existenz von der Körperlichkeit ins Nichts und wie geplant riss er Hanns mit sich. Selbst wenn er es gewollt hätte, er hätte Hanns gar nicht loslassen können. Es steckte so viel von ihm selbst in Hanns, gerade jetzt, da dieser ihm Unmengen von Magikalie gespendet

und dann wieder entzogen hatte, dass Gerald ihn festhalten musste, egal, was passierte.
Es war ganz anders als beim letzten Mal, als er Hanns aufgelöst hatte. Damals war es eine unfreiwillige Verschmelzung zweier Persönlichkeiten gewesen und während Gerald versucht hatte, Hanns und sich selbst in Sicherheit zu bringen, hatte er die ganze Zeit darum gekämpft, seine Grenzen zu wahren. Zumindest ein paar davon. Er hatte versucht, einen Abstand zu suchen, wo keiner war, und die Anstrengung, die damit einhergegangen war, hatte ihn gemartert.
Jetzt kämpfte er nicht mehr. Es gab überhaupt keinen Grund, Grenzen zu wahren. Jedenfalls nicht bei dieser Person. Schon bei der ersten Verschmelzung hatte er gespürt, dass keine Gefahr von Hanns ausging. Diesmal empfand er die Verschmelzung sogar als Bereicherung, denn Hanns wusste genau, wo der Fahrstuhl war, in den sie sich retten wollten. Das vereinfachte Geralds Aufgabe sehr.
Er richtete sich an diesem Wissen aus und da er nicht kämpfte, sondern erstaunlich gelassen war, absolvierte er zwei Drittel des Weges fast mühelos. Danach wurde es schwieriger, da er merkte, dass ihn die Kräfte verließen. Und zwar diejenigen Kräfte, die Hanns auflösten. Hanns war kein zweites Erdenkind, die Natur verlangte nach ihrem Recht und wollte ihn wieder in Fleisch und Blut zurückverwandeln, doch das durfte erst passieren, wenn sie den nächsten Hohlraum erreicht hatten.
Gerald konzentrierte sich irgendwann nur noch darauf, Hanns nicht aus der Verschmelzung zu entlassen. Er folgte blind der Richtung, die Hanns ihm vorgab, und als ihn eine Botschaft erreichte, die besagte, dass sie angekommen seien, brauchte er eine Weile, um sie zu begreifen. Zu groß war seine Panik, dass er Hanns im falschen Moment loslassen könnte.
Wir ... sind ... da ...
Gerald wagte es, die Umgebung zu erkunden, und da passierte es auch schon: Er konnte Hanns nicht länger im Zustand der Verschmelzung halten und so wurde dieser schlagartig greifbar. Es war genauso stockdunkel wie an ihrem letzten Zufluchtsort, doch Gerald hörte ein Plätschern von Wasser.

„Das Wasser steht knietief und steigt", erklärte Hanns. „Und mir ist schwindelig. Aber sonst ist alles gut."
Gerald hätte gerne geantwortet, aber er war ja unangreifbar, und wieder einmal stellte er fest, wie unbefriedigend dieser Zustand für ihn war.
„Die nächste Entfernung ist kürzer als die, die wir gerade zurückgelegt haben", sagte Hanns. „Nur dass es diesmal senkrecht nach oben geht. Leider ist das Wasserproblem drängend, uns läuft die Zeit davon."
Den Geräuschen nach zu urteilen, kramte Hanns in seinem Rucksack nach der Wasserflasche mit den gelösten Zeolithen, trank davon und schüttete sich ein wenig davon über den Kopf.
„Besser. Es ist erstaunlich, wie viel das ausmacht. Jetzt brauche ich deine unangreifbare Hand. Findest du mich?"
Natürlich fand er ihn. Nach dieser Phase der Verschmelzung erst recht. Es kam ihm fast so vor, als könnte er eine Andeutung von dem verspüren, was Hanns gerade fühlte und dachte. Die Wahrnehmungen von ihnen beiden schienen nicht klar voneinander getrennt zu sein. Kaum hatte Gerald seine unangreifbare Hand zwischen die beiden Handflächen von Hanns gelegt, bestätigte Hanns diesen Eindruck, indem er sagte:
„Unangreifbar zu sein, ist wirklich interessant. Ich habe das Gefühl, dass man alles, was man auf diese Weise durchdringt, viel besser versteht. Aber was bringt einem das, wenn man mit niemandem darüber reden kann? Man muss hinterher wieder fest werden, sonst ist es sinnlos."
Ja, genauso war es. Es war nur gut, wenn es wieder aufhörte.
Gerald fiel es schwer, gelassen abzuwarten, obwohl das Wasser stieg. Er bemerkte den Strom von Magikalie, doch bisher erreichte ihn diese Kraft nicht.
„Es muss mir nur gelingen, einen Hauch von einem Finger zurückzuholen", sagte Hanns. „Dann kann ich die Magikalie darauf übertragen und das klappt diesmal wahrscheinlich schneller als beim letzten Mal, weil die Magikalie schon mal bei dir war. Sie weiß, wie es sich anfühlt, bei dir zu sein."
Licht hätte jetzt wirklich geholfen. Hätte Gerald in die Richtung starren können, in der sein Finger erscheinen musste, wäre es

leichter gewesen. Aber so blieb ihm nur die Dunkelheit und die wilde Hoffnung, dass das Wunder, das Hanns in dieser Nacht schon einmal vollbracht hatte, ein zweites Mal gelang.
„Ich sollte dich ablenken“, sagte Hanns. „Wir müssen Ruhe in die Situation bringen. Ich gebe zu, es macht mich nervös, dass das Wasser, während ich hier stehe, schon um zehn Zentimeter gestiegen ist.“
Hanns veränderte die Haltung seiner Hände. Gerald konnte es deutlich spüren.
„Okay“, meinte er, „das war jetzt keine so gute Ablenkung, das mit dem Wasser. Reden wir lieber über … ja, genau, wir waren bei Haul stehen geblieben. Also denk nichts Falsches. Nur: Wenn ich zu allen Leuten ehrlich wäre, würde ich zugeben, dass es da ein Phänomen bei der Magikalie-Übertragung gibt, das zwischen mir und Haul eine besondere Rolle spielt. Dieses Phänomen gibt es nur, wenn ein Zauberer seine Super-Gespenster auflädt. Wir nennen es Überladung. Oder Ajach und Haul nennen es so.“
Eine plötzliche Wärme schoss durch die Stelle, an der sich Geralds unangreifbare Hand befand. Erst dachte er, es sei eine Empfindung, die Hanns auf ihn übertrug, während er vom Phänomen der Überladung sprach, doch da sagte Hanns:
„Ich spüre etwas von deiner Hand! Das ist gut, jetzt wird es leichter. Es ist alles nur eine Frage der Zeit. Also hab Geduld.“
Gerald versuchte Geduld zu haben, während das Wasser stieg. Zur Ablenkung hätte er gerne noch etwas über das Phänomen der Überladung gehört, doch Hanns war so konzentriert auf das, was er tat, dass er lange Zeit nicht weitersprach.
„Merkst du das?“, fragte er auf einmal.
Ja, Gerald merkte es: Hanns drückte seine Hand – sie war wieder da! Doch er konnte den Händedruck nicht erwidern, dazu reichte es noch nicht.
„Wir machen Fortschritte“, sagte Hanns. „Aber ich muss dich wieder ablenken. Umso ruhiger du bist, desto leichter fließt die Magikalie.“
Gut, dachte Gerald. Lenk mich ab.
„Als ich noch zu jung war, um Magikalie zu übertragen“, erzählte Hanns, „da haben mir Ajach und Haul immer ihr Leid geklagt, wie

sehr sie es hassen, wenn Grindgürtel sie überlädt. Es gibt nämlich einen ganz bestimmten Punkt, an dem die Gespenster genügend Magikalie von ihrem Zauberer erhalten haben. Unterhalb dieses Punkts fehlt ihnen etwas und sie verspüren einen ganz leichten Hunger. Ist der Punkt erreicht und das Gespenst praktisch gesättigt mit der Energie, die es am Leben erhält, ist alles bestens. Aber wird dieser Punkt überschritten, ist das unangenehm intensiv. Vor allem, wenn man den Zauberer, von dem man abhängig ist, nicht ausstehen kann."

Es wirkte. Während Gerald zuhörte, bekam er seinen Arm zurück. Das erfüllte ihn mit einer solchen Freude, dass er es fast versäumte, Hanns zuzuhören. Als seine Aufmerksamkeit zu Hanns' Worten zurückkehrte, war dieser schon ein paar Sätze weiter.

„ … und deswegen war ich immer sehr vorsichtig bei der Übertragung. Ich habe die Gespenster lieber unterversorgt als sie zu überladen. Ich wollte ihnen dieses Gefühl ersparen, denn Ajach nannte es eine *Belästigung ihrer Seele* und das wollte ich keinem von ihnen antun. Das Gute daran war, dass ich auf diese Weise gelernt habe, den Punkt, der genau richtig für die Super-Gespenster ist, zu finden. Ich habe nie ein Super-Gespenst überladen. Bis auf Haul."

Die Schulter war wieder da und das war eine wichtige Errungenschaft für Gerald, denn an die Schulter schlossen sich Hals und Brust an. Das Herz war nicht mehr weit und wenn das erst einmal schlug, konnte fast nichts mehr schiefgehen.

„Ich will mich jetzt nicht zu ausführlich darüber auslassen", fuhr Hanns fort, „aber zu einem bestimmten Zeitpunkt unserer Beziehung … oh … ich spüre einen Puls!"

Ja, er war da. Der Puls war da!

Offenbar hielt es Hanns nun für überflüssig, Gerald zu erklären, was zu einem bestimmten Zeitpunkt seiner Beziehung zu Haul passiert war, denn er schwieg und konzentrierte sich auf die Magikalie-Übertragung. Gerald war es, als würden die Wärme, die Energie und das gute Gefühl, die Hanns ihm vor seiner letzten Auflösung entzogen hatte, zu ihm zurückkehren. Und das fühlte sich tröstlich an. Sehr tröstlich!

Wie auch beim letzten Mal dauerte es keine zehn Minuten, bis der Herzschlag auch den übrigen Körper von Gerald zurückgeholt hatte.
„Ich bin hier!“, rief Gerald, kaum dass er seine Lippen und das Innere seines Mundes wieder spürte. „Wie geht es dir? Kriegst du wieder einen Antimagikalie-Schock?“
„Nein, alles gut“, sagte Hanns. „Es waren wohl die aufgeladenen Gegenstände, mit denen du mich fertiggemacht hast.“
Gerald brauchte eine Weile, bis er Hanns loslassen konnte. Er war diesen Händen so dankbar, außerdem kam von ihnen die einzige menschliche Wärme hier unten. Sie versicherte ihm, dass er wieder da war und immer noch lebte.
„Wir müssen uns beeilen“, ermahnte ihn Hanns. „Du hast gehört, was ich vorhin gesagt habe?“
„Ja, ich merke es. Das Wasser reicht mir bis an die Oberschenkel. Aber weißt du, wie gut sich dieses Wasser anfühlt, wenn man vorher *nichts* fühlen konnte?“
„In deinen Atemwegen wird es sich weniger gut anfühlen“, erwiderte Hanns. „Wann kannst du uns wieder auflösen? Und könntest du die halbe Strecke, die du uns waagrecht hierhergebracht hast, auch senkrecht nach oben zurücklegen?“
„Müsste gehen. Aber ich brauche noch eine Pause. Mindestens eine halbe Stunde.“
„Das wird knapp.“
„Besser es wird hier unten knapp als unterwegs.“
„Ich kann nur hoffen, dass du so weit nach oben kommst, dass ich den Rest tauchen kann.“
„Wenn es überhaupt einen Ort mit Luft gibt, an den du tauchen kannst.“
„Ja, hoffen wir mal, dass ich einen finde. Willst du was essen?“
„*Essen?*“
Es gab für Gerald gerade keine abwegigere Vorstellung als diese. Doch noch während er dazu ansetzte, Hanns zu erklären, dass er ganz sicher keinen Hunger hatte, spürte er, wie leer sein Magen war.
„Ich müsste mich dazu zwingen“, sagte er. „Aber vermutlich wäre es kein Fehler.“

Hanns reichte ihm Feigen und so eine Art Keksbrot, das furchtbar durstig machte, wenn man auch nur drei Bissen davon aß. Außerdem war es ekelhaft süß.
„Ich weiß, es schmeckt nicht“, meinte Hanns, „aber iss eins davon auf und dein Körper hat für die nächsten vier Stunden alles, was er braucht.“
„Hätte man das nicht weniger trocken gestalten können?“
„Nein, weil die Stoffe darin sonst kaputtgehen. Trink was, dann löst sich das Brot im Körper auf und du merkst nichts mehr davon.“
Er reichte Gerald seine Wasserflasche.
„Ist das die mit den gelösten Zeolithen?“
„Ja. Trink ruhig. Ich lasse die Flasche sowieso hier, so wie auch den ganzen Rucksack. Er würde mich beim Tauchen behindern, falls ich im Wasser wieder greifbar werde.“
Sie konnten sich aufgrund des steigenden Wassers nicht hinsetzen. Also standen sie, lehnten sich an die Wand der Aufzugkabine und schwiegen hauptsächlich. Nach fünfzehn Minuten stieg das Wasser plötzlich schneller. Es stand ihnen mittlerweile bis an die Brust.
„Wir haben vielleicht noch fünf Minuten“, sagte Hanns. „Und ich muss dir vorher noch Magikalie entziehen.“
„Was ist das nur für eine beschissene Beziehung?“, fragte Gerald. „Erst überschüttest du mich mit Magikalie, dann nimmst du sie mir wieder weg, dann überschüttest du mich wieder, dann nimmst du sie mir wieder weg …“
„Ja, ich bin fies. Aber offenbar brauchst du das. Die Leute sind immer selbst schuld, wenn sie so was mitmachen.“
Er lachte sein typisch unbeschwertes Lachen, mit dem er wohl in jeder Situation seines Lebens dienen konnte. Selbst wenn alles so abgrundtief mies und wenig aussichtsreich war wie das, was sie gerade durchmachten.
„Woher nimmst du nur diese Heiterkeit?“, fragte Gerald. „Diese Minuten könnten die letzten deines Lebens sein.“
„Dann wäre es doch blöd, wenn ich mich nicht amüsieren würde. Außerdem vertraue ich auf deine Fähigkeiten. Wie lange brauchst du noch?“

„Wenn ich auf Nummer sicher gehen wollte, würde ich noch eine Viertelstunde warten. Sag mir lieber, wie viel Zeit ich bekommen kann."
Das Wasser stand ihnen jetzt bis zum Hals. Wortwörtlich.
„Fast gar keine", antwortete Hanns. „Ich weiß nicht, ob ich Magikalie unter Wasser entziehen kann. Ich fürchte, ich sollte *jetzt* damit anfangen, solange unsere Köpfe noch aus dem Wasser schauen."
„Ich kann für nichts garantieren. Ich habe keine Ahnung, wie weit ich uns bringen kann."
„Hoffen wir das Beste. Bist du so weit?"
„Ja", sagte Gerald. Was sollte er auch sonst sein.
Hanns legte ihm beide Hände auf die Schläfen und entzog ihm in einer beängstigenden und höchst unangenehmen Geschwindigkeit die persönliche Magikalie, mit der er ihn erst vor Kurzem in die Wirklichkeit zurückgeholt hatte. Gerald blieb fast die Luft weg. Wie beim letzten Mal tat es nicht weh und doch war es schlimmer als jeder Schlag und jede körperliche Verletzung. Als schicke man eine empfindsame Seele in eine tödliche Eiswüste und das mit den Worten: „Viel Spaß beim Krepieren!"
Doch Gerald durfte den verzweifelten Gefühlen, die damit einhergingen, nicht nachgeben. Er musste sich darauf konzentrieren, unangreifbar zu werden und Hanns gleichzeitig so zu packen, dass dieser sich mit ihm auflösen würde. Als das Wasser Geralds Mund erreichte, war es so weit: Er verschwand abermals und Hanns mit ihm.
Er musste senkrecht nach oben steigen. Der Spalt, durch den sie die achte Ebene erreichen wollten, befand sich genau über ihnen im ansonsten verschütteten Aufzugsschacht. Nur leider lagen dazwischen neun weitere Ebenen. Gerald versuchte, in gleichmäßigem Tempo aufwärts zu steigen und es schien eine Ewigkeit zu dauern, bis er endlich den mit Wasser gefüllten Spalt erreichte.
Seine Kraft war bereits am Schwinden. Doch niemals könnte Hanns eine derart weite Strecke nach oben tauchen! Gerald hielt Hanns in der Verschmelzung, so fest er nur konnte. Er konzentrierte sich und stieg in die Höhe, doch beides wurde

allmählich unendlich schwer. Irgendwann ging es nicht mehr. Gerald schaffte es einfach nicht, sich der Natur noch länger entgegenzustellen: Hanns wurde greifbar – ungefähr auf Höhe der elften Ebene.

Hanns tauchte in einer Geschwindigkeit nach oben, die ihm Gerald nie zugetraut hätte. Wann hatte der Junge so zu tauchen gelernt? Wenn man es gewohnt war, im Wasser einfach ein Fisch zu werden, musste man als Mensch doch total überfordert sein? Hanns war es offenbar nicht, trotzdem war die Strecke, die er tauchen musste, zu weit für eine menschliche Lunge.

Falls Hanns überhaupt Luft gehabt hatte, als er wieder greifbar geworden war, so war sie jetzt verbraucht. Gerald, der unangreifbar neben Hanns aufwärts stieg, hörte, wie Luftblasen Hanns' Mund verließen und wie er angestrengt mit den Armen und Beinen ausschlug. Hätte er Hanns doch nur packen können, hätte er ihn doch nur nach oben ziehen können! Aber Gerald konnte überhaupt nichts tun. Hanns würde ertrinken. Er *musste* ertrinken. Bloß nicht, bloß das nicht.

Hanns kämpfte. Das Wasser war längst in seine Atemwege eingedrungen, aber er tauchte um sein Leben. Er würde kämpfen, bis sein Gehirn wegen Sauerstoffmangels alle Funktionen einstellte, so viel war klar.

Die Verzweiflung, die Gerald erfasst hatte, machte ihn benommen. Sie raubte ihm den Verstand und trübte seine Wahrnehmung. Da war nur noch dieses Gefühl von Wasser, das alles erstickte, das Hanns erstickte, sodass er die Veränderung erst bemerkte, als sie tatsächlich eintrat.

Die Arme von Hanns kraulten nicht mehr aufwärts. Sie bewegten sich gar nicht mehr. Der Grund dafür war, dass Hanns einen Stein umklammert hatte und dass dieser Stein aus dem Wasser ragte. Nach einer kurzen Pause zog sich Hanns mit seiner letzten Kraft an dem Stein empor, kroch auf ein Stück Fels über der Wasseroberfläche und hustete alles, was in seinen Lungen steckte, nach draußen. Schließlich, als nichts mehr ging, sackte er zusammen.

Wäre Gerald nicht unangreifbar gewesen, hätte er geglaubt, dass Hanns tot war. Doch so konnte er den Körper des reglos

daliegenden Hanns durchdringen, ebenso wie er auch die Felsen rundum und das Wasser durchdrang, und erkennen, dass dieser Körper noch lebte. Er atmete auch. Schwach zwar und immer wieder leise röchelnd, doch er holte Luft.
Endlich erwachte Hanns aus seiner Starre und sogleich bäumte er sich auf und spuckte noch einmal Wasser aus, so schlimm, dass Gerald glaubte, seine Eingeweide müssten dabei zerreißen. Doch danach konnte er sich hinknien und auf diese Weise aufrecht sitzen bleiben. Nun ja, nicht ganz aufrecht, wenn Gerald das in der Dunkelheit richtig erfasste, denn Hanns' Kopf wäre an die Decke gestoßen, wenn er es getan hätte. Es gab hier nicht viel Luft und das Wasser stieg. Es plätscherte, es schwappte, es kletterte unaufhaltsam. Ganz sicher blieb ihnen nicht mehr als eine Viertelstunde Zeit.
„Deine Hand", brachte Hanns hervor, aber er konnte kaum sprechen. „Gib mir … deine … Hand!"
Gerald konnte kaum glauben, dass Hanns in seinem Zustand wirklich versuchen wollte, ihn greifbar zu machen. Es war doch abzusehen, dass die Zeit nicht reichte.
„Du hast gesagt, du willst lieber sterben", erklärte Hanns. „Wenn du immer noch der Meinung bist, dann lass mich dafür sorgen, dass du es auch kannst!"
Oh, er hatte schon wieder genug Luft und Energie, um zwei ganze Sätze zu sagen! Hätte Gerald bis heute nicht gewusst, dass dieser Hanns ein ziemlich ungewöhnlicher Typ war, dann wäre er spätestens jetzt überzeugt davon gewesen.
Obwohl er Zweifel daran hatte, dass es Hanns gelingen würde, ihn zurückzuholen, bevor das Wasser zum zweiten Mal in seine Lungen lief, versuchte er seine unangreifbare Hand in die Hände von Hanns zu legen, die sich unmittelbar unter der steinernen Decke befanden, auf Höhe von Hanns' Stirn.
„Es wird schwierig", sagte Hanns. „Aber wir haben ja Übung inzwischen."
Er schnappte zwischendurch immer wieder nach Luft. Aber nach einer Weile wurden seine Atemzüge ruhiger und die Magikalie begann zu fließen. Es würde noch lange dauern, bis das erste Stück von Geralds Hand Gestalt annehmen würde. Zu lange.

„Uns fehlt nicht viel zu unserer Rettung“, sprach Hanns sich selbst und Gerald Mut zu. „Nur ein ganz kleines Stück! Wenn wir durch die Felsendecke kommen, sind wir auf der siebten Ebene. Dann haben wir es so gut wie geschafft! Deswegen muss es klappen. Es *muss*!“

Das Wasser stieg viel zu schnell. Es reichte Hanns schon bis an die Brust.

„Ablenkung“, sagte er. „Lenken wir uns ab. Überladung. Also, wie ich schon sagte, ist es für ein Super-Gespenst unangenehm intensiv, wenn man es überlädt. Es bekommt eine zu große Dosis von der Persönlichkeit des Zauberers ab, von dem es abhängig ist. Dieser Moment der Überladung dauert nur kurz, jedenfalls war das bei Grindgürtel so. Er fand das sehr lustig, wenn die Super-Gespenster zusammengezuckt sind oder das Gesicht deswegen verzogen haben.“

Gerald lauschte diesen Worten, als hinge sein Leben davon ab. In gewisser Weise tat es das ja auch. Er durfte nicht daran denken, dass gleich alles vorbei sein könnte. Wenn das Wasser weiter so stieg, wäre Hanns ohne eine weitere Auflösung verloren. Und mit seinem Tod würde Geralds letzte Hoffnung schwinden, der ewigen Unangreifbarkeit zu entgehen. Darum hörte er zu, er hörte nichts anderes. Er wurde Teil der gesprochenen Worte im Dunkeln.

„Grindgürtel hörte sofort auf, wenn sie zusammenzuckten, er wollte seine Gespenster ja nicht beschädigen. Er war zwar nie nett zu ihnen, aber die Gespenster waren für ihn das Wertvollste, was er hatte. Das hat er mir oft erzählt. Auf seine Weise hat er sie geliebt. Selbstsüchtig und rücksichtslos. Seine Existenz war mit der ihren verwoben, mehr als ihm bewusst war.“

Das Wasser stieg und stieg. Bald würde Hanns nicht mehr sprechen können, weil ihm das Wasser in den Mund lief. Er presste sich so weit nach oben gegen die Decke der Höhle, wie er es nur vermochte, und hielt seine Hände dabei über den Wasserspiegel.

„Nach Grindgürtels Tod … aber gut, dafür reicht die Zeit jetzt nicht. Wir mussten uns aufeinander verlassen, Haul und ich. Und vieles konnten wir nur gemeinsam durchstehen. Ich will mich wirklich nicht beklagen, aber der ganze weite Weg bis hierher in

dieses Loch, in dem ich gleich ertrinken werde, war schwer. Es gab nur eine Person, die diese Last mit mir tragen konnte. Wir haben sie gemeinsam getragen. Und das funktionierte, weil wir uns gegenseitig guttun. Ich habe das schon mal erzählt: Wenn ich nachts Alpträume habe und er in der Nähe ist, geht es mir gleich besser. Umgekehrt ist das genauso. So lässt es sich vielleicht erklären, dass es diesen Punkt, an dem die Übertragung von Magikalie unangenehm wird, zwischen uns nicht gibt. Ich könnte dir jetzt auch verraten, dass wir diesen Moment der Überladung sogar schätzen, aber das lasse ich lieber, da ich glaube, dass gerade ein Stück von deiner Hand greifbar wird. Ich konzentriere mich darauf!"
Er konnte sein Kinn gerade so über Wasser halten – Gerald hörte es daran, wie das Wasser in seinen Mund schwappte, wenn er sprach. Hanns drückte seine beiden Hände und das anfällige und immer noch instabile Stück von Geralds Hand gegen die Höhlendecke, doch er erzielte keine weiteren Fortschritte. Als das Wasser seine Handgelenke erreichte und er nur noch unter Schwierigkeiten nach der letzten Luft schnappen konnte, musste er Geralds Hand loslassen.
„Verdammt!", rief er prustend und kämpfte vergebens gegen das Wasser an, das in seine Nase und seinen Mund lief. „Wir waren so nah dran. Wir hätten es schaffen können …"
Gerald griff mit dem, was er für seine Hand hielt, nach dem nassen Haar von Hanns. Er spürte die persönliche Magikalie. Sie würde ihn nicht retten, aber sie erreichte ihn. Es tat gut, etwas zu spüren. Nicht alleine zu sein. Womöglich zum allerletzten Mal.

Kapitel 8: Unter falschen Sternen

Berry war schockiert. Aber was hatte sie auch erwartet? Dass sie die unterirdische Halle mit den Maschinen finden würde, dass diese trotz des Bebens unversehrt geblieben wäre und sie einfach nur auf ein paar Knöpfe drücken müsste, damit die Pumpen zuverlässig arbeiteten?
Alleine ins Innere dieser Halle zu gelangen, hatte sich als extrem schwierig erwiesen. Ohne den Schutzdämon, der eine besondere Nase für Lücken, versteckte Durchlässe und verborgene Tunnel besaß, wäre Berry auf dem Weg hierher schon lange gescheitert. Nun stand sie also an dem Ort, den sie unbedingt hatte erreichen wollen, hielt ihre Lampe hoch und blickte auf lauter umgekippte und zerbrochene Maschinen. Manche hingen halb in der Luft, zusammen mit einer Empore, die wie ein sinkendes Schiff aus einer Erdspalte ragte.
„Zufrieden?", fragte der Schutzdämon.
„Nein", sagte Berry. „Und das weißt du auch. Ich wollte dafür sorgen, dass die Pumpen arbeiten. Jetzt kann ich das nicht mehr."
„Das Grundwasser steigt langsam. Das ist nicht dein größtes Problem."
„Sondern? Was ist mein größtes Problem?"
„Es würde mich wundern, wenn der Wasserspeicher, in den die Pumpen das Wasser gepumpt haben, noch heil wäre."
„Und wenn er *nicht* heil ist?"
„Läuft das ganze Wasser zurück in den Untergrund."
„Wo ist dieser Wasserspeicher?"
Der Schutzdämon machte Berry ein Zeichen, ihm zu folgen. Sie kletterte mit ihm durch mehrere kaputte Nebenräume, bis er mit seiner Lampe eine Wand anleuchtete, auf der ein Plan zu sehen war. Er zeigte auf ein rotes Viereck.
„Hier sind wir!", sagte er.
Berry versuchte sich auf dem Plan zurechtzufinden. Unter ihnen gab es acht Ebenen, die aus Tunneln und Hohlräumen bestanden.
„Wo ist der Wasserspeicher?", fragte sie.
Der Schutzdämon machte ein gelangweiltes Gesicht.
„Na, wo wohl? Könnte es vielleicht das *blaue* Viereck sein?"

Berry suchte nach einem blauen Viereck und fand es links von den acht Ebenen, die sie zuvor begutachtet hatte.
„Das Wasser wird in einer Höhle gespeichert“, erklärte der Dämon. „Sie verbindet den Norden und den Süden der Minen miteinander. Darunter durfte nicht gegraben werden, wegen der Einsturzgefahr.“
Er redete, als wäre er selbst dabei gewesen, als der Wasserspeicher gebaut worden war. Berry ging näher an den Plan heran. Dort, wo das blaue Viereck auf den nördlichen Teil der Minen traf, war eine gestrichelte Linie eingezeichnet.
„Was bedeutet das? Gibt es da einen Durchgang?“
„Einen Durchgang?“ Der kleine arrogante Dämon lachte sie aus. „Schleusentore gibt es. Mehrere riesige Luken, die man mit einer Maschine in der Halle öffnen und schließen konnte.“
„Das ist die Lösung!“, rief Berry. „Ich muss diese Maschine wieder zum Laufen bringen, damit das Wasser nach Norden abfließt und nicht nach Süden!“
„Vergiss es. Die ist kaputt.“
„Sicher?“
„Alles ist kaputt. Oder hat im Maschinenraum etwas geleuchtet? Hast du da irgendein Lichtlein flimmern oder flackern sehen? Na?“
Nein. Es hatte rein gar nichts geleuchtet außer den beiden Lampen, die sie bei sich trugen.
„Es gibt Räder, an denen man drehen kann“, erklärte der Dämon. „Direkt an der Nordseite des Speichersees. Mit denen kannst du die Luken öffnen, ganz ohne Maschinen.“
„Gut!“, sagte Berry erleichtert. „Dann bring mich dahin.“
Der Dämon verzog das Gesicht und knallte mit seinen Schneckenhörnern gespielt verzweifelt gegen die Wand, an der der Plan hing.
„Du bist so anstrengend!“, sagte er und rührte sich nicht vom Fleck, obwohl die Zeit so furchtbar knapp war. Wie konnte er nur?
„Bitte!“, rief Berry. „Es ist sehr wichtig für mich!“
Der Dämon nahm endlich seinen Kopf von der Wand.
„Aaaaalso“, begann er und zeigte auf die rechte Hälfte des Plans. „Siehst du die Schächte mit den Aufzügen? Da, wo die sind, ist

die ganze Erde ausgehöhlt. Dreiundzwanzig Ebenen tief. Ein Beben und alles sackt in sich zusammen. Wenn Wasser aus dem Wasserspeicher hier links gelaufen ist, dann fließt es jetzt über die achte Ebene nach rechts zu den Aufzügen. Und sobald es an die Stelle kommt, wo die Erde eingebrochen ist, sickert es runter in die Tiefe. Heißt: In dem Fall steht der Weg, den wir nehmen müssten, um zum Speichersee zu kommen, komplett unter Wasser. Kapiert?“

„Aber es muss doch noch einen anderen Weg geben!“

„Hm. Ja. Wenn ich mich richtig erinnere, gab es einen Überlaufkanal. In den könnten wir reinkrabbeln, wenn er nicht eingestürzt ist. Er führt an den oberen Rand der Höhle.“

„Ist der Überlaufkanal hier irgendwo eingezeichnet?“

Sie suchte oberhalb des blauen Vierecks danach, doch der dickbäuchige Besserwisser schüttelte den Kopf.

„Ist nicht auf dem Plan.“

„Woher weißt du dann, dass es ihn gibt?“

„Hab davon gehört.“

„Ach ja?“, fragte Berry, der diese Aussage reichlich unbestimmt vorkam. Doch sie hatte keine Zeit, sich darüber Gedanken zu machen. „Bringst du mich hin?“

Statt eine Antwort zu geben, machte der Schutzdämon kehrt und brach in Richtung Halle auf. Berry wertete das als Ja und lief hinterher.

„Wen hast du eigentlich gemeint, als du im Turm von *denen da unten* gesprochen hast?“, fragte sie unterwegs. „Du hast gesagt, ihnen würde das Tal gehören.“

„Ist auch so“, antwortete er grimmig. „Du und die anderen, ihr habt hier nichts zu suchen. Ihr seid Eindringlinge!“

„Warum hilfst du mir dann?“

„Ich behalte dich nur im Auge“, sagte er.

Als sie wieder in die große Halle mit den kaputten Maschinen traten, wollte Berry ihren Rucksack schultern, den sie dort abgesetzt hatte, doch der Dämon schüttelte den Kopf.

„Kannst du hierlassen. Der würde dich nur stören. Genauso wie die Lampe. Lass sie hier stehen und brennen, damit du den Rückweg besser findest.“

Berry folgte seinem Vorschlag, auch wenn es ihr schwerfiel, ohne eine eigene Lampe aufzubrechen. Aber er hatte sicherlich recht: Eine Halle, in der ein Licht leuchtete, war leichter zu finden als ein stockdunkler Ort in pechschwarzer Nacht.
Die Zugänge zur nächsttieferen Ebene waren blockiert, doch über diverse Umwege fanden sie eine Leiter, über die sie hinunterklettern konnten. Auf der nächsten Ebene waren die Gänge größtenteils begehbar und wenn nicht, dann bohrte sich der Schutzdämon mit einem Schädel, der vorübergehend aus Stein zu bestehen schien, durch die Erd- und Geröllmassen hindurch. Durch die Lücke, die dabei entstand, konnte Berry ihm folgen. Sie war zu aufgeregt, um sich darüber zu wundern, doch in ihrem Hinterkopf vermerkte sie: *Dieses Wesen ist anders als alle Wesen, von denen ich bisher gehört habe.*
Sie erreichten schließlich einen niedrigen Tunnel, von dem Berry annahm, dass es sich um den Überlaufkanal handelte. Der Dämon, der von den Hufen bis zu seinen Schneckenhörnern nicht größer war als ein Kind, konnte aufrecht darin laufen. Berry hingegen musste in geduckter Haltung weitergehen, was sehr anstrengend war.
„Wusste ich's doch!", verkündete der Schutzdämon geradezu fröhlich, während Berry noch damit beschäftigt war, ihn einzuholen. „Das Wasser ist gesunken, das Speicherbecken hat was abgekriegt."
Der Dämon stand am Ende des Tunnels. Als Berry ihn erreichte, ging sie neben ihm in die Hocke. Unterhalb von ihr war vermutlich eine Wasserfläche, doch alles, was man davon sah, war das Licht der Lampe, die der Dämon in der Hand hielt. Ganz verloren spiegelte sie sich auf dem schwarzen Wasser. Berry hörte außerdem ein regelmäßiges Rauschen und Plätschern, das etwas Beruhigendes gehabt hätte, hätte es nicht bedeutet, dass der Ort, an dem sich ihre Freunde befanden, langsam mit Wasser volllief.
„Und wie komme ich nun an die Räder und die Luken?", fragte sie.
„So!", rief der Schutzdämon und rempelte sie mit seinem gesamten Körpergewicht so heftig an, dass sie das Gleichgewicht verlor und vorneüber in die Tiefe stürzte. Sie hatte kaum begriffen,

wie ihr geschah, da durchbrach sie schon die Wasseroberfläche und wurde von einem starken Sog nach unten gezogen. Angestrengt tauchte sie gegen die Strömung an und schaffte es, an eine Stelle zu gelangen, an der der Sog so schwach war, dass sie gegensteuern und zurück an die Oberfläche schwimmen konnte. Als sie den Kopf aus dem Wasser reckte, sah sie hoch oben über sich das kleine Licht des Dämons. Sonst sah sie gar nichts.
„Die Räder findest du auf der anderen Seite des Sees!", rief er. „Wird nicht ganz einfach sein, sie zu erreichen. Möchtest du eine lustige Geschichte aus der Zeit der Zauberer-Kriege hören?"
„Nein, will ich nicht!", brüllte sie zurück. „Was hast du getan? Wie soll ich diese Räder finden? Es ist stockfinster hier unten."
„Also die Geschichte ging so", begann der Dämon, ohne sich um ihren Widerspruch zu kümmern. „Immer wenn die Zauberer jemanden loswerden wollten, dann schubsten sie ihn von dieser Stelle aus in den See. Im Wasser stecken magikalische Erze, die der See aus dem Gestein gewaschen hat. Sobald es ganz dunkel ist – und du wirst das gleich erleben, denn ich werde dich verlassen und meine Lampe mitnehmen – reagiert die Magikalie im Wasser mit den Kristallen an der Decke. Du wirst staunen und glauben, dass du unter einem Sternenhimmel schwimmst."
„Sind die falschen Sterne so hell, dass ich die Räder an der Nordseite finde?"
„Jetzt sei doch nicht so profan!", rief der Dämon, der seit Berrys Sturz in die Tiefe weit weniger einfältig wirkte als zuvor. Auch seine Wortwahl war eine andere, was bedeutete, dass er sich zuvor meisterhaft verstellt hatte. „Ich biete dir ein Schauspiel, wie du es noch nie gesehen hast, und du fragst mich, ob es *hell* genug ist? Freu dich doch einfach über das Funkeln."
„Ich *muss* die Luken öffnen!"
„Wegen mir musst du gar nichts öffnen", entgegnete der Dämon. „Meine Aufgabe ist es, dafür zu sorgen, dass niemand hier herunterkommt. Ich dachte, ich hätte das in den letzten dreitausend Jahren ganz gut gemeistert, aber nein, ihr musstet ja jede Warnung in den Wind schlagen und trotzdem herkommen!"
„Weil die Welt untergeht. Weil wir die Antimagikalie brauchen, um es zu verhindern!"

„Wozu denn?“, fragte der Dämon. „Wenn sie untergeht, dann geht sie eben unter. Das wäre ja nicht das erste Mal. Dieser Ort hier hat schon einige Weltuntergänge überstanden. Genauso wie ich.“
Berry hatte Mühe, sich über Wasser zu halten. Es war anstrengend, gegen den Sog anzuschwimmen, der sie hinabziehen wollte.
„Jetzt kommt die Pointe von der Geschichte mit dem Sternenhimmel!“, fuhr der Dämon in heiterem Tonfall fort. „Es ist nämlich das Letzte, was die Menschen, die von den Zauberern in den See geschubst wurden, jemals zu sehen bekamen. Egal, ob es einfache Menschen waren oder mächtige Zauberer: Sobald man sie im Dunkeln hier allein ließ, verschwanden sie auf Nimmerwiedersehen. Frag mich nicht, wie und warum. Das Rätsel ihres vorhersagbaren Todes wurde nie gelöst. Aber du – du wirst es bestimmt herausfinden. Kurz bevor du stirbst.“
„Was hast du bloß gegen mich?“
„Nichts Persönliches. Ich will nur sichergehen, dass du niemandem von mir erzählst. Dummerweise hast du mich wiedererkannt, sonst wäre es vielleicht nicht nötig gewesen, dich verschwinden zu lassen.“
„Ich soll dich wiedererkannt haben? Wann denn? Und wo?“
„Du hast mich auf einem Teppich gesehen. Auf einem Teppich, der kein normaler Teppich ist.“
Berry wollte den Mund öffnen, um zu widersprechen, doch im selben Moment fiel es ihr wieder ein: Der Teppich! Natürlich! Auf dem Teppich, den Viego und Hanns im Keller unter Tolois gefunden hatten, war ein kleiner, dickbäuchiger gehörnter Mann abgebildet gewesen. Er hatte ein hässliches Baby im Arm gehalten.
„Du glaubst, dass *du* das bist?“, rief sie. „Das ist doch Blödsinn!“
„Das ist kein Blödsinn. Der Satyr auf dem Teppich bin ich.“
„Ach, ein Satyr bist du also auch noch?“, fragte Berry. „Ich dachte immer, Satyrn wären groß und stark.“
„Es gibt auch kleine Satyrn. Die alten Satyrn, die *ersten* Satyrn, haben so ausgesehen wie ich.“
„Niemals waren die ersten Satyrn dickbäuchige kleine Männer mit haarigen Beinen und Schneckenhörnern! Ich kenne einen echten Satyr, der würde dich auslachen.“

„Weil er dumm ist. Außerdem ist er nur ein halber Satyr."
Berry war überrascht.
„Woher kennst du ihn?", fragte sie.
„Ich habe ihn in deinen Gedanken gesehen", antwortete der angebliche Satyr. „Genauso wie den Teppich. Ich habe alles studiert, was du in deinem Kopf mit dir herumträgst. *Deswegen* habe ich dich so lange ertragen."
Berry war erschöpft. Schwimmen, gegen den Sog kämpfen, in die Höhe schreien – das würde sie nicht mehr lange durchhalten.
„Bevor ich gehe, musst du mir noch was verraten", rief ihr der Satyr zu. „Wo ist der Teppich?"
Berry erinnerte sich, wie Grohann den Teppich fortgetragen hatte. Als er zurückgekehrt war, hatte er erwähnt, dass der Teppich in Lettimur gut aufgehoben sei. Doch wo genau er ihn versteckt hatte, wusste sie nicht.
„Der Bastard hat gelogen!", rief der Ziegenmann. „Damit Leute wie ich, die die Gedanken anderer lesen können, auf eine falsche Fährte gelockt werden."
„Wenn er gelogen hat – wie soll ich dir dann die Wahrheit sagen?"
„Ganz einfach: Da ich deine Gedanken erforscht habe, ebenso wie alle Orte und Personen, die darin vorkommen, vermute ich, dass der Halbsatyr den Teppich in eurer kleinen, feuchten, dreckigen Schule versteckt hat. Und zwar in einem Raum, der so verlassen ist, dass dort die Zeit stehen bleiben kann, ohne dass es jemandem auffällt. Als dir der Satyr die Lügengeschichte von Lettimur aufgetischt hat, da hatte er einen Geruch an sich, der dir seltsam vorkam. Du konntest den Geruch nicht einordnen, musstest aber plötzlich an geröstete Schwämmlinge mit Knoblauchsoße denken und hast Hunger bekommen."
Berry staunte. Es stimmt, was er sagte.
„Das kannst du alles sehen?"
„Ich kann es sogar riechen! Was ich nicht riechen kann, ist: Wo in eurer Schule gibt es Knoblauch? Außer in der Küche?"
Berry musste sofort an das Arbeitszimmer von Viego Vandalez denken. Sie sprach es nicht aus, doch offenbar konnte der dickbäuchige Satyr ihre Gedanken auch aus großer Entfernung auffangen.

„Aha!“, rief er. „Danke für die Auskunft.“
Er winkte und schwenkte zum Abschied seine Lampe hin und her. Zu Berrys Bestürzung verschwand das Licht unmittelbar darauf. Es ging einfach davon und ließ sie im Stich!
„Halt!“, schrie sie. „Komm zurück!“
Doch er antwortete nicht mehr und nach kurzer Zeit war auch der letzte Widerschein seines Lichts verschwunden.
Berry nahm es fassungslos zur Kenntnis. Sie saß in der Falle, besiegt und wehrlos. Aber aufgeben würde sie deswegen noch lange nicht. Sie würde diese verdammten Räder finden und wenn es das Letzte war, was sie tat! Sie musste nur die Luken öffnen, damit das Wasser nicht mehr in den Südstollen sickerte. Nur das. Hoffentlich lebte sie lange genug, um es zu schaffen.
Das Wasser war warm, trotzdem zitterte sie am ganzen Körper, als sie in die Richtung schwamm, von der sie annahm, dass sie zur Nordseite des Sees führte. Immer wenn sie mit ihren Armen ins Wasser eintauchte, hallte das Plätschern laut von den Höhlenwänden wider. Dieser Ort musste überaus groß sein. Wenn sie doch nur etwas gesehen hätte! Es war höchst beklemmend, blind durch einen See zu schwimmen, in dem angeblich eine tödliche Gefahr lauerte.
Der Sog, gegen den sie anfangs hatte kämpfen müssen, ließ nach, was ein gutes Zeichen war. Sie kam voran, alles schien friedlich zu sein. Doch urplötzlich schwappte eine riesige Welle über ihren Kopf, die sie nicht hatte kommen sehen, und das Wasser um sie herum geriet unheilvoll in Bewegung. Während sie sich gegen den erhöhten Wellengang zu behaupten versuchte, geschah noch etwas: Die Decke der Höhle begann silbrig zu glitzern.
Immer heller leuchteten die winzigen Punkte über ihr und allmählich konnte sie auch die Wellen und ihre eigenen schwimmenden Arme erkennen. Es stimmte, was ihr der Satyr erzählt hatte: Über Berrys Kopf entstand ein Sternenhimmel, der keiner war. Glitzernde Silberschleier aus unzähligen leuchtenden Punkten wanden sich um größere funkelnde Punkte, als blicke Berry in eine überwältigend schöne, klare Nacht.
Doch ihr blieb keine Zeit, das denkwürdige Naturphänomen zu bewundern, denn unter ihr revoltierte das Wasser. Gerade hob es

sie mitsamt einer großen Welle in die Höhe, nur um sie kurz darauf wieder in die Tiefe plumpsen zu lassen. Berry ging unter und merkte, dass etwas in nächster Nähe das Wasser durchpflügte. Etwas Riesiges. Es hatte bestimmt die Größe einer Mammut-Seeschlange!

Berry kämpfte sich wieder an die Oberfläche und suchte die Umgebung ab. Dank des Lichts, das die falschen Sterne aussandten, sah sie, dass sie die Mitte des Sees erreicht hatte. Dort, wo sie die Nordseite vermutete, reflektierten Hebel und Räder aus Metall das glitzernde Licht der Höhlendecke. Sie war auf dem richtigen Weg, dort musste sie hin.

Die Unruhe im Wasser legte sich wieder, was ihr das Schwimmen erleichterte. Doch sie war noch nicht weit gekommen, als sie vom Wasser erst zur Nordseite hin gesaugt und anschließend in die Gegenrichtung gespült wurde. Prustend tauchte sie wieder auf – und der Schrecken fuhr ihr in alle Glieder: Ein heller Riesenkopf schaute vor ihr aus dem Wasser, bleich und milchig, vom Silberlicht der falschen Sterne bestrahlt!

Berry kannte solche Tiere. Schwanzlurche und Molche sahen so aus, einige Arten davon lebten auch in den Kanälen Sumpflochs. Dieses Tier hier ähnelte jedoch einem Hornfaller Axolotl! Was wirklich niedlich gewesen wäre, wenn es die gewöhnliche Größe von dreißig Zentimetern nicht überschritten hätte. Doch dieser Axolotl war bestimmt zwanzig Meter lang! Alleine sein Maul hatte einen Durchmesser von zwei Metern.

Der milchig weiße, fast rosafarbene Kopf ragte vor Berry aus dem Wasser und die kleinen, schwarzen Knopfaugen fixierten die Beute. Denn nichts anderes war Berry für den Monster-Axolotl, da machte sie sich gar keine Illusionen. Sonst wären nicht alle Menschen, die in diesen See geworfen worden waren, verschwunden.

Folgerichtig öffnete der Monster-Axolotl sein riesiges Maul. Zwischen Ober- und Unterkiefer entstand ein regelrechtes Tor und was Berry darin entdeckte, überraschte sie noch mehr als die Größe des Axolotls. Denn da war kein Rachen und auch kein schwarzer Schlund, in den der Riesenmolch sie saugen würde, sondern jenseits der Axolotl-Zähne sah sie eine verlockende

Landschaft im Sonnenschein. Als wäre dieses Maul kein Maul, sondern ein Übergang in eine andere Welt. Konnte das wirklich sein? Konnte im Inneren eines gigantisch großen Axolotls ein anderes Universum beginnen?
Berry fühlte sich angezogen von diesem Ort. Er duftete verführerisch nach Honig und nach Apfelblüten. Sie schwamm näher heran, aufgeregt und begierig. Es war ganz einfach: Sie müsste nur in dieses Maul hineinklettern und schon könnte sie nach drüben gehen! An diesen wunderschönen Ort, der nicht nur Licht und reine Luft versprach, sondern auch Sicherheit.
Halt!
Ihre Vernunft brüllte es laut in Berrys Hinterkopf. Das war eine Falle. Das Tier lockte sie an, damit sie sich freiwillig in seinen Magen stürzte. Vermutlich war der Axolotl ansonsten harmlos und besaß keine andere Waffe als diese Sinnestäuschung. Die war allerdings grandios gefährlich.
Aber was, wenn es keine Sinnestäuschung war? Der Ort auf der anderen Seite war so wundersam und das Tier so ungewöhnlich, dass es Berry schwerfiel, an eine Illusion zu glauben. Das Axolotl-Maul könnte doch wirklich ein Tor sein, so wie die Türen von Gangwolf Tore gewesen waren. Früher, als die Menschen noch in Höhlen gelebt hatten und es keine Türen gegeben hatte, da waren die Übergänge zwischen zwei Welten vielleicht die Mäuler von Fabelwesen gewesen. Warum auch nicht?
Berry ergriff einen der gekrümmten, spitzen Zähne am Unterkiefer des Axolotls und hielt sich daran fest, um die Welt, die hinter der Zunge des Tiers begann, besser erkennen zu können. Der Wind, der sie von dort erreichte, fühlte sich vollkommen echt an. Er roch so gut! Und wäre es nicht viel besser, in eine andere Welt zu gehen, als hier zu ertrinken?
„Später“, sagte Berry laut zu sich selbst. „Erst muss ich die Luken öffnen.“
Doch sie hielt sich unverändert an dem Zahn fest und konnte den Blick nicht von der anderen Welt abwenden. Der Axolotl wartete geduldig. Er rührte sich nicht, wahrscheinlich in der absoluten Gewissheit, dass Berry früher oder später schwach werden und in sein Maul klettern würde. Doch da kannte er Berry schlecht.

Während sie sehnsüchtig in die nach Honig duftende Apfelblüten-Landschaft starrte, formte sich in ihrem Kopf eine Botschaft.
Die Krümelgranate. Wirf die Krümelgranate, die du aus Ajachs Rucksack genommen hast, an den anderen Ort. Dann wirst du ja sehen, ob er echt ist, oder ob die Granate den Axolotl in tausend Stücke reißt!
Ja, das war ein kluger Gedanke. Das leuchtete Berry ein und sie wollte es auch wirklich tun. Doch sie konnte die Granate nur unendlich langsam aus ihrer Jackentasche ziehen. Waren solche Dinger überhaupt wasserfest? Sicher nicht. Eigentlich konnte sie sich den Aufwand sparen.
Ist doch egal! Wirf sie einfach! Jetzt mach schon!
Verzögert, doch wie mechanisch gehorchte Berry der Stimme ihrer Vernunft. Da sie nur eine Hand freihatte, zog sie die Lasche mit den Zähnen heraus, so lange, bis das Schnalzen erklang, das ihr verriet, dass die Granate scharf war. Und obwohl es ihr extrem widerstrebte, holte sie zum Wurf aus, nur damit die lästige Stimme in ihrem Kopf endlich Ruhe gab. Ein letztes Aufraffen, ein missmutiger Seufzer, dann schleuderte sie die Granate in das Maul des Axolotls hinein.
Sogleich knallte und staubte es in der hübschen Landschaft hinter der Axolotl-Zunge, doch die Geräusche drangen nur gedämpft zu Berry herüber. Dafür kamen Erdkrümel und kleine Steine angeflogen, weswegen Berry ihr Gesicht bedecken und mehrere Male husten musste. Auch der Axolotl hatte Probleme mit den Krümeln. Er schüttelte und räusperte sich kräftig und holte schließlich tief Luft, um den lästigen Dreck in einem monumentalen Hustenanfall nach draußen zu rülpsen.
Berry verlor den Halt, sie musste den Zahn loslassen und flog zusammen mit lauter Steinen und einem zersplitterten Ast in hohem Bogen ins Freie. Während sie so durch die Luft geschleudert wurde, empfand sie Bedauern. Sie wollte zurück! Sie wollte sich wieder an dem krummen Zahn festklammern und in die wunderschöne Landschaft starren, die ebenso wie der Axolotl immer noch existierte. Doch in ihrem Hinterkopf triumphierte die Stimme von Berrys Vernunft.

Siehst du? Meine Idee war gut! Von alleine hättest du es niemals geschafft, dich loszureißen. Und jetzt schwimm gefälligst weg. Du hast etwas zu tun. Ich sage nur: Lisandra! Gerald! Hanns!
Der Axolotl gab noch einen weiteren Huster von sich, dann schloss er mit einem schnalzenden Saugnapfgeräusch sein gigantisches Maul und tauchte unter. In den Strudeln, die dabei entstanden, kreiselte Berry mehrmals um ihre eigene Achse, doch kurz darauf entkam sie der Strömung und konnte in einen ruhigeren Teil des Sees schwimmen. Mit den drei Namen im Kopf, die sie in Gedanken in einer Endlosschleife wiederholte, gelang es ihr allmählich, die Sehnsucht nach der fremden, verlockenden Welt zu kontrollieren.
Lisandra, Gerald, Hanns. Lisandra, Gerald, Hanns. Lisandra, Gerald, Hanns ...
Sie wollte ihre Freunde retten. Nein, sie durfte jetzt nicht wie geistesgestört in dem See herumpaddeln, um nach dem Axolotl zu suchen, der in der Tiefe verschwunden war. Sie musste die Luken an der Nordseite des Sees erreichen! Mit diesem guten Vorsatz hielt sie kurz inne und holte unter dem falschen Sternenhimmel tief Luft.
Endlich wurde es besser. Der Drang, sich dem Monster-Axolotl in den Rachen zu werfen, ebbte ab und Berry begriff, in was für einer Gefahr sie geschwebt hatte. Ohne die Krümelgranate wäre sie dem Lockmechanismus, mit dem der Axolotl seine Beute anzog, niemals entkommen. Aber vielleicht war die Welt auf der anderen Seite ja doch ...
Dort – sieh doch!
Die Stimme der Vernunft riss Berry aus ihren tückischen Gedanken. Die Nordseite des Speichersees war ganz nah! Und bestimmt würde der Axolotl zurückkommen und erneut seinen Kopf aus dem Wasser stecken. Womöglich gab es sogar mehrere von der Sorte in diesem See. Darum schwamm Berry, so schnell sie konnte, auf die schimmernden Metall-Apparaturen zu, die die gesamte Wand am Ende des Sees bedeckten.
Sie erkannte die Räder, von denen der Satyr gesprochen hatte. Drei Stück waren es, sie ragten zum größten Teil aus dem Wasser. Sie schienen wie alles andere auf dieser Seite des Sees unversehrt zu

sein, was daran liegen mochte, dass der nördliche Teil der Minen nicht vom Beben erfasst worden war. Berry steuerte auf das linke Rad zu und hielt sich daran fest. Dort angekommen, blickte sie über ihre Schulter. Das Wasser in nächster Nähe war ruhig.
Der Mechanismus war nicht schwer zu verstehen. Sie legte zwei Hebel um, wodurch zwei Klammern gelöst wurden. Danach konnte Berry das Rad bewegen, indem sie hineinkletterte und sich auf eine der Speichen stellte. Unter der Last ihres Gewichts bewegte sich die Speiche nach unten und das Rad drehte sich ein Stück nach links. Als es zum Stillstand kam, kletterte sie nach oben, stellte sich auf die nächste Speiche und das Rad drehte sich erneut.
Erst bemerkte sie gar keine Veränderung. Doch plötzlich, als die Metallplatte, die durch die Umdrehung des Rads nach oben gezogen wurde, eine gewisse Höhe erreicht hatte, hörte Berry ein lautes Rauschen. Es klang, als ob eine Menge Wasser irgendwo jenseits der Metallwand in die Tiefe stürzte.
Berry kletterte auf die nächsthöhere Speiche und drückte sie nach unten. Jetzt konnte sie sogar eine Lücke sehen, die unterhalb der Metallplatte entstanden war. Mächtig strömte das Wasser darauf zu und hindurch. Das Rauschen war lauter geworden, der Wasserfall auf der anderen Seite donnerte. Vorsichtig stieg Berry hinüber zum nächsten Rad.
Wieder öffnete sie die Klammern und stellte sich in die Speichen. Dieses Rad war schwerfälliger und die Metallplatte, die nach oben gezogen werden musste, größer. Berry sprang auf der Speiche herum, um das Rad durch kleine Stöße zu bewegen, immer und immer wieder. Endlich gab die Luke nach und öffnete sich. Jetzt ließ sich das Rad auch leichter drehen. Berry kletterte von Speiche zu Speiche. Wie Musik drang das dröhnende Rauschen eines weiteren Wasserfalls an ihre Ohren!
Sie kletterte zum dritten und letzten Rad, doch noch während sie in die Speichen stieg, tauchte der Axolotl auf. Das Wasser war bereits gesunken, weswegen sich Berry ein gutes Stück oberhalb des Axolotls befand, doch er konnte seinen Kopf anheben und weit in die Höhe recken. Auf diese Weise gelang es ihm, sein Maul mit dem gefährlichen Rachen unmittelbar vor ihr zu öffnen.

Berry hielt sich die Nase zu, kniff die Augen zusammen und presste ihre Stirn gegen das Rad, in dem sie stand. Der Reiz, der vom Inneren des Mauls ausging, erreichte sie trotzdem, doch längst nicht so stark wie beim letzten Mal. Und doch – der Gedanke, dass sie es womöglich mit einem Übergang in eine echte Welt zu tun hatte, bohrte sich faszinierend bunt und verführerisch in ihre Fantasie. Die Neugier stieg und wurde quälend stark.

Dennoch harrte sie unbewegt aus und das Wasser sank unterdessen beständig. Vielleicht war das der Grund, warum der Axolotl irgendwann abtauchte. Berry merkte es an dem Wind, den er dabei erzeugte, und an der Wolke von köstlichen Düften, die dabei aus seinem Maul traten. Ohne dass ihre Vernunft den Segen dazu erteilt hätte, öffnete sie die Augen und sah, wie der Axolotl im Wasser verschwand.

Sie würde ihn nie wiedersehen, was sie schrecklich traurig machte. Oder könnte sie einfach ins Wasser springen, damit er zurückkam?

Weiter!, schrie ihre Vernunft. *Öffne jetzt die letzte Luke und dann sieh zu, dass du von hier wegkommst!*

Berry spürte eine Benommenheit in ihrem Kopf, konnte diese jedoch abschütteln, indem sie mit aller Kraft auf der Speiche herumsprang. Endlich setzte sich das dritte Rad in Bewegung und sie wiederholte den Vorgang Speiche für Speiche, bis auch die letzte Luke offen war. Besorgt blickte sie auf das schäumende, wilde Wasser hinab. Wenn sie da hineinfiel, würde sie mitgerissen werden und irgendwo im nördlichen Teil der Minen an den Felsen zerschellen!

Trotzdem musste sie hier weg. Sie musste einen Weg aus dieser Höhle finden. Seitlich des Rades gab es Metallsprossen, die sie hinaufklettern konnte. Dort, wo sie endeten, zog sich Berry zu einem halb zerfetzten Gitter empor, das früher einmal zu einem Metallgang oberhalb des Wassers gehört haben musste. Es gelang ihr, halb liegend auf dem Gitter zur Ruhe zu kommen. Bestimmt war es hoch genug, um einem weiteren Charme-Angriff des Monster-Axolotls zu entgehen.

Während sie dort lag und sich festklammerte, schaute sie dem Wasser zu, wie es durch die Luken abfloss, hinab in den Nordstollen. All dieses Wasser würde nicht in den Südteil der

Mine sickern. Das war immerhin ein Erfolg. Vielleicht war es aber auch längst zu spät. Womöglich konnte Berrys Einsatz die Verschütteten nicht mehr retten. Doch was sie sich vorgenommen hatte, hatte sie vollbracht. Es war etwas fast Unmögliches gewesen. Und sie hatte es trotzdem geschafft.

Bald war alles Wasser, das oberhalb der Luken gestanden hatte, abgelaufen. Am Grund der Höhle stand immer noch ein flacher See, doch da seine Höhe konstant blieb, war er offenbar nicht mit dem Leck verbunden. Nichts floss mehr, das Wasser wurde ganz still. Berry fragte sich, ob der Axolotl durch die größte Luke auf die andere Seite geschwommen war oder ob er immer noch am Grund des flachen Sees ausharrte und darauf wartete, dass er sich wieder füllte. Er blieb jedenfalls unsichtbar.

Vorsichtig kroch Berry das Metallgitter entlang und studierte an seinem Ende, das lose in der Luft hing, die Umgebung. Lange starrte sie umher, bis sie an der Ostseite des Sees einen Pfad entdeckte, der zuvor unter Wasser gelegen hatte. Es war ein Absatz, der an der Wand entlangführte und an mehreren kreisrunden Löchern endete.

Natürlich! Auf irgendeinem Weg musste das Wasser, das die Pumpen aus dem Untergrund gezogen hatten, in den See geflossen sein. Und diese Zuläufe mussten wiederum mit den Pumpen im Maschinenraum verbunden sein! Die Entdeckung versetzte Berry in Aufregung: Wenn sie die Löcher erreichte und damit die leeren Zuläufe, könnte sie darüber – wenn sie Glück hatte – in das kaputte Pumpwerk gelangen.

Sie kroch zurück zu den Metallsprossen und stieg über die Schleusenräder zum Pfad an der Ostwand hinab. Er war so schmal und glitschig, dass sie sich mit der Brust und ausgebreiteten Armen gegen den Fels pressen musste, um nicht hinunterzufallen. Schritt für Schritt schob sie sich seitwärts, bis sie endlich den Rand des ersten Lochs erreichte.

Sie duckte sich und kletterte in die größte Röhre, die gerade genug Platz bot, dass Berry auf allen vieren darin kriechen konnte. Je weiter sie sich vom See entfernte, desto mehr verblasste das Licht der falschen Sterne, bis es schließlich nach einer Abzweigung

ganz verschwunden war. Blind tastete sich Berry in der ungewissen, feuchten Dunkelheit voran, immer weiter bergauf.
Nach einer langen Zeit verbissenen Kletterns stieß Berrys Kopf auf einmal gegen eine Decke aus Stein. Hektisch tastete sie umher. Ging es hier wirklich nirgendwo weiter? Halt, nein – ein Stück weiter rechts konnte sie ins Leere greifen! Sie versuchte, die Leere zu erreichen und schlug sich dabei das Knie auf. Der Schmerz war stechend, doch sie zog sich weiter empor.
Endlich gelang es ihr, sich durch den engen Durchlass zu drücken, und ab da spürte sie nichts mehr außer schwindelerregender Erleichterung! Denn der Raum, in den sie soeben gekrochen war, war nicht vollkommen dunkel. Irgendwo zwischen Schatten, die die Umrisse von Riesenkolben hatten, schimmerte etwas Helles.
Lass deine Lampe hier stehen und brennen, damit du den Rückweg besser findest.
Das hatte der dickbäuchige Dämonen-Hochstapler-Satyr zu ihr gesagt und der Ratschlag hatte sich bewährt. Das Licht wies Berry den Weg zwischen den Riesenkolben hindurch zu einem Riss in der Außenhülle des Pumpwerks. Als sie ihn erreichte, konnte sie in den Maschinenraum sehen. Dort! Berrys Herz klopfte vor Freude wie wild. Dort stand ihre Lampe! Sie flackerte friedlich und geduldig vor sich hin.
Berry zwängte sich durch den Riss, rannte auf das Licht zu und umarmte ihren riesigen Rucksack, der neben dem Licht an der Wand lehnte. Sie war gerettet!
Gerettet, gerettet, gerettet.

Kapitel 9: Gefühls-Kuddelmuddel

Gerald verlor in dieser Schwärze jeden Sinn für Farbe und Formen. Alles, was er war, schmiegte sich um die Person, die er nicht zu retten vermochte. Noch konnte Hanns sein Gesicht gegen die Höhlendecke pressen und seine Nase irgendwie aus dem Wasser heraushalten, doch er wurde vom Wasser eingeholt. Gerald wusste das, er konnte es von außen erfühlen und teilweise sogar von innen erspüren. Durch die Verschmelzung, die noch nicht lange zurücklag, waren ihm die Empfindungen und Gedanken von Hanns noch so nah, dass er dessen Not fast ebenso fühlen konnte wie seine eigene.

Es war unerträglich, nichts tun zu können. Wenn er wenigstens selbst hätte sterben können, um dieser Situation zu entkommen, dann hätte er sich tapfer auf sein eigenes Ende konzentriert und die Zeit bis dahin schon irgendwie ausgehalten. Doch die Vorstellung, dass er weiterleben und Hanns gleich an den Tod verlieren würde – so nett dieser Tod angeblich auch sein sollte – marterte Geralds unkörperliche Existenz im wahrsten Sinne des Wortes grenzenlos.

„Es ist schon okay“, hörte Gerald Hanns sagen, dem es irgendwie gelungen war, seinen Kopf noch einmal so zu drehen, dass er den Mund benutzen konnte. Größtenteils jedenfalls, denn seine Worte musste er halb hinausblubbern, um das Wasser am Eindringen zu hindern. „Ich *kann* loslassen, wenn es so weit ist. Du bist ja panischer als ich!“

Er merkte es also. Er kannte Geralds Gefühle. Es war eine seltsame Sache mit diesen Verschmelzungen, insbesondere, wenn man sie so intensiv praktizierte, wie sie das der Not gehorchend in den letzten Stunden getan hatten. Man sah sich selbst mit den Augen eines anderen und fühlte Dinge aus einem Leben, das einem vorher fremd gewesen war.

Gerald konnte leider nicht antworten. Doch die Auskunft von Hanns beruhigte ihn, zumal er wusste, dass sie stimmte. Hanns würde loslassen können. Was aber nichts daran änderte, dass Hanns der Abschied von einer Welt, in der Scarlett noch am Leben

war, unendlich schwerfiel. Es war verrückt, wie deutlich Gerald seinen Schmerz spüren konnte.
„Es tut mir leid“, versuchte Hanns ins Wasser zu blubbern, doch es gelang ihm kaum, denn das Wasser holte seinen Mund nun endgültig ein. Gerald verstand es trotzdem. Er wusste, Hanns bereute es zutiefst, dass er Gerald auf diese Weise zur Unangreifbarkeit verdammt hatte.
Schicksal, sagte Gerald in Gedanken.
Und er erhielt eine Antwort:
Davon hältst du doch nichts ...
Stimmt, sie hatten darüber gesprochen. Über das Schicksal. Nach dem Einschlag der Drachenbombe, als Hanns ihn das erste Mal wieder greifbar gemacht hatte. Gerald hatte von Zufällen gesprochen, in die man, während man lebte, einen Sinn hineininterpretierte. Einen Sinn, der nichts anderes war als eine nützliche Illusion. Was hatte Hanns damals geantwortet? Gerald kam nicht drauf ...
Dass dieser Sinn alles ist, was du hast, was du brauchst und was bleibt, wenn du stirbst. Er ist das wahre Leben.
Es war verblüffend, wie klar und deutlich Gerald diese Gedanken von Hanns hatte auffangen können.
Nein, erwiderte er, *du hast etwas anderes gesagt. Du hast von einem Bild gesprochen, das der Sternenforscher ...*
Hey, unterbrach ihn Hanns. *Merkst du was?*
Ja. Ich kann deine Gedanken hören.
Das meinte ich nicht, entgegnete Hanns. *Ich meine das Wasser! Es steigt nicht mehr.*
Die Erkenntnis traf Gerald wie ein Blitz. Nicht wie ein richtiger Blitz, denn es wurde weder hell noch besaß er einen Körper, der hätte getroffen werden können. Doch er verspürte eine Intensität, die sich so körperlich anfühlte, als besäße er Milliarden von Körperzellen, die alle zur gleichen Zeit in eine kaum aushaltbare Erregung versetzt wurden.
Das Wasser stieg nicht mehr! Man hörte es tropfen und plätschern, daran hatte sich nichts geändert, doch die Geräusche erklangen spärlicher, leiser, ruhiger. Hanns gelang es immer noch, seine

Nase über Wasser zu halten und zu atmen. Das Wasser hatte ihn noch nicht besiegt.
Es kommt nichts mehr nach, erklärte Hanns in Geralds Gedanken, *aber das Wasser sickert weiterhin in den Untergrund. Das heißt, der Wasserspiegel sinkt. Extrem langsam, aber er tut es.*
Gerald wusste nicht, wann er das letzte Mal in seinem Leben ein solches Glück empfunden hatte. Es war nicht nur sein eigenes Glück, das er spürte, sondern er erlebte ebenso das von Hanns, mindestens genauso stark. Hanns schöpfte Hoffnung und damit verbunden war eine solch unbeschreibliche Sehnsucht nach allen, die er liebte – allen voran nach Scarlett – dass Gerald in regelmäßigen Wellen davon durchdrungen wurde. Es war ein gutes Gefühl. Das war ein Sinn, den er verstand.
„Ja, es sinkt“, sagte Hanns wenige Minuten später laut und deutlich. Die Tatsache, dass er seinen Mund wieder öffnen konnte, bewies es. „Ich weiß nicht, warum, aber es ist so.“
Er konnte nun endlich die Haltung seines Kopfes ändern. Es musste sehr beschwerlich gewesen sein, sich so dermaßen gegen die Decke zu pressen. Gerald hörte Hanns nach Luft schnappen. Es gab nicht mehr viel, was er einatmen konnte.
„Da wir nicht wissen, wie lange der Frieden anhält“, brachte Hanns zwischen zwei Luftschnappern hervor, „sollten wir ihn nutzen. Gib mir deine Hand – oder das, was davon übrig ist.“
Dafür hast du noch Kraft?, wunderte sich Gerald.
„Aber ja – wofür sonst?“
Du hörst, was ich denke.
„Ich weiß nicht, ob ich dich höre“, sagte Hanns. „Aber irgendwie ist mir klar, was du denkst.“
Das finde ich nur teilweise gut.
„Umgekehrt ist es genauso, also stell dich nicht so an.“
Nein, Gerald hatte nicht vor, sich anzustellen. Das hier war eine absolute Ausnahmesituation und abgesehen davon war er dadurch weniger allein. Ihm kamen nur plötzlich die Worte von Hanns in den Sinn, die er gesagt hatte, als ihm das Wasser bis zum Hals gestanden hatte: *Wir mussten uns aufeinander verlassen, Haul und ich. Und vieles konnten wir nur gemeinsam durchstehen.*

Hanns lachte ihn sofort aus. Diese dämliche Gedankenverbindung!

„Keine Sorge“, sagte Hanns. „Das hier wird kein Liebesverhältnis.“

Da du ja weißt, was ich denke und fühle, erwiderte Gerald, *ist dir auch klar, dass es nichts gibt, worum ich mir gerade weniger Sorgen mache.*

„Ja, ja, schon gut. Und jetzt gib mir endlich deine Hand. Ein Stück davon müsste noch da sein, da kann ich ansetzen.“

Das stimmte, es war noch etwas da. Gerald spürte es, als er seine Hand in die beiden Hände von Hanns legte. Hanns konnte seine Magikalie direkt in diesen kleinen Widerstand fließen lassen. Doch Hanns war schwach. Die Magikalie floss langsam und spärlich, was angesichts des Umstands, dass Hanns in der letzten Viertelstunde fast zweimal ertrunken wäre, kein Wunder war. Immerhin würde es so schnell kein drittes Mal passieren. Das Wasser sank weiterhin, wenn auch nur langsam.

„Ich bin unkonzentriert“, sagte Hanns entschuldigend. „Das sind die Nerven.“

Kein Problem. Gerade läuft uns die Zeit nicht davon.

„Doch, das tut sie sehr wohl“, erwiderte Hanns. „Sie läuft ab. In Tolois, in Amuylett und hier auch, denn die Luft ist schrecklich dünn und wird nicht besser. Aber ich bin noch nicht so weit.“

Er musste nicht erklären, was er damit meinte, denn Gerald spürte es sowieso. Nach der ersten großen Erleichterung trafen Hanns nun die Folgen der sagenhaften Strapazen, die er durchlitten hatte. Er war erschöpft und schockiert. Der Schmerz, den er im Angesicht des Todes verspürt hatte, hielt an, trotz der Hoffnung, die er mittlerweile zurückgewonnen hatte. Und dieser Schmerz hatte zur Folge, dass er seine persönliche Magikalie nur schwer loslassen konnte. Er klammerte sich daran.

Tolois und Amuylett können warten, gab ihm Gerald zu verstehen. *Und ich auch. Ich fände es nur blöd, wenn du jetzt erstickst. Mit der Enttäuschung könnte ich nur schwer weiterleben.*

„Mit der Enttäuschung und einer greifbaren Hand, die dich für immer an dieses Loch fesselt.“

Oh ...richtig.

„Keine Angst, wenn ich merke, dass die Luft nicht reicht, entziehe ich dir alle Magikalie wieder und lasse dich ziehen."
Das mag jetzt theatralisch klingen, aber ich würde viel lieber ganz irdisch und greifbar ersticken. Also kümmere dich um meine Lungen.
„Mache ich", meinte Hanns. „Damit wir uns um die letzte Luft prügeln können, wenn du wieder da bist."
Allmählich floss die persönliche Magikalie etwas großzügiger und Gerald ließ es still geschehen. Sogar seine Gedanken schwiegen. Nach einer Viertelstunde stand Gerald wieder eine ganze Hand und ein Stück seines Arms zur Verfügung. Das Wasser war weiter gesunken, es reichte Hanns nur noch bis an die Brust.
Unablässig strömte die Magikalie in Geralds langsam zurückkehrenden Körper und die seltsame Verwechslung von Empfindungen, die Gerald zuvor schon durcheinandergebracht hatte, nahm zu. Manchmal konnte er nicht unterscheiden, was er selbst fühlte und was Hanns fühlte. Es vermischte sich, die Blickwinkel flackerten hin und her. Gerald merkte, wie verbraucht die Luft war. Waren es seine Lungen oder die von Hanns, die nach mehr Sauerstoff verlangten?
„Atme so langsam wie möglich!", ermahnte ihn Hanns. „Wenn du nach Luft schnappst, könntest du kollabieren. Und für unseren Luftvorrat wäre es auch nicht so gut."
Gerald tat, was er konnte. Er musste geduldig sein und sich sehr zurücknehmen. Denn es dauerte länger als die Male zuvor, bis sein Herz wieder zu schlagen begann. Als es endlich passierte, merkte er es nicht einmal, da es exakt im gleichen Takt schlug wie das von Hanns. Erst als es seinen eigenen Rhythmus entwickelte und vor lauter Aufregung dem anderen Herzschlag davongaloppierte, wusste er: Er war wieder da!
Hanns merkte es auch. Er ließ die Hand los, die er zuvor so fürsorglich gehalten hatte, woraufhin der Magikaliefluss abrupt endete. All das geschah in völliger Schwärze, aber die Dunkelheit fühlte sich für Gerald anders an als früher. Er spürte, wo die Wände begannen, wie hoch das Wasser stand und wohin sich die Person bewegte, mit der er sich dieses Gefängnis teilte. Und so

kippte er auch nicht vor Überraschung um, als ihm eben diese Person mal eben ohne jede Vorwarnung um den Hals fiel.
Hanns wusste, dass Gerald nicht besonders wild auf Umarmungen war, und ließ ihn daher schnell wieder los, doch zuvor hatte er seiner Wiedersehensfreude doch kurz Ausdruck verleihen müssen. Was rührend war, auch wenn Gerald infolgedessen mit dem Gleichgewicht zu kämpfen hatte. Es war nämlich gar nicht so leicht, auf einem kleinen, glitschigen Stück Felsen im Wasser auszuharren, auf dem kaum Platz für zwei Personen war. Zur Sicherheit griff Hanns nach seinem Arm. Gerald gelang es, das Gleichgewicht zu halten und eine stabilere Position einzunehmen, woraufhin Hanns ihn wieder losließ.
„Was meinst du?“, fragte Hanns. „Wann können wir weitermachen?“
„Du möchtest wissen, wann du mir deine großzügig gespendete Magikalie wieder hinterhältig entziehen kannst?“
„Ich freue mich nicht darauf, aber ich sehne mich nach einem Ort mit mehr Luft und einem Ausgang.“
„Lass uns noch warten“, sagte Gerald. „Ich will sichergehen, dass ich dich lange genug auflösen kann, falls wir auf unvorhergesehene Hindernisse stoßen.“
„Dagegen habe ich nichts. Aber ...“
„Ja, ich weiß, mein Hirn meldet mir auch, dass es zu wenig Sauerstoff bekommt.“
Hanns schwieg und doch war es nicht still. Gerald musste mit einer Schwemme von Gedanken und Gefühlen zurechtkommen, die ihn verwirrten, weil er manchmal nicht wusste, welcher Person er sie zuordnen sollte – Hanns oder sich selbst. Das konnte ja heiter werden, wenn das so weiterging.
„Wir werden uns daran gewöhnen“, sagte Hanns. „Es hätte auch schlimmer kommen können.“
„Oh, könntest du das bitte lassen?“
„Was?“
„Auf meine Gedanken so direkt zu antworten! Ich fühle mich jedes Mal wie ertappt.“
„Was soll ich denn sonst tun?“, fragte Hanns. „Indirekt antworten? Fühlst du dich dann besser?“

„Meine Güte – von allen Leuten auf der Welt muss ich mir meinen Kopf jetzt ausgerechnet mit *dieser* Nervensäge teilen!“
„Tut mir leid“, erwiderte Hanns. „Ich bin mir sicher, es wird irgendwann besser. Aber bis dahin wirst du dieses Gedanken-Gefühls-Kuddelmuddel ertragen müssen, genauso wie ich.“
„Es wäre schon von Vorteil, wenn du mich nicht so deutlich merken lassen würdest, dass du meine Gedanken hörst. Ich kommentiere schließlich auch nicht jeden von deinen Gedanken.“
„Mach doch. Mir ist das egal.“
Das hätte er besser nicht sagen sollen. Gerald war jetzt unglaublich versucht, einen privaten Gedanken von Hanns ans Licht zu zerren.
„Es ist dir egal?“, fragte er lauernd. „Na bitte, dann erkläre ich dir hiermit, dass ich das mit der Überladung tatsächlich grenzwertig finde.“
„Habe ich mich das gefragt?“, erwiderte Hanns. „Habe ich mir wirklich Sorgen gemacht, dass du das grenzwertig finden könntest?“
„Ja, hast du.“
„Interessant.“
„Und weißt du, warum es grenzwertig ist? Weil es mir zum Beispiel ganz und gar nicht gefallen würde, wenn du Maria gelegentlich überlädst. Das wäre ... nun ja ...“
„Du brauchst nicht um Worte zu ringen, ich verstehe dich ja auch so“, sagte Hanns. „Aber der Unterschied ist: Wenn ich Maria gelegentlich überladen würde – mal abgesehen, dass sie gar kein Gespenst ist, mit dem ich das tun könnte – dann hätten wir ein entsprechendes Verhältnis. Und dieses Verhältnis hätte auch eine verständliche Vorgeschichte. Dann wäre die Maria, die du kennengelernt hast, eine andere Maria als die, die du jetzt kennst.“
„Was soll das jetzt erklären?“
„Dass wir immer auch diejenigen sind, die wir lieben. Etwas von ihnen wird ein Teil von uns. Deswegen ist Haul ein wichtiger Teil meiner Persönlichkeit und umgekehrt. Der Hanns, der ich war, bevor ich nach Fortinbrack gekommen bin, ist vielleicht gar nicht der Hanns, in den sich Scarlett verliebt hätte. Und der Gerald, der du warst, bevor du mit Scarlett zusammen warst, ist womöglich auch nicht der, den Maria plötzlich toll fand. Wir sind so viele

Personen auf einmal und ohne diese Personen wären wir nichts. In mir steckt viel Haul, das ist nun mal so. Deswegen ist alles richtig, wie es ist, auch wenn du es grenzwertig findest."
„Ich habe mich ja auch noch nicht entschieden, ob ich es verwerflich grenzwertig oder interessant grenzwertig finde."
„Na also", sagte Hanns. „Außerdem hast du dich schon entschieden."
„Oh, Mann!", rief Gerald. „Wie ich das hasse."
„Entschuldigung. Die Luft ist besser geworden, merkst du's?"
Ja, eindeutig. Das Wasser musste so weit gesunken sein, dass über verschiedene Lücken im Gestein ein Luftaustausch stattfand. Mehr Luft zu bekommen, wirkte Wunder bei Gerald. Schon nach weiteren zehn Minuten fühlte er sich stark genug, um die nächste Etappe in Angriff zu nehmen.
„Ich denke, wir können es wagen", sagte er. „Du darfst dich jetzt wieder beschissen verhalten und mir deine persönliche Magikalie entziehen."
„Es fällt mir wirklich schwer", erklärte Hanns ungewohnt schuldbewusst. „Ich weiß, Magikalie entzogen zu bekommen, ist hart."
„Sag es noch zehnmal und ich fühle mich garantiert besser."
„Du bekommst alles wieder zurück", versprach Hanns. „Nimm es einfach nicht zu persönlich!"
Gerald spürte die Hand an seinem Unterarm und schon fing es an. Er litt noch mehr unter diesem Vorgang als die letzten beiden Male. Obwohl er doch genau wusste – und es sogar wahrnehmen konnte – dass es nicht stimmte, fühlte es sich intensiv so an, als hätte Hanns aufgehört, ihn zu mögen. Und das Komische daran war: Dieses Gefühl war unerträglich. Offenbar legte Gerald großen Wert darauf, dass Hanns ihn mochte. Aber nach diesem ganzen Gedanken-Gefühls-Kuddelmuddel, wie Hanns es genannt hatte, war das ja auch kein Wunder.
Die mentale und auch körperliche Strapaze des Magikalie-Entzugs zeigte bald die gewünschte Wirkung: Gerald spürte, wie seine Struktur ihre Stabilität einbüßte und er an den Punkt kam, an dem er seine Festigkeit willentlich aufgeben konnte. Er tat es, zog Hanns mit sich in diesen Zustand und verließ das Loch voller

Wasser, das er in seinem ganzen Leben niemals wieder betreten wollte. Er ahnte, dass er davon träumen würde, immer und immer wieder. Er würde davon träumen, wie ihn das Wasser fast erstickt hatte, denn er würde Hanns' Alpträume träumen. Daran war nun nichts mehr zu ändern.

Nachdem Gerald die Höhlendecke passiert hatte, stieß er auf einen verschütteten Gang. Auch darüber auf der sechsten Ebene schien alles verschüttet zu sein. Er entfernte sich von den Überresten der Aufzugschächte und suchte nach Hohlräumen. Endlich fand er einen Gang auf der siebten Ebene und als er diesem bis zu einer Halle mit mehreren Abzweigungen gefolgt war, gab er seinen schwächer werdenden Kräften nach und entließ Hanns aus der Verschmelzung.

Sie hatten mittlerweile Routine darin, sich gegenseitig zum Verschwinden und Erscheinen zu bringen. Es war kein Wort von Hanns nötig, Gerald reichte ihm sofort seine unangreifbare Hand und Hanns fütterte sie mit all der persönlichen Kraft, die er ihm zuvor entzogen hatte. Es fiel ihm leichter als beim letzten Mal, die Magikalie loszulassen und zu übertragen, und so nahm Geralds Hand schneller als sonst Gestalt an. Der Arm folgte – Gerald merkte es daran, wie lauter Tropfen darauf landeten, die Hanns aus den Haaren fielen. Bald tropfte er selbst: An seinem Kinn, seiner Nase und seiner Stirn haftete die Feuchtigkeit der Luft und versammelte sich zu dünnen Rinnsalen.

Geralds Lungen wurden greifbar, die Luft gelangte in sein Inneres. Atemzug für Atemzug bangte er dem entscheidenden Pulsieren seines Herzens entgegen und als es endlich kam und ihm seine ganze greifbare Wirklichkeit zurückschenkte, gab er einen tiefen, erleichterten Seufzer von sich.

„Danke!", brach es aus ihm heraus. „Und bitte, bitte – lass es das letzte Mal gewesen sein!"

„Wen bittest du da?", fragte Hanns verwundert. „Mich doch wohl nicht, oder?"

„Nein, keine Sorge. Ich bete zur heiligen gigantischen Universumskröte."

„Aber sonst fühlst du dich noch gut?"

„Das war die Lieblingsgottheit meines Vaters. Er glaubte fest an sie, obwohl er sie selbst erfunden hatte. Niemand hat ihm so oft aus der Patsche geholfen wie sie. Das hat er immer behauptet."
„Ah", meinte Hanns. „Jetzt bin ich beruhigt. Na, dann wünsche ich mir von der Wunderkröte das Gleiche."
„Wir sind jetzt auf der siebten Ebene, oder?", fragte Gerald.
„Ja. Und da du uns ziemlich weit nach Westen gebracht hast, dürfte die Maschinenhalle nicht mehr weit sein. Im Grunde müssen wir nur senkrecht nach oben. Wir sollten nach einer Treppe suchen."
„Was einfacher wäre, wenn wir etwas sehen könnten."
„Hauptsache, es ist nicht unmöglich."
„Das nenne ich mal positives Denken", sagte Gerald. „Geh voraus!"
Die Dunkelheit und die Zerstörungen durch das Beben machten es ihnen schwer. Ständig mussten sie Bruchstücken von messerscharfen Metallkonstruktionen ausweichen, ebenso wie Bergen aus Schutt und tiefen Löchern voller Wasser. Die erste Treppe führte in eine Sackgasse, die zweite endete in einem Lagerraum, in dem etwas ausgelaufen war, das giftig roch, und die dritte Treppe hörte nach der Hälfte auf.
„Wie viel Uhr ist es wohl?", fragte Gerald und lehnte sich an die Wand unterhalb der halben Treppe, um sich auszuruhen.
„Früher Morgen, tippe ich. Aber ich kann auch total falsch liegen. In meinem Kopf ist alles durcheinander … Hörst du das?"
Nein, Gerald hörte nichts, aber er wusste, dass Hanns glaubte, er habe ein Flattern von Flügeln gehört. Oder war es nur ein Tropfen von Wasser gewesen, das so ähnlich geklungen hatte?
„Lissi?", rief Hanns und rannte leichtsinnig schnell den Gang entlang. „Lissi – wir sind hier!"
Gerald folgte ihm, so schnell es in Anbetracht der Dunkelheit und der drei tiefen Löcher, die sie auf dem Hinweg ausgemacht hatten, möglich war. Und dann hörte er es wieder, diesmal mit seinen eigenen Ohren: Ein Flirren, das immer lauter wurde. Endlich landete es in nächster Nähe. Auf dem Kopf von Hanns, um genau zu sein, was Gerald den Gedanken des betroffenen Kopfes entnehmen konnte.

„Alles klar mit dir, Lissi?“, fragte Hanns besorgt und ließ den Vogel währenddessen auf seine Hand hüpfen.
„Verwandle sie zurück“, sagte Gerald, „dann kann sie dir auch antworten!“
„Ich weiß nicht, ob der Trick noch mal funktioniert.“
„Dann probier …“ Gerald brach ab.
Natürlich hatte Hanns seinen Trick schon längst ausprobiert, jedoch ohne Erfolg. Gerald las es in Hanns' Gedanken. Doch um Lissi nicht in Aufregung zu versetzen, behauptete Hanns, er sei sich noch unschlüssig. So funktionierte dieser Junge also. Was er sagte, war nicht immer das, was er dachte. Nun ja, so neu war die Erkenntnis eigentlich auch wieder nicht.
„Wir wissen, dass du mit Dandelia gesprochen hast“, sagte Hanns zu dem Vogel. „Und dass du durch Wände gegangen bist. Das kannst du nur als Mensch. Jetzt frage ich mich, wie du es geschafft hast, zwischendurch ein Mensch zu werden? Ohne meine Hilfe?“
„Das war *ich*“, ertönte die Stimme von Dandelia Pimbel im Dunkeln. Ob sie eben erst aufgetaucht war oder den Vogel schon längere Zeit begleitet hatte, konnte Gerald nicht beurteilen. „Ich habe so getan, als würde ich sie fressen, und schon wurde ein Mensch aus ihr.“
„Dann tu es doch noch mal!“, schlug Gerald vor.
„Jetzt glaubt sie mir nicht mehr“, antwortete die Katze. „Es muss echt wirken.“
Der Vogel in Hanns' Händen zwitscherte wütend.
„Ich habe *wirklich* nur so getan!“, rief Dandelia.
„Ah“, sagte Hanns. „Verstehe.“
„Gar nichts verstehst du!“, widersprach die Katze. „Ich weiß sehr wohl, was ein echter Vogel ist und was nicht.“
„Dandi?“, fragte Gerald. „Hast du die Behälter in Tolois abgeliefert?“
„Ja“, sagte die Katze. „Und zum Dank dafür wollten sie mich *baden.“*
„Wirklich?“
„Weil sie sonst eine große Gefahr darstellt“, erläuterte Hanns. „Wir alle sollten in einer konzentrierten Tau-Zeolith-Lösung

baden, wenn wir zurückkommen. Um die Antimagikalie loszuwerden, die an uns klebt."

„Ohne mich!", erklärte die Katze.

„Da wir gerade dabei sind", sagte Hanns. „Ich hätte da eine dringende Bitte an dich, Dandi: Könntest du noch mal in Tolois vorbeischauen? Haul und Rémi sollten wissen, dass wir vielleicht die Oberfläche erreichen. Sollten wir es tatsächlich schaffen, brauchen wir dringend Flugtiere von einer Sorte, die absolut keine magikalischen Kräfte besitzt. Außerdem muss das Bad in Tolois-Park geräumt und entsprechend vorbereitet sein. Sie wissen Bescheid!"

„Ich bin doch keine Brieftaube."

„Bitte, Dandi, es ist sehr wichtig. Es muss sich unbedingt herumsprechen, dass ich zurückkommen könnte, sonst versinkt das Land im Chaos."

„Aber sie wollen mich baden!"

„Niemand kann dich baden, ohne dein Einverständnis."

„Ich sage es Lumili."

„Dann sag es meinetwegen Lumili! Aber mach es – das Leben vieler Menschen hängt davon ab."

Sie warteten auf ihre Antwort, doch es kam keine. Und da es vollkommen still blieb an der Stelle, an der die Katze gesessen hatte, nahm Gerald an, dass sie verschwunden war. Dafür piepste der Vogel in Hanns' Händen ungeduldig und leicht hysterisch. Oder war es ein Lissi-typischer Begeisterungsanfall, der durch Hauls Erwähnung ausgelöst worden war?

„Ja, mir ist schon klar, dass du wieder ein Mensch werden willst", sagte Hanns. „Aber ich bin ein wenig ratlos. Ohne Magikalie geht nicht viel. Wir könnten es noch mit dem Froschröschen-Trick probieren, wenn du einverstanden bist. Flieg einfach weg, wenn du das nicht willst."

Lisandra blieb, wo sie war, obwohl Gerald bezweifelte, dass sie wusste, was mit dem *Froschröschen-Trick* gemeint war. Er wusste es ja selbst kaum.

„Ganz einfach", sagte Hanns und antwortete damit schon wieder viel zu direkt auf Geralds Gedanken. „Du musst sie nur küssen."

„Ich?", fragte Gerald. „Wieso ich?"

„Und zwar möglichst leidenschaftlich."
„Einen *Vogel*?"
„Das klappt häufig in solchen Fällen", meinte Hanns. „Es ist kein Klischee."
Gerald schüttelte befremdet den Kopf.
„Keine Ahnung, wie man winzige Vögel leidenschaftlich küsst", sagte er. „Wenn du es weißt – bitte!"
„War ja klar, dass du dich drückst, Gerald Winter."
„Du hast sowieso mehr Übung in so was. Ich bin ja eher treu."
„Ich bin auch treu."
„Darüber kann man streiten. Zum Beispiel küsst du Lumili."
„Aber ganz sicher nicht leidenschaftlich!"
„Jetzt tu es doch einfach", sagte Gerald, „wenn du es kannst."
Gerald konnte nicht sehen, was nun passierte, aber er bekam trotzdem einen sehr lebendigen Eindruck davon, denn wie so oft in diesen Stunden vermischten sich seine Wahrnehmungen mit denen von Hanns. Und so spürte er, wie Hanns den kleinen Vogel in die Höhe hielt und dessen Schnabelspitze mit den Lippen berührte. Mehr war es nicht, nur eine winzige Berührung, aber es steckte eine Menge darin und offenbar war es so verstörend, dass Lisandra vergaß, welche Probleme sie sonst noch plagten. Sie war verwirrt, um nicht zu sagen: extrem irritiert, und so löste sich ihr tief sitzender Zweifel an ihrer Wandelbarkeit für einen Augenblick in Luft auf. Prompt hörte sie auf, ein Vogel zu sein, und landete auf ihren beiden Füßen.
Doch statt zu jubeln, blieb sie ungewohnt ruhig. Sie hatte sogar die Luft angehalten. War sie so erschrocken? Gerald beschloss, das Seine zu Lisandras Erlösung beizutragen, und schritt auf sie zu. Kaum hatte er sie in der Dunkelheit erfasst, schloss er sie fest in seine Arme. Er war so froh, dass sie wieder da war! Schon nach kurzer Zeit erwachte Lisandra aus ihrer Starre und klammerte sich begeistert an ihn. Sie war völlig durchnässt.
„Dass ihr lebt!", rief sie. „Wo kommt ihr bloß her? Wie habt ihr das gemacht?"
„Ach, frag nicht", sagte er. „Bist du auch im Wasser gelandet?"
„Ja, ich bin wie eine Irre geschwommen, um die achte Ebene zu erreichen, aber das Wasser stieg dort viel zu schnell. Bevor ich

genug Kraft hatte, um die nächste Wand zu durchqueren, hat es mich eingeholt. Also wurde ich ein Vogel und habe mich in eine alte Lampe an der Decke geflüchtet. Dummerweise ist eine Welle gegen die Lampe geschwappt, daraufhin ist sie von der Decke gekracht und untergegangen. Ich bin mit Mühe und Not aus der Lampe herausgekommen und wäre wahrscheinlich ertrunken, wenn ich nicht durch ein Loch in einer Tür in einen kleinen Raum gespült worden wäre. Ich glaube, es war so eine Art Klo. In diesem Klo stand das Wasser nicht so hoch wie auf der restlichen achten Ebene, denn die Tür war wie eine Wand und das ganze Wasser konnte nur durch das Loch in der Tür in den Raum hineinlaufen. Bevor der Raum endgültig vollgelaufen ist, ist das Wasser wieder gesunken. Und als kein Wasser mehr durch das Loch lief, bin ich durch das Herz nach draußen geflogen."

„Welches Herz?", fragte Hanns.

„Na ja, dieses Loch, das manchmal in der Tür von Kloschuppen ist, damit Licht und Luft reinkommen. Natürlich habe ich nicht gesehen, dass es ein Herz war, es war ja dunkel. Aber es ist die einzige Erklärung, warum in der Tür ein Loch war."

„Lissi – hier unten hat ganz bestimmt keiner Herzen in die Türen geschnitzt!"

„Ist ja auch egal", sagte sie. „Ich habe dann dank Dandi einen komischen Schlauch gefunden, in dem ich fast stecken geblieben wäre, und der hat mich auf die siebte Ebene geführt. Und jetzt dürft ihr mir auf die Schulter klopfen: Ich bin unterwegs kein einziges Mal gestorben."

„Das hast du ganz großartig gemacht!", lobte Hanns ihre Leistung. „So bleibt uns auch das Gejammer über eine grüne Stachelnase erspart."

„Ich würde dich ja auch umarmen", sagte sie zögerlicher als zuvor, „aber du bist mir jetzt unheimlich."

„Wieso das denn?"

„Der Kuss war unverschämt."

„Verschämt hätte er nicht funktioniert", sagte Hanns. „Immerhin habe ich nicht versucht, dich zu fressen, so wie gewisse andere Wesen."

„Na gut“, meinte Lisandra gnädig. Sie entließ Gerald aus der Umklammerung und stürzte sich stattdessen auf Hanns. „Ich hatte solche Angst um euch!“
Ihre Stimme klang gedämpft zu Gerald hinüber, da ihr Gesicht in der Umarmung verschwunden war. Womöglich weinte sie sogar, denn sie ließ Hanns lange nicht mehr los und gab dabei keinen einzigen Ton von sich. Offenbar brauchte sie Trost und eine Pause, wofür Gerald und Hanns großes Verständnis hatten. Gleichzeitig waren sie aber auch ungeduldig und so kam es, dass sich zwischen ihnen ein stiller, für Lisandra nicht hörbarer Dialog entspann.
Glaubst du, sie hat noch ihre Lampe im Rucksack?, fragte Gerald.
Ich zähle darauf, antwortete Hanns. *Sonst finden wir den Rückweg nie!*
Und wenn wir wirklich hier rauskommen? Was dann?
Dann müssen wir an einen Ort wandern, an dem Flugtiere landen können, erklärte Hanns. *Mit denen fliegen wir nach Tolois-Park und schwimmen in der berühmten Badeanstalt eine Runde durch konzentrierte Tau-Zeolith-Lösung. Wenn wir das wirklich alles geschafft haben – was ich mir gerade noch gar nicht vorstellen kann – müssen wir einen halben Tag lang abwarten, bis das größte Risiko vorüber ist. Das heißt, ihr wartet ab. Ich muss mich in Tolois blicken lassen. Aber ich werde, so schwer es mir fällt, großen Abstand von Crudas und Super-Gespenstern halten. Und ich werde nicht zaubern.*
Nicht zaubern?, fragte Gerald. *Wenn du vorhast, nicht zu zaubern, dann solltest du nicht nach Tolois gehen. Jeder könnte dich töten.*
Niemand wird das tun, erwiderte Hanns. *Die Schurken sind meine Verbündeten, die brauchen mich. Und die ehemalige Republik braucht mich auch.*
Ich würde es nicht darauf ankommen lassen, meinte Gerald. *Es ist zu riskant.*
Aber wichtig, widersprach Hanns. *Erst wenn sie sehen, dass ich lebe, kehrt Ruhe ein. Außerdem freue ich mich darauf, Weißer Stern das Maul zu stopfen.*
Ohne Zauberkräfte?, fragte Gerald.
Dafür brauche ich keine Zauberkräfte, erklärte Hanns. *Sie ist mir garantiert in den Rücken gefallen, während ich weg war. Wenn*

der totgeglaubte zukünftige Schwiegersohn plötzlich wieder auf der Matte steht, gerät selbst eine Hexe wie Weißer Stern in Verlegenheit. Ich werde sie mit Vorwürfen und Forderungen überhäufen und sie muss einlenken, um zu retten, was sie aufs Spiel gesetzt hat.
Bist du denn noch ihr zukünftiger Schwiegersohn?, fragte Gerald kritisch. *Hältst du immer noch daran fest?*
Sie soll es glauben.
Aber du wirst Lumili nicht heiraten?
Nein, erwiderte Hanns, *ich werde sie ganz bestimmt nicht heiraten. Das schwöre ich dir hoch und heilig, wenn du das möchtest.*
Wirklich? Dann mach es!
„Okay“, sagte Hanns laut. „Ich schwöre es dir bei allem, was mir heilig ist, und es ist der angenehmste Schwur, den ich jemals geleistet habe.“
Lisandra hob verwundert den Kopf.
„Wovon redest du?“
„Ach, nur eine Sache zwischen mir und Gerald. Er wollte, dass ich ihm etwas verspreche, und jetzt habe ich es getan.“
„Was denn?“
„Hast du noch eine Lampe? Wir müssen hier raus und Licht wäre hilfreich.“
Lisandra setzte sofort ihren Rucksack ab, kramte ihre Lampe hervor und drehte sie an. Es war ein umwerfender Moment: Als wäre das verloren geglaubte Leben nun sichtbar und greifbar zu ihnen zurückgekehrt.
„Meine Güte, seht ihr fertig aus!“, rief Lisandra. „Ihr Armen! Gerald, du wirkst irgendwie …“
„Ich weiß“, fiel er ihr ins Wort. „Aber ich bin vollständig, keine Sorge. Ich habe im Schatten ein wenig an Sichtbarkeit eingebüßt.“
„Wie kommt das?“
„Lange Geschichte“, sagte Hanns, bevor Gerald antworten konnte. „Gehen wir. Darf ich die Lampe haben?“
„Wozu?“
„Um vorauszugehen.“
„Ist dir nicht mehr schwindelig?“

„Gerade nicht. Ich hätte schon früher Tau-Zeolith-Lösung trinken sollen.“
Lisandra überließ Hanns bereitwillig ihre Lampe und ergriff danach Geralds Hand, was ihn sehr erstaunte.
„Darf ich die eine Weile festhalten, während wir weitergehen?“, fragte sie. „Ich brauche das jetzt. Ich muss wissen, dass ihr wirklich da seid. Vor allem du. Von dir kann ich nämlich nur die Vorderseite sehen, im Moment.“
„Ja, ich habe mich verändert.“
„Ist das schlimm?“
„Nein, ich glaube, es ist nicht schlimm. Wobei man die gravierendsten Veränderungen gar nicht sehen kann.“
„Was meinst du damit?“
„In mir ist einiges durcheinandergeraten. Aber es ist in Ordnung. Wenn wir hier rauskommen und alle überleben, komme ich damit klar.“
Sie gingen oder vielmehr stolperten gemeinsam weiter, denn obwohl Hanns einen Gang ausfindig gemacht hatte, in dem es kaum Hindernisse gab, war der Untergrund doch uneben und löchrig. Außerdem waren sie sehr müde.
Es tat Gerald gut, Lisandras Hand zu halten. Manchmal, wenn der Gang zu eng wurde, ließen sie einander los, nur um danach wieder die Finger des anderen zu suchen. Nur so konnten sie ganz sicher sein, dass wirklich alles einigermaßen gut war und sie nicht träumten.
„Weißt du eigentlich, wo du hingehst?“, rief Lisandra Hanns zu, als sie mal wieder eine Abzweigung erreicht hatten und er einen der drei Wege einschlug, ohne groß zu überlegen.
„Nicht direkt“, antwortete er. „Ich entscheide nach Gefühl.“
„Schade. Ich dachte, du hättest einen Duft von Maschinenöl gewittert und würdest nun wie ein Fährtenhund die richtige Spur erschnuppern.“
„Die Halle mit den Maschinen ist irgendwo über uns, da bin ich mir sicher. Fragt sich nur, wie wir da hinkommen.“
Lisandra verfiel daraufhin wieder in Schweigen und Geralds Gedanken schweiften ab. Er dachte an die Spiegelwelt. Und an Maria. Hinter halb geschlossenen Augen konnte er sie sehen. Wie

sie ihre Hand nach ihm ausstreckte und mit ihren Fingerspitzen sein Gesicht berührte. Es war ein so angenehmes Gefühl, dass er darin verloren ging, für eine zeitlose Zeit, bis er plötzlich stolperte. Er konnte sich gerade noch an einer Wand und an Lisandra festhalten, sonst wäre er gestürzt. Sie starrte ihn verwundert an.
„Ich glaube, ich bin im Gehen eingeschlafen“, erklärte er. „Wirklich schade, dass ich aufgewacht bin. Ich hätte meinen Traum so gerne weitergeträumt.“
Sie lächelte. Ganz so, als hätte sie unterwegs auch schon den einen oder anderen Traum gehabt.
„Lissi!“, rief Hanns auf einmal.
„Was denn?“
„Es war kein Herz.“
Er wartete, bis Lisandra und Gerald bei ihm angekommen waren, und zeigte auf ein massives Holztor, in das jemand ein Loch in der Form eines Totenkopfs gesägt hatte.
„Mein Klo war nicht hier, sondern eine Ebene tiefer.“
„Es war auch kein Klo“, sagte Hanns. „Es wird so eine Kammer gewesen sein wie diese hier.“
„Und wozu gab es die?“
„Da hat man Leute reingesperrt.“
„Ein Gefängnis, meinst du?“
Hanns hielt die Lampe vor Lisandras Gesicht und sah ihr prüfend in die Augen.
„Im Archiv stand etwas über eine Grubenkrankheit“, erzählte er stirnrunzelnd. „Einzelne Grubenarbeiter haben plötzlich versucht, ihre Kumpel zu überwältigen und zu töten. Man hat sie weggesperrt, in Kammern wie diese. Kurz vor einem solchen Ausbruch hatten die Erkrankten seltsam ausgefranste Pupillen. Einen anderen Hinweis auf die Krankheit gab es nicht.“
„Und?“, fragte Lisandra. „Testest du jetzt, ob ich wahnsinnig werde?“
„Ja, aber deine Pupillen sehen ganz gut aus.“
„Was ist mit den Verrückten passiert? Wie verlief die Krankheit?“
„Sie haben in den Kammern herumgetobt und wirres Zeug gebrüllt, bis es vorbei war.“
„Und wozu der Totenkopf?“

„Mit ‚vorbei' meinte ich ‚tot'."
„Was?", fragte Lisandra entsetzt. „Sie sind alle gestorben? In diesen scheußlichen Kammern?"
„Habe ich gelesen. Hast du Wasser geschluckt, als du dort reingespült wurdest?"
„Jede Menge."
„Na ja. Die Erreger existieren hoffentlich nicht mehr, nach so einer langen Zeit."
Lisandra prustete ihn laut hörbar an.
„Jetzt hör bloß auf!", rief sie. „Ich habe mich nicht mühsam bis hierher durchgekämpft, um an einer Geisteskrankheit zu verenden!"
„Du verendest ja nicht. Du bleibst am Leben und wirst auf ewig verrückt und gemeingefährlich."
„Und ich hatte dich wirklich *vermisst*."
„Ich störe ja nur ungern", schaltete sich Gerald ein, „aber ich sehe über mir den Schatten eines Mädchens und eine Lampe, irgendwo im Dunst. Ich würde gerne wissen, ob ich spinne oder ob ihr das Gleiche seht."
Lisandra und Hanns hoben sofort die Köpfe. Feuchte Schwaden trübten die Sicht, doch offenbar sahen sie auch etwas, was Gerald beruhigte.
Über ihnen war ein großer Teil der Decke weggebrochen und auf den Ebenen darüber auch. Am Rand der obersten durchbrochenen Ebene saß eine Gestalt, die nur schemenhaft zu erkennen war. Neben sich hatte sie eine Lampe stehen, ein verschwimmendes Licht im dunstigen Dunkel.
„Hey!", schrie Hanns in die Höhe. „Hörst du uns?"
„Ja", rief eine Mädchenstimme zurück. „Seid ihr es? Hanns? Gerald?"
„Berry?", schrie Lisandra. Eigentlich war es mehr ein Kreischen als ein Schrei. „Berry, bist du das?"
„Lissi! Ja! Geht es euch gut?"
„Ja, und dir?"
„Auch. Soll ich euch ein Seil runterlassen?"
„Wo bist du denn?"
„In einem Büro unterhalb des Pumpwerks."

„Bitte, ja!“, rief Hanns. „Her mit dem Seil!“
Es kam. Berry musste es zuvor schon befestigt haben, in der Absicht, selbst in die Tiefe hinabzuklettern.
„Du zuerst!“, sagte Hanns zu Lisandra und reichte ihr das Seilende, das er kurz zuvor aufgefangen hatte. „Deinen Rucksack übernehme ich, dann ist es leichter für dich.“
„Wie zuvorkommend. Warum bist du auf einmal so höflich?“
„Jetzt mach schon – wir haben nicht ewig Zeit!“
„So ist es besser“, erwiderte sie und ließ den Rucksack von ihren Schultern fallen. „Du wurdest mir schon wieder unheimlich!“
„Das ist ein lästiger Nebeneffekt von Geralds Gesellschaft“, erklärte Hanns. „Seine nette Art färbt auf mich ab. Ich hoffe, es verliert sich wieder.“
Lisandra sprang mit erstaunlich viel Energie in die Höhe, packte das Seil und wickelte das untere Ende um ihren Fuß, um sich abzustützen und ein Stück höher zu klettern. Sie war schnell. Gerald zweifelte daran, dass er das Seil so schnell hinaufklettern könnte. Er musste nur in die Höhe sehen und schon wurde ihm flau im Magen.
„Schaffst du das?“, fragte Hanns. „Sonst lassen wir uns etwas anderes einfallen.“
„Ich werde es versuchen. Und du?“
„Irgendwie muss es gehen. Auch wenn ich mich schon mal stärker gefühlt habe.“
Lisandra war kaum noch zu sehen, da der Dunst ihre Umrisse verschwimmen ließ. Gerald starrte angestrengt nach oben, bis Hanns die Lampe löschte, um sie in den Rucksack zu packen. Die plötzliche Dunkelheit erschreckte Gerald. Sie rief die durchlebten Schrecken wach, gerade so, als stünde der Tod direkt neben ihnen und überlegte noch, wem von beiden er die Hand auf die Schulter legen sollte. Unwillkürlich atmete Gerald tief ein und aus.
Meine Schuld, hörte er die Stimme von Hanns in seinem Kopf sagen. *Und meine Angst, nicht deine. Es kam gerade so über mich. Ich hielt es auf einmal für unwahrscheinlich, dass ich dort oben lebend ankomme.*
„Warum, um Himmels willen?“, fragte Gerald laut.

„Weil es so irreal ist", antwortete Hanns. „Alles war so gut wie vorbei und jetzt bin ich hier und finde es seltsam. Als könnte der Tod auf einmal angerannt kommen und rufen: Halt, so war das nicht geplant! Du bleibst hier."

„Ich dachte, er wäre so nett, dein Tod."

„Auch nette Leute haben Prinzipien."

„Zu deiner Beruhigung – er ist nicht hier", sagte Gerald. „Ich weiß nicht, warum ich davon so überzeugt bin, aber je länger ich hier im Dunkeln stehe, desto sicherer bin ich mir. Was nichts über die Klettertour am Seil und unseren weiteren Weg aussagt. Aber hier unten haben wir gewonnen."

Hanns glaubte ihm. Und zwar so vertrauensvoll, dass es Gerald verwunderte.

„Vielleicht rede ich auch Quatsch", fügte er hinzu.

„Nein, bestimmt nicht", erwiderte Hanns. „Du warst in der stillen Stadt und hast diese besonderen Lichter gesehen. Ich glaube nicht, dass man von einem solchen Ort zurückkommen kann, ohne die Welt anders zu sehen. Du wirst dich bestimmt noch wundern."

„Worüber?"

„Über all das, was du auf einmal sicher weißt."

Gerald fand, dass er sehr wenig sicher wusste, vor allem jetzt, in dem erschöpften Zustand, in dem er sich befand. Das Einzige, was ihn gerade interessierte, war, ob er es schaffen würde, dieses Seil hinaufzuklettern. Und genau darüber wusste er leider überhaupt nichts.

Hanns lachte.

„Was ist daran so lustig?", fragte Gerald.

„Es geht mir genauso wie dir", meinte Hanns. „Es zeigt, wie heruntergekommen ich bin, wenn ich mich vor ein bisschen Seilklettern fürchte."

Endlich hörten sie Lisandra von oben rufen.

„Alles klar – ich bin da!"

Nach einem kurzen stummen Disput darüber, wer von ihnen beiden zuerst hinaufklettern sollte, ergriff schließlich Hanns das Seil. Er hatte eine andere Technik als Lisandra, er verließ sich allein auf seine Arme und hangelte sich auf diese Weise bis nach

oben in einem Rutsch durch – wider alle Befürchtungen, er könne zu schwach dafür sein.
Wie er das geschafft hatte, wurde Gerald klar, als er seine eigene Klettertour begann. Es war der Wille, zurück ans Licht zu kommen, der ihm zumindest am Anfang ungeahnte Kräfte verlieh. Berry musste die Mine nach dem Unglück betreten haben – das hieß, sie kannte einen Weg nach draußen. Erreichte er Berry, erreichte er die Erdoberfläche. Und diese Aussicht ließ ihn kurzzeitig erstarken.
Gegen Ende verließ ihn die Kraft jedoch viel zu schnell. Seine Arme wollten ihm kaum noch gehorchen. Irgendwann umklammerten seine Finger das Seil und er schaffte es nicht mehr, sie davon zu lösen. Er schloss kurz die Augen, holte tief Luft und versuchte es noch einmal. Es ging, wenn auch furchtbar schwer und nur mit zitternden Armen. Doch nach fünf weiteren, ebenso mühsamen Griffen war er fast oben. Hanns hielt ihm die Hand hin, um ihn über die Kante zu ziehen.
„Pass auf!“, warnte er ihn. „Ich wäre fast wieder nach unten gesegelt, weil ich abgerutscht bin.“
Die Kante war von einer glitschigen Schlammschicht überzogen, doch dank der Warnung und des hilfreichen Arms überwand Gerald das letzte tückische Stück ohne Sturz und sank, kaum dass er oben war, neben Lisandra zu Boden. Es tat unglaublich gut, Berry zu sehen, neben den beiden anderen. Sie war auch durchnässt, so wie alle hier. Außerdem starrte sie Gerald an, als wäre er ein Geist. Hanns hob daraufhin die Lampe hoch und hielt sie über Geralds Kopf. Berry atmete sichtlich auf.
„Es ist noch alles dran“, sagte Hanns. „Aber im Dunkeln sieht man ihn nicht mehr.“
Lisandra rupfte etwas von einem grauen Würfel ab, den sie in ihren Händen hielt, und steckte sich die Masse in den Mund. Das Zeug sah aus wie frischer Mörtel. Bevor Gerald fragen konnte, was es war und ob es schmeckte, stellte Hanns die viel wichtigere Frage:
„Weißt du, wie wir hier rauskommen, Berry?“
„Ja, ich glaube schon“, antwortete sie. „Wir müssen uns aber vor den Untoten in Acht nehmen. Ein oder zwei leben vielleicht noch.

Und eine halbe Portion, die sich für einen Satyr hält, könnte auch gefährlich werden."
„Untote?", wiederholte Gerald. „Jetzt im Ernst?"
„Ja", sagte Berry. „Sie haben uns überfallen, Ajach und mich. Fast zwanzig von ihnen."
„Wo ist Ajach?", fragte Hanns.
„In Tolois. Es gab einen Zwischenfall mit diesen Füchsen …"
„Ach, diese Biester gibt es ja auch noch", murmelte Lisandra und rupfte einen weiteren Fetzen von der Mörtelmasse.
„Und wie geht es ihr?", fragte Hanns besorgt.
„Hoffentlich besser, mittlerweile. Als sie abtransportiert wurde, war sie bewusstlos."
„Welche Hautfarbe hatte sie? Grau? Blau?"
„Beides. Aber du würdest es doch merken, wenn sie … also …"
„Normalerweise ja. Aber hier unten spüre ich so gut wie nichts. Ich bin zu weit weg von allem und die hohe Antimagikalie-Konzentration wirkt wie ein Schild. Aber ich glaube, sie ist noch da. Alles andere müsste ich merken."
Gerald konnte nicht aufhören, das graue Zeug anzustarren, das Lisandra in sich hineinspachtelte.
„Was isst du da?"
„Kuchen."
„Das soll Kuchen sein?"
„Ein Gemisch aus Stärke und Fett", sagte Hanns. „Sehr nahrhaft, aber schweres Gepäck. Wir hatten so was nicht dabei."
„Da habt ihr auch nichts verpasst", meinte Berry. „Das Wort *Kuchen* auf der Verpackung ist ein gemeingefährlicher Scherz."
Damit hatte sie Gerald endgültig neugierig gemacht.
„Gib mir mal ein Stück, Lissi!"
Fast widerwillig zog Lisandra einen Fetzen Mörtel aus ihrem Kuchen und überreichte ihn Gerald. Als er das Stück in seinen Mund steckte, verwandelte es sich sofort in süßen, schleimigen Kleister. Gerald lutschte tapfer daran herum, bis alles seine Kehle hinabgewandert war. Er würde Lisandra keinen weiteren Bissen streitig machen.
Unterdessen lauschte er Berrys knapper Erzählung, in der ungefähr in jedem Satz ein neues Ungeheuer auftauchte. Der

Monster-Axolotl schoss den Vogel ab, wie Gerald fand, doch er hielt sich mit einer entsprechenden Äußerung zurück, da Hanns gerade Berrys zittrige Hände ergriff und sagte:
„Weißt du, dass du uns damit das Leben gerettet hast?“
„Habe ich?“, erwiderte sie leise. „Darüber bin ich sehr froh.“
„Ich wäre jetzt ertrunken und tot, wenn du das nicht getan hättest“, sagte Hanns. „Gerald wäre für immer unangreifbar und Lisandra ein im Wasser eingesperrter Vogel. Es war knapp, so unerträglich knapp! Ich kann dir gar nicht sagen, wie dankbar ich dir bin.“
Berry nickte nur. Ein weiteres Wort brachte sie nicht heraus. Gerald wusste es – und Hanns wusste es natürlich auch – was Berry dieser Dank bedeutete.
Es gab so vieles, was Berry in letzter Zeit traurig gemacht hatte. Ungestillte Sehnsucht, erschöpfende Selbstzweifel und hartnäckige Schuldgefühle. Vor allem die Schuld nagte an ihr, davon war Gerald überzeugt. Alle hatten ihr den Verrat an Thuna und Maria verziehen, den sie damals im ersten Schuljahr begangen hatte. Alle, außer sie selbst. Vielleicht konnte dieser Dank dazu beitragen, die Kette zu sprengen, die sie um ihr eigenes Herz geschlungen hatte.
Hanns ließ behutsam Berrys Hände los.
„Hast du eine funktionierende Uhr bei dir?“, fragte er.
„Ja, habe ich“, sagte Berry und zog ihre Uhrenkette aus dem trockenen Rucksack. „Es ist sechs Uhr.“
„Danke! Für alles.“
Berry lächelte glücklich. Gerald fragte sich, ob er sie jemals hatte so strahlen sehen: so ehrlich verletzlich und doch so versöhnt mit sich selbst.
„Gehen wir jetzt nach Hause?“, fragte sie.
„Ja“, sagte Hanns zu ihr. „Jetzt gehen wir nach Hause.“

Kapitel 10: „Fass!"

Es tat gut zu kämpfen. Jedes Mal, wenn Scarlett von Haul an einen neuen Kriegsschauplatz gebracht wurde, stürzte sie sich in das Getümmel und räumte auf. Es bereitete ihr eine grimmige Freude, wie die Feinde bei ihrem Anblick zusammenzuckten. Sie schrumpften förmlich, sobald der Schatten ihrer schwarzen Flügel auf sie fiel.

Sie war in Höchstform, drangsalierte die Aufmüpfigen mit magikalischen Blitzen und lehrte sie, was es hieß, eine Cruda anzugreifen, denn alles, was auf Scarlett einhagelte, versah sie mit Kehrtwende-Zaubern und schickte das Unheil zu ihren Angreifern zurück. Sie bewies sogar Humor, denn so mancher Taitulpanese verließ den Kampfschauplatz mit Nilpferdohren, einem Affenschwanz oder dem schmucken Federkragen eines Haubentauchers. So würde man die Verräter auch Tage später noch erkennen. Mit der Zeit jedoch würden diese entzückenden Verzierungen schwinden, ganz anders als der Schmerz, den Scarlett auf diese Weise zu betäuben versuchte. Jedes Mal, wenn ein Zugang zum Keller abgesichert worden war und es nichts mehr für sie zu tun gab, drohte sie in ein tiefes, schwarzes Loch zu fallen.

„Okay", sagte sie zu Haul, als es wieder einmal so weit war. „Nächste Kellertür."

„Es gibt keine Kellertüren mehr", erwiderte er. „Wir haben jetzt alle Zugänge unter Kontrolle."

„Wirklich?"

Sie hörte, wie verzweifelt sie klang.

„Tolois ist größtenteils gesichert, wir haben nicht umsonst vorgesorgt", erklärte Haul. „Nur die Flugwurm-Häfen sind noch in Feindeshand, falls du dich dort austoben möchtest."

„Gerne, ich bin dabei."

Sie rannten durch die nächtlichen Straßen von Tolois in Richtung der Häfen und Scarlett konnte nur darüber staunen, welch ein Militär-Aufgebot die Straßen kontrollierte. Man hätte fast meinen können, die Stadt sei von der Republik zurückerobert worden,

denn nur die wenigsten der Soldaten stammten aus Fortinbrack. Die meisten trugen die Uniformen von Amuylett.
„All das habt ihr vorher geplant?“, fragte Scarlett. „Ihr habt eine solche Menge von Soldaten in Bereitschaft gehalten? Nur für den Fall …“
„Ja, haben wir. Und es war kein Fehler, wie du siehst.“
„Ich könnte das nicht!“, rief sie. „Etwas organisieren, das nur stattfindet, wenn ich tot bin.“
„Glaube ich dir sofort“, erwiderte er. „Deswegen gehört die Welt zum Glück nicht dir, sondern ihm.“
Sie hörte sehr wohl, dass er von Hanns in der Gegenwart sprach.
„Er lebt noch, oder? Du spürst das?“
„Manchmal“, antwortete Haul. „Viel zu selten merke ich es. Meistens ist er weg. Ich kann nicht einschätzen, was das bedeutet. Sag mal, kannst du schneller rennen? Der Weg bis zu den Häfen müsste sicher sein, du kannst also auch eine Tiergestalt annehmen. Nur nichts, was fliegt, denn der Luftraum über unseren Köpfen ist ein magikalisches Minenfeld. Ich würde gerne einen Zahn zulegen.“
Statt zu antworten, verwandelte sich Scarlett in einen Geparden und jagte so schnell durch die Straßen, dass sie daran zweifelte, dass Haul mit ihr Schritt halten konnte. Tatsächlich erreichte sie das Haupttor zu den Flugwurm-Häfen als Erste, wenn auch nur knapp. Kaum war sie wieder ein Mensch geworden, stand er auch schon neben ihr.
„Es ist sehr ruhig hier“, sagte sie. „Bist du sicher, dass in den Häfen gekämpft wird?“
„Taitulpan und Hornfall halten das Hauptgebäude besetzt“, antwortete er. „Unsere Leute haben sich auf den Schiffen verschanzt. Die Party könnte längst losgehen, aber offenbar traut sich keiner, das Buffet zu eröffnen.“
„Oh, darf ich?“
„Nur zu!“
„Der Luftraum über den Häfen ist frei?“
„Alle Detektoren und Netze sind abgeschaltet.“
Das ließ sich Scarlett nicht zweimal sagen. Sie fuhr ihre Flügel aus und schoss durch die Luft wie eine schwarze Sternschnuppe. Mit

einem Blitz, den sie besonders schön funkeln ließ, zersprengte sie das weltberühmte Panorama-Glasdach, das die Flugwurm-Häfen überspannte, und sorgte anschließend über dem Hauptgebäude für ein grelles Lichterspektakel, das jedem Jubiläumsfeuerwerk Konkurrenz gemacht hätte. Die Feinde, die im Hauptgebäude Stellung bezogen hatten, mussten so geblendet sein, dass sie unmöglich erkennen konnten, was über ihnen passierte. Für die Soldaten, die in den Schiffen ausharrten, war das der ideale Moment, um ihre Verstecke zu verlassen und die Mauern der Hafengebäude zu erklimmen.
Als die ersten Soldaten der ehemaligen Republik ins Innere des Hauptgebäudes sprangen, landete Scarlett tollkühn auf der Adamast-Weltkugel, die den Mittelpunkt der Hafenhalle bildete. Die Kugel war von imposanten Kämpfern umgeben: Sie sah Halbriesen aus Hornfall, behaarte Gorgellas aus Fischlapp und mandeläugige Bogenschützen aus Taitulpan. Die Flugwurm-Häfen waren folglich von einem feindlichen Super-Elite-Trupp gekapert worden und für einen kurzen Moment bereute Scarlett ihren riskanten Vorstoß.
Doch eine Cruda wächst an ihren Herausforderungen und da sie gerade in der Laune war, einem Gorgella einen vergifteten Pfeil aus Taitulpan quer ins sabbernde Maul zu schieben, vollführte sie in einem beständigen Wandel aus Gestalten einen wahren Tanz durch das Meer aus Pfeilen, das ihr entgegenflog, bis sie den Trupp der Bogenschützen erreichte und ihn mit einem eleganten Flächenblitz niedersenste, sodass kein einziger von ihnen aufrecht stehen blieb.
Sie war ein bisschen erstaunt über sich selbst. Einen Flächenblitz hatte sie noch nie fertiggebracht, ja, nicht mal angenommen, dass sie so etwas könnte, aber offenbar machte Not erfinderisch. Und Verzweiflung sowieso. Nach diesem aufbauenden Einstieg wirbelte sie kämpfend im Kreis herum und versetzte den sehr robusten Gorgellas Tritte und Ohrfeigen im Nahkampf, was diese angesichts der Tantolgestalt, die sie aus einer Laune heraus für diesen Zweck gewählt hatte, wahrlich umwerfend fanden.
Die Taitulpanesen hatten sich mittlerweile wieder aufgerappelt, doch sie waren von Hauls Soldaten in Einzelgefechte verwickelt

worden, sodass Scarlett nur noch einer überschaubaren Menge von Pfeilen ausweichen musste und währenddessen Bekanntschaft mit den Halbriesen machen konnte, die so eine Art Voodoo-Zauber beherrschten, der sie aus dem Konzept brachte. Einer schaffte es, ihren Arm zu packen, während sie mit Blitzen um sich schoss, und ein anderer lähmte sie mit einem Zauber, der ihr zu fremd und zu unverständlich war, als dass sie ihn rechtzeitig hätte abwehren können.

Doch sie wäre keine Jahrtausend-Cruda gewesen, hätte sie sich von diesem kleinen Rückschlag entmutigen lassen. Mit einem magikalisch aufgeladenen Wutkreischen, das jede Glasscheibe, die im übrigen Hafengebäude noch heil geblieben war, zerspringen ließ und eine Schallwelle verursachte, die alle Köpfe in unmittelbarer Nähe, ob Freund oder Feind, zum Wackeln brachte, irritierte sie die zwei widerständigen Halbriesen so sehr, dass die Lähmung für einen Moment aussetzte.

Sogleich lehrte Scarlett die Hand an ihrem Arm auf höchst unsanfte Weise, sie nie wieder anzufassen oder auch nur in ihre Nähe zu gelangen. Mit einem wahren Horror-Ausdruck im Gesicht starrte der Halbriese die zappelnde, vielköpfige Schlange an, in die sich sein Arm verwandelt hatte und deren Köpfe nun bösartig nach ihm schnappten. Er kämpfte panisch mit sich selbst, um zu verhindern, dass ihm die Schlangen ins Gesicht bissen, und so tobte er wie ein Wahnsinniger auf der Stelle herum und drehte sich dabei im Kreis, was die Gruppe von Halbriesen, zu der er gehörte, dazu zwang, ihre kompakte Formation aufzugeben und sich zu zerstreuen.

Aus Rache lähmte Scarlett den Voodoo-Zauberer, der sie gelähmt hatte, so nachhaltig, dass er umkippte und wie ein gestürztes Denkmal am Boden liegen blieb. Danach knöpfte sie sich die anderen Halbriesen vor. Einen, der es wagte, sie anzuspucken, warf sie um, sprang auf seine Brust und verdrosch ihm mit Leopardenpranken die Visage. Es wurde seltsam still um sie herum, während sie das tat, und nur langsam drang eine Stimme zu ihr durch.

„Es reicht, Scarlett!“, hörte sie Haul rufen.

Bedauernd hielt sie inne, ließ den Kopf des armen Halbriesen zu Boden fallen und richtete sich in Menschengestalt auf seiner Brust auf.
„Was ist los?“, fragte sie und sah sich suchend um. „Wo sind sie alle hin?“
„Gefallen, besiegt, geflohen oder befriedet. Die Häfen gehören wieder uns.“
Sie musste enttäuscht aussehen, denn Haul fügte schnell hinzu:
„Das wird nicht der letzte Kampf gewesen sein. Aber fürs Erste sind wir fertig. In ein paar Stunden dämmert es, wir müssen mit der Evakuierung von Tolois beginnen.“
Evakuierung. Scarletts Vernunft kehrte langsam zu ihr zurück und damit die grauenvolle Erkenntnis, was das Wort „Evakuierung“ bedeutete.
Sie sprang von der Brust des Halbriesen auf den Marmorboden der Halle und blickte durch das zerstörte Dach in Richtung Himmel. Noch war es Nacht, doch in wenigen Stunden würde die Sonne aufgehen. Aber wie konnte sie nur? Die Sonne sollte gefälligst bleiben, wo sie war! Scarlett wollte es dunkel um sich haben. Jeder Sonnenstrahl wäre eine schmerzhafte Verhöhnung ihres Zustands.
„Komm!“, sagte Haul. „Wir müssen zurück in den Keller. Ich habe zu lange nichts von Grohann gehört. Wir sollten in Erfahrung bringen, was in Sumpfloch los ist.“
Scarlett folgte Haul ins Freie. Sie haderte mit dem trostlosen Nichts in ihrer Brust. Der Kampf hatte sie vorübergehend befreit. Etwas zu tun zu haben, hatte sich wie eine Erlösung angefühlt. Doch jetzt kehrte die Angst umso quälender zurück. Sie würde den Verlust, der ihr drohte, niemals ertragen können. Wäre er endgültig, würde sie vor Kummer sterben.
„Mir war nie klar, wie nützlich Crudas sind, wenn man sie ordentlich dressiert“, meinte Haul. „Man sagt nur einmal *Fass!* und schon zerlegen sie eine feindliche Elite-Truppe in leicht verdauliche Häppchen.“
„Sagte der Zirkusbesucher, bevor ihm die gezähmte Cruda den Kopf abriss.“
„Es war eine gelungene Vorstellung“, sagte Haul. „Du bist jetzt unsere Haupt-Attraktion. So eine, mit der man auf Plakaten wirbt.“

„Aber nur, wenn es nicht regnet.“
Kaum hatte sie es gesagt, durchfuhr sie ein heftiger Schmerz: Regen! Sie durfte nicht an Regen denken. Erinnerungen überschwemmten sie und gleichzeitig diese grausamen zwei Wörter, die sie schon die ganze Nacht hindurch verfolgten. *Nie wieder. Nie wieder. Nie wieder.*
„Er lebt noch“, sagte Haul, als wüsste er, woran sie gerade gedacht hatte. „Zumindest habe ich kurz etwas gespürt, während des Kampfes. Er fühlte sich weniger besiegt an als noch vor Stunden.“
„Das sagst du nur, damit die dressierte Cruda weiterhin funktioniert und nicht durchdreht!“
„Ich würde dich nicht anlügen.“
„Wirklich nicht?“
„Ganz sicher nicht. Denn ich will auch nicht angelogen werden, in dieser Situation“, antwortete Haul. „Es ist zu wichtig. Ich kann alles aushalten, aber eine Lüge, die sein Leben oder seinen Tod betrifft, würde ich nicht verkraften.“
Scarlett nickte. Ihr ging es genauso.
„Das Gleiche gilt für Lissis Zustand“, fügte Haul hinzu. „Ich wünschte, ich könnte erfassen, wie es ihr geht.“
„Sie wird sich retten können“, sagte Scarlett. „Sie kann immer in die Zauberzeit fliehen.“
„Ich hoffe, das tut sie, wenn sie eingesperrt ist“, erwiderte Haul. „Aber es wird sie Wochen oder Monate kosten, einen Weg durch die Zauberzeit in die Freiheit zu finden. Und wenn sie es dann endlich geschafft hat, wird es zu spät sein.“
„Ihr habt die Antimagikalie! Ihr könnt die Lecks eindämmen und den Weltuntergang aufhalten.“
„Dass wir die Lecks eindämmen können, ohne die Hilfe von Hanns, glaube ich erst, wenn ich es sehe. Er hat immer behauptet, wir würden das schaffen. Aber wir haben es noch nie probiert. Wir hätten Pyrg gebraucht, um es zu üben, aber der ist nicht mehr da. Nun haben wir die Antimagikalie, die Pyrgs Funktion übernimmt, aber Hanns ist fort.“
„Wenn ihr es schafft, werdet ihr dann die Evakuierung stoppen?“
„Nicht stoppen. Wir werden nur aufhören, es damit zu überstürzen.“

„Und wann werdet ihr euch um die Lecks kümmern?“
„Gegen Mittag müssten wir so weit sein. Rémi hatte bisher keine Zeit, Repuls einzuweisen, der den Part von Hanns übernehmen soll. So, ich denke, wir haben uns jetzt lange genug ausgeruht. Wir treffen uns im Zoo.“
Er sagte „ausgeruht“, doch sie waren bisher im Dauerlauf durch die Stadt gerannt. Er konnte natürlich noch schneller rennen und sie konnte das auch. Kaum hatte er einen Zahn zugelegt und war ihrer Sicht entschwunden, fiel Scarlett in ihre Gepardengestalt zurück und legte sich mächtig ins Zeug, damit sie den Zoo trotz Hauls Vorsprung als Erste erreichte.
Es gelang ihr haarscharf, doch als sie diese letzte kleine Herausforderung siegreich bestanden hatte, blieb ihr keine Ablenkung mehr. Sie durchquerten mehrere Reihen von Soldaten, erreichten den Zugang zum Keller und rannten die Stufen hinab. An der Sperre, an der Haul seinen Code eingeben musste, blickte er Scarlett über die Schulter hinweg kurz an.
„Merk dir, was ich eingebe.“
Sie beobachtete daraufhin die Handbewegungen und die Zeichen, die er auf das Glas malte, und prägte sich alles genau ein.
„Die Sperre prüft nicht, ob du auch du bist?“, fragte sie.
„Nein“, sagte er, „denn dann müsste ich Hanns sein. Ich besitze nur seine Codes. Deswegen hat er es so eingerichtet, dass jeder, der die richtige Kombination eingibt, rein- und rauskommt, und keine Persönlichkeitskontrolle stattfindet.“
„Danke“, sagte Scarlett leise. Sie wusste es zu schätzen, dass er ihr vertraute.
Schweigend folgte sie Haul durch den Keller. Es fiel ihr schwer zu atmen. Sie wollte nicht, dass all das passierte, was gerade passierte. Sie wollte aufwachen und feststellen, dass sie nur geträumt hatte. Es wäre so schön, wenn sie aufwachen könnte und Hanns wäre wieder da.
„Wie geht es Ajach?“, fragte Haul einen Soldaten aus Fortinbrack, der ihnen entgegenkam. „Kann sie aufstehen?“
„Leider nein. Sie liegt nur da und starrt an die Decke.“
„Das ist schlecht. Wir brauchen sie für die Eindämmung der Lecks.“

„Vielleicht redest du mal mit ihr."
„Ja", sagte Haul. „Gleich."
Sie eilten weiter und als sie in den Bereich der Tür kamen, die in die Spiegelwelt führte, trafen sie auf Grohann und Dorian Repuls. Es wäre eine Beruhigung für Scarlett gewesen, die beiden hier zu sehen, doch fast gleichzeitig entdeckte sie etwas in unmittelbarer Nähe der Tür, das sie erzürnte: Dort stand nämlich ein Lehnstuhl, in dem ein unverschämt schönes, zartgliedriges Geschöpf saß und schlief. Lumili schlief! Aber nicht mehr lange.
„Was zum Teufel macht *sie* hier?", fragte Scarlett in einer Lautstärke, die ihr die Aufmerksamkeit aller Anwesenden sicherte.
Lumili fuhr vor lauter Schreck aus dem Schlaf auf und starrte Scarlett entgeistert an.
„Das musst du Rémi fragen", sagte Haul in einem Tonfall, der deutlich verriet, dass er Lumilis Anwesenheit genauso wenig schätzte wie Scarlett. „Er hat es ihr erlaubt."
„Und wo *ist* Rémi?"
„Hier!", rief der ehemalige General und trat zwischen zwei Regalen hervor. „Wir haben genug andere Probleme, Scarlett. Jetzt mach nicht so einen Aufstand."
Scarlett warf Lumili einen Blick zu, der ein für alle Mal bewies, dass Cruda-Blicke nicht töten konnten. Denn anderenfalls wäre Lumili mausetot von ihrem Sessel gekippt.
Das blasse Mädchen mit den schwarzen Augen erwiderte den bitterbösen Blick furchtlos. Zu Scarletts Ärger war keine Spur von Missmut in Lumilis Antlitz zu sehen. Ihr Ausdruck war eher sanftmütig und verwundert. Auch neugierig. Sie waren einander noch nie leibhaftig begegnet.
„Ich störe nicht", erklärte Lumili ruhig und gefasst. „Meine Gegenwart muss dich nicht beeinträchtigen."
„So, muss sie nicht?", rief Scarlett. „Tut sie aber!"
„Warum?"
Ja, das war nun eine Frage, die Scarlett überforderte. Sie wusste natürlich, warum. Sie hasste Lumili dafür, dass sie ihr so viele Stunden mit Hanns geraubt hatte. Dass sie mit ihm in den Zeitungen abgebildet war, dass sie in den Filmen an seinem Arm

hing und dass sie die Unverfrorenheit besaß, sich von ihm in aller Öffentlichkeit küssen zu lassen. Dass sie seine Verlobte war. Dass sie ihn heiraten wollte. Dass sie es *getan* hätte, wenn ... nun ja, zumindest das war endgültig vorbei.

Trotzdem hasste Scarlett dieses Mädchen für jede Sekunde, die sie mit Hanns verbracht hatte, und sie hasste jedes Wesen, das es gewagt hatte, Lumili und Hanns als „Traumpaar" zu bezeichnen. Sie hasste Lumili für ihre bloße Existenz und dafür, dass sie so komplett anders war als Scarlett. Sie hasste ihre Zartheit und ihre Gefasstheit und ihre Würde, die sie auch jetzt ausstrahlte, indem sie aufrecht auf ihrem Lehnstuhl kniete und sich nicht, wie man es von ihr erwarten könnte, die Augen ausheulte.

Hätte man diesem Geschöpf auch nur eine Verfehlung ankreiden können, hätte der Hass weniger in Scarlett gewütet. Doch Lumili war so liebreizend, wie eine Cruda böse war, und dafür wollte ihr Scarlett am liebsten den weißen Hals umdrehen. Zumal sie jeder Blick, jede Bewegung, jede harmlose Geste dieses Mädchens an Hanns erinnerte.

Denn nie war Scarlett glücklicher gewesen als zu der Zeit, als diese elfenhaft schöne Taitulpan-Edel-Schmeißfliege ihren vermeintlichen Verlobten so penetrant lästig umschwirrt hatte. Lumilis Pech war Scarletts Paradies gewesen. Seit jenem Tag in Tolois, an dem Hanns seine Verlobte zum ersten Mal hintergangen hatte, war Scarlett selig gewesen. Die Erinnerung daran brannte in ihr genauso schmerzhaft wie die Eifersucht.

Doch all das konnte Scarlett nicht laut aussprechen, ohne sich zu verraten. Lumili wusste nicht, warum Scarlett sie hasste. Sie hatte ja keine Ahnung. Und so schloss Scarlett ihren Mund, warf Lumili einen letzten bösen Blick zu und wandte sich wichtigeren Dingen zu. Dem Gespräch zwischen Haul und Grohann zum Beispiel, in dem von einem Luftangriff auf Sumpfloch die Rede war.

„Pelohel muss seine Luftflotte gut getarnt über dem Meer platziert haben, noch bevor Hanns aufgebrochen ist", erzählte Grohann. „Sonst hätten sie Amuylett nicht so schnell erreicht. Wenn die Schiffe in dem Tempo weiterfliegen, werden Pelohels Soldaten gegen Mittag in Quarzburg einfallen."

„Wir können euch nicht unterstützen“, sagte Haul. „Ich brauche alle Super-Gespenster in Gorginster, in der vagen Hoffnung, dass wir ohne Hanns das riesige Leck dort eindämmen können. Die alten Befestigungen halten nicht mehr und es gerät allmählich in einen kritischen Zustand. Je mehr Zeit verstreicht, desto weniger Hoffnung habe ich, dass wir es schaffen. Repuls muss uns begleiten. Hanns hielt ihn für die beste Wahl, wenn er nicht selbst dabei sein kann.“
„Scarlett?“, fragte Grohann. „Kannst du uns helfen, Quarzburg zu verteidigen?“
„Immer!“, versprach sie grimmig. „Jeder, der es wagt, uns anzugreifen, wird es bitterlich bereuen.“
„Wie kommen wir nach Gorginster?“, fragte Dorian Repuls. „Können wir die Tür in der Spiegelwelt nehmen?“
„Nein“, antwortete Haul. „Die lag schon vor zwei Wochen im kritischen Bereich. Wer durch diese Tür geht, erreicht das Leck, aber kommt nie mehr zurück. Wir halten sehr schnelle Flugwürmer für den Einsatz bereit. Eine Fahrt mit dem Luftschiff wäre gerade zu gefährlich. Können Sie reiten, Repuls?“
„Gut genug, denke ich.“
„Wir brechen um die Mittagszeit auf. Grohann, wie lange hält Maria noch durch?“
„Sie bräuchte längst eine Pause. Sie hat die Nacht durchgemacht und ihr Zustand ist schlecht. Sie muss unbedingt mal zur Ruhe kommen.“
„Egal, wo sie sitzt, steht oder liegt“, sagte Scarlett, „sie wird überhaupt nie mehr zur Ruhe kommen, wenn Gerald nicht zurückkommt.“
Grohann runzelte die Stirn.
„Bei allen Problemen, die sich gerade vor uns auftürmen“, erwiderte er, „ist diese stille Gefahr tatsächlich die kritischste. Wenn sich Maria nicht fängt und die Spiegelwelt instabil wird, verlieren wir Lettimur und damit den einzigen Fluchtweg aus dieser Welt.“
„Ihr müsst sie zum Durchhalten bewegen“, sagte Haul eindringlich. „Egal wie. Sollte unser Einsatz in Gorginster misslingen, breitet sich das Leck weiter aus und verbindet sich mit

mehreren anderen Lecks. Die Kettenreaktion, die diese Welt zum Kollabieren bringt, würde beginnen. Und in dem Fall könnte die mühsam erkämpfte Antimagikalie niemanden mehr retten. Wenn wir in Gorginster versagen, geht Amuylett in einer Woche unter."
Scarlett wollte Gleichmut beweisen. Tapfer sein. Sich nicht unterkriegen lassen. Es war ja nicht das erste Mal, dass die Gefahr groß und die Hoffnung so gering war. Ja, solche Situationen war sie gewohnt. Doch noch nie hatte sie eine solche Situation ohne Gerald durchstehen müssen. Und ohne Hanns. Es war, als ob ihrem Herz gerade das nötige Blut fehlte, um ungebrochen und zuversichtlich weiterzuschlagen, allen Widrigkeiten zum Trotz.
„Ich bin gleich wieder da", sagte Haul in das kummervolle Schweigen hinein. „Ich sehe kurz nach Ajach."
Er wollte sich gerade umwenden und gehen, da schrie Lumili überrascht auf. Auf ihrem Schoß war soeben eine Katze gelandet: Dandelia Pimbel. Die Katze blickte streng in die Runde.
„Ich warne euch", sagte sie. „Wenn auch nur einer von euch versucht, mich zu baden, dann gehe ich wieder!"
Scarlett wagte es nicht, sich zu bewegen. Sie war wie versteinert. Lumili hingegen erwachte schnell aus ihrer überraschten Starre und fuhr geistesgegenwärtig mit ihren zarten, weißen Fingerspitzen über Dandelias Stirn.
„Niemand tut dir etwas", versprach sie in einem bestrickend lieblichen Tonfall. „Kommst du von Hanns?"
Die Katze grummelte eine undeutliche Bestätigung und entspannte sich. Zu Scarletts Verdruss schloss sie nun die Augen, räkelte sich auf Lumilis Schoß und begann zu schnurren.
„Wie geht es ihm?", fragte Lumili.
Keine Antwort.
„Hast du eine Nachricht für uns?"
Nichts, nur Schnurren.
„Ist Gerald bei ihm?"
Die Katze stellte sich taub.
Haul hatte sichtlich Mühe, sich zu beherrschen. Als es so aussah, als wolle er einen Schritt auf die Katze zu machen, packte ihn Rémi am Arm und gab ihm mit einem Blick zu verstehen, dass er

abwarten solle. Bloß nichts Unbedachtes tun! Haul nickte und blieb, wo er war.
„Du bist müde“, sagte Lumili weich und verständnisvoll zu der Katze. „Nach diesen furchtbaren Strapazen.“
Das gefiel der Katze. Sie machte sich noch länger und lag platt wie eine Flunder auf Lumilis Schoß. Daraufhin unterbrach Lumili die Kraulbewegung ihrer Finger und seufzte traurig.
„Ach“, sagte sie, „wenn ich doch nur wüsste, wie es ihm geht!“
„Er kriegt den Hals nicht voll genug, so wie immer“, nörgelte die Katze mit halb geschlossenen Augen und schielte dabei missmutig zu Lumilis Hand hinauf.
„Das klingt *sehr* nach ihm“, meinte Lumili. „Wirklich typisch!“
„Ja“, murrte die Katze. „Erst hieß es: ‚Mach das!‘ Ich mache es gutmütig und riskiere dabei einen nassen Pelz, was mehr als genug ist. Kaum bin ich zurück, heißt es: ‚Mach noch etwas für mich! Los, los, es ist wichtig!‘ Aber weißt du was? Er kann mich mal. Ich habe die Nase voll davon.“
„Natürlich“, erwiderte Lumili und fuhr fort, Dandelia zu streicheln. „Das ist dein gutes Recht. Er kann auch wirklich unverschämt sein! Was solltest du denn dieses Mal tun?“
„Brieftaube spielen.“
„Aber du hast doch gar keinen Brief bei dir? Oder etwa doch?“
„Ich habe die Nachricht in meinem Kopf.“
Die sonst so geduldige und zartfühlende Lumili wagte es, die Augen zu verdrehen. Die Katze konnte es nicht sehen, da sie schnurrend und schlummernd auf dem Schoß ausharrte und ihren Kopf gegen Lumilis streichelnde Hand drückte. Lumili gewann ihre Fassung zurück und fragte im lieblichsten Tonfall:
„Ist es eine lange und komplizierte Nachricht?“
„Nein.“
„Womöglich ist es seine allerletzte Nachricht an mich. Seine letzten Worte …“
„Nein.“
„Nein?“, fragte Lumili.
„Erstens ist die Nachricht überhaupt nicht für dich“, erklärte die Katze. „Sie ist für Haul und Rémi.“
„Und zweitens?“

„Wird es nicht seine letzte Nachricht sein. Er ist auf dem Weg nach oben."
Es war, als würde die Welt rund um Scarlett stehen bleiben. Sie verlernte zu atmen. Ihr Herz schlug nicht mehr. In ihren Ohren rauschte es.
„Du meinst, er konnte sich befreien?", fragte Lumili. „Er wird an die Oberfläche kommen?"
„Ich meine gar nichts. *Er* meint es."
„Wirklich?", rief Lumili. „Das wäre ja ... das wäre ..."
„Du hast aufgehört, mich zu streicheln!"
Lumili erkannte ihr Versäumnis und fuhr fahrig mit den Fingern um Dandelia Pimbels Ohr herum. Sie atmete aufgeregt und schnell, ihre schwarzen Augen waren weit geöffnet.
„Sie brauchen Flugtiere", erzählte die Katze gnädig. „Und zwar … keine Ahnung … Flugtiere eben. Weil sie schwimmen gehen wollen. In Tolois-Park."
„Sie wollen schwimmen gehen?", fragte Lumili ungläubig.
Haul sah den Moment für gekommen, sich einzuschalten.
„Das hat seine Richtigkeit", erklärte er. „Wenn sie lebend aus der Mine kommen, müssen sie in einer Lösung aus Tau-Zeolithen baden. Wir hatten dafür die Badeanstalt in Tolois-Park vorgesehen. Und die Flugtiere dürfen über keine eigene Magikalie verfügen."
„Wenn du das alles schon weißt", fragte die Katze aufgebracht, „warum muss ich dann die Brieftaube spielen?"
„Sind sie gesund?", fragte Haul. „Geht es allen dreien gut?"
„Woher soll ich das wissen?", gab die Katze gereizt zurück. „Das ist schon eine Weile her, dass ich mit ihnen gesprochen habe."
„Du hast mit allen gesprochen?", hakte Haul nach. „Mit Hanns, Gerald und Lisandra?"
„Nein."
„Sondern?", fragte Haul, dem es sichtlich Mühe bereitete, nicht zu schreien. „Mit *wem* genau?"
„Hanns und Gerald."
„Nicht mit Lissi?"
„Wie hätte ich denn mit Lissi reden sollen?", fragte die Katze. „Sie war doch ein Vogel!"

Und als hätte Haul die Geduld der tapferen Katze nun endgültig genug strapaziert, verschwand sie. Ein paar Sekunden lang herrschte Stille, weil alle darauf warteten, dass sie noch einmal auftauchen würde. Doch die Katze blieb weg und die Welt drehte sich weiter. Scarlett schnappte nach Luft, ihr Herz begann wieder zu schlagen und das Rauschen in ihren Ohren wandelte sich in einen Gemütszustand kurz vor der Raserei.

„Wenn dieses Mistvieh von Katze gelogen hat“, stieß Scarlett voller Ingrimm hervor, „dann jage ich sie bis ans Ende der Welt, ziehe ihr bei lebendigem Leib das Fell über die Ohren, schneide ihr Herz in tausend kleine Würfel und grille sie über einem Höllenfeuer, bevor ich sie *fresse*!“

Sie musste diese Verwünschung extrem böse und blutrünstig hervorgestoßen haben, denn alle, die ihr zugehört hatten, starrten sie entsetzt an. Fast alle. Nur Haul nickte anerkennend.

„Meinen Segen hast du“, sagte er. „Aber nur, wenn sie wirklich gelogen hat. Was mir Hoffnung macht, ist die Sache mit den Flugtieren und dem Bad in Tolois-Park. Das kann eigentlich nur von Hanns stammen.“

„Dann ist es wahr?“, fragte Scarlett in gänzlich veränderter Stimmung und mit Tränen in den Augen. „Kommt er zu uns zurück?“

„Ich treffe für alle Fälle Vorkehrungen. Beten wir, dass es nicht umsonst ist.“

Haul rannte fort, schnell wie der Wind. Scarlett wollte hinter ihm her stürzen, doch Rémi Kreutz-Fortmann trat ihr in den Weg. Mit einem unauffälligen Wink seines Kinns in Richtung Lumili erklärte er:

„Du wirst bestimmt in Sumpfloch gebraucht, Scarlett. Haul kannst du gerade nicht helfen.“

„Aber …“

„Wir werden uns alle gedulden müssen. Ich verstehe, dass du Gerald sehen möchtest, aber selbst wenn er die Erdoberfläche erreicht, wird er antimagikalisch verseucht sein, genauso wie Hanns und Lisandra. Weder du noch wir Super-Gespenster sollten ihnen in den nächsten Stunden zu nahe kommen. Wir tragen zu viel Magikalie mit uns herum.“

Ich verstehe, dass du Gerald sehen möchtest. Wie geschickt. Natürlich wollte sie Gerald sehen, aber Kreutz-Fortmann war klar, dass sie Hanns noch viel dringender wiedersehen wollte. Doch Lumili war hier. Lumili hörte jedes Wort. Und offenbar ging das verhasste Versteckspiel weiter.

Apropos Lumili. Sie war aufgestanden.

„Rémi?“, fragte sie. „Meine Mutter … wird er sich mit ihr versöhnen?“

„Davon gehe ich aus“, antwortete er.

„Nach allem, was war?“

„Das Bündnis zwischen Hanns und deiner Mutter beruhte noch nie auf tiefer Zuneigung“, erklärte Rémi. „Die Zwänge, die Fortinbrack und Taitulpan geeint haben, bestehen nach wie vor.“

Lumili nickte. Es war schwer zu sagen, ob sie dabei glücklich oder traurig aussah.

Rémi zog ein Spiegelfon aus seiner Tasche und marschierte damit zum nächsten Kontrollpult.

„Entschuldigt mich“, sagte er in die Runde. „Ich muss dafür sorgen, dass die Welt von Hanns’ Rückkehr erfährt, sobald wir darüber Gewissheit haben.“

„Wir haben auch zu tun“, erwiderte Grohann. „Kommst du, Scarlett?“

Scarlett lief zögernd zur Tür. Alle wollten, dass sie aus diesem Keller verschwand. Na gut, dann ging sie eben. Hoffnung schöpfen konnte sie überall.

Hoffnung – ihr war nie klar gewesen, wie beklemmend dieses Gefühl sein konnte. Der Traum, den sie gerade träumte, war so zerbrechlich, dass er ihr eine Heidenangst machte. Gleichzeitig war er so intensiv und verlockend, dass seine Heftigkeit sie süß betäubte. Sie betrat die Spiegelwelt und stellte sich vor, wie es wäre, Hanns wiederzusehen. Sie würde ihn so begierig küssen, dass er Angst um sein Leben haben müsste, und danach wollte sie ihn nie wieder loslassen. Sie würde …

Halt – sie durfte nicht träumen. Sie durfte nicht hoffen. Es war zu gefährlich! Sie musste unbedingt wach und misstrauisch bleiben, damit sie noch bei Sinnen wäre, wenn sich der Traum erfüllte. Und es überlebte, wenn er es nicht tat.

Kapitel 11: Für immer anders

Gerald staunte über den geheimen Gang, durch den sie gerade wanderten. Er führte auf abenteuerliche Weise in die Tiefe und dann reichlich steil wieder nach oben. An seinem Ende musste man eine steinerne Platte hochstemmen. Durch die Öffnung gelangte man in ein beengtes Zimmer mit niedrigen Decken. Es sah aus wie ein Kellerloch, in dem zu viele illegale Zwerge ihr Leben hatten fristen müssen. Die Zwerge gab es zwar nicht mehr, aber die winzigen Schlafpritschen mit Decken und Kissen waren fast unversehrt.

„Ein Schmuggler-Quartier", erklärte Berry. „Der Satyr hat erzählt, dass die Zwerge während der Kriege magikalisches Erz geklaut und draußen in der Welt verkauft haben. Wurden sie von den Zauberern erwischt, erging es ihnen übel."

„Was für ein Traumjob!", meinte Gerald. „Hoffentlich wurden sie wenigstens reich damit. Sind wir jetzt in der Stadt?"

„Ja", antwortete Berry. „Der Weg der Schmuggler führte unter dem See hindurch."

„Hätten wir den mal auf dem Hinweg gekannt", sagte Lisandra. „Er wäre eine gute Abkürzung gewesen."

„Freu dich nicht zu früh", erwiderte Berry. „Wir sind mitten in der Stadt gelandet, weit weg von den Hauptwegen. Es gibt hier tausend Häuser und man hat keine Ahnung, wo man ist. Ich bin kreuz und quer hinter dem Satyr hergelaufen, teilweise durch die Häuser hindurch. Ich kann mir kaum vorstellen, dass ich den Weg wiederfinde."

„Wir müssen bergauf", meinte Hanns, „damit haben wir schon mal eine grobe Richtung. Außerdem werdet ihr Spuren hinterlassen haben. Wenn wir die finden, finden wir auch den Weg."

„Hoffentlich", sagte Berry. „Und denkt daran – es können jederzeit Untote auftauchen."

Hanns sah sich nach Lissi um.

„Könntest du Gerald deine Lampe geben und stattdessen deine Messer griffbereit halten?", fragte er.

„Ja, mache ich", antwortete sie. „Aber ich habe nur eins, das an der Spitze gezackt ist."

„Hier hast du noch eins von meinen“, sagte Hanns und händigte es Lissi aus. „Wir verlassen uns auf dich. Wenn du einen Untoten siehst, ziel auf sein Herz und berühr ihn nicht.“
„Weiß ich doch.“
Gerald bildete mit Lisandras Lampe das Schlusslicht, während Hanns Berrys Lampe übernahm und vorausging. Er suchte die Straßen und Häuser nach Spuren ab und bald zeigte es sich, dass die Hufe des Satyrs den einen oder anderen Kratzer hinterlassen hatten. Durch die Schritte von Berry und dem Satyr war auch feiner Staub an die Seiten des Weges gewirbelt worden, wodurch es Hanns gelang, seine Begleiter über die abenteuerlichsten Umwege bergan zu führen. War er sich mal unsicher, blieb er stehen und Berry studierte die Stelle.
„Hier entlang!“, rief sie, als es wieder einmal so weit war. „Wir müssen die Efeuwand aus Stein ...“
Sie brach ab, da aus dem Inneren eines Hauses ein Poltern erklang. Es hörte sich so an, als würde jemand ein paar Stufen hinabstolpern. Fünf Minuten harrten sie aus und lauschten, doch kein weiteres Geräusch war zu hören. Als sie ihren Weg fortsetzten, folgte ihnen niemand. Kein Schleichen oder Rascheln heftete sich an ihre Fersen.
„Was für ein Glück!“, sagte Berry. „Ich dachte schon, gleich überfallen uns die übrig gebliebenen Untoten.“
„Die es angeblich gar nicht gibt“, gab Gerald zu bedenken. „Ich weiß noch, wie ich mit dem weltgrößten Besserwisser sämtlicher Hemisphären auf den Dächern von Sumpfloch stand und siebenundzwanzig Lieblose angeflogen kamen. *Dieses Amuylett ist so ein Saftladen!*, hat er mir damals erklärt. *Wenn mir mein Geheimdienst acht Lieblose meldet, dann sind es auch acht!* Tja, und wie viele Untote haben dir deine Späher diesmal gemeldet, Hanns von Fortinbrack? Null? Gar keinen? Überhaupt gar keinen?“
„Das waren nicht nur meine Späher“, sagte Hanns. „Zu dem Spähtrupp gehörten auch Wissenschaftler der ehemaligen Republik.“

„Die deinen Spähern vermutlich die Augen verbunden und ihnen unter Androhung der Todesstrafe verboten haben, sich anzustrengen.“
„Die Untoten müssen von einer anderen Art sein als die Untoten, die wir bisher kannten“, verteidigte Hanns seinen Spähtrupp. „Sie wurden von Pelohels Untoten gebissen. Und Pelohel ist dafür bekannt, dass er seine Monster modifiziert.“
„Ach, Modifizieren nennt man das?“
„Wie würdest du es denn nennen?“
„Ich weiß nicht. Es muss ein hässlicheres Wort dafür geben.“
„Solche Veränderungen müssen nicht immer schlecht sein. Super-Gespenster sind auch modifiziert. Modifizierte Gespenster.“
„Auch wenn wir deine Super-Gespenster mögen, halte ich Modifikationen eher für fragwürdig.“
„Es kann nichts mit Pelohel zu tun haben“, schaltete sich Berry ein. „Das erste Mädchen, das von Ajach getötet wurde, war schon viel länger untot. Und sie hat genauso wenig Spuren hinterlassen wie die anderen.“
„Dann liegt es am Tal selbst“, meinte Hanns. „Etwas anderes fällt mir nicht ein.“
„Denn die Späher aus Fortinbrack machen niemals Fehler“, fügte Gerald hinzu. „Ebenso wenig wie ihr Staatsoberhaupt.“
„Nun beruhig dich mal, Gerald Winter.“
„Ich möchte nur verstehen, was los ist!“, sagte Gerald. „Du verfolgst gerade die Spuren, die Berry und der Satyr hinterlassen haben. Aber von den Untoten gibt es keine Spuren? Du bist doch sonst nicht zu müde, um dein Superhirn anzustrengen und eine brauchbare Erklärung zu finden. Irgendwas stimmt an der Sache nicht.“
„Und was meinst du, was nicht stimmt?“
„Entweder hat jemand die Spuren verschwinden lassen und dann frage ich mich, wer es war und warum er es getan hat. Oder es gibt etwas an diesen Untoten, das wir noch nicht begriffen haben.“
„Oder beides“, sagte Hanns. „Ja, du hast recht. Aber ich bin tatsächlich zu müde, um darüber nachzudenken.“
Die Stadt war überraschend unversehrt geblieben. Fast nirgendwo waren Zerstörungen durch das Beben zu erkennen, so als hätte

jemand seine schützenden Hände unter und über diese Häuser gehalten. Endlich erreichten sie einen breiteren Weg, der in die Hauptstraße mündete. Nach dem letzten, sehr steilen Stück gelangten sie an die Treppe, die in die steinernen Weinberge führte. Gerald erklomm die Stufen als Letzter und während er hinter den anderen durch die fast idyllisch anmutenden Weinreben wanderte, stellte er fest, dass es in seinem Kopf schon eine ganze Weile erstaunlich still war.

Es hat aufgehört, dachte er.

Hat es nicht, hörte er Hanns antworten.

So was Blödes, meinte Gerald. *Ich hatte mich schon gefreut.*

Ich glaube, wir filtern unsere Gedanken jetzt besser, erklärte Hanns. *Wir versuchen, die fremden Gedanken zu überhören, es sei denn, sie rufen uns.*

Gut, dann hör jetzt bitte auf, mich zu rufen.

Du hast angefangen. Du hast förmlich in meinem Kopf gebrüllt: Es hat aufgehört!

Das war eine rein private, enthusiastische Feststellung.

Enthusiastisch?, wiederholte Hanns. *Es klang eher traurig.*

Das war ein Witz und Gerald musste spontan darüber lachen, weswegen sich Berry und Lisandra erstaunt nach ihm umblickten.

„Entschuldigung“, sagte er, „ich träume mit offenen Augen.“

„Was Lustiges?“, fragte Lisandra.

„Nein, eher was Skurriles.“

„Du solltest nicht träumen“, warnte ihn Berry, „sondern gut aufpassen. Je näher wir dem Ausgang kommen, desto gründlicher sollten wir uns vor den Untoten hüten.“

„Ja, okay.“

„Und vor allen anderen – wer auch immer sie sind“, fügte Berry hinzu. „Ich denke schon die ganze Zeit darüber nach. Der Satyr hat behauptet, das Tal würde *denen da unten* gehören. Später sagte er, er wolle dafür sorgen, dass *uns hier unten* nie wieder Fremde belästigen. Wen meinte er bloß? Meine Gedanken drehen sich im Kreis. Ich komme nicht darauf.“

„Es kam mir von Anfang an so vor, als ob wir in fremdes Territorium eindringen“, sagte Hanns. „Der Satyr und die Füchse hüten dieses Territorium. Aber es gehört ihnen nicht.“

„Wem gehört es dann?“, fragte Lisandra. „Den Ureinwohnern? Denen, die diese Stadt und die Weinberge angelegt haben?“
„Ich will keine wilden Behauptungen aufstellen“, erwiderte Hanns, „aber es könnte sein, dass die Ureinwohner dieses Tals auch nur denjenigen gedient haben, die hier unten leben. Wir können sie vermutlich nicht sehen.“
„Wer soll das sein?“, fragte Berry. „Jemand, der hier lebt, aber unsichtbar ist? Und der sich nicht selbst verteidigen kann?“
„Am Ende sind es wir selbst“, sagte Gerald. „Unsere Seelen.“
„Du meinst, unsere Seelen stellen uns eine tödliche Falle nach der anderen?“, fragte Lisandra. „Wie sinnlos!“
„Darum geht es nicht“, versuchte Gerald zu erklären. „Von einem gewissen Standpunkt aus ist es unseren Seelen egal, ob wir leben oder sterben. Jedenfalls hat es sich an dem Ort, an dem ich war, so angefühlt. Die Lichter, aus denen die Antimagikalie-Quelle besteht, sind wehrlos und gleichzeitig sehr mächtig. Wer sich ihnen auf die falsche Weise nähert, muss mit einem widrigen Schicksal rechnen.“
„Gibt es denn auch eine richtige Weise, sich ihnen zu nähern?“, fragte Berry.
„Ich denke ja“, antwortete Gerald. „Aber es ist schwierig. Man muss alle Waffen ablegen und es verlangt eine Hingabe, die sich im ersten Moment wie ein Verlust anfühlt. Bis man erkennt, dass …“
„Da oben ist etwas!“, rief Lisandra und schon hielt sie in beiden Händen jeweils ein Messer mit gezackter Spitze. „Es steht an der Kante über den Weinbergen und sieht auf uns herab!“
Wie sie das erkennen konnte, war Gerald ein Rätsel, denn das Licht ihrer Lampen reichte nicht bis dort oben hin. Dennoch bestand für Gerald kein Zweifel daran, dass sie recht hatte. Die Luft hatte sich verändert. Zuvor war sie warm und stickig gewesen, so wie überall hier unten. Jetzt war sie kalt und etwas wie Schneeflocken berührte Geralds Gesicht.
Sie vernahmen ein Geräusch von Hufen, das näher kam. Gemütlich klapperten die Hufe über den steinernen Untergrund. Sie gehörten vermutlich einem Pferd, denn man hörte auch die Riemen von Zaumzeug quietschen und einen Sattel, wenn sich

Gerald nicht täuschte. Falls darauf ein Reiter saß, so bewegte er sich lautlos und man hörte auch keinen Atem.

Hanns, Gerald, Berry und Lisandra warteten ab und starrten den Berg hinauf. Irgendwann musste das Tier in den Bereich des Lichts gelangen. Hanns stellte seine Lampe ab und zog ebenfalls zwei Waffen.

Was soll das?, fuhr ihn Gerald in Gedanken an. *Ich rede davon, dass wir wehrlos sein müssen, und du ziehst deine Waffen?*

Hanns antwortete prompt.

Ich muss sie ja nicht benutzen.

Irgendwie – ohne dass er dafür einen Grund hätte nennen können – war Gerald absolut überzeugt davon, dass ihnen kein Feind entgegenkam.

Steck sie weg, befahl er. *Was da kommt, ist ungefährlich, wenn wir es auch sind.*

Zu Geralds Erstaunen gehorchte Hanns sofort. Er steckte die Waffen weg und bat Lisandra, das Gleiche zu tun. Kaum hatte sie ihre Messer zögernd und wenig überzeugt in ihre Halfter zurückgesteckt, kam der Reiter in Sichtweite.

Das Pferd bestand nur noch aus Knochen. Aus gläsernen Knochen, die wie geschliffene Diamanten glitzerten. Der Reiter war hager, ein Mantel mit Kapuze bedeckte ihn größtenteils, zwei Stiefel ragten unter dem Saum hervor. Der Kopf unter der Kapuze nickte ihnen zu, doch im Schatten war kein Gesicht zu erkennen. Als sie beiseitetraten, um den Reiter passieren zu lassen, bedankte er sich.

„Es ist lange her, dass ich Menschen hier unten gesehen habe“, sagte er. „Reist in Frieden.“

Das Klappern der Hufe hielt unvermindert an, als er sein Pferd den Berg hinablenkte und wieder in der Dunkelheit verschwand.

„War das der Tod?“, fragte Gerald den einzigen Menschen, von dem er glaubte, dass er die Antwort auf diese Frage kennen könnte.

„Kann ich dir nicht sagen“, erwiderte Hanns. „Aber wenn es dieser Reiter nicht gut mit uns gemeint hätte, wären wir jetzt hinüber. Er war sehr mächtig.“

„Woher weißt du das?“, fragte Lisandra.

„Ein Zauberer erkennt einen anderen Zauberer“, antwortete Hanns. „Vor allem, wenn er sich nicht verstellt. Dieser hier hat sich nicht verstellt.“
„Meinst du, er war ein Zauberer aus der Zeit der Kriege?“, fragte Berry.
Hanns zuckte mit den Achseln.
„Reist in Frieden, hat er gesagt. Das heißt, dass wir abhauen sollen. Ich schätze, kein Fuchs, kein Satyr und keine Untoten werden sich uns noch in den Weg stellen. Das Tal lässt uns gehen.“
Die Kälte, die der Reiter mit sich gebracht hatte, krabbelte über Geralds feuchte Haut und wollte nicht mehr schwinden. Die Ursache dafür erkannte er, als sie die Anhöhe über den Weinbergen erklommen hatten. Ein Riss zog sich durch das Gestein über ihren Köpfen und ganz weit oben war eine Lücke zu erkennen, durch die ein Hauch von Tageslicht fiel. Kalte Luft strömte von dort herein und vereinzelt sanken Flocken zu ihnen herab, die unterwegs zu Wasser schmolzen.
„Es ist nicht mehr weit“, verkündete Berry. „Bald sind wir draußen.“
„Das wird hart!“, sagte Hanns. „Wir sind alle nass bis auf die Haut und draußen ist Winter. Ich weiß nicht, wann ich das letzte Mal gefroren habe und nichts dagegen unternehmen konnte. Ich hasse es zu frieren. Deswegen mache ich es nie.“
„Da siehst du mal, wie verwöhnt du bist“, meinte Gerald. „Wir Normalsterblichen frieren ständig.“
„Ja, Normalsterblicher. Aber in diesem Fall ist geteiltes Leid doppeltes Leid. Du hast nichts davon, wenn ich friere, und umgekehrt ist es genauso.“
Gerald verstand, wie Hanns das meinte. In der seltsamen Verfassung, in der sie sich zurzeit befanden, war es womöglich doppelt unangenehm, wenn der andere ebenso schlimm fror wie man selbst.
Berry übernahm die Lampe von Hanns, da sie sich von hier aus gut an den Weg erinnern konnte, und ging voran.
Du hast vorhin nicht ausgeredet, meldete sich Hanns in Geralds Gedanken, als sie schon eine Weile hinter Berry durch die Dunkelheit wanderten. *Du meintest, deine mysteriösen Laternen*

verlangen eine Hingabe, die sich im ersten Moment wie ein Verlust anfühlt. Was passiert im zweiten Moment?
Im zweiten Moment, antwortete Gerald, *merkt man, dass man gar nichts verloren, sondern etwas gewonnen hat. Man fühlt sich überrumpelt und ausgeliefert und ... aufgehoben. Ja, ich glaube, das trifft es am besten: Man fühlt sich angenehm aufgehoben. Oder geborgen. Etwas in der Art.*
Und?, fragte Hanns. *Hast du dieses Gefühl immer noch?*
Ich glaube schon, meinte Gerald. *Oder sagen wir, es passiert mir andauernd, dass ich mich daran erinnere.*
Soll ich jetzt wieder aufhören, mit meinen Gedanken nach dir zu rufen?
Mach, was du willst, erwiderte Gerald. *Mir ist es gleich.*
Gerald hörte nichts mehr, aber gänzlich zurückgezogen hatte sich die geistige Gegenwart von Hanns nicht. Er spürte seine unbestimmte Nähe die ganze Zeit, während sie dem Ausgang entgegenwanderten. Und es störte ihn nicht.
Als auf einmal das Licht jener Lücke zu sehen war, durch die Berry, wie sie gerade erzählte, mit dem Satyr ins Erdinnere geschlüpft war, war Gerald weniger erleichtert, als er erwartet hatte. Fast fürchtete er sich vor dem hellen Durchgang im Gestein, auf den er nun zuwanderte. Als wäre danach nichts mehr so, wie es vorher gewesen war. Als müsste er, indem er ins Licht schritt, ein neues Leben betreten.
Lisandras Gelächter vertrieb seine düsteren Gedanken. Sie rannte auf die Wand zu und einfach hindurch, ohne den Durchlass zu benutzen. Weg war sie. Oder nein – jetzt tauchte sie wieder auf. Sie stand in der hellen Lücke und erwartete sie.
„Es ist gar nicht so kalt!“, rief sie.
„Wir sind weit unten“, sagte Hanns. „Je höher wir kommen, desto kälter wird es werden.“
Berry lief Lisandra entgegen und ergriff ihre Hände, als sie bei ihr ankam. Zu zweit traten sie ins Freie.
„Du wirst immer langsamer“, stellte Hanns fest und drehte sich nach Gerald um.

„Ja", antwortete er. „Ich beginne zu ahnen, dass ich diesen Ort nie verlassen werde. Dabei hatte ich mich so darauf gefreut, es zu tun."

Hanns nickte. Aufgrund der Verbindung ihrer Gedanken wusste er, was Gerald meinte. Es war ein Trugschluss gewesen zu glauben, indem sie vom Dunkel ins Helle traten, würden sie die ungeheuerliche Tiefe, in der sie gewesen waren, hinter sich lassen. Jetzt, da es so weit war, wusste Gerald, dass diese Tiefe immer ein Teil von ihm bleiben würde. Sie wohnte von nun an in ihm, mit all den Schrecken und all der Schönheit, die er darin gefunden hatte.

„Du bist nicht allein damit", sagte Hanns. „Und sieh es mal so: Wir leben."

„Ja", erwiderte Gerald. „Wir leben."

Sie schritten auf das Licht zu, ohne Eile. Mit jedem Schritt fiel etwas mehr Sorge von Gerald ab und sein Herz fühlte sich leichter und freier an. Hanns trat zuerst nach draußen, Gerald folgte dicht dahinter.

Die Luft, die in seine Lungen strömte, war alles andere als frisch. Klamm und staubig roch sie, doch sie trug eine Ahnung von tausend Geschichten in sich, die ihnen die Welt als Willkommensgruß in das stille Tal schickte. Es war ein Echo, das Gerald mit Erwartung erfüllte und mit einem Glück, für das es keine Worte gab. Das Leben war anders geworden. Ein Morgen, wie er ihn noch nie erlebt hatte, begann.

Kapitel 12: Gebrochenes Licht

Berry hatte erzählt, dass der Turm eingestürzt war. Doch als es Gerald mit eigenen Augen sah, war es viel erschreckender als in seiner Vorstellung. Nichts war mehr übrig von dem Turm außer einem Geröllhaufen, über den sich das Erdreich des Berges, in dem er gesteckt hatte, ergoss. Sie kletterten darüber hinweg und zurück auf den Pfad, der sie normalerweise aus dem Tal hinausgeführt hätte. Doch auf dem Pfad kamen sie nicht weit – schon bald war der Weg unter mächtigen Felsbrocken verschwunden.

Hanns folgte den Spuren, die Hauptmann Stein und ihre Truppe hinterlassen hatten, und so fanden sie nach ein paar anstrengenden Klettertouren auf den intakten Teil des Pfads zurück. Irgendwo hoch oben über dem Tal konnte Gerald einen blassblauen Himmel zwischen großen, weißen Wolken sehen. Hier unten, wo sie gingen, war es schattig und die Luft leicht trüb.

Sie betraten den Tunnel, in dem sich der Wald aus Stein verbergen musste, doch davon sahen sie nichts, da die zwei Lampen, die sie noch besaßen, nur ein schwaches Licht verbreiteten. Im nächsten Tunnel stellten sie ihre Lichter ab und ließen sie zurück. Den Rest des Weges würden sie im Freien zurücklegen, sie brauchten die Lampen nicht mehr.

Kaum traten sie aus dem Tunnel, traf sie die winterliche Kälte erbarmungslos. Gerald, der eine nasse Hose und ein nasses Hemd ohne Knöpfe trug, glaubte im ersten Moment, seine Haut werde mit unzähligen Nadeln durchstochen. Der Schmerz war ungeheuerlich. Gerald rannte los, so schnell wie möglich, um in Bewegung zu bleiben und seinen Körper irgendwie warm zu bekommen. Doch ihm wurde nicht warm, er begann nur am ganzen Körper zu zittern.

Die Kälte verdrängte jeden weiteren Gedanken aus seinem Kopf. Er rannte, er kletterte, er hörte, wie die anderen dicht hinter ihm waren. Schließlich gelangte er an einen Abhang aus Geröll. Der Weg war unter den Steinen verschwunden, dafür pfiff der eisige Winterwind erbarmungslos über das zerklüftete Gelände hinweg.

Ohne zu überlegen, stürzte sich Gerald in den schwierigen Aufstieg. Er kämpfte sich über die Steine hinweg, immer weiter nach oben, während ihn der kalte Höllenwind bis in den kleinsten Nerv marterte. Er schloss die Augen, kletterte das letzte Stück blind voran und erst, als er oben angekommen war, schwer atmend und schlotternd, machte er die Augen wieder auf. Was er sah, brachte ihn gehörig ins Schwanken. Vor ihm stand Hauptmann Stein, keinen Meter von ihm entfernt! Sein Gesichtsausdruck war offenbar besorgniserregend, denn Hauptmann Stein fragte:
„Gerald? Erkennst du mich? Geht es dir gut?“
Er musste lachen, trotz seiner Schmerzen. Hauptmann Stein war sichtlich erleichtert darüber.
„Ja, es geht mir gut“, sagte er. „Ich erfriere nur gerade.“
Ein Soldat reichte Gerald bereits zwei Decken und er riss sie dankbar an sich.
„Wir haben auch Ersatzkleidung dabei“, erklärte Hauptmann Stein. „Wir sind so schnell aufgebrochen und hergekommen, wie wir nur konnten, aber ohne Magikalie ist das alles nicht so einfach.“
Gerald warf die Decken um sich. Im ersten Moment brachten sie kaum Besserung, doch nach ein paar Atemzügen ließ der Schmerz nach.
Soeben erreichte auch Hanns die Kuppe aus Geröll. Hauptmann Stein und sämtliche Soldaten, die sie mitgebracht hatte, hielten inne in dem, was sie gerade taten, und starrten Hanns an, als sei er eine übersinnliche Erscheinung.
„Es ist wahr!“, rief Hauptmann Stein, als sie ihre Stimme wiedergefunden hatte. „Wir haben kaum zu hoffen gewagt, dass es stimmt.“
Hanns nickte nur, sprechen konnte er nicht. Er litt noch mehr unter der Kälte als Gerald, seine Lippen waren blau angelaufen und seine Arme zitterten heftig, als er die Decke ergriff, die man ihm reichte. Er schwieg und schloss die Augen, ungefähr zehn Minuten lang, bis er sich einigermaßen erholt hatte.
Auch Berry sah mehr erfroren als lebendig aus, als sie bei ihnen ankam. Hauptmann Stein packte sie sofort in drei Decken, doch darin bibberte sie immer noch wie verrückt. Nur Lisandra wirkte

so gut gelaunt und fröhlich, wie man es angesichts einer solch denkwürdigen Rettung erwarten konnte. Ihr war kalt, aber längst nicht so kalt wie allen anderen. Irgendwann während einem ihrer zahlreichen Tode musste sie gegen Eiseskälte resistent geworden sein.

Beseelt und eifrig erzählte sie der informationshungrigen Truppe, dass sie sich von Hohlraum zu Hohlraum hatten vorarbeiten können und dass sie ertrunken wären, wenn Berry nicht die Schleusen des Speichersees geöffnet und das Wasser in einen anderen Teil des Bergwerks umgeleitet hätte.

„Wirklich?“, fragte Hauptmann Stein und blickte Berry betroffen an. „Ich hätte sie fast daran gehindert, in die Mine zu gehen. Es erschien mir so sinnlos!“

„Es war alles andere als sinnlos“, versicherte Lisandra. „Es war unsere Rettung.“

Nachdem sie mit heißer Brühe versorgt worden waren und sich notdürftig aufgewärmt hatten, wechselten sie die Kleidung, schlüpften in die Mäntel, die Hauptmann Stein mitgebracht hatte, und wanderten mit ihr bis an die Grenze des Tals.

Auf einem Hochplateau warteten zwei zahme Fluglöwen auf sie, gesattelt und bereit für den Abflug. Es waren weiße Löwen, wunderschöne Tiere, deren Fell in den Sonnenstrahlen leuchtete, die gerade durch die Wolken fielen. Sie kamen Gerald ganz unwirklich vor, als er sie betrachtete. Kurz darauf verschwand die Sonne wieder und ihm kam zu Bewusstsein, dass sie vier Personen waren, dort aber nur zwei Reittiere standen.

„Ich nehme Lissi mit“, sagte Hanns, der wusste, was Gerald dachte. „Und du nimmst Berry mit auf deinen Löwen, wenn du einverstanden bist.“

„Kann so ein Löwe zwei Personen tragen?“

„In diesem Fall schon. Berry und Lissi sind ja nicht schwer.“

„Und niemand wird uns vom Himmel holen?“

„Unwahrscheinlich. Außerdem bleiben die Schiffe von Hauptmann Stein in der Nähe. Wir sollten nur nicht zu nah an die Schiffe heranfliegen. An uns haftet Antimagikalie, wir könnten sie zum Absturz bringen.“

„Ich bin noch nie auf einem zahmen Fluglöwen geritten.“

„Es ist langweilig. Also genau das Richtige für einen Tag wie heute.“

Hanns behielt recht. Wobei das Wort „langweilig“ für den Ritt auf dem prächtigen, weißen Löwen, der brav und gleichmäßig über die winterliche Landschaft flog, nicht ganz zutreffend war. Wann immer die Sonne zwischen den Wolken hervorblinzelte, brachte sie das helle Fell des Löwen zum Strahlen und wärmte Gerald und Berry von innen wie von außen.

Berry saß vor Gerald und da sie in ihrem ganzen Leben noch nie auf einem fliegenden Tier durch die Luft geritten war (von ihrem kurzen Abenteuer mit dem Schneeweißen Lindwurm einmal abgesehen), war sie begeistert. Gerald hielt die Zügel, aber das war im Grunde überflüssig. Dieses Tier flog dem anderen Löwen hinterher und selbst wenn Gerald die Zügel losgelassen und auf dem Rücken des Tieres stehend ein paar Saltos geschlagen hätte, hätte dieser Löwe dafür gesorgt, dass er nicht herunterfiel. Kein Vergleich zu Pollux und Legionär. Dieser Fluglöwe war ein demütiger Diener seines Reiters.

Es war kalt, doch sie waren warm eingepackt, und die immer größer werdenden blauen Flecken am Himmel ließen das Sonnenlicht hindurch, sodass sie auf dem ganzen Weg kein einziges Mal froren. Als sie die ersten Ausläufer von Tolois erreichten, steuerten sie auf das südlich gelegene Tolois-Park zu. Die Stadt wirkte friedlich im Morgendunst und obwohl Hauptmann Stein berichtet hatte, dass in der Nacht Kämpfe stattgefunden hatten, sah man zumindest in diesem Teil der Stadt keine Spuren davon. Hanns landete mit Lissi und seinem Löwen auf den ausgedehnten Dächern der berühmten Badeanstalt von Tolois-Park und Gerald machte es ihm nach.

„Hier war ich schon mal“, sagte Hanns, als sie alle abgestiegen waren. „Kurz nach dem Drachenbomben-Anschlag.“

Gerald sah die Bilder in Hanns’ Kopf: die Nacht, die Schwärze der Wolken, der Ruß überall, die Flammen in der Ferne. Haul, der die strampelnde Trischa festhielt. Hanns hatte sich in jener Nacht als kleiner Vogel nach Sumpfloch durchgeschlagen, während Haul die Tochter von Präsident Mohikan in der Stadt versteckt hatte. Es war der Sommer gewesen, in dem …

Ein Geräusch riss Gerald aus den Erinnerungen, die gar nicht seine eigenen waren. Soeben öffnete sich in der Mitte des Dachs eine Klappe und Geralds Körper reagierte darauf mit pochendem Herzen und angespannten Muskeln, bereit zu Angriff oder Flucht. Dabei erwartete er nichts Gefährliches, doch es fehlte ihm die innere Gewissheit, dass er in Sicherheit war. Es würde noch eine ganze Weile dauern, bis er nicht mehr hinter jeder Bewegung und jedem Schatten eine tödliche Gefahr witterte.

Der Kopf von Erik schob sich durch die geöffnete Klappe.

„Sie sind da!“, rief er. „Einen Moment ...“

Er tauchte wieder ab, ein Spiegelfon in der Hand. Sie hörten, wie er das Bannwort sprach.

„Er sollte das Ding nicht in unserer Nähe benutzen“, sagte Hanns alarmiert. „Hat ihm das keiner erklärt?“

„Er gibt sicher in Sumpfloch Bescheid“, meinte Gerald. „Maria sollte wissen, dass alles gut ist. Scarlett auch.“

„Das wird aber eine große Enttäuschung für Maria, wenn die Magikalie von Eriks Spiegelfon mit unserer Antimagikalie reagiert und du dich in eine hübsche Skulptur aus Stein oder Glas verwandelst.“

„Könnte das wirklich passieren?“, fragte Berry.

„Im Moment würde ich kein Risiko eingehen“, sagte Hanns. „Lasst uns das Dach auf einem anderen Weg verlassen und so schnell wie möglich durch die Tau-Zeolith-Lösung schwimmen. Danach müsste der größte Teil der Antimagikalie gebunden sein.“

Er ging in einem großen Bogen um die offene Klappe herum und kletterte am Rand des Gebäudes eine Feuerleiter hinab. Als Gerald hinter ihm und Lisandra nach unten stieg, sah er, dass die gesamte Badeanstalt von Soldaten umstellt war. Hauptmann Stein drängte sich gerade durch die Reihen und lief auf Hanns zu.

„Es ist alles vorbereitet“, erklärte sie. „Das gesamte Gebäude ist frei von aktiver Magikalie.“

„Bis auf Erik und sein Spiegelfon.“

„Oh!“, rief Hauptmann Stein entsetzt. „Er … er sagte, er müsse Grohann dringend Bericht erstatten. Entschuldigung. Ich sehe gleich nach, wo er ist, und werfe ihn raus.“

Sie eilte ins Innere der Badeanstalt und während sie darauf warteten, dass sie zurückkehrte, nagelte Lisandra Hanns auf eine Uhrzeit fest, zu der sie Haul wiedersehen würde.
„Wann bin ich ungefährlich genug für ihn?"
„Das kommt darauf an, ob du ihm aus der Ferne zuwinken möchtest oder in näheren Kontakt treten willst."
„Ich würde es vermutlich nicht schaffen, es beim Winken zu belassen."
„Und er auch nicht, also neun Stunden."
„Neun?", rief Lisandra entsetzt. „Ich soll neun Stunden unserer knappen Zeit damit vergeuden zu warten?"
„Es ist sicherer. Ich werde ihn vorher auch nicht anfassen. Abgesehen davon sind wir in neun Stunden noch nicht aus Gorginster zurück. Weswegen du dich wahrscheinlich noch länger gedulden musst."
„Gorginster?", fragte Lisandra entgeistert.
„Dahin müssen wir zuerst", sagte Hanns. „Das Riesenleck dort muss unbedingt neu eingedämmt werden. Wir werden am frühen Nachmittag aufbrechen, sodass wir das Leck am Abend erreichen, also zu einem Zeitpunkt, an dem ich wieder Magikalie benutzen kann. Wenn wir erfolgreich sind, kommen wir gegen ein oder zwei Uhr nachts nach Hause. Bis zum nächsten Morgen gehört Haul dann dir, ich verspreche es!"
„Ein oder zwei Uhr nachts", wiederholte Lisandra. „Und jetzt ist es ..."
„Halb elf", antwortete Berry. „Beruhige dich, Lissi, so lange kannst du auch noch warten."
„Ich werde Scarlett auch nicht früher wiedersehen", sagte Hanns. „Tut mir leid, Lissi, aber Hauls Sicherheit ist wichtiger als alles andere. Ich habe Ajach ins Verfluchte Tal geschickt und da wäre sie fast gestorben. So etwas darf nicht noch mal passieren."
Noch im Verfluchten Tal hatte Hauptmann Stein berichtet, dass es Ajach besser ging. Wenn auch längst nicht gut. Berry hatte Hauptmann Stein daraufhin mit Fragen gelöchert und als sie erfahren hatte, dass Scarlett Magikalie auf Ajach übertragen und ihr damit das Leben gerettet hatte, war sie beeindruckt gewesen.

„Es hat geklappt?“, hatte sie gefragt. „Scarlett hat es tatsächlich geschafft?“
„Nun ja“, hatte Hauptmann Stein geantwortet. „Ich habe Ajach noch nie so übellaunig und gewalttätig erlebt. Ich würde sagen, Scarlett ist in der Hinsicht eher ein Notnagel.“
Darüber hatte Hanns sehr gelacht, vor lauter Freude darüber, dass sein geliebter Notnagel Ajachs schlechteste Eigenschaften zum Vorschein gebracht hatte.
„Wie praktisch“, hatte er erklärt. „Vielleicht wird Ajach in Zukunft mehr Verständnis für Scarletts Launen haben. Sie hielt sie immer für unbeherrscht.“
Berry war danach sehr still geworden und auch jetzt, da Ajachs Name wieder fiel, schwieg sie und wirkte nach innen gekehrt.
„Was ist los?“, fragte Gerald, als sie Hauptmann Stein ins Innere des Gebäudes folgten.
„Wieso?“, fragte Berry zurück.
„Es ist, als würde es dir schwerfallen, an Ajach zu denken.“
„Ich sehe sie immer wieder wie tot am Boden liegen“, erklärte Berry. „Und dann kommt alles zurück. Die Bilder sind so echt und lebendig und ich frage mich, ob ich nicht in Wirklichkeit immer noch in diesem Turm stehe und sich ein Untoter auf mich stürzt.“
„Ja, das verstehe ich.“
„Das ist aber nicht der Hauptgrund, warum mir komisch zumute ist, wenn ihr Name fällt. Es ist etwas anderes.“
„Nämlich?“
„Ich weiß nicht. Ich vermisse sie. Sie hat sich um mich gekümmert, seit ich nach Tolois gekommen bin. Sie war immer so stark und ich kam mir so schwach vor. Sie war meine große Schwester, die alles besser wusste und alles besser konnte. Und jetzt … Ich will, dass sie wieder die Alte ist. Trotzdem möchte ich nicht mehr die Schwache sein. Ich fühle mich nicht mehr schwach.“
„Das ist doch gut.“
„Ich sehe sie immer wieder vor mir: Da steht eine Horde Untoter und sie schüchtert sie mit ein paar Messerwürfen ein. Sie hat überhaupt nicht an sich gezweifelt. Ich habe mich vollkommen darauf verlassen, dass sie mich beschützt. Und plötzlich war ich

auf mich allein gestellt. Ich konnte mehr, als ich mir jemals zugetraut hätte. Aber ich werde niemals so stolz und so selbstsicher sein wie Ajach. Egal, was ich schaffe oder überlebe."
„Das muss kein Nachteil sein."
„Ich bin gut im Durchhalten. Kein strahlender Stern." Sie hatte das sehr ernst gesagt, doch plötzlich musste sie lachen. „Komischer Gedanke, oder?"
„Nein, gar nicht", antwortete Gerald. „Ich würde das Gleiche von mir behaupten. Und mittlerweile kenne ich Hanns gut genug, um zu wissen, dass dieser Satz auch von ihm stammen könnte. Strahlende Sterne sind Sterne. Keine Menschen. Wir Menschen leuchten, wenn wir gut im Durchhalten sind."
Berry lächelte dankbar. Offenbar beruhigte sie diese Aussage. Es wunderte Gerald, dass es so war.
„Du glaubst wirklich, dass es Hanns genauso geht?", fragte Berry nach einer Weile. Ganz leise, damit es Hanns und Lisandra, die einige Meter vor ihnen gingen und miteinander redeten, nicht hörten. „Er hält sich für keinen strahlenden Stern?"
„Nein, das tut er nicht. Er hat wie wir alle Schwächen, mit denen er zurechtkommen muss. Nichts läuft perfekt, auch wenn es manchmal von außen so erscheinen mag. Er kämpft sich von einer Aufgabe zur nächsten, so wie wir alle. Ständig fordert er sein Glück heraus und immer wieder hat er welches. Vermutlich, weil ihn die Götter lieben. Nicht für das, was er kann, sondern für das, was er versucht."
„Wenn *er* nicht perfekt ist", sagte Berry ergriffen, „dann ist es niemand."
Gerald lachte.
„Ich würde es jetzt nicht an ihm festmachen. Aber dass kein Mensch perfekt ist, sollte ein so kluger Kopf wie du doch längst begriffen haben."
„Theoretisch ja. Aber ich neige dazu, viele Menschen im Vergleich zu mir für perfekt zu halten. Ich könnte mir das natürlich abgewöhnen."
„Tu das."

„Wobei es eine so hübsche Illusion ist: Die Vorstellung, dass es Menschen gibt, die großartiger sind als andere. Man kann sie anhimmeln und für sie schwärmen und ihnen nacheifern …“
„Du hast echt diese Ader.“
„Was für eine Ader?“
„Die masochistische Ich-möchte-jemanden-anbeten-und-mich-dafür-in-den-Dreck-werfen-Ader.“
„Ja, stimmt. Aber heute mache ich es mal nicht. Heute bin ich erwachsen und glaube daran, dass wir alle gleich unvollkommen sind.“
„Gute Idee.“
Sie waren in der größten Badehalle angekommen, die von einem salzig-metallischen Geruch erfüllt war. Es lag wohl an dem gelben, sprudelnden Wasser im Schwimmbecken, das eine so hohe Temperatur hatte, dass Dampf daraus aufstieg.
„Ist das immer so gelb?“, fragte Lisandra.
„Nicht ganz so sehr“, erklärte Hauptmann Stein. „Die Tau-Zeolithe haben es zusätzlich verfärbt.“
Lisandra stand am Beckenrand und starrte auf das gelbe, blubbernde Wasser.
„Und jetzt?“
Das hätte sie besser nicht sagen sollen, denn Hanns versetzte ihr daraufhin einen Stoß, der sie im Nullkommanichts ins Wasser beförderte. Wie sie gerade war, verschwand Lisandra im gelben Blubberbad. Als sie wieder zum Vorschein kam, lachte und fluchte sie gleichzeitig.
„Du blöder Idiot!“, rief sie. „Was fällt dir ein?“
Die Antwort von Hanns beschränkte sich auf ein Grinsen. Er marschierte gerade am Beckenrand entlang auf einen Durchgang zu, der in eine angrenzende Halle führte.
„Hey, wo gehst du hin?“, fragte Lisandra. „Komm gefälligst zurück! Du Feigling – haust du jetzt im Ernst ab?“
Hanns blieb stehen.
„Ich gehe in den Jungs-Bereich, falls du es gestattest“, sagte er. „Sonst werde ich dir womöglich wieder unheimlich.“
„Wieso?“
Berry stand weniger auf der Leitung als Lisandra.

„Weil es vermutlich ratsam ist, sich auszuziehen, bevor man badet“, erklärte sie. „Auch wenn du das gerade versäumt hast.“
„Ach so“, sagte Lisandra. „Na, wenn es weiter nichts ist? Bleib ruhig hier, Großmaul! Ich verkrafte das.“
Berry schnappte kurz nach Luft. Sie war sich offenbar unsicher, ob *sie* es verkraften würde, aber Hanns schüttelte den Kopf.
„Danke für das Angebot, Lissi“, erwiderte er, „aber du brauchst mehr Schonung, als du dir gerade eingestehen möchtest.“
Mit diesen Worten und einem vielsagenden Lächeln schlenderte er aus der Halle und war verschwunden.
„Angeber“, sagte Lisandra, zog sich am Beckenrand hoch und setzte sich darauf. „Gerald, willst du uns jetzt dabei zusehen, wie wir uns ausziehen, oder möchtest du lieber zu deinem guten Freund in die Jungs-Abteilung gehen?“
„Oh, Entschuldigung!“, erwiderte er. „Ich schlafe mit offenen Augen. Für einen Moment habe ich vergessen, dass ich überhaupt da bin. Ich war heute Nacht zu oft unangreifbar.“
„Willst du damit behaupten“, fragte Berry drohend, „dass du im unangreifbaren Zustand keine Veranlassung sehen würdest, uns allein zu lassen?“
„Womöglich nicht, nein“, sagte Gerald lachend. „Aber ich gehe jetzt lieber, bevor ich mich um Kopf und Kragen rede. Wir sehen uns später. Antimagikaliefrei, hoffentlich.“
Er folgte den Spuren von Hanns in die angrenzende Halle und das war wörtlich zu nehmen. Denn Hanns hatte sich auf dem Weg in Richtung Becken seiner Kleidung entledigt und die zog sich jetzt wie eine Spur zu dem Becken, durch das er gerade kraulte. Er durchpflügte das gelbe Wasser in einer erstaunlichen Geschwindigkeit und wieder einmal fragte sich Gerald, warum Hanns so gut schwimmen konnte. Hätte sich Gerald schon immer in einen Fisch verwandeln können, hätte er die mühsame menschliche Art und Weise zu schwimmen vermutlich niemals erlernt.
Während er am Beckenrand ausharrte und sich diese überflüssige Frage stellte, verschwand Hanns in der Tiefe und kurz darauf tauchte sein Oberkörper genau unterhalb der Beckenkante auf, an der Gerald stand.

„Vergiss nicht, etwas von dem Wasser zu schlucken“, sagte Hanns. „Je mehr, desto besser.“

„Wie schmeckt es denn?“

„Gängig.“

„Wirklich?“

„Etwas versalzen.“

„Wann hast du eigentlich Schwimmen gelernt?“

„Keine Ahnung“, antwortete Hanns. „Aber ich bin auf einer Insel geboren worden und habe da angeblich mehrere Jahrhunderte verbracht. Ich hatte also genug Zeit, um es zu lernen.“

„Obwohl du dich in einen Fisch oder eine Robbe verwandeln kannst?“

„Das habe ich erst mit elf gelernt. Die meisten Zauberer können das nicht von Geburt an. Es passiert erst mit einem, wenn man erwachsen wird. Früher oder später. Es soll auch Zauberer geben, die diese Fähigkeit erst mit dreißig oder vierzig Jahren bei sich entdecken.“

„Und manche nie. Grohann zum Beispiel.“

„Er ist als Satyr anders beschaffen. Normalerweise sollte es ein Zauberer, der über eine gewisse Menge an persönlicher Magikalie verfügt, irgendwann hinbekommen.“

„Eine gewisse große Menge.“

„Ja, stimmt. Es gibt vielleicht dreihundert Zauberer auf der Welt, die sich verwandeln können“, sagte Hanns. „Insofern muss es schon eine beträchtliche Menge sein. Wie lange willst du jetzt eigentlich noch hier rumstehen? Je eher das Zeug an dir neutralisiert wird, desto besser. Du hast wahrscheinlich am meisten von uns allen abbekommen.“

„Eben deswegen zögere ich. Was ist, wenn sich meine Struktur verändert? Sobald die Antimagikalie nicht mehr wirkt?“

„Du bist fest, glaub mir. Das hat nichts mit der Antimagikalie zu tun.“

„Woher weißt du das?“

„Ich weiß es einfach. Ich kann in dich hineinsehen. Mehr als das. Ich weiß, wie du zusammengesetzt bist.“

„Bist du dir sicher?“

„Du bist stabiler als vor unserem Ausflug. Deine Sichtbarkeit mag gelitten haben, aber deine Struktur ist hartnäckiger geworden. In Verbindung mit meiner Magikalie, die allmählich zu deiner eigenen Magikalie werden wird, ist sie resistent, wenn nicht sogar unverwüstbar. Ich schätze, in ein paar Tagen könnte ich dir keine Magikalie mehr entziehen, selbst wenn ich es wollte. Was bedeutet, dass du nie wieder unangreifbar werden kannst."
Gerald hob die Augenbrauen.
„Klingt seltsam."
„Du bist anders zurückgekommen, als du an diesen Ort gegangen bist. Deine Gesetze haben sich verändert. Du wirst keine weitere Magikalie von mir brauchen, da bin ich mir ziemlich sicher. Du bist nun frei, für immer nach Lettimur zu gehen. Du kannst dort uralt werden, zusammen mit Maria. Und sie wird dich immer anfassen können."
Gerald starrte Hanns an, der gerade diese unglaubliche Prognose vom Stapel gelassen hatte, und sah, fühlte und wusste, dass er es ernst meinte. Hanns war überzeugt davon, dass sich Gerald nie wieder unkontrolliert auflösen würde. Trotzdem war Gerald nicht zum Jubeln zumute.
„Was ist los?", fragte Hanns. „Ich dachte, du freust dich."
„Es war das Wort *dort*", erklärte Gerald. „Du kannst mir den Himmel auf Erden versprechen, aber das Wort *dort* macht alles zunichte."
Hanns erwiderte Geralds Blick und wusste aufgrund der gegenwärtigen Verbindung ihrer Gefühlswelten sehr genau, was Gerald meinte.
„Abschiede sind wie kleine Tode, heißt es", sagte Hanns. „Ich fand immer, dass das stimmt. Aber wir hätten großes Glück, wenn wir diese Tode in Kauf nehmen dürften. Es würde bedeuten, dass beide Welten überleben. Und deswegen sind wir doch hier, oder? Deswegen sind wir unter die Erde gegangen. Dafür haben wir das alles gemacht."
„Es wären keine kleinen Tode, sondern große", meinte Gerald. „Und ich kann nur hoffen, dass die stille Stadt mit den ewigen Lichtern, die ich gesehen habe, alle Welten miteinander verbindet.

Ich möchte in keine Welt gehen, die mich über den Tod hinaus von meinen Freunden trennt."
„So wird es nicht sein", sagte Hanns. „Und wenn doch, dann werde ich es ändern. Versprochen!"
Er lachte und tauchte unter. Als er das nächste Mal zum Vorschein kam, hatte er bereits das andere Ende des Beckens erreicht.
Gerald wandte sich ab und fasste ein Becken ins Auge, durch das man unter einem Torbogen hindurch ins Freie schwimmen konnte. Dort draußen, wo das Gras von Frost bedeckt war und im Sonnenschein funkelte, stiegen dicke Dampfschwaden aus dem Wasser auf. Dorthin wollte er. Er brauchte Licht. Er brauchte Sonne. Er brauchte die frische, kalte Luft in seinen Lungen.
Er zog seine Sachen aus, ließ sie am Beckenrand liegen und tauchte in das warme, sprudelnde Wasser ein. Unter Wasser schwamm er hinaus und als er wieder auftauchte, reckte er sein nasses Gesicht zum Himmel und schloss die Augen. Es war unvergleichlich, die Sonne auf der dampfenden Haut zu spüren, zugleich mit der Kälte der Winterluft. Er tauchte noch einmal unter, trank wie befohlen von dem seltsamen Salzwasser, und kam wieder an die Oberfläche.
Selten hatte er sich so wohl gefühlt wie in diesem Moment. Er dachte an Maria und hoffte, dass es ihr gut ging und dass sie nicht vor Sorge verging. Er hatte ihr viel zu erzählen. So viel. Es war, als wäre die Welt sehr viel größer geworden. Jeder Grashalm, jede Wolke, jeder Wassertropfen schien ein eigenes Universum zu sein. Geralds Wahrnehmung ging weit über das hinaus, was er früher gefühlt und erlebt hatte. Es kam ihm so vor, als könnte er meilenweit hinter die Dinge blicken. Und alles, was er dort sah, war schön.
Er wusste nicht, wie lange er auf diese Weise umherschwamm, tauchte, die Umgebung betrachtete oder mit geschlossenen Augen die Sonne genoss. Er wusste nur, dass irgendwann Hanns durch das Gras auf ihn zuspaziert kam, schon wieder komplett angezogen, gestiefelt und gespornt, bereit für den Aufbruch. Gerald schwamm an den Beckenrand, an dem Hanns gerade in die Hocke ging.
„Netter Effekt!", sagte Hanns.

„Wovon redest du?"
„Deine Haut – du funkelst."
„Ich … was?"
Gerald blickte seine Arme und Hände an und erschrak. Seine Haut sah aus, als wäre sie mit klitzekleinen Diamanten bedeckt. Sie bewegten sich und sobald sie es taten, brach sich das Licht in ihnen und sie begannen zu glitzern.
„Ach, du heilige … Wie Edward."
„Wer ist Edward?"
„Jemand, den meine kleine Schwester cool findet."
„Möchtest du nicht cool sein?"
„Nicht wie Edward. Das heißt … glaubst du, es geht weg, wenn ich wieder trocken bin?"
„Ganz sicher. Es liegt am Wasser und an der Sonne."
„Puh."
„Er ist ein Vampir?", fragte Hanns verwundert. Offenbar studierte er eifrig Geralds Gedanken. „Ah … nur eine Romanfigur."
„Ja, die sind gerade groß in Mode bei uns."
„Lustig. Ich würde mir eure Welt gerne mal ansehen. Sie ist so anders!"
„Das siehst du in meinen Gedanken?"
„Ja, tut mir leid", sagte Hanns. „Ich sollte vielleicht etwas zurückhaltender sein."
„Schon in Ordnung."
„Ich muss jetzt los. Sobald ich meine Feinde davon überzeugt habe, dass ich noch lebe, komme ich zurück. Gegen Mittag. Erhol dich gut."
„Und du? Wann erholst du dich?"
„Auf dem Schiff, wenn ich nach Gorginster fliege. Während des Fluges müsste ich ein paar Stunden Zeit haben."
„Also geht es gerade so weiter wie vorher?"
Hanns nickte.
„Was sonst?"
Hanns beugte sich noch ein Stück weiter vor und bevor Gerald erahnen konnte, was jetzt kam, hatte Hanns die Arme um seinen Kopf gelegt und seine Wange an Geralds nasses Haar gedrückt. Eine Woge von persönlicher Magikalie, die Hanns wohl immer

ausstrahlte, wenn man ihm sehr nahekam, hüllte Gerald ein. Es war ein angenehmes Gefühl, das ihm mittlerweile vertraut war.
„Danke!“, sagte Hanns. „Für alles. Gib auf dich Acht, während ich weg bin.“
„Was soll ich denn schon Gefährliches anstellen?“, fragte Gerald verwundert. „Das hier ist eine Badeanstalt und sie ist von Soldaten umstellt.“
„Weiß nicht. Es kommt mir einfach komisch vor, mich von dir zu trennen.“
„Pass lieber du auf dich auf!“, sagte Gerald. „Weißer Stern zu begegnen und dabei keine Magikalie benutzen zu wollen, kommt mir reichlich leichtsinnig vor.“
„Kein Problem für mich“, versicherte ihm Hanns.
Er ließ Gerald los und stand auf. Als er durch das Gras davonschritt und schließlich außer Sichtweite geriet, verstand Gerald, was Hanns gemeint hatte. Sie waren durch die Ereignisse unter der Erde, die Magikalie-Übertragungen und die Verschmelzungen, die ihnen das Leben gerettet hatten, so miteinander verbunden, dass es sich widersinnig, ja fast lebensgefährlich anfühlte, wenn sie getrennt voneinander existierten.
Noch schlimmer wurde es, als die Verbindung ihrer Gedanken abriss. Hanns musste die Badeanstalt verlassen haben und durch die immer größere Entfernung zwischen ihnen lösten sich ihre Gefühlswelten komplett voneinander, jegliche Vermischung und Vermengung brach ab.
Etwas fehlte. Gerald fühlte sich unvollständig. Hanns vermutlich auch. Aber daran würden sie sich gewöhnen müssen. Alles würde normaler werden mit der Zeit. Sie mussten nur wieder lernen, alleine zurechtzukommen. So wie vorgestern. Auch wenn sich dieses Vorgestern anfühlte, als wäre es Jahre her.

Kapitel 13: Hoffnung zum Frühstück

Thunas Herz war in lauter Stücke zersprungen, als die Nachricht von der Katastrophe eingetroffen war. Anfangs hatte sie noch gehofft, wider jede Vernunft. Doch während der nächtlichen Stunden, in denen sie neben Maria ausharrte, verlor ihre trotzige Hoffnung alle Kraft. Gegen ihren Willen musste sie einsehen, dass der Schrecken nicht nachlassen würde.

Sie sah zu, wie die Schüler Sumpfloch verließen, wie die Menschen aus Gürkel, Quarzburg und anderen Städten die Spiegelwelt bevölkerten und in Richtung der Tür strömten, die nach Lettimur führte. Es kam ihr vor, als ob Amuylett ausblutete. Lettimur fing ein paar Tropfen auf, doch der Rest der Welt würde es nicht schaffen.

Grohanns flüchtige Gegenwart war Thunas einziger Trost in dieser Nacht. Er erkundigte sich regelmäßig, wie es Maria ging und währenddessen gab er Thuna unausgesprochen den Trost, den sie brauchte. Leider konnte sie nichts davon an Maria weitergeben.

Maria litt unsagbar, das war ihr anzusehen, obwohl sie kein Wort darüber verlor. Alle Stärke, die sie aufbringen konnte, verwendete sie darauf, nicht auseinanderzufallen. Sie bewegte sich kaum und doch schien sie sich die ganze Zeit maßlos anzustrengen. Es war, als müsste sie körperlich arbeiten, um aufrecht sitzen bleiben zu können. Einer der wenigen Sätze, die sie während der Nacht sprach, war dieser hier:

„Ich muss es aushalten, egal, was kommt. Ich darf meinen Verstand nicht verlieren. Also atme ich ein. Und ich atme aus. Ich atme ein und aus und einfach weiter, so lange, bis sich etwas ändert oder ich eines Tages tot umfalle."

Diese freudlose, doch pragmatische Strategie bewährte sich. In den folgenden Stunden, in denen sich Maria darauf konzentrierte zu atmen und die Gegenwart auszuhalten, normalisierte sich das anfängliche Chaos, das in der Spiegelwelt ausgebrochen war. Man konnte die vertrauten Routen ins Treppenhaus wieder benutzen und die Möblierung der Spiegelwelt sah weniger derangiert aus als zuvor. Nur das Licht schwand nach und nach. Sämtliche Lampen brannten auf Sparflamme und als in Sumpfloch die Dämmerung

einsetzte, blieb es in der Spiegelwelt finster. Das war der Grund, warum Grohann schließlich entschied, dass Maria die Spiegelwelt verlassen sollte.
„Rackiné kann für ein paar Stunden deinen Platz einnehmen. Er macht das mittlerweile sehr gut. Sollte es Schwierigkeiten geben, holen wir dich und du kannst jederzeit eingreifen. Versuch zu schlafen, du hast es bitter nötig!“
„Ich kann nicht schlafen“, sagte Maria.
„Dann iss etwas.“
„Essen kann ich auch nicht.“
„Du brauchst Nahrung und du brauchst Wirklichkeit, Maria!“, erklärte Grohann. „Und wir brauchen *dich.* Also reiß dich zusammen und sieh zu, dass du etwas in deinen Magen bekommst. Thuna wird dich in den Hungersaal begleiten und wir bitten den Koch, dir etwas Schmackhaftes zuzubereiten. Drei Gabeln voll davon isst du, das musst du mir versprechen!“
Thuna merkte, dass Grohann seine Stimme mit dem Zauber versah, der ahnungslose Gemüter in eine gelassene, sorglose Stimmung zu versetzen vermochte, doch bei Maria erwies er sich als wirkungslos. So wie man nicht in ihre Gedanken hineinsehen konnte, wenn sie es nicht wollte, konnte man ihren Gefühlszustand auch nicht manipulieren, egal, wie subtil man es anstellte. Der Wohlfühlzauber perlte an ihr ab wie Wassertropfen an der Oberfläche einer Wachskerze. Sie blickte Grohann nur mit verzweifelt traurigen graublaugrünen Augen an und sagte:
„Eine Gabel voll. Wenn Sie darauf bestehen.“
„Brav.“
Auf dem Weg zum Hungersaal hatte Thuna mehrere Male das Gefühl, Maria werde gleich umkippen. Doch sie tat es nicht. Unheimlich war außerdem, dass das Riesen-Stoffmammut seinen Platz zwischen den Ritterrüstungen verließ und ihnen folgte. Maria hatte es ausnahmsweise weder gegrüßt noch beachtet und das brachte das Stofftier wohl so durcheinander, dass es einfach loslief und mit ihnen durch die Gänge trottete, in der Hoffnung, es werde seinen Gruß noch erhalten.

„Maria?“, sagte Thuna, als sie fast den Hungersaal erreicht hatten und das Mammut immer noch hinter ihnen her spazierte. „Es folgt uns.“

„Ja, und?“

„Könntest du ihm sagen, dass es sich wieder zwischen die Ritterrüstungen stellen soll?“

„Warum?“

„Weil ich es gruselig finde.“

„Lass es doch.“

Thuna gab ihren Widerspruch auf und so spazierte das Riesen-Stofftier mit ihnen in den leeren, verlassenen Hungersaal. Als sie ihre angestammten Plätze einnahmen und eine Molchfrau das Essen auftrug, blieb das Mammut hinter Maria stehen und schnüffelte neugierig in der Luft herum.

Ja, auch Thuna lief das Wasser im Mund zusammen, denn der Krötenkoch hatte mal wieder Großes geleistet. Vor ihnen standen zwei Teller mit Pilzragout und kleinen Hefebrötchen, die nach Safran und Zimt dufteten. Nach dem Motto Es-hilft-niemandem-wenn-ich-hungere aß Thuna ihren ganzen Teller leer, aber sie hatte ein schlechtes Gewissen dabei.

Maria überwand sich, zweieinhalb Gabeln des Ragouts zum Mund zu führen und mit sichtlichen Schluckbeschwerden in ihre Speiseröhre zu befördern, doch danach war Schluss. Sie rührte ihr Besteck nicht mehr an, schob den Teller von sich und starrte ins Leere.

So saßen sie hier, ohne etwas zu tun oder zu hoffen, und währenddessen verstrichen die Morgenstunden. Irgendwann begann das Mammut, Zentimeter für Zentimeter um den Tisch herumzuschleichen. Als es nur noch einen Schritt von dem Teller mit Marias Pilzragout entfernt war, senkte es seinen wuscheligen Hals, stieß mit seinen langen Plüschhörnern gegen die Tischplatte und ließ seine Zunge kurz hervorschnellen. Mit einem Schlurp-Laut fuhr die Zunge durch das erkaltete Pilzragout und verschwand wieder im Mammutmaul.

Thuna konnte nicht anders, sie musste kurz lachen. Das Mammut, das über den unerwarteten Geschmack auf seiner Zunge fast erschrocken war und nun irritiert ein paar Schritte rückwärts ging, starrte weiterhin in Richtung des Tellers. Thuna schob ihn dem Mammut entgegen. Die Welt mochte untergehen, ihr Herz mochte zersprungen sein und nie mehr ganz werden – aber das änderte nichts daran, dass dieser skurrile Moment mit diesem skurrilen Mammut lustig war. Auch schön. Ja, es gab Schönheit in Momenten der Verzweiflung. Und es war kein Vergehen, sie zu bemerken.

Selbst Maria erwachte aus ihrer Starre und sah dem Mammut dabei zu, wie es ihren Teller leer schleckte. Es war so hingebungsvoll bei der Sache und so uneingeschränkt glücklich, während es aß, dass Thuna bei diesem Anblick eine große Erleichterung empfand.

Der Frieden endete jäh, als eine Krähe in den Hungersaal geflogen kam. Sie flog sehr schnell und verwandelte sich, noch während sie vor Thuna und Maria auf dem Tisch landete, in Scarlett. Kaum saß sie in der Hocke vor ihnen, erkannte Thuna, dass Scarlett erst vor wenigen Minuten ungewohnt heftig geweint haben musste. Ihre Augen waren entsprechend rot und geschwollen.

Das Pilzragout machte sich unangenehm in Thunas Magen breit. Sie hatte Angst vor dem, was Scarlett nun sagen würde. Leider waren die Zeiten, in denen Thuna innere Bilder von Scarlett hatte auffangen können, vorbei. Wie alle Zauberer machte Scarlett ihr Inneres für jeden Gedankenleser unkenntlich und so konnte Thuna nicht voraussehen, was nun kommen würde.

„Es steht fest“, erklärte Scarlett todernst. „Wir haben gerade die Bestätigung von Erik bekommen. Deswegen darf ich es euch sagen. Aber ich soll dabei sensibel vorgehen.“

„Welcher Spaßvogel hat dir denn diesen idiotischen Rat gegeben?“, fragte Thuna aufgebracht. „Genauso gut könnte man einem frisch geborenen Lamm auftragen, die Zähne zu fletschen.“

„Dein Geliebter war es“, sagte Scarlett ohne den geringsten Anflug eines Lachens. „Ich glaube, er war etwas abgelenkt von der neuen Situation und hat deswegen vergessen, mit wem er spricht.“

„Was ist denn nun?“, fragte Maria. „Wenn du mir erzählen wolltest, dass Gerald tot ist, würdest du das anders machen.“

„Richtig“, sagte Scarlett. „Er lebt! Sie alle leben!“

Thuna sah Scarlett an, als wäre sie nicht mehr ganz dicht. Erstens, weil es nicht wahr sein konnte, was sie da erzählte. Zweitens, weil Scarlett es in einem Ton vortrug, als würde in fünf Minuten die Welt untergehen. Und drittens, weil zwischen Tod und Leben eine Lücke klaffte, von der sich Thuna gerade überfordert fühlte.
„Gerald lebt?“, fragte Maria entgeistert.
„Ja“, antwortete Scarlett. „Das sagte ich doch eben.“
„Und es geht ihm gut?“
„Na ja, was heißt schon gut“, erwiderte Scarlett. „Hauptmann Stein hat Grohann gemeldet, dass Hanns und Gerald viel zu schlecht aussähen, als dass man sie auf zwei Fluglöwen nach Tolois-Park fliegen lassen dürfte, aber mit Hanns sei ja nicht zu reden. Vor fünf Minuten hat Erik gemeldet, dass sie Tolois-Park sicher und wohlauf erreicht haben. Und dass sie nicht ganz so schlecht aussehen, wie Hauptmann Stein behauptet hat.“
„Wirklich?“, fragte Maria ungläubig. „Und du bist auch nicht verrückt geworden oder fantasierst gerade, weil dir Estephaga zu deiner eigenen Sicherheit irgendeinen Saft eingeflößt hat?“
„Nein!“, rief Scarlett. „Ich bin ganz klar im Kopf.“
Thuna riss jetzt endgültig der Geduldsfaden.
„Und *warum*“, fragte sie, „kannst du dann nicht ein einziges Mal lachen und dich freuen? Wie ein normaler Mensch? Damit wir dir glauben können?“
„Ich hab’s versucht“, erklärte Scarlett und zeigte auf ihre verheulten Augen. „Aber das war ein großer Fehler. Sobald ich meine Gefühle loslasse, drehe ich durch.“
Maria hob verwundert die Augenbrauen und Thuna fragte:
„Du heulst, wenn du dich freust?“
„Ja, ich versinke in Verzweiflung“, sagte Scarlett. „Sobald ich mir erlaube, aufzuatmen, kommen die schlimmsten Gefühle in mir hoch. Ich bin dann nicht mehr zurechnungsfähig. Außerdem werde ich es erst glauben können, wenn Hanns vor mir steht und ich ihn anfassen kann. Was leider erst heute Nacht möglich sein wird.“
„Gilt das auch für Gerald?“, fragte Maria.
„Du wirst ihn früher wiedersehen als ich“, antwortete Scarlett.
„Warum?“

„Weil du eine Schnecke bist, magikalisch betrachtet. Und ich ein Raubtier."
Das Mammut, das seit Scarletts Ankunft so getan hatte, als sei es ein lebloses Stofftier, das jemand in den Hungersaal geschleppt hatte, erwachte bei dem Wort „Raubtier" zum Leben und brachte sich hinter Marias Rücken in Sicherheit. Offenbar lebte es in dem Irrglauben, Maria könne ein Stoffmammut jederzeit vor einer bösen Cruda beschützen. Es duckte sich und dabei drückte es seine Plüsch-Stoßzähne in Marias Nacken, die daraufhin erschauerte und sich schüttelte.
„Heißt das", fragte Thuna, „dass Gerald und die anderen nicht in die Nähe von Magikalie kommen dürfen?"
„Nicht in die Nähe von aktiver, stark wirkender Magikalie."
„Aber sonst ist alles gut?", fragte Maria. „Gerald ist unverletzt und … greifbar?"
„Greifbar, ja", sagte Scarlett. „Aber du wirst in Zukunft ein Licht anknipsen müssen, wenn du dich abends an seinem Anblick ergötzen möchtest. Er verschwindet im Schatten, wenn ich es richtig verstanden habe. Und gut ist noch lange nichts. Hanns wird heute Mittag nach Gorginster aufbrechen und dort versuchen, das älteste und größte Leck Amuyletts erneut einzudämmen, denn die alte Begrenzung ist mürbe geworden und es wächst nun wieder. Sollte der Versuch misslingen, könnt ihr fleißig weiter evakuieren, denn dann ist der Weltuntergang besiegelt."
„Ihr?", fragte Thuna kritisch. „Du meinst *wir*!"
„Ja, ja, *wir*.", sagte Scarlett schnell. „Was ist das? Kann man das essen?"
Das Mammut in Marias Rücken bekam eine weitere Panik-Attacke, dabei zeigte Scarlett doch eindeutig auf die Hefebrötchen, die von Marias Teller gefallen waren. Es war trotz seiner Größe sehr schreckhaft.
„Nimm sie dir", sagte Maria. „Weißt du denn, wie Gerald und die anderen aus der Mine herausgekommen sind?"
„Angeblich über ein paar Hohlräume, aber wie das gehen soll, ist Hauptmann Stein ein absolutes Rätsel. Alle waren pitschnass, als sie an die Oberfläche kamen. Mehr weiß keiner."
Scarlett verschlang die beiden Hefebrötchen binnen Sekunden.

„Das schmeckt gut“, sagte sie. „Ich brauche mehr davon. Ist der Koch nicht mit nach Lettimur gegangen?“
„Nein, er hat sich geweigert“, antwortete Thuna. „Er will erst weg, wenn alles so gut wie verloren ist.“
„Der Kröterich wird mir immer sympathischer. Es ist übrigens so: Wenn Pelohel mitbekommt, dass Hanns wieder da ist, wird er seine Kriegsflotte schleunigst verschwinden lassen, sagt Grohann. Ist ein Krieg abgewendet und das Leck in Gorginster erfolgreich eingedämmt, holt Grohann sie zurück.“
„Wen?“, fragten Thuna und Maria wie aus einem Mund.
„Na, die Schüler“, antwortete Scarlett. „Für dich, Maria. Grohann meint, du kannst die vielen Menschen, die gerade durch die Spiegelwelt gehen, auf Dauer nur verkraften, wenn hier in Sumpfloch alles normal ist.“
„Ach ja?“, fragte Maria und zum ersten Mal an diesem Morgen schlich sich ein Lächeln in ihre Gesichtszüge. „Ich glaube, die Wahrheit ist, dass er das Gekeife von Estephaga Glazard nicht länger ertragen kann. Nichts kann er ihr in Lettimur recht machen.“
„Das hast du mitbekommen?“, fragte Thuna.
„Natürlich, ich bin ja nicht taub. Sie haben sich unmittelbar neben mir gestritten. Sie hat sich darüber beschwert, dass in der Notunterkunft nur die Hälfte der Wasserhähne funktioniert.“
„Ich dachte, du wärst total weggetreten gewesen.“
„War ich nicht“, sagte Maria. „Abgesehen davon hätte Estephagas Geschrei Tote aufgeweckt.“
„Das ist eben ihr Weg, mit schwierigen Gefühlen zurechtzukommen.“
„Wenn wir das alle machen würden …“
„Ich muss jetzt wieder los“, sagte Scarlett. „Du sollst dich ausruhen, Maria. Schlafen. Gerald wird hierherkommen, sobald es ihm möglich ist.“
Ein zweites Lächeln brachte Marias Augen zum Glänzen. Diesmal konnte sie gar nicht mehr aufhören zu strahlen. Scarlett nickte daraufhin überaus finster. Offenbar hatten es ihre Gefühle schon wieder darauf angelegt, sie zu überwältigen. Bevor die Tränen ihre

mühsam errichtete Barriere des gefassten Ernstes fortspülen konnten, wurde sie wieder ein Vogel und flog davon.
„Crudas“, sagte Thuna kopfschüttelnd. „Sie war schon immer ein bisschen anders als wir.“
Maria lachte ausgelassen und während sie es tat, huschten die Schrecken der Nacht wie Schattenspinnen in die hintersten Ecken des Hungersaals.
„Vom ersten Tag an“, erwiderte Maria. „Was täten wir nur ohne sie?“
Und in dem Moment, da Maria es aussprach, wurde es ihnen beiden erschreckend bewusst: Scarlett würde nicht mitkommen nach Lettimur. Sie würde bei Hanns in Amuylett bleiben. Sie starrten einander an, aber nur kurz, denn dass es überhaupt noch ein Amuylett geben würde, an das sie diese Cruda verlieren würden, war ein Grund zur Freude.
„Du leuchtest wieder“, stellte Maria fest. „Das hast du die ganze Nacht nicht getan.“
„Wirklich?“, fragte Thuna und blickte auf die Spuren von blauem Licht, die ihre Finger auf der Tischplatte hinterließen. „Das habe ich gar nicht gemerkt.“
Es wurde immer stärker: Ihre Freude und ihre Dankbarkeit tanzten in der Gestalt von blauen Zauberkringeln an die Oberfläche. Gerald, Lisandra, Berry und Hanns – sie hatten überlebt! Und damit war so viel mehr gerettet als nur eine Welt.

Kapitel 14: Santa Pinsel

Lisandra würde Haul wiedersehen. Sie war so glücklich! Doch jedes Mal, wenn sie ihr rechtes Ohr berührte, war es, als ob jemand den Sonnenschein ausknipste, der in die Ruhehalle der berühmten Badeanstalt von Tolois-Park fiel, und ihr Herz klopfte ein paar Schläge dumpfer als zuvor.

„Nun bring es schon hinter dich", sagte Gerald.

„Was?"

„Den Blick in den Spiegel", antwortete er. „Es vergeht keine Minute, in der du nicht dein Ohr betastest und dabei ein Gesicht machst, als würde die Welt untergehen."

„Und du meinst, wenn ich in den Spiegel schaue, werde ich vor Freude aufjauchzen?"

„Stell dich den Tatsachen – es sieht nicht so schlimm aus, wie du denkst."

„Das sagt ihr immer."

„Ist doch auch so."

Abermals fuhr sich Lisandra über die neuen Knubbel an ihrem Hals, die bis hinauf zu ihrem Ohr reichten. Alleine, wenn sie die Veränderung spürte, musste sie schon mit den Tränen kämpfen. Und sie hatte jetzt absolut keine Lust auf eine Heul-Attacke. Es war doch alles so schön! Sie hatten überlebt, sie waren in Sicherheit und sie durften jetzt schlafen.

Die Halle, in der sie sich befanden, funkelte und glänzte im Sonnenlicht. Liegen aus edlen Balunderhölzern, ausgestattet mit Decken aus Fulminwolle, waren an den altehrwürdigen Wänden dieser dreihundert Jahre alten Badeanstalt aufgereiht. Im Liegen starrte Lisandra auf die hohe elfenbeinfarbene Decke, die mit goldenen Tieren bemalt war. Mit Vögeln, Fischen und … äh …

„Gerald? Habe ich eine schmutzige Fantasie oder ist dieser Kerl da oben etwas zu leicht bekleidet?"

„Er ist gar nicht bekleidet."

Berry blickte nun ebenfalls zur Decke empor und lachte.

„Er hatte diesen Komplex, das ist doch bekannt."

„Wer?", fragte Lisandra.

„Na, Sanguinero Pallas Truthaar."

„Wer soll das sein?“

„Den kennt man doch!“, rief Berry. „Er war einer der bedeutendsten Maler des letzten Jahrtausends! Er hat diese Decke bemalt und das ist einer der Gründe dafür, weswegen diese Badeanstalt so berühmt ist. In jedes seiner Gemälde hat er ein Selbstporträt eingebaut, das war sein Markenzeichen.“

„Er hat *so* ausgesehen? Und hatte *so* einen …“

„Nein“, unterbrach sie Berry. „Er war klein und dick und hatte ganz bestimmt nicht *so* einen.“

Lisandra starrte noch eine Weile an die Decke und fand, dass diese offenbar geschönte Version des Künstlers nicht besonders ansehnlich war.

„Warum ist er bedeutend, wenn er sich nicht einmal so malen konnte, wie er tatsächlich ausgesehen hat?“

„Weil Sanguinero Pallas Truthaar die innere Welt gemalt hat“, erklärte Berry. „Er verlieh den Seelenkräften Gestalt, heißt es. Und die große Macht, die seinem Pinsel innewohnte, verbildlichte er eben auf diese Weise.“

Lisandra gluckste vor Vergnügen, als sie das hörte, doch Gerald, der zwischen Berry und Lisandra lag, warf sich stöhnend von einer Seite auf die andere.

„Berry“, sagte er vorwurfsvoll, „kannst du Lissis Wissenslücken nicht später schließen? Ich will schlafen!“

„Selbst schuld“, verteidigte sich Lisandra. „Ich würde längst schlafen, wenn du nicht gesagt hättest: *Nun bring es schon hinter dich!*“

„Wenn ich das nicht gesagt hätte“, erwiderte Gerald, „würdest du immer noch im Minutentakt dein Ohr befingern.“

„Na, weil dieses Ohr meine innere Ohnmacht versinnbildlicht! Es ist das, was für Santa Papa Truthahn sein Pinsel ist.“

„Was für ein schiefer Vergleich!“, widersprach Berry. „Nur weil dir dein Ohr nicht passt, kannst du es doch nicht in einem Atemzug mit Truthaars Pinsel nennen.“

„Das stimmt. Und wenn er mit seinem Pinsel auch nur in die Nähe meines Ohrs käme, würde ich ihn verhauen.“

„Ihr macht mich wahnsinnig!“, sagte Gerald und stand auf. „Lissi, du siehst dir jetzt dein Ohr im Spiegel an und dann gebt ihr beiden Ruhe.“
Er hielt Lisandra die Hand hin und sie ergriff sie zögernd, doch einsichtig. Berry lief hinter ihnen her, als Lisandra und Gerald zu der großen Spiegelwand am anderen Ende des Saals wanderten.
„Hatten wir den Truthahn mal in der Schule?“, fragte Lisandra über ihre Schulter in Richtung Berry. „Ich kann mich überhaupt nicht an diesen Namen erinnern.“
„Kunstgeschichte? Nein, so was wird in Sumpfloch nicht unterrichtet.“
„Woher kennst du ihn dann?“
„Sein Name ging vor einigen Jahren durch die Schlagzeilen. Er hatte zu Lebzeiten eine Wandzeichnung in einer öffentlichen Toilette hinterlassen. Er war wohl betrunken damals und das Selbstporträt, das er in das Klo kritzelte, fiel sehr expressiv aus. Nach seinem Tod, vor 230 Jahren, wurde die Toilette zum Kulturdenkmal erklärt. Aber vor sechs Jahren schlichen sich ein paar Banausen in das streng bewachte Klohäuschen, schlugen die Wandzeichnung aus der Mauer und ließen sie verschwinden. Seither gilt das Kunstwerk als verschollen.“
„Und was haben deine Eltern damit gemacht?“
„Ein austrischer Geschäftsmann, der anonym bleiben wollte, hat uns zwanzigtausend Goldflöhe dafür bezahlt.“
„Zwanzigtausend für einen hässlichen Pinsel?“, rief Lisandra entgeistert. „Ich war schon auf einigen Jungs-Toiletten und ich kann dir sagen: Die waren mit Gold tapeziert, bei *den* Preisen!“
„Waren sie nicht. Denn die Kritzeleien stammten sicherlich nicht von Sanguinero Pallas Truthaar.“
„Ich werde nie verstehen, was als Kunst durchgeht und was nicht.“
„Ganz einfach“, erwiderte Berry. „Als Künstler musst du nur die Mehrheit der Menschen dazu bringen, an etwas zu glauben.“
Ob Berry das nun idealistisch oder eher kunstkritisch meinte, fand Lisandra nie heraus, denn sie war soeben am Spiegel angekommen und vergaß augenblicklich, worüber sie gerade noch gesprochen hatten. Ihr Blick fiel auf ihr Schlüsselbein, ihren Hals und die grüne Haut, die sich unter ihrem Haar verlor. Mit einer erstaunlich

ruhigen Hand schob sie ihre Locken beiseite und sah sich das Ohr an.
Ja, es war grün. Ja, es hatte eine andere Form als vorher. Aber zum ersten Mal musste sie nicht losheulen, als sie die Bescherung sah. Es war fast so, als gehörte diese grüne Haut an genau diesen Stellen zu ihr. Selbst die kleinen Höcker, die sich wie Vorsprünge eines Außenskeletts aus der Haut hervorschoben, bildeten ein unaufdringliches, ja, fast hübsches Muster, das sich spiralförmig zu dem kleinen Ohr emporwand, das Lisandra spontan in ihr Herz schloss. Sie war nicht entstellt. Noch nicht. Diesmal hatte sie Glück gehabt, auch wenn die Veränderung sehr auffällig war.
„Gut", sagte sie und nickte. „Jetzt kann ich schlafen."
Gerald hob die Augenbrauen und sah sie ungläubig an.
„Sicher?"
„Du hast behauptet, es sei nicht schlimm. Und nun wunderst du dich, dass ich es nicht schlimm finde?"
„Ja, weil du es sonst immer schlimm findest!"
„Ich dachte, es wäre schrecklicher. Jetzt bin ich beruhigt."
Gerald traute dem Frieden nicht, das war ihm deutlich anzusehen, doch als sie zu ihren Liegen zurückgekehrt waren, war Lisandras Zustand immer noch stabil. Sie gähnte. Sie war todmüde. Aber bei dem Gedanken daran, die Augen zu schließen, sah sie wieder die Dunkelheit vor sich, in der sie gefangen gewesen war. Die Angst, die sie überwunden zu haben glaubte, kehrte zurück.
„Du, Gerald? Würde es dir etwas ausmachen, wenn ich meine Liege ein bisschen näher an deine heranschiebe?"
„Nein."
Als sie schon einmal dabei war, ihre Liege in Geralds Richtung zu schieben, schob sie so lange weiter, bis ihre Liege an seine stieß. Und bevor Gerald widersprechen konnte, legte sie sich darauf, zog sich die Decke über den Kopf und schloss die Augen. Ja, so war es gut. Sie konnte Gerald atmen hören und genau darauf kam es ihr an. Sie wollte die ganze Zeit hören, dass sie nicht allein war.
Berry räusperte sich.
„Äh, Gerald? Darf ich vielleicht auch …"
„Was immer du willst", erwiderte er. „Hauptsache, ihr beiden haltet endlich die Klappe."

Das taten sie. Kaum hatte Berry ihre Liege von der anderen Seite aus an die von Gerald herangeschoben, fielen sie nach der Reihe – oder sogar gleichzeitig – in einen tiefen Schlaf. Es mussten Stunden vergehen, die sie so verbrachten, ohne auch nur einmal aufzuwachen, denn als die Stimme von Hanns an Lisandras Ohren drang, kam das Sonnenlicht aus einer ganz anderen Richtung.
„Ihr habt es ja gemütlich hier“, hörte sie ihn sagen. „Ich habe fast Hemmungen, euch aufzuwecken, aber ihr müsst eine Entscheidung treffen.“
Lisandra blinzelte. Hanns saß auf dem unteren Ende von Geralds Liege im Schneidersitz und blickte auf die drei Schlafenden hinab, die offenbar alle an derselben Stelle lagen – auf Geralds Liege, um genau zu sein. Lisandra hatte sich an seine Seite gedrückt und Berry missbrauchte seine Brust als Kopfkissen.
„Ich nehme die erste Möglichkeit“, sagte Gerald und versuchte sich aufzurichten, was angesichts der Mädchen, die ihn umlagerten, gar nicht so einfach war.
„Gut“, erwiderte Hanns. „Dann kommst du also mit mir.“
Lisandra war verwirrt. Sie konnte sich nicht erinnern, dass Hanns irgendwelche Möglichkeiten aufgezählt hätte.
Es half ja nichts, sie musste ihre Augen nun richtig öffnen und mühsam in eine sitzende Position gelangen, obwohl sie noch halb im Reich der Träume weilte. Auch Berry hatte es mittlerweile geschafft, sich aufzusetzen. Als sie sah, wo sie gelegen hatte, rückte sie eifrig auf ihre eigene Liege zurück. Sie strich sich das vom Schlaf zerzauste blonde Haar zurück und zog ihre Klammern aus dem Haar, um sie erneut festzustecken. Es war schließlich Hanns, der da unmittelbar vor ihr saß.
Hanns sah erschöpft aus. Immer noch. Er hatte ja auch nicht geschlafen, aber es fiel auf, dass er andere Kleidung trug und herausgeputzt war wie nach einem öffentlichen Auftritt. Er merkte, wie erstaunt Lisandra ihn musterte, und erklärte ihr:
„Ich musste zwei Filmaufnahmen machen.“
„Gleich zwei?“
„Eine für den Fall, dass wir das Leck in Gorginster eindämmen können. Und eine zweite für den Fall, dass es nicht klappt.“

„Wieso?“, fragte Lisandra, deren Verstand sich noch weigerte, in der gewohnten Schnelligkeit zu arbeiten.
„Wir werden erst heute Nacht zurückkommen“, antwortete Hanns. „Wie unsere Mission ausgegangen ist, sollten wir aber so schnell wie möglich verkünden. Heute Abend schon, nicht erst morgen früh. Dafür haben wir die Filme gemacht.“
„Ah – ich verstehe. Du hast nicht zufällig Haul mitgebracht?“
„Nein. Ich habe ihn bisher nur aus weiter Entfernung gesehen. Er und die anderen Gespenster fliegen auf einem anderen Schiff als ich nach Gorginster. Ich nehme eins mit nichtmagikalischem Antrieb. Deswegen bin ich auch hier: Momentan bin ich mit einem kleinen Schiff unterwegs, muss aber demnächst auf ein größeres, schnelleres umsteigen. Wenn ihr wollt, nehme ich euch mit und das kleine Schiff fliegt euch weiter nach Sumpfloch. Das wäre die eine Möglichkeit.“
„Und die andere?“
„Ihr bleibt bis heute Abend hier und nehmt dann den Weg durch die Spiegelwelt. Im Moment kann ich euch weder in den Keller noch in die Spiegelwelt lassen, weil noch Spuren von Antimagikalie an euch haften könnten, genauso wie an mir. Erst heute Abend wird es gefahrlos möglich sein, dass ihr den Keller und die Spiegelwelt durchquert.“
„Sumpfloch“, sagte Lisandra nachdenklich. „Ja, ich glaube, da möchte ich gerne hin.“
„Ich auch“, meinte Berry. „Wir könnten Maria und Thuna sehen – oder müssen wir uns von denen auch fernhalten?“
„Nein. Sie sind Erdenkinder und wenn sie kein magikalisches Spielzeug bei sich tragen, besteht keine Gefahr.“
„Wie geht es Ajach?“, wollte Berry wissen.
„Zu schlecht, als dass sie aufstehen könnte“, antwortete Hanns. „Aber besser als vor ein paar Stunden. Repuls muss sie in Gorginster vertreten.“
Gerald hatte die ganze Zeit schweigend zugehört und – wie Lisandra fand – dabei ein sehr kritisches Gesicht gemacht.
„Was ist los?“, fragte sie ihn.
„Die zweite Filmaufnahme gefällt mir nicht“, sagte er.

„Sie wird nur im schlimmsten Fall zum Einsatz kommen“, erklärte Hanns.
„Du meinst, wenn sich das Leck, während ihr es einzudämmen versucht, ausbreitet statt zu schrumpfen?“
„Ja, genau“, sagte Hanns. „Warum fragst du, wenn du Bescheid weißt?“
Geralds Gesichtsausdruck wurde noch düsterer.
„Geht dann die Welt unter?“, fragte Berry. „Kippt dann das Gleichgewicht, die Kettenreaktion beginnt und das Ende tritt ein?“
„Nein“, antwortete Hanns. „Denn ein Zauberer könnte mit einer geballten Ladung Antimagikalie in das Innere der Gefahrenzone gehen und versuchen, so weit wie möglich an den Rand des Lecks vorzudringen, um die Antimagikalie dort zu fixieren. Wenn er das schafft, wird sich das Leck stabilisieren und man kann es doch noch eindämmen.“
„Aber der Zauberer käme niemals lebend von dort zurück, oder?“, rief Berry. „Ich bezweifle sogar, dass er überhaupt den Rand erreichen könnte, ohne vorher verschlungen zu werden.“
„Ja, der Durchschnittszauberer würde verschluckt werden, aber ich könnte es schaffen.“
Oh, jetzt wusste Lisandra, warum Gerald ein so düsteres Gesicht machte.
„Du würdest dich damit umbringen, nicht wahr?“, fragte sie. „Du kämst hin, aber niemals zurück!“
„Ich müsste das Leben, das Gerald zweimal so mühsam gerettet hat, ein drittes Mal einsetzen“, gab Hanns zu. „Das stimmt.“
Sie alle starrten Hanns an. Sie hatten gerade die Hölle überlebt. Und nun redete er schon wieder vom Sterben?
„Es wird nicht nötig sein“, sagte er schnell. „Wir kriegen das hin mit dem Leck. Ich wollte euch nur beruhigen.“
„Beruhigen?“, wiederholte Lisandra. „Das nennst du *beruhigen*?“
„Na ja, die Welt wird nicht untergehen, das wollte ich damit sagen. Wir haben diesen letzten Trumpf im Ärmel. Glaubt mir, ich will ihn nicht ausspielen. Nur für den Fall, dass ich es doch tun muss, haben wir einen passenden Film dafür gedreht.“
„Einen Film, in dem du deinen Tod ankündigst?“, fragte Berry.

„Nein", antwortete er. „Von meinem Tod darf keiner etwas wissen. Es ist kein Abschiedsfilm, sondern eher eine Erklärung, warum ich für ein paar Wochen von der Bildfläche verschwinden muss. Ein Film, der keinen Zweifel daran lässt, dass ich zurückkommen werde. Denn was passiert, wenn mich die Leute für tot halten, haben wir ja nun gesehen. Das hilft niemandem. Kommt ihr? Das Schiff wartet."
Das Schiff schwebte über dem Dach der Badeanstalt und als Lisandra die Strickleiter emporkletterte, die hinauf zur Reling führte, blickte sie fast wehmütig auf das alte Bad hinab. Es war ihr ein bisschen wie ein Paradies vorgekommen, in das die Dunkelheit und die Sorgen der Gegenwart nicht eindringen konnten. Lag es an dem Deckengemälde von Santa Papa Pinsel Truthahn, dass sie sich der Zeit enthoben und unbeschwert gefühlt hatte? Womöglich hatte der Kerl ja doch etwas auf dem Kasten gehabt? Wann immer sie an die goldenen Vögel und Fische des Malers dachte, wurden ihre Gedanken flaumig weich und ihr Herz ganz warm.
Doch das Dach der Badeanstalt wurde immer kleiner, als das Schiff in den Himmel emporschwebte, und schließlich entschwand es ganz. Hanns stand neben Lisandra an der Reling und blickte ebenso unverändert in die Tiefe wie sie.
„Was hältst du eigentlich von diesem Maler?", fragte sie.
„Von welchem Maler?"
„Na, von diesem berühmten Maler, der auf jedem Gemälde seinen Pinsel abgebildet hat."
„Seinen … ach, du meinst Truthaar."
„Genau den."
„Seine Bilder sollen eine besondere Kraft gehabt haben. Es gab angeblich Wunderheilungen bei Menschen, die sich in seine Bilder versenkten. Unbestritten ist, dass seine Gemälde eine wohltuende Wirkung auf die Gemüter der meisten Menschen haben, weswegen er in der Spätphase häufig Aufträge von Krankenhäusern oder Sanatorien angenommen hat. Ein so riesiges Deckengemälde wie das im Bad von Tolois-Park gibt es aber nur noch an zwei anderen Orten auf der Welt."

„Seltsam. Ich konnte mit dem Bild nichts anfangen, aber irgendwie hat es mich froh gemacht. Was allerdings nicht am Selbstporträt von Santa Pinsel lag!“
„Es ist Zauberei, heißt es. Eine, die nichts mit Magikalie zu tun hat.“
„Hoffentlich geht die Welt nicht unter“, sagte Lisandra. „Ich möchte, dass es dieses Deckengemälde noch in tausend Jahren gibt und die Menschen sich darunter wohlfühlen!“
„Das möchte ich auch“, erwiderte Hanns.
Eine halbe Stunde später kam das größere Schiff in Sichtweite, auf das Hanns umsteigen wollte, um nach Gorginster zu segeln. Zu Geralds Entsetzen sprang Hanns kurzerhand auf den schmalen Rand der Reling und machte dem Kapitän des anderen Schiffes ein Zeichen, er solle das Schiff näher heranmanövrieren, was dieser sogleich tat.
„Du willst nicht im Ernst da rüberspringen?“, fragte Gerald. „Mitten in der Luft, hoch oben im Himmel, von einer Reling auf die andere?“
„Was spielt es für eine Rolle, ob ich es hoch oben in der Luft tue oder unten am Boden?“, gab Hanns unbekümmert zurück. „Entweder kann ich über eine solche Entfernung springen oder ich kann es nicht. Und du weißt, ich kann es. Der Graben, über den wir unter der Erde gesprungen sind, war breiter.“
„Da konntest du aber Anlauf nehmen.“
„Er war ja auch breiter. Wie ich schon sagte.“
Gerald schüttelte ungläubig den Kopf. Ihm war anzusehen, was er von dieser Antwort hielt.
„Zur Not kann er ja seine Magikalie einsetzen und fliegen“, sagte Berry. „Oder?“
„Das wäre gewagt“, erwiderte Hanns. „Aber es wird nicht nötig sein.“
Das Schiff mit den großen Segeln flog nun fast auf gleicher Höhe.
„Bis dann!“, rief Hanns. „Wir sehen uns.“
Er lief drei Schritte über die Reling und dann sprang er.
Gerald, Berry und Lisandra hielten die Luft an und atmeten erst wieder aus, als Hanns auf der anderen Seite angekommen war. Das Schiff entfernte sich schon wieder, doch sie sahen deutlich, wie

Hanns erst mal die Reling des anderen Schiffes entlangspazierte, bevor er zum Kapitän auf die Brücke sprang. Ja, er konnte es. Er konnte über Abgründe springen. Und es zu tun, machte ihm an diesem denkwürdigen Tag offensichtlich großen Spaß.

Kapitel 15: Schneefälle

Ein starker Wind kam am Morgen auf, der erst einzelne, dann riesige Wolken nach Sumpfloch trieb, bis schließlich das gesamte Blau des Himmels hinter wabernden Wolkenfetzen verschwunden war. Das Wolkenmeer hing tief, es streifte fast die gefrorene Erde, als es darüber hinwegbrauste. Unmerklich lösten sich die ersten Schneeflocken aus seinem Inneren. Sie sausten vom Wind getragen hinauf und hinab und im Kreis herum, bis sie schließlich an der Erde haften blieben.

So fleißig wirbelten die Flocken, dass der Garten Sumpflochs allmählich unter einer Schneedecke verschwand, die mit dem Anschwellen der Flocken immer dicker und makelloser wurde. Das Weiß des Gartens mischte sich mit dem Weiß des Wolkensturms und wer es beobachtete, fühlte sich aufgehoben zwischen oben und unten, schwerelos schwebend in einem lautlosen Wintertraum.

Dandelia Pimbel genoss dieses Gefühl in vollen Zügen, während sie auf einem Baum im Garten saß und sich von den Strapazen der letzten Nächte erholte. Reglos hockte sie da, bis sich Türme aus Schnee über ihr gebildet hatten. Erst gegen Mittag, als sie plötzlich Hunger bekam, verlor sie die Lust daran, im Baum auszuharren.

Von einer Sekunde auf die andere löste sie sich in Luft auf und der ganze Schnee, der sie bedeckt hatte, blieb an Ort und Stelle. Vermutlich fiel er herunter, aber das bekam Dandelia Pimbel nicht mehr mit. Sie durchmaß die Zauberzeit mit flinken Schritten und kehrte innerhalb der Festung Sumpfloch in die Gegenwart zurück. Nicht eine einzige Schneeflocke, die hätte schmelzen und ihren Pelz durchnässen können, klebte noch an ihrem Fell.

Zufrieden schlug Dandelia Pimbel den Weg in Richtung Küche ein. Wenn eine Katze wie sie nicht nass werden wollte, dann wurde sie auch nicht nass. Und wenn sie nicht baden wollte, dann badete sie auch nicht. Egal, was irgendwer für unbedingt notwendig hielt oder nicht. Mit stolz erhobenem Haupt spazierte Dandelia Pimbel um die nächste Ecke und hielt ihre Nase in die Luft. Es roch nach rohem Fisch – sehr gut!

In der Küche war der Krötenkoch an etlichen Riesentöpfen zugange. Er hantierte mit eingezogenem Kopf herum und legte eine verkrampfte Körperhaltung an den Tag, was daran liegen mochte, dass die Hexe Hylda in der Küche auf- und abschritt und alles inspizierte, was die Vorratsräume und Kühlkammern hergaben.
„Es müssen die Augen von Säugetieren sein!", forderte Hylda. „Erzähl mir nichts von Fischen oder Kröten, deren Augen kannst du meinetwegen selbst essen."
Die Augen des Krötenkochs sprangen hervor, als wollten sie sich unabhängig vom Kopf schnellstmöglich auf die Flucht begeben.
„Ich hätte da noch ein totes Huhn, das ich in die Suppe …"
„Ich brauche ein Säugetier!", zischte Hylda. „Weißt du nicht, was ein Säugetier ist? Wenn mir ein Federvieh reichen würde, würde ich einen dieser hässlichen Schwäne da draußen schlachten und rupfen, aber leider erfordert mein Rezept das Auge einer menschenähnlichen Kreatur!"
Bei dem Wort „menschenähnlich" zuckte der Krötenkoch zusammen. Sein Arm zitterte gewaltig, als er eine riesige gusseiserne Pfanne auf die Feuerstelle schob.
„Ich muss mich um das Essen kümmern", sagte er leise. „Heute Abend werden alle Schüler und Lehrer wieder im Hungersaal sitzen und ich habe nichts vorbereitet, um eine solche Menge von Leuten zu bewirten."
Hylda starrte den Koch mit einem wahrhaft gruseligen Ausdruck der Verachtung an. Selten hatte Dandelia Pimbel ein Gesicht gesehen, das so giftig und gleichzeitig so lieblich und schön aussehen konnte wie das dieser Hexe.
Seit der Schlacht trug Hylda nicht nur einen Handschuh über ihrer unvollkommenen magikalischen Ersatzhand, sondern auch eine neue Frisur. Ihre seidigen, schwarzen Locken reichten ihr nur noch bis zum Kinn und ein modischer Seitenscheitel ließ sie jugendlicher erscheinen. Im porzellanweißen Gesicht prangten Lippen, die in einem solch dunklen Rot geschminkt waren, dass sie fast schwarz aussahen, und ihre Augenlider zierten dunkelblaue Halbmonde aus Lidschatten.

Gerade schlug sie die langen Wimpern nieder, was bedrohlich wirkte, und in der Tat: Als sich die Lider wieder hoben und ihre glänzenden, pechschwarzen Augen zum Vorschein kamen, griff Hylda nach einem toten Fisch, der vor ihr auf dem Arbeitstisch lag, und schleuderte ihn in Richtung des Krötenkochs.
Der Koch ging geistesgegenwärtig in die Knie und so schlug der Fisch oberhalb der Feuerstelle in die Mauer ein. Ja, so unwahrscheinlich das auch war, aber der halbe Fisch verschwand in der Wand, nur der Schwanz schaute noch heraus. Er zappelte, als ob er noch lebte, was an den kleinen weißen Blitzen liegen mochte, die aus ihm herauszuckten. Schließlich erstarben die Bewegungen des Fischschwanzes und er hing nur noch schlapp und traurig herab.
Der Krötenkoch sah aus, als werde er gleich in Tränen ausbrechen.
„Ich fasse zusammen", sagte Hylda scharf. „Ich brauche zwei Säugetieraugen, fünf Meter Schlangendarm, drei Oktopus-Tentakel, ein Kilogramm betäubte Asseln, zehn Gramm getrocknete und zerriebene Krötenhaut, zwei Fluglöwen-Eier …"
„Entschuldigen Sie", unterbrach sie der Krötenkoch, „aber wäre es nicht sinnvoller, Estephaga Glazard um diese Zutaten zu bitten? Die medizinische Abteilung hat ganz andere Möglichkeiten als ich, wenn es darum geht, exotische Ingredienzen zu bestellen. Ich kann nur ein paar Haken auf die Lieferzettel setzen, die mir die Bauern der Umgebung zukommen lassen. Und soweit ich mich erinnern kann, standen Asseln und Fluglöwen-Eier noch nie zur Auswahl."
Hylda fixierte den Krötenkoch mit einem bitterbösen Blick und währenddessen wanderte ihre Hand wie in Zeitlupe zu dem nächsten Fisch, der auf der Arbeitsfläche zum Ausnehmen bereitlag.
„Glauben Sie mir doch!", versicherte der Krötenkoch verzweifelt. „Ich bin machtlos!"
Dandelia Pimbel fasste den Fisch ins Auge, den Hylda gerade in ihre Handschuh-Hand nahm. Er sah noch viel saftiger und schmackhafter aus als der vorherige, den Hylda durch die Gegend geschleudert hatte. Es wäre eine Vergeudung, wenn dieser Fisch auch noch ungegessen in der Wand landete oder, was noch viel

schlimmer wäre, den Kopf des Krötenkochs von dessen Schultern trennte. Dandelia wollte keinen Fisch fressen, an dem das Blut eines Krötenmenschen klebte. Igitt. Menschenblut, egal in welcher Form, schmeckte einfach eklig.

„Erzähl mir nicht, was ich besser tun oder lassen sollte!“, giftete Hylda den Koch an. „Für einen Angestellten bist du mir entschieden zu gesprächig.“

Der Krötenmann schüttelte den Kopf.

„Tut mir leid, aber ich wüsste überhaupt nicht …“

Seine Stimme erstarb, denn aus dem Fisch, den Hylda in der Hand hielt, sprühten bereits die ersten weißen Funken.

Es wurde Zeit. Dandelia Pimbel schlich sich unter diversen Küchenschränken hindurch, sprang lautlos auf einen der Hocker, die das eher kleinwüchsige Frosch-, Fisch- und Molchpersonal normalerweise benutzte, um die oberen Schrankfächer zu erreichen, und berechnete die Flugbahn des Fisches, der mit Sicherheit bald angeflogen kommen würde.

Hylda nahm keine Notiz von Dandelia. Natürlich nicht. Hylda zog es seit jeher vor, Dandelia wie Luft zu behandeln, aus dem einfachen Grund, weil die Katze jederzeit in die Zauberzeit entschwinden konnte, was einer Cruda wie Hylda jede Art von Spaß verdarb. Sie fand es witzlos, Dandelia Pimbel zu bedrohen oder zu quälen, während es ihr beim Krötenkoch ausgesprochen große Freude bereitete.

Der arme Kerl hatte noch nicht begriffen, dass es der Hexe viel weniger um die Säugetieraugen ging als darum, jemanden vor Furcht zittern und schwitzen zu sehen. Oder hatte er es womöglich doch begriffen und spielte das Spiel mit? Dann tat er es aber sehr überzeugend, denn mittlerweile schlotterte er am ganzen Körper.

Der Fisch flog los, Dandelia sprang in die Luft und schnappte ihn sich am höchsten Punkt seiner Flugbahn. Aus dem Augenwinkel sah sie, wie der Krötenkoch bereits in Deckung gegangen war. Kaum hatte Dandelia ihre spitzen Zähne in den Fisch gehauen, lief sein köstlicher Saft über ihre Zunge. Doch dieser wundervolle Moment währte nur für den Bruchteil einer Sekunde. Denn mit den Tropfen, die über Dandelias Zunge perlten, entlud sich auch

die geballte Magikalie, die Hylda in den Fisch gesteckt hatte, und sprang auf Dandelia über.
Normalerweise hätte sich Dandelia kurz unsichtbar gemacht und wieder materialisiert, um die unheilvolle Wirkung der bösen Magie von sich abzuwenden, doch diesmal wollte es nicht klappen. Stattdessen wanderte ein unangenehmes Prickeln durch Dandelias Körper, vom Maul bis zur Schwanzspitze, in dessen Verlauf sich ihr Körper merkwürdig versteifte. Noch ehe Dandelia begriff, was mit ihr passiert war, stürzte sie aus der Höhe, in die sie gesprungen war, in die Tiefe. Ein lauter Knall irritierte die Katze, als sie zu Boden krachte. Und danach konnte sie sich nicht mehr bewegen.
Der Fisch, der so köstlich und saftig gewesen war, steckte starr in ihrem Maul. Er war ebenso gelähmt wie Dandelia und ein Gefühl, das sie vergessen zu haben glaubte, bemächtigte sich ihrer: Es war das Gefühl, ein Stein zu sein. Ein Wesen, das eine Seele besaß, doch den Stein, in dem es steckte, nicht zu durchdringen vermochte.
Otemplos hatte Dandelia einst zum Leben erweckt. Und es hatte danach viele Monate gedauert, bis Dandelia ihren Posten auf dem Torpfosten hatte verlassen können, um das Leben zu leben, das Otemplos ihr geschenkt hatte. Überaus langsam hatte sich der steinerne Körper in einen echten Katzenkörper verwandelt. Und nun? Nun war Dandelia ganz plötzlich wieder zu Stein geworden! Sie lag hilflos auf dem Küchenboden, den versteinerten Fisch im Maul, die Beine immer noch wie im Sprung von sich gestreckt.
„Was haben Sie getan?“, rief der Krötenkoch entsetzt, als er die Bescherung erblickte. „Diese Katze steht unter dem besonderen Schutz von Fräulein Lisandra!“
„Ich war das nicht“, erklärte Hylda ungerührt. „Keine Ahnung, wie die Katze das angestellt hat, aber ich habe bestimmt nichts damit zu tun.“
„Wer soll es denn sonst gewesen sein?“, rief der Krötenkoch schrill. „Ich etwa?“
Hylda zuckte mit den Achseln.
„Das Resultat spricht dafür. Hätte *ich* dieses Mistvieh verwandelt, wäre ein haariger Käfer oder eine schleimige Raupe aus ihm

geworden. Irgendetwas, das herzig aussieht und sich leicht zertreten lässt. Aber Stein? Hat man jemals etwas Einfallsloseres gesehen? Diese Tat geht ganz gewiss nicht auf das Konto einer genialen Cruda."

„Aber es war *Ihr* Fisch!"

„Mein Fisch, mein Fisch", äffte Hylda den Krötenkoch nach. „Der Fisch war nicht für den Rachen der Katze bestimmt, sondern für dein breites Schlappmaul, du hysterisches Amphibium! Was kann ich denn dafür, wenn die belämmerte Katze dazwischenfunkt? Das Miststück war so dermaßen mit Antimagikalie aufgeladen, dass mir allein vom Geruch speiübel geworden ist. Nun ist sie neutralisiert und die Luft hier drin hat sich drastisch verbessert."

Antimagikalie!

Wäre Dandelias Herz nicht schon versteinert gewesen, dann wäre es jetzt erstarrt vor Schreck. Das hier war kein vorübergehender Zauber. Keiner, der durch ein Fingerschnippen oder die Abnutzung einer Illusion wieder verging! Die Magikalie hatte mit der Antimagikalie reagiert, die in Dandelias Pelz gesteckt hatte, und dadurch war sie zu Stein geworden. Wie furchtbar! Wie grauenvoll!

Eine echte Katze wäre sofort tot gewesen. Doch Dandelia Pimbels wahre Natur war die eines steinernen Wasserspeiers. Deswegen fühlte sie noch etwas. Deswegen konnte sie noch denken. Aber wie sollte das weitergehen? Was würde jetzt aus ihr werden? Eine übergroße Sehnsucht nach Lisandra und Otemplos ergriff sie. Doch sie konnte nicht mal Wüten und Greinen, so wie sonst, wenn sie schlechte Laune hatte. Sie konnte nur starr in die Gegend blicken, während sie vom Krötenkoch aus der Küche getragen wurde, gefolgt von Hylda.

„Ich werde Fräulein Lisandra befragen, was zu tun ist", sagte der Krötenkoch. „Vielleicht weiß sie Rat."

„Das würde mich aber sehr wundern, wenn der hohle Lockenkopf etwas wüsste, das über die Uhrzeit der nächsten Schülerspeisung hinausgeht", meinte Hylda. „Die Leere kann nichts gebären, so lautet der erste Satz des ersten magischen Gesetzes. Und nichts belegt die Richtigkeit dieser Aussage treffender als Fräulein

Lisandras Hirn. Was mich zu meinem ursprünglichen Anliegen zurückführt …"

Der Krötenmann lief schneller, doch Hylda blieb ihm auf den Fersen.

„Ich wage es ja kaum auszusprechen", fuhr Hylda fort, „aber bis auf die Krötenhaut, die ich dir zur Not über die Ohren ziehen könnte, bist du für meine Ingredienzen-Liste ein Totalausfall. Ich werde mich wohl doch an Estephaga wenden müssen, dabei ist mir diese Frau mit ihren Launen zuwider."

Der Krötenkoch konnte es nicht lassen, auf diese Äußerung hin noch einmal zurückzublicken. Dabei drehte er Dandelias Kopf in eine Richtung, die es ihr erlaubte, ebenfalls einen Blick auf Hylda zu richten.

Die Hexe lächelte höchst selbstzufrieden. Niemand konnte ihr das Wasser reichen, was Launen betraf, und so freute sie sich gerade diebisch über die Widersinnigkeit ihrer letzten Bemerkung.

„Hüpf, hüpf!", forderte sie den Krötenmann auf. „Schneller, mein Junge! Oder soll ich mich in einen Storch verwandeln und dich kräftig in den Hintern zwicken?"

Der Krötenmann verfiel daraufhin in einen Dauerlauf. Erst als er die Eingangshalle erreichte, merkte er, dass ihm die Hexe nicht länger gefolgt war. Er lehnte sich an eine Säule und schnappte japsend nach Luft.

Dandelia empfand kein Mitleid mit ihm. Er hatte es gut, der Glückliche. Sie war aus Stein. Er nicht. Was hätte sie dafür gegeben, mit ihm zu tauschen.

***

Als Maria erwachte, pfiff der Wind um das Gemäuer. Dicke Schneeflocken schwebten gegen die Fensterscheiben. Maria räkelte sich behaglich unter ihren drei Decken und streckte ihre Arme nach Geralds Kopfkissen aus, um es ersatzweise in den Arm zu nehmen, so wie sie es immer tat, wenn sie ihn vermisste. Doch statt des Kopfkissens ertasteten ihre Finger einen Rüssel aus Plüsch.

Verwundert tauchte sie aus ihren Decken auf und entdeckte den Kopf des Stoffmammuts neben ihrem. Es sah ziemlich unbequem aus, wie das Mammut auf Knien am Bettrahmen lehnte und den

Hals abgeknickt hatte, um seinen Kopf neben Marias zu betten, aber offenbar konnte es trotzdem schlafen, denn es hielt die Augen geschlossen und atmete tief und ruhig.
Maria angelte sich ihre Taschenuhr, die auf dem Nachttisch lag, und öffnete sie. Es war schon drei Uhr nachmittags! Eilig stand Maria auf und befestigte vor einem kleinen Spiegel an der Wand eine Haarsträhne nach der anderen an ihrem Hinterkopf. Anschließend schob sie alle Strähnen mit einer Haarnadel zusammen, deren Ende ein schlankes Eichhörnchen mit Saphiraugen zierte. Gerald hatte ihr diese Nadel geschenkt mit der Bemerkung, er wünsche sich entsprechend hübsche Eichhörnchen in Lettimur.
Nun zupfte Maria noch den seidigen Stoff an ihrem Ausschnitt zurecht und schlüpfte in eine Damastjacke, die mit erstaunlich beweglichen Fischen bestickt war. Nachdem sie ihre Taschenuhr und das Puderdosen-Spiegelfon eingesteckt hatte, verließ sie das Schlafzimmer, gefolgt von einem stolpernden, verschlafenen Stoffmammut.
Sie ignorierte die vier Makületle, die ihr Zimmer bewachten, und schritt an ihnen vorüber auf den großen Standspiegel zu, den sie normalerweise nur nachts benutzte, wenn Hanns nach Sumpfloch schlich oder wieder zurückwollte nach Tolois. Nachdem sie ihren Rock hochgerafft hatte, stieg sie durch das Glas und kam in der alten Badehalle an. Das Mammut sprang hinter ihr her.
„Hallo Rackiné!", begrüßte Maria den Hasen, der direkt neben dem Spiegel saß. Der Arme musste seit dem frühen Morgen dort ausgeharrt haben. Sie wollte ihn bereitwillig erlösen, indem sie nun seinen Platz einnahm, doch er winkte sie nur ärgerlich fort.
„Nicht jetzt!", zischte er.
Maria reagierte erstaunt, doch ein kurzer Rundumblick verriet ihr, warum der Hase sie loswerden wollte: Soeben betrat eine Gruppe von Schülern die Badehalle, angeführt von Krotan Westbarsch. Betont lässig hielt Rackiné seine Hand in den Spiegel, als sei es nichts (und es war ja auch nichts), und verwandelte ihn in eine durchlässige Fläche. Er erntete einige ehrfurchtsvolle Blicke, tat aber so, als würde er sie gar nicht bemerken.

Maria sah ein, dass sie störte, und zog sich daher mit dem Mammut in das angrenzende Zimmer zurück. Zu ihrem Erstaunen sah die Einrichtung des kleinen Salons verändert aus. Ein großes steinernes Wappen, das einen Hasen in Ritterrüstung zeigte, schmückte den Kamin. Die schweren Vorhänge am Fenster waren mit Riesen-Stiefmüttern bestickt und auf dem Tisch stand eine Vase, gefüllt mit frischen Mohrrüben, deren Grün sich üppig über eine Tischplatte mit Kleeblätter-Intarsien ergoss.

Nun ja, der Hase hatte offenbar an Einfluss gewonnen in der Spiegelwelt, was den Vorteil hatte, dass er Maria auf eine Weise vertreten konnte, die keine mörderischen Monster oder gefährliche Zeitverzerrungen auf den Plan rief. Maria nahm in einem Ohrensessel Platz (überflüssig zu erwähnen, welche Form die Ohren hatten) und ließ es geschehen, dass das Stoffmammut die Vase mit den Mohrrüben plünderte. Als es die letzte Rübe zerkaute, klopfte es an der Tür.

„Ja, bitte?“, fragte Maria.

Die Tür ging auf und Erik trat ein.

„Kann ich etwas mit dir besprechen?“, fragte er. „Es ist wichtig.“

„Stell dir vor, ich würde auch mit dir reden, wenn es nicht wichtig wäre“, sagte Maria. „Setz dich doch!“

Erik hatte soeben das Mammut entdeckt, aus dessen Maul der Rest des Karottenkrauts wippte, und starrte es sekundenlang befremdet an, bevor er sich besann und auf einem Hocker Platz nahm, dessen rotes Samtpolster wie eine plattgedrückte Erdbeere aussah.

„Geht es dir besser?“, fragte er. „Hast du dich gut erholt von den Strapazen der letzten Nacht?“

„Wenn es wirklich stimmt, dass du Gerald mit eigenen Augen gesehen hast?“, erwiderte sie. „Lebendig und gesund?“

„Sehr lebendig war er“, sagte Erik. „Es hat mich überrascht, wie munter er war, nach allem, was er durchgemacht hat.“

„Gut, dann beantworte ich jetzt deine ursprüngliche Frage: Ja, es geht mir viel besser.“

„Ich frage, weil ich den richtigen Moment abpassen soll“, erklärte Erik. „So wurde es mir von Grohann und Hanns aufgetragen. Aber wann ist schon der richtige Moment?“

„Wofür?“, fragte Maria.

„Um dich in unsere Pläne einzuweihen. Den nächsten Schritt.“
Maria nickte.
„Gut, schieß los!“
„Wenn es Hanns gelingt, die Lecks einzudämmen, gewinnen wir Zeit“, sagte Erik. „Das heißt, der Frühling wird noch einmal zurückkehren in diese Welt. Vermutlich sogar der Sommer, der Herbst und noch ein Winter. Alle Wesen dieser Welt gewinnen ein weiteres Lebensjahr, vielleicht sogar noch mehr.“
„Aber im Frühling“, wandte Maria ein, „werden die Türen nicht mehr da sein.“
„Du weißt es also.“
„Ich kenne meine Welt“, sagte sie. „Ich spüre es jedes Mal, wenn ich hier bin, wie die Durchgänge zu den anderen Orten schwächer und instabiler werden. Es würde mich wundern, wenn die Türen in zwei Monaten noch da sind. Wahrscheinlich werden sie schon in einem Monat undurchlässig sein.“
„Dann bist du dir des Problems bewusst?“
„Es gibt so viele Probleme. Von welchem genau sprichst du?“
Er holte tief Luft, bevor er antwortete.
„Ich rede von dem Problem, das deine persönlichen Freundschaften betrifft“, sagte er. „Du wirst durch die Tür nach Lettimur gehen und sie für immer hinter dir schließen müssen, *bevor* wir wissen, ob Hanns diese Welt retten kann.“
„Ja“, sagte Maria gefasst. „Ich weiß.“
„Diejenigen, die nach Lettimur gehen“, fuhr Erik fort, „können relativ sicher sein, dass sie überleben werden. Diejenigen, die hierbleiben – und das gilt auch für Hanns – müssen sehr wahrscheinlich sterben.“
„So möchte ich das nicht sehen“, sagte Maria. „Hanns wird für Amuylett hoffentlich noch mehr Jahre herausholen. Und nicht nur dieses eine.“
„Nun ja, eine klitzekleine Chance besteht“, meinte Erik, „aber mehr ist es nicht, worauf Hanns und seine Mitstreiter bauen können. Die Hoffnung für diese Welt ist gering, aber wir werden – wir *müssen* – sie den Leuten gegenüber größer erscheinen lassen, damit keine Panik ausbricht. Wenn die Lecks eingedämmt werden können, wird es keinen Massenansturm von verzweifelten

Menschen auf die Tür nach Lettimur geben. Trotzdem müssen wir im nächsten Monat so viele Geschöpfe wie möglich in Sicherheit bringen."

„Ja, das verstehe ich."

„Wir werden daher einen weltweiten Aufruf starten: Wer auswandern und ein hartes und nicht ganz ungefährliches Leben in einer jungen, neuen Welt beginnen möchte, kann sich bewerben. Dieses sogenannte Bewerbungsverfahren, das in Wirklichkeit keines ist, weil wir nicht groß aussortieren werden, erlaubt es uns, den Andrang von Einwanderern zu ordnen und ihr Leben auf der anderen Seite zu organisieren. Wir haben vor, täglich bis zu fünftausend Geschöpfe durch deine Spiegelwelt nach Lettimur zu schleusen. Dazu kommen noch unzählige Tiere und Kleinstwesen. Das sind sehr viele Wesen für dich und uns, aber es ist nur ein verschwindend geringer Teil unserer Weltbevölkerung."

„Ja. Es sind zu wenige."

„Womöglich erhöhen wir die Zahl auf zehntausend pro Tag, falls die Türen schneller verschwinden als angenommen", fuhr Erik fort. „Glaubst du, du verkraftest das?"

„Das muss ich wohl."

„Es ist wichtig, dass du deine Kräfte richtig einschätzt. Ein Zusammenbruch von dir würde niemandem etwas nutzen. Besser, du warnst uns rechtzeitig."

„Gerade bin ich zuversichtlich", sagte sie. „Gerald ist außer Lebensgefahr, die Schüler kommen zurück und Rackiné kann mich ab und zu vertreten. Wenn keine neuen gruseligen Sachen passieren, bekomme ich das hin."

Er stand auf.

„Danke, das war es, was ich von dir wollte."

„Und was ist mit dir, Erik?", fragte Maria.

„Wieso?", fragte er zurück. „Was soll mit mir sein?"

„Du bist nicht gesund", sagte sie. „Wäre es nicht besser, ein anderer würde deine Aufgaben übernehmen und du würdest damit beginnen, das Klarkraut abzusetzen?"

Erik schüttelte vehement den Kopf.

„Niemand kann meine Aufgaben übernehmen. Die Zeit ist knapp, ich schaffe es ja selbst kaum, alles zu tun, was getan werden muss. Aber ich stelle auf jeden Fall mehr auf die Beine als fünfzig andere Leute, die sich nicht auskennen oder weniger besessen sind von ihrer Pflicht als ich!"

„Es ehrt dich, dass du dich so aufopferst. Ich mache mir nur Sorgen, dass …"

„Es reicht", fiel er ihr ins Wort. „Wenn wir mal endgültig drüben sind, werde ich es versuchen. Aber meine Aussichten wären jetzt schon denkbar schlecht."

„Ist das so?"

„Glaub mir, ich habe mich damit beschäftigt. Ab einem gewissen Zeitpunkt gibt es eigentlich kein Zurück mehr. Diesen Punkt habe ich längst hinter mir. Aber das ist mein Problem und nicht deins, also mach dir keine Gedanken darüber. Wenn du mir einen großen Gefallen tun willst, stellst du mir keine Fragen mehr dazu."

„Natürlich", sagte sie. „Wenn du es so möchtest."

Er strich sich die Locken hinter die Ohren. In diesen Tagen scheitelte er seine Haare nicht mehr und versuchte auch nicht, die Locken zu glätten und am Kopf festzukleben. Er hatte es wohl aufgegeben, seriös und geschniegelt aussehen zu wollen, was ihm sehr gut stand.

Er hastete davon. Maria folgte ihm wesentlich langsamer in Richtung Tür.

Nur noch ein Monat – das hatte sie selbst zu Erik gesagt. Ein Monat, bis die Tür, die Amuylett mit Lettimur verband, nicht mehr passierbar wäre und schließlich verschwand. Was würde aus der Spiegelwelt werden, wenn Maria sie für immer verließ? Und wie würde das werden, wenn sie Scarlett und Lisandra Lebewohl sagen müsste, in dem Wissen, sie nie mehr wiederzusehen? Wie ging so etwas überhaupt?

Mit diesen Fragen im Kopf kehrte sie in die Badehalle zurück und wer weiß, was diese düsteren Gedanken noch mit der Spiegelwelt angestellt hätten, wäre in diesem Moment nicht eine strahlende Thuna auf sie zugekommen.

„Da bist du ja!", rief sie. „Komm schnell, das Luftschiff ist gelandet."

Alle Sorgen waren wie weggeblasen. Maria ergriff die Hand, die Thuna ihr reichte, und ließ sich von ihr zum Spiegel ziehen.
Dort erlebten sie eine Überraschung, denn Rackiné wagte es doch tatsächlich zu meckern, weil sie sich nicht am Ende der Schlange anstellten, so wie die anderen Schüler, die vor dem Spiegel warteten.
Thuna warf ihm daraufhin einen sehr strengen Blick zu und fragte: „Möchtest du, dass wir diese Frage mit Grohann erörtern?"
Daraufhin zuckte Rackiné mit den Achseln, als hätte er nur Spaß gemacht, und gab den Spiegel frei.
„Danke, mein wackeres Häschen!", sagte Thuna spöttisch und stieg durch den Spiegel.
Rackinés Barthaare zitterten vor Entrüstung. Ob Thuna wusste, wie sehr sie den Spiegelwächter mit dieser Anrede vor seinem Publikum demütigte? Maria tat ihr Hase leid, daher legte sie ihm kurz die Hand auf die Schulter und erklärte in angemessener Lautstärke:
„Vielen Dank, Rackiné. Ich wüsste nicht, was ich ohne dich tun würde! Hältst du noch eine Weile durch?"
Sein Gesichtsausdruck änderte sich schlagartig.
„Ich bin schon sehr müde", sagte er leidend. „Aber ich denke, ein, zwei Stunden schaffe ich es noch."
„Großartig!", sagte Maria. „Du bist mein Held."
Rackiné runzelte die Stirn, da ihm so viel Lobhudelei schon wieder verdächtig vorkam, und gab Maria kurzerhand mit einem Und-jetzt-hau-endlich-ab-Nicken zu verstehen, dass sie nicht mehr gebraucht wurde. Folgsam stieg sie in den Trophäensaal. Sie wäre dort fast in Grohann hineingerannt, da sich dieser unmittelbar vor dem Spiegel über eine versteinerte Katze beugte, die der Krötenkoch in den Armen hielt. Maria fand den Fisch, der aus dem Maul der Katze ragte, überaus sehenswert.
„Fräulein Lisandra wird untröstlich sein!", rief der Koch. „Die Dame Hylda sagt, es war die Antimagikalie. Doch wenn sie den Fisch nicht verhext hätte, wäre das alles nicht passiert."
„Die Katze ist selbst schuld", sagte Grohann. „Sie wusste, dass sie antimagikalisch aufgeladen ist. Da muss ich die Dame Hylda ausnahmsweise mal in Schutz nehmen."

„Ist Dandelia tot?“, fragte Thuna bestürzt.
„Jedes andere Wesen wäre hinüber“, antwortete Grohann. „Aber da sie ursprünglich aus Stein bestand, könnte sie überlebt haben. Maria, vielleicht kannst du bei Gelegenheit versuchen, ihr wieder Leben einzusprechen.“
„So einfach ist das nicht ...“, begann Maria, doch da kam wie aufs Stichwort das Stoffmammut durch den Spiegel gepurzelt. Jenseits des Spiegels hörte man Rackiné schreien:
Nicht vordrängeln habe ich gesagt! Für dich gelten hier keine Sonderregeln!
Das Stoffmammut rappelte sich verlegen auf und versuchte sich zu verstecken, was in dem überfüllten Saal gar nicht so einfach war. Schließlich kam es auf die Idee, sich hinter Grohann zu stellen. Er war so groß, dass es optisch hinter ihm verschwand.
„Ja, Maria?“, fragte Grohann. „Was meintest du gerade?“
„Ach, nichts. Stimmt es, dass das Luftschiff gelandet ist?“
„Es konnte nicht direkt in Sumpfloch landen wegen der Detektoren und der magikalischen Netze. Aber in einer Viertelstunde dürften unsere Heimkehrer die Brücke erreichen. Ich bringe die Katze auf die Krankenstation, wir treffen uns dann im Innenhof.“
„Wo steckt Scarlett?“, fragte Thuna.
„In Tolois“, antwortete Grohann. „Haul hat sie mit Aufgaben eingedeckt, bevor er abgeflogen ist. Ich weiß nicht, ob es eine therapeutische Maßnahme war oder ein akuter Mangel an Personal. Vermutlich beides. Sie wird zum Abendessen wieder hier sein. Bis dahin besteht auch keine Gefahr mehr, dass es zu Wechselwirkungen mit ihrer Magikalie kommt.“
Er sah Thuna ein wenig länger in die Augen als nötig, bevor er sich abwandte, und Thuna brauchte ihrerseits etwas länger, um sich wieder auf Marias Gegenwart einzustellen. Es war einer dieser typischen Fee-Satyr-Momente, wie sie immer häufiger vorkamen. Und sie dauerten auch immer länger an. Maria nutzte Thunas Geistesabwesenheit, um ihr Mammut neben einer Makûle zu postieren und ihm ins Gewissen zu reden.
„Hier bleibst du, bis ich wiederkomme“, erklärte sie dem Riesen-Stofftier. „Du darfst natürlich auch woanders hingehen. Die

einzige Richtung, die du nicht einschlagen darfst, ist *meine* Richtung. Ich möchte gerade nicht von dir verfolgt werden. Ich weiß, du magst mich, aber ich liebe meine Freiheit. Verstanden?"
Das Mammut nickte mit großen Augen.
„Brav. Ich bin auch bald wieder hier. Thuna? Wieder bei Sinnen?"
„Ich? Natürlich!"
Aber sie war es nicht. Den ganzen Weg bis zum Innenhof wirkte sie seltsam verträumt. Was hatte ihr der Satyr bloß eingeflüstert? Was für Bilder hatte er ihr geschickt? Nun ja, Maria wollte es lieber nicht wissen. Auch wenn die grünen Lichtkringel, die gerade Thunas Hals umschmeichelten, überaus hübsch aussahen.

***

Der Schnee reichte Maria und Thuna bis über die Knie, als sie den Innenhof betraten, und es schneite immer noch wie verrückt. Eigentlich war verabredet, dass sie hier auf Grohann warteten, doch Maria hatte keine Geduld.
„Ich laufe schon mal vor!", rief sie Thuna zu und rannte durch den hohen Schnee auf die Kutschendurchfahrt zu.
Es war stockdunkel in dem Tunnel, der zur Brücke führte, da die einzige Lampe, die normalerweise darin brannte, kaputt war. Doch Maria hatte keine Angst. Hier in der finsteren Durchfahrt lag kein Schnee und so konnte sie ihr Tempo beschleunigen. Umso überraschter war sie, als sie plötzlich aufgehalten wurde. Zwei feste Hände und ein Körper bremsten sie in vollem Lauf und sie hörte Gerald lachen. Doch sie sah ihn nicht!
Es war ihr gleichgültig. Sie klammerte sich an den geliebten, vertrauten Körper, gegen den sie gerade geknallt war, und presste ihr Gesicht an seine Brust. Himmlische Gefühle überwältigten sie, als er sie fast erdrückte vor lauter Wiedersehensfreude, selige Sekunden lang, bis ihr plötzlich etwas furchtbar Wichtiges einfiel.
„Gerald?", rief sie. „Worüber wir gesprochen haben ..."
„Ja, ja, ich weiß", sagte er ganz dicht an ihrem Ohr. „Vergiss das alles, es ist vorbei. Ich werde mich nie wieder auflösen."
Er bedeckte ihr Gesicht mit Küssen und obwohl sie eigentlich noch hatte widersprechen wollen, schaffte sie es nicht, sondern musste seine Küsse unbedingt erwidern. Während sie das tat, verlor sie jegliches Interesse an Worten.

Thunas Feenlicht, das sich auf irritierende Weise an Geralds Oberfläche brach, riss Maria aus ihrem innigen Tun. Zuvor war Gerald in diesem Tunnel ein unsichtbares Wesen gewesen, doch nun, unter dem Einfluss von Thunas Licht, flackerten und schillerten seine Umrisse wundersam blau. Maria betrachtete es fasziniert, bis Gerald ihrem Staunen ein Ende setzte, indem er ihr noch ein paar Küsse auf die Lippen drückte.

Als Thuna endgültig bei ihnen angekommen war, betraten auch Lisandra und Berry den Tunnel und danach ereignete sich das chaotischste Wiedersehen, das Maria jemals erlebt hatte. Sie fielen einander kreuz und quer in die Arme, riefen Namen und halbe Sätze und Fragen und das alles gleichzeitig. Erst als Grohann im Tunnel auftauchte, kehrte etwas Ruhe ein, vor allem deswegen, weil Berry plötzlich ganz ernst wurde und ihm entgegenlief.

„Grohann? Ich fürchte, ich habe etwas furchtbar Dummes getan! Aber ich konnte es nicht verhindern.“

Die Ankündigung und was sich dahinter verbarg, schien Grohanns Vorstellungskraft zu übersteigen. Er lachte tief und brummend und fragte:

„Ja, was ist denn so Schreckliches passiert?“

„Ich bin einem Satyr begegnet“, erzählte Berry. „Oder einem kleinen Mann mit Hörnern und Kugelbauch, der sich für einen hält. Er wird in Sumpfloch auftauchen und nach dem Teppich suchen! Leider konnte er meine Gedanken lesen und weiß deswegen, dass der Teppich in einem Zimmer versteckt ist, in dem Knoblauchzöpfe hängen.“

Grohann schien weiterhin unbesorgt, sodass Berry Hoffnung schöpfte.

„Täusche ich mich?“, fragte sie. „Haben Sie den Teppich *nicht* im Arbeitszimmer von Viego Vandalez versteckt?“

„Nein“, meinte Grohann gelassen. „Keine Sorge.“

„Aber ich habe Knoblauch gerochen, nachdem Sie ihn versteckt hatten.“

„Tja, so legt man falsche Fährten. Jeder, dem ich die gleiche Geschichte erzählt habe, hat etwas anderes gerochen. Aber nur ich weiß, wo der Teppich ist. Selbst Thuna hat keine Ahnung.“

„Wie bitte?“, fragte Thuna empört. „Das ist jetzt ein Scherz, oder?“
Grohann war in bester Laune und lachte noch mehr. Ob es nun ein Scherz war oder er Thuna tatsächlich angelogen hatte, behielt er in diesem Moment für sich.
„Ich glaube, ich bin heute Nacht hundert Jahre älter geworden“, sagte Grohann. „Kaum zu glauben, dass Kurzlebige einem Urgestein wie mir solchen Kummer bereiten können.“
„Kurzlebig?“, fragte Lisandra. „Du vergisst, mit wem du es zu tun hast, Ziegenmann!“
„Ach, Lissi“, erwiderte er, „nur weil du noch eine Ewigkeit vor dir hast, bist du trotzdem nicht älter als die anderen. Was kein Nachteil sein muss, denn ihr bedeutet mir alle viel. Und wenn man mir nicht strengstens verboten hätte, euch zu nahe zu kommen, würde ich euch sogar vor lauter Wiedersehensfreude umarmen.“
„Ach“, meinte Lisandra, „dieses Antimagikalie-Theater ist doch sowieso übertrieben.“
„Leider nein“, sagte Grohann, plötzlich wieder ganz ernst. „Es hat Dandelia Pimbel erwischt. Ein Zwischenfall mit Hylda hat sie versteinert. Wir hoffen, dass Maria deine Katze ins Leben zurückholen kann.“
Lisandra war erschüttert.
„Maria?“, fragte sie. „Schaffst du das?“
Maria nickte eifrig. Sie hatte zwar keine Ahnung, ob sie es könnte, doch sie hätte Lisandra in diesem Moment auch ein Marzipan-Flugschiff mit Adamast-Zuckerguss versprochen, wenn es Lisandra aufgeheitert hätte.
Grohann verabschiedete sich.
„Ich werde den Satyr erwarten“, sagte er zu Berry, bevor er den Tunnel verließ. „Ich freue mich schon auf meinen einzigen lebenden Verwandten.“
„Die Vorfreude beruht nicht auf Gegenseitigkeit, fürchte ich. Er nannte Sie einen Bastard.“
„Was dafür spricht, dass er tatsächlich ein echter Satyr ist. Meine Spezies war nie stolz auf mich. Wir unterhalten uns noch über den Burschen, Berry. Ich muss los!“

Als Grohann fort war, drang die Stille der verschneiten Welt in den Tunnel. Für einen kleinen Moment der Ewigkeit war Sumpfloch wieder der Ort, der es sein sollte. Der Ort, der es früher gewesen war. Und der es für immer bleiben würde, in Marias und Geralds Erinnerung. Als sie in den Innenhof traten, studierte sie sein vertrautes und doch verändertes Gesicht. Er hielt ihre Hand fester.

„Du warst die ganze Zeit bei mir", sagte er. „Denn in Wirklichkeit hängt deine Lampe neben meiner, wusstest du das? Irgendwo in der Ewigkeit. Und eines Tages, wenn ich dir genug erzählt habe, wirst du das komische Zeug, das ich gerade rede, auch verstehen."

„Ich verstehe es jetzt schon", sagte sie. „Das ist der Vorteil, wenn man eine leicht verrückte Freundin hat."

„Es hat sehr viele Vorteile", erwiderte er und blickte versonnen in den Himmel voller Schnee. „Vor allem macht es mich glücklich."

Maria merkte, dass er sich verändert hatte. Früher hätte er nicht so intensiv in das wimmelnde Chaos aus Schneeflocken gestarrt. Irgendwas sah er dort oben, das außer ihm niemand sehen konnte. Wie ausgefallen und seltsam es auch sein mochte, was er zwischen den Schneeflocken fand, sie mochte es. Sie mochte diesen Blick. Niemals hatte er besser ausgesehen als jetzt.

Kapitel 16: Die Uhr der Satyrn

Das Abendessen fand zwei Stunden später statt als sonst, doch dafür war es ein Festmahl. Fünf Gänge hatte der Krötenkoch zubereitet und einer schmeckte vorzüglicher als der andere. Das Feuer im Kamin prasselte, auf den Tischen standen ausnahmsweise brennende Kerzenleuchter und die Stimmung war ausgelassen. Der Saal war voll besetzt, auch der Tisch der Mädchen. Scarlett, die sich seit ihrem Wiedersehen mit Gerald, Lisandra und Berry in einem labilen Gemütszustand befand, hatte darum gebeten, neben Gerald sitzen zu dürfen. In regelmäßigen Abständen griff sie fast erschrocken nach seinem Arm und hielt ihn eine Weile fest, bevor sie sich überwinden konnte, Finger für Finger von ihm zu lösen.

Thuna war mehrmals versucht, Scarlett auf ihren Zustand anzusprechen, doch ihre langjährige Erfahrung mit dieser speziellen Cruda hielt sie davon ab. Scarlett konnte in einem Moment sehr verletzlich wirken, doch wenn man sie in ihrem Schmerz störte – und sei es auch nur in der besten Absicht – konnte es passieren, dass sie im nächsten Moment ihre Krallen ausfuhr und bösartig zuschlug.

Schließlich wurde der Nachtisch aufgetragen und immer noch war Scarlett die Einzige im ganzen Saal, die kaum lächelte und sprach und eher traurig als glücklich aussah. Als sie wieder einmal Geralds Arm ergriff und ihren Karamellpudding betrachtete, als sei er ein sterbendes Tier in Todesqualen, hielt es Thuna nicht mehr aus.

„Was ist los?“, fragte sie. „Geht es dir nicht gut?“

Scarlett schüttelte den Kopf.

„Alles in Ordnung. Ich leide nur … an den Nachwirkungen.“

„Was für Nachwirkungen?“

„Ich kann es nur schwer erklären“, sagte Scarlett und zeigte dabei keinerlei Anzeichen von Aggression, was geradezu beunruhigend war. „Es ist, als hätte jemand auf mich geschossen und als wäre ich danach mit zwanzig Pfeilen in meinem Körper entkommen. Ich konnte zwar fliehen, aber die Pfeile stecken immer noch in mir. Und ich bekomme sie nicht mehr aus mir heraus.“

Hierauf löste Gerald seinen Arm aus ihrer Umklammerung und legte ihn stattdessen um ihre Schultern. Dankbar lehnte sie sich an ihn.
„Das wird schon wieder“, sagte er. „Du musst es aushalten und irgendwann vergeht der Schmerz.“
„Das hoffe ich auch“, murmelte sie. „Aber ich habe Angst.“
„Das haben wir alle.“
Er zog sie noch ein wenig fester an sich und sie schmiegte ihren Kopf mit geschlossenen Augen an ihn. Während sie tief ein- und ausatmete und sich ein wenig von ihren Seelenstrapazen erholte, wanderten immer mehr Blicke im Hungersaal in ihre und Geralds Richtung. Und dann begann das Getuschel.
Maria war das offenbar gleichgültig, denn sie setzte das Gespräch fort, das sie zuvor mit Berry und Lisandra geführt hatte.
„Wie soll ich meinen Eltern beibringen, dass ich Amuylett verlassen werde?“, fragte sie. „Und noch schlimmer – dass sie mitkommen müssen? In eine Welt, in der sie nicht reich sein werden und der Alltag nicht nach ihren Regeln abläuft? Meine Mutter dreht doch schon durch, wenn eins unserer Hausmädchen im Urlaub ist und ihr die Vertretung den Neun-Uhr-Tee in der Elf-Uhr-Teekanne serviert.“
„Wo ist das Problem?“, fragte Lisandra. „Sie kann sich in Lettimur eine Rund-um-die-Uhr-Teekanne zulegen und den Tee zur Abwechslung mal selbst kochen. Das hat noch niemandem geschadet.“
Maria blickte Lisandra sehr zweifelnd an, doch bevor sie ihr erklären konnte, warum dieser Plan nicht gelingen konnte, entstand eine Unruhe im Saal, die daher rührte, dass der Krokodiljunge Tail auf den Tisch stieg und mit einem Löffel gegen das Glas in seiner Hand schlug.
„Alle mal herhören!“, rief er.
Die Aufmerksamkeit war ihm gewiss. Es wurde mucksmäuschenstill im Saal, man hörte nur noch das Knistern der Flammen und das Geklirr von Geschirr und Besteck, das hastig abgestellt oder abgelegt wurde.
„Wir waren in den letzten Tagen alle ein bisschen abgelenkt“, sagte Tail. „Aber jetzt sollten wir uns wieder mit unverminderter

Kraft den wirklich wichtigen Dingen des Lebens zuwenden. Bis morgen Abend nehme ich noch Wetten an. Wer bis dahin nicht mitgemacht hat, verpasst das große Spiel – und womöglich das große Geld! Also haltet die Augen offen, hört auf euer Herz und landet den goldrichtigen Tipp. Einen Hinweis bekommt ihr noch gratis: Tippt auch mal auf einen Außenseiter. Das gibt höhere Quoten und am Ende kommt sowieso immer alles anders, als jeder denkt. Was uns Maria das letzte Mal sehr eindrücklich vor Augen geführt hat!"

Er grinste fröhlich und geradezu kumpelhaft in Marias Richtung, so als ginge es in seiner Wette nicht darum, wer Maria den Freund wegschnappen werde. Scarlett hatte während dieser Rede die Augen geöffnet und war wieder von Gerald abgerückt. Mit gerunzelter Stirn und einem Blick, der Tail Unbehagen verursacht hätte, wenn er ihn gesehen hätte, murmelte sie:

„Verdammte Wette! Und ich bin auch noch schuld an diesem Quatsch."

„Du?", fragte Berry. „Warum denn?"

„Ich habe Ponto dazu angestiftet", gestand Scarlett. „Ich hatte Lust, Thuna auszustechen."

„Ach ja?", fragte Thuna pikiert. „Hast du keine anderen Probleme?"

„Doch. Aber wie Tail schon sagte: Wir dürfen die wirklich wichtigen Dinge des Lebens nicht aus den Augen verlieren."

„Dann stimmt es also, dass Ponto hinter Tails Wettsalon steckt?", fragte Lisandra und sah sich suchend im Hungersaal um. „Mir fällt jetzt erst auf, dass er gar nicht hier ist."

„Erik hat viel Arbeit", sagte Maria. „Morgen will er einen weltweiten Aufruf starten. Die Leute können sich für die Auswanderung nach Lettimur bewerben. Ponto muss ihm sicher bei den Vorbereitungen helfen."

Wie aufs Stichwort ging die Tür zum Hungersaal auf und Ponto Pirsch trat ein. Er trug eine Filmdose unter dem Arm. Damit lief er schnurstracks zum Lehrertisch und überreichte sie Estephaga Glazard.

„Aus Tolois!", erklärte er. „Eine der ersten Kopien!"

Scarlett, in die gerade wieder ein bisschen Leben gekommen war, wurde erneut still und blass. Estephaga Glazard traf sofort Vorbereitungen für die Filmvorführung. Die Kerzen auf den Tischen wurden gelöscht und die lauten Stimmen wandelten sich in gedämpftes Gemurmel. Das Phänomen von Lichtspielvorführungen war immer noch neu und exotisch genug, um die Aufmerksamkeit eines jeden Einwohners von Amuylett zu erregen und zu fesseln. Vor allem, wenn die Wirklichkeit gezeigt wurde und nicht irgendwelche Schauspieler, die vor bunt bemalten Wänden herumspazierten. Mit seinen Filmen hatte Hanns die Menschen für sich gewonnen. Kaum tauchten sie in die bewegten Bilder ein, glaubten sie, ganz nah dran zu sein an sämtlichen Ereignissen von Weltbedeutung.

So war es kein Wunder, dass die Schüler heute Abend gespannt verfolgten, wie die Filmkapsel in den Lichtspielautomaten eingelegt wurde. Dass die Welt gerettet war – nun ja, so gut wie – hatte sich bereits herumgesprochen. Doch erst wenn es die bewegten Bilder noch einmal offiziell verkündeten und sie es mit eigenen Augen und Ohren gesehen und gehört hätten, könnten sie sich darauf verlassen. Als die magikalische Projektion an der größten Wand im Raum Gestalt annahm, starrten alle dorthin, in Erwartung der Wahrheit.

Scarlett hatte ihren Kopf an Geralds Schulter gelegt und versank im Anblick von Hanns. Sein Abbild aus Licht und Schatten und Magikalie wirkte an diesem Abend so lebensecht wie noch nie. Hanns hatte es stets verstanden, in seinen Filmen eine einnehmende Person darzustellen, der man wie gebannt in die Augen starrte und deren Botschaften sich wie verhexte Wahrheiten über alle Sinne in die eigenen Gedanken schlichen. Doch heute versagte der Zauber. Oder vielmehr – er existierte gar nicht.

Ob es Absicht war oder er keine Kraft für die üblichen Tricks gehabt hatte, konnte Thuna nicht ermessen. Jedenfalls sprach Hanns mit seinen Zuschauern auf die gleiche Weise, wie er es tat, wenn ihm Thuna zufällig im Treppenhaus der Spiegelwelt begegnete: alltäglich, unverstellt und ohne jede Anmutung von Glanz und Gloria.

Was ihn aber während dieser Aufnahme adelte, war sein Zustand. Kein Zauber übertünchte die Blässe seiner Haut, die Schatten unter seinen Augen, die roten Lidränder oder die gesprungenen Lippen. Seine Stimme schien Mühe damit zu haben, die erforderliche Lautstärke zu erreichen. Nach einem halben Satz ging es besser, doch das Stottern, das er normalerweise zu einem betörenden Effekt zu reduzieren vermochte, war diesmal ungewohnt heftig und unterbrach seine Sätze ungelenk. Er kämpfte mit den Sätzen wie mit der Erschöpfung, man sah es ihm deutlich an. Und doch – nie hatte er Thuna mehr beeindruckt wie während dieser kurzen Botschaft.
Thuna war normalerweise keine Hanns-Anhängerin. Sie nahm das Phänomen seiner Person und seines Erfolgs nüchtern zur Kenntnis, aber ließ sich von seinen Maschen kaum beirren. Er war sicherlich in der einen oder anderen Disziplin ein Genie und handelte aufopferungsvoll, was sie ihm hoch anrechnete, doch ihre Bewunderung für den sehr eigensinnigen Eroberer beruhte auf der rein vernünftigen Beurteilung dessen, was er leistete. Zu Scarletts Verdruss versäumte sie es nie, die Unrechtmäßigkeit dessen, was Hanns bisher getan hatte und womöglich noch tun würde, zu erwähnen. Er hatte die Republik ihrer Selbstbestimmung beraubt. So jemanden konnte und durfte man nicht feiern.
Doch jetzt, in den flüchtigen Momenten, in denen Hanns ohne jedes Blendwerk zu erklären versuchte, was passiert war, sah Thuna nur den Menschen, der sich schützend vor seine Welt geworfen hatte, wahnwitzig schwach und praktisch chancenlos. Wie viel Mut musste er aufgebracht, wie viel Verzweiflung musste er ausgehalten haben, nur um die Sätze zu sagen, die jeder hören wollte?
„Das gefährlichste Leck ist stabil“, erklärte er ohne jedes Pathos. „Wir sind s-sicher.“
Er hatte das Schicksal ausgebremst, den Untergang vertagt und die Welt, die auf den Abgrund zuraste, angehalten. Das war eine unglaubliche Wahrheit, deren Tragweite Thuna erst jetzt so richtig erfasste. Hanns war anzusehen, wie bedrohlich, wie knapp, wie schwer sein Unterfangen gewesen war, und daher erfüllte Thuna jeder einzelne Stotterer mit Ehrfurcht. Auf einmal konnte sie

nachvollziehen, warum Scarlett so besessen von diesem Jungen war, denn er schaffte es ausnahmsweise, Thuna eine Gänsehaut zu verpassen, mit jedem einzelnen Wort, das er sprach.
Ihre Ergriffenheit dauerte allerdings nur so lange an, bis sie bemerkte, dass Gerald gar nicht zusah. Er hatte sich Scarletts fast unberührten Karamellpudding geangelt und löffelte ihn so leise wie möglich in sich hinein, sorgsam darauf bedacht, die ehrfurchtsvolle Stille der Zuhörerschaft nicht durch ein unbedachtes Klirren seines Löffels zu erschüttern.
„Was ist?“, flüsterte Thuna ihm zu. „Interessiert dich der Pudding mehr als Hanns?“
Gerald lachte so leise wie möglich.
„Scheint so“, flüsterte er zurück. „Auf jeden Fall lässt sich der Pudding sorgloser verdauen.“
Thuna verstand nicht, was er damit meinte, hatte aber keine Zeit, sich darüber zu wundern, denn soeben hatte Hanns seinen letzten Satz gesprochen. Sein Antlitz verschwand von der Wand und die Lichter im Saal flammten wieder auf. Der eine oder andere hatte vielleicht erwartet, dass Lumili noch im Bild auftauchen würde, so wie sie es eigentlich bei jeder Filmaufnahme tat. Doch Hanns hatte für sich allein gesprochen, bis zur letzten Sekunde.
„Wie gefährlich ist diese Eindämmerei eigentlich?“, fragte Lisandra besorgt. „Müssen dabei alle Gespenster mit konzentrierter Antimagikalie herumspielen?“
„Nein“, antwortete Berry. „Dafür sind die Sprengmeister zuständig. Sprengmeister hantieren normalerweise mit magikalischem Dynamit und sie wählen diesen Beruf, weil sie magikalisch eher unbegabt sind. Sie sind es also gewohnt, dass sie bei ihrer Arbeit nicht zaubern dürfen. Sie verteilen die aufgeladenen Gegenstände rund um das Leck. Zwischen diesen antimagikalischen Polen entsteht ein Feld, das das Leck begrenzt. Früher war Pyrg für die Erzeugung eines solchen Felds zuständig. Es bestand nicht aus Antimagikalie, sondern aus Urmagie, aber es hatte die gleiche Funktion.“
„Und dann?“, fragte Gerald.
„Dann fixieren Hanns und die Gespenster das Feld durch eine magikalische Barriere“, erklärte Berry. „Was jetzt stark

vereinfacht ausgedrückt ist, denn es ist ein komplizierter Vorgang. Wenn sie fertig sind und die Barriere stabil ist, können die Sprengmeister die antimagikalischen Pole wieder einsammeln. Die Barriere stellt nun die Begrenzung dar, die vorher durch das Feld erzeugt wurde."

„Das heißt, Haul riskiert nicht jedes Mal Kopf und Kragen?", fragte Lisandra.

Berry gähnte ausgiebig.

„Doch", sagte Berry wenig einfühlsam. „Tut er schon. Aber weniger wegen der Antimagikalie, sondern wegen der magikalischen Stürme, die am Rand der Lecks herrschen. Er darf ihnen nicht zu nahekommen."

„Diese Auskunft befriedigt mich nicht", sagte Lisandra. „Überhaupt nicht!"

Berry zuckte mit den Achseln und kämpfte mit einer weiteren Gähn-Attacke.

„Tut mir leid", meinte sie. „So ist das nun mal. Maria? Könntest du mich in die Spiegelwelt lassen? Ich will Ajach besuchen, fürchte aber, dass ich gleich im Sitzen einschlafe. Vielleicht bleibe ich dann gleich in Tolois und schlafe dort."

„Ich muss sowieso zurück auf meinen Posten", sagte Maria. „Hauptmann Stein hat mich darauf festgenagelt, dass ich bis Mitternacht zur Verfügung stehe."

„Mindestens", meinte Lisandra. „Oder noch länger, falls Haul später nach Hause kommt."

„Jawohl", erwiderte Maria ergeben. „Ich werde erst schlafen, wenn Hanns und Haul da sind, wo sie hingehören."

Scarlett schenkte ihr für dieses Versprechen das erste Lächeln des Abends.

„Gehen wir zusammen rüber", schlug Gerald vor „Ich werde die Zeit bis Mitternacht nutzen, um meine Mutter und Lulu zu sehen. Thuna? Sehnsucht nach Grohann?"

Thuna konnte es kaum leugnen. Ja, sie hatte Sehnsucht! Mehr, als sie manchmal verkraften konnte.

***

Lettimur wirkte längst nicht mehr so einsam und urwüchsig wie noch vor ein paar Wochen. Und doch war diese Welt von einer

wilden Intensität erfüllt, die Amuylett dagegen alt und schwach erscheinen ließ. An diesem Ort war die Magikalie noch jung und stark, der Sommer währte schon viel länger, als es Sommer normalerweise tun, und die Naturgeister empfingen Thuna mit unsichtbaren Umarmungen und vielstimmigem Geflüster.
Gerald war neben Thuna stehen geblieben und fuhr nun mit der Hand in seine Hosentasche. Auf halbem Wege schüttelte er den Kopf und lachte über sich selbst.
„Ich vergesse es immer wieder.“
„Was?“, fragte Thuna.
„Dass ich einiges verloren habe“, antwortete er. „Zum Beispiel die silberne Pfeife, auf die ich Legionär in den letzten Wochen abgerichtet habe.“
„Gehört sie zu den Gegenständen, die sich mit Antimagikalie aufgeladen haben?“
„Ja. Sie darf nun um die Welt reisen und Hanns beim Eindämmen von Lecks helfen. Das Blöde ist nur, dass ich Legionär jetzt nicht rufen kann.“
„Tja“, sagte Thuna, „dann gehen wir eben zu Fuß.“
Sie spazierten durch den Wald und stiegen die hügelige Landschaft hinab in Richtung der Flussebene. In der Ferne sah man bereits die Lichter der Stadt leuchten. Sie war gewachsen, Juvely war groß geworden. Es war schwer vorstellbar, dass nun schon Tausende von Menschen in den Straßen und wieder aufgebauten Häusern lebten, ebenso wie der Wald rundum schon von etlichen Waldwesen bevölkert sein musste, die Amuylett verlassen hatten.
„Wie geht es dir?“, fragte Thuna irgendwann. „Ich meine – hast du es gut verkraftet, was im Verfluchten Tal passiert ist, oder kommt das alles erst noch?“
Sie hatte einen besorgten Tonfall angeschlagen, auf den er mit Heiterkeit reagierte.
„Keine Angst, mir geht es gut. Ich glaube, da kommt nichts mehr.“
„Was macht dich da so sicher?“
„Ich war hellwach unter der Erde“, erklärte Gerald. „Es war kein Spaß, aber es war auch nicht grauenvoll – also in dem Sinne, dass ich nicht darüber hinwegkäme. Alles, was ich dort entdeckt habe,

hat mir geholfen. Bevor ich in die Mine hinuntergestiegen bin, hatte ich den Eindruck, dass ich auf eine lange Nacht zumarschiere, in der ich sehr viel verlieren werde, und dass ich nichts dagegen tun kann. Dass ich es eben aushalten muss. Das war meine Einstellung. Dort unten aber, da herrschte wirklich Nacht. Immer nur Nacht. Und als es am dunkelsten war, wurde mir klar, dass die Nacht nicht das Problem ist. Denn nichts geht darin verloren. Im Gegenteil, in der Nacht findet man alles. Alles, was wirklich da ist."

„Ich fürchte, ich kann dir nicht folgen."

„Gut, dann sage ich es einfach so: Ich habe nicht mehr so viel Angst vor dem Tod. Das Leben geht immer weiter, auf die eine oder andere Weise, auch wenn wir tot sind. Hanns und ich, wir waren überzeugt davon, dass wir sterben müssen. Aber als ich es einmal akzeptiert hatte, als ich mich für den Tod statt für die Unangreifbarkeit entschieden hatte, hat es sich erträglich angefühlt. Es war in Ordnung. Und später, als wir versucht haben, uns doch noch irgendwie zu retten, habe ich mich so oft verwandelt, dass ich jetzt zu wissen glaube, wer ich bin. Und was bleibt, wenn ich wirklich einmal sterbe."

„Dann bist du viel klüger als ich. Ich weiß gerade überhaupt nicht, wer ich bin."

„Wieso? Ich dachte, diese Phase hättest du hinter dir."

„Dachte ich auch. Aber in diesen Tagen, in denen meine Freunde ihr Leben riskieren oder zumindest ganz genau wissen, was sie wollen oder tun müssen, irre ich in der Gegend umher und komme mir nutzlos vor. Ich helfe zwar, wo ich kann. Aber es würde auch ohne mich gehen."

„Darf ich dich daran erinnern, dass diese Welt nur deinetwegen so grün und lebendig ist?"

„Aber das ist nicht mein Verdienst. Das ist passiert, weil ich eine Fee bin. Wäre jemand anders eine Fee geworden, sähe Lettimur genauso aus."

„Nein, diese Welt ist mit dir verbunden und ich erkenne dich überall wieder. Was ist los? Wer hat dich geärgert?"

„Geicko."

„Der gute Geicko? Und was hat er so Schlimmes vom Stapel gelassen?“
„Er hat mich gefragt, wozu Feen gut sind“, antwortete Thuna. „Abgesehen davon, dass sie hübsch blau leuchten.“
„Blau zu leuchten ist doch wirklich nicht schlecht“, sagte Gerald. „Sieh mal, was dein Licht mit meiner Außenseite anstellt!“
Die Wirkung, die das blaue Licht auf seine Umrisse hatte, war allerdings verblüffend. Ohne Thunas Leuchten wäre Gerald in der Nacht fast unsichtbar gewesen, doch unter dem Einfluss ihres Feenlichts lag ein Schimmer über seiner Gestalt, der ihm geisterhafte Konturen verlieh. Man hätte ihn für einen Prinzen des Waldes halten können, der sich in eine menschliche Illusion gekleidet hatte, um unschuldige Mädchen anzulocken.
„Du solltest mal dein Gesicht sehen“, sagte Thuna. „In deinen Augen sammelt sich das Blau!“
„Na ja,“, meinte er achselzuckend. „Ich bin noch da. Mehr will ich ja gar nicht.“
„Oh, damit wollte ich nicht sagen, dass du schlecht aussiehst“, versicherte ihm Thuna. „Wirklich nicht. Du siehst anders aus, ein bisschen zum Fürchten, aber auch gut. Und man erkennt dich wieder.“
„Und warum erkennst du dich nicht wieder, wenn Geicko flapsige Bemerkungen macht? Warum lässt du dich davon aus der Bahn werfen?“
„Weil er recht hat. Er will Arzt werden, er lässt sich bereitwillig von Estephaga ausbilden. Als mich Estephaga eingespannt hat, habe ich es nur gehasst. Ich wollte keine Krankenschwester sein. Ich hielt mich für was Besseres.“
„Ich sehe in dir auch keine Krankenschwester oder Ärztin. Jeder muss herausfinden, wo seine Stärken liegen.“
„Und wo liegen meine? Das frage ich mich gerade. Die berühmten Feen der Vergangenheit waren kluge und unbarmherzige Herrscherinnen. Mit ihren Völkern hat man sich nicht angelegt, wenn man überleben wollte. In gewisser Weise waren sie stolze, selbstverliebte Biester. So will ich nicht werden. Muss ich ja auch nicht. Aber was soll ich dann werden?“

„Das, was du längst bist“, antwortete Gerald. „Das reicht vollkommen. Scarlett fragt sich ja auch nicht, wofür Crudas gut sind, genauso wenig, wie sich Lisandra fragt, wozu fünfte Erdenkinder gut sind. Warum also fragst du dich, wozu Feen gut sind? Es gibt keine mehr außer dir. Alles, was Feen in Zukunft sein werden, entscheidest du. Grohann ist auch ganz anders, als es die Satyrn gewesen sind.“

„Weil er ein halber Mensch ist.“

„Nein, weil er sich selbst treu geblieben ist und nicht blind an die Traditionen und Regeln seines Volkes glaubt. Ihr seid beide eigenständig. Frei von überkommenen Vorstellungen. Es ist ganz typisch für dich, dass du deinen Wert nicht erkennst und dich von einer albernen Bemerkung aus dem Gleichgewicht bringen lässt, die Geicko bestimmt nicht ernst gemeint hat. Aber genau darin liegt ja auch deine Stärke. Dass du dir immer wieder solche Fragen stellst.“

Er machte eine Pause, um die richtigen Worte zu finden. Thuna blickte ihn währenddessen aufmerksam an.

„Es ist wie mit der Nacht, von der ich vorhin gesprochen habe“, fuhr er schließlich fort. „Indem du dir immer wieder diese Fragen stellst, schaltest du vorsätzlich das Licht aus, um herauszufinden, was wirklich da ist. Deswegen blüht diese Welt. Deswegen ist sie so selbstbewusst und kräftig. Alles ist echt, fern von jeder Falschheit, von Trug und von Schein. Es heißt, die Feen hätten die Menschen gerne mit Illusionen in die Irre geführt. Du würdest das niemals tun. Du bist echt und wer sich in deiner Welt verirrt, findet die Wahrheit, so hart sie auch sein mag. Aber dazu gehört wahrscheinlich auch, dass du dich auch noch in tausend Jahren fragen wirst, wozu du gut bist und warum es dich gibt.“

„Danke“, sagte Thuna. „Ich habe in den letzten zwei Tagen wirklich das Gefühl gehabt, ich wäre ein total überflüssiges Geschöpf mit eingebauter blauer Lampe. Aber jetzt geht es mir viel besser.“

Die Nachtluft trug den Duft des Flusses heran. Diese feuchte Luft war frisch und kühl, aber es steckten unzählige Naturgeister darin, die Thuna in innere Aufregung versetzten. Jedes Mal, wenn sie an den großen Strom kam, musste sie sich zusammenreißen, um nicht von den Stimmen der Wassergeister überwältigt zu werden. So war es auch diesmal. Daher verfiel sie in Schweigen, als sie sich dem Fluss näherten. Und da sie beide in nachdenklicher Stimmung waren, fingen sie auch nicht mehr zu reden an, nachdem sie den Fluss hinter sich gelassen hatten, so lange, bis sie die Stadt erreichten.

Am Eingang zur Bibliothek hatte Viego Vandalez Wachen postiert. Das war neu. Die Soldaten, die aus Amuylett stammten, ließen Thuna und Gerald bereitwillig eintreten. Kaum war die schwere Eingangstür hinter ihnen zugefallen, kam Viego die Stufen der Eingangshalle hinabgelaufen.

„Gerald“, sagte er nur. „Mein Junge.“

Er drückte den Jungen, der gar keiner mehr war, an sich.

„Ich dachte, es wäre vorbei! Ich dachte, dieser Mistkerl hätte dich getötet oder für immer zu einem Geist gemacht.“

„Welchen Mistkerl meinst du?“, fragte Gerald. „Hanns?“

Viego ließ Gerald los und blickte ihn finster an.

„Wen denn sonst?“

„Viego – unsere Expedition war erfolgreich. Wir leben noch und Hanns glaubt, dass er die Lecks nun im Griff hat. Wäre es da nicht angebracht, ein bisschen dankbar zu sein? Ich meine ...“

„Ich werde bestimmt nicht anfangen, ihn zu mögen“, fiel ihm Viego ins Wort. „Also spar dir deine Bemühungen.“

Gerald legte den Arm um seinen Patenonkel und gemeinsam schritten sie vor Thuna die Treppe empor.

„Wie geht’s meiner Mama?“, fragte Gerald. „Und Lulu?“

„Deine Mutter? Sie ist unbeirrbar in dem Wahnsinn, den sie sich zusammenreimt. Sie hat übrigens nie an deiner Rückkehr gezweifelt, egal, was uns an schrecklichen Nachrichten erreichte. Und Lulu hat ihr geglaubt. Manchmal hat Verrücktheit auch Vorteile.“

Noch bevor sie den Lesesaal erreichten, vernahm Thuna Grohanns Gedanken. Aber nicht aus dem Saal, sondern aus einem weiter entfernten Zimmer. Aus *ihrem* Zimmer.

„Entschuldigt mich!“, rief sie und lief eilig den dunklen Gang entlang. So hörte sie auch nur noch von ferne, wie Gerald und

Viego die Tür zum Lesesaal öffneten und dort von einem laut jubelnden Mädchen empfangen wurden.

***

Als Thuna ihr Zimmer betrat, lag Grohann auf ihrem Bett, das letzte Tagebuch von Lichtblut in der Hand, das er im Schein einer Lampe studierte. Er sah nicht auf, doch seine Gedanken hießen sie willkommen. Mehr als das – die Bilder, die er ihr sandte, verrieten ihr, dass er sie sehnlichst erwartet hatte.

„Hast du etwas gefunden, das ich übersehen habe?“, fragte sie.

„Ich glaube, ja“, antwortete er. „Sieh her!“

Sie hatte das Bett erreicht, kletterte darauf und legte sich an seine Seite. Den Kopf bettete sie auf seine Schulter. So konnte sie direkt in die leeren Seiten blicken, die er in die Höhe hielt.

„Und?“, fragte er.

Es war ein *Und?* der besonderen Art. Denn es bezog sich gar nicht auf die leeren Seiten, das fühlte sie genau. Er hatte sofort erfasst, wie es ihr ging – nämlich viel besser als noch vor ein paar Stunden – und das „Und?“ aus seinem Mund bedeutete so viel wie: ‚Na, musst du dich erst mit Gerald unterhalten, um zu begreifen, wer du bist und was du kannst? Meine Meinung zählt wohl weniger als seine?‘

Hätte sie dazu Stellung bezogen, hätte sie geantwortet: ‚Deine Meinung ist für mich die wichtigste von allen, aber solange ich nicht nachvollziehen kann, warum du mich liebst, fühle ich mich verloren.‘

Doch er wusste ja sowieso Bescheid, also konnte sie sich die überflüssigen Worte sparen.

„Die Seiten sind so leer wie immer“, sagte sie lächelnd. „Ich sehe gar nichts, tut mir leid.“

„Du sollst ja auch nichts sehen“, erwiderte er mit dieser tiefen Stimme, die ihr Inneres stets in ein summendes Wunderland verwandelte, „sondern etwas fühlen. Oder hören.“

Sie schloss die Augen. Also – vor allem fühlte sie die Wärme von Grohanns Körpers unter ihrer Wange. Und die Anziehungskraft, die von ihm ausging. Außerdem fühlte sie, wie müde sie war. Sie wäre jetzt am liebsten sofort eingeschlafen und in seine Träume eingetaucht. Aber das meinte er natürlich nicht.

Sie seufzte leise und versuchte die sehr dominante Wahrnehmung seiner Gegenwart auszublenden und auf den Rest zu achten. Auf all die kleinen, unbedeutenden Dinge, die sonst noch in diesem Raum existierten. Und tatsächlich: Sie hörte das Wispern einer ihr unbekannten Stimme!
Sie richtete sich überrascht auf.
„Kommt es aus ihrem Tagebuch?“, fragte sie. „Ich höre es leider nur sehr undeutlich. Ich kann sie nicht verstehen!“
„Das ist Absicht“, sagte er.
Grohann war ganz ruhig liegen geblieben. Er hielt die leeren Seiten noch immer in die Höhe.
„Sie hat ihre wichtigsten Gedanken in einer unsichtbaren Geheimschrift verfasst“, erklärte er, „und zudem unkenntlich gemacht. Damit diejenigen, vor denen sie ihre Gedanken verbergen wollte, nichts darüber herausfinden. Ich nehme an, die Satyrn haben damals nicht begriffen, dass sie Geheimnisse vor ihnen hatte. Und selbst wenn sie es begriffen hätten, hätten sie diese Tatsache vermutlich nicht ernst genug genommen. Sie hielten sich für zu überlegen, was ein folgenschwerer Fehler war.“
„Das weißt du oder das denkst du?“
„Ich erkenne in Lichtbluts Gedanken eine fast mörderische Feindseligkeit. Leider kann ich den Inhalt nicht entschlüsseln. Sie hat darauf geachtet, die Zeichen mit einem Zauber unkenntlich zu machen, den nur sie allein beherrschte.“
„Irgendein Feenzauber?“
„Nicht irgendeiner. Du hast Zugang zum Sternenlicht. Niemand sonst hat ihn und bei Lichtblut war das genauso.“
Thuna nahm das Tagebuch und sprang aus dem Bett. Auf einmal war sie wieder wach. Lichtblut wollte ihr etwas sagen! Sie hatte es doch geahnt. Sie lief aus dem Zimmer und kletterte durch ein Fenster am Ende des Gangs ins Freie. Normalerweise hätte Grohann sein Missfallen geäußert, da sie nun auf einem kleinen, abschüssigen Vordach stand, auf dem ein unbedachter Schritt zum Sturz in einen tiefen Innenhof führen konnte. Doch heute blieb er still, denn sie hatte bereits die leeren Seiten des Tagebuchs aufgeschlagen und hielt sie ins Licht der Sterne.

Thuna dachte, sie müsste in die andere, langsamere Zeit eintauchen, um die Geheimschrift entziffern zu können, doch noch bevor sie es versuchte, entdeckte sie haarfeine, graue Linien auf dem Papier. Keine Lupe hätte sie zutage fördern können. Es waren Linien, gezogen aus Zeit, und erst die Fähigkeit, das Licht der Sterne im eigenen Körper zu spüren, ließ ihre Konturen hervortreten.
„Siehst du es?“, fragte Thuna und hielt Grohann, der aus dem Fenster sah, das Tagebuch hin.
Er schüttelte den Kopf.
„Nein.“
„Dann lese ich dir alles vor“, sagte Thuna.
Sie kniete sich auf das Dach, das Buch in ihren Händen, und übersetzte die haarfeinen Linien für Grohann in gesprochene Worte. Während sie es tat, war es ihr, als höre sie Lichtbluts Stimme in ihrem Kopf. Es war die zerbrechliche, erschütterte Stimme eines Mädchens, das ahnte, dass sie eine andere werden musste, um die Stürme der Zeit zu überstehen.
Ich muss herausfinden, was ich tun will, hatte sie geschrieben. *Was ich tun muss! Aber meine Gedanken drehen sich im Kreis. Ich habe Angst. Drei Tage noch, dann ist alles zu spät. In drei Tagen wird der Schönling die Tür für immer schließen und Torck wird verloren sein, wenn wir Erdenkinder tun, was wir beschlossen haben. Ich kann Torck kaum noch in die Augen sehen.*
Thuna blätterte um. Lichtblut hatte hastig geschrieben, die Schrift wurde undeutlicher. Doch selbst wenn ein Wort nur noch aus drei langgezogenen Zacken bestand, verstand Thuna den Sinn. Sie folgte den Gedankenschritten, die Lichtblut auf diesem Papier vollzogen hatte. Fast war es ihr, als könnte sie diese Aufzeichnungen mit geschlossenen Augen vorlesen.
Ich habe die Macht, alles zu verändern. Niemand weiß, dass ich es könnte. Niemand traut es mir zu. Sie halten mich für klein und verängstigt. Und das bin ich ja auch. Doch ich könnte mich dazu entscheiden, es ihnen allen zu zeigen. Ich könnte Torck retten. Nur wenn ich daran denke ... wenn ich daran denke, was es bedeutet und was ich dafür tun muss, dann fürchte ich, dass ich nicht stark genug bin. Oder mutig genug.

Trotzdem. Ich muss eine Entscheidung treffen. Ich muss!
Die Hüter haben mir etwas gezeigt. In den letzten Monaten wurden sie mir gegenüber immer freundlicher und vertrauensseliger. Anfangs fand ich es angenehm, bis ich den wahren Grund dafür erfuhr. Ich werde erwachsen. Sie mögen mich. Sie verzehren sich nach Feenblut. Es ist ein paar Jahrtausende her, dass sie reines Feenblut gerochen haben. Offenbar verwirrt es ihre Sinne. Und auf einmal reden sie zu viel mit mir, in dem Glauben, dass ich eine von ihnen sei und dass sie auch meine Sinne verwirren. Aber ich hasse sie zu sehr, um sie zu begehren.
Vor ein paar Tagen brachten sie ein Baby an diesen grauenvollen Ort. Es war früh am Morgen, draußen war es noch dunkel. Ein Ziegenmann hielt das Baby in seinen Armen. Er ging nicht gerade sanft mit dem Baby um. Er legte es achtlos auf den Tisch und stürzte sich auf die Mahlzeit, die man ihm brachte.
Ich sah mir das Baby genauer an. Seine Beine waren von einem flaumigen Fell bedeckt. Es strampelte mit den beiden Hufen, die es statt normaler Füße besaß, und lachte mich an.
‚Wessen Baby ist das?', fragte ich. ‚Wo ist seine Mutter?'
‚Das ist kein Baby', antwortete der Ziegenmann schmatzend. ‚Das ist Amuy Fallais Mur.'
Ohne eine weitere Erklärung legte sich der Ziegenmann schlafen und ließ das Baby auf dem Tisch liegen. Amuytan rief mich fort und als ich gegen Mittag in den Raum zurückkehrte, hatte sich das Baby, das immer noch auf dem Tisch lag, verändert. Ihm waren Hörner gewachsen und sein Gesicht sah nicht mehr jung und lieb aus. Seltsam erwachsene Augen blickten mich an, die mir unheimlich waren.
Für den Rest des Tages mied ich das Baby und den Ziegenmann. Amuytan erklärte mir, er werde die beiden am nächsten Morgen in die neue Welt bringen. Er sagte es auf eine ehrfürchtige und düstere Weise, gerade so, als wolle er der einen Welt das Herz herausreißen und es der anderen neu einpflanzen.
‚Dieses Amuy Fallais Mur ist wohl sehr wichtig?', fragte ich.
‚Wichtig?', wiederholte Amuytan in seiner arroganten Art, die ich so sehr liebe. ‚Du könntest auf der Stelle sterben und es in der Gewissheit tun, dass du nicht umsonst gelebt hast, weil dir die

Ehre zuteilwurde, es zu sehen und berühren zu dürfen. Wir sind seine Kinder. Ohne Amuy Fallais Mur wären wir nichts und nichts wäre jemals wieder, wie es einmal war.'
Ich ging am Abend in mein Zimmer und legte mich ins Bett, doch der Ziegenmann im Nachbarzimmer sang im Weinrausch laute Lieder, sodass ich nicht schlafen konnte. Um ein Uhr nachts lief ich wutentbrannt hinüber, um ihm sein Maul zu stopfen. Doch ich erstarrte, als ich das Baby sah, das er in seinen Armen wiegte. Es war uralt geworden. Sein Fell war weiß, die Hörner wirkten stumpf und brüchig und seine Augen sahen trüb und milchig aus. Das Baby atmete schwer. Der Ziegenmann wiegte es im Takt seines lauten, derben Liedes. Irgendwann öffnete das Baby seinen Mund, als wollte es schreien – und starb.
Der Ziegenmann hörte auf zu singen und legte das Baby, dessen Glieder erschlafft waren, auf den Tisch. Und als wäre nichts gewesen, legte er sich auf sein Lager, um zu schlafen.
,Was ist passiert?', rief ich. ,Du kannst doch jetzt nicht schlafen?'
,Natürlich kann ich schlafen', antwortete er. ,Ich sollte sogar schlafen. Denn sobald es wieder aufwacht, machen wir uns auf den Weg in die neue Welt.'
Der Ziegenmann schloss die Augen und begann kurz darauf zu schnarchen, aber ich blieb wach und betrachtete das tote Baby. Irgendwann mussten mir doch die Augen zugefallen sein, denn ich erwachte von einem Jauchzen und Quietschen in meiner Nähe. Das Baby strampelte in seiner Decke und lachte mich an. Es sah wieder jung aus, wie neugeboren.
Angelockt von seinen Lauten, betrat Amuytan den Raum.
,Es ist so weit', sagte er feierlich, als er das Baby sah.
Hierauf nahm der Ziegenmann das Kind in seine Arme und verließ hinter Amuytan das Zimmer. Ich starrte den Tisch an, auf dem das Baby gelegen hatte, und allmählich nahmen eine Wahrheit und ein Plan in meinem Kopf Gestalt an.
Die folgenden Seiten waren wieder leer. Thuna blätterte eine nach der anderen um, in großer Sorge, dass das alles wäre, was ihnen Lichtblut an Informationen hinterlassen hatte, doch drei Seiten vor dem Ende des Buches hatte sie wieder zu schreiben begonnen.

Ich habe die Lilienpapiere unterzeichnet. Ich habe den anderen versprochen, dass ich meinen Bruder in dieser Welt zurücklassen werde. Damit es sich nicht wiederholt. Wir alle haben gemeinsam beschlossen, dass es sich nicht wiederholen darf. Dass wir die Hüter besiegen werden. Dass die neue Welt uns gehören wird. Dass sie nicht untergehen darf.

Aber Torck ist nicht der Schlüssel dafür. Ich werde ihn nicht opfern. Es schien der einzige Weg zu sein, denn wir hielten die Hüter für allmächtig und ihre Wahrheit für unumstößlich. Aber das ist sie nicht. Die Wahrheit der Hüter ist ein Baby, das jeden Tag neu geboren wird. Es altert Stunde um Stunde, bis es in der Nacht stirbt. Und nach ein paar toten Stunden erwacht es erneut zum Leben.

Ich werde ihnen dieses Baby stehlen, wenn sie es am wenigsten erwarten. Ich werde es verstecken und dafür sorgen, dass es tot bleibt. Ich werde ihnen ihre Macht stehlen und die neue Welt an mich reißen. Die neue Welt wird nach meinen Regeln funktionieren und nach den Regeln all derer, die sich auf meine Seite stellen. Aber zuvor muss ich die anderen Erdenkinder verraten.

Es fällt mir schwer. Sie werden mich dafür hassen. Doch die Zeit ist zu knapp, um sie zu überzeugen. Ich werde so tun, als würde ich die Verschwörung preisgeben und mir damit das Vertrauen der Hüter erschleichen. Sie werden Torck mitnehmen, obwohl wir Erdenkinder mit allen Mitteln verhindern wollten, dass sie ihn mitnehmen können.

Wenn ich die Kräfte der Hüter besitze, wenn ich ihre Geheimnisse gestohlen und sie besiegt habe, werde ich Torck bannen können. Ich habe gesehen, wie es die Hüter mit dem fünften Erdenkind gemacht haben, das einst aus Amuylett hierherkam. Wie sie es mit einem Bann belegt haben und seinen schädlichen Einfluss dadurch verlangsamen konnten. Wenn sie gehen, heben sie den Bann auf, und das Ende der Welt wird vollkommen sein.

Ich werde Torck mit einem ähnlichen Bann belegen, wenn es so weit ist. Oder ich schicke ihn zurück in unsere Welt, falls der Türöffner einen Weg dorthin findet. Wenn Torck sterben will, kann

er es auf diese Weise tun. Aber vorher soll er leben. Er hat es verdient.
Ich bin eine Fee.
Ich kann genauso stark sein wie die Hüter.
Ich werde es tun.
Ich werde gewinnen.
Ich finde einen besseren Weg.
Thuna blätterte die nächsten Seiten um, so lange, bis sie auf die letzte Seite des dünnen Büchleins stieß. Lichtblut hatte kein weiteres Wort geschrieben. Sie hatte ihre Entscheidung gefällt und nach allem, was sie heute wussten, hatte sie ihre Worte wahr gemacht. Doch hatte sie wirklich einen besseren Weg gefunden? Die Antwort auf diese Frage war ein einziges Rätsel. Ja. Nein. Vielleicht.
„Du musst es rückgängig machen", sagte Grohann. „So bald wie möglich!"
„Was rückgängig machen?"
„Sie hat das Baby gestohlen und es verwandelt, als es tot war. Und seitdem ist es tot. Das erklärt alles."
Thuna sah Grohann an. Sie merkte, dass ihn diese Wahrheit erschütterte. Wenn sie nur besser verstanden hätte, was für eine seltsame Wahrheit das war!
„Erinnerst du dich, wie ich immer behauptet habe, dass Amuylett zu schnell altert?", fragte er. „Dass die Naturmagie versiegt, auf eine Weise, die ich nicht verstehe? Und haben wir uns nicht immer gewundert, wie Yu Kon die Hüter besiegen konnte? Wie es ihm und seinen Verbündeten gelingen konnte, den Zauberwald von Tamen zu vernichten?"
„Du meinst … das tote Baby war schuld? Die Tatsache, dass es nie mehr neu geboren wurde?"
„Es ist wie eine Uhr, verstehst du? Es durchläuft die Tageszeiten und die Lebenszyklen. Lichtblut hat die Uhr auf Tod gestellt und dann angehalten. Sie hat das getan, um ihre Feinde, die Hüter, zu besiegen. Es ist ihr gelungen. Sie hat sie ausgerottet und ein Reich der Menschen gegründet, die Kinyptische Monarchie, die seit dem Verschwinden der Hüter die Geschicke von Amuylett lenkt."
„Und was ist schiefgelaufen bei dem Plan?"

„Lichtblut hat nicht bedacht, dass auch ihre Feenmagie von der Magie der Natur abhängig war. Nach ein paar Jahrtausenden der Blüte schwand ihre Kraft. Die Dynastie überlebte, doch sie wurde mit den Jahrtausenden schwächer. Eines Tages fiel das Kinyptische Reich und mit ihm der letzte Kaiser. Lichtbluts Feenbann, der diese Welt vor dem schädlichen Einfluss Torcks bewahrte, wurde mürbe. Und als Torck einmal erwacht war, konnte er sich befreien. Es spielt keine Rolle, wer den Schlüssel zum Wächter brachte. Ab dem Moment, als Torck erwachte, arbeitete er erfolgreich auf seine Befreiung hin."
Thuna lauschte Grohanns Worten, vernahm aber in ihrem Inneren nur die eine Botschaft: Tamen. Das Herz des Zauberwalds. Er sprach im Grunde nur darüber.
„Tamen wurde also gar nicht von Yu Kon vernichtet?", fragte sie. Er schüttelte den Kopf.
„Yu Kon hat es nur zu Ende gebracht", antwortete er. „Tamen starb, weil die Uhr der Satyrn auf Tod gestellt war. Der Wald verging langsam, er verlor seine Magie. Als ich ihn kennen gelernt habe, war er wahrscheinlich längst nicht mehr das, was seine Vorgänger in Lettimur und in früheren Zeitaltern gewesen waren."
„Wenn ich es könnte", sagte Thuna, „wenn ich den Teppich in ein Baby zurückverwandeln und die Uhr damit wieder zum Laufen bringen könnte, was würde dann passieren?"
„Es würde alles ändern. Die alte Naturmagie würde zurückkehren, das Geheimnis von Tamen könnte wieder zum Leben erwachen und wir wären vielleicht in der Lage, Torck zu bremsen oder einzuschränken. Lichtblut schreibt, die Hüter hätten das fünfte Erdenkind gebannt. Wenn das Herz von Tamen wieder schlägt, können wir das womöglich auch."
„Wo ist der Teppich?", fragte Thuna.
„Er ist in Amuylett, wenn auch nicht da, wo du ihn vermutest. Ich habe die Wahrheit ein bisschen verschleiert, falls dir die falschen Personen in den Kopf sehen."
„So, so. Aber in Amuylett schneit es. Ohne Sternenlicht kann ich nichts tun."

„Gegen Morgen soll es aufklaren“, erwiderte er. „Komm, wir sollten die Spiegelwelt durchqueren, bevor Maria ihren Posten verlässt!“
Er reichte ihr die Hand. Sie ergriff sie ohne Zögern und kletterte zurück zu ihm ins Innere der Bibliothek. Das Herz von Tamen – sie wollte unbedingt, dass es wieder schlug. Sie wollte es so sehr, dass es wehtat. Denn es war Grohanns wahre Heimat. Und damit auch ihre eigene!

Kapitel 17: Panther ohne Halsband

Scarlett und Lisandra verbrachten den restlichen Abend im Trophäensaal. Sie saßen auf dem Boden und spielten Tinker-Taiming oder vielmehr ein Spiel, das noch nicht erfunden worden war und sich durch besonders chaotische Regeln auszeichnete, wie Geicko behauptete, der ihnen anfangs noch Gesellschaft leistete.

„Du täuschst dich", sagte Lisandra. „Es *ist* Tinker-Taiming mit den üblichen Regeln. Die ich erfolgreich breche."

„Sodass ich sie erfolgreich zurückbrechen muss", erwiderte Geicko und spielte zwei Karten gleichzeitig aus.

„Das ist nicht erlaubt!", rief Scarlett.

„Es ist auch nicht erlaubt, die Farben zweier Karten magikalisch zu verändern, so wie du es in den letzten beiden Runden getan hast."

„Wenn du es gemerkt hast", sagte Scarlett, „warum hast du es dann nicht beanstandet?"

„Weil du Lissi damit betrogen hast und nicht mich. Sie führt, also war es mir recht."

„Ich bleibe dabei", sagte Scarlett, „du kannst keine zwei Karten ausspielen."

„Und ich tue es trotzdem. Spiel jetzt auch zwei Karten aus, wenn du dich traust, oder heul weiter."

Scarlett hob die Augenbrauen und warf ihre gefährlichste Karte – das tote Auge – auf den Platz in der Mitte. Fast im gleichen Moment ließ sie Geickos zweite Karte mit einem Blitz verschwinden. Lisandra schüttelte daraufhin irritiert den Kopf.

„Was soll ich jetzt machen? Eine Karte spielen oder zwei?"

„Zwei", erwiderte Geicko. „Nur weil Scarlett meine Karte hat verschwinden lassen, gilt sie trotzdem."

Lisandra warf einen kurzen Blick auf die verdeckten Karten ihrer Gegner und legte einen dreifarbigen Wandler über Scarletts totes Auge.

„Wandler schließt das tote Auge – und damit gehen alle anderen Karten, die ihr nun gelegt oder nicht gelegt habt, an mich."

„Lissi, der dreifarbige Wandler ging vor elf Runden an Scarlett", sagte Geicko. „Und wurde dabei zu einem dreifarbigen Zwerg."

„Na und? Das war ein anderer dreifarbiger Wandler. Ich habe noch einen."
Scarlett verdrehte die Augen.
„Wenn du schon betrügst, dann mach es wenigstens nicht so *plump*!"
„Ich betrüge nicht plump, sondern ehrlich. Außerdem dachte ich, ihr wüsstet, wie ich spiele. Wenn euch mein offener Stil überfordert, könnt ihr ja aussteigen. Was natürlich bedeuten würde, dass ich gewonnen habe."
Lisandra bekam ihren Stich, doch sie musste damit leben, dass Scarlett nun jeden weiteren Stich mit einem neuen dreifarbigen Wandler an sich raffte und Geicko Karten beisteuerte, die Scarletts Konto bereicherten und Lisandra langsam aushungerten.
„Das ist nicht fair!", rief Lisandra. „Bündnisse sind verboten und außerdem armselig."
„Du kannst ja aussteigen, wenn du willst", sagte Geicko.
Doch Lisandra schielte kurz auf den Punktestand und beschloss, Scarletts neunten dreifarbigen Wandler mit einem fünffarbigen Wandler zu übertrumpfen. Geicko lachte sich darüber kaputt und Scarlett schob den Stich gönnerhaft an Lisandra.
„Hübsches kleines Blendwerk", sagte sie. „Was man mit ein bisschen Sternenstaub nicht alles anstellen kann."
„Eins ist jedenfalls sicher", meinte Geicko. „Dieses Spiel heißt *nicht* Tinker-Taiming."
„Stimmt", erwiderte Lisandra und schob die Karten zusammen, um sie zu mischen. „Es heißt in Wirklichkeit Warten-auf-Haul."
„Hast du jemals mit ihm Karten gespielt?", fragte Geicko.
Lisandra zog es vor zu schweigen. Angestrengt wirbelte sie die Karten durcheinander und natürlich war es kein Zufall, dass ab und zu ein paar Karten hinunterfielen, die sie wahlweise in den Stapel zurücksteckte oder trickreich verschwinden ließ.
„So groß ist die Liebe nun auch wieder nicht", sagte Scarlett. „Mit Lissi Karten zu spielen, hält man nur aus, wenn man betrunken ist oder vor Sehnsucht halb hirntot."
„Ich bin nicht betrunken", sagte Geicko und nahm die Karten auf, die Lissi austeilte. „Vor Sehnsucht halb hirntot … na ja … ich bin eben froh, dass sie wieder da ist."

Lissi hielt im Austeilen inne und lächelte ihn auf eine viel zu bezaubernde Weise an. Ihre Sommersprossen tanzten förmlich auf ihrer Nase, während sie in seine Richtung grinste und offenbar nicht bemerkte, dass Scarlett die Karten, die sie bereits aufgenommen hatte, in den Stapel zurückhexte und dafür neue in ihre Hand fliegen ließ.

„Ich hab's sehr wohl gemerkt", meinte Lisandra, als sie mit dem Austeilen der Karten fortfuhr. „Aber da stehe ich drüber."

„Ach, tust du das?"

Scarlett lächelte teuflisch, als Lisandra ihre Karten aufnahm und studierte. Es war das schlechteste Blatt, das die Welt je gesehen hatte, dafür hatte Scarlett gesorgt. Vor allem deswegen, weil die Nieten, die es sonst nur einmal gab, in Lisandras Blatt doppelt und dreifach vorkamen.

„Sehr komisch, wirklich", sagte Lisandra.

„Da stehst du doch drüber, oder?", erwiderte Scarlett.

„Ich habe übrigens mit beiden Tinker-Taiming gespielt", erzählte Lisandra. „Mit Hanns und mit Haul. Als wir noch von Yu Kon unterrichtet worden sind."

„Und danach bestimmt nie wieder", sagte Scarlett. „Weil sie es nicht ausgehalten haben. Hey, was soll das?"

Es war nicht zu fassen! Eben hatte Scarlett noch ein großartiges Blatt auf der Hand gehalten und jetzt …

„Den Trick hat mir Hanns beigebracht", sagte Lisandra. „Toll, was?"

„Nicht im Ernst!"

„Doch. Egal, wie man die Karten verhext hat, dieser Kniff hebt alle Zauber auf. Was du vor dir siehst, ist das Blatt, das du bekommen hättest, wenn du nicht versucht hättest, das Spiel zu manipulieren."

Scarlett runzelte die Stirn.

„Meine Karten sträuben sich gegen jeden weiteren Zauber!"

„Da staunst du, was? Ich wende den Trick sonst nie an, weil ich es normalerweise bin, die falschspielt."

„Und was für ein Trick ist das?"

„Er steckt in jedem Profi-Kartenspiel. Und das hier sind Profi-Karten. Wenn man vermutet, dass jemand betrügt, reibt man dreimal über das tote Auge, sodass eine Augenklappe erscheint. Während die Augenklappe sichtbar ist, wehren die Karten jede Veränderung ab. Werden sie aus dem Spiel genommen oder fügt man eine fremde Karte hinzu, fängt das Spiel an zu jaulen."

„Wirklich?"

„Sieh her!"

Lisandra ließ eine Karte aus ihrem Ärmel fallen und versuchte sie in ihr Blatt einzuordnen. Sofort erklang ein Katzengeheul, das Lisandra dazu veranlasste, hoffnungsvoll in Richtung Spiegel zu schauen.

„Ob sie schon Fortschritte gemacht hat?"

„Wovon sprichst du?", fragte Geicko.

„Von Dandelia Pimbel", erklärte Scarlett. „Sie wurde von Hylda versteinert. Nun hat Lisandra der armen Maria das schwere Ding auf den Schoß gelegt und will, dass Maria die ganze Nacht mit ihr redet, damit sie morgen wieder lebendig ist. Aber so schnell geht das nicht."

„Wieso nicht?", fragte Lisandra. „Das Mammut ist auch ganz schnell lebendig geworden. Maria hat es nur ein paar Mal gegrüßt."

„Das Mammut ist keine große Leuchte. Man kann über Dandelia Pimbel sagen, was man will, aber ihr Verstand ist sicherlich komplexer als der von diesem gigantischen Haufen Stroh mit Plüschbezug."

Lisandra steckte die falsche Karte in ihren Ärmel zurück und Geicko begann mit dem Ausspielen. Er setzte seine Gegnerinnen sofort mit einer Tinker-Taiming-Ansage unter Druck. Verbissen spielten sie nun eine Runde nach den gewöhnlichen Regeln, was erstaunlich lange dauerte, da alle drei der Ehrgeiz gepackt hatte. Geicko gewann. Sehr zum Erstaunen von Scarlett.

„Nicht zu fassen!", rief sie. „Bist du tatsächlich so gut oder sind wir *so* schlecht?"

Lisandra warf die Karten in die Mitte und seufzte.

„Er *ist* gut. Er kannte auch den Trick mit der Augenklappe, lange bevor ich davon erfahren habe, aber er hat ihn nie gegen mich eingesetzt."

„Du verwechselst gut mit gutmütig“, sagte Scarlett. „Er ist einfach zu nett zu dir.“
„Apropos nett sein“, meinte Geicko und stand auf. „Ich habe Niobe versprochen, in Lettimur zu übernachten. Das heißt, ich werde nun gehen.“
„Niobe ist in Lettimur geblieben?“, fragte Scarlett.
„Ja“, antwortete Geicko. „Sie wird auch nicht mehr zurückkommen. Sie will in der neuen Welt bleiben. Für immer.“
„Wieso?“, fragte Lisandra erschrocken. „Und was willst du?“
„Im Moment?“, fragte er zurück. „Hin- und herspazieren. Ich gehe hier zur Schule, wie du ja weißt.“
„Und später?“
„Liegt doch auf der Hand, oder?“, erwiderte er. „Niobe ist meine Freundin.“
Er winkte zum Abschied und marschierte auf den Spiegel zu. Dort angekommen, klopfte er und Marias Gesicht kam zum Vorschein. Während Geicko durch den Spiegel stieg, rief Scarlett:
„Gibt’s was Neues?“
Maria schüttelte den Kopf.
„Hat die Katze gezwinkert?“
„Nein“, antwortete Maria. „Sie ist aus Stein. So schnell wird sie nicht zwinkern.“
Maria verschwand wieder, aber Lisandra starrte immer noch in Richtung Spiegel.
„Glaubst du, er wird wirklich nach Lettimur gehen?“, fragte sie. „Weil Niobe dort leben will?“
„Kann gut sein.“
„Aber …“
„Lissi! Er ist nicht der Einzige, der nach Lettimur gehen wird. Gerald wird es tun. Maria wird es tun. Thuna wird es tun. Womöglich alle Schüler. Und alle Lehrer. Sie werden uns alle verlassen.“
Lisandras Blick wanderte langsam vom Spiegel zu Scarlett.
„*Uns*?“
„Ja, Lissi. Ich bleibe hier. Egal, was passiert. Solange Hanns in dieser Welt lebt, werde ich nicht fortgehen.“
Lisandra nickte. Diese Aussage schien sie zu trösten.

In der nächsten Stunde vertrieben sie sich die Zeit mit weiteren Tinker-Taiming-Spielen, aber ohne Augenklappe über dem toten Auge und dafür mit den haarsträubendsten Tricks, die sie ersinnen konnten. Zwischendurch kamen Thuna und Grohann durch den Spiegel in den Trophäensaal. Sie wirkten aufgewühlt, doch verrieten nicht, was los war, sondern verschwanden eilig in einem der Nebengänge. Scarlett und Lisandra blickten ihnen verwundert hinterher und zuckten nahezu synchron mit den Achseln.
„Sie suchen kein lauschiges Plätzchen zum Knutschen, oder?“, fragte Lisandra.
„Kann ich mir kaum vorstellen“, antwortete Scarlett. „Ihr Gemütszustand war irgendwie … wichtig.“
„Aber positiv wichtig. Nicht katastrophal wichtig.“
„Denke ich auch.“
„Gut“, meinte Lisandra. „Dann muss ich nicht länger darüber nachdenken. Du bist an der Reihe. Und beschwer dich nicht darüber, dass …“
„Ich fasse es nicht!“, rief Scarlett. „Besitzt du denn gar kein Schamgefühl?“
Lisandra schüttelte fröhlich den Kopf und strich zufrieden die Karten ein, die Scarlett auf den Boden geworfen hatte. Es waren lauter Mäuschen darauf abgebildet. Rosafarbene. Mit Schleifen.
Kurz vor Mitternacht schaute Gerald durch den Spiegel, um ihnen zu verraten, dass Erik gegen ein Uhr nachts mit der Ankunft von Hanns und den Gespenstern rechnete.
„Maria und ich bleiben so lange in der Spiegelwelt. Aber freut euch nicht zu früh: Ich habe den Eindruck, dass Erik gleich ein paar Sachen mit Hanns besprechen will. Es kann also noch später werden.“
Kaum war Gerald wieder verschwunden, verwandelte Scarlett alle Karten in tote Augen und Lisandra legte sich auf den Boden und schlief auf der Stelle ein. Scarlett blickte in dem ansonsten leeren Trophäensaal umher. Es standen keine Maküle am Spiegel. Grohann hatte sie alle an die Außengrenzen von Sumpfloch beordert.
Scarlett verstärkte den Wärmezauber, der den eiskalten Boden unter ihr und Lisandra aufheizte, sammelte die Tinker-Taiming-

Karten ein, von denen sie gar nicht wusste, wem sie gehörten, und merkte, dass sie todmüde war. Es war das erste Mal seit zwei Tagen, dass sie eine Sehnsucht nach Schlaf verspürte. So lauschte sie der Stille, bis endlich Haul durch den Spiegel in den Saal trat.
Er war allein, zu ihrer großen Enttäuschung. Kaum sah er die schlafende Lisandra auf dem Boden liegen, saß er auch schon neben ihr. Mit einer Sehnsucht in den silbernen Augen, die Scarlett ans Herz griff, strich er ihr über die Locken. Er hatte offensichtlich Hemmungen, sie aus dem Schlaf zu reißen.
„Du kannst sie ruhig treten oder an den Haaren ziehen", sagte Scarlett. „Sie hat die ganze Zeit auf dich gewartet, sie *will* geweckt werden."
Es war aber gar nicht nötig, dass Haul grob wurde, denn dank Scarletts nicht gerade leise vorgetragener Empfehlung war Lisandra jetzt hellwach. Sie stürzte sich in Hauls Arme und hielt sich an ihm fest wie an einem rettenden Felsen. Vermutlich war er das auch für sie gewesen, tief unter der Erde in ihren bangsten Momenten. Der Felsen, an den sie glaubte und zu dem sie zurückwollte, unbedingt und egal, wie.
Er hatte die Augen geschlossen, vertieft in dieses Wiedersehen, und drückte Lisandra mit einer Hingabe an sich, die Scarlett mit Erstaunen erfüllte. Er war ja sonst eher der reservierte Typ und im Gegensatz zu Hanns, der fast immer einen Grund zum Lachen fand, setzte Haul seine Fähigkeit, ein freundliches, aufgeschlossenes Gesicht zu machen, überaus geizig ein. Aber jetzt, da er seine Stirn an Lisandra drückte, wirkte er wie erlöst. Gerade so, als könnte er, wenn sie bei ihm war, jeden vergangenen Schmerz vergessen und ohne Bitterkeit leben. Was rührend war, aber auch Scarlett hatte Bedürfnisse.
„Wo ist Hanns?", fragte sie in einem Ton, der keinen Aufschub duldete.
„Er kommt gleich", antwortete Haul. „Er wollte kurz nach Ajach sehen."
Haul sprang auf die Füße und zog Lisandra mit sich hoch. Für einen Moment blieben ihre Blicke aneinander hängen, in der offensichtlichen Versuchung, alles andere zu vergessen und sich aufeinander zu stürzen, doch ein Geräusch jenseits des Spiegels

holte sie in die Wirklichkeit zurück. Nach einem sehr knappen Abschiedsgruß liefen sie aus dem Trophäensaal, gerade noch rechtzeitig, bevor Erik und Repuls durch das Spiegelglas stiegen. Repuls redete aufgebracht auf Erik ein. Seine Wut richtete sich ganz offensichtlich gegen den abwesenden Regenten.

„Das lasse ich mir nicht bieten!", rief er. „Das Gorginster-Leck musste eingedämmt werden, das sehe ich ein. Aber für weitere Handlangerdienste stehe ich auf gar keinen Fall zur Verfügung. Nicht, solange er hartnäckig schweigt und hinter meinem Rücken Unschuldige an Tyrannen verschachert!"

„Wieso schreist du *mich* so an, Repuls?", erwiderte Erik. „Ich habe nichts damit zu tun. Und dass du den Fühler im Keller kanntest, aber kein Wort darüber verloren hast, macht mich mindestens genauso wütend. Ganz zu schweigen von deiner wahren Identität, die …"

„… niemanden etwas angeht!", unterbrach ihn Repuls wutentbrannt.

Scarlett hatte den sonst so abgebrühten Zauberer noch nie so erzürnt erlebt.

„Ach nein?", entgegnete Erik furchtlos. „All diese Kreaturen, die Pelohel geschaffen hat, sind *Waffen.* Und über lebendig herumlaufende Waffen sollten wir sehr wohl Bescheid wissen!"

„So ein Schwachsinn", sagte Repuls. „Ich bin ein Mensch wie jeder andere auch. Dann müsste man ja jeden Zauberer als Waffe bezeichnen."

„Da bin ich anderer Meinung, Dorian. Aber gerade ist nicht der Zeitpunkt für solche Diskussionen. Wir sollten beide schlafen gehen."

„Pah!", rief Repuls. „Wenn du ruhig schlafen kannst, bitte! Ich werde meine Waffen sortieren und mir eine Strategie zurechtlegen, wie ich diesem anmaßenden Knaben das Handwerk legen kann. Er wird mich kennenlernen, verlass dich drauf!"

„Meine Güte, Dorian, ein paar Tage wird die Sache ja wohl noch Zeit haben."

Repuls machte ein Gesicht, das deutlich machte, dass die Sache in seinen Augen überhaupt keine Zeit hatte, und verließ den Trophäensaal. Erik blickte ihm nach, von sichtlichem Unbehagen

erfasst. Irgendwann wandte er sich ab und erst jetzt schien ihm bewusst zu werden, dass Scarlett in einer Ecke des Trophäensaals saß. Überrascht musterte er sie.
„Und?“, fragte er. „Was machst *du* noch hier?“
„Ich?“, fragte Scarlett zurück und stand auf. „Ach … ich muss etwas Dringendes mit Hanns besprechen.“
„Was denn?“
Scarlett schüttelte den Kopf.
„Unwichtig.“
„Ich dachte, es wäre dringend?“
Scarlett verfluchte ihre unbedacht ausgesprochenen Worte. Konnte man sich blöder anstellen? Nun ja, sie war müde.
„Privat dringend, meinte ich. Es ist was … Persönliches.“
„Aha.“
„Wir sind alte Freude.“
„Das kam mir schon zu Ohren.“
Sie schwiegen. Es war ein unangenehmes Schweigen, denn weder sie noch er konnten ignorieren, dass sie zu zweit in einem großen, leeren Saal vor einem Spiegel herumstanden. Mitten in der Nacht.
„Kommt er etwa wegen *dir* hierher?“, fragte Erik plötzlich. „Jede Nacht?“
„Was?“
„Er hat mir erklärt, dass er hier besser schlafen kann, aber …“
Scarlett kam aus dem Kopfschütteln gar nicht mehr heraus. Und da es ihr zunehmend schwerfiel, überrascht und unschuldig zu erscheinen, wechselte sie spontan zur aggressiven Tour. Die lag ihr sowieso viel mehr.
„Wenn du damit andeuten willst“, erklärte sie drohend, „er würde bei *mir* schlafen, dann spinnst du ja offensichtlich total.“
Erik zuckte mit den Achseln und schwieg. Es war ihm deutlich anzusehen, dass in seinem schlauen Kopf einiges vor sich ging. Wahrscheinlich trug er gerade alle Fakten zusammen und wertete sie aus. Diesen Vorgang musste Scarlett dringend unterbinden. Nur wie?
„Haul schläft auch jede Nacht hier“, sagte sie. „Wenn du dir also bescheuerte, überflüssige Gedanken machen möchtest, warum dann nicht darüber?“

„Haul fährt nicht so ertappt aus der Haut, wenn man ihn dazu befragt."
„Hast du das etwa gemacht?", fragte Scarlett überrascht. „Du hast ihn gefragt, ob Hanns ..."
„Ich nicht. Aber es gibt ja genug andere, die neugierige Fragen stellen."
Scarlett wandte den Blick von Erik ab und starrte stattdessen in den Spiegel. Ja, sie war verräterisch aus der Haut gefahren. Am besten sagte sie jetzt gar nichts mehr. Sonst machte sie alles nur noch schlimmer.
„Er muss unbedingt bei Ajach vorbeisehen, wenn er aus Gorginster zurückkommt", sagte Erik. „Aber seine angebetete Verlobte lässt er lieber schlafen. Und Maria harrt nach Mitternacht am Spiegel aus, obwohl sie ihren Schlaf dringend braucht, nur damit *er* mitten in der Nacht nach Sumpfloch kommen kann. Für wen würde sich Maria wohl so aufopfern? Für ihn doch sicher nicht. Also für wen dann?"
Scarlett warf ihrem Spiegelbild einen trotzigen Blick zu. Sollte Erik doch denken, was er wollte.
„Und vor drei Tagen", fuhr Erik fort, „war Hanns den ganzen Nachmittag unauffindbar. Angeblich wegen eines dringenden Problems in Sumpfloch. Nur leider konnte mir niemand erklären, worin das dringende Problem denn eigentlich bestand."
Scarlett schwieg. Sie hoffte inständig, dass Erik endlich zu reden aufhörte.
„Du würdest nicht so verbissen in den Spiegel starren, wenn es Quatsch wäre", sagte Erik. „Aber keine Sorge, von mir erfährt keiner was. Und weißt du, warum? Weil es eine Katastrophe wäre, wenn es rauskäme. Das öffentliche Lumili-Theater ist unschätzbar wichtig für uns. Wenn herauskommt, dass er das holde Wesen belügt und betrügt und sich die Nächte mit einer bösen Cruda um die Ohren schlägt, sind wir erledigt. Aber so richtig!"
Scarlett brachte es nicht länger fertig, den Spiegel anzustarren. Sie drehte sich nach Erik um und suchte in den hellgrünen Augen hinter seinen Brillengläsern nach Verständnis. Er musste doch wissen, wie es war, verliebt zu sein! Sie war überzeugt davon, dass

er immer noch für Thuna schwärmte. Und zwar heftig und vergeblich.
„Wie schlimm ist der Fall?“, fragte er. „Geht das wieder vorbei oder wird das ein längerfristiges Problem?“
„Ein *ewig*fristiges.“
Er hob die Augenbrauen.
„Sicher?“
„Da kannst du dein Klarkraut drauf verwetten!“
Er seufzte noch einmal, ausgedehnt, und ließ die Schultern, die er kurzzeitig angespannt hatte, wieder hängen.
„Na ja, vielleicht lässt es sich ja geheim halten. Lange genug. Obwohl ich nicht der Einzige bin, der sich wundert. Jeder im Staatspalast weiß, dass er kaum noch dort schläft. Und dass er seine Verlobte so sparsam wie möglich mit seiner Gegenwart beglückt. So was spricht sich herum.“
„Er hat eben viel zu tun.“
„Ja, vor allem nachts.“
„Hach, finde dich damit ab!“, fuhr ihn Scarlett an. „So ist es eben. Glaubst du, mir macht es Spaß, mein Leben als nicht hoffähiges Monster im Schatten fristen zu müssen?“
Erik wirkte überrascht. Er nahm kurz seine Brille ab, um Scarlett genauer zu inspizieren, und setzte sie wieder auf.
„Schatten?“, fragte er. „Falls du damit meinst, dass du dich unauffällig im Hintergrund hältst, dann erliegst du offenbar einer heftigen Selbsttäuschung. Jeder, der dich nur einmal gesehen hat, vergisst dich nicht mehr. Der Eindruck brennt sich ein. Und glaub mir, das liegt nicht nur daran, dass Crudas für gewöhnlich Monster sind.“
„Sondern?“, fragte Scarlett feindselig.
„Du bist ein Phänomen“, sagte Erik. „Eine Cruda, die nicht um sich schlägt. Wie ein gezähmter Panther, der ohne Halsband und Leine durch die Gegend läuft. Eine schöne und gefährliche Sensation, deren Wirkung man sich kaum entziehen kann. Niemand wird sich wundern, warum er diesen granatenmäßigen Mist baut.“
Das klang so schmeichelhaft, dass es Scarlett fast verlegen machte, doch Erik war noch nicht fertig.

„Leider eilt euch Crudas ein gewisser Ruf voraus“, fuhr er fort. „Selbst wenn du für die richtige Seite kämpfst, wird sich niemand vorstellen können, dass das mit euch beiden gut geht. Mächtige Männer sollten sich niemals auf Crudas einlassen. Schließlich kann man davon ausgehen, dass die Cruda ihren Einfluss nutzt, um ihre Interessen durchzusetzen.“

„Mächtige Männer können sich sehr wohl auf Crudas einlassen und zwar dann, wenn sie der Cruda gewachsen sind. Wir sind gleich stark. Außerdem haben wir die gleichen Interessen, denn ich bin furchtbar nett. Sieht zwar nicht so aus, aber glaub mir, ich bin es.“

„Ich weiß“, sagte Erik. „Thuna, Gerald oder Maria würden dir jederzeit ihr Leben anvertrauen. Insofern hätte es schlimmer kommen können. Nur – was ich nicht verstehe, ist: Warum bin ich nicht früher auf die Idee gekommen, dass …“

Er brach ab, denn in diesem Moment trat Hanns durch den Spiegel, gefolgt von Gerald.

„Ja, Erik?“, fragte Gerald neugierig. „Auf welche Idee bist du nicht früher gekommen?“

„Auf die da“, antwortete Erik und fuhr mit dem Zeigefinger zwischen Hanns und Scarlett hin und her. „Diese eine naheliegende Möglichkeit war in meinem Kopf irgendwie blockiert.“

„Blockiert?“, wiederholte Gerald lachend. „Tja, woher kommt das bloß?“

„Ja“, sagte Erik. „Ist mir schon klar, wer dahintersteckt.“

Die Person, die dahintersteckte, hörte gar nicht zu. Hanns hatte nur Augen für Scarlett und kaum hatte er die wenigen Schritte, die sie trennten, zurückgelegt, erfasste er sie und küsste sie, als wären sie allein im Raum. Was rund um Scarlett existierte, war ab diesem Moment wie ausgelöscht. Es gab nur noch sie und ihn. Sie verlor sich in ihren überaus heftigen Gefühlsregungen, doch Erik kannte kein Pardon: Wie ein scharfes Schwert fuhr seine fordernde Stimme durch Scarletts sinnlich entrückten Zustand und holte sie in die Gegenwart zurück.

„Wie soll das weitergehen, Hanns?“, rief er aufgebracht. „Wo führt das alles hin? Wirst du Lumili trotzdem heiraten?“

„Nein“, antwortete Hanns, ohne den Blick von Scarlett abzuwenden. „ich werde sie nicht heiraten. Unsere Verlobung ist praktisch gelöst, nur weiß Lumili nichts davon.“

„Was?“, fragte Erik entsetzt. „Aber du wirst es der Welt noch eine Weile verheimlichen, dass es keine Verlobung mehr gibt?“

„So lange wie nötig.“

Scarlett versank in seinem Anblick. Sie lächelte ihr schönstes Lächeln und fand die rührendste Reaktion darauf im Glanz seiner Augen.

„Wie kommst du darauf, dass die Verbindung mit Lumili jemals unnötig werden könnte?“, fragte dieser gnadenlos nervige Erik. „Du brauchst Weißer Stern und die Unterstützung der Bevölkerung!“

„Da musst du Gerald fragen, wie das werden soll“, sagte Hanns. „Er ist schuld. Er hat mir das Versprechen abgenommen, dass ich Lumili nicht heiraten werde.“

„Und warum macht er so was?“

Erik wandte sich an Gerald, der neben dem Spiegel auf Maria wartete. Aber der grinste nur und schüttelte mit einem Achselzucken den Kopf. Er hatte eindeutig Partei ergriffen – Scarletts Partei – und dafür hätte sie ihn abküssen können.

„Er weiß, dass ich es sowieso nicht schaffen würde“, antwortete Hanns an Geralds Stelle. „Es bringt ja nichts, wenn ich mir die ganze Zeit einrede, dass diese Hochzeit für den Rest der Welt unendlich wichtig ist, ich sie aber im Ernstfall gar nicht durchziehen könnte. Ich kann es nicht und ich will es nicht. Wir müssen das Beste daraus machen.“

Scarlett strahlte Hanns an. Hatte sie ihn jemals *mehr* geliebt?

„Zur Not geht die Welt eben unter“, sagte er, sichtlich gebannt von ihrem Cruda-Lächeln. „Irgendwann muss man auch mal Kompromisse machen, nicht wahr?“

Scarlett hörte Gerald lachen. Erik hingegen gab einen Laut der Resignation von sich.

„Du hast hoffentlich ein paar Reservepläne im Ärmel“, sagte er. „Für den Fall, dass Lumili die Verlobung löst oder dir Weißer Stern ihre Unterstützung aufkündigt?“

„Ein paar sehr wackelige Reservepläne“, antwortete Hanns. „Aber es gibt welche.“
Maria trat in diesem Moment aus dem Spiegel. Erik war nun abgelenkt, da er mit ihr die Spiegelzeiten für den nächsten Tag besprechen musste, daher nutzte Hanns die Zeit, um den Kuss fortzusetzen, den sie zuvor hatten unterbrechen müssen. Scarletts Herz trommelte während dieses Kusses trunken in ihrer Brust und pure Liebe strömte durch ihre Adern. Irgendwo im Hintergrund nahm sie wahr, dass Gerald und Maria den Saal verließen. Doch Erik, diese pflichtbewusste Nervensäge, blieb stehen, wo er war.
„Ich weiß, es passt gerade nicht“, sagte er zögernd, „aber ich habe hier eine dringende Sache, die morgen früh raus muss.“
Es kostete Hanns spürbar Überwindung, seine Aufmerksamkeit in Richtung Erik zu verlagern, aber schließlich schaffte er es.
„Wie früh?“, fragte er.
„Fünf. Halb sechs reicht zur Not auch noch.“
„Wenn wir es um fünf Uhr besprechen – wäre das in Ordnung?“
„Es würde reichen. Aber nur, wenn wir es *wirklich* um fünf Uhr besprechen.“
„Ich werde hier sein. Hier am Spiegel.“
„Gut“, sagte Erik. „Ich verlasse mich darauf. Gute Nacht!“
Endlich, *endlich*, ging er und ließ sie beide allein. Während des nächsten Kusses löschte Hanns alle Lichter im Saal, bis nur noch ein winziges Lämpchen am Ausgang flackerte.
„So ist es besser“, erklärte er ihr. „Ich bin noch etwas angeschlagen. Ich weiß nicht, warum, aber magikalisches Licht brennt mir gerade in den Augen.“
„Geht das wieder weg?“
„Ich denke schon. Wenn nicht, ist es aushaltbar. Im Vergleich zu dem, was mir hätte zustoßen können, ist es harmlos. Ich werde mich erholen. Und du?“
Sie schüttelte den Kopf. Gerade stürzte wieder alles auf sie ein: Die Pein, der Schmerz und die Angst.
„Es lässt mich nicht mehr los“, erklärte sie ihm. „Als ich dachte, du kommst nie mehr wieder, habe ich aufgehört, etwas zu fühlen. Ich habe alles weggesperrt wie eine eiskalte Cruda. Das hat geklappt – ich habe funktioniert und bin nicht durchgedreht. Aber

als ich wieder Hoffnung hatte, kamen die ganzen Gefühle zurück. Und sie waren so unerträglich! Egal, was ich gemacht habe, es hat so wehgetan, dass ich dachte, ich halte es nicht mehr aus. Am Ende muss ich doch noch eine böse Cruda werden. Eine Cruda, die nichts mehr fühlt, weil ich sonst an diesen Gefühlen eingehe!“

Sie hatte mit einer solchen Dringlichkeit gesprochen, dass sein Gesicht ganz ernst geworden war.

„Und jetzt?“, fragte er. „Tut es immer noch weh?“

„Ja! Aber ich will es aushalten. Jetzt, wo du wieder da bist.“

Er strich ihr die widerspenstigen Haare aus dem Gesicht und sie konnte ihm so deutlich ansehen, wie sehr er sie liebte. Ihr Wohl war ihm wichtiger als sein eigenes.

„Deswegen bist du die stärkste Cruda von allen“, sagte er. „Weil du genau das kannst: deine Gefühle aushalten.“

„Ich kann es nur, wenn du bei mir bist.“

„Ich würde dir zu gerne versprechen, dass ich immer bei dir sein werde, aber du weißt, wie es gerade aussieht. Es kann jeden Tag zu spät für mich sein. Wenn du also noch mal in diese Situation kommst, dann atme einfach weiter. Auch wenn es wehtut. Mach weiter, bis du dich daran gewöhnt hast. Du verlierst zu viel, wenn du deine Gefühle aufgibst.“

„War das deine Methode? Unter der Erde? Als du dachtest, du kommst nie wieder zurück zu mir? Hast du da einfach weitergeatmet?“

„Ja, genau das habe ich gemacht.“

„Und der Schmerz? Dieser Schmerz, der einen in den Wahnsinn treibt?“

„Wenn du dich auf ihn einlässt, ist er nicht unerträglich. Er verändert sich. Das Gefühl wird größer und größer und irgendwann steckt alles darin, was dir jemals etwas bedeutet hat. Unser ganzes Glück steckte in diesem Schmerz. Und wenn es so ist, das kann ich dir versprechen, dann *willst* du ihn aushalten.“

Sie schüttelte den Kopf.

„Nein“, sagte sie zweifelnd. „Ich glaube, in der Beziehung bist du heldenhafter als ich.“

„Oh, arme Scarlett!“, rief er lachend. „Du musst sehr mitgenommen sein, wenn du so etwas behauptest.“

„Was denn?“
„Dass ich in irgendeiner Disziplin besser bin als du.“
„Du bist in einigen Disziplinen sehr viel besser als ich, das weiß ich“, sagte sie. „Aber es ist nur eine Frage der Zeit, bis ich dich eingeholt habe. Ich werde dich irgendwann in allen Disziplinen schlagen, aber in dieser einen werde ich es bestimmt nie tun. Die Heldenhaftigkeit überlasse ich dir. Großzügig. Ich bin nun mal eine Cruda und kein verdammtes Pflaster für die Wunden der Menschheit.“
Darüber musste er noch mehr lachen.
„Nicht für die Wunden der Menschheit“, sagte er. „Aber für meine Wunden bist du sehr wohl ein verdammtes Pflaster. Kaum bist du da, ist jeder Schmerz wie betäubt.“
„Wie romantisch. Deine Komplimente waren schon mal schmeichelhafter.“
„Welche Komplimente? So etwas mache ich doch generell nicht.“
„Nimm dir ein Beispiel an Erik. Er sagt, ich bin eine schöne, gefährliche Sensation!“
„Wenn du's brauchst – bitte!“
Sie brauchte es eigentlich nicht. Es genügte ihr vollauf, ihren angeschlagenen Helden anzustrahlen und zu wissen, dass er zu ihr gehörte.
„Na gut“, sagte sie milde. „Ich gebe mich damit zufrieden, ein heimliches, verbotenes Pflaster für einen Tyrannen zu sein, der unschuldige Menschen an Pelohel verschachert.“
„Du hast wohl mit Repuls gesprochen?“
„Ich habe nur gehört, wie er seinen Zorn an Erik ausgelassen hat. Warum erklärst du ihm nicht, dass er sich irrt?“
„Weil es gelogen wäre.“
„Du meinst, du hast seinen Fühler wirklich an Pelohel verschachert?“
„Ich bin nicht stolz darauf. Aber ich musste etwas probieren.“
Scarlett runzelte kritisch die Stirn.
„Etwas Wichtiges“, sagte er. „Sobald ich weiß, wie die Sache ausgegangen ist, werde ich es dir erklären. Dir und Repuls.“

„Ich hoffe, es ist eine spektakulär überzeugende Erklärung. Und jetzt will ich diese Geschichte ganz schnell wieder vergessen, sonst kann ich heute Nacht kein gutes Pflaster sein."
Er lachte.
„Du willst ein gutes Pflaster sein?"
„Ja", erwiderte sie lächelnd. „Ich werde dich so dermaßen zupflastern, dass du vergisst, was in den letzten drei Tagen passiert ist!"
„Das schaffst du nicht, aber versuch es ruhig."
„Mache ich – nur bestimmt nicht hier! An deine fantastischen Tarnzauber glaube ich nie wieder."
„Ich auch nicht", sagte er. „In der Hinsicht hast du mein Selbstvertrauen brutal zerpflückt."
Scarlett sandte ihm daraufhin einen vielsagenden Blick, der noch sekundenlang zwischen ihnen in der Luft schwebte, und von einem Moment auf den nächsten, als hätten sie es abgesprochen, verwandelten sie sich in Fledermäuse, die durch die dunklen Gänge Sumpflochs flatterten.
Dort, wo sie hinflogen, wohnte das Glück. Denn in dieser Nacht hörten alle Pfeile, die noch in Scarlett steckten, auf zu schmerzen. Egal, wie tief sie sich in ihr Inneres gebohrt hatten, sie gehörten dorthin. Liebe war nun mal so. Sie durchdrang und veränderte ein Wesen, womöglich über den Tod hinaus. Und so, wie sich das heute Nacht anfühlte, war es alle Strapazen wert.

Kapitel 18: Erwachen

Um halb zwei hörte es zu schneien auf. Grohann trug den zusammengerollten Teppich durch den hohen Schnee und Thuna folgte ihm auf dem Pfad, den er geschaffen hatte. Im tief verschneiten Tal der beseelten Bäume legte Grohann den Teppich ab. Thunas Feenlicht war das einzige Licht weit und breit, denn der Himmel hing tief und wäre die Schneedecke nicht gewesen, hätte man die Hand nicht vor Augen sehen können. Es stürmte, die Wolken am Himmel bewegten sich schnell.

Eine Veränderung der Luft kündigte bereits einen Wetterwechsel an, doch es war nicht gewiss, ob der Himmel rechtzeitig aufklaren würde. Thuna musste den Teppich in einer Phase zurückverwandeln, in der das Baby, wenn es seinen normalen Zyklus durchlief, tot war. Es war leblos gewesen, als es von Lichtblut mit einem Bann belegt worden war. Leblos müsste es auch wieder werden, wenn der Bann aufgehoben wäre.

„Glaubst du, der Teppich hält die Zeit an, weil das Baby tot ist?", fragte Thuna.

„Möglich", antwortete Grohann. „Es könnte aber auch sein, dass das Baby ohnehin einen Einfluss auf die Zeit hat. Von Tamen hieß es immer, der Wald sei der gewöhnlichen Zeit entrückt."

„Und hier im Garten? Wird der Teppich Sumpfloch der Zeit entrücken?"

„Wenn er hier liegen bliebe, vielleicht. Aber ich schätze, im Freien ist die Wirkung schwächer als in geschlossenen Räumen. Dafür reicht sie weiter."

Thuna blickte hinauf in den stürmischen Himmel. Die Äste der Bäume knallten im Wind aneinander und ein Geräusch entstand dabei, als würden zahllose Geister mit Hölzern gegen hohle Baumstämme schlagen.

„Was wäre passiert, wenn Lichtblut das Baby nicht gestohlen hätte?", fragte Thuna. „Und wenn sie die Hüter nicht besiegt hätte?"

„Alles wäre so gelaufen wie in den Zeitaltern zuvor", sagte Grohann. „Die Hüter hätten dich, Maria und Gerald

herumkommandiert, euch eure Freiheit genommen und alles Leben auf dieser Welt vor die Hunde gehen lassen."
„Dann hat sie uns gerettet."
„Es kann niemals richtig sein, was Lichtblut getan hat. Sie hätte einen anderen Weg finden müssen. Einen weniger blutigen. Aber ihr Krieg gegen die Hüter hat uns die Chance verschafft, die Zukunft zu ändern. Wenn beide Welten überleben, können sie auf natürliche Weise altern. Amuylett wird eines Tages seine Magikalie verlieren, sehr viel schneller als Lettimur. Aber das wäre besser, als diese Welt immer und immer wieder sterben zu lassen."
„Amuytan sah das anders."
„Vielleicht scheitern wir ja auch und verlieren diese Welt. Ihr Ende gäbe den Hütern recht."
Eine Stunde verging, bis am Himmel die Wolkenfetzen auseinandertrieben und den Blick auf die Sterne freigaben. Bei ihrem Anblick spürte Thuna sofort die langsame, ewige Zeit, die den funkelnden, fernen Lichtern innewohnte. Dank ihres Feenbluts konnte sie in die Zeit der Sterne eintauchen und sie durchschreiten.
Mittlerweile wusste Thuna, wie es ging. Es war jedes Mal wie ein Sturz ins Nichts, weil sie alles loslassen musste, woran sie sich normalerweise festhielt. Als sie einen solchen Sturz zum ersten Mal vollführt hatte, war das aus Verzweiflung geschehen. Halfter hatte sie nach Fischlapp entführen wollen und alles in ihr hatte sich dagegen gesträubt.
Heute Nacht musste Thuna nicht verzweifelt sein, um das Wunder zu vollbringen. Es genügte, wenn sie in ihrer Vorstellung eine Brücke betrat und diese zu überqueren versuchte. Die Brücke war aus allen Worten und Bildern erbaut, die ihr Leben normalerweise verständlich machten. Während Thuna über diese Brücke schritt, löste sich das vertraute Bauwerk auf. Thuna fiel, doch nur für den Bruchteil eines Augenblicks. Verlangsamt und gehalten von dem milchig weißen Licht der Sterne drang sie in die andere Zeit ein.
Ihre Wahrnehmung war nun eine andere: geschärft, verzögert, vertieft. Sie ging in die Knie, fuhr mit der Hand über den Teppich im Schnee und erkannte, wie er zusammengesetzt war. Sie spürte

es mit ihren Fingern und sah es mit ihren Augen, dass er aus nur einem einzigen Faden bestand, der keinen Anfang und kein Ende besaß. Dieser Faden war auch nicht fest, sondern bestand aus einer pulsierenden Energie, die sich beständig neu erschuf, im immer gleichen Muster.

Ein anderes Bild, das Thuna dafür in den Kopf kam, war das einer Geschichte, die ein Mensch mit einem Füller auf ein Papier schrieb. Er setzte den Stift nie ab. Jedes Wort war mit dem nächsten verbunden und wenn er das letzte Wort geschrieben hatte, fuhr die Spitze seines Füllers wieder in das erste Wort hinüber. Er fuhr zu schreiben fort und schrieb die vorhandenen Zeichen nach. So schrieb er ewig weiter und schrieb die Geschichte ununterbrochen, ohne jemals auch nur ein Wort, einen Buchstaben oder einen Kringel zu verändern.

So war es mit diesem einen Faden, aus dem der Teppich bestand. Er war wie eine unendliche Tintenspur, die die immer gleiche Geschichte niederschrieb. Thuna spürte, dass diese Geschichte nicht lebte. Sie war tot, aber nicht, weil sie aus einem einzigen Strich ohne Anfang und Ende bestand oder weil sie sich bis in alle Ewigkeit wiederholte, sondern weil niemand in die Geschichte eintauchte. Niemand durchlitt sie, niemand erweckte sie mit seinen Gefühlen zum Leben, niemand wurde eins mit ihr.

Dieser Teppich war wie ein Buch, das Lichtblut in einen kalten, verborgenen Kerker gelegt hatte, in der Absicht, es von allen Lesern dieser Welt fernzuhalten. Doch würde auch nur ein Mensch diese Zeilen lesen, die Geschichte in sich aufnehmen und sie durchleben, würde die traurige Vergeblichkeit, die dem Teppich innewohnte, schwinden.

Thuna legte ihre zweite Hand auf den Teppich und schloss die Augen. Sie wollte der Geschichte lauschen, die ihr der Teppich zu erzählen versuchte, und tatsächlich füllte sich ihr Geist mit vielen bunten Bildern.

Sie konnte einen Schössling sehen, der mühsam aus der Erde kroch und im Laufe von Jahrhunderten erstarkte und zu einem stattlichen, starken Baum gedieh. Sie sah aber auch, wie er nach tausend Jahren seine Standhaftigkeit einbüßte und von einem

Sturm gefällt wurde. Sie fühlte, wie ihn das Leben verließ und sein Stamm wieder zu Erde verfiel.
Sie sah ein junges Fuchsbaby mit silbernem Fell, das zum ersten Mal seinen Bau verließ und sich neugierig und verspielt auf die Welt stürzte, die es gerade erst kennenlernte. Sie sah, wie das Baby zu einem Fuchs heranwuchs, der selbst kleine Füchse aufzog. Sie sah, wie der Fuchs in einem harten Winter hungerte und schließlich seiner Schwäche erlag, ein silbernes Tier, unter dem Schnee begraben.
Sie sah einen Menschensäugling, den eine Mutter überglücklich in den Armen wiegte, bis er ihrer Fürsorge entwachsen war und auf eigenen Beinen durch die Welt rannte. Wie er selbstbewusst und erwachsen wurde und die Bäume, die Tiere und die Menschen liebte. Wie er lachte und wie sein Lachen erstarb, als er die ersten Verluste erlitt und Tränen vergoss. Sie sah, wie er zu schützen versuchte, was er liebte, und sich einen Garten erschuf. Und sie sah, wie er in seinem Garten saß, als ein alter Mann, der nicht mehr alleine aufstehen und essen konnte. Als seine Augen so trüb geworden waren, dass er kaum noch etwas erkennen konnte, schloss er sie für immer und betrat einen unbekannten Weg, auf dem er alles wiederfinden würde, was er einmal geliebt und verloren hatte.
Thuna sah und fühlte all das und merkte, dass ihre Hände und der Teppich nicht mehr voneinander getrennt waren. Die Energie, aus der der Teppich bestand, war keine andere als die, aus der ihre Hände bestanden, und während sich ihre Hände mit dem Teppich verbanden, löste sich auch die gesamte übrige Welt auf. Für einen kurzen Moment erschrak Thuna darüber. Doch ihr Herz sagte ihr, dass die Welt immer noch da war. Sie betrachtete sie nur mit anderen Augen als sonst.
Allmählich nahm die Welt um sie herum wieder Gestalt an. Der Sternenhimmel, die Wolken, die Bäume, der Schnee. Grohann stand neben ihr, sie kniete am Boden und ihre Hände ruhten auf einem toten, grauen Leib. Es war ein Baby, das genauso kalt war wie der Schnee.
„Du hast es geschafft“, drang Grohanns Stimme an ihr Ohr.

Doch sie konnte sich nicht freuen. Das tote Kind erfüllte sie mit tiefer Trauer, so als hätte sie es gekannt und geliebt und soeben seinen Tod miterlebt. Sie hatte sich auf seine Geschichte eingelassen, nur so hatte sie das Baby aus seiner Verzauberung lösen können, aber dafür war es ihr nicht mehr gleichgültig. Sie hob das Baby vorsichtig auf und legte es in ihren Schoß. Es hatte ein überaus hässliches Gesicht und sein ganzer Körper war von Alter und Verfall gezeichnet. Thuna liebte es trotzdem. Es war wie der alte Baum, der sterbende Fuchs oder der Greis, der in seinem Garten saß.
Die Wolken verdeckten abermals die Sterne und der Zauber, der Thunas Wahrnehmung verändert hatte, schwand. Wie immer, wenn sie mit dem Licht der Sterne verbunden gewesen war, war ihr blaues Feenlicht einem weniger hellen, weißen Schimmer gewichen. Sein schwacher Schein hüllte das tote Baby ein und Thuna betrachtete es still.
Grohann setzte sich neben Thuna in den Schnee.
„Entweder wacht es heute Nacht wieder auf“, sagte er, „oder es wird nie mehr aufwachen.“
Die Bedeutung seiner Worte lastete schwer auf Thuna. Sie wusste, hier ging es nicht um das Schicksal eines einzelnen Wesens. Hier ging es um das Schicksal einer ganzen Welt.
Schweigend und unbewegt kniete Thuna im Schnee und je länger sie darauf wartete, dass das Baby wieder zum Leben erwachen würde, desto mutloser wurde sie. Sie musste an das Orakel denken, zu dem sie vor Jahren von Perpetulja geführt worden war. Die alte Schildkrötenfrau hatte sie angewiesen, eine Platte aus Nixengold auf ein Grammophon unter Wasser zu legen. Daraufhin war eine Fee erschienen, die Thuna drei Fragen beantwortet hatte. Thunas wichtigste Frage war gewesen: Wird Amuylett untergehen?
An den genauen Wortlaut der Antwort konnte sich Thuna nicht mehr erinnern. Aber sie wusste noch, dass ihr eigenes Schicksal angeblich mit dem von Amuylett verknüpft war. Die Fee hatte behauptet, dass sie beide wie eine Knospe im Winter seien, die versuchte, nicht zu erfrieren. Und dass sie beide so lange warten und hoffen würden, bis schließlich der Tod käme – oder der Frühling.

Genauso war es nun. Thuna wartete. Und sie hoffte. Sie hoffte inständig. Dass sie dabei nicht erfror, verdankte sie Grohann. Wie immer, wenn sie in der Kälte unterwegs waren und er merkte, dass sie Schutz brauchte, hüllte er sie in seine eigene Wärme aus Naturmagie ein. Thuna mochte wie eine Knospe sein, die im Winter zu überleben versuchte. Aber mit Grohann an ihrer Seite tat sie das auch.
Vielleicht war es dieser Gedanke, der den Ausschlag gab. Vielleicht war aber auch der natürliche Moment des Babys gekommen. Thuna hatte es sorgsam in ihren Schal gewickelt und merkte, wie es sich auf einmal darin reckte und streckte. Kurz darauf öffnete das Baby seine Augen! Als es Thuna anblickte, war es ihr, als sehe sie in eine Tiefe von Zeit, die sie nicht verstehen konnte. Das Alter am Grund dieser Augen war mit keiner Vorstellungskraft zu erfassen und doch zwinkerten dieselben Augen so jung und erstaunt, als müsse das Baby das Sehen erst erlernen.
„Es lebt“, flüsterte sie und blickte zu Grohann empor.
„Ja“, sagte er. „Aber es ist nicht allein. Wir haben mehr geweckt als nur ein Kind.“
Thuna hörte seiner Stimme an, dass er von einer Bedrohung sprach. Sie drückte das fröhliche, strampelnde Kind enger an sich und lauschte in die Umgebung. Es stimmte: Da war etwas, das vorher nicht da gewesen war!
Es regte sich in der Erde und in den Bäumen. Es war eine Kraft, die gegen Jahrtausende der Erstarrung ankämpfte. Mühsam dehnte sie sich aus, sodass die Bäume unter dieser Gewalt ächzten und quietschten. Der Wind blieb stehen, ganz und gar, und nach ein paar unheimlichen Sekunden der Stille begann er rückwärts zu wehen, so als würde er von einem unsichtbaren Riesen eingeatmet. Die Schneekristalle rund um Thuna knisterten und klirrten. Kälte ging von ihnen aus, doch als der unsichtbare Riese ausatmete und damit einen sommerheißen Sturm entfachte, zersprangen und zerschmolzen alle Schneekristalle zur gleichen Zeit.
Der heiße Wind war erst der Anfang. Gerade noch rechtzeitig, bevor die unbekannten Mächte zu toben begannen und sich ein verschlingendes Rauschen erhob, beugte sich Grohann schützend

über Thuna und schirmte sie gegen die Gewalten ab, die nun den gesamten Garten ergriffen! Im Inneren von Grohanns Armen, auf die Erde gepresst, hörte Thuna die Erde brüllen, die Bäume knarzen, die Luft heulen und das Wasser spritzen. Das Geschrei von Geistern durchzuckte ihre Nerven: Selig, jähzornig, verzweifelt und entzückt brüllten sie um die Wette. Es war das Rasen eines Volkes, das nach Jahrtausenden aus dem Totenschlaf erwacht war.

Diese Wesen hatten einst den Hütern gedient, manche freiwillig, die meisten unfreiwillig, so verstand Thuna ihr suchendes Wüten, ihr Sehnen und ihren Zorn. Sie waren anders als alle Naturgeister, die Thuna bisher kennen gelernt hatte. Sie waren ungestüm wie die Geister in Lettimur, doch weniger gedankenlos. Sie besaßen einen Willen und auch ein Alter, womöglich sogar Namen und so etwas wie Vernunft. Doch ihre Vernunft war von einer verwirrenden Art, die der menschlichen nur rudimentär ähnelte.

Thuna erkannte, wie alt ihre Stimmen waren. Sie konnten sich mit dem Alter des Babys messen, was bedeutete, dass Thuna dagegen ein kaum geborenes Nichts war. Selbst Grohanns Alter schrumpfte im Vergleich zu dem der Geister zu einem lächerlichen Augenblick zusammen. Entsprechend rücksichtslos rasten die Geister um sie herum. Es war ihnen gleich, was aus den beiden Geschöpfen wurde, die das Baby hielten.

Das Baby selbst, davon war Thuna überzeugt, würde keinen Schaden nehmen, selbst wenn es unter allen Bäumen des Tals begraben werden würde. Es war abhängig von der Stunde, die es durchlebte, nicht von den Elementen. Es starb jede Nacht zur gleichen Zeit, doch es starb nie für immer, sondern lebte fort und fort. Einzig Lichtbluts Bann hatte den Kreislauf eingefroren und nun, da er wieder eingesetzt hatte, wurde die Natur gewalttätig vor Lebenskraft.

Sagenhaft mächtige Geister, von denen weder Grohann noch Thuna etwas gewusst hatten, spielten Orgie, Krieg und Weltuntergang zugleich, um ihr Erwachen zu feiern. Grohann kam schnell an die Grenze seiner Kräfte und auch Thunas Versuche, Einfluss auf die Natur zu nehmen, scheiterten kläglich. Alles, was ihnen blieb, war ein Hauch von Zauberzeit, der sie bedeckte und

den Grohann gegen die reißenden und elementaren Kräfte aufrechtzuerhalten versuchte.
Götter, schoss es Thuna durch den Kopf. Das waren sie! Thuna und Grohann hatten Tausende von Naturgottheiten aufgeweckt, die einander gerade auf viel zu kleinem Raum in die Quere kamen. Die Götter waren klein wie Mücken oder groß wie Bäume. Sie waren so unsichtbar wie ein Lufthauch oder so massiv wie Stein. Sie waren bunt wie leuchtende Blumen oder grau wie ein sonnenloser Tag im Winter. Sie huschten als Lichterscheinungen im Schwarm umher oder gingen in einzelnen Wassertropfen auf Reisen. Sie konnten die täuschend echte Gestalt eines lebendigen Vogels oder Salamanders annehmen oder verbrachten Ewigkeiten als Stimme ohne Körper. Sie tobten, sie schwebten, sie sangen, sie rauschten, sie schwiegen. Thunas Feenblut erzählte ihr auf einmal die aufregendsten Geschichten!
Der Druck, den Grohanns Körper auf Thuna ausübte, während er sie festhielt, ließ allmählich nach. Sie spürte, wie seine Muskeln aufhörten, sich gegen den Ansturm von entfesselten Kräften aufzulehnen, denn das Hämmern, Krachen und Wüten wurde schwächer und wich jetzt einem Donnern und Brummen, das sich in alle Richtungen ausbreitete. Nun, da es in Thunas Ohren nicht mehr so laut kreischte und rasselte, hörte sie, wie ein Alarm nach dem anderen im Garten losging. Es wunderte sie kaum. Sämtliche Netze und Detektoren meldeten einen feindlichen Angriff.
„Nicht zu fassen!“, rief Grohann gegen den Lärm an. „Die Bäume in diesem Tal sind beseelter als ich dachte.“
Thuna, die ihren Kopf immer noch gegen Grohanns Brust gedrückt hatte, wandte sich um und gab einen verblüfften Laut des Unglaubens von sich: Die Bäume waren gewandert! Als wären sie ausgezogen, um Thuna und Grohann vor der wild gewordenen Natur zu schützen, hatten sie ihre Plätze verlassen und sich kreisförmig angeordnet, sodass die Senke, in der Thuna und Grohann saßen, von Bäumen umschlossen war.
Der geschmolzene Schnee bildete unterhalb von Thuna und Grohann einen Weiher, der von innen leuchtete. Er schimmerte dunkelgrün und die kleinen Lichtpunkte, die wie Mücken über dem Wasser tanzten, ließen Thuna vermuten, dass eine der

Naturgottheiten in den Weiher eingezogen war. Eine graue Kröte mit Stacheln, die halb aus dem Wasser ragte und deren Augen so uralt wirkten wie die des heiligen Babys, sprach ebenfalls für die Gegenwart einer eigensinnigen Macht.
Dieser kleine, stille Ort war eine feine Ausnahme im Garten, denn überall sonst herrschte ein heilloser Krach: Am Himmel knallte und blitzte es, weil die Detektoren Angreifer witterten und Phantome beschossen. Alle magikalischen Netze flimmerten, schlugen Funken und explodierten wegen der naturmagischen Überladung, der sie nicht standhalten konnten. Das Geheul von Sirenen erschütterte die Nacht und entsprechend viele Trupps von Soldaten stürmten den Garten. Grohann sprang auf, um ihnen entgegenzulaufen.
Thuna folgte ihm zwischen den Bäumen hindurch, kreuz und quer durch ein Gestrüpp, das es vor dem Erwachen des Babys noch nicht gegeben hatte. Die Temperatur war gestiegen und im Garten fingen die Pflanzen an zu wachsen. Sämtliche Wege waren aufgewühlt und zerstört, Mauern umgerissen, Laternen niedergesenst und Zäune zerbrochen. Bäume, Sträucher, ja, ganze Wäldchen hatten ihren Standort geändert.
Das Schmelzwasser hatte Furchen in die Erde gegraben, in denen es strömte. Das Wasser leuchtete: grün, silbrig oder auch goldbraun. Nebel stieg vom Boden auf, der sich mal glitzernd, mal spinnwebenartig um die Bäume schlang, und so manches Lebewesen wuchs pflanzengleich aus morastigen Laubhaufen empor und trennte sich plötzlich vom Boden, um auf zwei oder vier Beinen umherzulaufen. Eine kuriose Mischung aus Eichhörnchen und Schwertlilie veranlasste Thuna zu einem abrupten Stopp, doch Grohann zog sie weiter, bevor sie das seltsame Wesen studieren konnte.
Unterdessen strampelte und zappelte das Baby in Thunas Armen wie wild und mehr als einmal entwand es sich fast ihrem Griff. Es steckte voller Energie und jauchzte, wann immer es von pitschnassen Blättern und Zweigen getroffen wurde, die Thuna und Grohann entgegenwuchsen. Endlich erreichten sie das Ufer des Sees, in dem Gebilde herumschwammen, die die Anmutung von blass leuchtenden Wasserleichen hatten. Immerhin – die

Puderschwänchen waren noch da. Sie hatten sich auf einer frisch entstandenen Insel zusammengedrängt und hackten mit ihren Schnäbeln nach allem, was ihnen zu nahe kam.
Die Detektoren beschossen weiterhin vermeintliche Feinde am Himmel, weswegen es knallte und donnerte, als würde ein Bombenhagel auf Sumpfloch niedergehen. Vom Dach der Festung aus wurden Lichtraketen gezündet, um den Soldaten, die im Garten unterwegs waren, mehr Überblick zu verschaffen. Die wenigen Laternen im Garten, die den naturmagischen Überfall überlebt hatten, flackerten tapfer gegen die Nebelschwaden an.
Thuna erkannte die Umrisse von Schülern und Lehrern an den erleuchteten Fenstern Sumpflochs. Bestimmt waren sie sehr erstaunt über das unplanmäßige Feuerwerk und den plötzlichen Ausbruch eines schwülen, unheimlichen Sommers. Ein Soldatentrupp trat aus den Nebeln am Ufer des Sees. Sie waren bis an die Zähne bewaffnet und blickten suchend umher.
Grohann lief ihnen entgegen und während er noch versuchte, die Soldaten zu beruhigen und ihnen zu erklären, dass sie nicht eingreifen, sondern sich zurückziehen sollten, geschah etwas Denkwürdiges: Die jungen Blätter, die an den Bäumen, den Hecken, den Efeusträngen und den kahlen Blumenstöcken gewachsen waren, begannen alle gleichzeitig zu leuchten. Überaus schwach, doch unübersehbar.
Thuna drehte sich um die eigene Achse: Alles, was wuchs, war von diesem sanften, inneren Zaubergrün erfüllt. Schimmernd umrankte es die Schatten der Nacht und flackerte und blinkte, sobald die Blätter vom Wind aufgeschüttelt wurden. Nebelgestalten sprangen von Baum zu Baum und gingen über dem Zaubergrün spazieren, in schwebenden Fetzen. Die Soldaten, die Grohann instruiert hatte, bewunderten es sprachlos und zogen dann ab. Kaum waren sie fort, erschien Hanns am Ufer des Sees.
Er trug keine Schuhe und an seinem Hemd waren höchstens drei Knöpfe zugeknöpft. Offenbar hatte er nur das Nötigste angezogen und der schwarze Marder, der sich in seinem Hemdkragen um seinen Hals schlang, hatte wohl nicht mal das geschafft. Das musste der Grund dafür sein, warum Scarlett ein Marder blieb und keine Anstalten machte, Hanns' Kragen zu verlassen.

„Was ist passiert?“, rief Hanns, als er bei Grohann angekommen war.
Er wirkte eher neugierig als beunruhigt. Und das, obwohl es am Himmel blitzte, weiße Nebelhände an seiner Kleidung herumzupften und eine sehr freche, giftgrün leuchtende Ranke an seinem Hosenbein emporwuchs.
„Wir haben uns mit dem Teppich befasst“, antwortete Grohann schlicht.
Thuna trat heran, um Hanns zu zeigen, was sie in den Armen hielt, und der schwarze Marder fiel fast aus seinem Hemdkragen, so sehr reckte und streckte er sich, um auch etwas erkennen zu können.
„Ein Baby?“, fragte Hanns. „Das Heiligtum der Hüter ist ein Baby?“
„Es heißt Amuy Fallais Mur“, sagte Grohann. „Dieses Wesen altert im Laufe eines Tages, stirbt in der Nacht und wird am Morgen wiedergeboren. Tag für Tag. Lichtblut hat es im Zustand des Todes verwandelt und somit in den toten Zustand gebannt. Auf diese Weise hat sie Tamen zerstört und die Hüter besiegt.“
„Und was heißt das?“, fragte Hanns. „Ist das, was die Hüter einmal stark und fast allmächtig gemacht hat, jetzt wieder im Spiel? Könnten wir es vielleicht nutzen, um Torck in den Griff zu bekommen?“
„Kann sein“, sagte Grohann. „Aber mit dem Baby ist auch ein Hofstaat aus mächtigen Geistern erwacht. Oder anders gesagt: Dieses Baby ist kein einzelnes Wesen, sondern nur der sichtbare Mittelpunkt einer wahnwitzigen Ansammlung von uralten Naturgöttern.“
Statt entsetzt zu sein, bekam Hanns einen Lachanfall.
„Großartig!“, rief er aus, nachdem er sich wieder beruhigt hatte. „Und die machen jetzt Sumpfloch unsicher?“
„Nicht nur Sumpfloch, einige von ihnen dürften schon weitergereist sein. Das Problem ist: Ich kenne diese Wesen nicht und habe keine Ahnung, wie man sie dazu bringt, einem zu gehorchen.“
„Schlimmer als Crudas werden sie auch nicht sein“, meinte Hanns. „Und zufällig habe ich Erfahrung darin, Crudas handzahm zu machen. Wie man sieht.“

Während er das sagte, kitzelte er seinen handzahmen schwarzen Marder mit dem Finger am Hals, doch der Marder schnappte nach ihm und biss erbarmungslos zu. Es musste wehtun, denn Hanns verzog kurz das Gesicht und Thuna erkannte auch Blut an seinem Finger, doch es trübte seine Laune kein bisschen. Fröhlich erklärte er:

„Diese Götter möchten ja vielleicht auch frei sein. Und nicht *gehorchen*."

„Deine Liebe für nervige mächtige Wesen ist ja durchaus sympathisch", meinte Grohann. „Aber diese Wesenheiten könnten uns Probleme machen. Große Probleme."

„Wir werden erst mal nett zu ihnen sein", sagte Hanns. „Und wenn wir Glück haben, sind sie auch nett zu uns. Oder was denkst du, Thuna?"

Mittlerweile kletterte nicht nur eine freche Ranke am Bein von Hanns empor, sondern bestimmt zwanzig. Es sah so aus, als wollten sie ihn in eine undurchdringliche Hecke einweben. Womöglich fühlten sie sich durch die Magikalie, die in ihm und Scarlett steckte, bedroht. Was Hanns egal zu sein schien. Er ignorierte die Pflanzen einfach.

„Du willst wissen, was ich denke?", fragte Thuna und kämpfte dabei mit einem weiteren Strampel-Anfall ihres heiligen Schützlings. „Also gut: Sie haben uns nicht getötet, obwohl sie es hätten tun können, und die Festung steht auch noch. Außerdem sind sie schon viel ruhiger geworden. Sie werden uns wohl nicht töten, aber sie haben unseren Garten komplett in Beschlag genommen."

Tatsächlich war der Platz am Ufer, an dem sie standen, während ihres Gesprächs geschrumpft. Die Pflanzen, die vom naturmagischen Göttersommer erfasst worden waren, wucherten dem stürmischen Himmel entgegen und dem allgemeinen Grollen und Beben der Erde nach zu urteilen, gruben sich gerade riesige Wurzeln in den Untergrund. Wahrscheinlich reichten sie bis in die unterirdischen Kanäle der Festung.

„Ich sehe es wie du", sagte Hanns. „Obwohl ich durchaus bereit bin, die Bedenken des Satyrs ernst zu nehmen."

„Solltest du auch“, erwiderte Grohann. „Sie fesseln dich gerade und als Nächstes werden sie dich erdrosseln.“
„Ich wollte es noch ein wenig hinauszögern“, antwortete Hanns und blickte fast bedauernd auf das Geflecht aus hartnäckigen, leuchtenden Pflanzen hinab, das ihn mittlerweile umschloss. Einige Pflanzen reichten ihm bis zum Kinn, andere umwickelten seinen Hals. Hier und da entstanden blutrote Blüten, doch sobald sie das Pech hatten, in die Nähe des schwarzen Marders zu gelangen, wurden sie von einem magikalischen Feueratem versengt und in Asche verwandelt.
„Was wolltest du hinauszögern?“, fragte Thuna.
Ein Messer flog aus Hanns’ Gürtel in seine rechte Hand und schneller, als Thuna schauen konnte, hatte er das ganze Gestrüpp mit der Klinge zerpflückt und in winzige Stücke gesäbelt. Die wütenden Überreste der Pflanzen wollten nun umso eifriger an ihm emporwachsen, doch er bremste sie mit einem magikalischen Schauer aus Eisregen, der sie vorübergehend in eingefrorene Pflanzen-Skulpturen verwandelte, sodass er über sie hinwegsteigen und sich an einen anderen Ort stellen konnte. Das Eisgefängnis der naturmagisch aufgeladenen Pflanzen schmolz binnen Sekunden. Schon krabbelten neue Ranken über den Boden. Sie verlängerten sich rasend schnell in Hanns’ Richtung, doch der hob eine Hand und rief:
„Jetzt lasst es doch einfach bleiben!“, woraufhin die Ranken im Wachsen innehielten und sich nach einigem Zögern auf ein anderes Ziel konzentrierten.
„Sie gehorchen dir?“, fragte Thuna erstaunt.
„Nennen wir es einen Kompromiss“, antwortete Hanns. „Als Nächstes hätte ich die weniger sanfte Scarlett-Methode angewandt und sie bis in die Wurzelspitzen versengt. Das wussten sie.“
„Es sind nur Pflanzen“, wandte Grohann ein. „Die Götter spielen mit ihnen, aber es sind nicht die Götter selbst. Kompromisse, die auf der Androhung von Scarlett-Methoden beruhen, würde ich den Mächten, mit denen wir nun auskommen müssen, lieber nicht vorschlagen.“
„Schon klar“, sagte Hanns. „Aber ich habe gerade keine Kapazitäten mehr frei, um mich zu fürchten oder mit den Zähnen

zu klappern. Ich muss zurück ins Bett, also nehmen wir es, wie es ist. Eine letzte Frage: Was passiert mit dem naturmagischen Monsterbaby?“

„Ich denke, im bösen Wald ist es gut aufgehoben“, antwortete Grohann. „Außerdem erwarten wir die Ankunft des Satyrs aus dem Verfluchten Tal. Er war zur Zeit der Hüter so eine Art Kindermädchen für das Monsterbaby. Laut Lichtbluts Aufzeichnungen.“

„Ich glaube nicht, dass er kooperiert. Er hat versucht, Berry umzubringen.“

„Er wäre nicht das erste Geschöpf auf dieser Welt, das nicht mit mir kooperieren möchte“, sagte Grohann. „Und die meisten tun es am Ende doch, ob es ihnen nun gefällt oder nicht.“

Hanns nickte, um sein Einverständnis kundzutun, und konnte ein heftiges Gähnen nicht länger unterdrücken.

„Entschuldigung“, sagte er und marschierte davon. Obwohl zahllose Soldaten im Garten unterwegs waren, schien ihn keiner zu bemerken. Vermutlich war er unter einem Tarnzauber verborgen. Keine vorlaute Pflanze und keine verspielte Gottheit störten seinen Weg. Sie hatten sämtliche Verteidigungsanlagen Sumpflochs auf einen Streich zerpflückt und zerstört. Doch es gab unsichtbare Grenzen, die sie akzeptierten. Und die von Hanns – warum auch immer – gehörten offenbar dazu.

Kapitel 19: Zerbrochen und heil

Lumili lag bis vier Uhr wach und als sie sicher sein konnte, dass Hanns aus Gorginster zurückgekehrt war und *nicht* an ihre Zimmertür geklopft hatte, stand sie auf und zog sich an. Die Wachen zeigten sich widerspenstig, als sie ohne ihren Schutz aufbrechen wollte, doch sie machte ihnen glaubwürdig vor, dass sie lediglich ihren Verlobten aufsuchen und dabei absolut kein Aufsehen erregen wollte.

„Meine Mutter wäre nicht begeistert, wenn mein Ausflug weniger romantisch ausfällt als geplant!“, drohte sie indirekt und danach ließen sie Lumili endlich allein durch die Gänge des Staatspalasts wandern.

Sie kannte den Weg zu den Räumen, in denen Hanns schlief (oder während des Krieges einmal geschlafen hatte), gut. Und sie wusste auch, dass man erst den Trakt der Super-Gespenster durchqueren musste, um dorthin zu gelangen. Eines der Gespenster hielt immer Wache und sorgte normalerweise dafür, dass Lumili den Gang, an dessen Ende das Quartier von Hanns lag, nicht erreichen konnte. So war es auch heute. Fertis stellte sich ihr groß und breit in den Weg.

„Ich habe Hanns nicht gesehen, seit er aus dem Verfluchten Tal zurück ist“, sagte Lumili geduldig. „Ich möchte mich nur mit eigenen Augen davon überzeugen, dass er wieder da ist und es ihm gut geht.“

„Ich darf niemanden durchlassen.“

„Wir sind verlobt!“

„Niemanden.“

Lumili wollte sich heute Nacht nicht abwimmeln lassen. Sie dachte ernsthaft darüber nach, die *Sonne ohne Tat* dazu zu missbrauchen, Fertis zu lähmen oder schläfrig zu machen, doch da tauchte Gem hinter Fertis auf und kam ihr zu Hilfe.

„Lass sie vorbei“, sagte er zu Fertis. „Ich kümmere mich um sie.“

Fertis trat zur Seite und nachdem er die Verantwortung für Lumili an Gem abgegeben hatte, war der Fall für ihn erledigt. Er starrte über Lumili hinweg den Gang entlang und kümmerte sich nicht weiter um sie.

„Wolltest du zu mir?“, fragte Gem und schlug wie selbstverständlich den Weg zu seinem Zimmer ein, doch Lumili schüttelte den Kopf.
„Nein. Ich wollte zu Hanns.“
„Wozu?“
„Um zu sehen, ob er hier schläft. Obwohl ich mir denken kann, dass er es nicht tut.“
„Ich sagte dir schon mal …
„… dass er nicht auf mich steht. Ja, du hast recht. Du hast mit einigen Dingen recht gehabt.“
„Nämlich?“
„Wir hatten eine Abmachung“, sagte sie. „Hast du dich an deinen Teil gehalten?“
„Ja, habe ich“, erwiderte Gem. „Ich weiß tatsächlich nicht, wie ich die letzte Nacht sonst überstanden hätte. Ich musste mich an irgendwas festhalten und darum habe ich überall, wo ich gekämpft oder Wache gehalten habe, nach Spuren der *Sonne ohne Tat* gesucht. Das Verrückte war – ich habe wirklich etwas gefunden!“
Lumili blieb im dunklen Gang stehen.
„Was denn?“, fragte sie neugierig.
„Ich war wieder da, wo ich schon mal war“, antwortete er. „Damals, am Ende meines Lebens. Ich habe aufgehört zu denken. Ich habe nur noch gesehen, was wirklich da ist, und es hat nicht wehgetan. Der Schmerz war weg. Es war nur ein kurzes Gefühl, aber mir kam die Idee ...“
„Ja?“, fragte Lumili, da er aufgehört hatte zu reden.
„Schwer zu erklären. Ich muss das noch erforschen.“
„Tu das.“
„Und du?“, fragte er. „Hast du nach deiner Leidenschaft gesucht?“
„Ich weiß nicht, ob ich an Leidenschaften glaube“, sagte Lumili. „Aber ich habe mich frei gefühlt, heute Nacht. Freier als sonst. Und ich habe festgestellt, dass es … nun ja, dass es Wünsche in mir gibt.“
Sie hatte das sehr ernst vorgetragen, doch Gem fand ihre tiefschürfende Erkenntnis lustig und lachte sie entsprechend ungebührlich aus.

„Ehrlich?", fragte er. „Wünsche? Wie kann man denn so was Perverses haben?"
Sie lachte jetzt auch.
„Ja, es ist abgründig", sagte sie. „Ob es sich mit der Lehre verträgt?"
„Bestimmt nicht."
„Ich sollte meine Wünsche trotzdem studieren", erwiderte sie. „Um mir der Gefahr auch wirklich bewusst zu sein."
„Unbedingt!"
„Gut. Wenn du der gleichen Meinung bist, dann kannst du mich ja jetzt alleine weitergehen lassen."
„Offenbar komme ich in deinen Wünschen nicht vor."
„Stimmt, tust du nicht."
Er lachte.
„Ich habe es geahnt."
„Was?", fragte sie.
„Unwichtig. Warum willst du in das Zimmer von Hanns? Er ist nicht da. Wie du es schon vermutet hast."
„Ich möchte es mit eigenen Augen sehen. Danach treffe ich eine Entscheidung."
„Was für eine?", fragte er alarmiert.
„Keine Sorge", sagte sie. „Ich mache seine Pläne nicht kaputt!"
Sie ging weiter und er folgte ihr nicht. Stattdessen machte er kehrt und nahm vor Ajachs Zimmer Platz, wo er vermutlich schon gesessen hatte, als Lumili vergeblich versucht hatte, an Fertis vorbeizukommen. Warum saß er wohl dort? War er so in Sorge um sie?
Lumili ging weiter und um die Ecke. Schritt für Schritt näherte sie sich den Räumen am Ende des Flurs, in denen sie nur wenige Male gewesen war. Als sie fast angekommen war, sah sie Licht unter der geschlossenen Tür hervorschimmern. Wenn Hanns nicht dort schlief – wer war dann in seinem Zimmer?
Lumili öffnete die Tür und sah Rémi Kreutz-Fortmann am Schreibtisch sitzen. Er hatte ihr den Rücken zugewandt, wusste aber trotzdem, dass sie es war, die eintrat, denn er sprach sie an, als sie die Tür hinter sich schloss.

„Du hast den weiten Weg umsonst gemacht“, sagte er. „Hanns ist nicht da.“
„Ich weiß“, erwiderte sie und ging um Kreutz-Fortmann und den Schreibtisch herum.
Auf der ansonsten leeren Tischplatte lag ein zerbrochener Ring. Rémi spielte mit den Bruchstücken herum, das heißt, er schob sie mit dem Zeigefinger hin und her, tief in Gedanken versunken.
„Was ist das?“, fragte Lumili. „Könnte es wirklich *das* sein, wofür ich es halte?“
„Wofür hältst du es denn?“
„Barths Ring. Ich habe ihn im Keller an deinem Finger gesehen.“
Kreutz-Fortmann blickte zum ersten Mal auf. Seine Goldaugen sahen überrascht aus, die Pupillen in der Form von fliegenden Raubvögeln hielten absolut still.
„Ich nehme an, der Ring ist normalerweise gut getarnt“, sagte Lumili. „Aber meine Mutter hatte dich außer Gefecht gesetzt und da …“
„Auch dann hättest du ihn nicht sehen dürfen. Dafür habe ich gesorgt.“
„Ich habe ihn aber gesehen“, sagte sie. „Was soll ich machen?“
Er wirkte immer noch perplex, doch schließlich schüttelte er den Kopf.
„Jetzt ist es sowieso egal“, meinte er. „Er ist kaputt und alle Macht, die mit ihm verbunden war, steht mir nicht mehr zur Verfügung.“
„Warum ist er kaputt?“
„Du weißt – Lichtblut und Barth schufen eine Kette und einen Ring, um ihre Macht abzusichern. Über ihren Tod hinaus. Auf diese Weise regierte die Dynastie von Kinyptischen Kaisern fast ein ganzes Weltzeitalter lang. Bis vor knapp tausend Jahren die Monarchie gestürzt und die Republik gegründet wurde.“
„Ja, ich kenne die Geschichte.“
Kreutz-Fortmann machte eine Schublade des Schreibtischs auf und zog eine Kette hervor, deren Anhänger geschmolzen war. Etwas, das wie braunes Blut aussah, tropfte von der Kette auf den Tisch.
„Lichtbluts Kette!“, rief Lumili. „Sie ist auch kaputt.“

„So ist es“, sagte Rémi. „Die Macht, die darin steckte, beruhte auf der Verzauberung eines heiligen Wesens, das ursprünglich von den Satyrn gehütet wurde. Heute Nacht hat Thuna Lichtbluts Bann aufgehoben. Sie gab dem Wesen seine ursprüngliche Form und damit seine Freiheit und Macht zurück. Kaum erwachte dieses Wesen zum Leben, zerbrachen Barths Ring und Lichtbluts Kette.“
Lumili hörte fasziniert zu. Das Gewicht der Ereignisse legte sich auf ihre müden Glieder, daher zog sie einen Hocker heran und nahm auf der gegenüberliegenden Seite des Schreibtischs Platz. Sie streckte einen ihrer weißen Finger nach dem zerbrochenen Ring aus und war fast erstaunt, dass Rémi sie nicht daran hinderte, ihn zu berühren.
„Es geht keine Gefahr mehr von ihm aus“, sagte er, als er ihren Gesichtsausdruck sah. „Diese Gegenstände der Macht sind zerstört.“
„Was hat das für Folgen?“, fragte Lumili. „Verstehe ich es richtig, dass Hanns mithilfe dieser Gegenstände an die Macht gekommen ist?“
„Nicht allein“, antwortete Rémi. „Aber du musst zugeben, es ging sehr einfach. Die Gegenstände der Macht haben in ihm den einzig zulässigen Erben der Kinyptischen Dynastie erkannt. Elisabeths Vater, der letzte Kaiser, gab diese Schmuckstücke seiner Tochter, kurz vor ihrer Flucht. Hanns ist ihr Sohn. Ich weiß nicht, ob er dir das erzählt hat …“
„Ja, hat er. Zu der Zeit, als er noch mit mir gesprochen hat.“
„Es sind gefährliche Gegenstände. Es war weise von ihm, sie nicht selbst einzusetzen, aber er hat mich gebeten, ihre Macht zu nutzen. Was ich getan habe. Als ehemaliges Erdenkind bin ich von der schädlichen Wirkung nicht so stark betroffen. Außerdem habe ich niemals versucht, mich selbst zum neuen Kaiser zu erklären. Die Macht von Ring und Kette war dadurch schwächer, aber hilfreich genug, um uns schnell zu den Herrschern des ehemaligen Reiches zu machen.“
„Worin bestand die schädliche Wirkung?“
„Wer immer diesen Ring oder diese Kette trug, litt unter der Macht, die damit verbunden war. Die Kaiser der kinyptischen Dynastie waren stets stark und erfolgreich, doch je länger sie

regierten, desto freudloser und strenger wurden sie. Es hieß, diese Gegenstände versteinerten die Herzen der Monarchen und töteten sie vor ihrer Zeit. Entweder, indem sie das Gemüt vergifteten oder das Herz zum Stillstand brachten."

Rémi zog ein Stofftaschentuch aus seiner Hosentasche und wischte den braunen Fleck, den Lichtbluts zerstörte Kette auf der Tischplatte hinterlassen hatte, fort. Anschließend wickelte er die Kette in das Taschentuch und legte beides in die Schublade zurück.

„Das letzte Kaiserpaar", fuhr er fort, „fürchtete den Fluch, der im Ring und in der Kette steckte. Sie trugen die Schmuckstücke nur zu öffentlichen Anlässen. Die Macht, die mit ihnen verbunden war, lehnten sie ab. Das war menschlich die richtige Entscheidung und ich habe sie darin unterstützt. Damals brachen modernere Zeiten an. Wir waren der Überzeugung, dass sich ein wahrer Kaiser alleine durch eine gerechte und umsichtige Herrschaft an der Macht halten kann. Wir, die Getreuen des Kaisers. Doch die Mehrheit der Menschen glaubte, dass Gerechtigkeit nur ohne einen Kaiser verwirklicht werden kann. Das Volk lehnte sich gegen den Kaiser auf, tötete ihn und gründete eine Republik."

„Du hast den Kaiser wohl sehr geliebt?", fragte Lumili.

„Ich habe ihn und seine Familie geschätzt", antwortete er. „Ähnlich, wie ich nun Hanns schätze."

„Wird Hanns seine Macht verlieren? Wird er gestürzt werden, nun, da ihn der Ring und die Kette nicht mehr unterstützen?"

„Wir werden sehen. Ich denke, seine Macht beruht nur teilweise auf dem Einsatz dieser Dinge. Ich glaube, dass er als Person zumindest eine Zeit lang stark und beliebt genug bleiben kann, um alle Kräfte im Land zu einen und zu bündeln."

„Du weißt, warum ich ihn heiraten soll?", fragte Lumili. „Warum meine Mutter von dieser Idee so besessen ist?"

„Weil ihr ein Orakel im Tempel prophezeit hat, dass sie eine Dynastie gründen wird. Eine, die noch mächtiger und noch langlebiger sein wird, als es die Kinyptische Dynastie gewesen ist."

„Ja, genau“, sagte Lumili. „Das Widersinnige daran ist: Ich weiß schon lange, dass Hanns nicht der mächtige Herrscher sein kann, den sie für die Erfüllung ihrer Prophezeiung auserkoren hat.“
„So?“, meinte Rémi. „Und wie kommst du darauf?“
„Hanns will gar keine Dynastie gründen“, antwortete Lumili. „Wenn er hier fertig ist, wird er den Leuten ihr Land zurückgeben. Nichts läge ihm ferner, als die Macht bis in alle Ewigkeiten an seine Nachfahren weiterzureichen. Man muss ihm nur ein wenig zuhören, um das herauszufinden.“
„Dafür hast du deine Rolle aber sehr überzeugend gespielt. Ich erinnere mich daran, wie du den Reportern erzählt hast, dass du eines Tages mit euren Enkeln im Botanischen Garten von Tolois-Park spazieren gehen willst.“
„Ja, das hätte ich auch gerne getan. Wer sagt denn, dass das blaublütige Enkel sein müssen? Wir könnten doch auch einfache Bürger der Republik sein?“
Hier musste Rémi kurz lachen. Er schüttelte den Kopf.
„Er wäre immer noch der Herrscher von Fortinbrack, wenn er den Bürgern ihre Republik zurückgibt.“
„Dort will er nicht leben. Das will er auch nicht sein. Vielleicht hätte er jemanden eingesetzt, der in seinem Namen regiert und das Land aufräumt. Er hätte sich das leisten können, als Retter der Welt. Glaubst du nicht?“
„Wieso verwendest du eine Zeitform, die Unmöglichkeit ausdrückt?“
„Weil ich mir kaum vorstellen kann, dass es diese Zukunft, die ich mir einmal ausgemalt habe, geben wird. Er ist nicht hier. Und er hat sicherlich einen Grund dafür, nicht hier zu sein.“
„Ja“, sagte Rémi. „Er muss um fünf Uhr – also in einer halben Stunde – etwas Wichtiges mit Erik besprechen. Erik wohnt in Sumpfloch und um Maria nicht zu bemühen, die sich ausschlafen soll, hielt er es für angebracht …“
„Ach, spar dir das!“
„Es stimmt. Zumindest ist es nicht gelogen.“
Lumili blickte ihn aufmerksam an.
„Warum sagst du mir nicht einfach die Wahrheit?“, fragte sie. „Bei wem schläft er?“

„Ihr seid immer noch verlobt“, erwiderte Rémi. „Und es ist immer noch unerlässlich, dass Weißer Stern im Orden der Unbeugsamen *seine* Entscheidungen unterstützt und nicht die von Pelohel oder Desiderat. Daran hat sich nichts geändert. Es besteht nur Grund zur Hoffnung, dass Weißer Stern ein paar Tage lang kooperativer sein wird, nach allem, was sie sich geleistet hat.“

„Es gibt gar keine Orakel in unserem Tempel.“

„Nicht?“

Lumili schüttelte den Kopf.

„Orakel oder Prophezeiungen sind kein Teil unseres Glaubens. Trotzdem hat sie irgendetwas gesehen und glaubt fest daran. Unverrückbar!“

„Hoffen wir, dass es sich als Irrglaube erweist.“

„Sie hätte dich fast getötet.“

„Es wundert mich, dass sie es nicht getan hat.“

„Vielleicht hat ihr die letzte Überzeugung dafür gefehlt. Weil sie geahnt hat, dass Hanns zurückkehren …“

„Jetzt bist du es, die sich etwas sparen kann.“

„Na gut“, sagte Lumili und stand auf. „Dann hast du eben Glück gehabt. Gute Nacht, Rémi.“

„Gute Nacht, Mädchen aus Taitulpan.“

Sie verließ den Raum und trat auf den dunklen Gang.

Nun, da sie Gewissheit hatte, dass ihr Verlobter sie nie geliebt hatte und es auch nie mehr tun würde, brach ihr Herz ein wenig. Gar nicht mal so sehr, weil sie ihn vermisste oder weil sie einen Traum schwinden sah, den sie einmal geträumt hatte, sondern weil sie fürchtete, bedeutungslos zu sein.

„Du willst zu viel“, hatte ihr Vater immer gesagt, wenn sie zu ehrgeizig gelernt hatte und mit ihren Fortschritten nicht zufrieden gewesen war. „Warum willst du höher hinaus, als du fliegen kannst?“

„Weil ich sonst nur ein Mensch von vielen bin“, hatte sie geantwortet, als sie noch ein Kind gewesen und daher ehrlich gewesen war. „Allen ähnlich, nichts Besonderes. Das ist langweilig.“

„Erst wenn du ein Mensch von vielen bist“, hatte ihr stets geduldiger Vater erklärt, „wirst du zu dem besten Menschen werden, der du sein kannst.“
Sie hatte ihm nie geglaubt. Sie hatte es versucht, aber nie verstanden, was er ihr damit hatte sagen wollen. Bis heute.
Ihr Kampf gegen ihren Stolz, ihr Kampf um Demut, ihr Kampf um Gehorsam – es war immer nur Ehrgeiz gewesen, der sie angetrieben hatte. Ihr Eifer, ihr Fleiß und ihre Hingabe – sie hatte unbedingt die Beste von allen sein wollen. Ihre Güte, ihre Bescheidenheit und ihre Freundlichkeit – sie waren wahr, doch leer.
Heute Nacht erkannte sie, dass sie in all den Jahren seit ihrer Kindheit Tag für Tag an Bedeutung verloren hatte. Irgendwo zwischen der fleckenlosen Tugend, die sie so versessen gesucht hatte, und der egomanischen Bosheit ihrer Mutter, die sie so panisch gemieden hatte, war ein Mensch verloren gegangen, der Lumili nun gerne gewesen wäre.
Ein Mensch wie alle anderen. So unwichtig, dass er sich seine Bedeutung aussuchen konnte. Eine Bedeutung, die Spaß machte.
Sie wollte es gerne lernen. Sie wollte ein solcher Mensch werden. Es war bestimmt noch nicht zu spät dazu. Und wenn sie dann das nächste Mal eine Tür hinter sich schloss, weil ein Verlobter sie im Regen hatte stehen lassen, dann würde sie herzzerreißend weinen und lachen, beides zugleich. Und nicht wie jetzt, stumm und ohne Tränen in ihr Zimmer zurückspazieren, so als wäre nichts gewesen.

Kapitel 20: Apfel-Lakritz-Zuckerlis

Gerald traute seinen Augen kaum, als er am Morgen aus dem Fenster sah.

„Das ist …“, begann er und stoppte.

Er sah sich nach Maria um, die noch im Bett lag, und brachte es nicht übers Herz, sie zu wecken. Wie alle anderen Bewohner der Festung waren sie mitten in der Nacht aufgewacht, als die Sirenen erschallt waren. Der Himmel war förmlich explodiert und im Garten hatten zahlreiche Lichter geflackert, daher war Gerald in seine Kleidung geschlüpft, um herauszufinden, was los war. Außerhalb der Wohnung war er auf Haul getroffen, der mit einem Spiegelfon in der Hand die Treppe hinaufgekommen war.

„Alles in Ordnung“, hatte er erklärt. „Es ist nur Naturmagie und momentan ungefährlich.“

Daraufhin war Gerald in sein Zimmer zurückgekehrt, hatte die Nachricht an Maria weitergegeben und war sofort wieder eingeschlafen. Sicherlich war es noch laut gewesen, bestimmt hatte das Zimmer im Widerschein des grünen Leuchtens, das von den Bäumen im Garten ausgegangen war, ungewohnt ausgesehen und womöglich war Maria noch länger wach geblieben. Aber er hatte es nicht mitbekommen. Sein Körper hatte beschlossen, dass es an der Zeit war, sich auszuruhen und so schlief er tief und fest bis zum Morgen.

Jetzt war er allerdings überrascht.

Nicht genug, dass die kräftigen Äste eines Baumes, den es gestern Abend noch nicht gegeben hatte, gegen die Scheiben der Fensterfront drückten. Nein, eine Scheibe war sogar zerbrochen und ein Ast war mitten ins Zimmer gewachsen. Blau schillernde Raupen spazierten über seine Blätter, pelzige Käfer mit cremefarbenen Flügeln flatterten um ein Astloch herum und drei einbeinige Vögel, die eindeutig der Elfenwelt zuzurechnen waren (das erkannte man daran, dass sie Hüte trugen), schliefen unter einem besonders großen, violetten Pilz, der sich wie ein Dach über ihnen ausbreitete.

Es gab nur noch ein Fenster, das der Baum und seine Blätter nicht vereinnahmt hatten, und durch das spähte Gerald in den Garten.

Schnee und Kälte waren verschwunden, dafür waren Frühling und Sommer zugleich ausgebrochen. Dank Thuna zweifelte Gerald nicht an seinem Verstand, sondern wusste, dass so etwas bei einer entsprechenden Konzentration von sehr kräftiger und stark aufgeladener Naturmagie passieren konnte. Thuna und Grohann mussten sich nur leidenschaftlich küssen und schon fingen die Temperaturen an zu steigen und aus Samenkörnern schossen halbe Bäume.
Ungewöhnlich war jedoch das Leuchten der Bäume dort draußen. Ein sanftes grünes Licht ging von ihnen aus, das Gerald an das alte Sumpfloch erinnerte, das er in Marias Spiegelwelt kennengelernt hatte. Damals hatten die Bäume auch bis an die Festung herangereicht und die Räume darin mit einem grünen Licht erfüllt. Vom See, der normalerweise eine große Fläche des Gartens einnahm, konnte Gerald nur einen winzigen Ausschnitt erkennen und der glitzerte so heftig, als würde jemand verschwenderisch mit Diamanten um sich werfen. Unterhalb des Fensters saßen zwei schwarze Störche auf dem Dach. Sie hatten wüst verbogene Schnäbel und gaben quietschende Kreischlaute von sich. Ab und zu niesten sie und dann flogen Federn, die sich in der Luft in Insekten verwandelten, in alle Richtungen.
Spätestens jetzt wurde Gerald klar: Dieser Garten war kein normaler Garten mehr. Aber was war er dann?
„Momentan ungefährlich“, hatte Haul in der Nacht verkündet und damit gab sich Gerald erst mal zufrieden. Er hatte andere Probleme, ihm tat nämlich alles weh. Er musste gestern so berauscht gewesen sein von seiner Rettung, dass er gar nicht gemerkt hatte, was mit seinem Körper passiert war. Tatsächlich hatte er erst auf der Krankenstation realisiert, dass er eine Kopfwunde hatte. Und das auch nur, weil Estephaga mit einer ganz gemeinen Tinktur darauf herumgetupft hatte. Es hatte so höllisch gebrannt, dass ihm die Tränen in die Augen gestiegen waren.
„Das entzündet sich sonst“, hatte sie erbarmungslos erklärt. „Da ist furchtbar viel Dreck reingekommen. Und gegen eine magikalische Behandlung bist du resistent.“
„Resistent?“

„Diese Wunde ist wie eingebrannt. Egal, wie viel ich daran herumzaubere, sie verändert sich nicht."
Genauso war es mit den blauen Flecken, den Prellungen, den Schürfwunden und den blutigen Kratzern. Als Gerald heute Morgen an sich hinabsah, konnte er nur resigniert seufzen. Er fühlte sich wie einmal durchgeprügelt. Es würde wohl einige Zeit dauern, bis alles verheilt war. Wenn es sich nicht für immer *eingebrannt* hatte, um bei Estephagas unerfreulicher Wortwahl zu bleiben.
Gerald legte sich zurück aufs Bett, obwohl es eigentlich höchste Zeit war, aufzustehen. Rackiné hatte gestern eine heldenhafte Anwandlung gehabt und sich bereit erklärt, die Frühschicht am Spiegel zu übernehmen. Jetzt war es schon fast neun Uhr und Maria musste ihn ablösen. In fünf oder zehn Minuten spätestens.
Gerald schloss die Augen trotzdem, seine Nase an Marias Stirn. Es war, als könnte er auf diese Weise ihre Träume einatmen. Es waren sanfte und gleichzeitig aufregende Träume. Ihn überwältigten Erinnerungen an die Zeit, in der sie ihre ersten gemeinsamen Nächte in der Spiegelwelt verbracht hatten. Damals hatten sie eine ganze Welt für sich alleine gehabt. Er wäre gerne in diese Erinnerung eingetaucht, doch ein paar lilablaue, halb durchsichtige Schmetterlinge holten Gerald aus dem Halbschlaf und in die Gegenwart zurück. Unverschämt nahmen sie auf Marias Nase Platz und kitzelten sie.
„Bitte", murmelte sie mit geschlossenen Augen. „Ich will schlafen. Sag Hanns, er soll mich in Frieden lassen."
Sie bedeckte ihr Gesicht mit beiden Armen, so als könne sie den beginnenden Tag mit all seinen Pflichten damit ausschließen. Doch die Spiegelfon-Schmetterlinge gaben nicht nach. Sie vervielfältigten sich beängstigend schnell und bildeten eine flatternde Wolke über Marias Kopf.
Gerald musste darüber lachen. Mühsam (oh, wie taten diese blauen Flecken weh!) richtete er sich auf und kletterte über Maria hinweg, um die Spiegelfon-Puderdose aus Marias Nachttischschublade zu holen und zu öffnen.
„Ja?", sagte er, als er es geschafft hatte. „Was willst du schon wieder?"

Von Hanns war im Spiegel der Puderdose nichts zu entdecken, dafür sah Gerald eine Menge Türen des Staatspalastes an sich vorbeisausen.
„Wieso *schon wieder*?“, erwiderte Hanns. „Es ist neun Uhr!“
„Maria schläft noch.“
Hanns bequemte sich endlich, in sein Spiegelfon zu schauen. Er sah nicht gerade ausgeschlafen aus, aber er lachte.
„Schön für sie. Mein Anruf galt sowieso dir und nicht ihr.“
„Ach ja?“
„Ich brauche dich hier“, sagte Hanns. „In zehn Minuten, also beeil dich.“
Und weg war er, Verbindung unterbrochen.
„Welch eine Freude!“, sagte Gerald zu dem verschwundenen Spiegelfonbild. „Du bist eine solche Pest, Hanns von Fortinbrack!“
„Was will er?“, fragte Maria verschlafen.
„Ich soll in zehn Minuten in Tolois erscheinen und er hat mir noch nicht mal verraten, warum.“
„Wieso …“, begann Maria, doch in diesem Moment nahm sie die Arme von ihren Augen und blickte direkt auf den Ast, der durch das zerbrochene Fenster ins Zimmer ragte.
„Was ist *das*?“
„Naturmagie.“
Marias Blick wanderte durch den Raum.
„Das ist unheimlich.“
Gerald sammelte seine Kleidung ein, verschwand damit im Bad und als er nach einer Viertelstunde zurückkam, wuchs der Ast außerhalb des Zimmers und nicht mehr innerhalb. Außerdem war die Scheibe wieder ganz und der Blick ins Freie weniger zugewachsen. Gerald erkannte sogar ein paar der Gartenwege wieder, die noch vor seinem Gang ins Bad verschwunden gewesen waren. Ungläubig blickte er Maria an.
„Kann ich ins Bad?“, fragte sie mit einem Unschuldsblick. „Bist du fertig?“
Er schaute abermals aus dem Fenster.
„Es ist, als hätte jemand ein Heer aus Gärtnern durch diesen Garten geschickt!“

„Ach ja? Du musst dich beeilen, wenn du rechtzeitig in Tolois ankommen willst."
„Wer sagt, dass ich das will?"
„Hanns."
Gerald seufzte gequält.
„Na gut – wenn es sein muss. Hältst du kurz deine Hand in den Spiegel?"
Maria verließ das Zimmer, doch kaum war sie über die Schwelle getreten, die in den anderen Raum führte, drang ein verzweifeltes Quietschen unter dem Bett hervor. Richtig, jetzt fiel es Gerald wieder ein! Dieses lästige Plüsch-Mammut hatte sich heute Nacht in Todesangst unter das Bett gequetscht und kam nun aus eigener Kraft nicht mehr darunter hervor.
„Ich befreie dich gleich!", versprach Maria und trat an den Standspiegel, den Hanns normalerweise benutzte, um zwischen Sumpfloch und Tolois hin- und herzuwechseln. Heute Morgen musste er die offizielle Route durch den Trophäensaal genommen haben, dank Rackiné.
„Pass auf dich auf", sagte Maria, als sie ihre Hand ins Spiegelglas hielt.
„Du auch", erwiderte Gerald und verabschiedete sich mit einem Kuss, dessen Dauer endgültig dafür sorgte, dass er zu spät kam.
Es hatte aber sowieso niemand damit gerechnet, dass er die von Hanns gesetzte Zehn-Minuten-Frist einhalten würde. Als Gerald im Keller unter Tolois ankam – ungefähr eine halbe Stunde, nachdem Hanns ihn gerufen hatte – wurde er von Haul mit den Worten „Da bist du ja schon!" empfangen.
„Was ist eigentlich los?", fragte Gerald.
„Wirst du sehen. Komm, wir gehen in den Staatspalast."
„Warum sagst du es mir nicht einfach?"
Hauls Grinsen entnahm Gerald, dass es Hanns für ratsam gehalten hatte, Gerald nicht im Voraus über seine Mission aufzuklären, warum auch immer.
„Berry brauchen wir auch", sagte Haul. „Falls dich das beruhigt."
„Tut es nicht. Wie geht es Ajach?"
„Einigermaßen. Wir nehmen sie heute mit. Sie ist leider noch sehr angeschlagen und immer noch extrem schlecht gelaunt, aber da

sich Repuls geweigert hat, uns noch länger zu unterstützen, brauchen wir sie dringend."
„Es muss doch noch mehr Zauberer geben, die euch zur Hand gehen können?"
„Repuls ist speziell. Er hat Fähigkeiten, die kein anderer hat. Fähigkeiten, die wir brauchen. Aber Ajach wird es schon schaffen."
„Das heißt, ihr werdet heute wieder aufbrechen, um Lecks zu stopfen?"
„Richtig", antwortete Haul. „Wir knöpfen uns die Lecks an der Südgrenze von Amuylett vor. Sie sind nicht groß, aber sie liegen dicht nebeneinander in einer Reihe. Wir wollen nicht riskieren, dass sie sich verbinden, deswegen sollten wir sie so bald wie möglich eindämmen."
„Wann genau?"
„Deine Frage trifft den Kern des Problems", sagte Haul. „Wir müssen gleich aufbrechen. So schnell wie möglich."
„Aha – und worauf wartet ihr noch?"
„Im Staatspalast wimmelt es von Journalisten. Jemand muss ihnen erzählen, was im Verfluchten Tal passiert ist."
„Verstehe."
„Verstehst du es wirklich?", fragte Haul und grinste schon wieder gefährlich.
„Oh nein!", rief Gerald, der erst jetzt begriff, was wirklich los war. „Ich streike, ich bin durch mit der Geschichte."
„Tja. Dann wird es Berry wohl alleine ausbaden müssen."
Gerald verdrehte die Augen. Natürlich würde er Berry zu Hilfe eilen, falls sie von Hanns bereits in die Arena der wissensdurstigen Journalisten gestoßen worden war, aber fair war das Ganze nicht!
„Wir haben eine Menge Arbeit", sagte Haul entschuldigend. „Mörderisch viel Arbeit!"
„Was ist mit deiner Freundin? Warum kann die nicht einspringen?"
„Du kennst doch Lissi."
„Ja, und?"
„Sie würde garantiert irgendwas erzählen, das sie nicht erzählen sollte."

„Das könnte auf mich ganz genauso zutreffen."
Haul schüttelte den Kopf.
„Nein, du wirst das Kind schon schaukeln. Davon sind alle überzeugt."
„Alle, nur ich nicht", sagte Gerald. „Apropos Kind – im Treppenhaus habe ich Hauptmann Stein getroffen und die hat was von einem heiligen Baby gefaselt, das im Garten von Sumpfloch sein Unwesen treiben soll."
„Ein uraltes Heiligtum der Hüter. Grohann und Thuna haben es befreit. Aus dem Teppich. Es war darauf abgebildet, erinnerst du dich?"
„Ich habe diesen komischen Teppich nie gesehen."
„Na, jetzt wirst du's auch nicht mehr. Das Baby wurde heute Morgen von ein paar furchteinflößenden kopflosen Walddamen in den bösen Wald gebracht. Von der kahlen Schneise ist übrigens nichts mehr zu sehen, der Wald geht nun nahtlos in den Garten über. Die durchgeknallte Natur hat sämtliche Grenzen zerlegt und im Garten ist auch alles hinüber – Zäune, Mauern, Schuppen. Eure Gewächshäuser gibt es nicht mehr."
„Ach, die werden schon wieder."
Haul warf Gerald einen fragenden Blick zu.
„Ja", bekräftigte Gerald seine Aussage. „Maria mochte die Gewächshäuser."
„Du meinst, das vierte Erdenkind schlägt wieder zu? Mir würde es gefallen, wenn die Gewächshäuser wieder da wären. Lisandra und ich verbinden einiges mit dieser Ecke des Gartens."
Sie passierten eine Sperre und dahinter stiegen sie mehrere Treppen empor, die sie in die Teeküche eines Krawattenladens führten. Vom Laden aus betraten sie die bevölkerten Straßen der Innenstadt von Tolois.
„Die Leute sind in Ausgehlaune", sagte Haul. „Heute ist mehr los als in den ganzen letzten Wochen zusammen."
„Hanns hat ihnen erzählt, dass die Welt nicht untergeht. Das wollen sie feiern. Ich hoffe nur, es war nicht zu voreilig von ihm."
„Er hat das Richtige gesagt und getan", erwiderte Haul. „Ob sie nun untergeht oder nicht, die Leute mussten beruhigt werden. Im

Moment geht sie jedenfalls nicht unter. Es sei denn, das Leck in Gorginster macht uns noch mal Kummer."
„Wieso?", fragte Gerald. „Ich dachte, es hätte alles geklappt."
„Es hat funktioniert. Aber dieses Leck ist mittlerweile so groß, dass kein kleineres Leck in der Nähe entstehen darf. Oder mehrere. Alles, was unsere Eindämmung gefährden oder instabil machen könnte, wäre hochgefährlich. Wir haben Kontrollposten aufgestellt, die das Gelände rund um die Uhr bewachen und absuchen. Bei der kleinsten Unregelmäßigkeit werden sie uns Bescheid geben und dann werden wir die neuen Stellen sofort unschädlich machen."
„Und warum klingt das alles so schrecklich beunruhigend in meinen Ohren?"
„Die Lecks wachsen mittlerweile sehr schnell. Vor allem da oben in Gorginster, denn dort hat es begonnen. Wenn unsere Kontrolltrupps versagen und sie eine Nacht lang ein neues Leck übersehen, könnte das zu einem Problem werden. Angenommen, dieses Leck liegt wirklich ungünstig und zerstört unsere Eindämmung, dann haben wir nur noch Minuten."
„Um was zu tun?"
„Durch die versiegelte Tür in Marias Spiegelwelt nach Gorginster zu gehen und antimagikalisches Material im Inneren des Lecks zu platzieren, damit es wieder schrumpft."
Gerald erinnerte sich, dass Hanns diese Möglichkeit schon einmal erwähnt hatte.
„Hanns würde das tun", sagte er. „Nicht wahr? Und er würde nie mehr zurückkommen."
„Glaub mir, wir haben die Kontrolltrupps tausendmal gewarnt, dass von ihrer Zuverlässigkeit das Schicksal der Welt abhängt", erwiderte Haul. „Sie werden ihre Arbeit gut machen."
Sie erreichten den Staatspalast und betraten ihn durch einen Nebeneingang. Schneller, als es Gerald lieb war, kamen sie in einen Saal, in dem Hunderte von Reportern durcheinanderredeten und ihre magikalischen Notizblöcke zückten.
„Hier entlang", sagte Haul und lotste Gerald in einen Nebenraum, in dem schon Berry saß und von lauter fleißigen Damen bearbeitet wurde.

„Gerald!“, rief sie. „Ich bin so froh, dass du kommst!“
Ärgerlich zeigte ihr eine der Damen an, dass sie gefälligst ihren Mund schließen sollte, was einleuchtend war, denn sie malte Berrys Lippen gerade mit einem Pinsel an. Eine andere Dame puderte währenddessen Berrys Wangen, eine dritte zupfte an ihren Augenbrauen herum und eine vierte scheitelte ihr Haar und drehte die einzelnen Partien so elegant ein, dass Berry aussah wie eins der Modelle in Marias Modejournalen.
Gerald lachte ihr aufmunternd zu, woraufhin sie den Mund verzog und andeutungsweise mit den Achseln zuckte.
„Alles halb so wild“, sagte er, doch er hatte nicht damit gerechnet, dass nun auch etliche Damen und Herren auf ihn zugeschossen kamen, weil sie offensichtlich der Meinung waren, dass er für Filmglas und Fotomaten noch zu ungepflegt aussah.
„Sie müssen etwas nachhelfen“, erklärte Haul. „Man sieht schnell zu blass aus in so einem Film. Wobei – deine tolle Schramme am Kopf sollten sie eher betonen als überschminken, das macht es authentischer.“
Drei Minuten später hielt die gesamte Verschönerungs-Mannschaft wie auf Befehl in ihrem Tun inne, weil Hanns den kleinen Raum betrat. Alle Blicke wanderten in seine Richtung.
„Danke, dass ihr einspringt“, sagte Hanns zu Gerald und Berry. „Ich muss weg und hätte auch keine Geduld gehabt für so eine Veranstaltung.“
„Ach, aber *wir* haben die Geduld dafür?“, fragte Gerald. „Erklärst du mir noch, was ich überhaupt erzählen soll?“
„Wie wäre es mit der Wahrheit?“
„Mit der Wahrheit?“, wiederholte Gerald fassungslos.
Hanns hob kurz die Schultern und setzte dabei ein möglichst überzeugendes Lächeln auf.
Wie stellst du dir das vor?, wetterte Gerald in Gedanken. *Die Wahrheit ist seltsam, schwer zu verstehen und noch schwerer in Worte zu fassen! Kein Mensch würde irgendwas davon begreifen.*
Ich weiß, antwortete Hanns, ebenfalls in Gedanken. *Es tut mir auch wirklich leid. Aber du wirst das hinkriegen.*
„Wie kommst du nur darauf?“, fragte Gerald laut.

Ich kann mir keinen Gerald Winter vorstellen, erklärte Hanns in Gedanken, *der herumstammelt und unverständliches Zeug erzählt. Du wirst sie charmant in Grund und Boden quatschen und am Ende wird jeder, der dir zugehört hat, eine Vorstellung davon haben, was da unten passiert ist. Auch wenn das, was du erzählst, vielleicht nicht das ist, was wirklich geschehen ist. Aber deswegen muss es ja nicht weniger wahr sein.*
Gerald schüttelte den Kopf, was die Dame, die gerade an seinen Haaren herumfingerte, gar nicht lustig fand.
Schön wär's.
„Ich muss los", sagte Hanns. „Ich bin schon sehr gespannt auf den fertigen Film!"
Berry und Gerald warfen ihm böse Blicke zu, doch er sah es nicht, denn er war schon aus dem Raum verschwunden, gefolgt von Haul.
„Nerviges Großmaul!", murmelte Gerald, was sein Verschönerungs-Team sehr irritierte.
Habe ich gehört, erklärte die Stimme von Hanns in seinem Kopf. *Du denkst, was du sagst, wusstest du das?*
Du bist eine Heimsuchung, wusstest du das?
Ja, antwortete Hanns. *Das denkst du ständig.*
Fast hätte Gerald darüber gelacht, doch in diesem Moment wurde ihm klar, dass es nicht die Lecks an der Südgrenze waren, wegen denen Hanns so eilig aufbrechen musste. Ein anderes, viel drängenderes Problem veranlasste Hanns und die Gespenster, Maßnahmen für den Ernstfall zu treffen. Und wenn es Hanns auch größtenteils gelungen war, diesen Sachverhalt vor Gerald zu verbergen, so konnte Gerald doch wahrnehmen, wie die Gedanken und Sorgen von Hanns die ganze Zeit um einen einzigen Namen kreisten. Und der lautete: *Frost.*
„Halt!", sagte Gerald und schob die Frau, die gerade seine Augenbrauen korrigieren wollte, beiseite.
Er rannte aus dem Raum, hinter Hanns her.
„Was stimmt nicht mit Frost?", rief er.
RUMMS! Noch nie hatte Gerald so deutlich gespürt, dass jemand einen abhörsicheren Zauber über ihn legte. Entweder war dieser Zauber ausgesprochen stark oder Geralds Struktur hatte sich auf

eine Weise verändert, die ihn magikalische Manipulationen spüren ließ. Oder beides.

„Bist du wahnsinnig, diesen Namen in meiner Nähe auszusprechen?“, fragte Hanns. „Gleich neben einem Saal voller Journalisten?“

„Ich kann ja nicht ahnen, dass der Name so brisant ist.“

„Nein, du hast ihn nur in meinen Gedanken aufgeschnappt und gemerkt, dass er mit einem Riesenproblem verknüpft ist.“

„Wenn ich keinen Namen mehr aussprechen dürfte, der in deinen Gedanken mit Problemen verknüpft ist, müsste ich für den Rest meines Lebens mit *die da* und *der da* auskommen.“

„Ich habe keine Zeit“, sagte Hanns. „Die Kurzfassung: Pelohel und Halfter befinden sich im Anflug auf ihre Festung in Krumpenhals. Das hat uns ein Spion gemeldet. Dort hätten sie aber nicht ankommen dürfen, wenn alles nach Plan gelaufen wäre. Was bedeutet, dass mein Plan sehr wahrscheinlich gescheitert ist. Und das hieße wiederum, dass Frost uns verraten hat oder tot ist.“

„Was eine Katastrophe wäre?“

„Pelohel besäße in dem Fall eine Waffe, gegen die ich machtlos wäre. Er würde mich angreifen und gewinnen. Bevor das passiert, müsstet ihr alle nach Lettimur verschwinden und die Tür für immer schließen. Und mit *ihr alle* meine ich auch Scarlett.“

Gerald schüttelte den Kopf.

„Kannst du vergessen. Sie würde niemals ohne dich gehen.“

„Oh doch“, sagte Hanns beängstigend ernst. „Wenn du und ich uns einig sind, dann kriegen wir das hin. Sie *muss* gehen, bevor Pelohel kommt. Wenn ich sterben muss, will ich wenigstens wissen, dass sie sicher ist.“

Gerald verdrehte die Augen.

„Schon wieder? Wie oft willst du denn noch deinem Tod in die Arme rennen?“

„Ich *will* ja gar nicht“, sagte Hanns und wirkte schon wieder entspannter. „Außerdem könnte es ein Fehlalarm sein. Ich hoffe immer noch, dass es anders kommt. Ich habe mich bei diesem Plan vollkommen auf meine Menschenkenntnis verlassen. Es wäre bitter, wenn sich herausstellt, dass ich nur halb so klug bin, wie ich dachte.“

„Das wäre wirklich das Allerschlimmste daran."
„So, jetzt weißt du Bescheid. Darf ich jetzt gehen und Vorkehrungen treffen, falls Pelohel mich fertigmachen will?"
„Nur zu. Danke für die Aufklärung."
„Bitte. Ich hebe jetzt den Abhörzauber auf. Danach redest du am besten mit niemandem über die Sache und schon gar nicht über Frost. So lange, bis ich Entwarnung gebe."
Der Abhörzauber, der sich wie eine dumpfe Glocke auf Geralds Ohren gelegt hatte, schwand und Hanns lief mit den Super-Gespenstern davon. Als Gerald den Saal mit den Journalisten durchquerte, spürte er, wie Hanns die Reichweite seiner Gedanken verließ.
Wie jedes Mal, wenn das passierte, fiel es Gerald schwer, Hanns ziehen zu lassen. Es war, als würde er einen Teil seiner selbst verlieren. Verbunden mit diesem Gefühl war die tief sitzende Angst, dass er diesen Teil nie mehr zurückbekommen würde, falls Hanns etwas zustieße. Hanns musste es ähnlich ergehen, denn kurz bevor die Gedankenverbindung abriss, sandte er Gerald ein vollkommen überflüssiges *Gib auf dich Acht.* Sie waren einfach zu sehr durcheinandergeraten unter der Erde.
In Gedanken versunken kehrte Gerald zu seiner Verschönerungs-Mannschaft zurück. Er hielt brav still, während sie ihn mit Pinseln, magikalischen Schwämmen und Zauberpuder bearbeiteten. Die Auskunft von Hanns beunruhigte ihn, aber da er in der Sache nur abwarten konnte, hielt er es für dringlicher, eine Geschichte zu erfinden, die er den Journalisten auftischen konnte. Leider fiel ihm beim besten Willen nichts ein.
„Seid ihr fertig?", rief ein Mann, dessen gesamte Stirn mit festgeklebten künstlichen Locken ausgefüllt war. Das sah total lächerlich aus, aber anscheinend war er so was wie der Regisseur hier und wenn er sprach, zogen alle die Köpfe ein.
„Die Konferenz war auf zehn Uhr angesetzt!", schimpfte er. „Wir haben jetzt halb elf! Los, los, los!"
„Ja, sofort!", rief die Dame hektisch, die Gerald soeben mit einer Feuchtigkeit besprühte, die ihm suspekt war.
„Was ist das?", fragte er.

„Fixierzauber!“, antwortete sie. „Sonst fängst du im Scheinwerferlicht an zu schwitzen und die Farbe läuft an dir hinunter. Das willst du doch nicht, oder?“
Nein, das wollte er nicht.
Berry, die wahrlich atemberaubend aussah und eine kühle Gelassenheit ausstrahlte, die mit Sicherheit nur gespielt war, ging an Gerald vorüber und betrat als Erste den Saal. Als Gerald ihr folgte, war er geblendet von dem starken Licht, das dort brannte. Fast blind (was er sich natürlich nicht anmerken ließ) fand er zu dem Tisch, an den er sich setzen sollte, gleich neben Berry, und dann ging es auch schon los. Aus der Dunkelheit hinter den Scheinwerfern wurden Fragen gerufen, die ein Protokollant notierte.
„Danke!“, unterbrach der Regisseur mit den Deko-Locken auf der Stirn das Fragen-Bombardement. „Ihre Fragen wurden gesammelt und werden unseren Gästen nun gebündelt unterbreitet. Berry Lapsinth-Water, Gerald Winter – seid ihr bereit?“
Waren sie. Komischerweise.
In einem anderen Leben, vielleicht sogar in Geralds Heimatwelt, hätten Gerald und Berry ein fantastisches Film-Duo abgegeben. Denn als sich das Filmglas auf sie richtete, als die Radiofon-Verstärker auf ihren Tischen angeschaltet wurden und sie sich des Rampenlichts, in dem sie saßen, bewusst wurden, spielten sie ihre Rollen auf einmal perfekt.
Berry lächelte sparsam und mir ihrer leicht rauen Stimme, die nie überemotional wurde, erzählte sie von dem Überfall der Untoten, den antimagikalischen Flimmerfüchsen, Ajachs Unfall, dem geschmolzenen Spiegelfonkabel und ihrer Flucht vor dem Beben. Den Satyr ließ sie komplett weg, was die Geschichte fast logischer machte, wie Gerald fand.
„Und dann bist du in die größtenteils verschüttete Mine hinabgestiegen?“, fragte der Moderator. „Obwohl du davon ausgehen musstest, dass deine Gefährten tot sind?“
„Ja“, erwiderte Berry, „aber ich bin davon ausgegangen, dass sie noch leben. Alles andere hätte mich nicht weitergebracht. Ich versuche, es Ihnen zu erklären: Stellen Sie sich vor, Sie säßen in einem Boot, das auf dem Meer treibt, und wären kurz vor dem

Verhungern. Sie wissen, in dem Meer, auf dem das Boot treibt, schwimmt nur ein einziger Fisch. Wie können Sie überleben?"
„Nun, ich werfe meine Angel aus, falls ich eine habe, und versuche ihn zu fangen."
„Mein Beileid, dann werden Sie sterben", erwiderte Berry. „Die richtige Antwort ist: Sie hören auf, an diesen Quatsch mit dem einen einzigen Fisch zu glauben. Denn es gibt kein Meer, in dem nur ein Fisch schwimmt."
Der Moderator war etwas verdutzt.
„Was ich damit sagen will, ist: Ich habe mich geweigert, an den Tod meiner Freunde zu glauben. Ich wusste, wenn sie leben, muss sie jemand davor bewahren, in der Tiefe der Mine zu ertrinken. Ich hatte keine Ahnung, wie ich das machen soll. Aber in die Mine zu gehen und darauf zu bauen, dass in diesem Meer nicht nur ein Fisch schwimmt, sondern unendlich viele, war der einzige Lösungsweg für das Problem. Also habe ich es getan."
Geralds Aufgabe hatte sich bisher darin erschöpft, Berrys Erzählung zu kommentieren, mit ihr über Zwischenfälle zu scherzen, die sie in der Nacht überhaupt nicht lustig gefunden hatten, und ihren Bericht mit entsprechender Mimik zu untermalen, indem er an den passenden Stellen die Augenbrauen hob, in angemessen tragischem Ernst nickte oder tollkühnen Optimismus zur Schau stellte. Doch nun kam die Reihe an ihn, denn der Moderator wollte wissen, wie es ihm unter der Erde ergangen war, zusammen mit Hanns und Lisandra.
Gerald hatte keine Ahnung, was er nun erzählen sollte. Es widerstrebte ihm, die wahre Natur der Antimagikalie-Quelle zu enthüllen, ebenso wie er keine Lust hatte, seine und Hanns' Sorgen und Nöte vor fremden Leuten auszubreiten. Es war ja auch nicht das, was das Publikum hören wollte. Sie hungerten nach einer bunten, spannenden Geschichte. Also beschloss Gerald, ihnen genau das zu liefern.
Nachdem also die Kette des altersschwachen Aufzugs auf der drittletzten Ebene gerissen war und sie einen mörderischen Absturz hingelegt und überlebt hatten, waren sie am tiefsten Grund der Mine auf ein unsichtbares Volk gestoßen, das sie nicht sehen, aber spüren konnten. Es handelte sich vermutlich um die

geheimnisvollen Ureinwohner des Tals, die sich unter dem Einfluss der Antimagikalie verwandelt hatten. Sie lebten auf der Kehrseite der Welt, als Jenseitige, und sahen ihren Frieden durch Hanns, Lisandra und Geralds Eindringen in ihr Reich gestört.

Es half nichts, den Unsichtbaren ihre Mission zu erklären. Sie wollten nichts hören oder verstehen, sondern stellten den Besuchern eine Todesfalle nach der anderen und jagten und bekämpften sie inbrünstig. Hanns und seine Begleiter entgingen den haarsträubendsten Anschlägen nur knapp, wie Gerald farbenfroh und bis in jede Einzelheit zu schildern vermochte. Endlich entdeckten sie in dem unterirdischen Todeslabyrinth eine Höhle, deren Wände aus einer gläsernen Substanz bestanden. In ihrer Mitte lag ein goldener See, der ein überirdisch schönes, warmes Licht verbreitete. Niemand hinderte sie daran, an das Ufer des Sees zu treten, dessen Inneres aus reiner Antimagikalie bestand.

Der Grund für die plötzliche Zurückhaltung der Feindseligen wurde offensichtlich, als Lisandra versuchte, einen ihrer Spezialbehälter mit der goldenen Flüssigkeit zu füllen. Denn die Flüssigkeit brachte nicht nur ihren Behälter zum Schmelzen, sondern zerfraß auch ihre gesamte Hand, ihren Arm und die Hälfte ihres Gesichts. Jeder gewöhnliche Mensch wäre sofort getötet worden, doch Lisandra hatte als fünftes Erdenkind die Fähigkeit, dem Tod und der Antimagikalie zu trotzen. Sie starb und nachdem sie erneut zum Leben erwacht war, war ihr Körper fast unversehrt, bis auf ein verändertes Ohr.

Ihr Überleben war der einzige Lichtblick in diesem düsteren Abschnitt ihres Abenteuers: Sie konnten die Antimagikalie, die sie so dringend brauchten, nicht mitnehmen und zudem hatte Lisandras Versuch, der Quelle etwas von ihrer Energie zu rauben, die Erde wütend gemacht. Ein Beben brach los und zwang sie zur Flucht. In letzter Minute erreichten sie einen Tunnel, der sie so weit von den Erschütterungen fortführte, dass sie von den herabstürzenden Gesteinsmassen nicht zermalmt wurden. Allerdings waren sie danach eingesperrt. Beide Enden des Tunnels, in dem sie Unterschlupf gefunden hatten, waren verschüttet.

Dank des Dunkeltasters, den Hanns bei sich hatte, fanden sie ein Notfall-Treppenhaus, das in keinem Plan verzeichnet gewesen war. Dort erklommen sie Ebene für Ebene, doch schließlich – nach mehreren Stunden Aufstieg – endete das Treppenhaus in einer Sackgasse. *Darum* war das Treppenhaus nicht in den Plänen vorgekommen: Es befand sich noch im Bau, als die letzten Pläne angefertigt worden waren.
Sie waren gefangen. Sie konnten nicht umkehren, denn das Wasser, das die Pumpen zuvor aus der überfluteten Mine gepumpt hatten, strömte zurück ins Treppenhaus. Sie hatten die letzten Stufen bereits im Wasser zurückgelegt und nun, an der höchsten Stelle, stieg es rasend schnell. Bald reichte es ihnen bis an die Brust und es stieg weiter. Sie konnten nichts dagegen tun, es gab keinen Ausweg. Sie waren verloren.
Berry, die während Geralds Erzählung in vorbildlicher Weise gerührt, entsetzt und mitfühlend ausgesehen hatte, berichtete nun von dem Plan, den sie im Maschinenraum gefunden hatte. Der Plan führte sie zum Speichersee und dessen Schleusen. Allerdings konnte man die Schleusen nur schwimmend erreichen und auf dem Weg dorthin wurde Berry von glitzernden Wasserwesen mit Kraken-Armen in die Tiefe gezogen.
„Ihre Arme funkelten unter Wasser wie Sterne am Himmel“, berichtete sie mit leuchtenden Augen. „Es war so faszinierend! Leider ging mir die Luft aus, während ich sie bestaunte.“
Offenbar hatte Berry genauso wenig Lust, von ihrem Monster-Axolotl zu erzählen wie Gerald von der Antimagikalie-Quelle. Die Glitzerkraken kamen aber sehr gut an, denn der Moderator fragte im Flüsterton:
„Wie konntest du ihnen entkommen?“
„Mein Fehler war, dass ich mich die ganze Zeit gegen ihre Umklammerung gewehrt habe“, erklärte Berry. „Erst als ich begriffen habe, dass die Wasserwesen mich nicht fressen, sondern nur mit mir spielen wollten, konnte ich mich befreien. Ich stellte mich tot, was sie veranlasste, mich gelangweilt loszulassen. Eine unterirdische Strömung trug mich fort und als das Sternenlicht ihrer Kraken-Arme verblasst war, wagte ich es, wieder aufzutauchen. Ab da bewegte ich mich nur noch langsam, als

würde ich im Wasser treiben, und hielt mich so fern von ihnen wie möglich."

Kaum hatte Berry geschildert, wie sie die Schleusen geöffnet hatte, unterbrach Gerald sie, um dramatisch zu berichten, wie fest er, Hanns und Lisandra damit gerechnet hatten, ertrinken zu müssen. Wirklich erst in letzter Minute waren sie vom steigenden Wasser verschont geblieben.

„Du meinst, ich habe es spannend gemacht?", witzelte Berry.

„Ja, vielen Dank auch!", erwiderte Gerald. „Heute Morgen bin ich davon aufgewacht, wie ich im Traum nach Luft geschnappt habe." Es stimmte zwar nicht, aber es passte gerade so gut.

„Immerhin kannst du jetzt noch aufwachen", konterte Berry. „Also beschwer dich nicht."

Angespornt von Berrys Glitzerkraken erzählte Gerald nun, wie der äußerst knapp dem Tod durch Ertrinken entronnene Hanns aus seinem Dunkeltaster und ein paar Sprengkapseln einen Apparat bastelte, den sie Dunkelstrahl tauften. Dieses Gerät konnte Hohlräume im Gestein ausfindig machen und sprengte sich den Weg dorthin durch eine gezielte Aneinanderreihung von Explosionen frei. Über den auf diese Weise geschaffenen Tunnel erreichten sie einen Lüftungsschacht, der größtenteils unversehrt geblieben war, sodass sie zum Maschinenraum emporklettern konnten.

Hier trafen sie mit Berry zusammen und feierten ihr glückliches Wiedersehen. Bei der Gelegenheit zog Lisandra ihren letzten Essensvorrat aus der Tasche: eine Dose mit Pockelunder Apfel-Lakritz-Zuckerlis. Sie rollte einen der grün-schwarz-gestreiften Drops aus der dazugehörigen Zinnfolie und wollte ihn gerade in ihren Mund stecken, als ihr Hanns das Bonbon samt Papier aus der Hand schlug und schrie, sie solle die Dose sofort fallen lassen.

Berry und Hanns litten sofort unter schweren Abwehrreaktionen: Die hochkonzentrierte Antimagikalie löste schwere Schwindelgefühle, Kopfschmerzen und Hustenkrämpfe aus. Gerald und Lisandra waren als Erdenkinder sehr viel widerstandsfähiger und so zerrten sie die Spezialbehälter aus ihren Rucksäcken und stopften alle Pockelunder Apfel-Lakritz-Zuckerlis hinein. Danach verschlossen sie die Behälter doppelt.

Ja, erzählte Gerald tollkühn (und Berry musste sich große Mühe geben, dabei ernst zu bleiben und nicht nervös mit den Augenlidern zu zucken): Die Rettung der Welt stand und fiel mit Lisandras Reservevorrat an Pockelunder Apfel-Lakritz-Zuckerlis, denn diese hatten sich mit konzentrierter Antimagikalie aufgeladen, als Lisandra am goldenen See versucht hatte, einen Behälter aufzufüllen, und von der Antimagikalie fast verschlungen worden war.
Vermutlich, erklärte Gerald, seien es nicht die Zuckerlis selbst gewesen, die die Antimagikalie angezogen hatten, sondern die Zinnfolie, in die sie eingewickelt waren. Die Zusammenhänge seien jedoch noch nicht gänzlich erforscht. Womöglich spielte auch die emotionale Bindung eine Rolle, die Lisandra zu ihren Süßigkeiten aufzubauen pflegte, aber …
„Und hier sind wir nun!“, fiel ihm Berry strahlend ins Wort. „Erleichtert und am Leben.“
Die Journalisten jenseits der Scheinwerfer erhielten noch einmal die Gelegenheit, Fragen zu stellen und Gerald und Berry beantworteten sie artig und charmant. Schließlich forderte der Moderator die beiden auf, jeweils noch einen letzten Satz zu ihrem Abenteuer zu sagen – was sie nun fühlten und was es für sie bedeutete.
Berry hörte schlagartig zu lächeln auf und rang offensichtlich nach Worten. Alle Augen waren auf sie gerichtet, die Zeit und das Filmglas liefen weiter, doch Berry starrte schweigend ins Leere. Endlich brachte sie es fertig, ihren Mund zu öffnen.
„Es war nicht leicht“, erklärte sie. „Und nichts, was ich darüber sage oder davon erzähle, kann auch nur annähernd wiedergeben, wie es mir wirklich gegangen ist. Ich kann nur sagen: Ich bin überglücklich, dass ich wieder hier bin.“
Zwei Tränen lösten sich in nahezu perfekter Dramatik aus Berrys blauen Augen, aber so starr, wie sie dasaß, und so zittrig, wie ihre Stimme geklungen hatte, wusste Gerald, dass die Tränen echt waren.
„Wir wären fast gestorben“, sagte er, als er an die Reihe kam, „und das erzählen wir immer wieder und lachen dabei, so als wäre jetzt, da es nur fast passiert ist, alles wieder gut. Die Wahrheit ist aber:

Wir sind ein bisschen gestorben. Wir sind nicht mehr die Personen, die ins Verfluchte Tal aufgebrochen sind. Die Menschen, die wir waren, haben während dieser verzweifelten Zeit aufgehört zu existieren und die Menschen, die wir heute sind, wurden geboren. Wir haben uns verändert. Wie Kinder, die das Sprechen und Laufen erst noch lernen müssen, müssen wir jetzt lernen, dieses neue Leben zu leben. Im Großen und Ganzen fühlt es sich gut an. Und vielleicht sind wir ja, indem wir ein bisschen gestorben sind, lebendiger geworden, als wir es jemals waren."

Die Journalisten murmelten, einige klatschten sogar. Der Moderator bedankte sich, die Lichter gingen aus, die Radiofone wurden abgeschaltet. Es war vorbei, sie hatten es geschafft.

„Seltsam", sagte Berry zu Gerald, als sie mit ihm nach Sumpfloch zurückkehrte. „Ich war für kurze Zeit ein anderer Mensch. Als hätte dieses starke Scheinwerferlicht all meine Zweifel ausgeschaltet."

„Dann leg dir einen Taschenscheinwerfer zu und immer, wenn du dich unsicher fühlst, holst du ihn heraus und hältst ihn über deinen Kopf."

Berry lachte.

„Gut, vielleicht war es nicht *nur* das Scheinwerferlicht."

„Du warst kein anderer Mensch, du warst in deinem Element", sagte Gerald. „Alarmanlagen, Untote und Filmgläser scheinen das Beste aus dir herauszukitzeln."

„Wenn ich keine Zeit habe, nachzudenken, weiß ich, was zu tun ist."

„Und wenn du wieder mit dem Nachdenken anfängst, so wie jetzt?"

Berry legte den Kopf schräg und überlegte.

„Dann", sagte sie schließlich, „fürchte ich mich vor der Filmvorführung."

„Oh je, die Filmvorführung – Lissi wird mich umbringen!"

„Warum?"

„Wegen der Sache mit den Zuckerlis ", sagte Gerald. „Lakritz gehört zu den wenigen essbaren Substanzen, die sie nicht ausstehen kann."

Vor der Tür, die vom Keller in die Spiegelwelt führte, mussten Gerald und Berry warten. Eine beunruhigend große Anzahl von Soldaten war dort postiert worden und sie schienen Wichtigeres zu tun zu haben, als Berry und Gerald passieren zu lassen. Zehn Minuten dauerte es, bis sie an die Reihe kamen, und auf ihre Fragen, was denn los wäre, wollte keiner antworten.
Im Treppenhaus wurde es nicht besser: Die Gänge waren geradezu verstopft von Militär. Man hörte Geschrei aus dem zweiten Stock. Gerald drängelte sich durch die vielen Soldaten zu der Tür, die nach Lettimur führte, und sah, wie ein Kalter daran gehindert wurde, ins Treppenhaus zu gelangen. Er war noch ein Kind.
„Wo ist mein Onkel?“, schrie der Junge. „Ich will wissen, wo mein Onkel ist!“
Seine verzweifelten Schreie griffen Gerald ans Herz. Der Junge sah Frost verblüffend ähnlich. Er wirkte wie die kleinere, unschuldige Ausgabe des kalten Fürsten. Die Soldaten gaben ihm keine Antwort. Wortlos packten sie ihn und schleppten ihn von der Tür fort, zurück nach Lettimur.

Kapitel 21: Zwölf

Es war kalt, doch Frost fror nicht. Sein Blut war anders beschaffen als das der menschlichen Warmblüter. Es passte sich an. War die Umgebung kalt, wurde er auch kalt. Doch während er die kahlen, trostlosen Räume durchschritt, in denen vor vielen Jahren einmal Zwölf und die anderen Kinder gelebt hatten, konnte er sich vorstellen, was Frieren bedeutete.

Von Halfter hatte Frost die ganze Geschichte gehört. In dessen Worten. Er hatte die Kinder als „Material" bezeichnet. Wertvolles Material. Das Haus der Zöglinge, in dem Frost jetzt stand, war zu der Zeit, als die Kinder hier gelebt hatten, so abgesichert gewesen wie ein Gefängnis für Schwerverbrecher. Pelohel hatte es auf dem höchsten Berg Fischlapps errichten lassen, der das ganze Jahr über von Schnee bedeckt war.

Damals quartierte Pelohel diejenigen Resultate seiner Züchtungen und Kreuzungen auf dem Berg ein, die ihm besonders vielversprechend erschienen. Er nummerierte sie durch, legte ihnen verzauberte Schlösser um den Hals, sobald ihre Talente erstarkten, und ließ sie von strengen Aufsehern kontrollieren, erziehen und trainieren.

Wann immer Pelohel und Halfter auf den Berg kamen, um das Material zu inspizieren, wurden den Kindern die Schlösser abgenommen. Es waren Festtage für die Kinder. Sie durften normale Kleidung tragen, bekamen ein besonders gutes Essen vorgesetzt und Wünsche erfüllt. Sie sollten ihre Herren lieben, damit sie ihnen später bedingungslos gehorchen würden. Ohne ein Schloss um den Hals, das ihre Talente begrenzte.

Das Material war fabelhaft. Zum größten Teil. Nummer Eins und Nummer Zwei starben nach wenigen Jahren, doch alle übrigen Kinder gediehen prächtig. Die Erzieher handelten nach Pelohels und Halfters Plänen genial und skrupellos. Sie gewöhnten den Kindern das Denken ab und zwangen ihre Charaktere durch die Anwendung mannigfaltiger Strafen und spärlicher Belohnungen in die vorgegebene Form. Sie verwandelten Menschen in hilflose Werkzeuge. Das glaubten sie jedenfalls. Doch eines der Kinder spielte falsch. Eines der Kinder betrog Pelohel um seine Ernte.

Eines der Kinder war klüger und listiger als all die Verbrecher, die im Haus der Zöglinge regierten.
Der Übeltäter war Nummer Drei. Seine Täuschungsmanöver waren perfekt und zwar aufgrund eines Talents, das Pelohel und Halfter übersehen hatten. Ja, Nummer Drei hatte es sie übersehen *lassen* – denn er hatte diese Gabe schon beherrscht, bevor er Sprechen und Laufen gelernt hatte. Dieses Kind zeigte nur eine mittelmäßige Begabung, doch irgendwie gelang es ihm, sich unter den anderen Kindern Respekt zu verschaffen. Zur Not setzte der Junge seine Autorität erbarmungslos durch und so kamen Halfter und Pelohel auf die Idee, dass sie Drei dazu benutzen könnten, die anderen Kinder auszuhorchen und zu kontrollieren.
Was sie nicht ahnten, war, dass Drei die anderen Kinder dazu anstiftete, ein doppeltes Spiel zu spielen. Die Zöglinge zeigten sich den Erziehern gegenüber einfältig und gehorsam, blieben aber unter Dreis Anleitung ihren eigenen Gedanken treu. Jahrelang täuschten sie ihre Bewacher, bis es ihnen gelang, die Gefängniswärter in einer gemeinsamen Aktion niederzustrecken, ihnen die Schlüssel abzunehmen und die Schlösser aufzuschließen, die sie um ihre Hälse trugen. Danach brachen sie aus dem schwer gesicherten Gelände aus.
Was Drei vor zwei Jahrzehnten angerichtet hatte, konnte Halfter immer noch bodenlos erzürnen. Der sonst so blasse Mann war rot vor Wut geworden, als er Frost die ganze Geschichte erzählt hatte. Sieben von zehn Kindern waren auf der Flucht gestorben – Pelohel und Halfter hatten sie nicht lebend einfangen können, da man aufgrund ihrer gefährlichen Talente nicht an sie herankam.
Drei Kinder erreichten die Republik, darunter das wertvollste von ihnen: Zwölf. Fünf war vielversprechend gewesen, Sechs durchaus begabt und hart im Nehmen. Aber Zwölf hatte alle Talente in sich vereinigt, die sie jemals einzukreuzen versucht hatten. Er war der Mensch, den Pelohel hatte schaffen wollen. Eine elegante, tödliche Waffe – bildschön, harmlos anmutend und jedem Menschen auf den ersten Blick sympathisch.
Drei hatte alles zunichtegemacht: Jahrelange, mühsame Arbeit und Pelohels ehrgeizigste Träume. Die Kinder, die die Flucht überlebt hatten, waren fort, jenseits der Grenze, und offenbar hatte

Drei sie so beeinflusst, dass sie ihren Schöpfern nicht mehr treu ergeben waren, sondern sie hassten. Diesen Frevel hatte Drei immerhin mit seinem Leben bezahlt. Sie fanden seinen leblosen Körper in den Sümpfen an der Grenze zu Amuylett.

Doch Pelohel gab nicht auf. Jetzt erst recht nicht. Er arbeitete an einem neuen Schloss, das er seinen Zöglingen um den Hals legen könnte. Diesmal sollte es nicht ihre Talente blockieren, sondern ihren Geist. Pelohel wollte auf ihren Willen einwirken. Sie mussten ihn nicht lieben, um wertvoll zu sein. Sie musste ihm nur gehorchen!

Fast zwanzig Jahre lang dauerte es, bis es Pelohel gelang, ein solches Schloss zu konstruieren. Allen drei entflohenen Kindern waren Komponenten von Gedankenlesern eingezüchtet worden und Pelohel nutzte diese offene Stelle im Geist, um die Abwehrmechanismen der überaus gefährlichen Menschen lahmzulegen und ihm die Herrschaft über ihre Gedanken einzuräumen.

Pelohel testete den Halsring an anderen Gedankenlesern aus und verfeinerte ihn so lange, bis er sicher sein konnte, dass er funktionieren würde. Irgendwann besaß er das perfekte Schloss, doch was ihm fehlte, waren die dazugehörigen Waffen: Fünf, Sechs und Zwölf.

Fünf hatte in der Republik von Amuylett als Verbrecher Karriere gemacht. Ihn zu finden, war so gut wie unmöglich. Sechs hatte sicherlich eine weniger kriminelle Karriere eingeschlagen, doch niemand wusste es, da sie schon im Jugendalter untergetaucht war und ihre Spuren sorgfältig verwischt hatte. Egal, wie gründlich Pelohel seine Spione nach ihr suchen ließ – niemand entdeckte auch nur den geringsten Anhaltspunkt. Dafür wusste Pelohel, wo Zwölf war. Er lebte unter der Aufsicht eines Regierungszauberers und arbeitete für den Geheimdienst Amuyletts, was einer der Gründe dafür sein mochte, warum man ihn nicht längst eingesperrt und unschädlich gemacht hatte. Ein anderer Grund war vermutlich, dass den Behörden das wahre Ausmaß der Gefährlichkeit dieses jungen Mannes nicht bewusst war.

Im Grunde warteten Pelohel und Halfter nur noch auf die richtige Gelegenheit, um sich Zwölf zurückzuholen. Sie hatten verschiedene Pläne gefasst, gingen jedoch sehr vorsichtig vor, damit Zwölf ja keinen Verdacht schöpfte. Zwölf war ein Fühler, eine Ausnahme-Fühler, und die Gefahr, dass er die Spuren und Pläne eines feindlichen Angreifers sofort erfasste und entlarvte, war groß.

So vergingen wertvolle Jahre und eines Tages war es plötzlich zu spät: Die Drachenbombe fiel auf Tolois-Park, der Fühler verkraftete ihre Auswirkungen nicht und verlor für immer das Bewusstsein. Halfter erzählte Frost, dass er an jenem Tag um sein Leben fürchtete. Denn Pelohel war außer sich vor Zorn und machte Halfters Vorsicht dafür verantwortlich, dass sie nicht früher versucht hatten, zuzuschlagen und den unersetzlichen Jungen zurückzuholen.

Doch nun, anderthalb Jahre später, spielte ihnen das Schicksal das begehrte Wesen wieder in die Hände. Was niemand zuvor geschafft hatte, gelang einem Arzt, den man den Direktor nannte. Es gab sicher keinen begabteren und wahnsinnigeren Arzt auf der Welt. Eigentlich hätte er im Gefängnis oder einer geschlossenen Anstalt schmoren müssen, damit er keinen Schaden anrichtete, doch Mungo Bartok war so fahrlässig gewesen, den Mann in die Freiheit zu entlassen, um ihn für seine Zwecke einzusetzen.

Mungo Bartok verlor seine Schlacht, ebenso wie der Direktor, und beide mussten sich Hanns von Fortinbrack ergeben. Doch weil Hanns keine wertvollen Ressourcen verkommen ließ, setzte er den genialen Direktor auf den bewusstlosen Fühler an und tatsächlich – innerhalb weniger Wochen lockte der Direktor den Fühler Schritt für Schritt in einen Zustand der Wachheit zurück.

Ab diesem Punkt war Frost ins Spiel gekommen.

Frost wandte sich von den Fenstern ab. Da draußen sah man sowieso nur Schnee und Zäune. An klaren Tagen konnte man von hier bis in die Ebene hinabsehen, die immer grün und fruchtbar war, doch heute war die Sicht von dichtem Schneefall getrübt.

Die Zeit schritt erbarmungslos voran. Keine halbe Stunde mehr, bis Pelohel und Halfter eintreffen würden. Frost musste eine Entscheidung treffen. Entweder befreite er den Fühler und weckte ihn auf – oder er wählte den sicheren Weg und ließ es bleiben.

Halfter hatte Frost vor zwei Wochen zu Hanns von Fortinbrack geschickt.
„Du wirst ihm unsere Forderung überbringen, auf die er natürlich verärgert und ablehnend reagieren wird. Dann wirst du ihm als Gegenleistung etwas anbieten, das er dringend braucht."
„Was könnte Hanns von Fortinbrack dringend brauchen?", hatte Frost gefragt. „Ihm gehört die ganze Welt."
„Unterstützung. Er braucht dringend Unterstützung. Und ich bin gerne bereit, ihm diese Unterstützung zu geben, denn die Welt, in die wir alle zu fliehen gedenken, ist bisher eine Wildnis. Du wirst ihm anbieten, dass dein Volk in der neuen Welt mit anpackt und all die Städte aufbaut, die wir brauchen, um dort überleben zu können."
„Gestatte mir zwei Einwände, Halfter. Erstens kann ich mir nicht vorstellen, dass mein Volk in der neuen Welt willkommen geheißen wird. Und zweitens ist der Preis zu niedrig."
„Zu niedrig? Wir bauen für ihn Städte! In kürzester Zeit. Im Tausch für einen schwierigen, gefährlichen Fühler."
„Hanns ist nicht dumm. Er weiß bestimmt, was der Fühler wert ist. Und im Gegensatz zu Pelohel könnte es ihm vielleicht gelingen, den Fühler für sich zu begeistern."
„Aber du kannst mir schon folgen, Frost, oder?", hatte Halfter ungeduldig gefragt. „Wir bekommen in der neuen Welt einen Fuß in die Tür, machen uns dort breit, denn *dein* Volk baut die Städte, und obendrein ertauschen wir uns dadurch einen Fühler, der in der Lage wäre, Hanns, Weißer Stern und Desiderat nur mithilfe seiner *Gedanken* zu töten! Dieser Handel bringt uns den Sieg und die Herrschaft über die neue Welt! "
„Weswegen Hanns da bestimmt nicht mitmachen wird."
„Er hat ja keine Ahnung, dass wir den Fühler kontrollieren können. Er denkt, wir wollen ihn für unser Zuchtprogramm zurückhaben!"
Frost hatte daraufhin abfällig mit den Achseln gezuckt, was Halfter noch ärgerlicher gemacht hatte.
„Hast du einen besseren Vorschlag, Klugschnabel?"

„Gibt es sonst noch etwas, das Hanns unbedingt haben möchte?“, hatte Frost gefragt. „Etwas, wofür er wirklich viel riskieren würde?“
„Meinen und Pelohels Kopf, natürlich. Sonst fällt mir nichts ein.“
„Gut“, hatte Frost gesagt. „Dann biete ich ihm eure Köpfe an.“
„Bist du verrückt geworden?“
„Ich erkläre ihm, dass ich mich und mein Volk vor euch in Sicherheit bringen möchte. Dass ich ihm darum anbiete, beim Aufbau der neuen Welt zu helfen. Ich erkläre ihm auch, dass ich es euch gegenüber so darstellen werde, als ob er meine Dienste im Tausch gegen den Fühler erhält. Dass der eigentliche Plan aber lautet: Ich bringe den Fühler nach Fischlapp, damit er dich und Pelohel tötet.“
Halfter hatte hierauf drei Minuten lang geschwiegen. Und dann hatte er plötzlich laut gelacht.
„Du bist so ein kluger Junge, mein feiner Frost! Natürlich – du bietest Hanns von Fortinbrack an, den Fühler persönlich nach Fischlapp zu bringen. Erzählst ihm, dass du dem Fühler sein Schloss abnehmen wirst, bevor wir ihn treffen. Und dass der Fühler, getrieben von dem Hass, den er gegen uns hegt, sofort zuschlagen wird.“
„Ja, so habe ich mir das vorgestellt.“
„Du fabelhaftes, göttliches Wesen!“, hatte Halfter strahlend erklärt. „Was würde ich nur ohne dich tun?“
Die Antwort auf diese Frage war: Halfter könnte *alles* ohne Frost tun. Er würde sich einfach einen neuen begabten Günstling suchen und diesen nach Herzenslust herumdirigieren und ausnutzen. Frost wiederum konnte ohne Halfter *nichts* tun. Er war auf die Gunst des alten Mannes angewiesen.
Es hatte Frost viel Überwindung, Kummer und verletzten Stolz gekostet, in die Position zu gelangen, in der er heute war. Halfters Liebling zu werden, dem er uneingeschränkt vertraute, war für Frost der einzige Weg gewesen, sein Volk zu beschützen. Die Kalten waren verhasst. Ohne mächtige Fürsprecher gingen sie unter. In Zeiten, in denen nur eine Auswahl von Glücklichen aus einer untergehenden Welt in eine neue Welt gelangen konnte,

hatte es Frost mit allen Mitteln darauf angelegt, dass die Seinen zu der Auswahl gehören würden.
Nun war es geschafft. Seine Familie war in Lettimur. Die Kalten, die ihm am nächsten standen, waren gerettet. Und das bedeutete: Frost war frei. Er könnte beruhigt sterben. Doch das wollte er nicht. Er wollte leben. Zum Sterben war er noch viel zu jung.
Er ging in den Raum, in dem der Fühler schlief. Das Schloss, das der junge Mann namens Zwölf um den Hals trug, war auf Schlafen eingestellt. Frost müsste nur den Schalter auf ‚Aufwachen' stellen und ihm würde nichts zustoßen. Der Fühler würde zu sich kommen, erkennen, wo er war, und machtlos sein. Das Schloss blockierte seine Fähigkeiten, so wie schon in den Tagen seiner Kindheit.
Pelohel würde ein zweites Gerät mitbringen. Eines, das er an das Schloss am Hals anschließen und mit einem Gerät, das er in Zwölfs Ohr einzuführen gedachte, verbinden würde. Ab da könnte Zwölf seine Begabungen wieder nutzen. Jedoch nur dann, wenn ihm Pelohel dafür seine Freigabe erteilte. Wenn das Gerät so funktionierte, wie Pelohel es ersonnen hatte, dann würde Pelohel die Kontrolle über Zwölfs Willen erlangen. Ab sofort könnte er frei über Zwölfs mörderische Fähigkeiten verfügen.
Es lag an Frost, ob es so kommen würde. Es lag ganz allein an ihm.
Frost erinnerte sich noch zu gut an seine Unterhaltung mit Hanns von Fortinbrack.
„Dieser Plan kann nur gelingen", hatte Hanns gesagt, „w-wenn du bereit wärst, dafür zu sterben. Bist du das? Oder b-bist du das nicht?"
Tja – war er das? Damals wie heute wusste er, dass er jederzeit sein Leben für seine Familie geben würde, wenn es nicht anders ging. Aber wollte er sein Leben dafür geben, dass Pelohel und Halfter die Strafe bekämen, die sie verdienten?
Nein. Ganz sicher wollte er das nicht.
Hanns von Fortinbrack hatte keine Antwort auf seine Frage erwartet. Er war auf den Handel eingestiegen, schneller, als es Frost erwartet hatte. Und er hielt Wort: Er ermöglichte hundertfünfzig Kalten die Flucht nach Lettimur, sodass Frost seine

ganze Familie in Sicherheit bringen konnte. Als Frost zum verabredeten Zeitpunkt erschienen war, um den Fühler in Empfang zu nehmen, war Hanns nicht anwesend gewesen. Er hatte seine Gespenster Gem und Haul geschickt, damit sie den schlafenden Fühler an Frost übergaben.

Nachdem sie die wertvolle Fracht auf Frosts Schiff gebracht hatten, hatte Haul erklärt:

„Es liegt nun an dir, Frost. Du kannst ihn befreien, bevor ihn Pelohel in die Hände bekommt. Aber dann musst du damit rechnen, dass der überrumpelte Fühler um sich schlägt und dich genauso tötet wie seine ehemaligen Herren. Er wird auf die Schnelle womöglich nicht begreifen, dass du … nun ja … sagen wir mal: ein kaltes, neutrales Herz hast."

Der verächtliche Ton von Haul hatte Frost überhaupt nicht gefallen.

„Ja?", hatte er gefragt. „Das klingt so, als hätte ich noch eine zweite Möglichkeit?"

„Du kannst ihn auch ganz feige an Pelohel ausliefern, dann wird dir nichts passieren."

„Wie kommt es, dass du mir so etwas vorschlägst?", hatte Frost wissen wollen. „Es kann nicht in deinem Interesse sein, dass ich den Fühler ausliefere."

„Nein, ist es auch nicht", hatte Haul geantwortet. „Deswegen lassen wir dir von Hanns ausrichten, dass er weiß, welche Kalten in Lettimur zu deiner engsten Familie gehören. Und obwohl er normalerweise nicht besonders rachsüchtig ist, möchte er dir versichern, dass es ihnen sehr schlecht ergehen wird, wenn du den Fühler vor seiner ersten Begegnung mit Pelohel nicht von seinem Schloss befreist."

„Meine Familie hat nichts damit zu tun!"

„Betrachte es als Entscheidungshilfe. Und falls du darauf baust, dass Hanns nur blufft oder es am Ende nicht übers Herz bringt, deinen kleinen Neffen für deine Taten bezahlen zu lassen – nun ja, es gibt Leute in seinem Umfeld, die haben da weniger Skrupel. Sie werden diese Aufgabe zu Ende führen, ganz gleich, was passiert."

Nachdem er diese deutliche Botschaft ausgerichtet hatte, war Haul vom Schiff gegangen. Gem, das andere Super-Gespenst, hatte

noch gezögert und einen letzten Blick auf den schlafenden Fühler geworfen.
„Was ist?“, hatte Frost ungeduldig gefragt.
„Ich hoffe, ich sehe ihn wieder“, hatte Gem geantwortet. „Es gefällt mir nicht, dass wir ihn deiner Willkür überlassen.“
„Willkür kann man das kaum nennen. Ihr habt mich gerade erpresst.“
„Haul hat das getan. Ich halte mich raus und versuche mir vorzustellen, wie es mir an deiner Stelle gehen würde. In den Akten des Geheimdienstes der Republik stand, dass dieser Fühler ein gewissenhafter Mensch war. Dass es ihm wichtig war, das Richtige zu tun. Wenn das stimmt, wird er dich prüfen. Er wird sich ein Bild von dir als Person machen, innerhalb von Sekunden, und entscheiden, ob du ein Freund oder ein Feind bist. Die Tatsache, dass du ihm das Schloss abgenommen hast, wird für dich sprechen. Die Umgebung gegen dich. Er muss also in dich hineinsehen, um eine Entscheidung treffen zu können. Was meinst du – was wird er sehen? Wird er dich für schuldig oder unschuldig halten?“
„Unschuldig“, hatte Frost erwidert. „Natürlich unschuldig.“
„Nun“, hatte Gem daraufhin gesagt, „dann hast du ja nichts zu befürchten und Haul hätte sich diese dumme Drohung sparen können. Viel Glück, Frost.“
Bis heute wusste Frost nicht, ob es ein abgesprochenes Spiel zwischen Haul und Gem gewesen war. Ob ihm der eine mit Absicht Angst gemacht und der andere an sein Gewissen appelliert hatte oder ob Gem einfach nur gesagt hatte, was in ihm vor sich gegangen war.
In einem hatte Gem jedenfalls recht gehabt: Der Fühler würde ein Urteil fällen und dieses Urteil würde über Frosts Schicksal entscheiden. Natürlich könnte Frost den Fühler aufwecken und ihm seinen Plan erklären, während er das Schloss noch trug. Doch das Schloss würde den Fühler verwirren und schockieren. Es weckte die schlechtesten Erinnerungen in ihm. Keine logische Erklärung, die Frost dem Gefangenen vortrug, würde diesen erreichen. Nein, Frost musste dem Gefangenen erst die Freiheit

schenken und ihn dann aufwecken. Nur so könnte er den Fühler als Verbündeten gewinnen.
Frost hatte sich die ganze Zeit beide Wege offengelassen: Halfter zu gehorchen und Hanns zu verraten oder Hanns zu folgen und Halfter zu verraten. Zumindest hatte er sich eingeredet, dass er bis zum Schluss die freie Wahl hätte. Doch Gems seltsame Frage, die er spontan mit „unschuldig“ beantwortet hatte, ging ihm nach.
Ja, er hielt sich für unschuldig. Er war ebenso ein Opfer von Pelohel und dessen Familie, wie Zwölf eines gewesen war. Halfter hatte Frost entdeckt, als er vom Gemüt her noch ein halbes Kind gewesen war. Er fand Gefallen an ihm und weil er eine große Vorliebe für ansehnliche Jungen hegte, hatte er ihn gefördert.
Frost war mitnichten der Erbe des Fürstentums der Kalten. Er war nur ein unwichtiger, weit entfernter Verwandter des regierenden Fürsten gewesen. Doch Halfter verkaufte seinen Günstling außerhalb des Fürstentums gerne als Fürst Frost und so zweifelte im übrigen Fischlapp niemand an Frosts Stand.
Zu Hause jedoch wurde Frost vom echten Fürsten und seiner Familie geradezu auf Knien angefleht, sich die Gunst von Halfter zu erhalten. Mit allen Mitteln. Denn nur auf diese Weise könnte das Volk der Kalten in den schweren Zeiten, die auf sie zukamen, überleben. Frost hatte sich gefügt. Es war eine bittere Erinnerung. Damals war er noch zu jung gewesen, um sich vorstellen zu können, was auf ihn zukam.
Deswegen war sich Frost heute sicher, dass er in den Augen von Zwölf unschuldig sein würde, ganz gleich, welche Taten schon auf seinem Gewissen lasteten. Frost war unschuldig, weil er sich anderen zuliebe einem Mann gefügt hatte, den er hasste.
Und das musste reichen.
Frost trat an den schlafenden Fühler heran, legte seine Hände auf das Schloss, das um dessen Hals lag, und führte die Handgriffe durch, die nötig waren, damit das Schloss aufsprang. Zwölf würde innerhalb von Minuten aufwachen, wenn die einschläfernde Wirkung des Schlosses nachließ. Vielleicht waren das die letzten Minuten, die Frost blieben. Aber es war, als wäre von seinem eigenen Herzen ein Schloss abgefallen. Er hatte es getan. Er hatte

sich von Halfter abgewendet, ihn verraten und überrumpelt und dafür sein Leben aufs Spiel gesetzt.
Nicht, weil Hanns ihm gedroht hatte.
Nicht, weil er sich an Halfter rächen wollte.
Und auch nicht, weil er lieber Hanns diente als Pelohel und Halfter.
Sondern einzig und allein, weil er Zwölf ansah und sich in ihm wiedererkannte. Zwölf sollte frei sein. Zwölf hatte es verdient, frei zu sein. Denn Zwölf war genauso unschuldig wie Frost.
Zwölfs Augenlider öffneten sich. Die vollkommenen Lippen bebten.
„Wo", flüsterte er, „bin ich?"
Die großen, dunklen Augen mit den langen Wimpern, die Zwölf schon immer den Ruf eingebracht hatten, ein schöner Junge zu sein, blickten suchend umher, schienen aber noch nichts erkennen zu können. Dafür arbeiteten seine Nasenflügel und sein Mund öffnete sich einen Spalt, so als könne er durch die Luft, die er über den Mund einatmete, die Wirklichkeit um ihn herum schmecken.
Als Nächstes fuhr seine Hand an seinen Hals. Und ein tiefer Seufzer bestärkte Frost darin, das Richtige getan zu haben.
„Ich habe es entfernt", sagte Frost. „Gegen den Willen meiner Herren."
„Wer sind deine Herren?"
„Das müsstest du wissen", erwiderte Frost. „Man erzählte mir, du könntest über deine feinen Sinne *alles* herausfinden."
„Ich bin noch benommen. Ich sehe nichts. Wo ist der Arzt?"
„Nicht hier."
Der Fühler richtete sich langsam auf. Obwohl seine Augen offen waren, schien er die Umgebung nicht zu erkennen. Frost war sich sicher: Sobald der Fühler herausfand, wo er war, würde er schockiert sein. Wütend womöglich. Hemmungslos vor Angst und Entsetzen.
„Wir sind hier, um sie zu besiegen", erklärte Frost schnell. „Meine Herren. Und auch deine."
Der Fühler blinzelte. Mehrere Male hintereinander. Und dann auf einmal, das spürte Frost ganz deutlich, konnte der Fühler sehen.

Bei einem Fühler wie Zwölf bedeutete das Wort *sehen* etwas ganz anderes als bei einem normalen Menschen. Ein Fühler erkannte Millionen Details innerhalb von Sekunden und fügte sie in seinem Geist zu einem Wissen zusammen, das unheimlich war. Aber Zwölf war nicht einfach nur ein Fühler. Zwölfs Fähigkeit zu fühlen sprengte jedes bekannte Maß, wenn man den Aufzeichnungen der Aufseher glauben durfte, und dazu kamen weitere seltene Talente, die in Kombination mit seiner extremen Sensibilität eine verheerende Wirkung zeigen konnten.

All das dachte Frost, als der Fühler seine Augen durch den Raum wandern ließ, und er bebte vor Angst. Er konnte jeden Moment tot sein. Nur weil der Fühler es wollte.

„Wann kommen sie?“, fragte der Fühler. „Ich meine, wann genau?“

„Es ist nicht mehr viel Zeit. Ich habe zu lange …“

„… überlegt, ob du mir das Schloss abnimmst.“

„Ja, das stimmt.“

„Etwas habt ihr in eurem Plan nicht bedacht.“

„Ja?“, fragte Frost. „Was?“

„Ich will nicht töten.“

Diese Aussage verblüffte Frost.

„Du meinst, du willst diese Monster, die dich und deine Freunde ausgenutzt, misshandelt und in den Tod getrieben haben, *nicht* töten?“

„Ich habe bisher nur einen einzigen Menschen getötet“, sagte Zwölf. „Aus Versehen. Ich habe es sehr bereut. Seitdem versuche ich, meine Gedanken zu kontrollieren. Aber ich bin schwach und müde.“

„Und das heißt?“

„Ich weiß nicht, was passieren wird, wenn ich Pelohel sehe“, sagte der Fühler traurig. „Ich kann für nichts garantieren.“

„Du meinst, es könnte dir passieren, dass du ihn oder Halfter tötest, ohne es zu wollen?“

„Oder dich. Wenn meine Gefühle sehr stark sind, bringe ich womöglich alle Menschen in einem Umkreis von vielen Kilometern um.“

„Das ist insofern nicht weiter tragisch“, sagte Frost, „als wir hier auf der Spitze eines Berges sitzen und es rundum keine Menschen gibt. Du weißt, wo du bist?“
„Ja. Und ich mache mir gerade ein Bild von der weltpolitischen Lage.“
Dieser Knabe war wirklich ein Phänomen. Man war versucht, von ihm als einem Jungen zu sprechen, obwohl er älter aussah als Frost. Doch er wirkte noch so jung und vor allem hatte er diesen reinen Blick. Frost war fasziniert.
„Es ist mir ehrlich gesagt lieber, du bringst mich um“, sagte er, „als dass du Pelohel und Halfter am Leben lässt. Denn was sie nach meinem Verrat mit mir anstellen würden, wäre weitaus schlimmer als einfach nur tot umzufallen.“
„Ja, ich weiß.“
Zwölf blickte an einen Punkt im Raum, an dem nichts war.
„Sie kommen. Ich höre das Luftschiff.“
Frost lauschte. Es war noch zu früh. Außerdem konnte er nichts hören.
„Sie sind vor einer halben Stunde losgeflogen“, sagte Zwölf. „Von der Grenze aus.“
„Das hörst du?“
„Ja.“
„Das kann ich mir kaum vorstellen.“
„Die Republik wurde eingenommen“, sagte Zwölf langsam. Es hörte sich an, als lese er diese Worte irgendwo und versuche sie zu begreifen. „Du bist im Auftrag des neuen Herrschers hier.“
„Hanns von Fortinbrack. Er führt das Bündnis der Abtrünnigen an. Amuylett wird gerade von magikalischen Lecks zerfressen, aber es gibt eine neue Welt, in die wir flüchten können. Einige können das zumindest.“
Zwölf nickte. Das wusste er alles schon längst. Woher auch immer.
„Ich habe genug gesehen. Ich will nach Tolois fliegen.“
„Jetzt?“
„Nein. Erst sehe ich Pelohel ins Gesicht.“
„Der Plan ist – ich weiß, du willst niemanden töten – aber der Plan ist …“

„Ja. Ich kenne den Plan.“
Zwölf legte seine Hand auf das geöffnete Schloss, das neben seinem Bett lag. Frost wunderte sich, warum er das tat, doch während Zwölf das Schloss berührte, entstand an seinem Hals ein identisch aussehendes Schloss. Eines, das geschlossen war.
„Eine Illusion?“, fragte Frost. „Sie sieht vollkommen echt aus!“
„Sonst wäre sie kaum hilfreich“, antwortete Zwölf und ließ das Schloss neben seinem Bett verschwinden. „Pelohel und Halfter durchschauen gewöhnliche Illusionen.“
„Bist du dir wirklich sicher, dass du sie nicht töten möchtest?“, fragte Frost. „Lebend stellen sie ein sehr großes Problem für uns dar.“
„Ich habe nicht lange hier gelebt“, sagte Zwölf. „Die älteren Kinder haben sich um mich gekümmert, ich habe mich nie verlassen gefühlt. Mit fünf Jahren bin ich geflohen. Die Flucht war eine Folter für mich, der Tod der anderen schwer zu ertragen. Aber danach war ich frei. Ich war damals nicht alt genug, um Pelohel zu hassen oder zu fürchten. Ich habe nur in den Augen der anderen gesehen, wie sehr sie ihn gefürchtet und gehasst haben.“
Das war keine Antwort auf Frosts Frage. Er runzelte die Stirn, da Zwölf ihn abwartend beobachtete und ihn das nervös machte.
„Was genau willst du mir damit sagen?“, fragte Frost, als er die Stille zwischen ihnen nicht länger aushielt.
„Wenn du die Gelegenheit hättest“, sagte Zwölf, „Pelohel oder Halfter zu töten – würdest du es tun? *Könntest* du es tun?“
Frost war überrascht.
„Ist das dein Ernst?“
„Ja“, sagte Zwölf und drehte kurz den Kopf. „Sie landen.“
Frost konnte es nun auch hören. Vor allem konnte er den Wind sehen, den das Luftschiff beim Landen erzeugte. Die Böen schüttelten die kahlen Äste vor den Fenstern kräftig durch.
„Sie steigen aus“, berichtete Zwölf. „Sie lassen ihre Leibwächter im Schiff zurück.“
„Natürlich“, erwiderte Frost. „Hier ist niemand außer ihrem treu ergebenen Diener Frost und einem Fühler, dem ein Schloss um den Hals liegt, das ihn wehrlos macht. Da brauchen sie keine Leibwächter.“

Zwölf lächelte. Zum ersten Mal, seit er aufgewacht war. Sicherlich sollte es ein schadenfrohes Lächeln sein oder zumindest ein spöttisches. Aber diesem schönen Gesicht war es nicht möglich, eine Regung zu zeigen, die in irgendeiner Weise bösen Gedanken Ausdruck gab.
Sie hatten ihn absichtlich so gezüchtet. Sie hatten ihm ein Gesicht verpasst, das so einnehmend und freundlich wirkte, dass ihm jeder sofort vertraute. Aber wer sagte eigentlich, dass die Person, die in diesem Körper steckte, wirklich so freundlich war, wie sie oder andere behaupteten? Zumal Zwölf sicherlich auch ein manipulatives Talent besaß, mit dem er andere beeinflussen und perfekt täuschen konnte.
Als hätte er Frosts Gedanken lesen können und sich dieses manipulativen Talents erinnert, setzte Zwölf plötzlich ein Gesicht auf, das jedem mitfühlenden Menschen das Herz brechen musste. Er sah gequält und verängstigt aus, in seinen Augen tobten die Schatten eines realen Alptraums, er wirkte gehetzt und panisch, gleichzeitig aber wie gelähmt.
Es sah so verstörend echt aus, dass Frost für einen Moment glaubte, Zwölf sei tatsächlich in Panik verfallen, als er die Stimmen von Pelohel und Halfter gehört hatte. Doch Frosts Vernunft belehrte ihn eines Besseren. So ruhig, wie Zwölf vor wenigen Minuten noch gewesen war, so überlegt, wie er die Illusion eines Schlosses an seinem Hals geschaffen hatte, so berechnend spielte er jetzt seine Rolle.
Nun lag es also an Frost, diese Täuschung nicht zu zerstören, indem er ein verändertes Verhalten zeigte. Halfter war manchmal blind, was Frost betraf. Er sah, was er sehen wollte. Doch Pelohel würde sofort riechen, wenn Frost Unsicherheit zeigte. Daher straffte Frost seine Schultern und richtete sich selbstbewusst auf.
Sie betraten den Raum: Pelohel, der Glatzkopf mit den hässlichen Augen, deren Pupillen nicht größer waren als Stecknadelköpfe. Und Halfter, der Greis, der stets bodenlange Kutten trug mit Kapuzen, unter denen sein kleiner, runzeliger Kopf fast verschwand. Er konnte sein Aussehen verändern. Wenn er mit Frost allein war, gab er sich ein jüngeres, attraktiveres Äußeres, doch seiner Familie spielte er gerne den Schwachen vor. Und

obwohl sie wussten, dass er nicht schwach war, ließen sie sich doch davon blenden.
„Zwölf!“, rief Pelohel enthusiastisch.
„Na?“, fragte Halfter. „Freust du dich, wieder zu Hause zu sein, mein Kleiner?“
Zwölf überragte den Greis Halfter um zweieinhalb Köpfe, doch gerade deswegen fand Halfter diese Anrede sehr lustig.
Zwölf wirkte wie paralysiert. Als wollte er weglaufen, könnte sich aber nicht bewegen.
„Er muss sich sicherlich noch etwas eingewöhnen“, sagte Pelohel zu Halfter. „Ausgeruht wird er ja wohl sein. Nach so einem langen Schläfchen!“
Halfter kicherte und warf Frost einen verschmitzten Blick zu.
„Das hast du fein eingefädelt, mein ganzer Stolz. Hast du’s übrigens schon gehört?“
„Was?“
„Das Bübchen aus Fortinbrack kann jetzt die Lecks stopfen. Wir sollten ihn noch eine Weile am Leben lassen, bis er mit den Stopfarbeiten fertig ist.“
Zwölf bewegte sich. Er atmete schwer und streckte einen Arm in Richtung Pelohel aus.
„Ich …“, begann er und brach ab.
Offenbar war er kurz davor zu kollabieren. Fühler waren empfindlich, das wusste man ja, und womöglich überforderte die Situation seine Nerven. Er könnte wieder in seinen Froschröschen-Schlaf zurückfallen, im schlimmsten Fall, und dieser Gefahr wurden sich Pelohel und Halfter sofort bewusst.
„Es ist alles gut“, sagte Pelohel mit einer weichen Stimme, die man ihm gar nicht zugetraut hätte. „Es wird dir an nichts fehlen, Zwölf. Du wirst dein Leben nicht hier verbringen, sondern wo auch immer du es möchtest. Du sollst alles haben, was du willst. Du bist doch unser ganzes Glück!“
„Unser feiner Junge“, pflichtete Halfter seinem Neffen bei. „Wir haben viel falsch gemacht, als du noch ein Kind warst. Wir bereuen das. Gib uns eine Chance, es besser zu machen.“
Die Worte schienen Zwölf zu beruhigen, er atmete weniger heftig und ließ den Arm sinken.

„Darf ich euch vielleicht anfassen?“, fragte er schüchtern. „Um mir ein besseres Bild zu machen? Meine Augen lassen mich noch im Stich.“
„Anfassen?“, wiederholte Pelohel rüde.
Kein Zauberer ließ sich gerne von Fremden anfassen, denn Berührungen waren gefährlich. Zwölf trug zwar ein Schloss, das ihn unschädlich machte. Aber sein Begehren war trotzdem unverschämt.
„Die Hände“, stammelte Zwölf. „Gebt ihr mir eure Hände?“
Hilfesuchend streckte Zwölf seine Arme aus und spreizte seine Finger, als sei er verzweifelt auf der Suche nach Sinneseindrücken, die sein Bild komplettierten. Gleichzeitig blickte er vage mit den Augen umher, so als versuche er vergeblich, richtig zu sehen.
„Nun, komm schon“, sagte Halfter zu Pelohel. „Gib dir einen Ruck! Wenn es den Jungen beruhigt? Du hast ihm selbst versprochen, dass er alles bekommen soll, was er haben will.“
Halfter ging mit gutem Beispiel voran und streckte Zwölf seine runzelige Hand entgegen, die dieser vorsichtig ertastete und dann dankbar ergriff.
Pelohel beobachtete es missmutig, schnaufte einmal, um sein Unbehagen kundzutun, und hielt Zwölf dann ebenfalls seine Hand hin, in der offensichtlichen Absicht, sie so schnell wie möglich wieder wegzuziehen.
„Danke“, hauchte Zwölf, der immer noch Halfters Hand hielt, als hinge sein Gleichgewichtssinn davon ab. Er umfasste Pelohels Fingerspitzen und im selben Moment waren sowohl Halfter als auch Pelohel wie eingefroren. Sie bewegten sich nicht mehr, nur der Blick ihrer Augen konnte noch erschrocken umherwandern.
Zwölf ließ die Hände der beiden los, trat ein paar Schritte rückwärts und nickte zufrieden.
„Sie gehören dir“, sagte er. „In den nächsten fünf Minuten können sie sich nicht rühren. Sie können auch nicht zaubern, sie sind meine Gefangenen. Aber sie hören, was wir sagen, und sie sehen, was wir tun.“
Das Lächeln, das Zwölfs Worte begleitete, wirkte so unschuldig, wie ein Lächeln nur sein kann, dabei freute er sich offenkundig sehr, dass er zwei Männer ihrem sicheren Tod auslieferte und dass

sie es wussten. Dass sie sich quälten. Dass ihre Augen vor Entsetzen zitterten und zuckten.
Frost war übel vor Angst. Er hatte schon viele Männer gesehen, die ihre Waffen oder Zauberkräfte gegen Halfter oder Pelohel erhoben hatten. Mächtige, starke Männer, weit begabter als Frost. Sie alle waren jämmerlich zugrunde gegangen. Und Frost sollte es nun vergönnt sein, die beiden einfach so niederzustrecken? Ohne jede Gefahr? Ohne Gegenwehr? Fast kam es ihm nicht richtig vor. Und doch – wie viele wehrlose Geschöpfe hatten diese beiden schon getötet? Ohne Gewissensbisse, ohne Mitgefühl, ohne Erbarmen? Wie viele hatten sie beraubt, gequält, ausgebeutet oder betrogen? Die Zahl ließ sich nicht ermessen.
Frost hob sein Schwert. Er dachte kurz, dass dieser Tod für Pelohel zu schnell käme. Dass er zu schmerzlos wäre. Doch ein Blick in Pelohels Augen verriet ihm, dass diese wenigen Sekunden die qualvollsten waren, die der gewissenlose Zauberer jemals erlebt hatte. Pelohel erkannte sein Versagen. Er unterlag seiner Schöpfung, überrumpelt und gedemütigt. Was für eine Schmach, was für ein armseliger Tod für einen solch mächtigen Mann!
Frost holte langsam aus. Dabei ließ er die winzigen schwarzen Pupillen des Zauberers nicht aus den Augen. Wie sie zitterten, wie sie litten! Pelohel verlor alles auf einen Streich, stolperte über seinen Hochmut, stürzte vor denen, die er unterdrückt hatte, in den Schmutz. Ja, so sollte es sein. Das war Gerechtigkeit.
Die Schwertklinge sauste auf Pelohels Hals zu, durchtrennte ihn mit einem Hieb und der Kopf des so gefürchteten, übermächtigen Zauberers fiel von seinem Rumpf. Kreuz und quer kullerte Pelohels Kopf durch den Raum, in dem er früher wehrlose Kinder eingesperrt hatte. Und immer noch trug er diesen verletzten, schmerzvollen Ausdruck in den Augen.
Frost löste seinen Blick von Pelohels Kopf und richtete ihn auf Halfter. Auf den Mann, der ihn einst seiner Kindheit, seiner Familie und seiner Heimat entrissen hatte.
Frost!, schienen Halfters Augen zu sagen. *Mein ganzer Stolz! Du liebst mich doch, nicht wahr? Du wirst mich verschonen, weil du mich liebst!*

„Nein“, sagte Frost. „Ich liebe dich nicht. Habe ich nie getan. Und ich heiße auch nicht Fürst Frost. Du hast mir diesen Namen gegeben und danach wurde mein ganzes Leben falsch. Ich möchte mich nun für all deine selbstsüchtigen Geschenke revanchieren. Hier ist *mein* großzügiges Geschenk an dich: Du darfst sterben! Leb wohl, alter Mann!“

Abermals fuhr Frosts Schwert durch die Luft und der Kopf von Halfter flog von dessen Schultern. Frost sah nicht zu, wie er fiel. Er schloss die Augen. Zu viele Erinnerungen waren mit diesem Kopf verbunden. Zu viele schlechte.

Als er seine Augen wieder öffnete, erschrak er über den Anblick der beiden kopflosen Zauberer. Unheimlich sahen sie aus, wie sie so reglos dastanden. Auf eine Handbewegung von Zwölf hin verloren sie ihre Starre, kippten um und fielen zu Boden. Sofort ging Zwölf in die Knie, um die beiden toten Körper zu betasten.

„Was machst du?“, fragte Frost.

„Ich präge mir alle Einzelheiten ein“, antwortete Zwölf. „Wir wollen doch eine überzeugende Vorstellung abliefern.“

Noch bevor Frost fragen konnte, was er damit meinte, verwandelte sich Zwölf vor seinen Augen in ein täuschend echtes Abbild von einem lebendigen Halfter. Frosts Herz blieb fast stehen, weil Halfter so echt aussah und er kurz befürchtete, sein Feind sei wieder zum Leben erwacht. Ein Blick zur Seite, auf Halfters Überreste, beruhigte ihn wieder.

Zwölf sprach sogar mit Halfters Stimme, als er Frost warnte.

„Erschrick nicht, wenn ich dich jetzt berühre!“

Dass Berührungen von Zwölf übel enden konnten, das wusste Frost ja inzwischen. Dass sie einen Menschen aber auch komplett verändern konnten, musste er jetzt erfahren. Es war, als wütete sekundenlang eine Krankheit in Frosts Körper, die jede Zelle sterben und wiederauferstehen ließ, in einer anderen Gestalt. Als Frost seine Hände anblickte, seine Ärmel und seine Kleidung, da erschrak er so, wie er zuvor bei Zwölfs Anblick erschrocken war. Er war Pelohel!

„Was für eine grauenvolle Illusion“, sagte er mit Pelohels Stimme. „Fast ist es mir, als hätte ich mich *wirklich* in ihn verwandelt.“

„Es ist und bleibt eine Illusion", erklärte der falsche Halfter, der vor ihm stand. „Aber eine, bei der Millionen Details stimmen."
„Und nun gehen wir also als Pelohel und Halfter auf das Schiff zurück und fliegen nach Krumpenhals?"
„Dort wirst du die Leute zusammenrufen, die wir brauchen."
„Was kann schiefgehen?"
„Ich bin empfindlich", sagte Zwölf. „Sehr. Hier ist es schön ruhig und still. Hier fühle ich mich gut. Aber hundert Menschen und ihre lauten Geräusche könnten mich lahmlegen."
„Dann sollte ich dafür sorgen, dass wir so wenigen Menschen wie möglich begegnen? Und dass es leise ist?"
„Unbedingt. Gerüche, Lärm, Bewegungen, Stimmen, Gefühle, all das kostet mich Kraft und ich breche zusammen, wenn es zu viel wird. Ich bin stark und gleichzeitig unvorstellbar schwach. Ich habe schon Wochen und Monate in Tolois in dunklen, mit Stillezaubern umwickelten Räumen verbracht, um mich von anstrengenden Reisen oder Erlebnissen zu erholen. Das macht mir nichts aus, aber ich bin angreifbar. Das solltest du bei den Wegen, die du nun wählst, sorgfältig bedenken."
Frost nickte. Wenn Zwölf in Krumpenhals zusammenklappte und die Illusionen daraufhin erloschen, wären Frost und er verloren. Leider war Krumpenhals ein lauter Ort. Die Festungsstadt war der Regierungssitz von Fischlapp.
„Ich weise den Steuermann an, auf dem Dach der Festhalle zu landen", sagte Frost. „In dringenden Fällen hat Pelohel das so gemacht. So müssen wir nicht durch die laute Stadt reiten. Der Nachteil ist, dass in der Festung alle angelaufen kommen werden, weil sie vermuten, dass etwas passiert ist. Aber da wird mir schon etwas einfallen."
Keiner der Männer, die auf dem Flugschiff auf Pelohels Rückkehr gewartet hatten, schöpfte Verdacht. Auch nicht, als Pelohel verkündete:
„Beeilt euch! Wir landen in der Festung."
Eine knappe Stunde später leitete der Kapitän das schwierige Manöver ein, Pelohels großes, persönliches Schiff auf dem Dach der Festhalle zu landen. Und wie immer, wenn ein solches

Spektakel stattfand, füllte sich der Hof der Festung schnell mit neugierigen Leuten.
„Geht voraus!“, wies Frost Pelohels Leibwächter an. „Verscheucht sie! Ich will niemanden auf dem Hof sehen. Und beruft den engsten Kreis in die Festhalle. Sie sollen unverzüglich erscheinen. Wer nicht erscheint, hat mit Konsequenzen zu rechnen!“
Pelohels Leute waren es gewohnt, keine Fragen zu stellen. Sie stürmten aus dem Schiff, seilten sich am Dach der Festhalle hinab und verkündeten, dass der Hof sofort geräumt werden müsse. Rambelt, Pelohels Enkel, ließ sich nicht vertreiben. Er stand an fünfter Stelle in der Thronfolge. Dabei handelte es sich nicht um die echte Thronfolge, denn der Thron wurde in Fischlapp immer von harmlosen, leicht lenkbaren Mitgliedern der Familie bestiegen. Rambelt stand an fünfter Position der Machtordnung. Es gab sieben Positionen, sie bildeten den engsten und mächtigsten Kreis der Familie.
„Was reden sie?“, fragte Frost.
„Rambelt wird darüber aufgeklärt, dass Pelohel den engsten Kreis in der Festhalle zu sehen wünscht“, antwortete Zwölf. „Er will wissen, warum, doch Pelohels erster Leibwächter erklärt ihm, dass er es selbst nicht weiß. Dass Pelohel aber in einer Stimmung sei, in der man ihm besser sofort Folge leiste.“
„Sehr gut.“
Sie sahen, wie Rambelt ins Innere der Festung lief, kurz darauf kamen sie einer nach dem anderen auf den Hof gelaufen: Enigme, die dritte in der Rangfolge, gleich nach Halfter, der die zweite Position besetzt hatte. Hinter Enigme humpelte der alte Mann auf den Hof, den alle nur den Schuster nannten. Rambelt kehrte mit Estegant auf den Hof zurück, seinem Cousin, der noch jung war, aber heimlich als Pelohels wahrer Nachfolger gehandelt wurde, da er diesem an Härte und Skrupellosigkeit in nichts nachstand.
Die Letzte, die über den Hof ging, war Endde. Sie trug eine ähnliche Kutte wie Halfter, da sie dem gleichen Ritterorden angehörte. Halfter war dem Orden, der seinen Mitgliedern Kinderlosigkeit abverlangte, beigetreten, da ihn seine persönlichen Vorlieben davon abhielten, jemals zu heiraten und

offizielle Erben zu zeugen. Endde hingegen hatte es aus Verzweiflung getan. Sie wusste, wenn sie es wagte, Kinder in die Welt zu setzen, würden sie in dieser Familie nicht alt werden.

„Gehen wir“, sagte Frost.

Sie betraten die Festhalle, als die anderen Mitglieder des engsten Kreises schon an dem riesigen Tisch saßen, an dem normalerweise Hunderte von Leuten Platz hatten. Es sprach Bände, dass sie alle voneinander Abstand hielten. Keiner hatte einen Platz unmittelbar neben einem anderen Familienmitglied gewählt.

Frost schickte alle Wächter aus dem Saal. Nachdem er die schweren Türen hinter ihnen geschlossen hatte, ging er auf den Tisch zu.

„Was ist los?“, schrie Estegant. „Was soll der Aufruhr? Wir wissen längst, dass die Ratte aus Fortinbrack noch am Leben ist und dir wieder auf der Nase herumtanzt!“

Frost nickte dem falschen Halfter zu und dieser trat daraufhin an Estegants Stuhl heran.

„Hey, was willst du?“, rief Estegant. „Wehe, du grapschst mich an, alter Mann!“

„Ja, was dann?“, fragte Halfter drohend. „Bringst du mich dann um?“

Zwölf imitierte perfekt das Kichern, das für Halfter so typisch gewesen war, und als es Frost hörte, bekam er eine Gänsehaut. Halfter tat so, als wolle er sich wieder von Estegant abwenden, doch im letzten Moment besann er sich anders, sprang zurück und tippte ihm kurz auf die Schulter. Woraufhin Estegant erstarrte.

Frost zog sein Schwert – oh, wie schwer fühlte sich Pelohels Schwert an! – und steckte es sogleich in die Scheide zurück, denn ein solches Schwert zu führen, müsste er erst einmal üben. Stattdessen zog er das kleine, scharfe Messer aus dem Gürtel, das Pelohel stets griffbereit gehabt hatte, und stieß es dem vorlauten Estegant, dem plötzlich das Meckern vergangen war, in den Rücken. Estegants Augen erstarrten und nachdem Zwölf die Lähmung aufgehoben hatte, kippte er nach vorne auf den Tisch.

Der engste Kreis war erblasst. Pelohel hatte soeben einen von ihnen getötet! Und zwar seinen schärfsten Konkurrenten.

Zwölf nutzte den Schock, den diese Erkenntnis bei den anderen Familienmitgliedern auslöste, und spazierte um den Tisch herum. Er tippte erst den Schuster an, der so steif am Tisch gesessen hatte, dass man ihm die Starre kaum ansah, und danach Enigme, die sich zwar zu wehren versuchte, doch auf Pelohels strengen Blick hin zu lange zögerte, sodass Zwölf sie berühren und ebenfalls erstarren lassen konnte.

„Gib mir dein Schwert, alter Mann“, sagte Frost zu Zwölf. „Meins will ich mir nicht schmutzig machen.“

Endde, die auf der gegenüberliegenden Seite des Tisches saß, stand auf.

„Was soll das?“, fragte sie. „Pelohel, erklär uns doch wenigstens, was los ist!“

Er tat es nicht. Er trennte Enigmes Kopf von ihren Schultern, danach musste sich der Kopf des Schusters von dessen Hals verabschieden. Es tat Frost nicht leid. Man nannte diesen Familienrat nicht umsonst den Kreis des Grauens.

Rambelt hatte genug gesehen. Er umgab sich mit allen Schutzzaubern, die er ersinnen konnte, und rannte zur Tür. Frost konnte ihn nicht daran hindern, Endde tat es auch nicht und Zwölf sah einfach nur zu. Fieberhaft hob Rambelt den Balken an, der die Tür versperrte, und als er es geschafft hatte, wollte er die Tür aufziehen. Doch während er es versuchte, stoben Funken nach allen Seiten und Rambelts Gesichtsausdruck wurde panischer.

Er schlug auf einmal um sich, als wolle er unsichtbare Fliegen verjagen und sich mit ein paar Handgriffen in weitere Schutzzauber wickeln, doch alles war vergeblich. Eine Macht, die er nicht verstand, zerfledderte auf unbegreifliche Weise einen Zauber nach dem anderen und als nichts mehr übrig war, verließ Rambelt die Kraft. Es war, als würde sie aus ihm herauslaufen. Er sackte in die Knie, er fiel zu Boden und als sein Kopf auf den Stein aufschlug, war der Mann eindeutig tot.

Frost blickte Zwölf verwundert an und dieser erwiderte seinen Blick geradezu betrübt.

„Ich wollte es eigentlich nicht tun“, sagte der falsche Halfter. „Aber er hätte einen Aufruhr verursacht. Geschrei. Du verstehst …“

Ja, Frost verstand.
„Wollt ihr mich jetzt auch töten?“, fragte Endde. „Nur zu! Ich habe dieses Leben sowieso satt. Bis hier oben hin!“
Sie zeigte auf ihren Hals.
„Wie bedauerlich“, sagte Frost. „Wir wollten dir gerade die Herrschaft über Fischlapp übertragen.“
„Wie bitte?“, fragte Endde mit zitternder Stimme. „Seid ihr total verrückt geworden?“
Zwölf trat an Frost heran und obwohl es wahre Todesfurcht in ihm auslöste, ließ es Frost zu, dass Zwölf ihn berührte. Daraufhin passierte es wieder – dieses Gefühl, dass eine Krankheit die Zellen seines Körpers veränderte. Auf einmal war er wieder er selbst. Frost. Neben ihm stand Zwölf, dessen milder Blick und reine Schönheit in einem krassen Widerspruch zu dem Blutbad standen, das sie in der Halle angerichtet hatten.
„Frost?“, fragte Endde ungläubig. „Bist du das wirklich?“
„Ich bin im Auftrag von Hanns von Fortinbrack hier. Du hast die Wahl, Endde. Entweder setzt du dich hier und heute an die Spitze des unabhängigen Reiches Fischlapp und wählst einen neuen engsten Kreis aus, der in deinem Sinne und dem von Hanns von Fortinbrack regiert. Oder wir suchen uns jemanden, der es an deiner Stelle tut. Es gibt ja noch ein paar lebendige Familienmitglieder.“
Endde schüttelte den Kopf und brauchte eine Weile, bis sie die richtigen Worte fand.
„Ist das wahr?“, fragte sie. „Sind alle anderen … wirklich tot?“
„Ja, sie sind alle tot. Du bist jetzt das ranghöchste Familienmitglied.“
„Was für ein Glück“, stammelte sie und musste sich erst mal wieder setzen. „Was für ein … großes Glück!“
„Aber nur, wenn du unsere Forderungen erfüllst.“
„Die da lauten?“
„Du wirst im Orden der Unbeugsamen jede Entscheidung von Hanns von Fortinbrack unterstützen. Er braucht deine Stimme.“
„Wieso? Er hat doch die seiner zukünftigen Schwiegermutter?“
Die Verachtung in Enddes Stimme verriet, wie sehr sie Weißer Stern verabscheute.

„Er würde aber lieber mit dir zusammenarbeiten. Bist du damit einverstanden?“
„Aber ja doch.“
„Des Weiteren musst du die entflohenen Leibeigenen Fünf, Sechs und Zwölf hier und heute zu freien Menschen erklären und von jeglicher Schuld freisprechen. Du musst versichern, dass das Reich von Fischlapp keine Ansprüche mehr auf sie erhebt und sie weder verfolgen noch angreifen wird. Außerdem ist Wiedergutmachung zu leisten. Jedem ehemaligen Leibeigenen soll eine hohe Summe als Entschädigung ausgezahlt werden.“
„Zwölf?“, sagte Endde mit gerunzelter Stirn. „Ich fasse es nicht. Ist das dort … etwa Zwölf?“
Zwölf nickte.
„Die Forderung ist unvollständig“, sagte er. „Nicht nur Fünf, Sechs und Zwölf sollen zu freien Menschen erklärt und entschädigt werden. Sondern auch Drei.“
„Drei ist tot“, sagte Frost. „Er starb auf der Flucht. Pelohel hat ihn selbst gefunden und geborgen.“
„Das war Zehn. Drei gab ihm sein eigenes Aussehen, um seine Spur zu verwischen.“
„Warum hat er das nicht mit euch allen getan?“
„Weil es nicht notwendig war. Pelohels Hass galt nur Drei. Weil er uns gegen ihn aufgebracht hatte. Deswegen hielt es Drei für sinnvoll, für immer von der Bildfläche zu verschwinden.“
Endde, die sich die ganze Zeit mit ihren Händen auf der Tischplatte abgestützt hatte, löste nun ihre Finger von derselben, als wolle sie ausprobieren, ob sie frei stehen könnte. Alleine, sicher, aufrecht, ohne zu schwanken. Und sie stellte fest: Sie konnte es.
„Ich bin einverstanden“, sagte sie. „Hanns von Fortinbrack kann mit meiner Unterstützung rechnen. Die Stimme Fischlapps gehört von nun an ihm.“

Kapitel 22: B.U.N.T

Berry hatte nicht gedacht, dass sie den ganzen Nachmittag auf dem Dach der Schule verbringen würde. Aber nun, da sie es tat, fand sie es eigentlich ganz schön. Zumal aufgrund des plötzlichen Ausbruchs von Naturmagie sommerliche Temperaturen herrschten. Der Himmel war blau, der Garten ein Meer aus sich wiegenden, dunkelgrünen Bäumen und hier und da flogen seltsame Wesen über das Schuldach hinweg.

Neben Berry, so unbewegt, als wäre er aus Stein, saß Riks und starrte mit seinen leeren Augen in die Ferne, wie er es schon früher gerne getan hatte. Sie wusste, so nahm er die Welt in sich auf und wertete sie verwundert aus. Er war, als er in Torcks Kerker eingeschlafen war, längst noch nicht fertig mit seinen Beobachtungen gewesen, und nun, da er nach einem Dreivierteljahr wieder aufgewacht war, nahm er sein Schauen wieder auf, als wäre nichts gewesen.

Es war vermutlich die Naturmagie gewesen, die ihn aus seinem friedlichen Schlaf gerissen hatte. Oder vielmehr das Leuchten des Wassers in den unterirdischen Kanälen. Seit der letzten Nacht, in der das ominöse Baby der Hüter wieder zum Leben erwacht war, waren die Wasserläufe in der Tiefe Sumpflochs von einem Leuchten erfüllt, dessen Farbe zwischen Dunkelgrün, Hellgrün und Türkis changierte. Es sah wunderschön aus, doch Riks hatte sich auf seiner Insel in Torcks ehemaligem Kerker offenbar unwohl gefühlt und war infolgedessen aufgewacht. Über Wurzeln, die sich in die Wände des Kerkers gebohrt hatten, war er aufwärts geklettert und hatte über Kellerflure einen Weg in die Festung gefunden.

Das Geschrei war groß gewesen, als er plötzlich durch Sumpflochs Gänge spaziert war: ein großes, steingraues, nacktes Wesen ohne Geschlechtsmerkmale, von ebenmäßiger Schönheit, doch seltsamer Fremdheit, vor allem, wenn man in seine Augen blickte, die leer waren und den Blick auf etwas Unverständliches freigaben, das weit, weit weg sein musste. Dazu kamen die großen Flügel, die die Wände durchdrangen, von denen aber einer so

verstümmelt war, dass es dem Engelwesen nicht mehr möglich war zu fliegen.
Alle Schüler waren kreischend vor ihm davongelaufen und so hatte er das Schuldach erreicht, ohne daran gehindert zu werden.
Als Berry aus Tolois zurückgekehrt war, hatte Grohann sie darum gebeten, zu Riks auf das Dach zu klettern, um nach dem Rechten zu sehen und – falls möglich – Kontakt zu ihm aufzunehmen.
Doch Berry besaß längst keine Aura mehr, über die sie mit Riks hätte kommunizieren können. Die Aura war im Sommer nach und nach verschwunden und Berry legte es auf keine weitere, fast tödliche Berührung von Riks an, um eine neue Aura zu erhalten.
Riks war auch sehr vorsichtig und achtete darauf, dass er Berry nicht zu nahe kam. Die Art und Weise, wie sein Blick manchmal aus der Ferne an die Stelle zurückkehrte, an der sie saß, und wie er dann den Kopf senkte und mit dem Zeigefinger seiner linken Hand eine Berührung andeutete, verriet Berry, dass er ihre Gesellschaft wahrnahm und schätzte.
Auch wenn die Naturmagie den Winter in einen Sommer verwandelt hatte, war der Lauf der Sonne doch gleich geblieben, und so setzte am späten Nachmittag die Dämmerung ein. In der Festung gingen die Lichter an und kurz darauf erschien Gerald bei Berry und Riks auf dem Dach. Er war kaum zu sehen.
„Der Film beginnt gleich“, sagte er. „Lass mich nicht im Stich, Berry! Stehen wir es gemeinsam durch.“
Berrys Herzschlag wurde sofort unregelmäßig. Sie wollte sich nicht selbst in einem Film sehen, der fast der gesamten Welt gezeigt wurde. Andererseits war ihr klar, dass sie das Werk studieren musste, um zu wissen, was der Rest der Welt von nun an von ihr denken würde. Schweren Herzens stand sie auf, verabschiedete sich von Riks und begleitete Gerald in den Hungersaal.
Hier war schon alles verdunkelt für die Filmvorführung. Kaum hatten sie am gewohnten Tisch Platz genommen, erschien auch schon Berrys Gesicht an der Wand – riesengroß, es füllte fast das ganze Bild aus. Berry war versucht, die Augen zu schließen, doch als sie ihre eigene Stimme hörte, konnte sie es doch nicht tun. Ungläubig und fasziniert lauschte sie dem Mädchen im Film, das

so viel älter, reifer und gefasster wirkte, als sie sich selbst in letzter Zeit gefühlt hatte. Hatte sie tatsächlich eine so raue, eindringliche Stimme, der man zuhören *musste,* ob man nun wollte oder nicht?
„Du solltest Präsidentin werden“, flüsterte Maria.
„Oder Tyrannin“, raunte Scarlett. „Das wäre vielleicht noch schicker.“
„Stimmt“, sagte Lisandra. „Du hast was von Hylda. In blond und blauäugig. Nur dass du ein klein wenig netter zu sein scheinst.“
„Wieso nur ein klein wenig?“, fragte Berry. „Und warum sagst du: *zu sein scheinst*?“
„Sei doch froh, das macht dich interessant.“
„Psssst!“, rief Thuna. „Seid still.“
Sie gehorchten. Zumindest für eine Weile, zumal die Reihe nun an Gerald kam. Brav lauschten sie seiner souveränen Darbietung, doch als die Geschichte immer mehr Abweichungen vom wirklichen Geschehen aufwies, schnappten Scarlett und Lisandra in immer kürzeren Abständen nach Luft.
„Todesfallen?“, fragte Scarlett flüsternd, da sie nicht länger still bleiben konnte. „Unsichtbares Volk? Goldener See aus Antimagikalie?“
„Ja“, sagte Gerald. „Aufregend, oder?“
„Du lügst.“
Lisandra gefiel es durchaus, dass sie ihr normales Ohr bei dem heldenhaften Versuch verloren hatte, flüssige Antimagikalie in ihren Spezialbehälter zu füllen. Doch als die Rede auf die Pockelunder Apfel-Lakritz-Zuckerlis kam, die sie angeblich stets als Notreserve mit sich herumtrug, zeigte sie dem realen Gerald am Tisch wie wild einen Vogel. Er zuckte entschuldigend mit den Achseln, woraufhin sie ihn offenbar unterhalb der Tischplatte trat, denn jetzt rumpelte es laut und heftig.
Berry hörte es, doch sie konnte ihren Blick nicht von der Wand abwenden, über die nun wieder ihr Gesicht flimmerte. Sie beobachtete sich selbst und die Erkenntnis traf sie wie ein Blitz: Wie diese Person dort sprach, wie sie ihr Publikum zu fesseln vermochte, wie sie offen ins Filmglas blickte und doch verbarg, was in ihr vorging – das erinnerte verblüffend an Hanns!

Sie tippte Gerald an, der näher an sie herangerückt war, auf der Flucht vor Lisandras Rachedurst.
„Findest du nicht auch, dass … ich weiß nicht …“
„Ja?“, ermutigte er sie. „Was soll ich finden?“
„Irgendwie … scheine ich Hanns zu imitieren.“
„Du imitierst ihn nicht“, sagte Gerald. „Du hast nur eine ähnliche Art.“
„Nein“, erwiderte Berry verlegen, „ich fürchte eher, ich möchte so sein wie er.“
„Weil es das ist, was du bist“, meinte Gerald. „Ist dir schon mal der Gedanke gekommen, dass du ihn vielleicht deswegen so bewunderst, weil du in ihm etwas entdeckt hast, das in dir steckt und heraus will?“
Berry schüttelte langsam den Kopf. Nein, der Gedanke war ihr noch nie gekommen. Aber womöglich hatte Gerald recht! Berry hatte immer so sein wollen wie Hanns. Aber da sie angenommen hatte, dass sie selbst niemals so brillant, so heldenhaft, so souverän und so überlegen sein könnte wie er, hatte sie sich in ihn verliebt. In dem albernen Irrglauben, dass etwas von seinem Glanz auf sie abfärben würde, wenn er ihre Liebe erwiderte. Dass er sie ein wenig zu dem machen könnte, was sie eigentlich sein wollte.
Aber nun, da Berry die Film-Berry beobachtete, wusste sie auf einmal: Sie brauchte überhaupt niemanden, der sie zu der Person machte, die sie sein wollte. Zumal ihr diese Aufgabe sowieso keiner abnehmen konnte, so etwas war unmöglich. Keine Liebe und kein anderer Mensch konnten aus einer verzagten Berry eine heldenhafte Berry machen. Nur sie selbst konnte das Wunder vollbringen. Und offensichtlich war es ihr bereits gelungen. Ein bisschen zumindest.
Der Film endete nicht wie sonst mit einem weißen, leeren Bild, sondern mit mehreren Texttafeln. „Lust auf ein lebenslanges Abenteuer?“, stand auf der ersten. „Eine neue Welt ruft dich!“, versprach die zweite. „Bewirb dich noch heute!“, lautete die Aufforderung auf der dritten Tafel. „Nähere Auskünfte erhältst du in der Amtsstube deiner Stadt oder per Spiegelfon unter dem Bannwort *Lettimur*.“

Die letzte Texttafel blieb länger sichtbar als die anderen, dann erlosch auch sie und der Film war endgültig zu Ende. Die Lichter gingen wieder an. Estephaga Glazard stand auf und überschrie das laute Durcheinander von Stimmen, das beim Aufleuchten der letzten Tafel eingesetzt hatte.

„Ruhe!“, rief sie. „Ich habe eine Ansage zu machen!“

Die lauten Stimmen gingen in Geraune und Getuschel über, aber ganz still wurde es nicht.

„Ich möchte euch noch einmal dringend warnen!“, verkündete Estephaga Glazard. „Der Schulgarten ist *nicht* sicher. Da gewisse Individuen“, Estephagas strenger Blick flog hier sicher nicht zufällig in Richtung Thuna, „da draußen ein Chaos angerichtet haben, ist das gesamte Sicherheitsnetz rund um Sumpfloch zerstört. Zudem ist die Natur außerhalb der Festung von mächtigen gesetzlosen Kreaturen bevölkert, was heißt, dass kein Schüler dort ungefährdet herumlaufen könnte. Grohann versprach mir, dass sich die Lage in ein paar Tagen entspannen wird und er dann auch bereit ist, für eure Sicherheit zu sorgen. Im Moment hat er Wichtigeres zu tun. Meint er. Verlasst also nicht das Gebäude, schon gar nicht im Dunkeln!“

„Frau Glazard?“, rief ein Drittklässler, der aufgestanden war.

„Ja, Daguhl?“

„Dürfen wir uns auch für Lettimur bewerben?“

„Mein Junge!“, sagte Estephaga entsetzt. „Du möchtest *nicht* nach Lettimur auswandern.“

„Doch, mir hat es da gefallen!“

Estephaga Glazard runzelte ärgerlich die Stirn. Ihr hatte es offensichtlich überhaupt nicht gefallen.

„Ich werde das mit den anderen Lehrern besprechen“, erwiderte sie. „Noch gibt es keine Schulen in Lettimur, aber das wird sich vermutlich bald ändern. Wenn also Einzelne von euch den Wunsch haben, den Rest ihres Lebens in einer größtenteils unzivilisierten, gefährlichen, von unsichtbaren Monstern und gefallenen Engeln bevölkerten Welt zuzubringen, können sie sich gerne auf eine Liste setzen lassen. Noch irgendjemand außer Daguhl, der seines sicheren, glücklichen Lebens überdrüssig ist?“

Niemand meldete sich, was aber auch daran liegen mochte, dass die ersten Schüsseln mit Essen in den Hungersaal getragen wurden und diese verführerisch dufteten. Estephaga nickte zufrieden, setzte sich wieder hin und redete auf Krotan Westbarsch ein, der neben ihr saß und jedes Wort von Estephaga mit einem grimmigen Nicken unterstützte.

„Was ist da drüben passiert?“, fragte Berry. „So schlimm ist Lettimur doch gar nicht.“

Thuna nickte vage.

„Nun erzähl es ihnen schon“, sagte Scarlett. „Früher oder später müssen sie es ja doch erfahren.“

„Was denn?“, rief Lisandra. „Habt ihr etwa Geheimnisse vor uns?“

„Die ehemaligen Spione der Engel machen Probleme“, gestand Thuna. „Sie erschrecken die Einwanderer. In dem ehemaligen Kaufhaus, in dem wir die Schüler einquartiert hatten, haben sie sich auch herumgetrieben. Vor allem dort. Es scheint so, als würden sie Kindern anders erscheinen als Erwachsenen.“

„Wo genau liegt die Grenze zwischen Kindern und Erwachsenen?“, fragte Berry. „Sind wir Erwachsene?“

„Ja“, antwortete Thuna. „Es betraf vor allem die Erstklässler. Die jüngeren von ihnen sahen diese Wesen überall. Sie hielten sie für Mitschüler, Verstorbene oder auch vermisste Haustiere. All die Erscheinungen, die die Unsichtbaren annehmen, haben im Grunde nur eins gemeinsam: Sie versetzen denjenigen, dem sie erscheinen, in helle Aufregung. Die Älteren finden das, was sie sehen, gruselig. Aber jüngere Kinder sehen meist etwas, das sie lieben oder gerne haben möchten. Selbst wenn sie eine Katze sehen, die sie mal kannten und die längst tot ist, freuen sie sich.“

„Und wer sagt, dass die Engel-Spione nicht harmlos sind?“, fragte Lisandra. „Bisher haben sie noch keinem etwas getan.“

„Gestern Nachmittag ist ein Kind verschwunden“, sagte Thuna. „Ein fünfjähriges Mädchen. Die Eltern beobachteten, wie es lachend hinter etwas hergelaufen ist, das sie nicht sehen konnten. Das Mädchen lief um eine Hausecke und war weg. Stundenlang. Am Abend war es plötzlich wieder da und es ging ihm gut. Doch seit seinem Verschwinden spricht es nicht mehr. Es ist praktisch stumm.“

„Wirklich?“, fragte Lisandra. „Warum höre ich erst jetzt davon?“
„Es ist streng geheim“, erklärte Scarlett. „Ich habe es mitbekommen, als die Eltern in die Bibliothek kamen, nachdem ihr Kind verschwunden war. Thuna auch. Aber damit keine Riesenaufregung entsteht oder die Leute nicht mehr nach Lettimur gehen wollen, haben Viego und Grohann beschlossen, es der Allgemeinheit zu verschweigen. Erst einmal. Sie haben nur eine öffentliche Warnung herausgegeben, dass die Eltern ihre Kinder nie aus den Augen lassen sollen.“
„Und Estephaga weiß davon?“, fragte Berry.
„Ja“, antwortete Thuna. „Sie stand neben Grohann, als ihm die aufgeregten Eltern Bericht erstattet haben.“
„Sollte man den Leuten nicht besser sagen, dass es diese Geschöpfe gibt?“
„Natürlich“, antwortete Thuna. „Jeder, der sich für Lettimur bewirbt, soll über die Gefahr aufgeklärt werden. Und diejenigen, die schon da sind, werden demnächst aufgeklärt und erhalten die Möglichkeit zurückzugehen.“
„Wir wussten immer, dass das Leben in Lettimur nicht einfach werden wird“, sagte Gerald. „Gäbe es noch die Riesenschwärme von Lieblosen, dann müssten wir die Leute in extrem gesicherten Zonen ansiedeln, was noch viel schwieriger wäre. Wir dürfen nicht …“
Er hielt inne, denn gerade kam ein Junge in Post-Uniform in den Hungersaal gelaufen und schrie:
„Berry Lapsinth-Water? Gerald Winter?“
„Hier!“, rief Gerald.
Der Junge lief zwischen den Tischen hindurch und überreichte Berry ein dünnes Stück Papier.
„Kam gerade mit dem Spiegelfon-Telegrafen“, erklärte er. „Teuerster Service! Das hatten wir noch nie. Ich soll es persönlich abliefern und die Antwort zurücktelegrafieren.“
Der Junge war ganz außer Atem. War er von Gürkel bis hierher gerannt?
„Es ist von der B.U.N.T-Redaktion“, sagte Berry erstaunt. „Sie wollen uns für die nächste Ausgabe ein paar Fragen stellen.“

„Wozu?“, fragte Gerald. „Was die sich Schrilles ausdenken, könnten wir uns niemals selbst einfallen lassen.“
„Das stimmt“, sagte Berry, „aber womöglich machen sie uns erst recht fertig, wenn wir uns verweigern?“
„Und wenn schon“, sagte Gerald. „Wir können dann immer noch behaupten, wir hätten niemals mit ihnen geredet.“
„Du hast recht.“
Berry wandte sich an den Postjungen.
„Bitte richte der B.U.N.T-Redaktion aus, dass wir leider zu beschäftigt sind. Wir bedauern es sehr und danken vielmals für das Interesse.“
Der Postjunge sah enttäuscht aus. Zögernd blieb er stehen.
„Was ist?“, fragte Berry.
„Für eine Zusage hätte ich ein Extra-Trinkgeld bekommen.“
„Hier hast du dein Extra-Trinkgeld“, sagte Gerald und drückte dem Jungen einen Silberfloh in die Hand. „Und glaub ja nicht, was in der nächsten B.U.N.T-Ausgabe über uns stehen wird.“
Der Junge grinste zufrieden und rannte aus dem Saal.
„Dieses Klatschblatt“, schimpfte Scarlett. „Wer liest denn so einen Schwachsinn?“
„Na, ich zum Beispiel“, antwortete Gerald.
„Du?“, rief sie entsetzt. „Wirklich?“
„Es ist sehr unterhaltsam“, sagte Gerald. „Vor allem, wenn man Hanns zu den Sachen befragt, die in B.U.N.T über ihn stehen. Da erfährt man interessante Dinge.“
„Ach ja. Und was?“
„Unter anderem, dass im Kostenlosen Internat von Finsterpfahl eine ehemalige Hornfaller Lustsklavin zur Schule geht, die gerne Tinker-Taiming spielt.“
„Und was soll daran interessant sein?“
„Na ja, dass es *seine* ehemalige Lustsklavin ist.“
Scarlett schaute Gerald an, als hätte er gerade einen dramatischen Tassenverlust in seinem Schrank zu verzeichnen.
„Es stimmt“, sagte Berry. „Ich war dabei, als er es erzählt hat. Du, Scarlett? Meinst du, es wäre zu gefährlich, wenn ich nach dem Essen alleine im Garten spazieren gehe?“

Scarlett war immer noch irritiert, doch beantwortete Berrys Frage mit einem entschiedenen Nicken.
„Wäre es auch zu gefährlich, wenn du mich begleiten würdest?“
„Nein“, sagte Scarlett. „Was hast du denn vor?“
„Ach, ich will nur etwas zu Ende bringen.“
Scarletts Neugier war geweckt und die Hornfaller Lustsklavin vergessen.
„Was denn?“
„Komm mit, dann wirst du es sehen.“
Sie schoben die letzten Gabeln ihrer Kürbispüreetörtchen in sich hinein und verließen den Hungersaal als Erste. Berry schlug den Weg zum Gästezimmertrakt ein und führte Scarlett zu dem Zimmer, in dem sie einmal während der Winterferien gewohnt hatten. Dort bewunderte Scarlett aufrichtig die magikalisch vergrößerte Schublade in Berrys ehemaliger Kommode und das unsichtbare Geheimfach, aus dem Berry nun ein Schmuckkästchen hervorholte.
„Und wofür der ganze Aufwand?“, fragte sie.
Berry öffnete das Schmuckkästchen und zeigte auf die länglichen, wenig ansehnlichen Schmetterlingspuppen, die darin lagen.
„Was sind das für Dinger?“, fragte Scarlett.
„*Fliegende Blätter der Unsterblichkeit*.“
„Unsterbliche Blätter?“
„Sehr seltene Schmetterlinge aus Taitulpan“, erklärte Berry. „Oder vielmehr die Puppen dieser sehr seltenen Schmetterlinge. Ich habe sie vor acht Jahren aus dem Schmetterlingshaus im Zoo von Tolois geklaut. Vermutlich sind sie längst tot.“
„Und was hattest du damit vor?“
Berry betrachtete die traurigen, vertrockneten Puppen in ihrem Schmuckkästchen und schüttelte ratlos den Kopf
„Ich weiß auch nicht. Ich dachte wohl, dass sie eines Tages schlüpfen und um mich herumflattern würden. In Freiheit.“
„Warum auch nicht?“
„Weil diese Schmetterlinge empfindlich sind und nur alle hundert Jahre schlüpfen. Deswegen leben sie in diesem besonderen Schmetterlingshaus, in dem die Temperatur immer gleich ist, genauso wie die Feuchtigkeit der Luft. Jede Woche kommt eine

taitulpanesische Flötenspielerin und spielt den Puppen etwas vor. Es heißt, diese sehr harmonischen Schwingungen seien für die heranwachsenden Schmetterlinge kräftigend. Einmal im Monat werden sie mit Blausandel-Öl eingepinselt und wer das Schmetterlingshaus betritt, muss leise sein und darf nicht mit Keksen herumkrümeln oder so etwas, weil sonst die Luft kontaminiert wird, was für die Puppen schädlich ist."

„Wir haben hier gekrümelt wie die Verrückten, weißt du noch?", fragte Scarlett. „Wanda Flabbi hat immer diese tollen Kekse für uns gebacken, weil wir ihr leidgetan haben!"

„Natürlich weiß ich das noch. Ich habe den Puppen auch nie etwas auf der Flöte vorgespielt, geschweige denn, sie mit irgendwelchen Ölen eingepinselt. Ich habe sie auf Reisen in die Wüste und in den Dschungel mitgenommen und in kalten Wintern in einem Koffer mit mir herumgetragen. Das Klima hier in Sumpfloch ist eine Katastrophe für solche Geschöpfe, abgesehen davon, dass sie an diesem Ort Schwingungen ausgesetzt sind, die alles andere als harmonisch sind. Mit anderen Worten: Sie sind futsch. Als ich sie geklaut habe, war das ihr Todesurteil."

„Aber das war dir immer klar, oder? Auch als du noch mit deinen Eltern herumgereist bist?"

„Ja, natürlich. Trotzdem habe ich immer gehofft, dass sie überleben. Irgendwie dachte ich, sie wären meine Schicksals-Schmetterlinge oder so etwas."

„Da hätte ich mir aber etwas Robusteres ausgesucht."

„Die Berry von damals liebte Herausforderungen. Ich glaube, ich war der Meinung, dass ich großartig genug wäre, um die Naturgesetze zu meinen Gunsten zu beeinflussen. Zu meiner Entschuldigung kann ich sagen, dass ich noch ein Kind war."

„Ach, so abwegig ist das doch gar nicht", sagte Scarlett. „Ich kenne ein Mädchen mit blau leuchtenden Haaren, das muss nur einen Satyr anschmachten und schon spielen die Naturgesetze verrückt!"

„Tja, nur leider bin ich keine Fee. Aber jetzt ist im Schulgarten dieser naturmagische Sommer ausgebrochen und da habe ich beschlossen, mich von den Puppen zu trennen. Ich übergebe sie den seltsamen Mächten, die da draußen herrschen. Wenn sie schon keine Schmetterlinge mehr werden können, dann sollen sie wenigstens an einem besonderen Ort zu Staub zerfallen und Teil eines neuen Gartens werden."

„Hübsch gesagt. Aber die Wahrheit ist: Du willst sie wegschmeißen."

„Beerdigen."

„Also gut", sagte Scarlett. „Dann lass uns nach einem würdigen Grab suchen."

Kapitel 23: Blätter der Unsterblichkeit

Sie verließen die Festung durch die Glastür im Haupthaus und ohne sich darüber zu verständigen, schlugen sie die alte Route ein, die sie immer genommen hatten, wenn sie mit Hund spazieren gegangen waren. Erstaunlicherweise war diese Route wieder begehbar. Heute Morgen war der Garten noch ein undurchdringlicher Dschungel gewesen, aber im Laufe des Tages waren die vertrauten Wege, Plätze und Lichtungen wieder aufgetaucht. Sie sahen verwandelt aus, aber man erkannte sie noch.

„Wolltest du eigentlich jemals so sein wie Hanns?“, fragte Berry, als sie den See umrundeten, dessen Oberfläche neuerdings glitzerte. Selbst jetzt im Dunkeln entstanden immer wieder diese blinkenden, gleißenden Punkte auf seiner Oberfläche, wenn auch seltener und spärlicher als tagsüber im Sonnenschein.

„Nein, wieso?“

„Du hast nie gedacht: Wenn er sich in mich verliebt, dann bin ich endlich etwas Besonderes?“

Scarlett lachte Berry aus.

„Redest du gerade von dir?“, fragte sie. „Wolltest du, dass er dich anbetet und dadurch adelt?“

„Ich bin nicht stolz darauf. Aber ich denke, ich bin nicht der einzige Mensch, bei dem das so läuft. Man will in dem anderen etwas haben, was man selbst nicht hat.“

„Besonders bin ich ja leider schon von Geburt an“, sagte Scarlett. „Und wie Hanns werde ich niemals sein. Wozu auch? Ich liebe ihn, weil er der einzige Mensch auf dieser Welt ist, mit dem ich mich streiten kann. Er gehört zu mir. Ich brauche ihn. Wenn er mir antwortet, weiß ich, wer ich bin.“

„Das klingt schön.“

„Es ist nervenaufreibend. Ich brauche ihn viel zu sehr.“

„Und wenn es viele Menschen sind, deren Antworten einem sagen, wer man ist? Und nicht nur einer?“

„Natürlich ist das so. Wozu reden wir denn jetzt miteinander?“

„Ja, schon. Aber Gem meint, es wäre unsinnig, nur einen Menschen zu lieben. Oder zu küssen.“

„Und jetzt denkst du, du bist genauso?“
„Weiß nicht. Ich habe mir jedenfalls vorgenommen, ein entsprechendes Forschungsprojekt zu starten.“
„Das da lautet?“
„Die Liebe in all ihren Erscheinungsformen unter besonderer Berücksichtigung des Subjekts Berry Lapsinth-Water.“
„Geht es etwas konkreter?“
„Na ja, wann immer mir ein interessierter Kandidat begegnet, werde ich ihm eine Chance geben.“
„Wirklich jedem?“
„Jedem, der mir gefällt. Ich habe gerade keine Lust, auf die große Liebe zu warten. Stattdessen möchte ich die Liebe studieren.“
„Hauptsache, es macht dir Spaß.“
„Es war sehr einleuchtend, was Gem zu mir gesagt hat. Theoretisch könnte man jeden Menschen lieben. Ich werde es ausprobieren.“
„Ich weiß nicht, ob Gem das richtige Vorbild für dich ist.“
„Keine Sorge, ich werde keine drei Liebhaber gleichzeitig haben, denn ich möchte mich jedem Forschungsobjekt intensiv widmen. Wobei – ausschließen möchte ich die Sache mit den drei Liebhabern auch nicht. Warten wir einfach ab, was passiert. Was hältst du vom Phönixbaum? Es gibt da diese hohlen Stellen, da könnte ich sie hineinlegen. Und wenn der Baum das nächste Mal verbrennt, verbrennen die Schmetterlingspuppen mit.“
„Ja, hübsche Sache.“
Vor einem Tag war der Phönixbaum noch ein schwarzer, verkohlter Stumpf gewesen. Nun, als sie vor ihm standen, überragte er sie kräftiger und größer als jemals zuvor. Die kleinen Höhlen im Stamm, von denen Berry gesprochen hatte, gab es noch immer, und so legte sie die Puppen schweren Herzens hinein, eine nach der anderen. Sie verabschiedete sich von einem Traum. Aber manchmal, wenn es nun mal nicht anders ging, musste man das tun, um Platz für neue Träume zu schaffen.
„Fertig“, sagte sie, nachdem sie eine Weile andächtig vor dem Baum gestanden hatte. „Wir können wieder gehen.“
„Vielleicht werden sie ja doch noch lebendig?“

„Ja, genau“, sagte Berry. „Und Torck legt sich in diesem Garten schlafen, umgeben von einer Rosenhecke, und wacht nie wieder auf, sodass wir glücklich weiterleben, bis ans Ende aller Tage.“
„In Amuylett.“
„Alle zusammen.“
Schweigend traten sie den Rückweg zur Festung an, doch auf der Höhe des Sees fragte Scarlett plötzlich:
„Wo willst du leben? Wenn Amuylett nicht untergeht? Hast du dich schon entschieden?“
„Nein. Ich will mich auch gar nicht entscheiden müssen.“
„Wer will das schon?“
„Was hat Estephaga da eigentlich gefaselt?“, fragte Berry. „Mir ist in diesem Garten noch kein einziges auch nur annähernd gefährliches Wesen begegnet!“
Als hätte ihre Bemerkung die böse Natur herausgefordert, tauchte ganz plötzlich ein Kopf aus dem See auf, dem ein Auge und ein Teil der Schädeldecke fehlte. Vor lauter Schreck über dieses offenbar angefressene, untote Blutweibchen stieß Berry einen leisen Schrei aus – was sie sofort bereute, weil Scarlett laut loslachte. Im gleichen Moment verwandelte sich das Blutweibchen in einen harmlosen, putzmunteren Fisch, der wieder im See verschwand.
„Du Hexe!“, rief Berry.
Scarlett lachte immer noch, doch plötzlich verstummte sie und starrte auf das gegenüberliegende Ufer des Sees. Dort stand ein weißer Wolf, regungslos wie eine Statue. Kurz darauf kam ein Schatten um den See herumgewetzt, ein schwarzer Hund, der Berry und Scarlett fast über den Haufen rannte, als er bei ihnen ankam.
„Oh, Hund!“, rief Scarlett hingerissen und fiel auf die Knie, um das große Tier zu umarmen. „Was habe ich dich vermisst! Mein süßer, dreckiger Hund!“
Ja, er war dreckig. Er musste kurz zuvor ein paar Purzelbäume durch einen matschigen Pfuhl geschlagen haben und nun schmierte er Scarlett von oben bis unten mit einer braunen Masse voll. So sehr Berry diesen Hund auch ins Herz geschlossen hatte, sie ging nun doch lieber auf Abstand. Dadurch bemerkte sie den

Vogel, der lautlos angeflogen kam, ein wenig früher als Scarlett. Der Vogel nahm menschliche Gestalt an und landete als Hanns vor Berrys Füßen. Mittlerweile war auch die weiße Wölfin um den See herumgetrabt. Sie blieb dicht hinter ihm stehen und starrte Berry argwöhnisch an.
„Wo kommt ihr denn auf einmal her?“, fragte Berry.
„Sumpfloch lag auf dem Weg“, antwortete Hanns. „Und da alle Sicherheitszauber, die die Landung eines großen Schiffs erschweren würden, im Eimer sind, haben wir kurzentschlossen einen Stopp eingelegt.“
„Für wie lange?“, fragte Scarlett, die sich gerade mühsam aus Hunds Pfoten-Umklammerung zu befreien versuchte.
„Bis morgen früh.“
Jetzt tauchten auch die Super-Gespenster im Dickicht auf, das den See seit der letzten Nacht umgab. Haul war allen anderen voraus und nach einem kurzen Gruß verschwand er in Richtung Festung. Fertis stützte Ajach, die immer noch krank aussah. Rémi und Gem folgten in einigem Abstand und schienen gerade ein technisches Problem zu erörtern.
„Berry!“, rief Ajach erfreut. „Wie geht es dir?“
„Sehr gut. Und dir?“
„Weniger gut“, gab Ajach zu. „Fertis bringt mich gleich nach Tolois und dort werde ich mich hinlegen. Schläfst du heute Nacht wieder bei mir?“
Berry war überrascht. Ajach hatte geschlafen, als sie in der letzten Nacht gekommen war, und hatte immer noch geschlafen, als sie wieder gegangen war.
„Immer, wenn ich kurz aufgewacht bin, war ich froh, dass du da warst“, erklärte Ajach. „Aber du musst natürlich nicht …“
„Doch, doch!“, versicherte Berry schnell. „Ich schlafe gern in Tolois. Die Betten sind da wesentlich bequemer.“
„Gut“, sagte Ajach und lächelte schwach. „Dann sehen wir uns nachher.“
Sie wandte sich ab und hatte es auf einmal ausgesprochen eilig, fortzukommen, was daran liegen mochte, dass Scarlett ihren Hund endlich hatte abschütteln können und Hanns nun mit einem Kuss begrüßte, der kein Ende nehmen wollte. Auch Berry schaute

sittsam in eine andere Richtung, obwohl sie, wenn sie unbeobachtet gewesen wäre, das Gegenteil getan hätte. Aus Forschungsgründen.

„Hallo, Retterin“, sagte Kreutz-Fortmann zur Begrüßung, als er und Gem bei ihr angekommen waren. „Wir sind dir sehr dankbar, denn wenn Hanns ertrunken wäre, würde es uns jetzt genauso dreckig gehen wie Ajach.“

„Wieso?“, fragte Berry erstaunt.

„Sie leidet unter der Cruda-Magikalie“, antwortete Gem. „Wäre sie nach ihrem Unfall von Hanns versorgt worden, wäre sie längst wieder okay.“

„Sicher?“

„Und hätte sie die Wahl zwischen zwei Crudas gehabt, wäre ihre Wahl auf Hylda gefallen“, meinte Rémi mit einem kurzen Seitenblick auf das verliebte Paar, das unweit von ihnen am See entlangspazierte und soeben in der Dunkelheit unter den Bäumen verschwand. „Ausgerechnet auf Scarlett als Lebensretterin angewiesen zu sein, hat sie demoralisiert.“

„Auch wenn sie das abstreitet“, fügte Gem hinzu.

Rémi lachte trocken.

„Sie hatte schon vorher eine Krise“, sagte er. „Jetzt ist es eben offensichtlich.“

„Ajach hat eine Krise?“, fragte Berry nach. „Was für eine?“

„Eine Mein-Leben-ist-sinnlos-Krise“, antwortete Gem. „Laut Haul hat sie das alle zwanzig Jahre, bis es dann wieder vorbeigeht. Auf diese Weise ist sie ja auch gestorben.“

Berry hatte es noch nie gewagt, Ajach zu fragen, wie und warum sie gestorben war. Es würde schon ein trauriger und tragischer Tod gewesen sein und mit der Erinnerung daran wollte sie Ajach nicht belästigen.

„Sie hat sich vom höchsten Turm von Fortas gestürzt“, erzählte Gem freimütig. „Aus Liebeskummer.“

„Wirklich?“

Berry konnte es nicht glauben. Ein so dummer und unsinniger Tod aus so emotionalen Gründen sah Ajach überhaupt nicht ähnlich.

„Wir waren alle andere Menschen, bevor wir gestorben sind“, sagte Rémi. „Ajach hält nicht viel von ihrem alten Ich, dabei

glaube ich, sie täte gut daran, das Mädchen, das vom Turm sprang, wieder in ihr Herz zu schließen."
„Hast du ihr das mal gesagt?"
„Ja. Aber es kam nicht so gut an."
„Und wieso hatte sie Liebeskummer?"
„Er war der älteste Sohn des Herrschers und er …", begann Gem, doch Rémi fiel ihm ins Wort.
„Ajach sollte das selbst erzählen", wandte er ein. „Es ist etwas sehr Persönliches."
„Jeder in Fortinbrack kennt die Geschichte."
„Aber Berry kennt sie nicht", sagte Rémi und an Berry gewandt fuhr er fort: „Frag Ajach danach … aber erst in ein paar Tagen, wenn es ihr besser geht."
„Mache ich."
„Und jetzt muss ich in mein Labor. Da Gerald der ganzen Welt erzählt hat, dass Hanns einen Dunkelstrahler benutzt hat, um aus der Mine herauszukommen, muss ich mir die Nacht um die Ohren schlagen, um einen zu erfinden."
Er nickte Berry zum Abschied zu und spazierte in Richtung Festung, woraufhin Berry auf einmal mit Gem allein war, denn dieser machte keine Anstalten, Rémi zu folgen.
„Armer Rémi", sagte sie. „Er hätte sich bestimmt gerne ausgeruht."
„Nein, hätte er nicht", widersprach Gem. „Er freut sich darauf, mit einer guten Entschuldigung in seiner Bastelstube zu verschwinden. Der Dunkelstrahler sollte morgen früh fertig sein. Niemand wird es wagen, ihn mit irgendetwas anderem zu behelligen. Was bedeutet, dass ich an seiner Stelle in Bereitschaft bleiben muss."
„Dann musst *du* mir jetzt leidtun?"
„Nein, muss ich nicht", sagte er. „Mir geht es wirklich gut. Wir können nun endlich behaupten, dass es halbwegs gut für uns aussieht."
„In jeder Hinsicht?"
„Welche Hinsicht meinst du, wenn du mir so eine Frage stellst?"
„Na ja, zum Beispiel die Lumili-Hinsicht."

„Für die Lumili-Hinsicht brauche ich ein paar Sätze“, sagte er. „Wollen wir noch eine Runde durch diesen fantastischen Garten drehen?“

„Gerne. Angeblich ist er übrigens gefährlich.“

„Das ist er. Man muss ein bisschen aufpassen.“

„Ich war mit Scarlett eine Stunde hier draußen und kein einziges Wesen hat uns angegriffen.“

„Natürlich nicht“, erwiderte Gem. „Jedes Geschöpf der Natur, das seine Instinkte halbwegs beisammenhat, macht um Crudas einen großen Bogen.“

„Um Super-Gespenster auch?“

„Nein, aber Super-Gespenster, die zaubern können, umgeben sich mit einem kombinierten Alarm-Abwehrzauber und hoffen, dass er die Geister abschreckt.“

„Thuna sagt, es sind Götter. Nicht nur Geister.“

„Gottheiten sind mächtiger als Geister, aber sie greifen meist nicht direkt an, es sei denn, sie sind sehr menschenähnlich und übellaunig gestrickt. Die Geister wimmeln um die Gottheiten herum und werden von denen eingespannt. Wenn dich ein Naturgott vertreiben will, dann hetzt er erst mal die Geister auf dich, bevor er sich dazu herablässt, dir persönlich eins auszuwischen.“

„Woher weißt du das alles?“

„Als ich noch im Tempel gelebt habe, habe ich die Naturmagie studiert. Vor allem die Wesen, die mit ihr verbunden sind. In der Nähe unseres Tempels lebten ein paar wenige Naturgottheiten mit entsprechend vielen Geistern. Ich konnte sie hören, manchmal sogar mit ihnen sprechen. Nach meinem Tod wurde ich in der Hinsicht taub und stumm. Aber Lumili meint, ich könnte es wieder lernen. Oder habe es womöglich nie verlernt, sondern nur aufgehört, an meine Fähigkeiten zu glauben.“

„Und auf die Idee bist du von alleine noch nie gekommen?“

„Siehst du, wie frech sie sind?“, fragte Gem und zeigte auf die dornigen Äste über ihren Köpfen. Tatsächlich bewegten sie sich wie Hände und machten Anstalten, nach Berry und Gem zu greifen.

„Ja, es ist lächerlich“, sagte Gem und kam damit auf Berrys Frage zurück. „Ich hatte aufgegeben. Ich habe keine Naturgeister mehr gehört – also war ich davon überzeugt, dass ich sie nicht mehr hören kann. Ich konnte die *Sonne ohne Tat* nicht mehr rufen – also war ich davon überzeugt, dass sie mich verlassen hat. Ich hatte meine Ideale verloren – also habe ich geglaubt, dass diese Ideale nur Lügen für Einfaltspinsel gewesen sind, die den Ernst des Lebens nie kennengelernt haben. Ich habe in allem, was mir seit meinem Tod widerfahren ist, eine Bestätigung dafür gesehen, dass ich verflucht bin und mein Leben sinnlos geworden ist. Von der großen Aufgabe, die Hanns hat, abgesehen.“
„Aber es ist gar nicht so?“
„Lumili wollte, dass ich wieder zu suchen anfange. Immer und überall. Dass ich nach der *Sonne ohne Tat* Ausschau halte, mit allem, was ich bin, so wie ich das früher einmal getan habe. Mein Widerwille war groß. So groß, dass ich mich gefragt habe, ob es dieser Widerwille ist, der mich von der *Sonne ohne Tat* trennt.“
„Und? Ist er es?“
„Ich hatte nicht viel Zeit, darüber nachzudenken. Aber als die Nachricht kam, dass Hanns verschüttet und damit so gut wie tot ist, habe ich meinen neuen Lebenssinn verloren. Es sah so aus, als wären wir gescheitert und als würde die Welt nun sehr bald untergehen. In meiner Verzweiflung habe ich mich auf einmal an meinen alten Lebenssinn geklammert. Ich hatte ja nichts mehr zu verlieren und alles, was mir jetzt noch blieb, war die Hoffnung darauf, dass es noch eine *Sonne ohne Tat* für mich gibt. Wenigstens eine Spur davon. Ich dachte: Wenn ich nur in dem Wissen sterben kann, dass sie mich nicht verlassen hat, dann kann ich beruhigt gehen. Also habe ich sie gesucht. Mit all der Angst, die die Nachricht von Hanns’ Scheitern in mir ausgelöst hat.“
„Das klingt so, als wärst du erfolgreich gewesen.“
„Ich sah sie aufschimmern, hier und da. Während der Kämpfe und während ich durch die Gegend gerannt bin und versucht habe, den Schaden zu begrenzen. Plötzlich leuchtete sie auf, immer nur kurz. Es war wie ein Versprechen, dass ich eines Tages wieder in sie eintauchen kann, wenn ich sie nur unermüdlich genug suche.“
„Wie schön.“

„Ja, es *ist* schön. Alleine dadurch, dass ich die *Sonne ohne Tat* wieder suche, bin ich mit der Person verbunden, die ich einmal war. Ich werde nie mehr so brav sein, wie es der frühere Gem gewesen ist. Ich bin ein anderer geworden, so wie es Rémi vorhin gesagt hat. Aber das, was Rémi Ajach geraten hat, habe ich nun getan: Ich habe den alten Gem wieder in mein Herz geschlossen."
„Wie komisch, dass du das ausgerechnet heute Abend sagst. Denn ich habe die alte Berry gerade beerdigt."
„Wozu? Warum?"
„Wir waren doch in diesem Schmetterlingshaus. Erinnerst du dich?"
„Natürlich. Bei den *Fliegenden Blättern der Unsterblichkeit.*"
„Sie sind sterblich. Nicht unsterblich."
„Das ist ja auch nicht mit *unsterblich* gemeint", sagte Gem. „Die Schmetterlinge leben kurz, aber ihre Schönheit überstrahlt ihre Endlichkeit. Dadurch werden sie ewig, weil wir sie bewundern und sie sich in unseren Herzen einnisten. In Taitulpan versinnbildlichen diese Schmetterlinge das unendliche Leben, das wir erst durch unser endliches Leben begreifen können."
„Aha."
„Und was wolltest du mir nun über diese Schmetterlinge erzählen?"
„Ich habe ein paar dieser Puppen geklaut, als ich acht Jahre alt war. Ich dachte, sie könnten in Freiheit schlüpfen, ich würde das schon irgendwie hinbekommen. Aber natürlich sind sie längst tot. Jetzt habe ich sie beerdigt. Ich habe sie in eins der Löcher im Phönixbaum gelegt."
„Puppen der heiligen Schmetterlinge?", fragte Gem erschreckend ernst.
Schuldbewusst blickte Berry ihn an. Es war sehr dunkel, nur der schwache grüne Schein einiger Büsche und Bäume warf etwas Licht auf Gems Gesicht. Leider sah er immer noch sehr ernst aus.
„Ich war ein Kind", sagte sie zu ihrer Verteidigung. „Und mit meinen Eltern habe ich noch viel schlimmere Dinge getan."
Er lachte plötzlich.
„Ich bin nicht sauer, keine Angst."
„Sondern?"

„Kann ich mir die Puppen mal ansehen?"
„Zu spät. Ich habe beschlossen, ihnen für immer den Rücken zu kehren."
„Zeig mir doch einfach, wo sie sind. Damit ich nicht jedes einzelne Loch des Phönixbaums nach ihnen absuchen muss."
„Würdest du das tun?"
„Ja. Ich will wissen, ob sie wirklich tot sind."
„Und wie willst du das herausfinden? Mal abgesehen davon, dass sie unmöglich noch am Leben sein können?"
„Ich konnte früher die Stimmen der Natur verstehen", sagte Gem. „Wenn ich mich lange genug auf die Puppen konzentriere, kann ich es vielleicht wieder."
„Wenn sie noch eine Stimme haben …"
„Auch der Tod hat eine."
Er sagte das so sachlich, als wäre das mit der Stimme des Todes eine allgemein bekannte Wahrheit, doch Berry erschauerte, als sie es hörte.
„Na gut", sagte sie. „Komm mit."
Sie gingen den Weg zurück, den sie gekommen waren. Und weil das eine Weile in Anspruch nahm, kam Berry auf Lumili zurück.
„Wenn ihr euch so gut versteht, Lumili und du, dann hattest du mit deinem Plan Erfolg?"
„Nein, hatte ich nicht. Sie hat zwar nach ihrer Leidenschaft Ausschau gehalten, aber ihr neues Hobby hat sie nicht in meine Arme getrieben."
„Sondern?"
„Keine Ahnung. Irgendwas hat sie für sich entdeckt und es hat eindeutig nichts mit mir zu tun."
„Aber was wird jetzt aus Hanns? Er braucht Weißer Stern noch immer!"
„Oder auch nicht", sagte Gem. „Scarlett kann sich Hoffnungen machen, vorausgesetzt, dass die neue Herrscherin von Fischlapp morgen wohlbehalten bei uns eintrifft und Hanns nicht der Macht zum Opfer fällt, die Pelohel und Halfter zur Strecke gebracht hat."
„Ich verstehe kein Wort."
„Ich darf auch gar nicht darüber reden. Es ist alles noch ungewiss."

„Fischlapp hat eine neue Herrscherin? Das kann ja nur Enigme sein."
„Endde."
„Unmöglich!", rief Berry. „Endde belegt den siebten Platz in der Rangfolge und das auch nur, weil man die Nichte des letzten Herrschers mit einem Trostpreis ruhigstellen wollte."
„Der Trostpreis hat sich als das goldene Los entpuppt. Und da wir gerade vom Entpuppen sprechen – wieso hast du vorhin behauptet, du hättest dein altes Ich beerdigt?"
Berry konnte sich kaum überwinden, Gem zu sagen, was es mit den Schmetterlingen auf sich hatte.
„Reden wir lieber über Endde von Fischlapp."
„Reden wir lieber erst darüber, wenn wir es offiziell dürfen. Du musst unbedingt über diese Angelegenheit schweigen, verstanden? An der Geschichte hängt viel dran."
Berry nickte, wenn auch widerwillig.
„Also?", fragte Gem. „Was hast du gegen dein altes Ich?"
„Als ich ein Kind war", gestand Berry, „wollte ich so berühmt und beliebt und strahlend sein, wie Hanns es heute ist. Ich wollte, dass mir die Welt zu Füßen liegt. Ich hielt mich für so eine Art unsterbliches Blatt."
Gem lachte sie ungalant aus.
„Ich weiß", sagte sie. „Es ist peinlich."
„Wer malt sich so was nicht aus?", erwiderte er. „Ich wollte der großartigste und legendärste Schüler meines Tempels werden. Und selbstverständlich hielt ich mich für eine wandelnde Inkarnation der *Sonne ohne Tat*. Im Laufe meiner Ausbildung habe ich diesen Hochmut ablegen müssen, denn Demut ist eine Voraussetzung für den Empfang der *Sonne ohne Tat*. Aber es ist mir sehr schwergefallen, mich von meinen glorreichen Vorstellungen zu verabschieden."
„Das tröstet mich", sagte Berry. „Dann stehe ich nicht alleine so dumm da."
„Ich war zwölf, als mir klar wurde, dass mich meine Selbstverherrlichung in eine Sackgasse führt. Und du?"
„Ich war kaum älter, als ich abgestürzt bin", antwortete Berry. „Im Sommer, bevor ich nach Sumpfloch kam, war ich noch eine reiche,

stets ausgebuchte Meisterdiebin und der Liebling meiner Eltern. Im Herbst saß ich plötzlich hier und wurde zur Verräterin. Mein Absturz war gut für mich. Er war heilsam und meine Rettung. Trotzdem blieb immer diese Idee in meinem Kopf, dass mir die Schmetterlinge meine schönen Träume zurückbringen könnten. Die Träume, die ich hatte, als mir das Leben noch unendlich erschien. Als Kind hielt ich alles für möglich und ich konnte mir jeden Abend vor dem Einschlafen einbilden, dass die ganze Welt auf mich wartet. Auf die erwachsene, großartige Berry."

„Ich habe nicht auf dich gewartet, Berry Lapsinth-Water. Aber dass es dich gibt, gefällt mir gut. Ich würde mich gerade ziemlich einsam fühlen, wenn ich nicht ab und zu mit dir reden könnte."

„Aber du findest doch immer und überall jemanden, den du lieben kannst. Und mit Lumili bist du jetzt auch wieder befreundet."

„Das ist etwas anderes. Außerdem habe ich gesagt: *Wenn ich nicht mit dir reden könnte.* Von Liebe habe ich nichts gesagt."

„Ach so."

„Also von sinnlicher Liebe. Ich gebe ja zu, dass das normalerweise meine Methode ist, Leute besser kennenzulernen. Aber dich kenne ich schon ziemlich gut, obwohl da nie etwas gelaufen ist."

„Wir haben uns geküsst."

„Das war ja eher harmlos."

Eher harmlos. Was für Gem eher harmlos war, war für Berry überaus aufregend gewesen. Aber nun hatten sie den Phönixbaum erreicht und so verdrängte sie ihren leicht verletzten Stolz und griff, obwohl es ihr widerstrebte, in das Loch, in dem sie die Schmetterlingspuppen beerdigt hatte.

„Hier", sagte sie, als sie die Puppen herausgeholt hatte. „Sie gehören dir."

Er hielt eine Handfläche auf und sie ließ die Puppen hineinfallen. Fasziniert berührte er die länglichen, trockenen Puppen mit den Fingern, roch an ihnen und hielt sie an sein Ohr.

„Und?", fragte Berry.

„Ich muss mir Zeit nehmen."

„Nimm dir, so viel du willst. Soll ich gehen, damit du mehr Ruhe hast?"

„Nein. Außerdem wäre das gefährlich. Die Götter und die Geister, du weißt …“
Er setzte sich am Fuß des Baumes ins Gras, legte beide Hände aufeinander und sah so konzentriert aus, dass Berry es nicht wagte, ihn noch einmal anzusprechen. Sie setzte sich ebenfalls ins Gras, ein Stück weiter weg, und betrachtete den Phönixbaum, seine ausladenden Äste und seine Baumkrone, die in einen makellosen Sternenhimmel ragte.
Sie wusste nicht, wie lange sie schon in diesen Anblick versunken war, als Gem seine Hände öffnete und sagte:
„Sie schlüpfen.“
Er hielt die Puppen in beiden Handflächen und offensichtlich bewegten sie sich. Berry hörte auch ein knisterndes, knackendes Geräusch.
„Warum?“, fragte sie leise. „Ist das eine Illusion?“
„Nein“, sagte er. „Sie waren noch lebendig und ich habe sie in die *Sonne ohne Tat* getaucht.“
„In dieses besondere Licht, das ihr in eurem Tempel anbetet?“
„Wenn du es so nennen möchtest.“
„Ich habe kein Licht gesehen.“
„Man sieht es ja auch nur mit dem inneren Auge“, erklärte er. „Die Wirkung des Lichts ist sichtbar, das Licht selbst nicht.“
„Willst du mir damit allen Ernstes sagen“, fragte Berry aufgeregt, „dass aus diesen Dingern echte Schmetterlinge schlüpfen werden? Lebendige *Fliegende Blätter der Unsterblichkeit*? Das hast du geschafft?“
„Ich will nicht vermessen sein“, antwortete Gem. „Die Naturmagie trägt ihren Teil dazu bei, ohne sie würde es nicht klappen. Aber sie werden schlüpfen, da bin ich sicher.“
Berry kroch näher heran und beobachtete ungläubig, wie aus einer der engen Hüllen etwas Größeres kroch, das sich, sobald es frei war, mühsam entfaltete.
„Ich habe nie Flöte gespielt oder sie mit Öl eingepinselt. Und die Temperatur war immer falsch …“
„Sie sind wohl nicht ganz so empfindlich, wie es heißt. Vielleicht reicht es, wenn man sie liebt und für etwas Wertvolles hält.“

Langsam versuchte der erste Schmetterling, seine zerknautschten Flügel auszubreiten. Es waren riesige, weiße Flügel. Aber sie sahen knitterig aus und bewegten sich unregelmäßig im lauen Nachtwind.
„Ich dachte, sie wären tot“, flüsterte Berry mit Tränen in den Augen. „Weil ich sie geklaut habe.“
„Sie sind nicht tot“, sagte Gem, während er mit einem sanften Lächeln auf seine Schützlinge hinabblickte. „Genauso wenig wie ich.“
Nach und nach kämpfte sich ein Schmetterling nach dem anderen in die Freiheit. Eine lange Zeit verging, bis der erste von ihnen mit seinen Flügeln zu schlagen vermochte und sich in die Luft erhob. Sein Flug war anfangs noch etwas schwankend, doch dann flatterte er grazil empor und landete auf einem Ast des Phönixbaums.
„Wie schön er ist!“, rief Berry. „Wie unendlich schön!“
Die Zeit verstrich unbestimmt, gerade so, als drehten sich die Zeiger an diesem Ort unregelmäßiger als sonst. Daher konnte Berry kaum sagen, wie spät es war, als sich der letzte Schmetterling aus Gems Hand löste. Sicher war der Abend schon in die Nachtzeit übergegangen.
Bisher hatten alle geschlüpften Schmetterlinge weiße oder schwarze Flügel gehabt. Man nannte diese Farbschläge „Schnee“ und „Asche“. Doch der allerletzte Schmetterling besaß die besonders seltenen purpurroten Flügel, die nachts violett aussahen. Tagsüber, im hellen Sonnenlicht, würden sie eine tiefrote Farbe haben. Dieser Farbschlag wurde „Blut“ genannt.
Wie die anderen Schmetterlinge flog auch dieses besondere Exemplar nicht weit. Es nahm neben seinen Verwandten im Phönixbaum Platz und erholte sich von den Strapazen des Schlüpfens.
„Ich bin mir ganz sicher, dass ihre Schönheit ihre Endlichkeit überstrahlen wird!“, sagte Berry. „Genauso, wie du es vorhin beschrieben hast.“
„Das habe ich mir nicht selbst ausgedacht. Es ist eine Weisheit aus Taitulpan.“
„So oder so ist es wahr.“

Sie strahlte Gem an. Er hatte ihre Schmetterlinge gerettet. Er hatte sie aus ihrem totenähnlichen Schlaf geholt und das würde sie ihm nie vergessen.
„Da du offensichtlich keine Ahnung hast, was ein richtiger Kuss ist“, sagte er, „könnte ich dir dabei helfen, diese traurige Wissenslücke zu schließen.“
„Ich habe schon viel über richtige Küsse gelesen“, erwiderte Berry. „So viel, dass ich manchmal die Befürchtung habe, dass die Wirklichkeit nicht mithalten kann.“
„Ich kann auf jeden Fall mithalten.“
„Gut.“
„Aber nur, wenn du dich wirklich darauf einlässt!“
„Ja, mache ich“, versprach sie. „Ich habe dir gut zugehört. Wenn du mich jemals mit etwas beeindrucken konntest, dann damit. Von der Schmetterlings-Sache mal abgesehen.“
„Womit genau?“
„Mit dem, was du über die Liebe gesagt hast. Dass eine Berührung nur interessant ist, wenn man sie bewusst macht. Und dass man den Mut haben sollte, die Dinge, die man tut, voll und ganz zu tun und sich nicht dabei zu verstecken. Und dass du dich auf alle Mädchen einlässt, mit denen du zusammen bist. Mehr als sie sich auf dich einlassen. Dass du nichts festhältst und dein ganzes Leben aus Berührungen besteht. Und dass das alles wahre Liebe ist.“
Gem war eindeutig verblüfft.
„Du hast mir ja wirklich zugehört!“
„Ja“, sagte sie. „Ich fand es sehr einleuchtend.“
„Mal sehen, ob du dieses Wissen auch anwenden kannst“, sagte er und kam näher. „Manche Leute sind gut im Nachplappern, aber wenn es dann zur Sache geht …“
Berry musste lachen. Sein Atem kitzelte auf ihren Lippen.
Natürlich hatte sie verstanden, worum es ging. Und als seine Lippen die ihren berührten, begann eine ganz neue Geschichte. Eine, wie sie Berry noch nie gelesen hatte.

Kapitel 24: Die Rückkehrer

„Scarlett?"
Sie liebte ihn unendlich.
Aber er hatte Nachteile. Große Nachteile! Einer davon war, dass er mitten in der Nacht aufzustehen pflegte, um sie zu verlassen. So wie jetzt.
Scarlett tat, was sie immer tat, wenn ein solcher Verlust drohte: Sie drängte sich verschlafen an ihn und verstärkte den Griff ihres Arms, mit dem sie seinen Oberkörper umschlungen hatte. Ansonsten tat sie so, als hätte sie nichts gehört. Manchmal half das. Wenigstens fünf Minuten lang.
„Wir müssen aufstehen."
„Wir?", fragte sie verschlafen. „Wie viel Uhr ist es?"
„Drei Uhr."
„Du spinnst."
„Wir sind früh schlafen gegangen."
„Schlafen gehen nennst du das?", fragte sie und drückte ihr Gesicht noch fester gegen seine Brust. „Ich war noch ziemlich lange wach."
„Wir haben mindestens vier Stunden geschlafen."
„Ja, Wahnsinn! Ganze vier Stunden."
„Spielt letztlich auch keine Rolle", sagte er. „Du musst jetzt aufstehen und mich begleiten. Ich brauche dich in Tolois."
Seine Worte standen im Widerspruch zu seinen Taten, denn er hatte seinen Kopf wieder abgelegt, entspannte sich jetzt spürbar und strich mit der Hand über ihr Haar, auf eine Weise, als wäre er in Gedanken versunken. Beruhigt wollte Scarlett wieder ins Reich der Träume hinabgleiten, da löste er sich gegen ihren gewaltsamen Widerstand aus ihrer Umklammerung und gab ihr den Jetzt-muss-ich-wirklich-aufstehen-Kuss. Wie sie das hasste!
„Können wir nicht *einmal* zusammen ausschlafen?", fragte sie, als er das Bett verließ. „Damit wir zusammen sehen können, wie die Sonne aufgeht?"
„Das können wir ja heute. Nicht gerade ausschlafen, aber zusammen sehen, wie die Sonne aufgeht. Du musst nur aufstehen und mit mir das Luftschiff besteigen, mit dem wir gestern hier

gelandet sind. Dann fliegen wir nach Tolois und ich garantiere dir, unterwegs wird es dämmern.“

„Es gibt einen kürzeren Weg nach Tolois. Und um das blöde Schiff nach Hause zu bringen, musst du nicht um drei Uhr aufstehen. Das können andere für dich erledigen.“

„Darum geht es nicht. Unser Flug hat einen offiziellen Charakter und an unserem Ziel, den Flugwurm-Häfen, könnte es zu Auseinandersetzungen kommen. Besser wäre es, wenn alles friedlich abginge, und genau dafür brauche ich dich: Du sollst abschreckend auf die Streithähne wirken.“

„Wie reizend.“

„Du hast Weißer Sterns, Pelohels und Desiderats Spezialeinheiten fast im Alleingang erledigt und nebenbei einen großen Teil der Häfen zerlegt. Das hat sich herumgesprochen.“

„Du übertreibst. Es war nur ein Glasdach. Wer soll sich denn überhaupt prügeln? Ich dachte, du hättest mit deinen Spielkameraden Frieden geschlossen?“

„Schon, aber meine eine Spielkameradin wird beleidigt sein, wenn sie herausfindet, dass einer unserer Spielkameraden eliminiert und durch eine neue Spielkameradin ersetzt wurde, die ich lieber mag als sie. Und dass ich mit dieser Spielkameradin in Zukunft meine Sandburgen zu bauen gedenke.“

„Warte mal!“, sagte Scarlett und richtete sich im Bett auf. „Du sprichst von Weißer Stern, die sauer sein könnte, weil du *wen* umgebracht hast?“

„Ich habe niemanden umgebracht. In Fischlapp gab es ein paar Unglücksfälle, denen sechs Familienmitglieder des engsten Kreises zum Opfer gefallen sind, darunter Pelohel und Halfter. Das siebte Familienmitglied des engsten Kreises, Endde von Fischlapp, ist auf dem Weg nach Tolois und wir werden sie bei ihrer Landung begrüßen.“

„Und mit ihr wirst du in Zukunft Sandburgen bauen?“

„So ist es. Hübsch siehst du aus, wenn du verschlafen bist, langsam etwas begreifst und dich aus den Decken wühlst, wie Torck dich schuf.“

„Hör gefälligst auf mit mir zu flirten, sonst verpassen wir das Schiff", sagte Scarlett und zog die Decke, die gerade nur ihre Knie bedeckt hatte, bis ans Kinn.
„Dann kommst du mit?"
„Ich will mir diese Endde ansehen. Wie alt ist sie? Ist sie schön?"
„Sie ist dreiundvierzig Jahre alt und gehört einem Ritterorden an, dessen Mitglieder komische Kutten tragen und sich zur Kinderlosigkeit verpflichtet haben. Ihre Augen sind genauso seltsam, wie es die von Pelohel waren, was sie nicht gerade lieblich erscheinen lässt. Aber sie hat eine besondere Ausstrahlung. Persönlichkeit. Und das ist ja wichtiger als alles andere, nicht wahr?"
Ihm flog ein Kissen an den Kopf.
„Hey! Was habe ich denn Falsches gesagt?"
„Immerhin hat sie keine Tochter, mit der du dich verloben musst, um ihre Gunst zu gewinnen."
„Womit wir bei dem eigentlich interessanten Punkt für dich wären", sagte Hanns. „Wenn Endde und ich uns einig werden, ist Weißer Stern aus dem Spiel. Und ihre Tochter auch."
Scarlett nahm das zweite Kissen, das sie schon wurfbereit in der Hand gehalten hatte, spontan in beide Arme.
„Wirklich?"
„Ja. Allerdings wird es nicht einfach, die gelöste Verlobung der Öffentlichkeit zu verkaufen. Noch ein Grund, warum ich dich dabeihaben will."
„Warum?", fragte Scarlett scharf.
„Damit sich die Leute an dein Gesicht gewöhnen."
„Weil es so schrecklich ist?"
„Weil es einer Cruda gehört."
Scarlett musste das noch verarbeiten. Gerade schwirrte ihr etwas der Kopf von diesen Neuigkeiten, die sie mitten in der Nacht verarbeiten musste.
„Weißer Stern wird längst gehört haben, was passiert ist", sagte Hanns. „Bisher konnte sie sich immer aussuchen, was sie will. Pelohel und Desiderat hielten zusammen, ebenso wie ich und der fünfte Unbeugsame aus Nachtlingen. Sie konnte beide Seiten gegeneinander ausspielen und für sich den größten Vorteil dabei

herausholen. Wenn ich mich mit Fischlapp verbünde, ist sie draußen. Mit Desiderat allein kann sie nicht viel auf die Beine stellen."
„Deswegen denkst du, dass sie dich und Endde bei eurem Treffen angreifen könnte?"
„Wäre möglich."
„Also gut", sagte sie. „Stehen wir auf."
Langsam und in Gedanken versunken rutschte Scarlett vom Bett und schwankte in Richtung Bad, in dem Hanns bereits verschwunden war. Pelohel tot. Halfter tot. Weißer Stern aus dem Spiel. Das war eine Menge auf einmal. Als sie bei Hanns ankam und ihn dazu nötigte, sich den spärlichen Strahl der Dusche mit ihr zu teilen, sprang ihr plötzlich eine Frage in den Sinn.
„Wirst du es allen sagen?", fragte sie. „Wenn sich die Leute an mein Gesicht gewöhnt haben und du Lumili losgeworden bist, wirst du dann in einem dieser grässlichen Filme den Mund aufmachen und sagen: Ich liebe diese böse Cruda und ich werde den Rest meines Lebens mit ihr verbringen, ob ihr das nun gut findet oder nicht?"
„Ja, natürlich", antwortete er. „Davon träume ich doch schon, seit dich Eleiza Plumm aus dem Kartoffelsack gezogen hat."
Sie fiel ihm überwältigt um den Hals und vergaß dabei, ihren Kopf aus dem Wasserstrahl zu halten, sodass er sich dummerweise über ihre Haare ergoss. Nun ja, bis Tolois würden die Haare hoffentlich wieder trocknen. Und wenn nicht, dann eben nicht. Hanns schien das ebenfalls kaum zu kümmern, denn er küsste sie unter dem Wasserstrahl, als wäre die Zeit nicht knapp und ihre Magikalie nicht flüchtig, und wie es weiterging, fiel in den Bereich Manchmal-ist-Vernunft-zwecklos. Und doch – als sie es gegen halb fünf endlich geschafft hatten, am Luftschiff zu erscheinen, waren sie offenbar auf die Minute pünktlich.
„Dann hätten wir ja auch später aufstehen können", sagte Scarlett zu ihm. „Wir hätten uns nur ein bisschen mehr beeilen müssen."
„Wir beeilen uns nie", antwortete er. „Das weißt du genau."
„Ich war früher mal sehr pünktlich. Bevor ich mit dir zusammen war."

„Das sagst ausgerechnet *du*? Wer torpediert denn ständig meinen Terminplan? Wenn ich eins gelernt habe, seit du in meinem Bett schläfst, dann ist es rechtzeitiges Aufstehen. Denn du bist wie eine Schlingpflanze, die alles daransetzt, mich am Gehen zu hindern."
„Eine *Schlingpflanze*?", rief sie. „Ich kann es auch lassen."
„Au ja!", sagte er. „Oder nein. Lieber doch nicht."
Als Scarlett das Schiff bestieg, entdeckte sie nicht nur Haul und Gem, sondern auch Lisandra an Bord.
„Oh, Lissi! Bist du auch zur Abschreckung dabei?"
„Nein", sagte sie. „Für Taten. Falls der eine oder andere verschwinden muss."
„Sie soll vor allem auf Berry aufpassen", fügte Haul hinzu.
„Auf Berry?", fragte Scarlett. „Wieso das?"
„Wir fliegen nicht sofort zu den Flugwurm-Häfen", erklärte Hanns, „sondern landen vorher an einem einsamen Ort außerhalb von Tolois. Ajach, Rémi und Berry werden auch dort hinkommen."
„Und was passiert an diesem einsamen Ort?"
„Wir treffen uns heimlich mit Endde, bevor wir sie später offiziell empfangen. Erstens, um uns in Ruhe mit ihr zu verständigen. Und zweitens, weil der Fühler, den sie mitbringt, keine Menschenaufläufe verträgt."
Scarlett wollte noch weitere Fragen stellen, doch die Aufmerksamkeit von Hanns und den Gespenstern wandte sich in diesem Moment einer Person zu, die unterhalb des Schiffs auftauchte. Eben war da noch nichts gewesen außer Dunkelheit – und jetzt stand plötzlich Dorian Repuls da.
„Was willst du, Hanns?", rief er. „Ich helfe euch nicht mehr beim Stopfen der magikalischen Löcher, also hast du hoffentlich einen anderen guten Grund, warum du mich mitten in der Nacht hast rufen lassen!"
„Wir treffen Endde von Fischlapp", antwortete Hanns von der Reling aus. „Wenn alles s-so läuft wie geplant, bringt sie d-deinen Fühler mit."
„Endde hat in Fischlapp nichts zu melden. Niemals würde ihr Pelohel eine so wertvolle Fracht anvertrauen."

„Ja, aber er ist tot. Ebenso wie die f-fünf anderen, die sie ausgebremst haben. Endde hat die Experimente Pelohels verurteilt und Drei, Fünf, Sechs und Zwölf zu freien Menschen erklärt. Außerdem hat sie jedem von ihnen eine hohe Entschädigung versprochen. Du kannst das Geld gebrauchen, Repuls, d-du versinkst in Schulden."
Repuls sah noch wütender aus als zuvor, auch wenn Scarlett zu erkennen glaubte, dass sein Körper leicht schwankte, während er dort unten stand. Alleine die Möglichkeit, dass das alles wahr sein könnte, schien ihn tief zu erschüttern.
„Pelohel würde Vorkehrungen treffen", widersprach Repuls. „Er würde sich niemals der Gefahr aussetzen, einem seiner Geschöpfe zu begegnen, ohne es vorher durch ein Schloss oder etwas Ähnliches unschädlich gemacht zu haben."
„Er hat Frost vertraut, aber Frost hat ihn verraten."
„Frost ist Halfters engster Vertrauter."
„D-den hat er auch verraten."
„Kann ich mir kaum vorstellen."
„Ist aber so."
„Frost hat Halfter *alles* zu verdanken. Seinen Aufstieg, seine Ausbildung und sein Ansehen. Frost war nie ein Fürst der Kalten. Erst Halfter hat ihn dazu gemacht."
„Er mag sich großzügig um den jungen Frost gekümmert haben, aber er hat es n-nicht selbstlos getan. Anders als du, Repuls. Du hast dich um deine Schützlinge gekümmert, weil sie dir am Herzen lagen. Halfter war berechnend. Er wollte etwas für seine Güte haben. Ich hätte Zwölf nicht an Frost übergeben, wenn ich n-nicht aus sicherer Quelle gewusst hätte, dass Frost unter seinem Förderer gelitten hat."
Dorian Repuls war nicht mehr der Herr seiner Gefühle. Seine Mundwinkel zitterten, so sehr er sich auch um Beherrschung bemühte.
„Ich h-hätte da noch etwas, das dich überzeugen könnte", fuhr Hanns fort. „Endde hat nämlich eine kuriose Fußnote auf ihrer Nachricht hinterlassen. Sie schreibt, sie habe sich nur auf eine so hohe Entschädigung eingelassen, weil sie angenommen hatte, d-dass Fünf, der ein gesuchter Verbrecher ist, unauffindbar bleibt.

Ebenso wie Sechs, die seit ihrer Kindheit verschwunden ist. Doch nachdem sie die Papiere unterzeichnet hatte, hat ihr Zwölf erklärt, dass Drei die Entschädigungen an Fünf und Sechs weiterleiten werde. Drei habe nie den Kontakt zu den beiden verloren und wisse *immer*, wo sie seien. Entsprechend warnte sie m-mich, dir nicht zu vertrauen."

Für einen Moment schien Repuls wie erstarrt zu sein, doch allmählich wich sein versteinerter, düsterer Gesichtsausdruck einem Lächeln. Einem unvergleichlich gelösten und glücklichen Lächeln.

„Es stimmt also", sagte er bewegt. „Er lebt. Er spricht. Und er muss frei sein, sonst hätte er diese Information nie preisgegeben."

„Na endlich", erwiderte Hanns. „Steigst d-du jetzt auf das Schiff? Wir kommen sonst zu spät."

Ohne zu zögern, kletterte Dorian Repuls die Leiter empor, die an Bord des Luftschiffs führte.

„Und wer ist sie nun?", fragte Hanns, als Repuls an Bord sprang. „Wer ist Sechs?"

„Sie hatte immer nur einen Wunsch", antwortete Dorian Repuls, „und der war, normal zu sein. Ein normales Leben in Freiheit zu führen. Das ist ihr gelungen. Und ich werde es nicht kaputtmachen, indem ich verrate, wer sie ist."

„Das ist aber schlecht", sagte Hanns. „Denn da du offensichtlich mit einem d-der gesuchtesten Verbrecher Amuyletts unter einer Decke steckst, könnte ich dich anklagen und verurteilen lassen. Indem du ihn schützt, machst du dich mitschuldig an seinen Taten. Und dass du d-der Republik und mir die Identität von Sechs verheimlichst, obwohl sie eine gefährliche Person sein muss, verstößt sicher auch gegen irgendein Gesetz."

„Ich schütze Fünf nicht", widersprach Repuls. „Er schützt sich ganz alleine. Dieser Mann ist eine Katastrophe, aber um unserer alten Freundschaft willen, meldet er sich regelmäßig bei mir. Und wir reden. Ich versuche mein Bestes, um ihn auf den richtigen Weg zurückzubringen, aber bisher war ich erfolglos."

„Hat er auch mit d-dir geredet, als er sich in unserem Keller versteckt hat?"

„Ja, hat er", sagte Repuls.

Die vier weißen Flugwürmer, die das Schiff zogen, erhoben sich in einer erstaunlichen Geschwindigkeit in die Luft. Noch nie hatte Scarlett ein Schiff so schnell fliegen sehen! Vor lauter Wind, der ihnen dabei um die Köpfe brauste, verstand sie kaum etwas von dem, was Hanns gerade sagte. Sie trat näher an die beiden heran, ebenso wie Lisandra, um ja kein Wort zu verpassen.
„Er taucht auf und verschwindet wieder", erklärte Repuls. „Jedes Mal. Genauso hat er es auch im Keller gemacht, als ich mit ihm reden wollte. Er ist leider zu begabt, als dass man ihn in irgendeiner Weise festnageln könnte."
„Wie bedauerlich", meinte Hanns. „Auch dass ich nicht weiß, ob d-du die Wahrheit sagst."
„Und was Sechs betrifft", fuhr Repuls fort, „sie ist nicht gefährlich. Überhaupt nicht. Und wenn ihr wüsstet, wer sie ist, würdet ihr keine Sekunde an meiner Aussage zweifeln."
„Wir kennen sie also."
„Ich habe schon zu viel gesagt. Liegt wohl an meinem Zustand."
Repuls wandte sich ab und blickte über den Rand des Schiffs in die Tiefe. Obwohl er die Arme vor der Brust verschränkt hielt, kaum den Mund verzog und die Augenbrauen zusammengezogen hatte, als sei er erzürnt, wusste Scarlett, dass er glücklich war. Er kämpfte nur gerade gegen etwas an. Vermutlich waren es Tränen.
„Wir kennen Sechs", sagte Hanns zu Scarlett und Lisandra. „Irgendeine Idee, wer es sein könnte?"
Sie schüttelten beide die Köpfe.
„Na gut, dann hole ich uns jetzt was zum Überziehen. Es wird kalt."
Es wurde in der Tat kalt! Scarlett und Lisandra standen sich bibbernd gegenüber. Auch wenn der naturmagische Einfluss des heiligen Satyrbabys weiter reichte, als sie angenommen hatten, war es hier oben in der Luft doch sehr frostig, vor allem wegen des starken Windes. Eine Hügelkette, die sie am Horizont erkennen konnten, schimmerte eindeutig weiß.
„Ob in Tolois auch Schnee liegt?", fragte Lisandra.
„Natürlich liegt in Tolois Schnee", sagte Repuls, der ihnen zugehört hatte. „Lest ihr keine Zeitung? Dort stand, dass sich das

Tauwetter ausbreiten, aber die Hauptstadt voraussichtlich nicht erreichen wird."
„Und wer ist nun Sechs?", fragte Scarlett.
„Ein Mensch, der lieber unerkannt bleiben würde, als eine hohe Abfindung zu kassieren", antwortete Repuls. „Sie will nicht mit dem Makel leben, von einem Tyrannen als Waffe herangezüchtet worden zu sein. Genauso wenig wie ich. Wir wollen nur normale Menschen sein, mit den gleichen Rechten wie jeder andere auch."
„Ja, total normale und unauffällige Menschen", sagte Lisandra in Anspielung auf Dorians unübersehbare Exzentrik.
„So ist es", erwiderte Repuls und für einen kurzen Moment wurde ein Lächeln sichtbar, das er zuvor zwischen den pulsierenden verzauberten Kringeln seines tätowierten Barts verborgen hatte. „Oder Menschen, die man aufgrund ihrer Auffälligkeit gerne falsch einschätzt."
Hanns kehrte mit zwei Mänteln zurück, auf die sich Lisandra und Scarlett dankbar stürzten, denn allmählich veränderte sich die Landschaft unter ihnen. Grüne Wiesen gingen in weiße Flächen über.
„Ich weiß, wer Sechs ist", verkündete Hanns. „Ich musste nur ein bisschen nachdenken."
Repuls zeigte sich ungerührt. Er richtete seinen Kragen auf und zog ihn enger um seinen Hals.
„Sie arbeitet für den ehemaligen Geheimdienst der Republik", sagte Hanns. „Genauso wie du und Zwölf. Nur dass sie in d-die militärische Abteilung gehört. Sie ist noch jung, hat es aber schon zum Hauptmann gebracht. Von Anfang an suchte sie die Nähe von Grohann und arbeitete sich zu seiner Vertrauten empor. Vielleicht nicht ohne Hintergedanken, aber m-mittlerweile wissen wir – oder hoffen es zumindest – dass man sich auf sie verlassen kann."
„Und weil man das kann", erwiderte Repuls, „sollte man ihr den Gefallen tun und ihre wahre Identität schützen."
„Hat sie sich ihren Namen s-selbst ausgedacht?"
„Warum?"
„Na ja. Ich frage mich, warum sich jemand *Rosa Stein* nennt."
„Ein rosafarbener Stein war ihr Glücksbringer", erzählte Repuls. „Ein Kiesel, ein kleines rundes Steinchen. Sie hatte ihn als Kind

gefunden, draußen im Freien, nachdem sie es mithilfe ihrer Begabung geschafft hatte, die Sicherheitssperren zu umgehen. Nach ihrem Ausflug legten sie ihr zum ersten Mal ein Schloss um den Hals, was schlimm für sie war. Doch den Kiesel hütete sie heimlich wie einen Schatz. Er war wie ein Versprechen für sie. Das Versprechen, dass sie es eines Tages schaffen würde, dort draußen zu leben, wo sie ihn gefunden hatte. In Freiheit. Und sie hat es geschafft. Daher der Name."

Scarlett und Lisandra starrten einander betroffen an. Sie mochten Hauptmann Stein. Sie hatten nie geahnt, was sie durchgemacht hatte.

„Ich werde es Grohann sagen", entschied Hanns. „Er soll bestimmen, wer es wissen darf und wer nicht."

Nach anderthalb Stunden Flug durch einen eiskalten Winterhimmel hatten sich alle im Inneren des Schiffes verkrochen. Alle bis auf Hanns und Scarlett, die am Bug des Schiffes standen und in Richtung Horizont blickten, wo der Himmel eine hellere Farbe angenommen hatte.

„Siehst du", sagte Hanns, „wir werden sehen, wie die Sonne aufgeht. Zusammen."

„Das ist nicht schlecht, aber das Wort *Ausschlafen* hatte in dieser Angelegenheit eine besondere Bedeutung für mich!"

„Ich weiß", meinte er und legte zur Entschädigung seine Arme um sie. So konnte sie sich an ihn lehnen und weiterhin der Sonne beim Aufgehen zusehen. Sie musste zugeben, dass ihr das gefiel.

„Deine Haare sind immer noch nicht trocken", sagte er. „Ich kenne kein Haar, das so langsam trocknet."

„Früher war das nicht so", erwiderte sie. „Mittlerweile stürzt sich das Wasser auf mich und wenn ich erst mal nass bin, will es nicht mehr verschwinden. Deswegen habe ich mir ja auch den wasserabweisenden Zauber ausgedacht, sonst wären sie nur noch nass."

„Den hättest du vorhin mal anwenden sollen."

Scarlett wollte ihm gerade wortreich erklären, dass *er* damit begonnen hatte, sie unter der Dusche zu küssen, zu einem Zeitpunkt, als längst noch nicht alles zu spät gewesen war, und dass *er* sie damit auf eine Weise abgelenkt hatte, die ihr die

Kontrolle geraubt hatte, wovon *er*, der in speziellen Momenten keine Tarnzauber aufrechterhalten konnte, ja wohl ein Lied singen konnte, doch da spürte sie, wie er sie auslachte. Das Gelächter vibrierte durch seinen ganzen Körper.

„Blöder wunder Punkt, was?"

„Mein wundester Punkt bist *du*", sagte sie. „Das mit dem Wasser ist ein Klacks dagegen."

„Genau das meinte ich."

„Wie großmäulig du heute wieder bist. Das könnte dir schnell vergehen, wenn meine Haare nass bleiben und ich weder deine Feinde noch die Flugwurm-Häfen zerlegen kann."

„Dort, wo wir zuerst landen, dürfte es keine kriegerischen Auseinandersetzungen geben", sagte er ernster als zuvor. „Weißer Sterns Spione haben wir an einen anderen Ort gelockt. Die eigentliche Gefahr geht vom Fühler aus. Er ist eine Spezialzüchtung von Pelohel und wir haben keine Ahnung, was er alles kann. Belegt ist, dass er Menschen alleine mit seinen Gedanken töten kann, was ihn höchst gefährlich macht. Dafür setzen ihn Lärm und starke Reize schachmatt. Wir wüssten also, wie wir ihn entwaffnen, wenn er auf uns losgeht. Das Blöde daran ist nur, dass wir seine feindlichen Absichten erst erkennen, wenn es zu spät ist – wenn also schon einer von uns tot umgefallen ist."

„Aber du rechnest nicht damit, dass er dich angreift?"

„Nach allem, was ich über den Fühler ihn Erfahrung bringen konnte, ist er in Ordnung. Trotzdem könnte uns die ganze Mannschaft auch zum Narren halten. Drei, Fünf, Sechs und Zwölf sind alle begabte Täuscher. Wenn sie also heimlich beschlossen hätten, die Weltherrschaft an sich zu reißen, könnte es eng für uns werden."

„Was du aber nicht annimmst?"

„Was ich nicht hoffe, trotzdem ist es denkbar. Wir müssen sie im Auge behalten, alle vier, was im Grunde unmöglich ist, bei solchen Wesen. Aber selbst wenn sie uns einen Strich durch die Rechnung machen wollten, würden sie das sehr wahrscheinlich nicht heute, sondern später tun. Insofern bin ich zuversichtlich, dass das Treffen friedlich abläuft."

Eine weitere Stunde später, nachdem die Sonne rotorange aufgegangen war, setzten die Flugwürmer zur Landung an. In der Ferne sah man die rauchenden Schornsteine von Tolois, auch die Umrisse der größeren Gebäude der Stadt, doch hier, wo das Schiff immer tiefer sank, gab es nichts außer ein paar weißen Hügeln und Weidezäunen, deren Pfosten aus der Schneedecke ragten. Und ein paar Kühe standen herum. Halt – waren es wirklich graue Kühe? Oder nicht doch eher Warane? Kräftige Flugwarane?
Scarlett blinzelte und auf einmal entdeckte sie flimmernde Umrisse im Schnee. Sie konzentrierte sich darauf und erkannte es: das gut getarnte Luftschiff aus Fischlapp. Zwei Personen, die Scarlett zuvor für Zaunpfosten gehalten hatte, bewegten sich auf das Schiff von Hanns zu, das soeben im Schnee aufsetzte.
Repuls hatte keine Geduld. Er wartete nicht darauf, dass die Leiter ausgerollt wurde, sondern sprang über die Reling und federte seinen Fall mit Zaubern ab, sodass er sicher im Schnee zum Stehen kam. Bei der Gelegenheit fiel Scarlett zum ersten Mal auf, dass Repuls, obwohl er ein begabter Zauberer war, offenbar nicht die Fähigkeit besaß, sich in ein fliegendes Tier zu verwandeln.
Er rannte durch den Schnee auf eine der beiden Personen zu, die ebenfalls losgerannt war. Als sie aufeinandertrafen, fielen sie sich in die Arme und ließen einander nicht mehr los. Genau in diesem Moment fanden die Strahlen der Morgensonne in die tief verschneite Senke, in der die beiden standen, und tauchte die Männer in die schönsten Strahlen des Glücks. Sie hatten sich verloren und wiedergefunden, wider alle Wahrscheinlichkeit!
Endde von Fischlapp hielt sich im Schatten und schritt an dem Paar vorüber, als wäre es gar nicht da. Sie hatte keine Leibwächter bei sich. Einsam und allein erreichte sie das Schiff und stieg die Leiter empor, die für sie herabgelassen worden war.
„Du hast meinen Ratschlag nicht beherzigt, Hanns“, sagte sie, als sie die zwei Stufen hinabstieg, die an Bord führten. Das tat sie ausgesprochen würdevoll, vor allem verhedderte sie sich nicht mal ansatzweise in ihrer elend langen Kutte, wie Lisandra Scarlett voller Bewunderung zuraunte. „Ich würde Dorian Repuls nicht trauen. Allen Vieren würde ich nicht trauen.“

„Er hat sich b-bisher als treuer Verbündeter bewährt“, antwortete Hanns und reichte Endde zur Begrüßung die Hand. „Wir brauchen ihn. Und nun, da sich sein Zorn auf mich gelegt haben dürfte, hilft er mir vielleicht auch wieder bei d-der Eindämmung der magikalischen Lecks.“
„Du musst es wissen. Diese vier Produkte von Pelohels Größenwahn besitzen mein Mitgefühl, aber nicht mein Vertrauen.“
Endde sah tatsächlich ungewöhnlich aus. In ihren blaugrauen Augen musste man die winzigen Pupillen suchen, doch je länger Scarlett dieses Gesicht betrachtete, desto faszinierter war sie davon. Enddes Haarfarbe war nicht zu erkennen, da der Rand ihrer Kutte bis tief in ihre Stirn reichte. Doch es war zu sehen, dass ihre Haut braungrau und ihr Gesicht vollkommen ebenmäßig war. Ihr schmaler Mund verriet nichts, keine Regung. Da war nicht mal die Andeutung eines Lächelns und doch wirkte er freundlich.
„Hast du mitgebracht, worum ich dich gebeten habe?“, fragte Hanns.
„Ja“, antwortete Endde. „Auch wenn ich nicht verstehe, warum du diese Leute haben möchtest.“
„Ich bin es einer g-guten Freundin schuldig. Dort kommt sie!“
Hanns zeigte auf einen weißen Hügel, über den gerade Berry, Rémi Kreutz-Fortmann und Ajach stiegen.
„Ich muss dich warnen“, sagte Endde. „Sie wurden dort, wo sie waren, nicht gut behandelt.“
„Das ist mir bewusst.“
„Gut“, sagte Endde und zückte ein Gerät, das wie ein Spiegelfon aussah, nur dass es keine Spiegelfläche besaß, sondern dort, wo normalerweise das Glas begann, in einen schwarzen Hohlraum führte.
„Bringt sie her!“, befahl sie in das schwarze Nichts hinein.
„Danke, Endde“, sagte Hanns.
„*Ich* habe zu danken. Erklärst du mir nun, was mich in Tolois erwartet? Wird mich Weißer Stern direkt angreifen?“
„Wahrscheinlich nicht. Wie ich sie kenne, wird sie nach einem Verbündeten in d-deinem Umfeld suchen, der die Mühe auf sich nimmt, einen Mordanschlag zu verüben. Und der, wenn er dann

mal d-deinen Platz eingenommen hat, in ihrem Sinne regieren wird."
„Von der Sorte gibt es auch ohne Weißer Stern viel zu viele in Krumpenhals", erwiderte Endde. „Einer mehr oder weniger macht da nicht viel aus."
„Du wirst es nicht leicht haben."
„Ich habe mir meine Leute herangezogen. Die neuen Mitglieder des engsten Kreises stehen bereits fest. Außerdem rechne ich mit deiner Unterstützung. Aber ich denke, das werden wir nachher besprechen? Im Staatspalast?"
„Ja. Es ist alles vorbereitet. Der offizielle Teil findet an d-den Flugwurm-Häfen statt. Wenn du einverstanden bist, werden wir dich der Welt vorstellen. Als neue Verbündete und Hoffnung für ein besseres Fischlapp."
„In einem dieser Filme?"
„Das würde auch deine Stellung in Fischlapp stärken."
„Ich weiß. Ich werde versuchen zu lächeln."
Und zum Beweis dafür, dass sie es konnte, tat sie es ganz kurz. Nur flüchtig, dann war ihr Mund wieder wie zuvor. Scarlett dachte, dass Endde sicherlich nicht viel zu lachen gehabt hatte, in den letzten dreiundvierzig Jahren ihres Lebens. Was für ein Fluch, als Mitglied dieser Herrscherfamilie geboren worden zu sein.
Sie verließen das Schiff, als Berry, Ajach und Rémi bei ihnen ankamen. Scarlett fiel ein kurzer Blickwechsel zwischen Berry und Gem auf, als sie aufeinandertrafen. So als wüsste Berry bereits, was als Nächstes passierte, und als fürchte sie sich davor. Gem schien ihr mit seinem Blick Mut zusprechen zu wollen. Für Scarletts Geschmack war da entschieden zu viel Anteilnahme in seinen goldenen Augen! Er würde sich doch nicht an Berry heranschmeißen? Wehe, wenn er es wagte!
Der Blickwechsel war schon wieder vorbei. Berry starrte in die Ferne, dorthin, wo mehrere Soldaten Fischlapps zwei abgemagerte, humpelnde Gestalten durch den Schnee führten. Sie schubsten sie vorwärts und hatten sichtlich wenig Geduld mit ihnen.
„Sie waren nicht beliebt", erklärte Endde entschuldigend. „Auch nicht unter den Gefangenen."

Berrys Augen füllten sich mit Tränen.
„Was ist?“, fragte Scarlett. „Sind das deine Eltern?“
Berry nickte. Sie hatte sichtlich Probleme, nicht zu schluchzen. Es war ja auch kein Wunder. Sie hatte Eltern, anders als Scarlett. Sie hatte diese Eltern einmal sehr geliebt, bis sie von ihnen verraten worden war und erkannt hatte, dass sie für ihre Eltern immer nur ein Mittel zum Zweck gewesen war. Sie hatte sie verloren, auf jede erdenkliche Weise. Zeitweise hatte sie sogar Angst vor ihnen gehabt, weil sie versucht hatten, Berry gegen ihren Willen aus Sumpfloch zu entführen. Und nun waren sie wieder da.
Auf den ersten Blick sahen sie erbarmungswürdig aus. Auf den zweiten Blick wirkten sie vorwurfsvoll. Auf den dritten Blick wurden sie unverschämt.
„Wir verlangen Wiedergutmachung!“, war das Erste, was der dünne Mann in der zu groß gewordenen, löchrigen Kleidung sagte, als er Hanns erkannte. „Wir haben für das Bündnis gearbeitet, aber das Bündnis hat uns betrogen!“
„Desiderat hat sich nicht an die Abmachungen g-gehalten“, erwiderte Hanns, „da er sich ebenfalls betrogen fühlte. Sie können gerne Wiedergutmachung von ihm verlangen, Herr Lapsinth-Water, aber ich würde es Ihnen nicht raten. Sonst landen Sie wieder im Futtertrog seiner g-geliebten Krokodile.“
„Dann leistest *du* eben die Wiedergutmachung. Ihr gehört alle zusammen! Einer muss für die Fehler der anderen geradestehen.“
Hanns schüttelte den Kopf.
„Ich muss nicht für Desiderats Fehler geradestehen. Warum s-sollte ich?“
Der Mann öffnete schon wieder den Mund, doch die Frau an seiner Seite, die die ganze Zeit vor sich hingestarrt hatte, als wäre sie geistig nicht anwesend, hatte soeben Berry entdeckt.
„Mein Kind!“, rief sie schrill und streckte beide Arme nach ihr aus. „Berry, mein Mädchen, lass dich umarmen!“
Doch das Mädchen hatte keine Lust, sich umarmen zu lassen. Berry trat zögernd näher, rang sichtlich mit einem Weinkrampf, der sich anbahnte, den sie aber keinesfalls an die Oberfläche kommen lassen wollte, und sagte nur:
„Nein, Mama.“

„Wieso? Bist du dir jetzt zu fein für deine Eltern?“ Und an ihren Mann gewandt, fuhr sie fort: „Sieh doch, Sengard, unsere Berry hat was aus sich gemacht.“
„Das sehe ich allerdings!“, rief der Mann erbost. „Wo warst du, als wir dich gebraucht haben, Berry? Du hättest längst etwas für uns tun können, mit *solchen* Freunden!“
„Freust du dich denn gar nicht, uns wiederzusehen?“, fragte Berrys Mutter weinerlich. „Wir sind es, deine Mama und dein Papa!“
Endde winkte den Soldaten, die neben Berrys Eltern standen, und schickte sie zu ihrem Luftschiff zurück.
„Wir sehen uns gleich“, sagte sie zu Hanns und folgte den Soldaten.
Kaum war Endde ein paar Meter fortgegangen, raunte Berrys Mutter ihrer Tochter zu:
„Endlich ist sie weg, diese Hexe! Ich werde nie wieder Geschäfte mit Fischlapp machen. Ich werde dieses Land sowieso *nie wieder* betreten. Und Hornfall auch nicht. Wilde sind das! Alle zusammen.“
Berry wollte nicht weinen und schaffte es auch, aber sie war sichtlich schockiert. Ihre Eltern hatten großes Glück, dass sie noch lebten. Doch das wussten sie offenbar nicht zu schätzen.
„Kannst du mal den Mund aufmachen?“, fragte Berrys Vater. „Oder sonst irgendein Gefühl zeigen, das uns beweist, dass du es wirklich bist? Sonst müssen wir noch davon ausgehen, dass du eine Kopie oder eine Illusion bist, die uns in die Irre führen soll.“
Berrys Mutter warf ihrem Mann einen entsetzten Blick zu.
„Meinst du wirklich?“
Und dann sah sie wieder ihre Tochter an, in dem angestrengten Bemühen, herauszufinden, ob Berry echt war oder nicht.
Berry wandte sich an Hanns, der neben ihr stand.
„Was wird jetzt mit ihnen passieren?“, fragte sie.
„Sie haben bestimmt genug gelitten“, antwortete er. „Andererseits zweifle ich daran, dass man sie guten Gewissens wieder auf freien Fuß setzen kann. Trotzdem – es sind deine Eltern. Ich überlasse die Entscheidung dir. Wenn du willst, dass ich sie begnadige und zu freien Menschen erkläre, mache ich das. Wenn es dir lieber ist, dass sie sich an einem schönen Ort unter strengem Arrest erholen,

so lange, bis wir das Gefühl haben, dass sie sich gesetzestreu verhalten können und es auch wollen – dann werde ich Letzteres arrangieren."
Berrys Blick ruhte auf Hanns und sie atmete deutlich hörbar ein und aus.
„Berry!", rief ihr Vater. „Da wirst du ja wohl nicht überlegen müssen! Wir sind deine *Eltern.*"
„Du hast recht", sagte Berry, ohne ihren Vater dabei anzusehen. „Ich muss überhaupt nicht überlegen. Arrest an einem schönen Ort – das ist sicherlich die beste Lösung für uns alle."
„Berry!", schrie ihre Mutter. „Berry, was tust du da? Hast du vergessen, was wir alles für dich getan haben? Du warst reich! Wir haben dir alles gekauft! Wir sind mit dir um die ganze Welt gereist! Weißt du denn nicht mehr, wie schön das war?"
Da! Schon wieder tauschte Berry einen Blick mit Gem. War das denn die Möglichkeit? Warum sah Berry nicht Scarlett oder Lisandra an?
„Es bleibt dabei", sagte Berry und diesmal blickte sie ihren Eltern direkt in die Gesichter. „Ihr werdet es gut haben. Ich werde euch besuchen. Wir können reden. Seid froh, dass ihr noch am Leben seid. Wäre Hanns nicht gewesen, hätten euch die Krokodile gefressen oder ihr wärt in Fischlapp verrottet. Es tut mir schrecklich leid, dass ich nicht besser von euch denken kann. Aber ich vertraue euch nicht genug, um eure Freiheit zu verantworten."
Ihre letzten Worte gingen fast unter, da ihr nun doch die Tränen in die Augen schossen. Sie wandte sich ab und Haul und Gem machten kurzen Prozess mit dem Ehepaar Lapsinth-Water. Gegen ihren ausdrücklichen Widerstand zerrten sie die beiden an Bord des Luftschiffes und verstauten sie im Inneren des Rumpfs.
Dorian Repuls und Zwölf hatten bisher abseits gestanden – oder halt: Wenn Scarlett ihre Erinnerung gründlich erforschte, waren sie überhaupt nicht mehr zu sehen gewesen. Nun tauchten sie plötzlich wieder auf und erklärten Hanns, dass sie nicht mitfliegen würden, sondern zu Fuß zu ihrem alten Zuhause in Tolois wandern würden.
Diese beiden Menschen waren von Natur aus undurchschaubar, zumindest besaßen sie das Talent, es zu sein. Doch das Glück, das

gerade aus ihren Gesichtern sprach, konnte nur echt sein. Noch nie hatte Scarlett Repuls so gelöst lachen und sprechen sehen. Trotzdem war ihr mehr als unwohl, da Zwölf unmittelbar vor Hanns stand.
Zwölf sah in der Tat unbeschreiblich schön aus. Nicht markant schön, nicht im klassischen Sinne gut aussehend, sondern auf eine Weise schön, die die Seele streichelte. Man wollte ihm vertrauen, ihn lieben und ihm jedes Wort glauben, das er sprach. Doch so war er gemacht. Niemand außer vielleicht Repuls konnte wissen, was Zwölf wirklich dachte. Ob er so gut und so arglos war, wie er aussah. Es gab nur eins, was fraglos feststand: Wenn Zwölf wollte, konnte er ganz einfach und viel zu schnell töten.
Aber er tat es nicht. In seinen dunklen Augen spielten sich intensive Gefühle ab, die er still und froh aushielt. Wann immer er sprach, bebte seine wohlklingende Stimme vor Glück. Er dankte Hanns, ohne ihm die Hand zu reichen. Überhaupt war es auffallend, dass Zwölf von jedem Menschen außer von Repuls großen Abstand hielt, so als habe er sich dieses Verhalten aus Vorsichtsgründen antrainiert.
Repuls versprach Hanns, bei der nächsten Leck-Stopfungs-Aktion behilflich zu sein, und dann gingen sie davon, Drei und Zwölf. Die beiden schwarzen Punkte wurden immer kleiner in der Schneelandschaft, bis sie plötzlich verschwanden. Ihre Spur endete im weißen Nichts, als wären sie eben noch dort gewesen und nun auf einmal körperlos geworden, gleich dem Wintersonnenlicht, das über den weißen Flächen leuchtete.

Kapitel 25: Böse und schön

Der Empfang in den Flugwurm-Häfen musste im Freien stattfinden, weil das weltberühmte Panoramadach fehlte, doch magikalische Fackeln sorgten für wohlige Temperaturen und sahen mit ihren Feuerflammen auch noch schön aus.
Scarletts Haare waren gerade noch rechtzeitig getrocknet, was sie selbstbewusster machte. Doch ihre Kampfkraft erwies sich als überflüssig, denn Weißer Stern war klug genug, ihre Mordpläne auf einen anderen Tag zu verschieben. Sie begnügte sich damit, Hanns in den Weg zu treten und sich lautstark darüber zu beschweren, dass ein offizieller Empfang stattfand und Lumili bei diesem nicht anwesend sein würde, ebenso wie bei der geplanten Filmaufnahme.
„Sie hat viel durchgemacht in den letzten Tagen", sagte Hanns milde. „Ich wollte, dass sie sich ausruht und erholt. Sie kam mir gestern blass vor."
„Oh, und wann genau hast du das festgestellt?", fragte Weißer Stern. „Wenn ich mich richtig erinnere, warst du seit gestern Morgen nicht mehr in Tolois!"
„Weil ich Lecks eindämmen muss. Lumili versteht das sicherlich."
„Ich warne dich, Hanns!", giftete Weißer Stern ihn an. „Ich kann sehr schwierig werden, wenn man mich übergeht."
„Ich weiß."
Weißer Stern trat näher an Hanns heran und raunte so leise, dass es nur Hanns und seine Begleiter hören konnten:
„Endde wird sich nicht lange halten können. Sie ist zu harmlos, um die erste Frau Fischlapps zu sein!"
„Wenn wir sie beide unterstützen, könnte das ihre Lebenszeit verlängern."
„Erspar mir deinen lausigen Humor!", konterte Weißer Stern. „Ehe du dich versiehst, werden die Überreste dieser weichherzigen alten Jungfer in den Burggraben von Krumpenhals fliegen und danach wirst du mich bitter nötig haben. Nötiger denn je!"
Sie warf Hanns einen letzten erbosten Blick zu und stürmte davon.

Alles Weitere wäre ein Kinderspiel für Scarlett gewesen, hätte Rémi nicht darauf bestanden, dass sie während der Filmaufnahme hinter Hanns stand.

„Du stehst im Hintergrund, als Teil der Leibgarde“, erklärte er. „Aber alle werden nur dich anstarren und nicht Hanns oder Endde.“

„Wie kommst du darauf?“

„Vertrau mir, es wird so sein.“

„Aber ich weiß gar nicht, ob ich das will“, protestierte Scarlett. „Ich kann auch kein freundliches, sympathisches Gesicht machen. So etwas kann ich generell nicht!“

Rémi lachte sie aus.

„Es wäre katastrophal, wenn du es versuchst“, sagte er. „Nein, es reicht vollkommen, wenn du so böse und schön aussiehst wie immer.“

„Und dann?“

„Werden die Leute neugierig auf dich werden.“

Mit diesen Worten ließ er sie stehen und dann begann die Aufnahme. Hanns begrüßte Endde und beide erklärten, wie sehr sie einander schätzten und wie segensreich ihre Zusammenarbeit für die Welt sein würde. Hanns versprach mehr Wohlstand und Fortschritt für Fischlapp, Endde versprach mehr Sicherheit und Stabilität für Amuylett und Scarlett tat unterdessen, was Rémi ihr aufgetragen hatte. Sie schaute böse vor sich hin. Und hoffentlich auch schön.

Als sie endlich mit Berry und Lisandra den Heimweg antreten durfte und mit ihnen durch die Spiegelwelt spazierte, war sie heilfroh, den Blicken der vielen Leute entkommen zu sein. Lumili war eindeutig die bessere Wahl für solche Gelegenheiten, das leuchtete Scarlett ein, aber für alle übrigen Gelegenheiten, die Hanns glücklich machten, war sie die Bessere. Die Einzige. Sie fühlte, dass es so war, und das tröstete sie über das Gefühl von Schwäche und Unsicherheit hinweg, das sie seit ihrem ersten öffentlichen Auftritt empfand.

Lisandra tat unterdessen ihr Bestes, um sich als fürsorgliche Freundin zu erweisen, indem sie Berry Mitgefühl zeigte und sie aufzubauen versuchte. Leider war Lisandra in der Hinsicht ähnlich begabt wie Scarlett und entsprechend miserabel war das Resultat ihrer bisherigen Bemühungen. Berry starrte vor sich hin, biss sich die ganze Zeit auf die Lippe und reagierte auf keine einzige von Lisandras Bemerkungen.

„Es hat nur so ausgesehen, als ob du ihnen egal wärst", fuhr Lisandra eifrig fort. „Das könnte auch an ihrem Zustand gelegen haben, so übel, wie sie ausgesehen haben. Aber wenn sie dann mal geschlafen und gegessen haben und ihnen irgendein Arzt eine Medizin gegeben hat, die sie schmerzfrei und glücklich macht, dann werden sie ganz andere Menschen sein! Dann interessieren sie sich vielleicht auch für dich und dein Leben und deine Sorgen und ..."

„Lissi", mischte sich Scarlett ein, „damit tust du Berry keinen Gefallen. Sie muss sich mit der Wirklichkeit abfinden und die ist nun mal traurig. Ihre Eltern werden sich nie ändern. Ich glaube, ab heute ist das vollkommen klar."

„Ja, sie sind abgrundtief erbärmlich", sagte Lisandra. „Aber es ist absolut kein Trost für Berry, wenn du ihr erklärst, dass sie erbärmlich bleiben werden."

„Doch, ist es wohl. Und wenn sie das nicht ertragen kann, dann wäre es besser gewesen, die Krokodile hätten ihre Eltern gefressen."

„Nein, nein", widersprach Lisandra. „Man sollte keinen Menschen endgültig aufgeben, egal wie furchtbar er ist. Außerdem hat es Hanns viel gekostet, sie freizukaufen, das muss sich doch irgendwie gelohnt haben. Berrys Eltern habe eine zwanzigste Chance verdient. Obwohl es nichts bringen wird, da gebe ich dir recht."

„Na, immerhin bleiben sie weggesperrt", meinte Scarlett. „Das war eine gute Entscheidung, Berry. Sonst hättest du wieder Angst haben müssen, dass sie jemanden dafür bezahlen, dich zu entführen."

„Sie können niemanden bezahlen", sagte Lisandra. „Sie haben Schulden. Ungefähr in jedem Reich in dieser Welt."

„Woher willst du das wissen?"

„Na, von Haul."

„Haul hat dir von ihnen erzählt? Auch dass sie in Fischlapp eingekerkert waren?“
„Ja, aber ich durfte es niemandem verraten. Und ich habe es geschafft. Toll, was?“
Lisandra strahlte Scarlett stolz an, bis sie bemerkte, wie verfehlt das war, da doch Berry geknickt zwischen ihnen ging.
„Jedenfalls“, sagte Lisandra schnell, „wird ganz bestimmt alles wieder gut, Berry. Jetzt, wo sie wieder hier sind.“
Berry verdrehte die Augen und zu Scarletts Überraschung verzog sie den Mund zu einem Lächeln.
„Ihr seid der Horror!“, sagte sie. „Könnten wir jetzt bitte das Thema wechseln?“
„Wir haben uns riesengroße Mühe gegeben“, sagte Scarlett. „Ehrlich.“
„Ja“, antwortete Berry. „Vergebens. Aber ich kann euch beruhigen: Ich bin weder verzweifelt noch hadere ich mit meinem Schicksal. Ich habe Eltern, sie leben und es wird ihnen gut gehen. Mehr kann ich nicht verlangen. Ich werde sie besuchen und ihnen nicht die zwanzigste, sondern die hundertste Chance geben, obwohl sie es nicht verdient haben. Und wenn ich die Nase voll von ihnen habe, gehe ich nicht mehr hin. Damit kann ich leben. Es wäre für mich schlimmer, wenn sie tot wären. Verstanden?“
Scarlett und Lisandra nickten schuldbewusst. Doch die Zerknirschung hielt bei Scarlett nicht lange an. Kaum waren sie bei Maria und Thuna im alten Bad angekommen und mit ihnen durch den Spiegel in den Trophäensaal gestiegen, fragte sie:
„Sag mal, Berry, was läuft da eigentlich zwischen dir und Gem?“
„Na, was schon?“, fragte Berry zurück. „Ich habe dir doch von meinem Forschungsprojekt erzählt.“
„Du darfst ihn aber nicht ernst nehmen“, warnte sie Scarlett. „Oder ihn womöglich zu gerne mögen!“
„Warum nicht? Darum geht es doch bei dem Forschungsprojekt.“
„Was für ein Forschungsprojekt?“, fragte Maria.
„Es hat etwas mit Liebe zu tun“, antwortete Berry. „Über den Rest rede ich nicht.“
„Aber du weißt schon, was dieser Typ für einen Ruf hat?“, fragte Scarlett. „Er nimmt *jede*!“

„Und manchmal auch *jeden*“, fügte Lisandra hinzu. „Das weiß ich von Haul.“
„Oh, wirklich?“, fragte Scarlett interessiert.
Lisandra nickte vehement.
„Was ihn zu einem fantastischen Forschungsobjekt macht“, erklärte Berry. „Warum sollte ich Molche oder Frösche küssen, wenn ich ein Krokodil haben kann? Noch dazu ein zahmes?“
„Apropos Krokodil“, sagte Maria. „Tail nagelt da vorne ein Plakat an die Wand.“
„Die Wettquoten!“, rief Lisandra. „Ich habe gehört, sie haben ihm gestern Abend seinen Wettsalon eingerannt und wollten ihre Wetten ändern.“
„Warum?“
„Na, weil …“
Lisandra hielt inne, da ihnen Tail mit weiteren Plakaten unter dem Arm entgegengerannt kam.
„Gratuliere, Berry!“, rief er freudig.
„Wozu?“
„Du bist die Nummer Eins!“
Berry wirkte kurz verwirrt. Dann fragte sie:
„Wie lautete diese Wette noch mal?“
„Wer Gerald als Nächstes auf dem Gewissen haben wird“, antwortete Lisandra. „Oder so ähnlich.“
„Ah.“
„Heißt das, ich bin nur auf Platz 2 gelandet?“, fragte Scarlett. „*Hinter* Berry?“
„Nein“, sagte Tail fröhlich, „auf Platz 2 steht Lisandra.“
Lisandra lachte schadenfroh.
„Du bist nur noch die Dritte, Scarlett!“, rief sie. „Mein Beileid.“
Tail schüttelte den Kopf und der fröhliche Ausdruck in seinem Krokodilgesicht wich langsam einem sorgenvollen Stirnrunzeln.
„Du nimmst es doch nicht persönlich, Scarlett?“, fragte er vorsichtig. „Ich kann wirklich nichts dafür!“
„Wofür genau?“, fragte Scarlett streng.
„Für Platz 5. Du teilst ihn dir mit Thuna.“
„*Was?*“

„Halb so wild, Scarlett“, sagte Berry. „Heute Abend holst du wieder auf, da läuft ja dann *dein* Film!“
„Das bezweifle ich.“
„Wer ist auf Platz 3 und 4?“, fragte Thuna.
„Ajach und Lumili.“
Scarlett lief an Tail vorbei, um sich die fragwürdige Liste mit eigenen Augen anzusehen. Ja, da stand es schwarz auf weiß: Sie teilte sich mit Thuna Platz 5! Na, wenigstens war sie mit der Fee gleichauf.
Mehr und mehr Schüler strömten in die Gänge, als Scarlett und ihre Freundinnen ihren Weg in Richtung Hungersaal fortsetzten. Die Stimmen der Schüler hallten durch die Festung. Ausnahmsweise redeten sie nicht darüber, wie sehr sie Magikalische Physik verachteten oder wie lustig es gewesen sei, Itopia Schwund unsichtbare Hausaufgaben zu präsentieren, sondern heute waren die leuchtenden Kanäle mitsamt ihren Begleiterscheinungen das bestimmende Gesprächsthema.
Die Boote waren allesamt von Moos überwuchert, aus dem leuchtende Pilze sprossen, Elfenfamilien wanderten durch die unterirdischen Klassenzimmer und quartierten sich in Kreidekästen, Pultfächern oder Kartenschränken ein und Falter in Faustgröße brummten über die Köpfe der Schüler hinweg. Angeblich war sogar ein Mittelding aus Fisch und Eisbär gesichtet worden. Der Fisch mit weißem Fell, triefenden Riesenpfoten und einer schwarzen Nase war aus einem der Kanäle gestiegen, hatte sich kräftig geschüttelt und war anschließend in die Dunkelheit davongetrottet.
Scarlett merkte, wie wohl sie sich fühlte, wenn sie in dieses Meer aus aufgeregten Stimmen eintauchte. Das war es, was sie wirklich brauchte! Im Grunde war es ihr egal, ob sie den ersten, den zehnten oder den tausendsten Platz von Tails Wettliste belegte. Das Wichtigste war, dass es diese Liste gab und dass ihr Name darauf stand. Das hieß, dass sie dazugehörte. Mehr als das hatte sie nie gewollt.
„Wo bleibst du, Maria?“, rief Lisandra. „Ist dir gerade klar geworden, dass dir Berry den Freund ausspannen wird, oder warum bewegst du dich nicht mehr vom Fleck? “

„Das Mammut kann nicht mehr“, erklärte Maria, die weit zurückgefallen war. „Ich fürchte, es geht ihm nicht gut.“
Und wie auf Kommando kippte das Stoffmammut um und blieb reglos am Boden liegen. Thuna rannte sofort los und holte Estephaga Glazard aus dem Hungersaal, die das Stoffmammut gewissenhaft untersuchte.
„Es hat Fieber“, stellte Estephaga fest. „Sein Puls ist schwach. Wäre es ein echtes Tier, würde ich sagen, es ist sehr krank.“
„Halfter soll die Spielsachen gekauft und mir geschickt haben“, sagte Maria. „Könnte es etwas damit zu tun haben?“
„Wenn Halfter so tot ist, wie alle sagen, dann ja“, erwiderte Estephaga. „Das würde allerdings bedeuten, dass er jedes einzelne Ding der Spielwarenladung verhext hat. Zum Glück haben wir genug Zauberer hier, die das untersuchen können.“
„Armes Mammut“, murmelte Maria bedrückt.
„Ich bringe das Ungetüm auf die Krankenstation“, erklärte Estephaga. „Nach dem Essen führe ich ein paar Tests mit ihm durch, dann wissen wir mehr.“
Maria war beim Mittagessen sehr schweigsam. Sie machte sich offenbar große Sorgen um ihr Stoffmammut, was Lisandra erzürnte.
„Hättest du doch nur halb so viel Mitgefühl für Dandelia Pimbel“, sagte sie. „Die Katze ist eine versteinerte Heldin und ich brauche sie dringend als Gesellschaft, falls ich doch noch eine Ewigkeit in der Zauberzeit verbringen muss. Also kümmere dich gefälligst um sie, statt deine Energie an das hirnlose Stoffmammut zu vergeuden!“
„Ich streichle Dandelia zwei Stunden am Tag“, rechtfertigte sich Maria. „Das muss reichen. Und für jedes Mal, das du mich in Zukunft nervst, kürze ich die Zeit um zehn Minuten! Also überleg dir, was du sagst.“
„Du könntest sie auch fünf Stunden streicheln“, sagte Lisandra. „Du sitzt doch eh nur die ganze Zeit am Spiegel rum.“
„Eine Stunde und fünfzig Minuten.“
„Und ich dachte immer, du wärst nicht so zickig wie Scarlett.“
„Eine Stunde und vierzig Minuten.“
„Sondern gutherzig.“

„Eine Stunde und dreißig Minuten."
„Du bist so was von albern!"
„Eine Stunde und zwanzig Minuten."
Lisandra blickte Maria tief entrüstet an, doch schwieg daraufhin tapfer. Maria hatte gewonnen.
Kurz darauf betrat Gerald den Hungersaal.
„Platz 5?", fragte er ungläubig, als er mit seinem Eintopf gegenüber von Scarlett Platz nahm.
„Ja", antwortete sie leichthin und hielt ihre Schüssel an den Mund, um den Rest auszutrinken.
„Damit bleibst du weit hinter meinen Erwartungen zurück", sagte er. „In dir steckt mehr! Ich bin enttäuscht."
„Ich weiß. Aber Berry hat auch eine gute Leistung abgeliefert. Und sich besser verkauft."
„Oh ja."
„Und Lisandra hat den Zuckerli-Bonus", fügte Scarlett hinzu. „Dagegen kommt man nicht an."
„Aber was ist mit Ajach und Lumili?", wandte Gerald ein. „Die hättest du doch locker abhängen können."
Scarlett stellte die leere Schüssel auf den Tisch.
„Habe ich ja auch. Allerdings in einer Wette, in der ein anderer im Mittelpunkt steht."
„Stimmt", sagte er. „Und man kann ja nicht überall die Beste sein."
„Doch, kann man schon", sagte sie. „Ich finde, in dieser Disziplin zählt ohnehin nur *deine* Rangliste. Was interessiert mich die Meinung von ein paar ahnungslosen Schülern?"
„Meine Rangliste?", fragte er. „Dann willst du womöglich wissen, an wievielter Stelle du bei mir stehst?"
„Ja, spuck's aus!"
„Interessante Frage. Also gehen wir mal davon aus, dass Maria unangefochten außerhalb der Konkurrenz läuft, dann bist du bei mir auf … hm … ich weiß nicht … ich fürchte, ich bin unentschlossen. Da muss ich erst noch mal eine Nacht drüber schlafen."
Er rührte mit dem Löffel in seinem Eintopf herum und warf Scarlett einen Blick zu, der jedes weitere Wort überflüssig machte.

„Ich werde dich auch vermissen“, sagte sie und lächelte zurück. „Mörderisch.“
Er nickte zufrieden.
„Wenigstens in der Hinsicht enttäuschst du mich nicht.“

Kapitel 26: Eine Lücke in der Zeit

Mitten in der Nacht fuhr Gerald aus dem Schlaf auf. Das Schlimme an dem Alptraum, den er gehabt hatte, war, dass er sich nicht wie ein Alptraum angefühlt hatte. Es war, als hätte er eine Szene miterlebt, die wirklich geschah, ganz real, mit dem einzigen Unterschied, dass er dazu verdammt gewesen war, zuzusehen und rein gar nichts an dem, was da passiert war, hatte ändern können. Sein Herz klopfte nicht – es *stampfte* in seiner Brust. Er saß aufrecht im Bett. An Schlaf war nicht mehr zu denken.

Maria atmete tief und still. Sie hatte bis zwei Uhr am Spiegel ausgeharrt und brauchte nun dringend Erholung. Seit fünf Tagen mussten sie und Rackiné fast rund um die Uhr dafür sorgen, dass die Übergänge in die Spiegelwelt und nach Lettimur passierbar blieben.

Gerald tastete nach seiner Uhr. Es war halb vier. Rackiné hatte seinen Spiegeldienst um drei Uhr angetreten, was bedeutete, dass Gerald nach Lettimur gehen und das Grab seines Vaters besuchen könnte. Das hatte er schon seit Tagen vor, doch es war einfach keine Zeit dafür geblieben. Leise stand er auf und zog sich an.

Als er die schwere Wohnungstür mit den Elfen und Gnomen hinter sich zuzog, merkte er sofort, dass er nicht allein war. Und das, obwohl es auf dem Gang stockfinster war.

Hanns und er hatten Wege gefunden, ihre Gedankenwelten ein wenig voneinander abzuschirmen, indem sie Aufmerksamkeitsbarrieren errichteten. So wie man Geräusche ausblenden konnte, die immer da waren, blendeten sie einander häufig aus, vor allem hier oben im Dachgeschoss, in dem sie beide schliefen. Sonst hätte sich einer von ihnen unweigerlich eine neue Unterkunft suchen müssen.

Doch sobald sie einander begegneten, bahnten sich ihre Empfindungen und Gedanken den Weg ins Bewusstsein des anderen. Es ließ sich einfach nicht verhindern. Und so wusste Gerald, dass Hanns gerade am oberen Rand der Treppe stand und im Begriff gewesen war, in den Trophäensaal zu fliegen. Er stand jetzt immer um diese Zeit auf, irgendwann zwischen halb vier und

halb fünf Uhr, und seit Rackinés Spiegelzeiten morgens um drei Uhr begannen, behelligte er Maria nicht mehr.
Nun, da er Gerald begegnet war, schob Hanns seine Verwandlung auf und wartete an der Treppe auf ihn. Gemeinsam stiegen sie die Stufen hinab und Hanns tat, was er immer tat in diesen Tagen, weil es ihm einfach nicht abzugewöhnen war: Er sprach Gerald auf seine drängendsten Probleme an. In diesem Fall war es der Traum, der ihn nicht mehr hatte schlafen lassen.
„Ich komme in dem Traum vor“, sagte Hanns, „also habe ich ein gutes Recht, darüber zu reden.“
„Und deine Nase in meine Träume zu stecken.“
„Es gibt eine Sorte Träume, um die würde ich selbstverständlich einen großen Bogen machen. Wobei ... ich kann es nicht garantieren. Aber so ein Traum war das nicht. Zumal du den Traum für keinen Traum hältst, sondern eher für eine Art Vision. Sonst wärst du nicht so erschüttert.“
Es hatte manchmal – und die Betonung lag auf dem Wort *manchmal* – auch Vorteile, dass ihre Gedankenwelten so miteinander verknüpft waren. So musste Gerald erst gar nicht versuchen, seinen Traum zu schildern und die Gefühle, die er dabei gehabt hatte, in Worte zu fassen. Alles, was Gerald über den Traum wusste, wusste Hanns auch. Und er blieb erstaunlich gefasst.
„Es könnte eine Möglichkeit sein“, sagte Hanns. „Eine von vielen. Oder wir verstehen die Bilder falsch. Du weißt doch noch, wie Maria in einem Spiegelwelt-Buch ein Bild gesehen hat, auf dem Gangwolf und Grohann miteinander kämpfen. Das Bild hat die Zukunft abgebildet, aber jeder hat sie falsch gedeutet.“
Ja, Gerald konnte sich bestens daran erinnern. Das Bild hatte Freundschaft gezeigt, nicht Feindschaft. Doch die Freundschaft war durch Gangwolfs Tod jäh beendet worden, was Gerald zum eigentlichen Problem zurückführte.
„Ich glaube, da wirst du dir ganz schön dein schlaues Hirn verrenken müssen, um aus meinem Traum etwas Erfreuliches herauszulesen.“

„Alles, was an deinem Traum schrecklich ist, findet in deinem Kopf statt. Wenn ich es richtig erfasse, stehst du eigentlich nur in der Spiegelwelt herum und bist verzweifelt."
„Weil Amuylett untergeht und du irgendwas Wahnsinniges versuchst, das nicht klappen kann und das so oder so mit deinem Tod endet, egal, ob du erfolgreich sein wirst oder nicht. Weswegen du Scarlett vorher nach Lettimur gelotst hast, ohne sie darüber aufzuklären, was passieren wird. Gleichzeitig ist Maria in der Spiegelwelt verschollen, woraufhin sich dieser Ort mal wieder auf die gruseligste Weise verändert hat. Rackiné steht an der Tür nach Lettimur und schreit. Ich weiß nicht, ob ich ihn jemals so habe schreien hören wie in diesem Traum. Und da erklärst du mir, ich könnte die Bedeutung dieses Traums missverstehen?"
„Ich gebe zu, er hat was Düsteres. Vor allem für mich. Du musst eigentlich nur Maria finden und mit ihr nach Lettimur verschwinden. Ich baue jetzt mal darauf, dass du das schaffst."
Sie ließen die Treppe hinter sich und betraten die Gänge des Hauptgebäudes, in denen es keine stillen Nächte mehr gab. Überall brannte Licht, Auswanderer warteten darauf, die Spiegelwelt passieren zu dürfen, Soldaten patrouillierten die Gänge und Angestellte der Auswanderungsbehörde verteilten Formulare, stellten Fragen und versorgten die Wartenden mit Essen, Trinken, Kissen und Decken.
Um kein Aufsehen zu erregen, hatte Hanns sich und Gerald unter einem Tarnzáuber verschwinden lassen. Nur ab und zu, wenn es galt, an Hindernissen vorbeizukommen oder Sperren zu passieren, wurden sie sichtbar und zogen alle Blicke auf sich. Kaum war ein Engpass gemeistert, umgab Hanns sie beide wieder mit einem Schein der Unauffälligkeit, der sie aus der Aufmerksamkeit sämtlicher Anwesenden entließ.
„Ich muss einfach damit leben, dass so etwas passieren kann", sagte Hanns und reagierte damit auf Geralds unausgesprochenen Protest. „Wir haben solche Situationen wie die in deinem Traum schon erlebt. Und du weißt, es besteht immer die Möglichkeit, dass sich alles doch noch zum Besseren wendet. Deswegen denke ich jetzt nicht lange über diesen Traum nach, denn das würde mich

nur lähmen. Auch wenn ich dir zustimme, dass er zu echt war, um ein gewöhnlicher Traum gewesen zu sein."
„Findest du wirklich? Je länger ich wach bin, desto mehr tröste ich mich damit, dass es wahrscheinlich doch nur ein Traum war. Ich habe eindeutig Verlustängste."
„Die haben wir alle. Und jeder von uns träumt solche Sachen, aber nicht so glasklar und real."
„Die Frage ist doch: Kann ich etwas tun?", fragte Gerald. „Etwas, das die Zukunft – falls es die Zukunft war – verändert?"
„Nein, kannst du nicht. Du kennst doch sicher diese Geschichten, in denen die Leute durch ihre verrückten Versuche, die Zukunft zu verändern, genau die Zukunft herbeiführen, vor der sie sich drücken wollten? Nimm es einfach zur Kenntnis und leb weiter. Wie gesagt, es könnte eine Möglichkeit von vielen sein. Der Sterndeuter sieht ständig unzählige solcher Möglichkeiten. Wichtig ist, dass man nicht versucht, eine dieser Möglichkeiten zu meiden, sondern die Möglichkeit findet, die man für den richtigen Weg hält. Diese eine muss man erforschen."
Sie erreichten den Trophäensaal und hier musste Hanns sie wohl oder übel wieder aus dem Tarnzauber entlassen, damit sie den Spiegel passieren konnten. Gerald hatte sich längst noch nicht daran gewöhnt, dass er seit der Filmvorführung eine Berühmtheit war, die jeder Fremde verzückt, fasziniert und sensationslustig studierte. Dabei hatte er das Gefühl, dass ihn die Menschen überhaupt nicht mehr sahen. Sie sahen Bilder, die sie von ihm im Kopf hatten. Nicht ihn selbst. Dieser alberne Wahnsinn störte ihn wirklich, doch immerhin traten alle Leute bereitwillig beiseite und am Spiegel wurde ihnen sofort Platz gemacht.
„Guten Morgen, wackerer Rackiné!", grüßte Gerald den Hasen und dieser reagierte mit einem huldvollen Nicken.
Rackiné war wirklich tapfer, denn er hielt sich eisern an die Spiegelzeiten, die ihm Grohann aufbürdete, ohne auch nur ein Wort des Protests. Gut, er ließ sich dafür ein wenig feiern, so wie jetzt auch, aber das hatte er verdient. Dafür musste man allerdings auch den einen oder anderen karottenfarbenen Läufer im Spiegelschloss akzeptieren, ebenso wie Kronleuchter, die auf einmal aus blumenkohlförmigen Kristallen bestanden.

Gerald atmete förmlich auf, als er auf der anderen Seite des Spiegels erneut unter Hanns' Tarnzauber verschwand.
„Kann ich bitte mein altes Sumpfloch wiederhaben?“, fragte er. „Meine alte Welt, mein altes Leben und eine Aussicht auf eine halbwegs passable Zukunft?“
„Sei nicht so undankbar. Wir leben.“
„Ich weiß nicht, wie oft ich mir das in der letzten Woche gepredigt habe. Aber das Komische ist …“
Er sprach nicht weiter, da das Gefühl, das er auszudrücken versuchte, ein schwieriges war. Immer mal wieder dachte er darüber nach, aber fand kaum Bilder oder Worte dafür.
Es war, als hätte er tief unter der Erde eine Lücke in der Zeit gefunden. In jenen verzweifelten Stunden hatte er ein Gefühl gehabt, das er manchmal vermisste. Es war ein Gefühl des Aufgehobenseins gewesen. Ein Gefühl der Wahrheit, hart und tröstlich zugleich. Ein Gefühl, als würde er in etwas eintauchen, das ihn glücklich machte, unabhängig von allen Bedingungen. Und mit jedem Tag, den er auf den Abschied von Amuylett zusteuerte, sehnte er sich mehr danach zurück.
„Es geht mir genauso“, sagte Hanns überraschenderweise. „Man sollte meinen, ich würde die Tage unter der Erde am liebsten aus meinem Gedächtnis streichen. Aber das Gegenteil ist der Fall. Jetzt, da ich weiß, dass ich das alles überlebt habe, ist der Ort da unten eine Zuflucht für mich geworden. Wann immer alles um mich herum laut und hektisch und drängend wird, merke ich, wie ich mich in Gedanken dorthin zurückziehe. An den tiefsten Grund. Ich weiß nicht, ob es die Nähe zu deinen Laternen ist oder zu der Grenze zwischen Leben und Tod, die mir das Gefühl gibt, am tiefsten Grund gewusst zu haben, was wirklich wichtig ist. Nirgendwo fühle ich mich so sicher wie an diesem Ort in meiner Vorstellung. Und selbst, wenn du mir von deinem Traum erzählst, der keiner war, merke ich, wie ich an diesen Ort denke, wie ich dort existiere und plötzlich aufhöre, Angst zu haben.“
Damit hatte er so ziemlich genau das ausgedrückt, was Gerald auch umtrieb. Der tiefste Grund. Sie hatten ihn nie verlassen und seltsamerweise war die damit verbundene Dunkelheit durchdrungen von einer Art goldenem Licht. Da war Zuversicht.

Da war Heilung. Da war das Gefühl, nicht allein zu sein. Ausgerechnet dort.
„Dieses Gefühl ist wichtig für mich geworden“, sagte Gerald. „Aber ich fürchte, dass ich es verlieren werde, wenn sich die Tür zwischen Amuylett und Lettimur schließt. Dass mir meine Zukunft in Lettimur meine wertvollsten Erinnerungen raubt. Und dass ich mich immer weiter davon entferne, sodass ich eines Tages, wenn ich sterbe, nicht mehr an diesen Ort zurückgehen kann.“
„Ich glaube, der Ort ist überall“, meinte Hanns. „In der einen oder anderen Gestalt. Wir werden dorthin zurückfinden. Du hast nur Angst, dass wir uns verpassen, wenn wir es tun.“
Mehr sagte er nicht. Musste er auch nicht, denn sie dachten das Gleiche.
Sie hatten etwas herausgefunden, für kurze Zeit. Etwas sehr Wichtiges, das kaum verständlich war. Indem sie dieses Gefühl teilten, indem sie gemeinsame Erinnerungen hatten, ging es nicht verloren. Doch an dem Tag, an dem sie sich für immer trennen und unterschiedliche Wege in unterschiedlichen Welten einschlagen müssten, würde das Gefühl womöglich aufhören. Es würde sich auflösen und sie fänden es nicht mehr.
„Ich muss mich leider beeilen“, sagte Hanns.
„Ich weiß.“
Hanns wurde an den Flugwurm-Häfen erwartet, genau jetzt, und er würde zu spät kommen. Daher verwandelte er sich beim nächsten Schritt in einen Vogel und flog in Richtung Treppenhaus. Seine Gedanken bewegten sich aus Geralds Wahrnehmung, als er die Tür nach Tolois durchquerte.
Gerald ignorierte das übliche innere Ziehen und Zwicken, das mit der Trennung ihrer inneren Welten verbunden war, und setzte seinen Weg ohne Tarnzauber fort, woraufhin er wieder von etlichen neugierigen Blicken verfolgt wurde. Als er in Lettimur angekommen war, schlug er einen Weg fernab der großen Straße ein und konnte dort unbemerkt durch die nächtliche Landschaft wandern.
Zu dieser frühen Stunde – es war jetzt halb fünf – war der Park, in dem Gangwolf begraben lag, ein menschenleerer, verwunschener

Ort. Das Grab am Fuß des Aussichtsturms und der Stein, in dem das alte Schwert steckte, leuchteten schwach in der Dunkelheit. Seit Thunas Tränen auf das Grab gefallen waren, war es von diesem tröstlichen Schimmer bedeckt, der an verirrte Sonnenstrahlen erinnerte. All die Sommer, die vergangen waren, steckten darin, ebenso wie die unbekannten Sommer, die noch kommen würden.

Gerald setzte sich vor das Grab, dessen Lichtschein nicht ausreichte, um Geralds Gestalt Konturen zu verleihen. Er war unsichtbar in der Nacht und in diesem Moment war er es gern. Denn die Traurigkeit, für die in den geschäftigen Tagen seit Gangwolfs Tod keine Zeit geblieben war, verlangte ihren Anteil.

Er saß lange dort und die Sterne am Himmel wanderten in majestätischer Langsamkeit über ihn hinweg. Irgendwann kam ein warmer Wind auf, der die Pflanzen auf Ritter Gangwolfs Grab sanft durchschüttelte. Libellen und Nachtfalter flatterten auf und umschwirrten das Grab. Die Nacht erreichte die Grenze zum Morgen.

Zu seiner Überraschung hörte Gerald nun Geräusche aus dem Inneren des Aussichtsturms. Jemand stieg die Stufen hinab und trat kurz darauf ins Freie. Es war Viego.

„Erschrick nicht!“, rief Gerald. „Ich bin hier.“

Viego fuhr dennoch erschrocken herum. Er holte ein kleines Licht aus seiner Hosentasche, leuchtete damit in der Gegend herum und als das Licht auf Geralds Umrisse traf, atmete er erleichtert auf.

„Wie kommst du denn hierher?“, fragte Viego. „So früh am Morgen?“

„Zu Fuß“, antwortete Gerald und lachte.

„Sehr komisch“, sagte Viego. „Es ging mir eher um den ausgefallenen Zeitpunkt.“

„Tagsüber habe ich nie Zeit. Außerdem ist es jetzt schön hier. Man hat seine Ruhe, keiner ist da. Außer dir.“

„Ich schlafe oft dort oben“, sagte Viego und zeigte auf den Turm. „Die Gefahr, mich nachts hier anzutreffen, ist groß.“

„Immerhin begegnen wir uns auf diese Weise mal länger als drei Minuten“, sagte Gerald. „Seit ich aus der Mine zurück bin, hatten wir kaum Zeit zu reden.“

„Ja, wir rennen und hasten, um mit den Ereignissen Schritt zu halten, und vor lauter Eile verpassen wir uns."
Eine Zeitlang standen sie schweigend vor dem Grab, bis Gerald schließlich fragte:
„Wie geht es dir? Ich meine – wie geht es dir wirklich?"
„Das ist eine Frage, die ich dir nur ungern beantworte", sagte Viego. „Aber weil du es bist, will ich es tun. Die traurige Wahrheit ist: Seit Gangwolf fort ist, komme ich mir alt vor. Wie ein Überbleibsel aus einer Zeit, die endgültig vorbei ist."
„Du bist wichtiger als jemals", widersprach Gerald. „Du hältst diese Welt mit Grohann am Laufen!"
„Schon, aber ich fühle mich um mein richtiges Leben betrogen. Ich war nur ein paar Jahre älter als du, da glaubte ich, ich hätte mein Glück gefunden. Ich freute mich auf mein Leben mit Geraldine, ich freute mich auf meinen neuen Posten als Professor an der Universität und ich freute mich auf die Kinder, die Geraldine unbedingt haben wollte. Nun sind fast zwanzig Jahre vergangen und ich stehe hier vor einem Grab, mit leeren Händen. Geraldine ist nur noch eine Stimme in meinem Kopf, Gangwolf ist fort, die Kinder wurden nie geboren. Das Leben, auf das ich mich gefreut hatte, hat nie stattgefunden."
„Trotzdem war dein Leben ein besonderes Leben. Ein wichtiges Leben. Für mich jedenfalls."
„Dank Gangwolf war es ein brauchbares Leben. Und dank Geraldines Anwesenheit ist es das immer noch. Doch in Nächten wie diesen beschleicht mich die Angst, dass es nur der Schatten eines Lebens ist. Keine Angst, Gerald, diese Zustände sind nie von Dauer. Sobald die Sonne aufgeht, die Gangwolf zu meinem Verdruss so geliebt und stets gesucht hat, bin ich getröstet. Dann ist es, als wäre er immer noch da, so wie Geraldine, auch wenn er keine Stimme hat, die ich hören kann. Etwas von ihm ist bei mir und wird es immer sein. Nur manchmal – gerade jetzt – habe ich das Gefühl, das ist nicht genug. Und dann denke ich: Wie lange muss ich noch so unvollständig bleiben? Wie lange den Schmerz mit mir herumtragen?"
„Wenn du eine Pflanze aus diesem Grab rupfst, wächst etwas Neues nach", sagte Gerald. „So ist es auch mit den Lücken, die

Menschen hinterlassen. Ich sage mir das immer wieder, wenn ich daran denke, dass ich Scarlett verlieren werde. Nicht, dass es viel nützt ..."

„Es gibt spezielle Lücken", wandte Viego ein. „Da wächst nichts mehr. Nie wieder."

„Mag sein."

„Und wenn man auf eine solche Lücke zusteuert, sehenden Auges, ist das besonders ärgerlich. Ich hatte nie eigene Kinder, aber Scarlett war von Anfang an wie eine Tochter für mich. Es leuchtet mir nicht ein, dass ich sie nun auch noch vermissen soll! Nur weil sie ihr törichtes Herz an diesen anstrengenden Jungen verloren hat."

Gerald lachte.

„Er ist wirklich anstrengend, das stimmt. Aber ich kann ihr Herz verstehen. Er hätte mein bester Freund werden können. Einer, wie Gangwolf es für dich gewesen ist. Man trifft selten auf jemanden, zu dem man eine besondere Verbindung hat."

„Er hat doch schon lauter Freunde, zu denen er eine *besondere Verbindung* hat."

„Die verliere ich genauso ungern", sagte Gerald. „Seine Freunde sind auch meine Freunde."

„Erzähl mir, was du willst", meinte Viego, „ich werde die Hanns-Lücke in meinem Leben begeistert begrüßen. Oder würde es tun, wenn damit nicht untrennbar eine Scarlett-Lücke verbunden wäre."

„Ja, die beiden bekommt man nur im Doppelpack", sagte Gerald. „Als riesengroße Lücke oder doppelt anstrengende Heimsuchung. Apropos – wie läuft es mit Lulu und meiner Mutter? Ich hoffe, sie stören dich nicht zu sehr?"

„Nicht stören?", rief Viego. „Deine Schwester ist eine grauenvolle Nervensäge! Sie nennt mich hartnäckig *Onkel Viego* und plappert und lacht den ganzen Tag. Vorzugsweise in meiner Nähe."

„Hat das mein Vater nicht auch getan? Geplappert und gelacht?"

„Du hast recht. Manchmal verdränge ich, wie lästig seine gute Laune sein konnte."

„Immerhin klingt es so, als ob Lulu hier glücklich ist."

„Sie scheint ihre alte Welt überhaupt nicht zu vermissen, ganz ähnlich wie deine Mutter, die seltsam verträumt in der Gegend herumläuft und später von Orten erzählt, die sich vermutlich in einem anderen Universum befinden. Lulus Fröhlichkeit ist sehr viel irdischer. Sie ist froh, dass sie gerade nicht zur Schule gehen muss. Das Mädchen ist unglaublich faul."
„Ich werde Anna ab heute wieder unterrichten. Lulu muss mitmachen, ob sie will oder nicht."
„Was mit Anna los ist, möchte ich mal wissen", sagte Viego. „Sie wirkt nicht unglücklich und doch die ganze Zeit melancholisch. Sie trägt etwas mit sich herum, worüber sie nicht sprechen will."
„Eines Tages wird sie reden. Wenn sie den richtigen Menschen dafür gefunden hat."
„Ich fürchte, ich mag ihre Traurigkeit, weil ich meine eigene darin wiedererkenne", gestand Viego. „Ich fühle mich dann weniger allein. Selbstsüchtig, oder?"
„Nein, gar nicht. Umgekehrt geht es ihr womöglich genauso."
„Wer weiß", sagte Viego. „Lass uns aufbrechen. Bald beginnt der Tag und in der Bibliothek wartet eine Menge Arbeit auf mich."
Sie verließen den Park und schritten durch die nächtlichen Straßen Juvelys. Anfangs gingen sie durch einsame Straßen, die noch nicht bewohnt waren, doch als sie in eine Gegend kamen, in der bereits Leute eingezogen waren, tauchten drei Katzen auf, die in einigem Abstand hinter ihnen herliefen. Die Einwanderer mussten sie mitgebracht haben, denn soweit sich Gerald erinnern konnte, hatte Maria noch keine Katzen erschaffen.
Schweigend gingen sie am Flussufer entlang, bis sie durch ein steinernes Tor in den Stadtteil gelangten, in dem sich die Bibliothek befand. Der Himmel über der Stadt war bereits milchig weiß. Der nahe Morgen duftete verführerisch und ein Schwarm von Vögeln zwitscherte fröhlich von den Dächern. Als sie den Lesesaal betraten, war Anna schon wach und angezogen. Sie freute sich über Geralds Ankündigung, dass er den Unterricht wieder aufnehmen wolle.
„Lulu soll auch mitmachen", sagte Gerald. „Sie muss etwas lernen."
„Aber sie schläft noch."

„Klar schläft sie noch“, antwortete er. „Aber ich bin ein skrupelloser großer Bruder und werde sie einfach aus dem Bett schmeißen. Das wäre nicht das erste Mal.“
„Soll ich Hörnchenmilch machen?“, fragte Anna. „Für uns drei?“
„Ich hatte gehofft, dass du das fragst“, sagte Gerald. „Ja, bitte.“
Anna verschwand in der Küche und Gerald ging in das kleine Zimmer, das Lulu zu ihrem eigenen auserkoren hatte. Zu seiner Überraschung war sie wach. Sie stand im Nachthemd am Fenster und lehnte sich so weit hinaus, dass er Angst hatte, sie könne fallen, wenn er sie erschreckte. Er nutzte die Magikalie seiner Instrumente, um ein schwaches Licht in seiner Hand zu entfachen, damit sie ihn wenigstens sehen konnte, wenn er sie ansprach.
Kaum ging das Licht an, wandte sie sich nach ihm um.
„Oh, Gerald“, flüsterte sie. „Schön leise sein, ja?“
„Warum?“
Sie zeigte aus dem Fenster und er trat an ihre Seite. Auf einem Balkon am anderen Ende der Bibliothek erkannte er die blau und grün schimmernden Umrisse von Thuna und Grohann. Lichterscheinungen umkringelten die beiden. Sie hielten sich an den Händen und blickten einander in die Augen, als gäbe es nichts anderes Sehenswertes auf dieser Welt.
„Das habe ich mir gewünscht!“, flüsterte Lulu. „Ich wollte auch so eine schöne Fee sein. Und einen so tollen Satyr lieben.“
„Es gibt nur noch diesen einen Satyr“, erwiderte Gerald. „Zumindest nur noch einen so tollen, um bei deiner Wortwahl zu bleiben. Und selbst wenn du das dritte Erdenkind geworden wärst, wäre dein Talent viel schwächer gewesen als das von Thuna, weil das fünfte Erdenkind fehlt.“
„Ich weiß“, sagte Lulu sentimental. „Es ist bitter.“
„Du wirst einen anderen tollen Kerl finden. Es könnte ja noch einen geben, abgesehen von Grohann.“
„Nein“, sagte Lulu. „Er ist fantastisch einzigartig.“
„Und in Thuna verliebt. Also vergiss es.“
„Aber er ist doch so toll!“
„Das sagtest du schon. Ziehst du dich an? Ich will Anna unterrichten und du sollst auch mitmachen. Solange es hier noch

keine vernünftige Schule gibt, bringe ich dir bei, was du wissen musst."

„Ich kann nicht weg", erklärte Lulu. „Ich warte darauf, dass sie sich küssen."

„Das werden sie nicht tun."

Aber sie taten es doch, genau jetzt. Ihre Lippen berührten sich vorsichtig, um keine naturmagische Explosion auszulösen, doch innig genug, um den Balkon spontan zu begrünen. Lulu seufzte ergriffen.

„Weißt du, Gerald", sagte sie, „auch wenn ich keine Fee geworden bin, bin ich doch endlich dort angekommen, wo ich hingehöre."

„Ich wünschte, ich könnte das Gleiche von mir behaupten", sagte er und legte seinen Arm um sie. „Aber solange du hier glücklich bist, werde ich es auch sein. Ein bisschen jedenfalls."

Kapitel 27: Was die Katze weiß

Der Zustand des Mammuts verschlechterte sich Tag für Tag und irgendwann erklärte Estephaga, dass es praktisch keine Hoffnung mehr gebe. Hanns, Dorian Repuls und sogar Hylda hatten einen Blick auf das Stofftier geworfen und sie alle kamen zu der gleichen Schlussfolgerung: Jemand – allem Anschein nach war es Halfter gewesen – hatte dieses Tier mit den unverschämtesten Spionagezaubern versehen, die man sich ausdenken konnte. Hanns erkannte die Überreste eines Abhörzaubers, eines Ortungszaubers und sogar eines Kommandozaubers, der das Tier fernzusteuern vermochte. All diese Zauber waren jedoch mit Halfters Tod zerfallen und somit nicht mehr wirksam.

Das Problem daran war, dass sich die Zauber mit dem Leben verbunden hatten, das Maria dem Mammut eingesprochen hatte, und dieses Leben drohte nun ebenso zu zerfallen wie die Zauber. Rackiné war darüber untröstlich, denn er hielt das riesige Mammut für seinen kleinen Bruder. Er zeigte mehr Herz, als es ihm Maria und ihre Freundinnen jemals zugetraut hätten, denn er verbrachte alle Stunden, in denen er keinen Spiegeldienst hatte, am Bett des kranken Stofftiers. Rackiné war es auch, der von Maria verlangte, das Mammut müsse endlich einen Namen bekommen.

„Hältst du das für eine gute Idee?“, fragte Maria. „Sein Tod wird noch trauriger für uns werden, wenn es einen Namen hat.“

„Aber vielleicht stirbt es ja auch, weil es *keinen* hat?“, sagte Rackiné. „Ein eigener Name macht es bestimmt stärker!“

„Na, wenn du meinst. Du darfst dir einen Namen aussuchen, Rackiné. Du hattest die Idee, du versorgst ihn so rührend, also soll das deine Aufgabe sein.“

Rackiné überlegte daraufhin sehr lange. So lange, dass Maria irgendwann dachte, er hätte die Lust am Überlegen verloren und das Thema längst wieder vergessen. Doch schließlich verkündete er:

„Wir nennen ihn Zuckerli!“

„Was?“

„Zuckerli! So wie die Apfel-Lakritz-Bonbons von Lisandra.“

„Aber Lissi mag die Bonbons gar nicht. Das war doch nur so eine dumme Geschichte von Gerald!“
„Eben.“
„Eben?“, wiederholte Maria verständnislos.
„Das ist doch lustig, wenn wir es dann Zuckerli nennen!“
„Nicht für das arme Mammut.“
Rackiné verzog das Gesicht.
„Hieß es nun, ich darf einen Namen aussuchen? Oder hieß es vielleicht: Ich darf nur einen Namen aussuchen, der dir passt? Was wiederum hieße, dass nicht ich, sondern *du* bestimmst, wie er heißen soll?“
Maria hatte keine Lust, sich zu streiten. Und was spielte es für eine Rolle, wie das Mammut hieß, wenn es ja doch nicht überleben konnte?
„Na gut. Nennen wir es Zuckerli.“
„ZUCKERLI!“, rief jetzt auch Kunibert, der auf einem Stapel von Handtüchern gesessen und zugehört hatte. „RACKI, KUNI und ZUCKI!“
„Ja, abgekürzt klingt es noch viel hübscher“, sagte Maria, doch Kunibert verstand ihren Sarkasmus nicht und klatschte freudig in seine Strohhände.
Maria brach danach zu ihrem Spiegeldienst auf und als sie am Abend zurückkehrte, sah sie erstaunt, wie Rackiné dem Mammut heißen Vanillepudding einflößte, Löffel für Löffel.
„Zuckerli geht es schon viel besser“, erzählte er. „Der Name hat es geheilt!“
Ob es nun der Name gewesen war oder die große Liebe, die Rackiné und Kunibert ihrem kleinen Riesenbruder entgegenbrachten, würde auf ewig ein Mysterium bleiben, doch eins stand fest: Seit diesem Nachmittag ging es mit dem Mammut bergauf. Es war noch zu schwach zum Laufen, aber das Fieber war weg und es konnte wieder etwas essen.
Zwei Tage später saß Maria am Bett von Zuckerli auf der Krankenstation und streichelte die versteinerte Dandelia Pimbel. Sie hätte schon größere Fortschritte mit der Katze machen können, doch sie hatte ihre Bemühungen verlangsamt, da sie auf einen ganz bestimmten Moment im Prozess ihrer Wiedererweckung wartete.

Heute stellte er sich endlich ein: Die versteinerte Dandelia bewegte ihre Augen und kurz darauf konnte sie auch ihr Mäulchen öffnen. Demonstrativ schnappte Dandelia nach Luft (wobei der steinerne Fisch mit einem lauten *Klonk!* zu Boden fiel) und stöhnte und hechelte.
„Mach schneller!“, rief sie. „Beeil dich! Ich halte das nicht länger aus.“
Maria hielt in ihrer Streichelbewegung inne, klemmte sich die ansonsten noch sehr steinige Katze unter den Arm und verschwand im angrenzenden Zimmer, dessen Tür sie hinter sich schloss. Dort platzierte sie Dandelia Pimbel auf Estephagas Schreibtisch.
„Ich könnte mich schon beeilen“, sagte Maria, „aber vorher brauche ich noch ein paar Antworten von dir.“
„Was? Wie?“
„Du kanntest Otemplos so gut wie niemand anders. Du warst mit ihm im Wald von Tamen, als er von Amuytan unterrichtet wurde. Du warst bei ihm, bis er starb. Du *musst* mehr wissen, als du uns erzählst.“
„Quatsch.“
„Und da ich mich über einige Widersprüche wundere, die alle anderen einfach so hinnehmen, möchte ich, dass du mir die Wahrheit sagst. Über die Erdenkinder, über Amuylett und Lettimur und die Verzweiflung von Otemplos kurz vor seinem Tod.“
„Noch mal Quatsch.“
„Ich muss dich nicht streicheln. Niemand zwingt mich dazu.“
„Doch!“, widersprach Dandelia. „Lisandra wird es tun!“
„Weißt du, was ich kann?“, sagte Maria und nahm dabei seelenruhig auf Estephagas Schreibtischstuhl Platz. „Ich kann dich streicheln und währenddessen dafür sorgen, dass du dich *nicht* in eine normale Katze zurückverwandelst. Lisandra wird denken, dass ich mich anstrenge, aber …“
„Ich werde ihr erzählen, dass du mich erpresst hast.“
„Lisandra mag dich wirklich gern, aber du hast sie schon viel zu oft angelogen, als dass sie dieser Verleumdung Glauben schenken würde. Also, was ist?“
Die Katze schwieg.

„Du musst mir die Wahrheit sagen! Wenn du es nicht tust, schrecke ich vor nichts zurück.“
Die Katze schwieg weiterhin.
„Das ist kein Nein“, sagte Maria. „Ich erkläre dir jetzt, was ich nicht verstehe.“
Die Katze schloss demonstrativ die Augen.
„Die Erdenkinder des Anbeginns hatten einen gemeinsamen Plan“, begann Maria. „Sie wollten die Hüter besiegen, damit Amuylett am Ende eines Zeitalters nicht sterben muss. Ursprünglich sollte Torck in Lettimur bleiben, er war sogar einverstanden damit. Aber Lichtblut hat ihn trotzdem mitgenommen, weil sie meinte, sie könnte ihn rechtzeitig bannen oder in eine andere Welt schicken, bevor seine Existenz in Amuylett Schaden anrichtet. Richtig?“
Schweigen.
„Die Erdenkinder hatten folglich nie vor, nach Lettimur zurückzukehren. Die Lilienpapiere haben sie daher auch nicht als Gebrauchsanweisung für zukünftige Generationen geschrieben, sondern eher für sich selbst, um zu begreifen, was überhaupt mit ihnen passiert. Sie haben aufgeschrieben, was sie von den Hütern wussten, und haben daraus ihre eigene Theorie gebastelt.“
Dandelia Pimbel öffnete ihre Augen wieder und drehte sie in eine andere Richtung.
„Ich nehme an, Otemplos wurde von Lichtblut zu den Hütern in den Zauberwald Tamen geschickt, damit er diese aushorchte. Er sollte bei Amuytan in die Lehre gehen und so tun, als sei er ihr Freund. Ganz im Gegensatz zu Lichtblut, die den Hütern zuvor das heilige Baby geklaut und ein eigenes, sehr mächtiges Reich gegründet hatte, wodurch sie zur gefährlichsten Feindin der Hüter wurde. So war es doch, oder?“
Dandelia brummte.
„Otemplos wurde von Amuytan als Schüler aufgenommen und in sehr geheimes Wissen eingeweiht. So fand er die Zauberzeit, in die auch Lisandra verschwinden kann. Ebenso wie du. Otemplos hörte danach auf, die Hüter zu hassen. Er wollte sie nicht mehr bekämpfen. Als Lichtblut klar wurde, dass Otemplos nicht mehr für sie spionierte, schickte sie Yu Kon zu Otemplos in den

Zauberwald. Otemplos unterrichtete Yu Kon, doch Yu Kon fand die Zauberzeit nicht. Sein Hass auf die Hüter blieb unvermindert und eines Tages brach er seine Ausbildung ab und kehrte mit dem geheimen Wissen, das er gesammelt hatte, zu Lichtblut zurück."
„Alle haben gesagt, dass Otemplos mit Yu Kon seine Zeit verschwendet!", brach es aus der Katze heraus. „Ich auch. Aber Otemplos glaubte, dass er Yu Kon überzeugen könnte. Dass er ihn ändern könnte, weil sie alte Freunde waren. In Lettimur waren sie unzertrennlich gewesen. Doch in Amuylett wurde Yu Kon immer stärker und geschickter. Je mächtiger er wurde, desto verbissener kämpfte er. Otemplos konnte das nicht rückgängig machen."
Maria nickte interessiert.
„Was ich daran nicht verstehe, ist: Wieso war Otemplos plötzlich so gut befreundet mit den Hütern? Er hatte sie doch früher genauso verabscheut wie die übrigen Erdenkinder. Er verurteilte ihre Gnadenlosigkeit, ihre Überheblichkeit und ihr mangelndes Mitgefühl den Opfern von Lettimur gegenüber – war das alles auf einmal nicht mehr schlimm? Nur, weil sie ihn in das Geheimnis der Zauberzeit eingeweiht hatten?"
Die Katze schwieg.
„Dandelia! Warum willst du mir nicht sagen, was du weißt?"
„Weil du es gar nicht wissen willst."
„Ist das so?"
„Es würde dich nur unglücklich machen."
„Wieso?"
„Ihr wollt, dass beide Welten leben", sagte die Katze. „Das ist euer Plan. Aber er ist unsinnig. Je länger die Sonne in beiden Welten scheint, desto schlechter wird es dir gehen. Es wird dich verrückt machen und am Ende töten."
Maria war kurz schockiert. Doch im nächsten Moment verließ sie sich darauf, dass ihr die Katze eins auswischen wollte. Aus Rache dafür, dass sie sie zwang, ihr Antworten zu geben.
„Netter Versuch, Dandi. Aber ich glaube dir nicht."
„Musst du ja auch nicht."
„Es gibt noch ein paar Rätsel, über die ich mich wundere", sagte Maria. „Da ist zum Beispiel der Nachtrag zu den Lilienpapieren, den Viego Vandalez vor einem Jahr im Archiv von Tann gefunden

hat. Laut Viego hat ihn Otemplos kurz vor seinem Tod verfasst. Darin ist von Schatten die Rede, die auf der anderen Seite hausen. Viego nahm an, dass damit die Lieblosen gemeint waren. Otemplos schreibt weiterhin, dass es nun, da Tamen zerstört und die Hüter besiegt seien, keine Hoffnung mehr gebe. Nun frage ich dich: Wieso hat Otemplos nicht mehr daran geglaubt, dass Amuylett überleben kann? Warum wollte er auf einmal wieder die tote Welt besiedeln, so wie es die Hüter immer getan hatten? Und warum ist er gestorben? Woran? Lichtblut und Barth lebten tausend Jahre länger als er."

„Das sind viele Fragen auf einmal."

„Ich habe noch eine: Sie betrifft die verschlüsselte Notiz über den Raum, in dem keine Zeit verging, die angeblich auch von Otemplos stammen soll. Viego sagt, dass nur Eingeweihte sie finden konnten. Darin heißt es, das Ding – also damals Lichtbluts Teppich – dürfe nicht auf die falsche Weise verwendet werden. Es binde die Welten aneinander. Jetzt frage ich mich, wie das Baby der Satyrn die Welten aneinanderbindet. Du warst in Tamen. Du musst alles gewusst haben, was Otemplos gewusst hat. Erklär es mir!"

Dandelia Pimbel starrte das Tintenfass an, das unmittelbar vor ihrer Nase auf dem Tisch stand. Dabei sah sie eher resigniert als wütend aus, was Maria dann doch beunruhigte. Hatte die Katze etwa die Wahrheit gesagt, als sie behauptete, dass nicht beide Welten überleben konnten?

„Ich erzähle dir, was ich weiß", sagte die Katze. „Aber nur, wenn ich mich nicht wieder als Lügnerin beschimpfen lassen muss."

„Ja", sagte Maria und merkte, wie es ihr dabei eiskalt über den Rücken lief. „Einverstanden."

„Was ich weiß, ist nämlich nicht schön", erklärte Dandelia. „Du wirst behaupten, dass ich lüge, nur weil es dir nicht gefällt."

„Und wie lautet die Wahrheit?"

„Amuylett ist tot."

„Wie bitte?"

„Diese Welt ist tot. Seit ewigen Zeiten."

„So sieht es aber gar nicht aus“, meinte Maria und starrte die frischen, grünen Zweige an, die von außen gegen die Fenster stießen.
„Die Engel zerstörten Amuylett vor unendlich langer Zeit“, berichtete die Katze. „In einem Krieg, den sie gegen die Hüter führten. Seitdem ist Amuylett tot.“
„Das verstehe ich nicht“, sagte Maria. „Wir sitzen hier in einer schönen lebendigen Welt. Und Lettimur ist auch lebendig.“
„Amuylett, Lettimur, das ist alles ein- und dasselbe. Morgenwelt, Abendwelt. Je nachdem, ob du diese Welt als sterbende oder erwachende Welt betrachtest, ist es Amuylett oder Lettimur.“
„Wie kann sie denn sterben oder erwachen, wenn sie tot ist?“
„Hör mir doch einfach zu!“, befahl die Katze ungeduldig. „Beide Welten sind der gleiche Ort. Oder anders gesagt: Die tote Welt träumt die lebendige Welt. Immer nur für kurze Zeiten scheinen beide Welten lebendig zu sein. So wie jetzt. Das liegt daran, dass ein viertes Erdenkind die Kraft besitzt, den Traum zweier Welten am Leben zu erhalten. Doch dieser Traum übersteigt seine Kräfte und seinen Verstand. Je länger der Traum von zwei lebendigen Welten andauert, desto verrückter und schwächer wird er das vierte Erdenkind machen, bis es schließlich stirbt und der Traum endet. Eine der beiden Welten wird dann wieder in ihren toten Zustand zurückkehren, der Traum der anderen geht weiter. Diesmal wird Amuylett sterben, denn es pfeift ja schon aus dem letzten Loch. Es ist immer die Morgenwelt, die überlebt, während die Abendwelt stirbt. Daran ist nicht zu rütteln.“
„Das kann nicht sein“, sagte Maria.
„Willst du jetzt wieder behaupten, dass ich lüge?“, fragte Dandelia Pimbel drohend.
„Nein – aber ich verstehe dich nicht.“
„Die Hüter erzählten es Otemplos, weil er es unbedingt wissen wollte, genauso wie du“, sagte Dandelia. „Sie erzählten ihm, dass es nur eine Welt gibt. Das mit den Zwillingswelten ist Quatsch. Sie sehen sich so ähnlich, weil es eine einzige Welt ist. Und diese eine Welt wurde von den Engeln zerstört. Bevor das passierte, bevor die Welt unterging, flüchteten die wenigen Hüter, die es konnten, in die Zauberzeit. An den Ort, an den auch Lisandra

gehen kann. Sie ließen ihre Heimat tot und verlassen zurück und die Engel luden ihre verbannten Engel dort ab, sodass es ein dunkler Ort voller gefährlicher Schatten wurde. Gerald weiß, wie die Wahrheit aussieht. Er war dort. Nichts anderes ist aus Amuylett geworden, nachdem die Engel mit dieser Welt fertig waren."

Maria schwieg verwirrt und schockiert.

„Die wenigen Hüter, die es noch gab, trauerten", fuhr die Katze fort. „Sie hatten alles verloren, was sie liebten, und begannen zu träumen. Sie träumten in der Zauberzeit einen gemeinsamen Traum von der Welt, die sie verloren hatten. Sie träumten von ihrer wunderschönen Heimat und nährten diesen Traum mit ihrer unstillbaren Sehnsucht. Und eines Tages – viele, viele Jahre später – verirrten sich fünf Erdenkinder in diesen Traum und der Traum wurde wahr. So wahr, dass die Hüter in ihre Heimat zurückkehren konnten. So haben es die Hüter Otemplos erzählt."

„Und er hat es geglaubt?"

„Genauso, wie die Hüter daran glaubten. Und die mussten es ja wissen, wie es gewesen ist. Frag mich jetzt nicht, wie und warum, aber dieser Traum, der zur Wirklichkeit wird, hat sich seitdem andauernd wiederholt. Deswegen sprach Otemplos von der anderen Seite. Die andere Seite ist die Wahrheit – die tote Welt, in der die Schatten der Engel leben. Sie ist die dunkle Seite des Traums und je länger der Traum dauert, desto mächtiger wird sie. In den magikalischen Lecks wird der Tod offensichtlich und irgendwann zerfressen die Lecks den Traum einer lebendigen Welt."

„Das klingt, als hätte Torck gar nichts damit zu tun."

„Er verkörpert den Tod einer Welt, aber er ist nicht seine Ursache. Ihr glaubt, wenn ihr Torck verjagt, verbannt oder tötet – was sowieso unmöglich ist – könnt ihr den Niedergang aufhalten. Doch das könnt ihr nicht, denn der Niedergang ist die Wahrheit, die sich durchsetzt. Und die kann man nicht besiegen."

Maria starrte die Katze an.

„Soll ich aufhören?", fragte Dandelia. „Hast du jetzt genug?"

„Nein! Sprich weiter."

„Jedes Mal, wenn der Traum löchrig wird, holen die Hüter fünf Erdenkinder in ihre Welt, um erneut einen Traum zu träumen, der ihre alte Welt wieder lebendig macht. In den Erdenkindern wiederholt sich die immer wiederkehrende gleiche Geschichte der Hüter. Das erste Erdenkind öffnet die Tür zur Wahrheit. Das zweite Erdenkind stellt sich der Wahrheit – einer toten Welt voller Schatten. Das dritte Erdenkind träumt den Traum. Es verkörpert den Traum der Hüter, es *ist* ihr Traum von ihrer geliebten Welt voller Geister, Magie und Wundern, die sie einst verloren haben. Das vierte Erdenkind erweckt den Traum zum Leben, sodass man ihn betreten kann. In dem Moment, in dem das vierte Erdenkind den Traum betritt, beginnt die neue Zeit. Der alte Traum, der schon brüchig geworden war, ist jetzt endgültig dahin und verwandelt sich in eine tote Welt, die Schattenseite des neuen Traums."
„Das vierte Erdenkind … schließt die Tür zur toten Herkunft?"
„Das kannst du wörtlich nehmen. Du durchquerst die Tür, die von Amuylett nach Lettimur führt, und schließt sie hinter dir. Daraufhin ist der Tod ausgeschlossen und der Traum von der neuen Welt wird so wahr und lebendig, dass er auch ohne dich überleben wird. Allerdings nur so lange, bis sich der Tod eines Tages wieder Eintritt verschafft."
„Dann darf ich niemals auf die andere Seite gehen!"
„Hast du mir nicht zugehört?", fragte die Katze. „Ihr könnt Torck einschläfern, ihr könnt die Lecks eindämmen, du kannst hierbleiben, bis die Türen in der Spiegelwelt verschwunden sind – das könnt ihr alles machen. Aber das ändert nichts an den Bedingungen. *Du* sorgst dafür, dass der Traum von Amuylett noch lebt. Ebenso wie *du* dafür sorgst, dass der Traum von Lettimur Wirklichkeit wird. Sind die Welten erst einmal getrennt, weil es keine Tür mehr gibt, die sie verbindet, kannst du keine zwei Welten mehr am Leben erhalten. Du musst dich entscheiden. Bleibst du in Amuylett, verschwendest du dein Leben und deinen Verstand an einen sterbenden Traum. Gehst du nach Lettimur, erwacht dort ein neues Weltzeitalter zum Leben und das tote Amuylett wird sein dunkler Spiegel. Eine andere Wahl gibt es nicht."
„Das glaubte Otemplos."

„Er wusste, dass Amuylett untergehen wird. Er wusste, dass Lichtblut diesen Untergang nicht verhindern kann. Er wusste aber auch, dass kein neuer Traum mehr zum Leben erwachen kann, wenn die Hüter tot sind."

„Da hat er sich getäuscht."

„Er dachte, mit den Hütern sei der Traum gestorben. Das hat er mit dem Paradies gemeint. Er wusste ja nicht, dass Grohann überlebt hatte und mit ihm die Erinnerung an Tamen. Ohne Grohanns Erinnerung, die Thuna geholfen hat, den alten Traum von der schönen, verzauberten Welt zu träumen, hätte es wohl kaum geklappt. Vielleicht hätte sie *etwas* träumen können. Ein schnödes Abbild vom altersschwachen Amuylett. Aber die Welt der Hüter war etwas anderes. Etwas, das tausendmal schöner und wilder war als der kühnste Traum eines jeden gewöhnlichen Menschen."

„Du bist den Hütern wohl auch verfallen."

„Ich verfalle niemandem. Auch Otemplos ist ihnen nicht verfallen. Aber als er die Wahrheit kannte, wurde ihm klar, dass die Hüter den Tod einer Welt nicht einfach so in Kauf nahmen, sondern dass die Weltuntergänge zwangsläufig geschehen mussten. Die Hüter hatten im Laufe der Weltzeitalter nur gelernt, sich damit abzufinden. Sie wirkten sehr kalt, wenn es passierte. Zu kalt. Otemplos liebte einige von ihnen, aber er ist ihnen nicht verfallen."

„Und deswegen ist er verzweifelt?", fragte Maria. „Weil er dachte, dass Amuylett stirbt, aber Lettimur nie mehr geboren werden kann?"

„So ist es."

„Wie starb er?"

„Er überlebte die Zerstörung von Tamen, weil Lichtblut und Yu Kon es so wollten. Er war ihr alter Freund, darum retteten sie ihn. Doch um sie zu bestrafen für das, was sie getan hatten, kehrte er in den zerstörten Wald zurück, während er noch brannte. Vor ihren Augen. Vielleicht waren Yu Kon und Lichtblut noch fühlende Menschen, bevor das passiert ist. Doch ein wichtiger Teil von ihnen ist mit Otemplos gestorben. Das glaube ich jedenfalls."

Maria rückte näher an den Schreibtisch heran und streichelte Dandelia Pimbel. Sie spürte, dass die Katze an das, was sie erzählt hatte, glaubte. Zu groß war Dandelias Trauer über den Verlust von Otemplos.

„Bleibt nur noch eine Frage", sagte Maria. „Was hat es mit diesem Baby auf sich? Und warum behauptete Otemplos, dass es die Welten miteinander verbindet?"

„Siehst du das nicht? Es ist Leben und Tod in einem. Nachts stirbt es, kurz vor dem Morgen erwacht es wieder zum Leben. Es vereint die Wahrheit und den Traum, die tote Welt und die lebendige Welt. Lange Zeit wurde es von Lichtblut in den toten Zustand gebannt. Der Traum hat darunter gelitten. Nun, da es wieder wach ist, erlebt der Traum eine neue Blüte. Der Traum hat wieder an Kraft gewonnen."

„Ich habe Viego gebeten, mir noch einmal den genauen Wortlaut der Notiz zu nennen, die Otemplos im Archiv von Tann versteckt hat. Ich habe sie mir eingeprägt. Da heißt es: *Etwas eint die beiden Welten. Etwas bindet sie aneinander. Etwas ist wertvoller als jedes andere Ding. Existierend seit Urzeiten verbindet es Morgen und Abend und Abend und Morgen. Es ist Nacht und heller Tag in einem. Der Raum, in dem es existiert, ist der Zeit enthoben. Nichts kann sich verändern, alles bleibt gleich."*

„Natürlich bleibt alles gleich", sagte Dandelia Pimbel. „Hast du das noch nicht begriffen? Die Geschichte wiederholt sich immer wieder, denn der Traum wiederholt sich immer wieder. Es ist andauernd der gleiche Traum!"

„Er hat aber noch mehr geschrieben. So geht es weiter: *Der Raum ist ein Weg und der Weg eine Falle. Wer ihn mutwillig auf die falsche Weise benutzt, der zerstört, was ihn ausmacht. Das Ende von Morgen und Abend wäre besiegelt, die Gegenwart auf ewig Vergangenheit, denn beide Welten würden für immer aufhören zu existieren."*

„Das hat er geschrieben, bevor Tamen zerstört wurde", sagte Dandelia. „Der Weg ist der Weg, den ich dir beschrieben habe. Der Weg, für den die fünf Erdenkinder gebraucht werden."

„Das leuchtet mir ein“, erwiderte Maria, während sie Dandelia den Nacken kraulte. „Aber für mich klingt es so, als ob noch mehr dahintersteckt.“
„Wenn dich das tröstet.“
„Sagen wir es mal so“, erklärte Maria. „Ich habe inzwischen gelernt, dass es viele Wahrheiten gibt. Was du mir gerade erzählt hast, ist die Wahrheit der Hüter. Es ist ihr Versuch, die Wirklichkeit zu verstehen. Aber es gibt noch mehr Wahrheiten. Ich muss sie alle kennen lernen, um die Wahrheit zu finden, die uns rettet. Die Amuylett rettet.“
„Eine solche Wahrheit gibt es nicht.“
„Nach allem, was du mir erzählt hast, bin ich tatsächlich gerade ratlos. Aber Otemplos dachte, wir könnten die neue Welt nicht zum Leben erwecken – und wir konnten es doch. Viego dachte, wir könnten die Lieblosen nicht besiegen – und wir konnten es doch. Die Wissenschaftler dachten, niemand könnte bis zur Antimagikalie-Quelle vordringen und es überleben – aber Gerald konnte es doch. Und weißt du, warum? Weil ein Mensch, ein einziger Mensch, daran geglaubt hat, dass es möglich ist.“
„Wer war so verrückt?“
„Der blinde Sternenforscher. Dank ihm sind wir so weit gekommen. Und nach allem, was ich über diesen Mann weiß, glaube ich, dass er die eine Wahrheit gefunden hat, die wir brauchen.“
„Und wenn er sich täuscht? Er ist auch nur ein Mensch.“
Maria blickte Dandelia an und wusste, die Katze hatte recht. Der Sternenforscher war auch nur ein Mensch. Ein besonderer Mensch zwar, doch einer, der sein Leben einem Wunsch verschrieben hatte. Dem sehnsüchtigen Wunsch, seine Welt und die Wesen darin zu retten. Wünsche konnten Menschen blind machen. Aber auch sehend. Sie führten Menschen in Sackgassen, doch sie erschufen auch Wege, wo zuvor keine gewesen waren.
„Maria!“, schrie eine Stimme, die Maria zusammenzucken ließ. „Maria, mein süßer Schatz, wo bist duuuuuu?“
Marias Herz klopfte heftig, denn die Stimme, die eindeutig ihrer Mutter gehörte, hatte sie aus ihren wichtigen Gedanken gerissen. Dandelia, deren Fell sich immer noch versteinert anfühlte, war in

den letzten fünf Minuten sehr viel beweglicher geworden. Mittlerweile konnte sie mit den Beinen strampeln und so hüpfte sie, aufgeschreckt von dem Geschrei, von Estephagas Schreibtisch.
„Maaaariiiiaaaa!“ Marias Mutter stellte einen neuen Lautstärke-Rekord auf. „MAAAARIIIAAAA!“
„Ich glaube, das reicht“, sagte Maria zu Dandelia Pimbel. „Du wirst nun allmählich dein Fell zurückbekommen, ebenso wie alles andere, was dich zu einer lebendigen Katze gemacht hat. Wenn du dich also verziehen möchtest, darfst du das gerne tun!“
Sie öffnete das Fenster über dem Schreibtisch und Dandelia hüpfte mit einem etwas steifen Sprung in den Baum, der davor gewachsen war. Als Nächstes ließ sich die Katze zwei Äste tiefer fallen. Da sie das Kunststück vollbrachte, ohne umzukippen oder das Gleichgewicht zu verlieren, schloss Maria beruhigt das Fenster und ging anschließend zur Tür, um sie zu öffnen. Unvermittelt starrte sie in die Gesichter ihrer Eltern.
„Mein Liebling!“, rief Grazia von Montelago Fenestra strahlend. „Wir haben dir dein Paket mit Naschereien vorbeigebracht. So, wie du es wolltest!“
Das Paket war gigantisch groß – mehrere Riesenmammut-Stofftiere hätten darin Platz gefunden. Zum Glück gab es Lisandra. Sie würde das Wunder vollbringen und den Inhalt dieses Pakets vertilgen, ohne daran zu sterben. Blieb nur noch die eine Frage: Wie sollte Maria die nächsten Stunden mit ihren Eltern überleben, ohne vor lauter Sorge über Dandelias Enthüllungen verrückt zu werden? Sie musste in Ruhe nachdenken. Dringend!
„Wann wirst *du* in einem dieser Filme auftreten?“, fragte Grazia. „Gerald kann das doch sicher für dich arrangieren, er kennt all die wichtigen Leute!“
„Ein Foto in der Zeitung würde schon reichen“, meinte Alban. „Alle, denen wir erzählen, dass der junge Mann aus dem Film dein Freund ist, wollen uns nicht glauben, weil du nie mit ihm zusammen abgebildet bist.“
„Mit ihm zusammen?“, warf Grazia ein. „Sie ist *überhaupt nie* abgebildet.“
„Das liegt daran, dass ich ...“

„Ach, mach dir nichts draus", sagte Grazia. „Dein Tag wird schon noch kommen. Führst du uns ein bisschen in dem wundervollen Garten da draußen herum?"
„Nein, das geht noch nicht, weil ..."
„Wir müssen uns über deine Zukunft unterhalten, mein Täubchen", sagte Alban ganz ernst. „Willst du eines Tages wie Gerald an dieser Mistoffel-Universität studieren? Dann sollten wir rechtzeitig ein paar Privatlehrer nach Sumpfloch schicken. Man muss nämlich sehr klug sein, um dort genommen zu werden. Das haben sie mir während eines Spiegelfonats mehrfach versichert und sie waren nicht davon abzubringen!"
Maria schlug die Augen nieder. Mystoflia-Universität. Es hieß: Mystoflia-Universität.
„Gerald wird sich dieses Jahr nicht bewerben", erklärte sie, „denn er ..."
„Die nehmen ihn doch bestimmt mit Handkuss!", rief Grazia. „Das wäre ja ein Witz, wenn *er* sich da bewerben müsste, so wie jeder andere."
Alban hatte soeben das Mammut entdeckt. Das ehemalige Stofftier lag auf seinem Bett und tat seit dem Erscheinen von Marias Eltern so, als sei es wirklich nur ein lebloses Spielzeug. Aus einem Instinkt heraus. Doch das war sein Pech: Alban von Montelago Fenestra packte es an den Beinen, stellte es mit einem Kennerblick auf den Kopf und studierte das Etikett am Mammutfuß.
„Wie ich dachte!", rief er begeistert. „Es stammt aus der gleichen Serie wie Rackiné, aber wurde erst im letzten Jahr produziert. In einer sehr kleinen Auflage von dreißig Stück. Das wird mal ein wertvolles Sammlerstück, sage ich euch. Man muss es nur lange genug aufheben und gut pflegen."
Das Mammut bewegte seine Augen vorsichtig in Richtung Maria und starrte sie hilfesuchend an. Doch bevor Maria einen Rettungsversuch unternehmen konnte, ging die Tür auf und der Held der Stunde trat ein – Gerald. Er tat, was ein wahrer Held in einer solch heiklen und misslichen Situation tun sollte: Er zog alle Aufmerksamkeit von Marias Eltern auf sich, mimte den perfekten zukünftigen Schwiegersohn, gab auf jede noch so seltsame Frage

eine haarsträubend vernünftige Antwort und amüsierte sich dabei grenzenlos. Bis sein Blick auf Maria fiel.
„Was ist?“, fragte er zwischen der elften und der zwölften Fotografie einer neumodischen und sehr umständlichen Hecken-Modellier-Maschine, die ihm Alban unter die Nase hielt.
Maria erwiderte Geralds Blick und merkte, wie ihr Herz ganz plötzlich vor Freude zu trommeln begann. Einfach nur, weil es ihn gab.
„Nichts“, sagte sie und lächelte so überzeugend, dass der sorgenvolle Ausdruck aus Geralds Gesicht schwand.
„Wirklich nichts?“, fragte er noch einmal, um sicherzugehen.
Sie nickte, mit einem wortlosen Versprechen auf den Lippen. Es galt ihm, aber auch ganz Amuylett und jedem belebten oder noch so unbelebten Ding darin.
Ja, das Leben war ein Traum, damit mochte die Katze recht gehabt haben. Aber der Tod – und das hatte Dandelia Pimbel sicher nicht bedacht – war auch nur ein Traum. Am Ende gab es nur eine einzige Wahrheit, die alle Träume überdauerte. Und das war die Liebe. An diese eine Wahrheit wollte sich Maria halten. Denn jede andere verging im Wind der Zeit.

Meine lieben Sumpfloch-Freunde,

tausend Dank für eure Treue, eure Liebe zu Amuylett, eure unschätzbar wertvolle Unterstützung, die mir in schwierigen Zeiten des Schreibens ungeheuer geholfen und Mut gemacht hat, und eure Träume, durch die ihr diese Geschichte immer wieder aufs Neue erschafft und lebendig werden lasst.

Ich habe es schon oft gesagt und sage es wieder, weil es einfach wahr ist: Ohne euch gäbe es Amuylett nicht und ohne euch könnte ich nicht tun, was ich am liebsten tue: nämlich Bücher schreiben.

Wie immer möchte ich beiläufig erwähnen, dass ich mich über Rezensionen freue! Ich lese sie alle, sie sind der Applaus und manchmal auch der strenge Lehrer eines Autors. Sie sind außerdem die beste Werbung für eine Geschichte, denn eure Empfehlungen lotsen weitere Besucher in unsere Welt.

Vielen Dank auch an meine speziellen Instagram-Fans, die mich auf so manche Idee bringen – wie zum Beispiel B.U.N.T – und die mich mit ihren wilden Ships immer wieder zum Lachen bringen.

Ich könnte jetzt noch einige Seiten mit Danksagungen füllen – meine Schwester habe ich zum Beispiel noch nie genannt, aber sie weiß, wie dankbar ich ihr für das Lektorieren meiner Bücher bin. Doch um euch nicht mit weiteren Danksagungen zu langweilen, setze ich hier einen Punkt.

Euch erwartet noch ein weiterer Sumpfloch-Band: Band 8.3 wird die Geschichte erst einmal abschließen. Es wird eine Weile dauern, bis er geschrieben ist. Hoffentlich nicht zu lange, diesmal :-).

Danke noch einmal für alles!

Eure Halo

Die Sumpfloch-Saga

Band 1, Feenlicht und Krötenzauber
Band 2, Dunkelherzen und Sternenstaub
Band 3, Nixengold und Finsterblau
Band 4, Mondpapier und Silberschwert
Band 5, Feuersang und Schattentraum
Band 6, Flüsterland und Zauberzeit
Band 7, Am Rand der Abendwelt (Teil 1)
Band 7, Der Ruf der Morgenwelt (Teil 2)
Band 8, Der tiefste Grund (Teil 1)
Band 8, Blätter der Unsterblichkeit (Teil 2)
Band 8, Teil 3, wird die Saga abschließen.

TAIM – Der Weg des weißen Tigers
(Die Geschichte des blinden Sternenforschers)

Weitere Infos zu den Büchern und zu mir findet ihr auch hier:
www.facebook.com/sumpflochsaga
http://sumpflochsaga.blogspot.de
https://instagram.com/halo_summer_of_amuylett

Aschenkindel – Das wahre Märchen

„Du bist schon ein komisches Mädchen", sagt meine gute Fee. „Jedes andere Mädchen in deiner Situation wäre überglücklich, auf so einen Ball gehen zu dürfen. Noch dazu auf einen, bei dem es sich in einen Prinzen verlieben und damit seinem Elend entkommen könnte!" Tja, wo sie recht hat, hat sie recht. Ich bin ein komisches Mädchen. Und ich habe fest vor, eins zu bleiben!

Claerie Farnflee wurde vom Schicksal nicht gerade verwöhnt. Erst starb ihr Vater, dann folgte der gesellschaftliche Absturz und seither wird ihr das mühselige Leben in Armut von einer bösen Stiefmutter und zwei garstigen Schwestern versüßt. Ist Claerie deswegen unglücklich? Nein – jedenfalls nicht unglücklich genug, um sich jedem dahergelaufenen Prinzen an den Hals zu werfen.

So denkt sie, doch an einem düsteren Gewittertag begegnet sie im Verbotenen Wald einem Fremden und das, was sie für unmöglich gehalten hat, passiert: Ihr Schicksal nimmt eine geradezu verstörende Wendung – selbst Prinzen und Bälle spielen darin keine unbedeutende Rolle mehr ...

Aschenkindel spielt in Amuylett, dem Universum der Sumpfloch-Saga, kann jedoch unabhängig davon gelesen werden.

Gewinner des Kindle Storyteller-Awards 2016

22226625R00249

Printed in Poland
by Amazon Fulfillment
Poland Sp. z o.o., Wrocław